Zoals ze is

Van dezelfde auteur:

Sushi voor beginners

Marian Keyes

Zoals ze is

the house of books

Oorspronkelijke titel
Angels
Uitgave
Michael Joseph, an imprint of Penguin Books, Londen
Copyright © 2002 by Marian Keyes
Copyright voor het Nederlandse taalgebied © 2003 by The House of Books, Vianen/Antwerpen

Vertaling
Toby Visser
Omslagontwerp
Marlies Visser, Haarlem
Omslagdia
The Image Bank/David Sacks
Zetwerk
Mat-zet bv

All rights reserved.
Niets uit deze uitgave mag worden verveelvoudigd en/of openbaar gemaakt door middel van druk, fotokopie, microfilm of op welke wijze ook, zonder voorafgaande schriftelijke toestemming van de uitgever.

ISBN 90 443 0757 6
D/2003/8899/79
NUR 302

Voor Tony

Dankwoord

De volgende mensen wil ik graag bedanken:

Mijn redactrice Louise Moore voor haar intelligente, intuïtieve inbreng, Harriet Evans voor haar nauwgezette werk, en iedereen bij Penguin.

Iedereen bij Poolbeg, met speciale dank voor Paula Campbell voor haar snookerverhaal.

Jonathan Lloyd, Tara Wynne en Nick Marston bij Curtis Brown.

De fantastische Ricardo Mestres, Danny Davis en Heij bij Touchstone Pictures voor mijn eerste LA-avontuur.

De net zo fantastische Bob Bookman, Sharie Smiley en Jessica Tuchinsky bij CAA voor mijn tweede LA-avontuur.

En de volgende mensen voor het ruimschoots verschaffen van informatie, bemoediging en/of zoetigheid: Guy en Julie Baker, Jenny Boland, Ailish Connelly, Siobhan Coogan, Emily Godson, Gai Griffin, dr. Declan Keane van Holles St. Hospital, Caitríona Keyes, Mamma Keyes, Rita-Anne Keyes, Julian Plunkett-Dillon, Deirdre Prendergast, Eileen Prendergast, Suzanne Power, Morag Prunty, Jason Russell, Anne-Marie Scanlon, Emma Stafford, Louise Voss, Amy Welch en Varina Whitener. Allemaal bedankt.

Tot slot dank ik mijn geliefde Tony, aan wie dit boek is opgedragen.

Proloog

'Binnen enkele ogenblikken landen we op het internationale vliegveld van Los Angeles. Zorg dat uw stoel rechtop staat, dat uw gewicht minder dan vijftig kilo is en dat u stralend witte tanden heeft.'

Prologue

1

Ik heb altijd een vrij onberispelijk leven geleid. Tot de dag waarop ik mijn man verliet en naar Hollywood ging, had ik nauwelijks een misstap begaan. In ieder geval niet een waar veel mensen van wisten. Dus toen alles zomaar, als nat papier uit elkaar viel, kon ik een argwanend vermoeden niet afschudden dat de vervaldatum al langer voorbij was. Zo'n fatsoenlijk leven is gewoon niet natuurlijk.

Ik werd natuurlijk niet op een ochtend wakker en ging er zomaar vandoor, mijn arme slapende dwaas van een man achterlatend met een envelop op zijn kussen waarvan de betekenis niet meteen tot hem doordrong. Ik laat het nu veel dramatischer klinken dan het eigenlijk was, wat vreemd is, omdat ik vroeger nooit de neiging had dramatisch te doen. Of zelfs een neiging naar woorden als 'neiging'. Maar sinds die kwestie met de konijnen, en misschien zelfs al daarvoor, waren de dingen met Garv ongemakkelijk en vreemd geweest. Toen beleefden we een paar 'inzinkingen', zoals we ze noemden. Maar in plaats van ons huwelijk sterker te maken – wat volgens de tijdschriften van mijn moeder anderen onder soortgelijke omstandigheden altijd lijkt te overkomen – deden onze soort inzinkingen precies wat het woord inzinking betekent. Ze deden ons inzinken. Ze wrongen zich tussen Garv en mij en vervreemden ons van elkaar. Hoewel hij nooit iets zei, wist ik dat Garv mij de schuld gaf.

En dat was prima, want ik gaf mezelf ook de schuld.

Zijn naam is eigenlijk Paul Garvan, maar toen ik hem leerde kennen, waren we nog tieners en niemand noemde iemand bij zijn gewone naam. 'Micko' en 'Macker' en 'Toolser' en 'You Big Gobshite' waren een paar van de namen waaronder onze vrienden bekendstonden. Hij was

Garv, ik heb hem nooit anders gekend en ik noem hem alleen Paul als ik buitengewoon pissig op hem ben.

Zo heet ik Margaret, maar hij noemt me Maggie, behalve wanneer ik zijn auto leen en over de hele lengte een kras oploop tegen de paal in de parkeergarage (iets wat vaker voorkomt dan je zou denken).

Ik was vierentwintig en hij vijfentwintig toen we trouwden. Hij was mijn eerste vriendje, zoals mijn moeder tot vervelens toe aan mensen vertelt. Zij denkt dat het bewijst dat ik een keurig meisje was, dat nooit meedeed aan dat blijven-slapengedoe. (De enige van haar vijf dochters die het niet deed, dus wie kon het haar kwalijk nemen dat ze mijn vermeende deugdzaamheid rondbazuinde?) Maar wat ze handig vergeet te noemen bij haar opschepperij is dat Garv dan misschien wel mijn eerste vriendje was, maar niet mijn enige.

Maar dat terzijde.

We zijn negen jaar getrouwd geweest en het is moeilijk precies te zeggen wanneer ik erover begon te fantaseren dat er een eind aan kwam. Niet, laat dat duidelijk zijn, omdat ik wilde dat het voorbij was. Maar omdat ik dacht dat als ik me het ergste scenario voorstelde, dat op een of andere manier zou voorkomen dat het echt gebeurde. Maar in plaats van het te voorkomen, riep het die hele verdraaide kwestie juist tot leven. Wat zal blijken.

Het eind kwam verrassend onverwacht. Het ene moment was mijn huwelijk een voortgaande onderneming – ook al deed ik vreemde dingen zoals mijn contactlenzen opdrinken – en het volgende moment was het voorbij. Daar was ik echt niet op voorbereid, omdat ik altijd had gedacht dat er een forse periode van serviesgoed gooien en scheldpartijen aan voorafging voor er met de witte vlag kon worden gezwaaid. Maar alles stortte in zonder dat er een onvertogen woord was gevallen, en ik was er gewoon niet op voorbereid.

God weet dat ik dat had *moeten* zijn. Een paar nachten ervoor was ik in het donker wakker geworden en had me zorgen gemaakt. Iets dat ik vaker deed, gewoonlijk tobben over werk en geld. Je weet wel, het gebruikelijke. Te veel van het een hebben en te weinig van het ander. Maar de laatste tijd – waarschijnlijk langer dan alleen de laatste tijd – had ik me in plaats daarvan zorgen over Garv en mij gemaakt. Zouden de dingen ooit beter worden? Waren ze al beter en had ik het gewoon niet gezien?

De meeste nachten kwam ik niet tot een of andere conclusie en viel weer in een onrustige slaap. Maar deze keer werd ik gekweld door een onverwacht, onwelkom röntgenbeeld. Ik kon dwars door de dagelijkse dingen heen kijken, het eigen taalgebruik en het gedeelde verleden, recht door het hart van Garv en mij, door alles wat er de laatste tijd was gebeurd. Het beeld was ontdaan van alles en ik kreeg een verschrikkelijke, te heldere gedachte: *we zitten hier zwaar in de problemen*.

Het maakte me letterlijk ijskoud. Alle haartjes op mijn huid gingen rechtop staan en een kilte nestelde zich ergens tussen mijn ribben. Doodsbang probeerde ik mezelf op te monteren door even te tobben over de hoeveelheid werk die de volgende dag op me lag te wachten, maar het had geen zin. Toen bedacht ik dat mijn ouders ouder werden en dat ik degene was die ze uiteindelijk zou moeten verzorgen, en probeerde me daarover zorgen te maken.

Na een tijdje viel ik weer in slaap, krabde mijn rechterarm open, knarsetandde vol animo, werd wakker met de bekende mond vol gruis, en alles leek normaal.

Ik dacht net weer aan *we zitten hier zwaar in de problemen* toen het tot me doordrong dat dat daadwerkelijk zo was. Op de betreffende avond zouden we uit eten gaan met Elaine en Liam, vrienden van Garv. En wie weet, maar als Liams nieuwe flatscreen-tv niet van de muur op zijn voet was gevallen en daarbij zijn grote teen had vermorzeld, dan waren Garv en ik misschien nooit uit elkaar gegaan.

Het ironische is dat ik *hoopte* dat Elaine en Liam zouden afzeggen. De kansen waren goed – de laatste drie keer dat we elkaar zouden ontmoeten, waren niet doorgegaan. De eerste keer hadden Garv en ik afgezegd omdat onze nieuwe keukentafel zou worden afgeleverd. (Nee, natuurlijk kwam hij niet.) De volgende keer moest Elaine – die een of andere hoge piet bij pensioenregelingen is – naar Sligo rijden om razendsnel iets voor een groep mensen te regelen. ('De nieuwe Jaguar kwam precies op tijd!') En de laatste keer kwam ik met een of ander smoesje waar Garv zich maar al te graag bij had neergelegd. Deze keer hadden zij een afspraak gemaakt.

Niet dat ik ze niet aardig vond. Nou, eigenlijk vond ik ze niet aardig. Zoals gezegd, zij is een hoge piet bij een pensioenfonds en hij is effectenmakelaar. Ze zien er goed uit, verdienen *bakken* met geld en zijn onvriendelijk tegen obers. Ze zijn het soort mensen dat altijd net een nieuwe auto heeft en op vakantie gaat.

De meesten van Garvs vrienden waren aardig, maar Liam was een opvallende uitzondering: het probleem was dat Garv een van die types was die altijd alleen het goede in mensen zag – in de meeste mensen, tenminste. Dit is in theorie een mooie eigenschap, en ik heb er geen bezwaar tegen dat hij het goede in mensen ziet die ik zelf aardig vind, maar het werd een beetje lastig wanneer hij dat deed met mensen die ik niet zag zitten. Hij en Liam waren al vanaf de lagere school bevriend, in de tijd dat Liam een stuk aardiger was geweest, en ook al had Garv het voor mij heel erg geprobeerd, het was hem niet gelukt het laatste restje genegenheid voor hem af te schudden.

Maar zelfs Garv was het ermee eens dat Elaine angstaanjagend was. Zo sprak ze zeer snel, zonder pauzes. Vuurde vragen af als een machinegeweer. Hoe is het op het werk? Wanneer word je op de lijst gezet? Haar dynamische uitstraling reduceerde mij tot een stamelende stoethaspel, en tegen de tijd dat ik een antwoord bij elkaar had gesprokkeld, had zij haar belangstelling alweer verloren en was verdergegaan.

Maar zelfs als ik Liam en Elaine aardig had gevonden, had ik die avond niet uit willen gaan – een vrolijk gezicht trekken is zoveel moeilijker wanneer je publiek hebt. Er lag ook een angstjagend hoge stapel enveloppen thuis waaraan ik moest werken. (Plus twee soaps die ik dolgraag wilde volgen, en een hemelse bank om op te liggen.) Tijd was te kostbaar om een hele avond te verspillen zonder dat ik ervan genoot.

En ik was *zo* moe. Mijn werk was – net als voor iedereen, denk ik – erg veeleisend. Ik denk dat de sleutel in de naam zit: 'werk'. Anders zouden ze het wel 'plat op je rug in een ligstoel liggen' of 'diepe weefselmassage krijgen' noemen. Ik werkte bij een juridische firma die veel zaken met de VS deed. Vooral op amusementsgebied. (Nadat we waren getrouwd, werd Garv, vanwege zijn algemene fabelachtigheid, door zijn bedrijf voor vijf jaar toegewezen aan het kantoor in Chicago. Ik werkte daar voor een van de grote juridische firma's, dus toen we drie jaar geleden terugkeerden naar Ierland, beweerde ik alles van Amerikaans amusementsrecht te weten. De grap was dat ik, ook al had ik wat avondcursussen gevolgd en in Chicago enkele onderscheidingen gekregen, geen echte advocaat was. Wat betekende dat ik ladingen werk kreeg, het meest werd uitgescholden, voor slechts een fractie van de poen. Ik was meer een soort vertaler, denk ik; een clausule die in Ierland het ene betekende kon in de Verenigde Staten iets totaal anders betekenen, dus vertaalde ik Amerikaanse contracten in het Iers en stelde contracten samen die – hopelijk – in beide jurisdicties geldig waren.)

Ik leefde in vage maar voortdurende angst. Soms droomde ik dat ik een belangrijke clausule was vergeten en dat mijn firma voor miljoenen dollars werd aangeklaagd, die ze van mijn salaris aftrokken tegen een bedrag van zeven pond vijftig in de week en dat ik daar tot in de eeuwigheid moest blijven werken om het terug te betalen. Soms vielen gedurende zo'n droom ook al mijn tanden uit. Andere keren zit ik op kantoor en kijk naar beneden en merk dat ik naakt ben en dat ik moet opstaan om een fotokopie te gaan maken.

Hoe dan ook, op de dag dat de ballon ontsnapte, had ik het erg druk. Zo druk, dat mijn nieuwe fitnessprogramma erbij in was geschoten. Ik had onlangs beseft dat op mijn nagels bijten de enige lichamelijke oefening was, dus had ik een listig plan opgezet – in plaats van Sandra, mijn assistente, te bellen en haar te vragen mijn dictafoonbanden te komen halen, liep ik de vijftig meter naar haar kantoor en leverde ze daar persoonlijk af. Maar die dag was er zelfs geen tijd voor dat soort uitspattingen. Een overeenkomst met een filmstudio stond op het punt mis te lopen: als het contract die week niet af was, zou de acteur die zich aan dat project had verbonden ervandoor gaan.

Heel even klonk het of mijn werk iets betoverends had. Geloof me, het was net zo betoverend als een flinke verkoudheid. Zelfs de zakenlunches in dure restaurants waar ik soms naartoe moest, waren dat niet. Je kon je nooit echt ontspannen – mensen stelden altijd een vraag die een ingewikkeld antwoord vereiste op het moment dat ik net een hap in mijn mond had, en als ik lachte werd ik panisch bij de gedachte dat er iets groens tussen mijn tanden zat.

Hoe dan ook, de scriptschrijver – mijn cliënt – wilde het contract dolgraag op een rijtje hebben zodat hij zijn geld kreeg en zijn gezin te eten had. (En zo zou zijn vader uiteindelijk trots op hem zijn, maar ik dwaal af.) De Amerikaanse advocaten waren om drie uur 's morgens, hun tijd, naar kantoor gekomen in een poging tot overeenstemming te komen, en de hele dag vlogen de e-mails over en weer. Aan het eind van de dag was de zaak rond, en hoewel ik uitgeput was, voelde ik me opgewekt en gelukkig.

Toen herinnerde ik me dat we met Liam en Elaine uit zouden gaan en er schoof een wolk voor de zon. Het was niet zo erg, troostte ik mezelf; het zou in ieder geval een lekker etentje betekenen – ze waren verzot op luxueuze restaurants. Maar god, ik was uitgewrongen. Was het *onze* beurt maar om het af te zeggen!

En net toen het leek of er geen hoop meer was, kwam het verlossende telefoontje.

'Liam heeft zijn teen gebroken,' zei Garv. 'Zijn nieuwe flatscreen-tv is erop gevallen.' (Liam en Elaine hadden elk duurzaam gebruiksartikel dat de man kent – en ik leg de nadruk op *man*, niet vrouw. Geef mij een mobiele telefoon en een haarkrultang en ik ben tevreden. Maar Garv, als man, verlangde naar elk digitale dit en Bang & Olufsen dat.) 'Dus vanavond gaat niet door.'

'Geweldig!' riep ik uit. Toen bedacht ik dat het zijn vrienden waren. 'Nou, niet geweldig voor hem en zijn teen, maar ik heb een zware dag gehad en…'

'Het is al goed,' zei Garv. 'Ik had ook geen zin. Ik stond net op het punt ze te bellen om te zeggen dat ons huis was afgebrand of zoiets.'

'Mooi. Nou, tot vanavond thuis.'

'Wat doen we met eten? Zal ik iets halen?'

'Nee, dat heb je gisteravond gedaan. Ik haal wel wat.'

Ik zat net ondergedompeld in een orgie van liflafjes toen iemand zei: 'Ga je naar huis, Maggie?' Het was mijn baas, Frances, en haar *nu al*? werd niet uitgesproken, maar ik hoorde het toch.

'Dat klopt.' Laat er geen verwarring over bestaan. 'Ik ga naar huis.' Beleefd maar vastberaden. In een poging elk spoortje van angst uit mijn stem te bannen.

' Is dat contract klaar voor de vergadering van morgenochtend?'

'Ja,' zei ik. Nee, eigenlijk was het niet klaar. Ze had het over een ander contract, waar ik nog niet eens aan was begonnen. Het had totaal geen zin om tegen Frances te jammeren dat ik me de hele dag uit de naad had gewerkt om een grote deal aan elkaar te breien. Zij was super prestatiegericht, al een eind op weg om partner te worden, en ze had hard werken tot een soort kunstvorm verheven. Ze verliet het kantoor zelden (hoewel ze zich daar niet populair mee maakte) en er werd algemeen aangenomen dat ze onder haar bureau sliep, en zich net als een zwerfster in de personeelstoiletten waste.

'Mag ik er even een snelle blik op werpen?'

'Zo ver is het nog niet,' zei ik, slecht op mijn gemak. 'Ik wil liever wachten tot het helemaal klaar is voor ik het je laat zien.'

Ze wierp me een te lange, waakzame blik toe. 'Zorg ervoor dat het om halftien op mijn bureau ligt.'

'Natuurlijk!' Maar de goede geesten die ervoor hadden gezorgd dat ik vanavond vrij zou hebben, hadden zich allemaal teruggetrokken. Terwijl ze klepperend op haar hoge hakken terugliep naar haar kantoor, keek ik taxerend naar de computer die ik net had uitgedaan. Zou ik blijven en er nog een paar uurtjes werk tegenaan smijten? Maar ik kon niet meer. Ik zat erdoorheen. Door mijn enthousiasme, mijn werkethiek, alles. In plaats daarvan zou ik erg vroeg opstaan en hierheen gaan en het dan doen.

Ik had de hele dag niet veel gegeten. In de lunchpauze, in plaats van te stoppen met werken, snuffelde ik in mijn bureaula op zoek naar een half opgegeten marsreep, waarvan ik me vaag herinnerde dat ik hem er een paar dagen eerder had neergelegd. Tot mijn vreugde vond ik hem. Ik plukte de paperclips eraf en het ergste stof, en ik moet zeggen dat het verrukkelijk was.

Dus toen ik naar huis reed had ik honger, en ik wist dat er weer allemaal troep in huis zou zijn. Voedsel was een groot probleem voor Garv en mij. We leefden, zoals de meeste mensen die we kenden, op magnetronmaaltijden, afhaalmaaltijden en etentjes buitenshuis. Af en toe – althans voordat de dingen echt vreemd tussen ons werden – wanneer we onze achterstand aan gewone zorgen hadden weggewerkt, maakten we ons wel eens even zorgen dat we te weinig vitaminen binnenkregen. Dan namen we ons voor gezonder te gaan leven en kochten een grote pot multivitaminen, die we gemiddeld twee dagen innamen, en vervolgens vergaten. Of we smeten als gekken met geld in de supermarkt om armen vol verse groenten in de vorm van broccoli of wortels te kopen en genoeg appels om een gezin van acht personen een week lang te voeden.

'Onze gezondheid is onze rijkdom,' zeiden we, erg met onszelf ingenomen, want het leek dat rauwe groenten *kopen* op zich effectief was. Pas wanneer duidelijk werd dat het voedsel opgegeten moest worden, begonnen de moeilijkheden.

Onverwachte gebeurtenissen spanden samen om onze kookplannen te dwarsbomen: we moesten overwerken of naar iemands verjaardag. De rest van de week waren we ons meestal irritant bewust van al dat verse fruit en de groenten die om onze aandacht schreeuwden. We konden het amper aan om de keuken binnen te gaan. Beelden van bloemkolen en grapefruits loerden voortdurend in een hoekje van ons bewustzijn, zodat we nooit echt rust hadden. Langzaam takelde het voedsel iedere dag meer af tot we het heimelijk weggooiden, zonder elkaar te bekennen wat we deden. En pas nadat we de laatste kiwi in de afvalemmer hadden gekieperd, konden we ons weer ontspannen.

Geef mij maar dagelijks een diepvriespizza, veel minder beslommeringen.

En dat was precies wat ik voor de maaltijd van die avond had gekocht. Ik beklom de stoep, rende de Spar binnen en wierp een paar pizza's en een paar bekers ontbijtpap in een mand. En toen kwam het Lot tussenbeide.

Ik kan soms weken zonder chocola. Goed, dagen. Maar als ik eenmaal een stukje eet wil ik meer, en de met stof bedekte halve marsreep in de lunchpauze had het hongerige beest gewekt. Dus toen ik de dozen handgemaakte truffels in een koelvitrine zag liggen, besloot ik met een dwaze verkwistende vooruit-met-de-geit rechtvaardiging een doos voor mezelf te kopen.

Wie weet wat er was gebeurd als ik hem niet had gekocht? Veranderde zoiets heilzaams als een doos chocola mijn hele levensloop?

Garv was al thuis en we begroetten elkaar een beetje behoedzaam. We hadden niet verwacht dat we vanavond samen zouden zijn; we hadden een beetje verwacht dat Liam en Elaine de eigenaardige sfeer tussen ons zouden verzachten.

'Je hebt Donna net gemist,' zei hij. 'Ze belt je morgen op je werk.'

'Wat nu weer?' Donna had een hectisch liefdesleven en, als een van haar beste vriendinnen, was het mijn plicht haar advies te geven. Maar ze consulteerde Garv ook vaak om van hem wat zij 'het mannelijk perspectief' noemde te krijgen, en hij had haar zo goed geholpen dat ze hem Doctor Love had gedoopt.

'Robbie wil dat ze haar oksels niet meer scheert. Zegt dat hij het sexy vindt, maar zij is bang dat ze eruit zal zien als een gorilla.'

'En wat heb je haar geadviseerd?'

'Dat er niets mis is met vrouwen die haar hebben...'

'Helemaal goed.'

'...maar dat als ze het echt niet wil, ze moet zeggen dat ze haar oksels niet meer zal scheren als hij damesslips gaat dragen. Voor wat, hoort wat.'

'Je bent een genie, echt waar.'

'Dank je.'

Garv trok zijn das los, zwiepte hem over de rugleuning van een stoel, kamde met zijn vingers door zijn haar en schudde de restanten van zijn werkpersoonlijkheid van zich af. Voor kantoor zat zijn haar altijd keurig: opgeschoren nek en uit zijn gezicht gekamd, maar buiten werktijd hing het over zijn voorhoofd.

Er zijn van die mannen die er zo goed uitzien dat hen ontmoeten je het gevoel geeft dat je een klap met een mokerhamer op je hoofd krijgt. Garv hoort daar echter niet bij; hij is meer het soort man dat je dag in dag uit kunt zien, twintig jaar lang, en op een ochtend word je wakker en denk je: God, hij is aardig, hoe komt het dat ik hem niet eerder heb opgemerkt?

Zijn opvallendste aantrekkelijke punt was zijn lengte. Maar ik was ook lang, dus riep ik nooit: 'O, kijk eens hoe hij boven me uittorent!' Maar ik kon met hem wel lekker mijn hoge hakken dragen, waar ik blij om was – mijn zuster Claire was getrouwd geweest met een man die even lang was als zij, dus moest ze platte schoenen dragen om te voorkomen dat hij zich onvolwaardig zou gaan voelen. En ze is echt *dol* op pumps. Maar toen kreeg hij een affaire en verliet haar, dus alles komt uiteindelijk op z'n pootjes terecht, neem ik aan.

'Hoe was het vandaag op je werk?' vroeg Garv.

'Nogal vervelend. Hoe was jouw dag?'

'Slecht, voor het grootste deel. Ik had tien leuke minuten tussen kwart over vier en vijf voor halfvijf toen ik op de brandtrap stond en net deed of ik nog steeds rookte.'

Garv werkt als actuaris, wat hem een makkelijk doel maakt voor beschuldigingen over saai zijn – en als je hem voor het eerst ontmoet, kun je zijn kalmte verwarren met saaiheid. Maar naar mijn mening is het een vergissing om getallen kraken met saaiheid te vergelijken; een van de saaiste mannen die ik ooit heb ontmoet was die verdraaide schrijver John, een vriendje van Donna – niet te geloven. We gingen op een avond uit eten en hij verveelde ons gruwelijk, met zijn luide monologen over andere schrijvers en wat voor overbetaalde, onechte schoften zij waren. Toen begon hij mijn mening over het een of ander uit te diepen, porrend en duwend met de intimiteit van een gynaecoloog. 'Hoe voelde je je? Bedroefd? Kun je specifieker zijn? Gebroken hart? Nu komen we ergens.' Vervolgens rende hij naar de herentoiletten, en ik *wist* gewoon dat hij alles in een notitieboekje opschreef wat ik net had gezegd, om het in zijn roman te gebruiken.

'Je hoeft niet jaloers te zijn op Liams flatscreen-tv,' zei ik tegen Garv, maar al te graag voorwendend dat zijn bedrukte stemming te maken had met zijn vriend die meer duurzame artikelen had dan hij. 'Viel het hem niet aan, of zo? Het moet misschien op de grond worden gezet.'

'Ah,' Garv haalde zijn schouders op, zoals hij altijd doet wanneer hem iets dwarszit, 'ik zit er niet mee.' (Hoewel hij graag met Donna over haar problemen praat, zul je merken dat hij niet makkelijk over zijn eigen gevoelens praat, zelfs niet wanneer die alleen maar betrekking hebben op een televisie.) 'Maar weet je wel hoeveel dat kost?' barstte hij uit.

Natuurlijk wist ik dat. Iedere keer dat ik met Garv de stad in ging, sleurde hij me mee naar de afdeling elektrische apparaten bij Brown Thomas, en bleef voor de tv staan om de twaalfduizend pond kostende glorie te bewonderen. Hoewel Garv goed betaald werd, kwam hij absoluut niet in de buurt van Liams telefoonnummerachtige inkomen. Maar we hadden wel een hoge hypotheek, de kosten van twee auto's, Garvs verslaving aan cd's en mijn verslaving aan gezichtscrèmes en handtassen, dus waren de fondsen niet toereikend genoeg voor flatscreen-tv's.

'Kom op, hij brak vermoedelijk in stukken toen hij van de muur viel. En binnen afzienbare tijd zul jij je er ook een kunnen permitteren.'

'Denk je dat echt?'

'Natuurlijk. Zodra we het huis gemeubileerd hebben.' Dit scheen altijd weer te werken. Met een licht huppeltje in zijn stap hielp hij me de boodschappen uit te pakken. En toen gebeurde het.

Hij tilde mijn doos vooruit-met-de-geit truffels eruit en riep: 'Kijk nou eens!' Zijn ogen sprankelden. 'Die snoepjes weer. Achtervolgen ze ons?'

Ik keek hem aan, keek naar de doos, toen weer naar hem. Ik had geen flauw idee waar hij het over had.

'Je *weet* het,' drong hij schalks aan. 'Dezelfde die we hadden toen...'

Hij stopte abrupt en ik staarde hem met nieuwsgierig opgetrokken wenkbrauwen aan. Hij staarde terug, en vrij plotseling drongen verscheidene dingen tegelijk tot me door. Het speelse licht in zijn ogen ging uit en werd vervangen door een uitdrukking van angst. Zelfs afschuw. En voordat de gedachten zich zelfs maar in mijn bewustzijn hadden geordend, *wist* ik het. Hij had het over iemand anders, een intiem moment gedeeld met een andere vrouw. En dat was onlangs gebeurd.

Ik kreeg het gevoel dat ik viel, dat ik eeuwig zou blijven vallen. Toen, abrupt, hield ik mezelf tegen. En ik wist nog iets: ik kon dit niet doen. Ik kon het niet verdragen naar de neerwaartse spiraal van mijn huwelijk te kijken die nu begon andere mensen op te nemen om ze ook mee te laten draaien.

Geschokt tot zwijgen gebracht, onze ogen op elkaar gericht, smeekte ik hem in stilte iets te zeggen, het te verklaren, het uit de wereld te helpen. Maar zijn gezicht was bevroren in afschuw – dezelfde afschuw die ik voelde.

'Ik...' stamelde hij, en stopte.

Een plotselinge pijnscheut flitste door mijn verstandskies en alsof ik droomde, verliet ik de ruimte.

Garv kwam me niet achterna; hij bleef in de keuken. Ik hoorde geen enkel geluid en ik nam aan dat hij daar nog steeds stond waar ik hem had achtergelaten. Dit op zich, leek een schuldbekentenis. Nog steeds in mijn wakende nachtmerrie pakte ik de afstandsbediening en deed de tv aan. Ik wachtte tot ik eens wakker zou worden.

2

De rest van de avond wisselden we geen woord. Misschien had ik om details moeten krijsen – wie was ze? Hoe lang al? Maar op goede momenten was dat niet mijn stijl en na alles wat we in de afgelopen korte tijd hebben meegemaakt, had ik geen vechtlust over.

Was ik maar meer zoals mijn zussen, die fantastisch waren in het uitdrukken van verdriet – experts in deuren dichtsmijten, telefoons op de hoorn terugknallen, dingen tegen muren gooien, gillen. De hele wereld kreeg te horen over hun woede/teleurstelling/bedriegende man/ontbrekende chocolademousse uit de koelkast. Maar ik was geboren zonder die divahouding, dus wanneer mij iets rampzaligs overkomt, krop ik het meestal op, bekijk het van alle kanten, probeer het te begrijpen. Mijn ellende was als een ingroeiende haar, die steeds dieper naar binnen krulde. Maar wat erin komt, moet eruit komen en mijn verdriet kwam onvermijdelijk naar buiten in de vorm van schilferig, vlekkerig, nat eczeem op mijn rechterarm – het was een onomstotelijke graadmeter van mijn emotionele staat en die avond tintelde en jeukte het zo hevig dat ik het tot bloedens toe openkrabde.

Ik ging eerder naar bed dan Garv en tot mijn verbazing viel ik ook nog in slaap – door de schok misschien? Toen werd ik op een bepaald moment wakker en staarde in de deken van duisternis. Het was waarschijnlijk vier uur 's morgens. Dat is de ergste tijd, wanneer we op ons diepste punt zitten. Het is het uur waarop zieke mensen sterven. Dat gemartelde mensen breken. Mijn mond smaakte gruizig en mijn kaak deed pijn: ik had weer liggen knarsetanden. Geen wonder dat mijn verstandskies om enige aandacht vroeg – een laatste smeekbede uitte om iets te doen voor ik hem totaal vermaalde.

Toen, met knipperende ogen, zag ik het weerzinwekkende feit onder ogen. Deze truffelvrouw – had Garv echt iets met haar?

Gekweld gaf ik toe dat het waarschijnlijk zo was; de tekenen waren er. Ertegenaan kijkend concludeerde ik dat hij een affaire had, maar is het niet altijd anders wanneer *jouw* leven kritisch wordt bekeken?

Ik was bang geweest dat er iets zou gebeuren, zo bang dat ik mezelf er min of meer op had voorbereid. Maar nu het zover leek te zijn gekomen, was ik er helemaal niet klaar voor. Hij had zo stralend gekeken toen hij 'hun' chocola had ontdekt... Het was walgelijk geweest er getuige van te zijn. Hij *moest* iets van plan zijn. Maar dat was te veel om te verdragen en ik was weer terug bij niet geloven. Ik bedoel, als hij had rondgerommeld, dan had ik toch iets moeten merken?

Het voor de hand liggende was hem rechtstreeks vragen te stellen, maar hij zou natuurlijk liegen alsof het gedrukt stond. Of erger, hij zou me de waarheid vertellen. Uit het niets herinnerde ik me tekstregels uit een of andere B-film. *De waarheid?* (Vergezeld van een opgekrulde lip.) *Je kunt de waarheid niet aan!*

De gedachten bleven komen. Kon ze iemand van zijn werk zijn? Had ik haar misschien bij hun kerstparty ontmoet? Ik snuffelde in mijn herinneringen aan die avond, op zoek naar een vreemde blik of een beladen opmerking. Het enige wat ik me herinnerde was dat hij een paar keer met Jessica Benson had gedanst, een van zijn collega's. Zou zij het kunnen zijn? Maar ze was zo aardig tegen me geweest. Maar goed, als ik seks zou hebben met iemands man, zou ik misschien ook aardig tegen haar doen... Afgezien van de vrouwen met wie Garv werkte, waren er de vriendinnen en vrouwen van zijn vrienden – en dan waren er mijn vriendinnen. Ik schaamde me voor die gedachte, maar ik kon er niets aan doen; plotseling vertrouwde ik niemand meer en verdacht iedereen.

En Donna? Zij en Garv hadden altijd lol samen *en* ze noemde hem Doctor Love. Ik kreeg het koud toen ik me herinnerde ergens te hebben gelezen dat bijnamen geven een ijzersterke aanwijzing is dat mensen dolle pret met elkaar hebben.

Maar toen ontsloeg ik Donna met een zucht van elke verdenking: ze was een van mijn beste vriendinnen, ik kon gewoon niet geloven dat ze zoiets zou doen. Plus, om redenen die ze zelf het beste kende, was ze gek op Robbie de platvis. Tenzij hij natuurlijk een knalrode goudvis was. Maar er was een ding dat me ervan overtuigde dat Garv geen affaire met Donna had, en dat was het feit dat ze hem over haar wrat had verteld. Ze had zelfs haar laars en sok uitgetrokken en hem haar voetzool toegestoken zodat hij zelf kon zien hoe groot hij was. Als je een hartstochtelijke affaire met iemand hebt, ga je je hem niet je wratten laten zien. Het heeft alles te maken met mystiek en onpraktische beha's en je benen klokjerond onbehaard houden – althans dat is me verteld.

En mijn vriendin Sinead? Garv was zo aardig tegen haar. Maar ze was pas drie maanden geleden weg bij haar vriendje Dave. Ze was toch zeker nog te kwetsbaar voor een affaire met de man van haar beste vriendin – en veel te kwetsbaar voor elke normale man om het te proberen? Tenzij breekbaarheid iets was dat Garv leuk vond. Maar kreeg hij dat al niet genoeg van mij? Waarom ga je op zoek naar gebroken serviesgoed terwijl je het thuis voor het oprapen hebt?

Ik merkte dat Garv ook wakker was – zijn zogenaamd regelmatige ademhaling verried hem. Dus konden we praten. Behalve dat we dat niet konden, want we hadden het al maanden geprobeerd. Ik hoorde niet de inademing die voorafgaat aan praten, dus schrok ik toen de inktzwarte stilte werd verbroken door Garvs stem. 'Sorry.'

Sorry. Het ergste wat hij had kunnen zeggen. Het woord bleef in het donker hangen en wilde niet verdwijnen. In mijn hoofd hoorde ik de echo nog eens, en nog eens. Iedere keer zwakker, tot ik me afvroeg of ik me slechts had verbeeld dat ik het had gehoord. Minuten gingen voorbij. Zonder erop te reageren draaide ik hem mijn rug toe en verbaasde mezelf door weer in slaap te vallen.

De volgende ochtend werden we laat wakker, en er zat bloed onder mijn nagels van het krabben aan mijn arm. Mijn eczeem was in alle hevigheid terug – als dit zo doorging moest ik in bed weer handschoenen gaan dragen. Maar zou het doorgaan? Ik kreeg er zo'n raar gevoel over.

Ik hield me bezig met douchen en koffie drinken, en toen Garv zei: 'Maggie,' en probeerde mijn voortdurende beweging te stoppen, stapte ik keurig langs hem heen en zei zonder oogcontact: 'Ik ben al laat.' Ik vertrok en nam dat lege, vier-uur-in-de-ochtend gevoel met me mee.

Ondanks het feit dat ik Garv met zijn woorden in zijn mond had laten staan, kwam ik te laat op mijn werk en het contract lag niet om halftien op Frances' bureau. Ze verzuchtte: 'O, Maggie,' op een toon van ik-ben-niet-boos-maar-teleurgesteld. Het is bedoeld om dat te bereiken wat een uitbrander niet doet, en het bezorgt je een waardeloos en beschaamd gevoel. Ik waardeerde het echter dat ik niet werd uitgescholden. Niet de reactie waar Frances op uit was, vermoed ik.

Ik voelde me volkomen verloren, maar tegelijkertijd onnatuurlijk kalm – bijna alsof ik op een ramp had gewacht en het was een vreemd soort opluchting dat hij uiteindelijk had plaatsgevonden. Omdat ik er geen idee van had hoe ik me onder deze omstandigheden moest gedragen, besloot ik te doen wat de anderen deden en begroef mezelf in mijn werk. Was het niet raar, dacht ik, dat ik na zo'n afschuwelijke schok nog steeds normaal functioneerde? Toen merkte ik dat ik steeds dubbelklikte op mijn muis omdat mijn hand zo trilde.

Gedurende enkele seconden lukte het me om me op een clausule in het contract te concentreren, maar al die tijd gonsde het door me heen: *er is iets heel erg mis*. In de loop der jaren hadden Garv en ik, zoals alle paren, onze ruzies gehad, maar zelfs de ergste had niet zo gevoeld als dit. De ergste ruzie was zo'n rare geweest, die ontstond als een felle discussie over of een nieuwe rok van me bruin of paars was, en die onverwacht oversprong op een bitter zijspoor, met beschuldigingen van kleurenblindheid en hypergevoeligheid die over en weer vlogen.

(*Garv*: 'Wat is er verkeerd aan dat hij bruin is?'
Ik: 'Alles! Maar hij is niet bruin, hij is paars, jij stomme kleurenblinde klootzak.'
Garv: 'Luister, het is maar een rok. Het enige wat ik zei was dat het me *verbaasde* dat je een bruine rok had gekocht.'
Ik: 'Maar *dat heb ik niet gedaan*! Hij is *paars*!'
Hij: 'Je reageert overdreven.'
Ik: 'Dat doe ik *niet*. Ik zou *nooit* een bruine rok kopen. Ken je me eigenlijk wel?')

Op dat moment dacht ik dat ik het hem nooit zou vergeven. Ik had het mis. Maar deze keer was anders, daar was ik verschrikkelijk zeker van.

In de lunchpauze bracht ik het niet op mijn stapels dringend werk weg te werken, dus ging ik naar Grafton Street, op zoek naar troost. Wat de vorm aannam van geld uitgeven – alweer. Zonder animo kocht ik een geurkaars en een (relatief gezien) goedkope imitatie Gucci-tas. Maar geen van beide deed iets om de leegte op te vullen. Toen ging ik naar de drogist om pijnstillers voor mijn kies te kopen, en werd onderschept door een witgejaste vrouw met een oranje gezicht, die me vertelde dat als ik twee producten van Clarins kocht – waarvan één een huidverzorgingsproduct moest zijn – ik een geschenk kreeg. Lusteloos haalde ik mijn schouders op: 'Prima.'

Ze kon haar geluk niet op, en toen ze de duurste artikelen voorstelde – serums in flesjes van 100 ml – haalde ik weer mijn afgezakte schouders op. 'Doe maar.'

Het idee van een geschenk beviel me wel – het had iets troostends. Maar terug op mijn werk, toen ik mijn geschenk opende, was het een stuk minder opwindend dan het er op het plaatje had uitgezien: vreemdkleurige oogschaduw, een mini-mini-mini-tube foundation, vier druppels oogcrème en een vingerhoedje met azijnachtig parfum. Anticlimax sloeg toe, en toen, gedurende een onverwacht restantje van normaliteit, kwam het schuldgevoel, dat gedurende de lange middag groot en lelijk aanzwol. *Ik moest stoppen met geld uitgeven.* Zo gauw ik op een redelijk tijdstip kon vertrekken, haastte ik me terug naar Grafton Street om te proberen de handtas te ruilen – de troep van Clarins kon ik niet terugbrengen omdat ik het geschenk al had uitgeprobeerd – maar ze wilden me mijn geld niet teruggeven, alleen een tegoedbon. En voordat ik terug was in de auto ving ik een glimp op van gele, gebloemde instappertjes in de etalage van een schoenwinkel, en alsof ik een buitenlichamelijke ervaring had, bevond ik me ineens binnen, overhandigde mijn creditcard en besteedde nog eens dertig pond. Het was niet veilig om me naar buiten te laten gaan.

Die avond ging ik naar iets van mijn werk en deed iets wat ik gewoonlijk tijdens iets van mijn werk niet doe – ik werd dronken. Ongelooflijk dronken, zo hevig dat ik me, tijdens een van mijn vele ritjes heen en weer naar het toilet, toen ik Stuart Keating tegen het lijf liep, aan hem vastklemde. Stuart werkte op een andere afdeling en hij was altijd aardig tegen me geweest; ik zie nog steeds de verbazing op zijn gezicht toen ik op hem inzoomde. Daarna kusten we elkaar, maar slechts een halve seconde voordat ik me moest losmaken. *Wat deed ik nou?* 'Sorry,' riep ik uit, en verbijsterd over mezelf keerde ik terug naar het feestje, pakte mijn jas en vertrok zonder iemand gedag te zeggen. Vanaf de andere kant van het vertrek sloeg Frances me gade, een ondoorgrondelijke uitdrukking op haar gezicht.

Toen ik thuiskwam zat Garv kaarsrecht op me te wachten, als een bezorgde ouder. Hij probeerde met me te praten, maar ik mompelde dronken dat ik moest slapen en dook de slaapkamer in, met Garv op mijn hielen. Ik trok mijn kleren uit, liet ze liggen waar ze vielen en kroop tussen de lakens. 'Drink een beetje water.' Ik hoorde gekletter toen Garv een glas op mijn nachtkastje zette. Ik negeerde het glas en hem, maar net voordat ik in de genadige onwetendheid van de slaap wegzakte, herinnerde ik me dat ik was vergeten mijn contactlenzen uit te doen. Te vermoeid, en te dronken om op mijn benen te staan en naar de badkamer te gaan, schoof ik ze uit en liet ze in het handig geplaatste glas vallen, en nam me voor ze de volgende ochtend goed te reinigen in de daarvoor bestemde vloeistof.

Maar toen het ochtend was, zat mijn tong als perkament aan mijn gehemelte vastgeplakt. Automatisch stak ik mijn hand uit naar mijn glas water en dronk het in een lange teug leeg. Pas toen de laatste druppels door mijn keelgat stroomden, herinnerde ik het me. Mijn contactlenzen. Ik had mijn contactlenzen opgedronken. *Alweer*. De derde keer in zes weken. Ze waren slechts een maand houdbaar, en moesten daarna worden vervangen, maar toch.

En de volgende dag, zoals het lot het wilde, raakte ik mijn baan kwijt.

Ik werd niet precies ontslagen. Maar mijn contract werd niet verlengd. Het was een zesmaandelijks contract, en sinds ik uit Chicago terug was in Dublin, was het al vijf keer verlengd. Ik had gedacht dat verlengen meer een soort formaliteit was.

'Toen je hier begon,' zei Frances, 'waren we erg van je onder de indruk. Je was een harde, betrouwbare werker.'

Ik knikte. Dat klonk alsof het over mij ging. Op een goede dag.

'Maar in de afgelopen zes maanden of zo, is het gehalte van je werk en je betrokkenheid dramatisch gedaald. Je bent vaak te laat, je gaat vroeg weg…'

Ik luisterde, bijna verbaasd. Natuurlijk had ik ergens wel *geweten* dat ik niet optimaal functioneerde, maar ik had toch gedacht dat ik dat voor de buitenwereld aardig verborgen had gehouden.

'… je bent kennelijk afgeleid geweest en je hebt tien dagen ziekteverlof opgenomen.'

Ik had overeind kunnen springen en Frances haarfijn uitleggen waarom ik afgeleid was geweest en waar ik die tien dagen van mijn ziekteverlof had doorgebracht, maar ik bleef zitten als een plank, mijn gezicht gesloten. Het ging niemand wat aan. Toch, paradoxaal genoeg, vond ik dat zij had moeten zien dat er in de afgelopen maanden iets erg mis was geweest en dat ze wat meer door de vingers had moeten zien. Ik ben rationeler geweest, denk ik.

'Wij willen mensen die om hun werk geven…'

Ik opende mijn mond om te protesteren dat ik om mijn werk gaf, toen ik met een schok besefte dat het me eigenlijk geen moer kon schelen.

'...en het is met spijt dat ik je moet vertellen dat we ons contract met jou niet kunnen verlengen.'

Het was jaren geleden sinds ik voor het laatst was ontslagen. In feite was dat toen ik zeventien was en bij de buren oppaste. Ik smokkelde mijn vriendje naar binnen toen de kinderen naar bed waren, want een huis zonder volwassenen was te mooi om waar te zijn. Maar de afschuwelijke zoon – die passend genoeg Damian heette – betrapte me toen ik mijn vriendje weer naar buiten smokkelde. Ik zal het nooit vergeten: Damian stond boven aan de trap, en zijn gezicht was zo kwaadaardig dat de Old Spice-muziek spontaan in mijn hoofd begon te spelen. Ik werd nooit meer gevraagd daar op te passen. (Om eerlijk te zijn, was het bijna een opluchting.)

Maar sinds die keer was ik nooit ontslagen. Ik was een redelijk goede werker – niet zo goed dat ik ooit in gevaar kwam de Werknemer van de Maand Award te winnen, maar redelijk betrouwbaar en productief.

'Je wilt dat ik opstap?' vroeg ik slapjes.

'Ja.'

'Wanneer?'

'Nu is een goed moment.'

Vreemd genoeg kwam het door het verlies van mijn baan dat ik het besluit nam bij Garv weg te gaan. Ik begrijp niet goed waarom. Want weet je, het is niet makkelijk om iemand te verlaten. Niet in het echte leven. In romans is het allemaal zo kant-en-klaar en duidelijk: als je samen geen toekomst kunt zien, dan vertrek je *natuurlijk*. Eenvoudig. Of: als hij een affaire heeft, ben je wel een volslagen idioot als je blijft, toch? Maar in het echte leven is het verbazingwekkend hoe dingen samenspannen om jullie bij elkaar te houden. Je zou kunnen denken, goed, we kunnen elkaar dus niet meer gelukkig maken, maar ik kan het zo goed met zijn zus vinden en mijn vrienden zijn dol op hem, en onze levens zijn te verweven om onszelf daaruit los te rukken. En dit is ons huis, en zie je die lupinen in ons achtertuintje – die heb ik geplant. (Nou, niet echt *geplant*, ik heb ze niet met mijn eigen handen in de grond gezet, het was een nurkse man, ene Michael, die het heeft gedaan, maar ik had het allemaal bedacht.)

Iemand verlaten is een grote stap. Ik liep van veel meer weg dan een persoon, het was een heel leven waar ik afscheid van nam.

Maar de schok van ontslag had de overtuiging op gang gebracht dat alles uit elkaar viel. Toen de deur naar de ene ramp was opengegaan, leken de mogelijkheden voor catastrofes eindeloos, en ik had het gevoel dat ik geen andere keus had dan door te gaan met het leven zoals het zich voordeed. Een baan verliezen? Waarom dan niet maar meteen ook een huwelijk opbreken? Het had de afgelopen maanden zoveel deuken opgelopen dat het eigenlijk alleen nog in naam bestond.

Tegen de tijd dat Garv van zijn werk thuiskwam, was ik in de slaapkamer, tot aan mijn middel in een ziekelijke poging in te pakken. Hoe iemand het klaarspeelt om er midden in de nacht vandoor te gaan, is me een volslagen raadsel. De meeste mensen (als ze enigszins op mij lijken) verzamelen zoveel *troep*.

Hij stond daar en keek naar me, en het was alsof ik het allemaal droomde.

Hij leek verbaasd. Of misschien niet. 'Wat gebeurt er?'

Dit was mijn aanwijzing voor de dramatische afscheidszinnen die mensen in romans altijd uitroepen. *Ik verláát je! Het is voorbij.* In plaats daarvan liet ik mijn hoofd hangen en mompelde: 'Ik denk dat ik beter kan gaan. We hebben geprobeerd ons best te doen en…'

'Klopt,' hij haalde diep adem. 'Klopt.' Toen knikte hij, en dat knikken was het ergste deel. Die berusting. Hij was het met me eens.

'Ik ben vandaag mijn baan kwijtgeraakt.'

'Christus. Wat is er gebeurd?'

'Ik was te veel afgeleid en heb te veel ziekteverlof opgenomen.'

'Schoften.'

'Ja, nou.' Ik zuchtte. 'Het punt is dat ik deze maand de hypotheek waarschijnlijk niet kan betalen, dus ik zal het van mijn spaarrekening voor leuke dingen halen en het je geven.'

'Laat maar, laat maar. Ik zal het regelen.'

Toen vervielen we in stilte en het werd duidelijk dat de hypotheek het enige was wat hij van plan was te regelen.

Misschien had ik boos op hem en Truffelvrouw moeten zijn. Misschien had ik hem moeten verachten omdat hij niet op de bres sprong en me hartstochtelijk beloofde dat hij me niet liet gaan en dat we eruit zouden komen.

Maar de waarheid was, op dat moment, dat ik weg *wilde* gaan.

3

Onderlinge ondersteuning disfunctioneel. Zo zou ik mijn familie, de Walshes, willen beschrijven. Nou, eigenlijk is het niet hoe ik mijn familie graag zou willen beschrijven. Ik zou ze liever beschrijven als het prototype voor de Brady Bunch, de Waltons van Waltons' Mountain, alleen wat liederlijker. Maar helaas, onderlinge ondersteuning disfunctioneel is zo goed als het kan zijn.

Ik heb vier zussen, en het credo dat ieder van hen schijnt na te leven is: hoe meer drama's hoe beter. (Voorbeeld daarvan: Claires man verliet haar op de dag dat ze hun eerste kind ter wereld bracht; Rachel is een (afgekickte) verslaafde; Anna ziet de werkelijkheid niet zoals die is; en Helen, de jongste – tja, het is een beetje moeilijk voor me te beschrijven...) Maar ik ben nooit dol op chaos geweest en ik kwam er niet achter waarom ik zo anders was. In mijn eenzaamste momenten fantaseerde ik dat ik was geadopteerd. Waar ik me nooit helemaal bij neer kon leggen, omdat duidelijk aan mijn verschijning te zien was dat ik *een van hen* was.

Mijn zussen en ik zijn er in twee versies: Model A en Model B. Model A's zijn groot, met een gezond uiterlijk en, indien ongemoeid gelaten, hebben ze stenen-schijthuis neigingen. Ik ben volgens het boekje een Model A. Mijn oudste zus, Claire, en de zus die na mij komt, Rachel, zijn ook Model A's. Model B's, aan de andere kant, zijn klein, kittig en knap. Met hun lange, donkere haar, schuine groene ogen en slanke ledematen, zijn de twee jongste zussen, Anna en Helen, duidelijke voorbeelden van het genre. Hoewel Anna bijna drie jaar ouder is dan Helen, zien ze eruit als een tweeling. Soms kan onze moeder ze zelfs niet uit elkaar houden – hoewel dat waarschijnlijk ook te maken heeft met het feit dat ze weigert haar bril te dragen, bedenk ik me nu. Om het makkelijk te maken,

Anna – een neo-hippie – kleedt zich alsof ze iets uit de verkleedkist heeft opgediept, en Helen is degene met de schijn van een psychose.
 Model A's delen de gewone karakteristieken van groot zijn en sterk. Niet noodzakelijkerwijze dik. Niet *noodzakelijkerwijze*. Echt, Model A's staan erom bekend er soepel en slank uit te zien. Als ze in de greep van anorexia zijn, tenminste – niet zo onwaarschijnlijk als het klinkt. Ik heb nooit een eetprobleem gehad – kennelijk had ik daar de verbeeldingskracht niet voor, zoals Helen me vertelde.
 Ik mag dan geen eetprobleem hebben gehad, maar ik vermoed dat ik een andere vorm van boulimie had – winkelboulimie. Het leek erop of ik altijd met geld smeet en dingen kocht om ze daarna terug te brengen. Feitelijk had ik onlangs een enorme ruzie veroorzaakt waar het grootste deel van de familie bij betrokken was. Helen had zitten zeuren over hoe moeilijk het was rond te komen met het geld dat ze als visagiste verdiende, en plotseling betrok ze mij erbij en zei beschuldigend: 'Je bent goed met geld.' Dit gebeurde vaak; ze vonden dat ik fatsoenlijk leefde en sportief was – hoewel ik sinds ik in Chicago woonde niets meer aan sport had gedaan – en schilderden een beeld van me dat jaren, wellicht tientallen jaren verleden tijd was. Mijn ouders waren het helemaal eens met deze sepiakleurige versie van me, maar mijn jongere zussen behandelden me – liefhebbend – als een bespottelijk persoon. Meestal hield ik er mijn mond over, maar die dag baalde ik er plotseling van om – hoewel liefhebbend – te worden beschreven als ongelooflijk saai.
 'Op wat voor manier ben ik goed met geld?'
 'Je leeft niet boven je stand. Denkt zorgvuldig na voordat je iets koopt, dat soort dingen,' zei Helen hatelijk. 'Noch een lener, noch een geldgever, hahaha.'
 'Ik ben niet goed met geld,' zei ik scherp.
 'Dat ben je wel!' riepen ze in koor – mijn ouders met bewondering, Helen zonder.
 'Ze is het niet,' zei Garv.
 'Dank je,' siste ik tegen hem.
 'Je bent het wel! Ik wed dat je een grote stapel gebruikte vijfpondsbiljetten in een koektrommel onder je bed hebt.'
 'Ze wilde ze niet in een koektrommel bewaren,' verdedigde pap me tegen Helen. 'In koektrommels krijg je geen rente. Ze heeft haar spaargeld op een rekening tegen een hoge rente.'
 'Welk spaargeld? Ik heb helemaal geen spaargeld!'

'O nee?' Mam klonk verward. Zelfs van streek. 'Had je vroeger niet een spaarbankboekje? Bracht je daar niet wekelijks vijftig cent naartoe?'
'Ja, toen ik *negen* was.'
'Maar je hebt toch wel een pensioenregeling?' vroeg pap bezorgd.
'Dat is wat anders, dat is geen spaargeld, en je krijgt het niet voor je zestigste. En ik koop *altijd* dingen die ik niet nodig heb.'
'Daarna breng je ze terug.'
'Maar ze geven me niet altijd mijn geld terug. Soms krijg ik alleen een tegoedbon, en dat is hetzelfde als geld uitgeven.' Mijn stem rees. 'En soms zijn die verlopen op het moment dat ik ze weer wil gebruiken.'
'Nee!' mam was verbijsterd.
'Nou, ik wed dat je je creditcard iedere maand aanvult,' hield Helen vol.
'Ik vul mijn creditcard *niet* elke maand aan.' Ze zaten allemaal met open mond vanwege mijn onverwachte woede. 'Alleen *sommige maanden*!'
'O, laat me niet lachen, zeg.'
Ik wist dat het een beetje vreemd was dat we deze ruzie hadden. Ik kende mensen die ruzie maakten over geld – maar gewoonlijk werden ze ervan beschuldigd te veel uit te geven en beweerden ze dat ze dat niet deden, niet andersom. Ik was zo opgefokt dat mam uiteindelijk Helen haar excuses aanbood. Toen mompelde ze tegen mij: 'Het is niets om je voor te schamen, genoeg geld verdienen en wat opzij zetten.'

Het was op dat punt dat Garv erop aandrong dat we vertrokken, briesend dat ze me zeer van streek maakten. (Je weet toch hoe Garv het goede in de meeste mensen ziet? Nou, dergelijk altruïsme zit er voor mijn familie niet in.)

Onderweg naar huis zei ik ongerust: 'Ik weet dat alles relatief is en ik weet dat ik niet echt bij hen hoor, maar ik ben *wel* neurotisch, is het niet?'
'Dat ben je, natuurlijk,' zei hij dapper. 'Let niet op hen!'

Maar ik zit niet op deze manier over mijn familie te zaniken om achtergrondinformatie te verschaffen, er is wel degelijk een reden voor: ik overweeg om weer bij hen te gaan wonen. Ik *had* bij Donna kunnen intrekken, maar zij is onlangs na vele verwikkelingen een tweede ronde met Robbie begonnen, dus wist ik niet zeker of ze de aanwezigheid van een derde partij zou verwelkomen. Of ik had het Sinead kunnen vragen, maar Dave had haar eruit geschopt en zij had net zomin een huis als ik. En ik had mijn beste vriendin Emily kunnen proberen, die *genoeg* ruimte heeft. Het enige probleem is dat zij in Los Angeles woont. Niet echt handig dus.

Dus moet ik, pet in de hand, terugkeren naar de schoot van mijn familie. Maar ik moet het ze eerst vertellen, en daar zie ik tegenop. Misschien is het nooit makkelijk je vader en moeder teleur te stellen, maar in mijn geval is het extra moeilijk. Ik ben degene die met haar eerste vriendje trouwde, en ze zijn zo hartverscheurend trots op me geweest, en op praktisch alles wat erbij hoorde: het huwelijk, het huis, de auto, de baan, de pensioenregeling, de ijzersterke gezondheid.

'Jij hebt ons nooit een ogenblik zorgen gebaard,' hebben ze vaak gezegd. 'De enige die dat niet heeft gedaan.' Daarna volgde een onheilspellende blik naar de zuster die hen op dat moment verdriet deed. Nu, nadat ik hen al die jaren succesvol had ontlopen, was het *mijn* beurt voor de onheilspellende blikken.

Ik wachtte even bij de voordeur voordat ik mezelf binnenliet. Even een momentje voor mezelf. Vervuld van een krachtige behoefte om te vluchten, het land te verlaten, mijn afgrijselijke mislukking niet onder ogen te hoeven zien. Toen, met een zucht, stak ik mijn sleutel in het slot. Ik kon niet vluchten – ik ben verantwoordelijk en plichtsgetrouw. In een familie waar verscheidene zwarte schapen hun best doen de zwartste te zijn, is het niet leuk om het enige witte schaap te zijn.

Er kwam een hoop lawaai uit de huiskamer en het klonk naar al diegenen die momenteel het huis bewoonden – mam, pap, Helen en Anna waren allemaal aanwezig. Helen, met haar vijfentwintig jaar, woonde nog steeds thuis vanwege haar knipperlichtrelatie met haar werk – ze heeft vele carrièreveranderingen doorgemaakt. Twee of drie jaar werden op de universiteit doorgebracht, en na een periode van werkloosheid had ze geprobeerd een stewardess te zijn, maar bracht het niet op om aardig genoeg te zijn. ('Hou op met op die klotebel te drukken, ik heb u de eerste keer al gehoord,' was geloof ik de zin die een einde maakte aan die hoogvliegende carrière.) Meer werkloosheid volgde, daarna volgde een dure cursus als visagiste. Ze hoopte bij theater en film te kunnen werken, maar in plaats daarvan hield het op bij de ene bruidsmake-up na de andere – voornamelijk de dochters van vrienden van mijn ouders. Maar mams pogingen om werk voor Helen op te trommelen werden niet gewaardeerd en, zo nijdig als een spin, vertelde mam me dat Helen had gezworen dat, als ze ooit weer een zesjarig bloemenmeisje moest opmaken, ze haar de ogen met een eyeliner zou uitsteken.

Helens probleem is dat ze is behept met een hoge intelligentie gepaard aan een ongewoon kortdurend concentratievermogen, en ze moet haar *ware* roeping nog vinden.

In tegenstelling tot Anna, die nog een roeping moet vinden, welke dan ook. Ze heeft elke aanmoediging om zich op het carrièrepad te begeven weerstaan, en de kost verdiend als serveerster, barkeeper en tarotkaartlezer. Echter nooit voor een langere aaneengesloten periode; haar cv is waarschijnlijk zo lang als *Oorlog en Vrede*. Tot zij en haar ex-vriend, Shane, uit elkaar gingen, leefden ze van de hand in de tand, een bestaan van vrije geesten. Zij waren van het soort dat even naar buiten kwam om een KitKat te kopen, en de volgende keer dat je van ze hoorde, zaten ze in Istanbul, en werkten in een looierij. Hun motto was: 'God zal voor ons zorgen', en als God het niet deed, dan deed de sociale dienst het. Ik benijdde hen om hun zorgeloze bestaan. Nee, dat is een volsagen leugen. Ik zou het hebben verafschuwd – de onzekerheid, nooit weten of je te eten had, afgekeurde waar kopen, dat soort dingen.

Het punt met Anna is dat ze acuut, bijna schokkend scherpzinnig kan zijn, maar in praktische zaken is ze nergens. Zoals eraan denken zich aan te kleden voor ze het huis verlaat. Er was een tijd dat we het gevoel hadden dat haar lieve, afwezige karakter de oorzaak was van haar voorliefde voor recreatieve drugs, maar dat overwon ze vier jaar geleden, rond dezelfde tijd dat Rachel het deed. En hoewel ze misschien een beetje gekker is dan vroeger, kan ik dat niet met zekerheid zeggen.

Ze trok een paar maanden geleden weer bij mijn ouders in, toen ze het had uitgemaakt met Shane – hoewel ze niet hetzelfde soort verdriet had ervaren als ik verwachtte te krijgen. Een, omdat ze niet getrouwd was geweest en twee, omdat ze van haar schenen te verwachten dat ze onbetrouwbaar was.

Behoedzaam opende ik de kamerdeur. Ze zaten bijeen op de bank en keken naar *Who wants to be a millionaire?* en bespotten de kandidaten.

'Elke dombo weet het antwoord op die vraag,' riep Helen naar het scherm.

'Wat is het dan?' vroeg Anna.

'Ik weet het niet. Maar ik *hoef* het niet te weten. Ik sta niet op het punt om drieënnegtig duizend pond te verliezen. O, toe dan, bel je vriend, als hij tenminste niet net zo'n dombo is als jij...'

Waarom moesten ze nou allemaal thuis zijn? Waarom niet alleen Anna, bijvoorbeeld? Ik had het haar kunnen vertellen, dan als een lafaard kunnen afdruipen naar bed, en het aan haar overlaten om het de anderen te vertellen.

Toen zag mam me bij de deur staan.

'Margaret!' riep ze uit. Ik hou haar al jaren voor dat mijn naam Maggie is, maar ze leeft in ontkenning. 'Kom binnen. Ga zitten. Neem een Cornetto.' Ze porde pap aan. 'Haal een Cornetto voor haar.'

'Chocola? Aardbei? Of...' Pap wachtte, voor hij triomfantelijk met zijn grootste verleiding kwam. 'Of M&M? Ze zijn nieuw!'

Er is altijd een heerlijke voorraad lekkers beschikbaar in het huis van mijn ouders. In tegenstelling tot de meeste huizen is dit echter niet een aanvulling op het gewone voedsel, maar *in plaats van*. Het was niet zozeer dat mijn moeder het niet leuk vond om maaltijden te koken, het was meer dat wij er niets aan vonden om ze op te eten. Ergens begin jaren tachtig is ze helemaal gestopt met koken. 'Wat heeft het voor zin als jullie ondankbare mormels nooit iets opeten?'

'Ik wel,' blaatte pap, een roepende in de woestijn.

Maar het maakte geen verschil. Gemaksmaaltijden werden binnengebracht en het maakte me triest. Ik had altijd verlangd naar een familie in Italiaanse stijl, die voor de avondmaaltijd bijeenkwam, die borden en schalen met dampend voedsel over de schoongeboende grenen tafel doorgaf, terwijl de mollige mama stralend bij het fornuis stond.

Maar tegelijkertijd was onbeperkt ijs eten ook niet te versmaden. Dankbaar pakte ik een Cornetto aan (een M&M, natuurlijk) en keek naar het eind van het programma. Dat was ook het beste, want voordat het was afgelopen zou ik nooit hun aandacht krijgen. Bovendien kwam het me wel goed uit om het moment uit te stellen dat ik de woorden *Garv en ik zijn uit elkaar* eruit moest wringen. Ik was bang dat het, door het hardop te zeggen, ook daadwerkelijk was gebeurd.

En toen was het moment daar.

Ik zuchtte, slikte de misselijkheid weg en stak van wal. 'Ik moet jullie iets vertellen.'

'Leuk!' Mam veranderde haar gelaatstrekken in haar ik-ga-oma-wordengezicht.

'Garv en ik zijn uit elkaar.'

'Ah, nee!' Met een scherp geruis dook mijn vader prompt achter zijn krant. Anna wierp zich op me, zelfs Helen keek geschrokken, maar mijn arme moeder... Ze zag eruit alsof er een rondvliegende baksteen op haar hoofd was terechtgekomen. Stomverbaasd en verslagen en diep geschokt.

'Dadelijk vertel je me dat het een grapje was,' zei ze hijgend.
'Nee, helaas,' zei ik dapper. Ik vond het afschuwelijk voor haar, vooral omdat ik de tweede van haar dochters was met een mislukt huwelijk, maar het was belangrijk haar niet te misleiden. Valse hoop was erger dan geen hoop.
'Maar,' ze haalde zwoegend adem, 'maar jij bent altijd de goede geweest. Zeg iets,' zei ze woedend tegen mijn vader.
Hij verscheen onwillig boven het krantenscherm uit. 'De zeven-jaar-onrust,' mompelde hij aarzelend.
'*Gentlemen Prefer Blonds*,' zei Helen, porde toen Anna aan, die een ogenblik nadacht, en zei: '*The Misfits*.'
'Je beschrijft jezelf,' antwoordde Helen hatelijk, krulde vervolgens haar lip op tegen de muur van kranten. 'Zie je, pap? We kunnen alle Marilyn Monroefilms noemen, maar wat heeft het voor zin?'
'Ik ben eigenlijk *negen* jaar getrouwd geweest,' zei ik zacht tegen paps krant. Hij bedoelde het goed.
'Ik ervaar dit als een gruwelijke schok,' zei mam.
'Ik dacht dat jullie blij zouden zijn, want jullie hadden allemaal een hekel aan Garv.'
'Ik weet het, maar...' Mam vermande zich ineens. 'Hou op met die onzin, we hebben geen hekel aan hem.'
Maar dat hadden ze wel – allemaal, behalve Claire, die hem had leren kennen toen ze als tiener verliefd was op zijn grote broer (verwarrend genoeg ook Garv genoemd). Ze had *mijn* Garv altijd lief gevonden, vooral toen hij haar cassetterecorder had gerepareerd. (Maar begin alsjeblieft niet met haar over het onderwerp van de oudere Garv.) Maar ondanks Claires bijval, had *mijn* Garv op een of andere manier – hoewel buiten zijn schuld om – bij de rest van de familie een reputatie verworven van vrekkig en oud-voor-zijn-leeftijd dufheid.
De aantijging 'vrekkig' had zijn lelijke kop opgestoken tijdens de eerste avond dat ik hem had meegenomen om officieel kennis te maken met mijn familie. Tot dat moment had hij zich geruime tijd aan de zijlijn weten op te houden, maar ik had beseft dat ik het serieus met hem meende en dat het tijd werd om mijn familie te ontmoeten. Om er iets bijzonders van te maken hadden we bij Phelan's afgesproken, de plaatselijke pub, en het is een saillant feit dat Garv geen rondje gaf.
Geen rondje geven is in mijn familie een dodelijke zonde, en er is altijd een grote competitie onder elkaar wie de meeste rondjes weet te ge-

ven. Er breekt ook altijd bijna een gevecht uit wanneer mensen proberen het eerst bij de bar te komen.

Op de bestreffende avond was Garv meer dan bereid drankjes voor mijn familie te kopen, maar hij was nerveus en veel te goedgemanierd om zich tegen hen te verzetten. Zodra iemands glas halfleeg was, sprong hij overeind, frunnikte naar zijn geld, en vroeg: 'Hetzelfde voor allemaal?' Maar iedere keer dat hij dat deed, stond de hele tafel tegelijk op en gilde iedereen tegen hem dat hij moest gaan zitten, en zijn geld opbergen, dat hij ons beledigde. Zelfs ik deed mee en liet me meevoeren door de opwinding van het moment. Verslagen door een bombardement aan woorden, liet Garv zich onwillig weer zakken op zijn barkruk.

Het resultaat van de avond was dat pap een rondje gaf, Rachel een rondje gaf, ik een rondje gaf, Anne een rondje gaf en toen pap nog een rondje gaf. En Garv kreeg de reputatie van krentenkakker.

Vlak na deze rampzalige avond van zijn foutieve beoordeling volgde het poloshirt-incident. Een verhaal dat vrolijk begint en tragisch eindigt. Op een zaterdagmiddag zwierven Garv en ik een beetje door de stad, en gingen hier en daar een kledingwinkel in. Omdat Garv nog maar een stagiaire was en net een auto had gekocht, zat hij krap, dus waren we uit op koopjes. Het liefst gratis spullen. Door puur toeval vonden we een poloshirt onder in de opruimingsbak. Tot onze grote verbazing had het geen van de kenmerken die je gewoonlijk in verband brengt met dingen die je in de opruimingsbak vindt, zoals drie mouwen, geen halsopening of met geen mogelijkheid te verwijderen kotskleurige vlekken. In feite mankeerde er niets aan – de juiste maat, de juiste prijs en een zachtblauwe kleur die zijn ogen blauw deed lijken terwijl ze er gewoonlijk grijs uitzien.

Pas toen we thuiskwamen zagen we dat er een klein logo boven het borstzakje zat. Een contourfiguurtje dat een golfclub opzwaait, dat we op een of andere manier in de euforie van een kledingstuk met slechts twee mouwen ontdekken, over het hoofd hadden gezien. Natuurlijk waren we beiden ontstemd, maar concludeerden dat het zo klein was dat het nauwelijks opviel. Bovendien waren we te blut om het hem niet te laten dragen. Dus droeg hij het. En het volgende wat we horen is dat Garv dezelfde soort truien als pap draagt. Toen ontstond er een gerucht dat hij golf speelde, wat niet alleen onwaar was, maar ook erg oneerlijk.

Garv is niet gek en hij was zich bewust van de antipathie van mijn familie. Nou, het was moeilijk om daar *on*bewust van te blijven, want iedere keer dat hij in het huis verscheen, brulde Helen: 'In godsnaam, laat hem niet binnen!'

Hoewel hij hun onbeleefdheden nooit met gelijke munt terugbetaalde, startte hij ook geen charmeoffensief in een poging hen voor zich te winnen. Dat *had* hij kunnen doen – hij had meestal een aardige, ontspannen manier van doen. In plaats daarvan werd hij in hun buurt erg beschermend ten opzichte van mij, wat ze afwisselend interpreteerden als gereserveerdheid of regelrechte vijandigheid. En reageerden met gereserveerdheid en vijandigheid. Alles bij elkaar was het niet zo makkelijk, vooral niet met Kerstmis...

'Je zit even in een dip,' probeerde mam dapper.

Geknakt schudde ik mijn hoofd. Dacht ze dat ik daar zelf niet aan had gedacht? Dacht ze dat ik me daar niet aan had vastgeklemd, in de hoop dat dat, samen met knarsetanden, het enige was dat mis was?

'Was hij, eh...?' Mijn vader probeerde kennelijk een delicate vraag te formuleren. 'Pieste hij buiten de pot?'

'Nee.' Misschien had hij dat gedaan, maar dat was niet de oorzaak. Het was een symptoom van wat er mis was.

'De dingen zijn niet makkelijk voor jullie geweest, voor geen van beiden.' Mam zat er weer naast. 'Jullie hebben een paar...'

'...inzinkingen gehad,' zei ik snel, voor ze een ander woord zou gebruiken.

'Inzinkingen. Zouden jullie niet met vakantie willen gaan?'

'We zijn met vakantie geweest, weet je nog? Het was een ramp, het deed meer kwaad dan goed.'

'En therapie?'

'Therapie? Garv?' Als ik had kunnen lachen, was dit een goed moment geweest. 'Als hij niet met mij wil praten, is hij vast niet van plan met een totale vreemde te gaan praten.'

'Maar jullie houden van elkaar,' zei ze wanhopig.

'Maar we maken elkaar ellendig.'

'Liefde overwint alles,' zei mam, alsof ik vijf jaar was.

'Nee. Dat. Doet. Het. Niet,' spelde ik, met een vleugje hysterie in mijn stem. 'Denk je dat ik zoiets vreselijks zou doen als hem verlaten, wanneer het zo makkelijk was?'

Dat duwde haar in een pruilerige zo-praat-je-niet-tegen-je-moeder stilte.

'Dus je gaat ons niet vertellen wat er is gebeurd?' concludeerde Helen.

'Maar jullie weten alles wat er is gebeurd.' Goed, niet helemaal alles, maar Truffelvrouw was niet de oorzaak, ze was gewoon de laatste doodklap.

Gebelgd hief Helen haar ogen omhoog. 'Dit doet me heel erg aan je rijexamen denken.'

Ik had kunnen weten dat iemand daarover zou beginnen. De bitterheid zat er nog steeds goed in.

Toen ik eenentwintig was, nam ik een serie rijlessen, deed daarna examen en slaagde. Toen pas vertelde ik het aan mijn familie, maar in plaats van blij voor me te zijn, waren ze gekwetst en verward. Ze voelden zich buitengesloten, tekortgedaan, beroofd van drama, en ze konden niet begrijpen waarom ik hen er niet bij had betrokken.

'Ik had je voor je examen mijn St.-Christoffelmedaille kunnen geven,' had mam geprotesteerd.

'Maar die had ik niet nodig, ik ben hoe dan ook geslaagd.'

'Ik had je mee kunnen nemen om in mijn auto te oefenen,' had pap peinzend gezegd. 'Ik zie dat Maurice Kilfeather met Angela gaat rijden.'

'We hadden je uit kunnen zwaaien bij het examengebouw,' had Claire opgemerkt.

Wat precies de dingen waren die ik had willen vermijden. Mijn rijexamen doen was iets dat ik alleen had willen doen. Ik dacht niet dat iemand anders er iets mee te maken had. En als ik volkomen eerlijk ben, moet ik erkennen dat ik rekening had gehouden met zakken – als ik voor dat examen was gezakt, had ik het mijn hele leven moeten horen.

Ten slotte nam pap het woord. 'Hoe is het op je werk?'

4

Ik zag op tegen de eerste nacht zonder Garv (en alle volgende nachten, maar laat ik beginnen bij het begin). Ik was ervan overtuigd dat ik niet zou slapen, want was dat niet waar gestreste mensen last van hadden? Maar ik had me geen zorgen hoeven te maken: ik sliep als een roos en werd wakker in een bed en een kamer die ik niet herkende. *Waar ben ik?* Gedurende een ogenblik was mijn nieuwsgierigheid bijna prettig, toen drong de werkelijkheid tot me door.

De dag was een van de meest ontwrichte dagen van mijn leven. Zonder baan om naartoe te gaan, werd mijn tijd voornamelijk doorgebracht in mijn slaapkamer, uit de weg van mam blijven. Ook al was ze erg praterig over hoe dit slechts een fase was waar ik doorheen ging en dat ik binnen de kortste keren bij Garv terug zou zijn, mijn popularitet stond bij haar voortdurend op een laag pitje.

Helen daarentegen behandelde me als iemand uit een freak-show en kwam langs om me te folteren voor ze naar haar werk ging. Anne kwam ook, in een poging me te beschermen.

'God, je bent nog hier,' zei Helen toen ze de kamer binnen liep. 'Dus je hebt hem echt verlaten? Maar dit is zo vreemd, Maggie, jij doet dit soort dingen nooit.'

Ik werd herinnerd aan een gesprek dat ik afgelopen kerst met mijn zussen had – we zaten gevangen in het huis zonder zelfs een Harrison Ford-film om onze aandacht af te leiden, en werden gedreven ons af te vragen wat elk van ons zou zijn als we voedsel waren in plaats van mensen. Er werd geconcludeerd dat Claire een groene curry zou zijn, want dat was vurig, en toen verklaarde Helen dat Rachel een gelatinepuddinkje zou zijn, waar Rachel echt blij mee was.

'Omdat ik zoet ben?'

'Omdat ik graag je kop eraf zou bijten.'

Anna – 'dit is bijna te makkelijk,' had Helen gezegd – was een moot vis. En ik was 'gewone yoghurt op kamertemperatuur'.

Goed, ik wist dus dat ik nooit of te nimmer bijvoorbeeld een After Eight zou zijn ('dun en beschaafd'), of een Ginger Nut-koekje ('hard en interessant'). Maar ik had er geen bezwaar tegen gehad om met een truffel te worden vergeleken ('heeft verborgen diepten'). In plaats daarvan was ik het saaiste ding, het meest smakeloze ding dat iemand had kunnen bedenken – gewone yoghurt op kamertemperatuur. Het stak me diep, en zelfs toen Claire zei dat Helen een menselijke doerianvrucht was, omdat ze beledigend was en uit verscheidene landen verbannen, was het niet genoeg om me op te kikkeren.

Terug in het heden, ging Helen door me te stangen. 'Je bent gewoon het type niet om haar man te verlaten.'

'Nee, een gebroken huwelijk hebben is niets voor een gewone yoghurt op kamertemperatuur, nietwaar?'

'Wat?' helen klonk verward.

'Ik zei, een gebroken huwelijk hebben is niet iets voor een gewone yoghurt op kamertemperatuur, nietwaar?'

Ze keek me raar aan, mompelde iets over bruidsmeisjes die eruitzagen als de puistenkoppen en wat ze verondersteld werd eraan te doen, en vertrok eindelijk.

Anna stapte bij me in bed en haakte haar arm door de mijne. 'Gewone yoghurt kan verrukkelijk zijn,' zei ze zacht. 'Het past perfect bij curry. En...' Na een lange, peinzende pauze, voegde ze eraan toe: 'en ze zeggen dat het erg goed is tegen spruw.'

Ik lummelde wat door het huis, had er geen idee van wat ik daar deed. Ik liet me overspoelen door televisieprogramma's: 'Crack roken is het ook niet'; 'Vriendin, jouw kont is dikker dan mijn auto'. Wanneer ze waren afgelopen, keek ik zoekend om me heen, verward dat ik niet langer in Chicago-projecten was verwikkeld, maar me in een voorstedelijk huis in Dublin bevond, met bloemetjesgordijnen. En niet zomaar in een voorstedelijk huis in Dublin met bloemetjesgordijnen. *Hoe was ik hier terechtgekomen? Wat was er gebeurd?*

Ik voelde me zo'n mislukkeling dat ik bang was om het huis te verlaten. En ik dacht aan Garv en het meisje – veel. Zoveel dat ik mijn zo verafschuwde corticoïdecrème weer moest gaan gebruiken om de ondraaglijke jeuk op mijn arm te bestrijden. Ik werd gekweld door haar identiteit. Wie was ze? Hoe lang was het al aan de gang? En – God verhoede – was het serieus? De vragen tolden onophoudelijk door mijn hoofd; zelfs toen ik naar twee mollige meiden keek die elkaar sloegen terwijl Jerry Springer net deed of hij verbijsterd was, bekeek een ander deel van mijn brein de afgelopen vijf maanden door een vergrootglas, zoekend naar aanwijzingen, zonder iets te vinden.

Maar ik had het gevoel dat ik het recht niet had me druk te maken over het meisje en dat het trouwens toch geen verschil maakte. Met of zonder haar was de koek op.

Ik was ongeveer vierentwintig uur terug bij mijn ouders toen de reactie kwam. Terwijl ik lusteloos tv zat te kijken zakte mijn temperatuur abrupt. Hoewel het warm was in de kamer (veel *te* warm) was de huid op mijn armen samengetrokken als kleeffolie voor verhitting, en de haartjes stonden recht overeind op kippenvelbobbeltjes. Ik knipperde met mijn ogen en ontdekte dat ze pijn deden. Vervolgens merkte ik dat mijn hoofd vol zat met een pak watten en dat mijn botten pijn deden, en dat ik niet genoeg energie had om de afstandsbediening te pakken. Suf en beneveld keek ik naar *Animal Hospital*, wensend dat ik iets kon doen om het te laten stoppen. Wat mankeerde me?

'Wat mankeert je?' Mam was de kamer binnen gekomen. 'Lieve Heer! Wat doen ze met die arme herdershond?'

'Hij heeft aambeien.' Mijn tong behoorde bij iemand anders, iemand met een grotere mond. 'En ik geloof dat ik griep heb.'

'Weet je het zeker?'

'Ik heb het koud en alles doet pijn.' Ik, geharde Maggie, die nooit ziek was.

'Ik wist niet dat honden ook aambeien konden hebben.' Ze staarde nog steeds gebiologeerd naar het scherm.

'Misschien heeft hij op een koude stoep gezeten. Ik geloof dat ik griep heb,' herhaalde ik, iets luider deze keer.

Eindelijk had ik haar aandacht. 'Je ziet er niet zo best uit,' beaamde ze. Ze keek bezorgd. Bijna zo bezorgd als ze over de allergie was geweest. Ze legde haar hand op mijn voorhoofd. 'Ik vraag me af of je koorts hebt.'

'Natuurlijk heb ik koorts,' kraakte ik. 'Ik heb griep.'

Ze haalde een thermometer en gaf hem verscheidene heftige tikken, zoals mensen altijd doen voor ze iemands temperatuur gaan opnemen.

Een energieke werpbeweging alsof ze het glazen buisje dwars door de kamer gaan gooien, maar op het laatste moment van gedachten veranderen. Maar ondanks dat protocol was mijn temperatuur normaal.

'Hoewel het moeilijk is om er zeker van te zijn,' voegde ze eraan toe, met een nijdige blik op de thermometer. 'Dertig jaar hebben we hem en het ding heeft het nooit gedaan.'

Ik ging om halftien naar bed en werd pas de volgende middag om twee uur wakker. Ik lag in precies dezelfde positie als voordat ik in slaap viel, alsof ik me in die tijd niet een keer had bewogen. In plaats van me beter te voelen, voelde ik me eigenlijk ellendiger: lethargisch en hopeloos. En ik bleef me een wrak voelen.

Ik had nooit geloofd dat het mogelijk was ziek te worden van verdriet. Ik had gedacht dat het een onzinconcept was, ontworpen voor melodramatische Victoriaanse romans. Maar ergens gedurende de week die volgde begreep ik dat er niets mis met me was – niets lichamelijks, in ieder geval. Mijn temperatuur was normaal, en hoe kwam het dat niemand anders griep had gekregen? Wat er ook met me aan de hand was, het was geestelijk. Ziek van rouw. Mijn lichaam worstelde met mijn scheiding van Garv alsof het een vijandig organisme was.

Ik kon niet ophouden met slapen. De slaap was diep en bedwelmend, en ik ontwaakte nooit helemaal. Eenmaal bij bewustzijn kon ik de kleinste dingen amper aan. Ik wist dat ik door moest met alles. Een andere baan vinden. De losse eindjes van mijn oude leven opruimen. Mijn nieuwe leven uitstippelen. Maar ik had het gevoel onder water te lopen. Alsof ik me te langzaam bewoog door een logge wereld.

Wanneer ik onder de douche stond, voelde het water aan alsof mijn huid door een hagelbui van scherp grind werd geteisterd. Het huis was te luidruchtig – iedere keer dat er een deur te hard dicht werd geslagen, sloeg mijn hart een slag over. Toen pap met veel lawaai een koekenpan op de vloer liet vallen, schrok ik zo dat de tranen me in de ogen sprongen. Ik voelde me permanent bedrukt, alsof er een smerige grauwe lucht een paar centimeter boven mijn hoofd was vastgespijkerd.

Ik bleef het volgens de opiniepeilingen slecht doen. Mam weifelde in haar houding nog steeds tussen: 'het ergste wat je kan overkomen is een ondankbaar kind' en: 'zou je niet eens oprotten en naar huis gaan naar je man'. Deze mate van medeleven kreeg ik niet van pap, maar ik was tenslotte altijd zijn lievelingetje geweest. Doordat ik vroeger aan teamsporten deelnam en met hem naar de snookerkampioenschappen ging,

heeft hij zichzelf er bijna van kunnen overtuigen dat ik zijn zoon ben.
Buiten mijn directe familie sprak ik met niemand. Mensen wilden echter wel graag met mij praten. Er gaat niets boven een ramp om telefonisch rond te bazuinen. Goede vriendinnen zoals Donna en Sinead belden, maar ik mompelde: 'Zeg maar dat ik haar terugbel,' en dat deed ik dan niet. Lijkenpikkers zoals Elaine belden ook. (Mam vond haar klinken als 'een snoezig meisje'.) Claire belde vanuit Londen en smeekte me bij haar te komen logeren. Rachel belde uit New York en we hadden een soortgelijk gesprek. Maar er was geen hoop dat ik een van hen kon bezoeken – wankelen van de televisie naar de ketel was zo ongeveer de enige reis die ik kon maken.

Ik belde Garv niet – en tot grote teleurstelling en verwarring van mijn ouders belde hij mij ook niet. Op een bepaalde manier was dat een opluchting, maar op de een of andere manier was het een onplezierige opluchting.

Anna was ook veel thuis – zij was kapot van Shane. We kwamen heimelijk bij elkaar, want als mam ons samen zag, vertrok haar mond alsof ze een zure pruim had gegeten en informeerde ze: 'Is dit soms een rusthuis voor gevallen vrouwen dat ik run?' Zo goed als we konden spraken we over onze respectievelijke scheidingen. Wat haar was overkomen, was dat Shane een computerbedrijf had opgezet in on line muziek, en uit het niets werd hij kostwinner. 'Hij liet zijn haar knippen. Bij een kapper. Hij kocht styling-wax, en toen wist ik dat het voorbij was, geloof ik,' verzuchtte Anna, 'hij wil volwassen worden en ik niet. En wat gebeurde er tussen jou en Garv?'

'Ach, weet je...' Ik kon haar niet over Truffelvrouw vertellen. De energie die nodig was om die woorden uit mijn tenen omhoog te rukken, was er gewoon niet. 'Meestel voel ik niets,' wist ik te zeggen. 'Het is een verschrikkelijk soort niets, maar... je weet wel... het kan niet goed zijn. Zou ik mijn ogen niet uit mijn kop moeten janken?'

Zou ik niet bij Truffelvrouw moeten inbreken om gras in haar vloerkleden te planten en garnalen in haar gordijnrails? Zou ik niet plannen moeten maken om alle mouwen en pijpen van Garvs kledingstukken te knippen?

'Ik heb Garv niet eens gebeld om hem te zeggen dat ik hem mis.' Hoewel er ieder uur dat ik wakker was een dolksteek van verlangen naar hem door me heen sneed. 'Mijn leven ligt in puin en ik voel helemaal niets.' Mijn toekomst was een afgebakend terrein – af en toe ving ik vluchtige glimpen op van verdriet, maar die bleven niet. Het was alsof

er een deur van een lawaaierige kamer openging en meteen werd dichtgeslagen.
'Je bent gedeprimeerd,' zei Anna. 'Je bent erg gedeprimeerd. Maar is dat verbazingwekkend na alles wat je hebt meegemaakt?'
Dit zat me niet lekker. 'Ik ben niet gedeprimeerd.' (Dat weet ik omdat ik een quiz in de *Cosmopolitan* had gedaan.)
'Nu wel. En Garv waarschijnlijk ook.'
Ze had iets interessants gezegd, misschien zelfs iets belangrijks, maar ik kon de gedachte niet vasthouden. Ik was te moe.
In tegenstelling tot mij kon Anna niet slapen. Althans niet in haar eigen bed, dus sloop ze 's nachts in huis rond, verhuisde van het ene bed naar het andere. Ze kwam vaak naast me liggen, maar was gewoonlijk weg wanneer ik ontwaakte, met achterlating van het vage residu van een spookachtige verschijning die veel zuchtte en naar Bacardi Breezers rook. Het was bijna alsof ik door een vriendelijk spook werd geplaagd.
Soms was ze er nog wanneer ik wakker werd. Op een ochtend merkte ik dat haar ene voet naast mijn oor lag en haar andere in mijn mond; om redenen die ze zelf het beste kende, had Anna besloten andersom in bed te gaan liggen.
Op een andere nacht ontwaakte ik met een extreem gelukzalig gevoel: warm, veilig, gekoesterd. Het volgende moment besefte ik tot mijn schrik hoe dat kwam – Anna nestelde zich tegen me aan, neuzelend en kirrend: 'O, Shane.' In diepe slaap, haar arm stevig om me heen, had ik gedacht dat ze Garv was.
Soms konden Anna en ik elkaar troost bieden. Ze ontwikkelde een theorie dat ons leven zo verschrikkelijk was omdat onze beschermengel een jaar vrij had genomen, en dat we momenteel door parttimers werden bijgestaan die geen eer in hun werk vonden.
'Zij doen het absolute minimum. Onze handen zullen niet in een hakselmachine terechtkomen, maar dat is het enige wat ze voor ons doen.'
'Hoe heet mijn echte engel?'
'Basil.'
'*Basil*?'
'Henry dan.'
'Henry?'
'Wat denk je van Clive?'
'Hij is een jongensengel?'
'O nee, ze zijn neutraal.'

'Hoe is hij?'
'Hij ruikt naar Turks Fruit en hij is roze.'
'Roze?'
'Met groene stippen.'
'Je bent niet serieus.'
'Sorry. Hoe heet de mijne?'
'Penelope.'
'Lievelingseten?'
'Worteltjes en pastinaken door elkaar gestampt.'
'Wat is het beste aan een beschermengel zijn?'
'Mensen helpen de juiste jurk en schoenen te vinden voor hun kerstfeest. Wat is het beste van Clive?'
'Verloren oorringen terugvinden.'
...En soms konden we elkaar geen troost bieden.

Op een slechte ochtend stapte Anna naast me in bed en we lagen allebei op onze rug met een ellendig gevoel naar het plafond te staren. Na enige tijd zei ze: 'Ik geloof dat we elkaar beroerder maken.'

'Dat denk ik ook,' beaamde ik.
'Zal ik dan maar naar mijn eigen bed gaan?'
'Goed.'

In tegenstelling tot mij verliet Anna af en toe het huis – maar alleen als reactie op een verzoek van Shane.

'Hij zegt dat hij wil "praten".'
'En wat is daar mis mee?'
'Hij bedoelt dat hij seks wil hebben. Dat is de afgelopen drie keer gebeurd. Het geeft mij weer hoop, maar achteraf voel ik me nog rotter.'
'Misschien moet je niet meer met hem slapen,' opperde ik.
'Misschien,' zei ze vaag, niet overtuigd.
'Misschien zou je hem niet eens moeten ontmoeten.'

Maar de volgende keer dat hij belde en zei dat hij haar wilde zien, stemde ze toe. 'Maak je geen zorgen, ik ga niet met hem slapen,' beloofde ze me.

Maar toen ik die avond naar bed ging, was zij nog niet terug. Het was echter pas kwart over negen en ze was nog maar een halfuur weg.

Ergens midden in die nacht werd ik in het donker wakker. Ik vroeg me af wat me had gewekt – en toen hoorde ik het, een geluid dat ik me maar al te goed uit mijn tienertijd herinnerde: een schrapen en krassen aan de voordeur. Een van mijn zussen – Anna in dit geval – had moeite om haar sleutel in het slot te krijgen. Het ging zo lang door dat ik net op het punt stond op te staan en haar binnen te laten, toen de deur eindelijk werd opengeduwd, gevolgd door een dreun toen ze naar binnen viel en het haltafeltje omstootte, enkele minuten later gevolgd door de walgelijke geur van bonen die in een koekenpan worden opgewarmd. Net als vroeger, dacht ik dromerig, terwijl ik weer in slaap sukkelde. Alsof er niets was veranderd...

Enige tijd later werd ik weer met een schok wakker. Het brandalarm gierde als een gek en pap sprong met verwilderde ogen in pyjama paniekerig de overloop op. 'Hoe zet ik dat verdraaide ding af?' Grijze rook kringelde rond in de hal, de bonen en koekenpan waren volkomen verkoold, en Anna lag met haar hoofd op de keukentafel in diepe slaap.

We brachten haar naar bed, maar een tijdje later stapte ze bij mij in bed en ze stonk zo sterk naar drank dat, als ik wakker was geweest, ik zou zijn flauwgevallen. Maar nu had haar opruiende adem het effect van vlugzout, en wekte me.

Later diezelfde nacht werd het hele huis weer gewekt – deze keer door een enorme dreun; het klonk alsof er ergens een plafond naar beneden was gekomen. Nader onderzoek wees uit dat het niet zoiets opwindends was. Het enige wat er was gebeurd, was dat Anna had geprobeerd bij Helen in bed te kruipen, en Helen, die een afkeer had van slapen met 'een vrouwspersoon', had haar uit bed op de vloer geduwd.

'Maar ik heb tenminste niet met hem geslapen,' zei Anna de volgende ochtend toen ze haar blauwe plekken inspecteerde. 'Goed, ik heb mezelf in coma gedronken en het huis bijna platgebrand, maar ik heb tenminste niet met hem geslapen.'

'Dat is een vooruitgang,' beaamde ik.

Ergens gedurende de tweede afschuwelijke week had ik *iets* nodig, maar er waren zo weinig opties voor me.

'Ga een wandeling maken,' opperde pap. 'Ga frisse lucht happen.'

Ik heb het concept van een wandeling maken nooit goed begrepen. En zelfs als ik me kwiek zou voelen zou ik geen zin hebben om een wandeling te maken door voorsteden. Maar ik voelde me beroerd genoeg om het te proberen.

'Trek een jas aan,' adviseerde hij. 'Het kan gaan regenen.'

'Het is juni.'

'Het is Ierland.'

'Ik heb geen jas.' Nou, ik had er wel een, maar die hing in mijn huis,

Garvs huis, je weet wel wat ik bedoel. Ik was namelijk bang erheen te gaan voor het geval het meisje bij hem was ingetrokken. Misschien klinkt dat tamelijk overdreven, maar mijn instinct waarschuwde me dat alles mogelijk was.

'Neem de mijne.' Paps anorak was rood, nylon, verschrikkelijk, maar ik verlangde naar genegenheid en ik kon het niet weerstaan me bij het aantrekken door hem te laten helpen.

En daar ging ik. Niet iets erg ambitieus. Ik liep een paar honderd meter naar het grasveld en ging op een muur zitten, sloeg een paar kinderen gade die deden wat kinderen op een grasveld doen: heimelijk roken; onjuiste informatie over seks uitwisselen; wat dan ook. Ik voelde me verschrikkelijk. De lucht was grauw en stilstaand, zelfs de delen die niet recht boven mijn hoofd waren. Na een poosje, toen ik me niet beter voelde, besloot ik dat ik net zo goed weer naar huis kon gaan. Het was bijna tijd voor een volgende aflevering van 'Vriendin, dat ben je allemaal niet'. Had geen zin dat te missen.

Ik was halverwege de heuvel af gesukkeld toen mijn blik iets opving dat vaag mijn aandacht trok. Ik keek beter. Het was een man die ongeveer zestig meter verderop dingen uit de kofferbak van een auto tilde. O mijn... god. Shay Delaney. Althans, ik dacht heel even dat hij het was, toen werd het duidelijk dat hij het niet was. Er was alleen iets aan de man dat me vaag aan Shay herinnerde, en zelfs dat was genoeg om me van streek te maken.

Maar toen ik doorliep, licht duizelig, zag ik dat hij het *wel* was. Anders, maar toch dezelfde. De verandering was dat hij er ouder uitzag, en dit deed me een beetje plezier, tot het tot me doordrong dat ik er dan natuurlijk ook ouder uit moest zien.

Hij tilde dingen uit de kofferbak van een auto en zette die tegen het hek van zijn moeders huis. Waarom had ik niet meteen gezien dat hij het was? Hij stond voor zijn eigen huis. Nou, het huis waarin hij had gewoond tot hij vijftien jaar geleden wegging om te studeren. *Vijftien jaar.* Hoe kan dat nou? Ik ben nu jong en toen was ik volwassen, er is geen *plaats* voor vijftien jaar. Weer duizelig.

Ik *kon* hem niet ontmoeten. Niet nu, niet met al deze schande. Een krachtige impuls deed me bijna teruglopen in de richting vanwaar ik was gekomen, en nadat ik heftig bij mezelf te rade was gegaan, hield alleen de angst dat hij me zou opmerken me tegen.

Dat ik hem nu net op dit punt in mijn leven moest tegenkomen, dacht ik verwilderd. Dat ik op dit moment het spelletje moest spelen van hoe is jouw leven verlopen? Waarom had ik hem niet ontmoet toen ik een huwelijk had waar ik trots op was, toen ik gelukkig was? Maar ik hoefde hem natuurlijk niet te vertellen hoe verkeerd alles was gelopen. Maar zou hij het niet raden, lag het er niet dik op?

Mijn slappe benen leidden me verder de heuvel af, recht naar het pad waar hij stond.

Jarenlang had ik erover gefantaseerd hem weer te ontmoeten. Keer op keer had ik mezelf met perfecte plannen getroost. Ik zou mager zijn, mooi, trendy gekleed, vakkundig aangeschoten. Ik zou beheerst zijn, vol zelfvertrouwen, op mijn best. En hij zou zijn aantrekkingskracht hebben verloren. Op een of andere manier zou hij een halve meter kleiner zijn geworden, zijn donkerblonde haar zou zijn uitgevallen en hij zou kogelrond zijn geworden.

Maar van wat ik kon zien, had hij zijn haar en zijn lengte nog steeds, en als hij iets was uitgedijd, dan stond het hem goed. Ondertussen, kijk naar mij – uitgezakte kont, de geur van mislukking om me heen, de manier waarop mijn gezicht een beetje raar en bewegingloos was. Het was bijna lachwekkend. Het enige in mijn voordeel waren de opgelichte lokken in mijn haar – ik was onzeker geweest toen de kapper het de eerste keer voorstelde, maar nu was het duidelijk een godsgeschenk.

Ik kwam dichterbij. Dichterbij. Hij had geen belangstelling voor me, helemaal niet. Het leek alsof ik kon ontsnappen met mijn rauwe, witte gezicht, mijn vaders anorak, mijn uiterlijk van onlangs gescheiden somberheid. Toen stond ik pal naast hem, passeerde hem en hij keek nog steeds niet. En met een vreemd soort trots besloot ik dat, als hij niets zou zeggen, ik het zou doen.

'Shay?'

Hij keek, dat moet ik zeggen, bevredigend geschrokken.

'Maggie?' Hij bevroor tijdens de handeling van iets uit de kofferbak tillen, ging toen rechtop staan. 'Maggie Walsh?'

'Garvan,' verbeterde ik hem verlegen. 'Maggie Garvan nu, maar ik ben het.'

'Dat klopt,' beaamde hij hartelijk. 'Ik hoorde dat je getrouwd was. En, hoe is het met, eh, Garv?'

'Prima.' Een beetje verdedigend.

Alles was stil – en licht ongemakkelijk. Toen rolde hij met zijn ogen om aan te geven dat hij in shock was. 'Wauw, Maggie Walsh. Lang geleden. Tjezus!' Voor hij het vroeg, wist ik wat er zou komen. 'Kinderen?'

'Nee. Jij?'

'Drie. Kleine apen.' Hij trok een gezicht.

'Vast wel. Hahaha.'

'Je ziet er fantastisch uit!' verklaarde hij. Hij was of blind, of krankzinnig, maar zijn enthousiasme was zodanig dat ik het min of meer geloofde.

'Hoe is het met je moeder?' Alsof het hem oprecht interesseerde. 'Hoe is het koken?'

'Ach, dat heeft ze opgegeven.'

'Ze is me er een,' zei hij bewonderend. 'En je vader? Wordt nog steeds gek van jullie allemaal?'

'O, ja.'

'En wat doe je tegenwoordig?'

'Rechtskundige zaken.'

'Ja? Geweldig.'

'Ja, geweldig. En jij?'

'Ik werk voor Dark Star Productions.'

'Ik heb van ze gehoord.' Ik had iets over ze in de krant gelezen, maar ik herinnerde me niet meer precies wat het was, dus zei ik nog maar een keer: 'Ja, geweldig.'

En toen zei hij: 'Nou, *geweldig* je te zien,' en stak zijn hand uit. Ik keek er dommig naar – slechts een seconde: hij verwachtte dat ik hem een hand gaf. Alsof we collega's waren. Terwijl ik mijn handpalm tegen de zijne wreef, herinnerde ik me dat hij die hand vroeger over mijn mond legde. Om de geluiden te smoren die ik maakte. Wanneer we seks hadden.

Wat is het leven toch vreemd.

Hij ging al verder weg. 'Zeg tegen je moeder en vader dat ik naar hen heb gevraagd.'

'En Garv?' Ik zei het onwillekeurig.

'Natuurlijk. En Garv.'

Toen ik wegliep voelde ik me goed. Ik kon het niet geloven. Ik had hem uiteindelijk ontmoet, en met hem gepraat, en ik voelde me goed. Al die jaren had ik me afgevraagd hoe het zou zijn, en ik voelde me goed. *Goed*. Op een hoge wolk dreef ik naar huis.

Zodra ik thuis was, begon ik te beven. Zo hevig dat mijn vingers de rits van de anorak niet open kregen. Te laat herinnerde ik me dat ik niet aardig tegen hem had moeten doen. Ik had kil en onaangenaam moeten doen na de manier waarop hij me had behandeld.

Mam verscheen in de hal. 'Heb je iemand ontmoet?' vroeg ze, haar antipathie jegens mij worstelend met haar sociale nieuwsgierigheid.

'Nee.'

'Helemaal niemand?'

'Nee.'

Ze was dol geweest op Shay Delaney. Hij was de droom van iedere moeder geweest, met zijn vroeg mannelijke uiterlijk en een goudblonde stoppelbaard, terwijl andere jongens nog rauw en ongevormd waren. Dit kwam volgens haar door het feit dat Shay's vader hen had verlaten, waarna Shay de man in huis was geweest. De andere jongens van de groep – Micko, Macker, Toolser, en zelfs Garv – waren sukkels in hun puberteit; ze vonden het onmogelijk om oogcontact te onderhouden met iedereen die meer dan een jaar ouder was dan zijzelf. Maar Shay, de enige van zijn leeftijdsgenoten die bij zijn echte naam werd genoemd, als ik het me goed herinner, was altijd goedgehumeurd. Af en toe bijna flirterig. Claire, die een paar jaar ouder was dan hij, zei destijds met verdraaide stem: 'Ik ben Shay Delaney en ik krijg altijd wat ik wil.'

Maar ik had het te druk voor een van mams ondervragingssessies. ('Had hij een grote auto?' 'Ik geloof dat zijn vrouw erg mooi is?' 'Heeft de vader ooit die sloerie verlaten om naar huis terug te komen?') Ik moest op mijn bed gaan liggen en trilde en dacht aan Shay.

Hij had in hetzelfde jaar op school gezeten als Micko, Macker, Toolser en Garv, maar hij maakte niet echt deel uit van de groep; zijn keus, niet die van hen, zij zouden maar al te graag bevriend met hem zijn geraakt. Hij scheen heen en weer te drijven tussen verscheidene groeperingen en was welkom bij allemaal. Hij was gewoon een van die mensen die – hoewel ik het woord in die tijd niet kende – charisma had. Claire had het 't best onder woorden gebracht door te zeggen: 'Als Shay Delaney in een beerput zou vallen zou hij eruit komen en naar Chanel No. 5 ruiken.'

Niet alleen was hij opvallend knap, hij had bovendien het fatsoen er niet mee te koop te lopen, dus kreeg hij de naam een aardig mens te zijn. En natuurlijk kreeg hij door de tragedie van een weggelopen vader een hoop medeleven. Omdat hij er ouder uitzag en het zelfvertrouwen en de charme had om overal binnen te komen, kwam hij op plaatsen waar wij niet kwamen, en die andere werelden voor ons waren. Maar hij kwam altijd weer terug bij ons, en hij slaagde erin nooit opschepperig over te komen met verhalen over crème de menthe drinken in verpleegstersflats of naar feesten gaan bij paardenmeisjes die in Meath hun eenentwintigste verjaardag vierden. Natuurlijk had hij altijd een hoop vriendinnen; ze waren gewoonlijk al van school af, en werkten of studeerden, wat andere jongen enorm imponeerde.

Hoe dan ook, ik ging al ongeveer zes maanden met Garv om en was volkomen gelukkig met hem, toen Shay Delaney mijn aandacht begon te trekken. Gaf me warme glimlachjes en praatte zacht alleen met mij, waardoor hij iedereen buitensloot. En het leek alsof hij me altijd *gadesloeg*. We waren er allemaal, hangend bij een muur, rokend, elkaar duwend – het gebruikelijke gedoe – en als ik dan opkeek, zag ik dat zijn blik op mij rustte. Als hij iemand anders was geweest, had ik aangenomen dat hij flirtte, maar dit was Shay Delaney, hij lag ver buiten mijn bereik. En toen, na een week van het aantal glimlachjes opvoeren en meer intieme gesprekken, was er een feest. Een gefladder in mijn buik liet me weten dat er iets zou gaan gebeuren en ja hoor, toen Garv eropuit was gestuurd om meer drank te halen, kwam Shay naar me toe toen ik de keuken uit kwam en trok me vervolgens in een kast onder de trap. Ik protesteerde ademloos, maar hij lachte en deed de deur achter ons dicht en, na wat half plagerige complimentjes over hoe ik hem helemaal gek maakte, probeerde hij me te kussen. Opgepropt tegen zijn grote gestalte in het donker, in de benauwde ruimte, eindelijk beseffend dat ik niet had geweten dat hij belangstelling voor me had, voelde ik zijn gezicht tegen het mijne bewegen, en het was alsof er een droom was uitgekomen.

'Ik kan het niet,' zei ik, en draaide mijn hoofd af.

'Waarom niet?'

'Vanwege Garv.'

'Als Garv er niet was, zou je me dan mijn gang laten gaan?'

Ik kon niet antwoorden. Dat was toch duidelijk?

'Waarom ik?' vroeg ik. 'Waarom doe je al die moeite voor mij?'

'Omdat ik dat doe. Al heel lang,' zei hij, en hij trok zijn duim langs mijn mond en maakte me duizelig.

Ik heb nooit helemaal begrepen waarom hij mij wilde hebben. Ik was lang niet zo knap als zijn andere vriendinnen, of zo werelds. Het beste wat ik kon bedenken was dat zijn vader hen had verlaten en dat zijn leven thuis nogal chaotisch was, en dat ik stabiliteit vertegenwoordigde. Dat mijn normaal-zijn het aantrekkelijkste aan me was.

Dus, stomme koe die ik was, maakte ik het uit met arme Garv. We kwamen overeen dat het wederzijds was en dat we vrienden zouden blijven en al die andere flauwekul die je als tiener zegt, maar de waarheid van het geheel was dat ik Garv dumpte voor Shay. Garv wist net zoveel als ik. Vanaf het moment dat Shay had besloten dat hij mij wilde hebben, had Garv geen enkele kans meer gehad.

Later die avond glipte pap mijn kamer binnen, een bruine papieren zak onder zijn arm.

'McDonald's!' verklaarde hij. 'Je lievelingshapje.'

Toen ik elf was geweest misschien, maar ik was blij met zijn gezelschap. 'Kipnuggets,' kondigde hij trots aan. 'Met twee verschillende dipsauzen.'

'Waar heb ik dat aan verdiend?'

'Je moet eten. En je moeder...' hij pauzeerde en zuchtte, zijn gezicht stond droevig, 'nou..., ze doet haar best.'

Sinds de avond dat ik Garv had verlaten, had ik voedsel in de ban gedaan – het gaf me geen misselijk gevoel, alleen verbazing. Maar deze avond zou ik het moeten proberen, want behalve de kipnuggets had pap ook grote frieten en een cola en, zo te zien, een Happy Meal voor zichzelf. Er zat een gratis robotje bij.

'Eet gebakken aardappelen,' teemde hij. (Hij krijgt het woord 'friet' niet over zijn lippen)

Ik zou nog liever de robot opeten, maar omdat ik met hem te doen had, probeerde ik een hapje. De patat (of gebakken aardappel, als je wilt) zat in mijn mond als een vreemd lichaam. Hij sloeg me bezorgd gade en ik probeerde het door mijn dichtgesnoerde keel te wurmen.

'Wil je wat drinken?' vroeg hij. 'Cognac, wodka, cider?'

Ik was stomverbaasd. Dat was een van de vreemdste vragen die me in mijn hele leven was gesteld, buiten een bar. De enige keer dat mijn ouders iets drinken bij het eten is met Kerstmis, wanneer de fles warme Blue Nun te voorschijn wordt gehaald – ervan uitgaande dat hij niet eerder wordt ontdekt en de avond ervoor wordt opgedronken. Trouwens er was geen – wat had hij ook alweer voorgesteld? – cognac, wodka of cider in huis. Toen besefte ik dat pap me een drankje *aanbood*. Hij was gewoon nieuwsgierig, probeerde erachter te komen hoe slecht ik was.

Ik schudde mijn hoofd. 'Ik wil niets drinken.' Dat zou een grote vergissing zijn. Wanneer ik gedeprimeerd was, vrolijkte alcohol me nooit op. In feite zou het me beroerder maken – treurig en vol zelfmedelijden. 'Als ik dronken word, pleeg ik waarschijnlijk zelfmoord.'

'Goed dan. Geweldig.' Plotseling was hij net zo gelukkig als zijn maal. Hij at met smaak, probeerde met de robot te spelen – 'Wat wil het robotje dan?' – toen verdween hij.

Enkele ogenblikken later was hij terug. 'Emily aan de telefoon.'

5

Emily is mijn beste vriend. Dat wil zeggen, mijn beste vrien*din*, en eigenlijk sinds Garv en ik uit elkaar zijn, waarschijnlijk mijn beste vriend. We ontmoetten elkaar in de brugklas, we waren twaalf jaar en slungelig, en herkenden in elkaar een verwante geest. We waren buitenstaanders. Geen volslagen paria's, maar wel totaal anders dan de populairste meisjes in de klas. Een deel van het probleem was dat we beiden goed in sport waren: de echt te gekke meisjes rookten en schreven brieven met het vervalste handschrift van hun ouders waarin stond dat ze wratten hadden. Een ander minpunt voor ons was dat we op die leeftijd geen belangstelling hadden voor de gebruikelijke experimenten met sigaretten en alcohol. Ik was te bang om in de problemen te komen en Emily vond het zonde van het geld. Samen verkondigden we dat het 'stom' was.

Op school was Emily klein, mager en zag eruit als ET met een slechte permanent. Niets vergeleken bij hoe ze er nu uitziet. Ze is nog steeds klein en mager, maar dat is juist goed, toch? Vooral dat magere. Maar de slechte permanent (wat helemaal geen permanent was, maar haar eigen krul) is nog slechts een vage herinnering. Haar haar is nu zwierig en glanzend – heel, heel indrukwekkend, ook al zegt ze dat ze met haar haar in zijn natuurlijke toestand makkelijk voor iemand van de Jackson Five kan doorgaan, en dat de kapper, om de krul er volledig uit te krijgen, soms zijn voet op haar borst moet zetten en hard trekken.

Ze ziet er zeer beheerst en zelfbewust uit. Wanneer een bepaalde stijl in de mode is, koop ik gewoonlijk iets 'nieuws' dat bij de rest van mijn 'oude' kleren past, en vind dat ik er best mee doorkan. Maar dat doet Emily niet. Bijvoorbeeld, weet je nog toen de rock-chick look in de mode was? Ik kocht een T-shirt met 'Rock-Chick' in roze, glimmende letters op de voorkant, en dacht dat ik dat was. Emily verscheen echter in een jeans die als een tweede huid om haar heen zat, paarse cowboylaarzen met stilettohakken en een roze leren cowboyhoed. Maar in plaats van er belachelijk uit te zien – en dat had gekund, want die roze leren cowboyhoed was op het randje – wilde ik applaudisseren. Ze is ook een vrouw die weet welke accessoires ze moet kiezen. Gekleurde schoenen (een andere kleur dan zwart dus), tassen in de vorm van bloempotten, kekke petten op haar hoofd als de situatie dat vereist.

Ik ben geen totale sukkel. Ik lees tijdschriften, ik ben dol op winkelen en ik heb veel belangstelling voor roklengten, hakvormen en de licht verhullende kwaliteiten van foundation. Maar je hoeft alleen maar naar mijn alleenstaande vriendinnen te kijken om te zien dat ze allemaal slanker en mooier zijn dan ik, en hun make-uptasjes zijn hoornen des overvloeds van geavanceerde wondermiddelen. (Weet je hoe lang het duurde voor ik besefte dat blauwe, glanzende oogschaduw weer in was? Echt hoor, ik voel me te beschaamd om het je te zeggen, en ook al is het een cliché, het *heeft* iets te maken met een man hebben en er 'niet bij horen'.)

Ondanks onze verschillende levensstijlen en het feit dat we mijlenver bij elkaar vandaan wonen, is mijn vriendschap met Emily blijven bestaan. We e-mailen elkaar twee of drie keer per week. Zij vertelt me alles over haar rampzalige relaties, daarna ondervraagt ze me over mijn saaie, getrouwde leven, en vervolgens gaan we beiden weer vrolijk verder met ons leven.

Het was een grote bron van verdriet voor me dat het ons niet lukte op hetzelfde continent te wonen. Garv en ik waren nog maar een paar maanden getrouwd toen we voor vijf jaar naar Chicago verhuisden. En vier weken voordat we naar Ierland terugkeerden, vertrok Emily naar Los Angeles.

Wat er gebeurde was dat Emily altijd een schrijver had willen worden. Ze had het met korte verhalen geprobeerd, en vervolgens romans, en het had tot niets geleid. Ik had haar kopij altijd goed gevonden, maar wat wist ik ervan? Zoals Helen zegt, ik heb geen fantasie.

Toen, ongeveer vijf jaar geleden, schreef Emily een korte film, die *A Perfect Day* heette, die door een Iers productiebedrijf werd gekocht en op tv werd vertoond. Het was speels en charmant, maar wat er normaal met een 'korte' gebeurt is dat hij een keer wordt vertoond en dan in de vergeethoek raakt. Het wordt beschouwd als een soort oefening voor de toekomstige filmmakers. Maar met *A Perfect Day* gebeurde iets onverwachts, want het had een heel vreemde lengte: veertieneneenhalve minuut. Wanneer er in Ierland een of ander corruptieschandaal aan de gang was (om de andere week), kwam dat in het nieuws van negen uur, en dan hadden ze een 'opvullertje' nodig om de zendtijd tot tien uur te overbruggen, zodat alles weer volgens schema verliep. Drie keer in een periode van vier maanden was *A Perfect Day* dat opvullertje, en het begon zijn werk te doen bij de kijkers. Plotseling vroegen de mensen door het hele land elkaar bij koffiemachines en fotokopieerapparaten: 'Heb je gisteravond dat leuke filmpje gezien na het nieuws?'

In korte tijd werd Emily – althans in Ierland – een naam die op ieders lippen lag – mensen wisten niet precies wie ze was, maar ze wisten dat ze van haar hadden gehoord, en ze hadden zeker over de film gehoord. Ze had er in Ierland leuk van kunnen leven, als ze bereid was geweest soepel te zijn, en comedy's te doen, toneelstukken, advertenties – daar wordt dik voor betaald – en films. Maar ze besloot zich tot het uiterste in te spannen, verliet haar saaie, dagelijkse baantje en vertrok naar Los Angeles.

Tijd ging voorbij, toen kreeg ik te horen dat ze was ingeschreven bij een of ander groot agentschap in Hollywood. Niet lang daarna kwam de bekendmaking dat ze een filmscript van normale lengte aan Dreamworks had verkocht. Of was het Miramax? Een van de grote, in ieder geval. De film heette *Hostage* (of misschien was het *Hostage!*), en het ging over een klein huwelijksreiseiland in de Stille Zuidzee, dat wordt overvallen door terroristen die een paar plaatselijke bewoners vermoorden en verscheidene huwelijksreizigers gijzelen. Anderen ontsnappen in het kreupelhout, overleven een schipbreuk op vlotten en dergelijke, en beramen een reddingsactie. Het werd beschreven als 'een actiefilm, met een liefdesverhaal en komische situaties'.

De *Sunday Independent* schreef er een artikel over, RTE vertoonde *A Perfect Day* weer, en Emily's moeder kocht een lange, donkerblauwe avondjurk voor de première. (Ze kocht hem in de uitverkoop, met veertig procent korting, maar hij was desondanks nog behoorlijk duur.)

Er ging meer tijd voorbij en er gebeurde niet veel. Er werd niemand aangezocht en wanneer ik vroeg in welk stadium ze waren, zei Emily gespannen: 'We zijn nog steeds bezig het script te verfijnen.' Ik vroeg er niet meer naar.

Uiteindelijk belde Emily's moeder en vroeg haar of ze het erg zou vinden als ze de lange, donkerblauwe avondjurk voor een kerstfeest zou aantrekken. Ze had hem nu al bijna een jaar in de kast hangen, en ook al had ze hem in de uitverkoop gekocht, met veertig procent korting, hij was toch nog behoorlijk duur geweest. Ze zou hem graag een keer willen dragen.

'Ga je gang,' zei Emily.

Toen, kijk aan, bracht een concurrerende studio een film uit. Het ging over een groep van acht echtparen die op golfvakantie gaan op een eilandje voor Fiji. Het eiland wordt overvallen door terroristen die een paar plaatselijke bewoners vermoorden en verscheidene golfers gijzelen. Sommigen ontsnappen in het kreupelhout, overleven een schipbreuk op vlotten en dergelijke, en beramen een reddingsactie. Het was een actiefilm met – je raadt het nooit – een liefdesverhaal. En er viel zelfs, of je het gelooft of niet, iets te lachen. Ik had lang genoeg aan de zijlijn van de filmindustrie gewerkt om niet verbaasd te zijn toen het nieuws zich verspreidde dat de studio had besloten Emily's film niet door te laten gaan. Dat was Hollywood-taal voor 'afwijzen', 'weigeren' of 'er niets mee te maken willen hebben'. Ik belde Emily om haar te vertellen hoe jammer ik het vond. Ze huilde. 'Maar ik werk aan een nieuw script,' vertelde ze me. 'Je wint wat, je verliest wat, toch?'

Dat was anderhalf jaar geleden. Kort daarna kwam ze voor Kerstmis naar Ierland en haalde me over met haar de stad in te gaan, alleen wij tweeën.

Garv smeekte om mee te mogen, maar Emily vertelde hem dat het tot haar spijt een 'meidenavondje' was, en dat hij er niet tegen bestand zou zijn. En ze had gelijk – op haar best was ze een gevaarlijke persoon om mee uit te gaan, en wanneer ze zich gekrenkt voelde, vernederd en ongenegen erover te praten, was ze nog erger.

Het was roze-cowboyhoedavond: de rock-chick look beleefde zijn hoogtepunt en stond op het punt onder het gewicht van zijn eigen dwaasheid te bezwijken. Maar dat was nog niet gebeurd en ze zag er sensationeel uit.

Ik besprong haar bijna, zo blij was ik haar te zien, maar ondanks onze vreugde over elkaars gezelschap, was het een vreemde avond. Op dat moment dacht ik dat ik de avond van mijn leven had, maar bij nader inzien ben ik daar niet zo zeker van. Emily dronk in een recordtijd heel veel – sinds ze was gaan drinken was ze er erg goed in geworden. Normaalgesproken deed ik geen poging haar bij te houden, maar op deze speciale avond deed ik dat wel. Ik werd gigantisch dronken, maar vreemd genoeg besefte ik het niet. Ik voelde me volkomen nuchter. De enige aanwijzing dat er iets mis was, was het feit dat iedereen met wie ik in contact kwam me leek te beledigen of te ergeren. Het drong helemaal niet tot me door dat de fout bij mij lag.

We waren in een bar in de Hayman, een nieuw, modieus hotel, waar alles, van de plafondtegels tot de asbakken, was 'ontworpen' door een of andere gevierde New Yorkse ontwerper. Ik had erover gehoord – het had in alle kranten gestaan, niet in de laatste plaats omdat de meeste *objets* te koop waren – maar ik was er nooit geweest, terwijl Emily nog maar drie dagen thuis was en er al twee keer was geweest.

We gingen aan een hoektafeltje zitten, bestelden een fles wijn, en Emily vertelde haar levensverhaal vanaf het punt dat we elkaar niet meer persoonlijk hadden gezien. Ze weigerde over haar schrijfwerk te praten – 'Begin niet over de oorlog,' kreunde ze, en in plaats daarvan vertelde ze me over haar liefdesleven. De afspraakjes die ze had gehad met een homo die volhield dat hij geen homo was, en de hetero die volhield dat hij homo was. Ze was een goed verteller, met een fantastisch oog voor detail. Geen poeha. Aangrijpend materiaal.

Ze leek altijd veel meer te praten dan ik. Maar ze had ook veel meer om over te praten. Tegen de tijd dat we eindelijk over haar leven waren bijgepraat hadden we onze tweede fles wijn bijna op.

'Nu jij,' beval ze. 'Wat is het verhaal over de konijnen?'

Ze fronste haar voorhoofd. 'En wat moet een meisje hier doen om een drankje te krijgen?'

Ik zuchtte en begon aan mijn trieste verhaal, en toen ontdekte ik mijn zus Claire in de menigte.

'Wat doe jij hier?' riep ze uit. Toen zag ze Emily en begreep het. Ze bleef even met ons staan kletsen, ontdekte vervolgens de mensen die ze zou ontmoeten, en liep weg. Zodra ze buiten gehoorsafstand was, mompelde Emily duister: 'O ja? Ga maar, hoor, en amuseer je met de mensen aan de *grotere* tafel.'

Ze bekeek me taxerend – althans dat dacht ik op dat moment, maar kennelijk keken we elkaar alleen maar tegelijkertijd aan. 'Ik heb iets tegen je zus… en,' voegde ze er groots aan toe, 'haar vrienden.'

Ik keek naar de tafel waar Claire zich net bij had gevoegd. Bij haar komst was er gelach opgegaan en iedereen praatte. Ik kreeg een merkwaardig gevoel van buitengesloten zijn. 'Ik heb ook iets tegen ze!'

'Jij hebt niets tegen ze.'
Had ik dat niet?
Emily boog haar hoofd naar achteren en goot het restje wijn door haar keel. 'Je hebt het niet *op* ze.'
Prima hoor. Ik had het niet op ze.
Het lukte ons nog een fles te bestellen en we besloten daarna ergens anders heen te gaan, waar de mensen niet zo irritant waren. Terwijl we op weg naar buiten waren, passeerden we Claire en haar vrienden.
'We gaan nu weg,' zei Emily hooghartig. 'Niet dankzij jou.'
Cryptisch, ik weet het, maar op dat moment klonk het heel zinnig.
In de hotellobby, bij de voordeur, besloten we even te dansen voor we vertrokken. Ik weet niet zeker wie er op het idee kwam, maar we vonden het beiden een goed plan. We zetten onze tassen neer en dansten er even omheen voor we in de nacht verdwenen. Tot op de dag van vandaag zie ik nog de verbaasde gezichten van drie mannen die naast ons stonden en aanzienlijk nuchterder waren dan wij.
Buiten hielden we een taxi aan – eisten hem op komt beter in de buurt – om ons naar Grafton Street te laten brengen. Binnen enkele seconden knapten we af op de chauffeur omdat hij de langere en dus duurdere weg ernaartoe nam.
'Je kunt niet rechtsaf op die brug,' verdedigde hij zich.
'Natuurlijk,' brieste Emily. 'Je kunt mij niet belazeren, ik woon hier,' loog ze agressief. 'Ik ben geen toerist.'
Toen porde ze me met haar hoekige elleboog en giechelde schor: 'Maggie, kijk.' Ze opende haar handtas zo ver mogelijk – als een tandarts die de achterste kies probeert te bereiken – waar te midden van haar LV-portefeuille (nep) en haar Prada make-uptasje een van de asbakken van het hotel lag genesteld. Als ik het me goed herinner, zat er een prijskaartje aan van dertig pond.
'Hoe kom je daaraan?'
Een retorische vraag. Wanneer Emily onder stress verkeert, pikt ze dingen en ik verafschuw het. Waarom is ze niet meer zoals ik? Mijn manier van met stress omgaan is een uitbarsting van eczeem op mijn rechterarm krijgen. Ik zeg niet dat het plezierig is, maar je kunt er niet voor gearresteerd worden.
'Hou op met dingen jatten,' zei ik boos, zacht en heftig. 'Op een gegeven moment zul je betrapt worden en krijg je grote problemen!'
Maar er kwam geen antwoord want ze zat de chauffeur weer uit te kafferen.

We gingen naar een nachtclub waar we eigenlijk te oud voor waren en amuseerden ons kostelijk door nog meer mensen uit te kafferen – de portier, die ons naar Emily's zin niet snel genoeg naar binnen liet gaan, de barkeeper die ons niet onmiddellijk bediende, diverse lolbroeken die niet opsprongen om ons hun zitplaats te geven zodra ze ons zagen.

Kortom, we gingen uit ons dak, en de volgende ochtend was Garv niet onaardig. Hij verliet als een haas de badkamer toen ik moest kotsen, en stond geduldig op de overloop te wachten, zijn gezicht bedekt met scheerzeep, zijn scheermes in zijn hand.

Tegen zes uur die avond was ik genoeg hersteld om te praten, dus belde ik Emily. Ik was nogal giechelig, bijna trots op ons wilde gedrag van de avond ervoor, maar Emily was ingehouden.

'Hebben we in de Hayman rond onze tassen gedanst?' vroeg ze.

'Ja.'

'Weet je,' zei ze zogenaamd nonchalant, 'ik heb het afschuwelijke gevoel dat er geen dansvloer was.'

'Wat maakt het uit,' riep ik, 'er was ook geen muziek. En was het niet geweldig zoals we al die mensen tegen ons innamen?'

Emily maakte een raar geluid. Iets klaaglijks met een kreun. 'Vertel me niet dat ik mensen tegen me innam.'

'Waar maak je je druk om? We hebben ons kostelijk geamuseerd, toch?'

'O, god.'

Ik pakte de telefoon op. 'Emily?'

'Alles goed?'

'Ja, hoor, kraakte ik. 'Ik geloof dat ik een lichte griep heb.'

'Je moeder zegt dat je bij Garv weg bent.'

'O... ja.'

'En dat je je baan kwijt bent.'

'Ja,' verzuchtte ik, 'dat is zo.'

'Maar...' Ze klonk verbaasd en hulpeloos, 'ik heb je een e-mail op je werk gestuurd. Degene die het bericht opent, zal de fijnere details over Brett en zijn penisvergroting onder ogen krijgen.'

'Sorry,' slaagde ik te zeggen. 'Ik heb eigenlijk met niemand contact opgenomen.'

Een stilte met statische storingen op de lijn. Ik wist dat ze dolgraag dingen wilde vragen, maar ze stelde zich tevreden met: 'Weet je zeker dat alles goed met je is?'

'Het gaat prima.'

Meer geruis. 'Luister,' zei ze traag, 'als je niet werkt en... zo, waarom spring je dan niet in een vliegtuig en kom je een tijdje hierheen?'

'Hoe is het daar?'

'Zonneschijn,' riep ze jolig. 'Vetvrije Pringles, *ik*.'

Het was een maatstaf van hoe ver ik heen was dat ik veronderstelde dat ze het niet meende. Dat ze het alleen maar zei omdat ze het gevoel had dat ze dat moest doen, dat een goede vriendin dat *zou moeten* zeggen. Maar hoe dan ook, iets wekte me uit mijn schijndood. Los Angeles. Stad van de Engelen. Ik wilde erheen.

6

We vlogen alarmerend lang rond boven de voorsteden van Los Angeles. Ze bleven zich onder me ontvouwen, het ene netwerk van lage huisjes na het andere, de keurige vierkantjes af en toe onderbroken door een brede betonnen snelweg die zich ertussendoor kronkelde. In de verte glinsterde de zee als een gigantische diamant.

Het was amper een week na het telefoontje van Emily en ik kon nauwelijks geloven dat ik hier was. *Bijna* was – zouden we ooit gaan landen?

Er was sterke tegenwerking geweest toen ik mijn reis aankondigde. Vooral van mijn moeder. 'Los Angeles? *Hoezo* Los Angeles?' had ze gevraagd. 'Heeft Rachel niet gezegd dat je bij haar in New York kunt logeren? En heeft Claire niet gezegd dat je naar Londen kunt komen en zo lang blijven als je wilt? En stel dat er in dat Los Angeles een aardbeving plaatsvindt?' Ze keek papa aan. 'Zeg iets!'

'Ik heb twee kaartjes voor de halve finale van de Hurling,' zei pap triest. 'Wie zal er nu met me meegaan?'

Toen herinnerde mam zich iets en wendde zich tot pap. 'Is Los Angeles niet de plaats waar je je nek hebt verdraaid?'

Ongeveer twintig jaar geleden had pap met een groep andere accountants een uitstapje naar Los Angeles gemaakt, en hij was teruggekomen met een verrekte nek van de Long Flume in Disneyland.

'Het was mijn eigen schuld,' zei hij. 'Er waren borden waarop stond dat ik niet moest opstaan. En het gebeurde mij niet alleen, we hadden alle zeven een ontwrichte nek.'

'O, moeder van God!' Mam sloeg haar hand over haar mond. 'Ze heeft haar trouwring afgedaan!'

Ik had er een beetje mee geëxperimenteerd om te zien hoe het voelde.

De ontbrekende ringen (de verlovingsring ging ook af) lieten een duidelijk zichtbare indeuking en een kring van witte huid achter, als een ongebakken donut. Ik geloof niet dat ik ze tijdens de negen jaar dat ik getrouwd ben geweest ooit heb afgedaan: zonder de ringen voelde ik me vreemd en naar. Maar datzelfde gold voor ze dragen. Dit was tenminste eerlijker.

De volgende die zijn ongenoegen uitsprak over mijn vertrek was Garv. Ik had hem gebeld om hem te zeggen dat ik een maandje of zo weg was, en hij kwam op hoge poten aanzetten. Mam voerde hem naar de woonkamer. 'Zo!' verklaarde ze triomfantelijk, haar hele houding zei: 'Tijd om op te houden met deze flauwekul, jongedame.'

Garv zei hallo, en we keken elkaar veel te lang aan. Misschien is dat wat je doet wanneer je met iemand breekt: proberen je te herinneren wat jullie ooit aan elkaar heeft gesmeed. Hij zag er een beetje onsamenhangend en onverzorgd uit. Hoewel hij in zijn werkkleren was, droeg hij zijn haar in de vrijetijdstand en zijn gezicht stond grimmig – of was het altijd grimmig geweest? Misschien zocht ik er meer achter dan ik zou moeten doen.

Maar hij zag er niet uit alsof hij verteerd werd door verdriet; hij was nog steeds, om een zin van mijn moeder te gebruiken (hoewel ze dat nooit over Garv had gezegd), 'een mooie man'. Vaag vermoedde ik dat dit onder de gegeven omstandigheden niet de juiste gedachte was; het leek niet gewichtig genoeg. Maar het was het enige wat in me opkwam. Waarom? Shock, misschien? Of had Anna gelijk en had *Cosmopolitan* het mis – misschien *was* ik gedeprimeerd.

'Waarom LA?' vroeg Garv stijfjes.

'Waarom niet? Emily woont daar.'

Hij schonk me een blik die ik niet begreep.

'Ik heb geen baan... weet je...' verklaarde ik. 'Dus ik kan net zo goed gaan. Ik weet dat we nog veel dingen moeten regelen, maar...'

'Wanneer denk je terug te zijn?'

'Dat weet ik niet precies, ik heb een open ticket. Over ongeveer een maand.'

'Een maand.' Hij klonk vermoeid. 'Nou, wanneer je terug bent, zullen we praten.'

'Dat zou een verandering betekenen.' Het was niet mijn bedoeling geweest zo cynisch te klinken.

Rancune ontspon zich tussen ons als een gifwolk. Toen – poef! – was het weer weg en waren we weer beleefde volwassenen.

'We moeten praten,' benadrukte hij.

'Als ik over een maand niet terug ben, kun je naar mij toe komen.' Ik deed mijn best plezierig te klinken. 'Dan nemen we ieder een advocaat en klaar is kees.'

'Ja.'

'Doe niets buiten mijn medeweten.'

Hij keek me aan, uitdrukkingsloos. 'Maak je geen zorgen, ik zal wachten tot je terug bent.'

'Ik heb geen werk, dus zal ik de hypotheek van mijn rekening voor leuke dingen betalen.'

Ik had naast een gezamenlijke rekening met Garv een aparte rekening waar ik iedere maand een klein bedrag op stortte – net genoeg om onpraktische sandaaltjes en onnodige lipgloss van te kopen zonder me schuldig te voelen over verspilling van ons hypotheekgeld. Sommigen van mijn vriendinnen – vooral Donna – vroegen zich af hoe ik Garv zover had gekregen daarmee in te stemmen, maar het was feitelijk zijn idee geweest en hij was degene die de grappige naam had verzonnen.

'Vergeet de hypotheek,' verzuchtte hij. 'Dat regel ik wel. Jij hebt je geld voor leuke dingen nodig om leuke dingen te kopen.'

'Ik zal het je terugbetalen.' Ik was opgelucht dat ik wat geld voor Los Angeles had. 'Vind je het goed dat ik naar het huis kom om wat spullen op te halen?'

'Waarom niet?' Er flakkerde iets schuldigs en verdedigends op. Hij wist precies waar ik het over had, maar hij deed net of dat niet zo was. En ik deed geen moeite om het toe te lichten. Er was een vreemd gevoel van saamhorigheid tussen ons, en een heleboel dat niet werd gezegd. Zo wilde ik het: als hij iemand anders had, wilde ik dat *niet* weten. 'Het is jouw huis,' zei hij. 'De helft is van jou.'

Toen kreeg ik pas de eerste normale gedachte die iemand wier huwelijk in duigen lag zou moeten hebben – we moesten het huis verkopen. De mist trok op en mijn toekomst ontrolde zich als een film. Het huis verkopen, geen plek om te wonen, iets anders zoeken, proberen een nieuw leven te beginnen, alleen zijn. *En wie zou ik zijn?* Zoveel van mijn zelfbewustzijn was verbonden met mijn huwelijkse staat dat ik zonder dat geen idee had wie ik was.

Ik voelde me ontdaan van alles, drijvend in lege tijd en ruimte, maar daar kon ik nu niet over nadenken.

'Maar hoe voel je je nu eigenlijk? Gaat het wel?' vroeg Garv.
'Ja. Gezien de omstandigheden wel. Jij?'
'Ja.' Een geluidloos lachje. 'Gezien de omstandigheden. Hou contact,' zei hij, en maakte een rare beweging in mijn richting. Het begon als een omhelzing, maar eindigde met een schouderklopje.
'Zeker.' Ik gleed weg van zijn warmte en bekende geur. Ik wilde niet te dicht bij hem zijn. We namen afscheid als vreemden.
Door het raam sloeg ik hem gade toen hij vertrok. Dat is mijn man, zei ik tegen mezelf, en verwonderde me erover hoe onwerkelijk het leek. Binnenkort *ex*-man, en meer dan tien jaar van mijn leven gaat met hem mee. Terwijl hij de korte oprit af liep en door de heg aan het zicht werd onttrokken, werd ik overweldigd door een inferno van withete woede. *Ga maar*, wilde ik hem naroepen, *flikker maar op naar je Truffelvrouw*. Zo snel als het was opgekomen, nam de briesende woede af, en weer voelde ik me zwaar en een beetje dood.

Helen was de enige die het ermee eens was dat ik naar LA ging.
'Heel verstandig,' zei ze. 'Denk eens aan alle mannen. Allemaal opwindende surftypes.' Ze kreunde. '*Christus*. Gebruind, zongebleekt haar, lekker in de war en ziltig, bierbuiken, gespierde dijen van op de surfplanken staan…' Ze wachtte en riep toen: 'Jezus, ik wou dat ik met je mee kon!'
En toen drong het tot me door: ik was alleen. Ik was een alleenstaande vrouw van in de dertig. Vanaf halverwege mijn twintigste was ik in de veilige cocon van een huwelijk geweest en ik had er geen idee van hoe het was om alleen te zijn. Natuurlijk kende ik alleenstaanden, kende ik de cultuur van de dertigplussers die alleen waren. Ik had over de statistieken gehoord: dertigplus-vrouwen hadden een grotere kans door vreemdelingen te worden ontvoerd (denk ik) dan een huwelijksaanzoek te krijgen. Ik had mijn alleenstaande zussen en vriendinnen gadegeslagen terwijl ze op zoek waren naar de ware liefde, en zich afvroegen waar alle goede mannen waren toen de dingen niet uitpakten zoals ze wilden. Maar de belangstelling die ik had gehad was puur theoretisch geweest. Ik had me *afgevraagd* waar alle goede mannen waren, maar ik had me er niet druk om gemaakt. Ik was niet zelfvoldaan geweest – althans niet bewust – maar er bestaat geen twijfel dat hoogmoed voor de val komt.
Ik had nu geen man. Ik was niet anders dan Emily of Sinead of wie

dan ook. Hoewel ik, in alle eerlijkheid, geen man wilde. Ik wilde niet langer bij Garv zijn, maar ik was geblokkeerd. Ik kon de noodzakelijke sprong niet maken me voor te stellen dat ik bij iemand anders was.

Toen kreeg ik mijn tweede normale gedachte: *mijn leven is voorbij*. Dat was het enige waar ik zeker van was, het enige vaststaande feit in een onzekere wereld. Ik klemde me vast aan deze wetenschap, want vreemd genoeg gaf het me troost.

De douane duurde eeuwig. Eindelijk was het mijn beurt om mijn paspoort te overhandigen aan de grote, onaangename man achter de balie. (En het maakte geen verschil welke balie je koos: ergens moest een fabriek zijn waar ze deze mannen produceerden.) Terwijl hij me verachtelijk bekeek, vroeg ik me af of hij getrouwd was of gescheiden. Niet – laat ik dat er snel aan toevoegen – omdat ik iets in hem zag. Ik had het me ook afgevraagd van de vrouw naast wie ik in het vliegtuig had gezeten, en ik weet vrij zeker dat ik niets in haar zag. Ik wilde gewoon niet de enige zijn die...

Mijn gissingen kwamen abrupt tot een halt toen hij blafte: 'Reden van uw bezoek aan de Verenigde Staten?'

'Vakantie.'

'Waar verblijft u?'

'Bij een kennis in Santa Monica.'

'En uw kennis in Santa Monica? Wat doet hij?'

'*Zij* is scriptschrijver.'

En ik zweer bij god, dat Meneer Nurks voor mijn ogen veranderde. Hij ging rechtop zitten, kneep zijn ogen peinzend samen en was plotseling zo zoet als suikergoed.

'O ja? Koopt iemand haar script?'

'Universal.' Of was het Paramount? Maar daar hadden ze een nevenbranche van gemaakt...

'Zit er misschien een rol voor mij in die film?' grapte hij. Ik weet alleen niet zeker of hij wel een grapje maakte.

'Weet ik niet,' zei ik nerveus.

'U weet het niet,' verzuchtte hij, reikend naar zijn stempel, waarmee hij mijn paspoort een forse dreun gaf.

Ik was binnen!

En daar was Emily, ongeduldig tikkend met haar (in een prachtig Japans sandaaltje gestoken)voet. God, het was zo heerlijk haar te zien.

'Hoe is het met je? Psychotisch door de jetlag?' vroeg ze meelevend.

'Absoluut. Ik geloof dat ik in het vliegtuig drie films heb gezien en ik zou je niet kunnen vertellen waar ze over gingen. Een ervan ging geloof ik over een hond.'

'Vertel mij wat.' Emily ging bij het handvat van mijn bagagewagentje staan – of moet ik 'karretje' zeggen – en duwde het kwiek in de richting van de parkeerplaats van het vliegveld.

De hitte had een deur van een gigantische oven opengezet. 'Jezus,' riep ik.

'Niet ver,' bemoedigde ze me.

'O, kijk!' Ik was afgeleid van de slap makende hitte door een groep vreemde vogels, cultachtige types, bijeen gezeten op een grasveldje, in turquoise jurken, die met tamboerijnen rammelden en een kwezelig lied zongen. Ik verwachtte min of meer dat ze daar speciaal voor mij waren gaan zitten – welkom in LA – zoals ze in Hawaii een paar meisjes hebben die bloemenslingers om je nek hangen.

Emily was niet onder de indruk. 'Er zijn er nog veel meer waar ze vandaan komen. Stap in.' Ze opende het portier. 'De airco gaat zo aan.'

Ik was nog nooit eerder in Los Angeles geweest, maar ik zou het overal hebben herkend. Het was allemaal zo bekend – de zestienbaanswegen, de grote sprieterige palmbomen, de bakstenen huisjes. De skyline was laag en strekte zich eindeloos uit – het leek in *niets* op Chicago.

Om de paar huizenblokken passeerden we miniwinkelcentra, met hondensalons, nagelsalons, wapenwinkels, surveillancebenodigdheden, tandartsen, zonnestudio's, nog meer hondensalons...

'Je kunt in deze stad heel wat honden laten verzorgen,' merkte ik dromerig op. Het was de jetlag. Ik was er een beetje zwakzinnig van geworden.

Emily had geen tijd voor dergelijke onzin. Er was een verhaal en ze wilde het horen. 'Nou, wat is er tussen jou en Garv aan de hand?'

Ik kreeg een heel sterke neiging om uit de rijdende auto te springen. Ik koos voor: 'We maakten elkaar het leven zuur, dus hebben we er een streep onder gezet.'

'Ja, maar...' Ik hoorde de angst in haar stem. 'Jullie zijn toch niet echt *uit elkaar*? Jullie nemen toch alleen maar even afstand van elkaar? Vanwege alles?'

Was dit een samenzwering? Waarom wilde niemand accepteren dat het voorbij was?

'We *zijn* uit elkaar.' Mijn rechterarm begon te jeuken. 'Het is allemaal voorbij.'

'God.' Ze klonk erg van streek. 'Maar jullie gaan toch niet... scheiden?'

Een golf van schaamte sloeg over me heen. 'Wat moeten we anders doen?'

'Hebben jullie al stappen ondernomen?'

'Nog niet. We wachten tot ik terug ben.' Met die woorden werd iets dat ik verstandelijk had geweten een feit. 'Ik word een gescheiden vrouw!'

'Hmm... als je gaat scheiden, zul je dat waarschijnlijk worden.' Emily keek me bezorgd aan. 'Is het een schok?'

'Nee, het is alleen... het drong net pas tot me door.' Hoe dan ook had het geen deel uitgemaakt van mijn levensplan. 'Een scheiding.' Ik probeerde de woorden nog eens en mijn altijd aanwezige gevoel van mislukking verhevigde. In een poging een grapje te maken, zei ik: 'Weet je wat dat betekent? Ik zal koperblond haar nemen en mezelf voor gek zetten op familiefeestjes, te veel drinken en uitdagend met jongere mannen dansen.'

'Dat doe ik nu,' zei Emily. 'En weet je, het is zo slecht nog niet.'

Stilte daalde neer, ik hoorde bijna de raderen in haar overspannen brein knarsen.

'Maar ik kan het nog steeds niet geloven,' zei ze. 'Wat is er nou *gebeurd*? Heeft hij er een einde aan gemaakt of jij?'

Ik wilde er niet over praten. Ik wilde het vergeten en mezelf amuseren. 'Geen van beiden. Ik bedoel beiden.' Toen, als een handgranaat, wierp ik in het gesprek: 'Ik geloof dat hij een ander heeft.'

'Wie? *Garv*?' krijste ze, bijna zo hoog dat alleen vleermuizen haar konden horen.

'Hij is een aantrekkelijke man.' Ik voelde me vreemd verdedigend.

'Dat bedoel ik niet.' Met een serie handig gestelde vragen trok ze het hele verhaal van Truffelvrouw eruit, en ze nam het bijna nog erger op dan ik had gedaan. Rijdend in de zon, mompelde ze: 'Ik dacht dat het fatsoenlijke gedrag van Garv Garvan het enige was waarop ik kon vertrouwen. Ik dacht dat hij een van de weinige goede mannen was. Maggie, ik ben er kapot van.'

'Ik zit zelf ook niet bepaald te dansen van vreugde.'

'En wie is die meid?'

'Kan iedereen zijn. Iemand van zijn werk. Het zou...' dwong ik mezelf te zeggen, 'Donna kunnen zijn. Of Sinead. Hij kan met allebei goed overweg.'

'Het is niet Donna of Sinead. Dat zouden ze niet doen. En als het zo was, had ik het gehoord. Mannen,' zei ze verbitterd, 'ze zijn allemaal hetzelfde. De paar hersencellen die ze hebben, zitten in hun pik. Hoe hevig haat je hem?'

'Hevig. Wanneer ik er de energie voor heb.' Het punt was dat, hoewel ik woedend op Garv was, ik het hem op een bepaalde manier niet kwalijk nam.

Emily keek me scherp aan. Ze kent me heel goed, ik heb geen geheimen voor haar. Maar voordat ze de kwestie verder kon uitspitten, sneed ik haar de pas af.

'Het had erger kunnen zijn,' zei ik gemaakt opgewekt. 'Het gaat tenminste vriendschappelijk... vriendschappelijk*achtig*,' voegde ik eraan toe. 'Het geld en het huis worden fatsoenlijk verdeeld.'

'Natuurlijk. Garv is in wezen een fatsoenlijke kerel. Gelukkig hebben jullie geen...' Ze stopte geschrokken.

'Kinderen,' maakte ik de zin voor haar af.

'Het spijt me,' fluisterde ze.

'Het is goed,' verzekerde ik haar. Dat was het niet echt, maar ik wilde er niet verder over nadenken.

'Heb je...' begon ze, en tegelijkertijd zei ik: 'Het *is* goed! Op welke weg zitten we?'

Emily negeerde mijn poging om van onderwerp te veranderen. In plaats daarvan waarschuwde ze: 'Vriendschappelijk of niet, je gaat over jou en Garv praten.'

Ik voelde de onwil in me omhoogkomen, en plotseling wist ik waar me dit aan deed denken. Toen ik zestien was, was ik uitgegleden op de trap en mijn knie was per ongeluk door het glas van de voordeur gegaan. Ik kreeg honderden glassplinters in mijn knie, die allemaal met een pincet moesten worden verwijderd. Pijnstillers hadden niet op de agenda gestaan, en ik had van pijn en ellende zitten zweten in afwachting van wat er nog meer zou komen. Ieder woord over Garv en mij was als nog zo'n glassplinter die uit mijn kapotte huid werd getrokken. 'Ik zal erover praten,' zei ik. 'Maar niet nu. Alsjeblieft.'

'Goed.'

Uiteindelijk begon de aard van de wegen te veranderen tot we in een bescheiden woongebied kwamen. Alle huizen zagen er anders uit – van baksteen, New England-stijl, enkele art deco, geschilderd in zachte pasteltinten. Er was een algehele sfeer van netheid. Overal waren bloemen.

'We zijn er bijna. Leuk, vind je niet?'

'Enig.' Het was alleen dat ik van Emily iets opwindends had verwacht.

'Toen ik pas naar LA was verhuisd, moest ik in een rottend – letterlijk, het rotte in de hitte – appartement wonen, en voor mijn raam werden mensen doodgeschoten en vermoord.'

Goed, misschien was prikkelend niet zo geweldig.

'Het aantal moordaanslagen is in Santa Monica een stuk lager,' verzekerde ze.

Fantastisch!

We parkeerden voor een witte duighouten bungalow, met een grasveldje tot aan de stoep. Watersproeiers zwenkten als zoeklichten heen en weer over het gras.

'Kijk uit voor die verrekte sproeiers,' adviseerde Emily. 'Ze werken op een tijdschakelaar en ze verrassen me altijd en verpesten mijn haar. En kijk uit voor de buren aan die kant, ze zijn een beetje van het soort dat LA een slechte naam geeft.'

'Seriemoordenaars?'

'New agers; zodra ze je zien willen ze je aura lezen. De buren aan de andere kant zijn een stuk beter. Jongens. Studenten, doen computerprogrammering of zoiets. Ze zijn handig mocht je ooit drugs willen kopen, niet dat jij dat wilt, voorzover ik weet.'

Dit maakte dat ik een zucht van verlichting slaakte; ik wilde niet omringd zijn door getrouwde stellen. Drugsdealende studenten waren veel verkieslijker.

Felroze bloemen staken af tegen het oogverblindende wit van Emily's huis. Het zag er allemaal erg leuk uit. Toen ontdekte ik het 'Gewapende Beveiliging'-bord in de voortuin en mijn vreugde over de omgeving werd ietwat getemperd. Wat gebeurde hier allemaal als gewapende beveiliging noodzakelijk was?

We sleepten mijn spullen het koele, schaduwrijke huis binnen. Terwijl ik de hardhouten vloeren, witte luiken en leuke achtertuin bewonderde, liep Emily regelrecht naar haar antwoordapparaat. 'Grrr,' kreunde ze. 'Bel dan, zak.'

'Een man?' vroeg ik, met zoveel medeleven als ik kon opbrengen.

'Ik hoop het.'
'O?'
'Maggie,' ze plofte op een stoel. 'Ik lig er officieel uit.'
'Echt?' vroeg ik slapjes, me plotseling bewust van het feit dat ik niet de enige op de wereld was die midden in een crisis zat.
'Ik ben zo blij dat je er bent.'
'Echt?' Hoe was ik plotseling veranderd van troostkrijger tot troostgever?

Emily zuchtte en vertelde vervolgens haar hele trieste verhaal.

Nadat de studio *Hostage* had laten liggen (of was het *Hostage!*), had haar agent haar ontslagen, wat niets minder was dan catastrofaal. Studio's bekeken nooit, maar dan ook *nooit* werk dat niet door een agent werd aangeboden; en het was bijna onmogelijk een agent te krijgen, verklaarde ze. Iedere dag belandden er letterlijk duizenden scenario's in de postkamers van de grote agentschappen, die allemaal door een streng selectieproces moesten. Als de jongens van de postkamer het afkeurden, was het afgelopen. Als het langs hen heen kwam, moest het nog langs een lector. In het onwaarschijnlijke geval dat dat gebeurde, moest het door een assistent van de agent worden gelezen. En alleen als die enthousiast was, wilde de agent er wel een blik op werpen.

Emily had de afgelopen anderhalf jaar doorgebracht met het schrijven van nieuwe scripts, en iedere keer dat ze probeerde er een agent voor te vinden, was ze afgewezen.

'Maar je hebt een naam.'

'Ik heb een *slechte* naam,' verbeterde ze. 'Iedereen weet dat de studio *Hostage* heeft laten liggen. Ik ben in een beroerdere positie dan een totale nieuwkomer. Het is een onverzoenlijke stad.'

'Waarom heb je me dat niet verteld?'

'Weet ik niet. Te beschaamd. Ik, het grote succesverhaal. En ik bleef hopen dat de dingen zouden verbeteren. Weet je wel.'

Natuurlijk wist ik het.

Nog maar tien dagen geleden had Emily haar nieuwste script naar een nieuwe agent gestuurd. Maar hij had een veel kleiner agentschap dat niet zoveel invloed had bij de studio's.

'Hij heet David Crowe. Hij is eropuit met mijn script. Hij probeert een telefonische afspraak te maken om te zien of hij een onderhandelingsoorlog op gang kan brengen. En ik heb niets gehoord.'

'Maar hij is er nog maar net mee begonnen.'

'Dingen gebeuren snel in deze stad, of ze gebeuren helemaal niet. Het werkt me op de zenuwen,' zei ze. 'Als dit niet lukt, is het afgelopen voor me.'

'Doe niet zo gek. Je raapt jezelf weer bij elkaar en probeert het nog eens.'

'Dat doe ik verdomme niet, weet je,' zei ze grimmig. 'Ik ben óp. Deze stad heeft me in repen gescheurd. De slachtoffers zijn overal. Weet je... En ik ben blut,' voegde ze eraan toe.

'Hoezo?' Ik was geschokt. Ze had een groot bedrag voor *Hostage* gekregen, dat ze niet had hoeven terugbetalen toen de studio het script liet liggen en er geen film van maakte.

'Ik kreeg bijna drie jaar geleden betaald en met tweehonderdduizend dollar, na aftrek van belasting en agentenprovisie, kom je niet ver. En denk niet dat ik het te hoog in mijn bol had om een B-film of videotroep te schrijven. Ik heb me zelfs op een pornofilm gestort!'

'Om *mee* te doen?' Stonden de zaken er zo slecht voor?

'Nee, om te schrijven. Maar nu je erover begint, ik zou waarschijnlijk meer geluk hebben gehad als ik auditie had gedaan om er een rol in te krijgen. Zelfs zij wezen mij en mijn script af. Ik kreeg geen poot aan de grond.'

'O, mijn god.'

'De afgelopen achttien maanden zijn verschrikkelijk geweest,' gaf ze toe. 'De dag dat Beam Me Up Productions...'

'Wie?'

'Precies. Een of ander derderangs bedrijfje, randfiguren die vanuit een portakabin in Pasadena opereren. De dag dat ze mijn versie van de vierde aflevering van *Squelch Beings from Gamma 9* afwezen, was de zwartste dag in mijn leven tot dusver.'

Ik was lamgeslagen door de omvang van haar problemen. Het was te heet, ik was te moe en ik wilde naar huis. Maar thuis bestond niet langer.

'O, Christus, Christus, Christus.' Ze zag er plotseling verslagen uit. 'Het spijt me, Maggie. Het spijt me verschrikkelijk.... Wat doe ik je nou aan! Laat me iets te eten voor je maken.'

Ze flanste een salade in elkaar en opende een fles witte wijn. Gelukkig leek haar dat op te vrolijken.

'De dingen zijn zo slecht nog niet. Ik kan altijd teruggaan naar Ierland en daar aan een of andere film werken, nu ik daar al zoveel contacten heb,' kletste ze.

Ze wachtte. 'Weet je wie ik door mijn werk de hele tijd tegenkom?'
Iets in haar toon alarmeerde me.
'Wie?'
Een hartslag stilte. 'Shay Delaney.' Het was duidelijk dat ze op het juiste moment had gewacht om me dit te vertellen.
'Hoe?'
'Hij is een producer bij Dark Star Productions. Een...'
'...onafhankelijke filmmaatschappij,' maakte ik het voor haar af. Ik herinnerde me plotseling waar ik de naam van kende toen hij me had verteld waar hij werkte.
'Hij moet hier vaak zijn.' Ze klonk bijna verdedigend.
'Dat zal wel. Mensen die bij filmproductiemaatschappijen werken, moeten wel.' Ze keek me vragend aan, en ik zei: 'Ik heb hem ontmoet. Vorige week.'
'Dat meen je niet!' Terwijl Emily zich verbaasde over het toeval van dit alles, boog ik me over mijn salade. Was dat de reden waarom ik zo graag naar Los Angeles had willen gaan?

7

Ik werd in het donker wakker van het geratel van een machinegeweer. Mijn bloed klopte. Ik luisterde of er meer geluiden waren – kreten, kreunen, politiesirenes – maar niets.
We zijn niet meer in Kansas, Toto.
Liggend in het donker erkende ik de bittere waarheid. Ik had er spijt van dat ik was gekomen. Ik had verwacht dat ik me op magische wijze beter zou voelen, maar hoe kon dat terwijl ik mezelf en mijn mislukte leven had meegenomen? En wonen in andermans huis – zelfs dat van een goede vriendin – was moeilijker dan ik had verwacht. Ondanks de acht uur tijdverschil had ik niet lang geslapen, want Emily had de tv keihard aanstaan. Ik ziedde in mijn slaapkamer (die eigenlijk haar kantoor was), wensend dat ze hem zachter zette. Maar ik kon niets doen – het was mijn huis niet. Toen er een luidruchtig ingeblikt gelach door de dunne muren opklonk, verlangde ik heftig terug naar mijn leven met Garv. Ik kon zo niet leven. Ineens was ik bereid toe te geven dat uit elkaar gaan een verschrikkelijke vergissing was geweest en wou ik dat alles weer op de oude voet verder zou gaan. Ik was gewend aan harmonie en in staat zijn de tv uit te zetten wanneer ik dat wilde.
Maar was dat een goede reden om het nog eens te proberen? Waarschijnlijk niet, concludeerde ik onwillig.
Ik was uiteindelijk in slaap gevallen, maar nu was ik wakker.
Weer klonk er een krakend schot uit een machinegeweer en mijn hart bonkte tegen mijn ribben. Wat was er buiten in godsnaam aan de hand?
Kon ik maar naar huis gaan. Maar ik vermoedde dat ik het hier moest uitzitten. Iedereen zou denken dat ik was ingestort als het uitkwam dat ik naar Los Angeles was gegaan en slechts een dag was gebleven. En het ging niet alleen om mij – het was duidelijk dat Emily iemand in de buurt

nodig had. Christus, misschien konden we samen naar huis gaan, een duo-mislukking. We zouden in het vliegtuig in een speciaal afgezette ruimte moeten zitten om te voorkomen dat we de andere passagiers zouden besmetten.

Een geluid bij het raam maakte dat ik een halve meter omhoog sprong van het bed. Wat was dat? Een boomtak tegen het raam? Of een dolende gek op zoek naar een meisje om te martelen en te doden? Hij mocht mijn geld hebben. Uiteindelijk was dit Los Angeles, vol, volgens alle statistieken, pathologische moordenaars. Ik had indertijd een paar romans van Jackie Collins gelezen en ik wist alles over psychopaten die in cursieven denken.

Niet lang meer. Niet lang meer voor hij wraak kon nemen. En dan zouden ze het betreuren dat ze hem hadden uitgelachen en geweigerd zijn telefoontjes te beantwoorden. Hij was nu sterk. Hij was nog nooit zo sterk geweest. En hij had zijn mes. Het mes dat zijn werk vaardig zou doen. Eerst zou hij haar haren afsnijden, dan zou hij haar sieraden ermee afsnijden en vervolgens zou hij beginnen haar huid te openen. Ze zou smeken, smeken om genade, dat de pijn zou ophouden. Maar het zou niet ophouden, want deze keer was het haar beurt om pijn te lijden, deze keer was het haar beurt...

Ik begon te zweten. De muren van deze duighouten Californische huizen waren zo dun en ik voelde de kwetsbaarheid van op de begane grond zijn erg duidelijk.

Slap van angst deed ik de lamp aan en keek in Emily's boekenkast op zoek naar iets leesbaars. Het liefst iets luchtigs, om mijn gedachten af te leiden van mijn enorme verslagenheid. Maar omdat ik in haar kantoor was, vond ik alleen boeken over de kunst van scenario's schrijven. Toen zag ik een stapeltje papieren op het bureau. *Plastic Money*, haar nieuwe scenario. Daar moest ik het mee doen.

Twee bladzijden verder zat ik er helemaal in, de dolende gek was vergeten. Het verhaal ging over twee vrouwen die een juwelenroof plegen om de plastische chirurgie voor hun dochters te kunnen betalen, zodat zij meer geluk met mannen hadden dan hun moeders hadden gehad. Het was een comedy, een thriller, een liefdesverhaal en, heel belangrijk voor Hollywood, het had de vereiste sentimentaliteit. ('Maar ik hou van je, mam. Je hoeft geen nieuwe tieten voor me te kopen.')

Vlak voordat ik weer in slaap viel, dacht ik wazig, *ik zou het niet afslaan...*

Toen ik weer wakker werd, kreeg ik de schrik van mijn leven – de zon scheen, goot puur geel licht in mijn kamer. Met kloppend hart vroeg ik me af: *waar ben ik in godsnaam?* De afgelopen negen maanden bestormden me, overspoelden me met verschrikkelijke herinneringen, tot ik me herinnerde waarom ik in deze vreemd zonnig plaats was. O ja...

Emily was in de keuken, tikkend op haar laptop.

'Goeiemorgen,' zei ik. 'Aan het werk?'

'Ja, aan mijn nieuwe script.'

'Een *nieuw* scenario?'

'Ja.' Ze lachte, stond vervolgens op en begon iets klaar te maken wat ik later als een proteïneshake zou leren kennen. 'Ik weet niet of het goed is, maar ik moet doorgaan voor het geval *Plastic Money* niets wordt.'

Wat een nachtmerrie, dacht ik. Om ons beiden op te vrolijken, zei ik: 'Is het geen prachtige dag?'

'Ja, vast wel.' Ze klonk verbaasd. 'Maar alle dagen zijn zo. Heb je gisteravond nog iets van het vuurwerk gehoord?'

'Vuurwerk?'

'Ja, voor het Santa Monica-festival. Maar je lag waarschijnlijk in coma.'

'Nee, ik heb het gehoord.' Toen voegde ik er haastig aan toe: 'Maar ik dacht dat het machinegeweren waren.'

'Waarom dacht je dat het *machine*geweren waren? Wel allemachtig!' Haar gezicht drukte spanning en bezorgdheid uit. 'Je bent er *slecht* aan toe.'

Ze kwam achter de tafel vandaan en toen ze haar kleine Emily-lichaam om me heen wikkelde was ik zo geroerd door het contact, dat ik voor de eerste keer sinds ik hem had verlaten in staat was te huilen. Al mijn tranen hadden in me opgeslagen gelegen, bevroren en buiten bereik, tot nu.

'Ik ben zo verdrietig,' snikte ik. 'Zo verdrietig. Ik ben zóóó verdrietig.'

'Ik weet het, ik weet het, ik weet het.' Achter elkaar.

Het verdriet waarvan ik tot dan toe vanuit mijn ooghoek glimpen had opgevangen, onthulde zich ineens voor me, en ik voelde het volle gewicht van al onze geflopte dromen. Het einde van een huwelijk is een van de verdrietigste dingen op de hele wereld. Niemand gaat toch zeker trouwen met de gedachte dat het huwelijk wel zal stranden? Ik kreeg een beeld van mij toen ik vierentwintig was en Garv vijfentwintig en ons opperste vertrouwen in de toekomst, en het was moordend.

'Alle dromen die we hadden en het heeft niet gewerkt.' Ik drukte een prop keukenpapier tegen mijn drijfnatte gezicht.
'Ik moest gaan, Emily, ik had geen keus, het was zo verschrikkelijk. Als ik niet was gegaan, zou hij zijn opgestapt. Maar nu is het allemaal voorbij.'
Ik weet het, ik weet het, ik weet het,' mompelde Emily. 'Ik weet het.'
'Ik dacht dat ik me nooit meer zo verdrietig zou kunnen voelen als afgelopen februari,' ik stikte bijna in mijn tranen. 'Maar nu weer. Het is triester dan de hongerende baby's in *Angela's Ashes*.'
'Triester dan Mary die blind wordt in *Little House on the Prairie*?'
'Ja. Triester.'
Maar het was haar gelukt. Ze had me aan het lachen gemaakt. Nadat ze me een beetje droog had gedept en me mijn neus had laten snuiten, vroeg ze: 'Wil je een proteïneshake? Het is een plaatselijke delicatesse.'
'Toe maar.'
Emily bereidde een shake (werkelijk verrukkelijk) voor me en we gingen buiten in de kleine zonovergoten achtertuin zitten, en ik voelde me een beetje kalmer tot ze besloot weer over mij en Garv te beginnen.
'Het punt is dat het allemaal zo prematuur voelt. Te plotseling.'
Ik zweeg terwijl mijn arm heter en jeukeriger werd.
'Niets eindigt zo vlekkeloos,' merkte ze op.
'Het is niet vlekkeloos.'
Ze probeerde het nogmaals met een grapje. 'Je hebt de vitale delen van het verscheuringsproces overgeslagen. Wat er normaal gebeurt, is dat je in therapie gaat. Je moet minstens twee pogingen voor een hereniging doen. Ze moeten jammerlijk mislukken, en als je denkt dat je nu bitter bent, is het niets vergeleken bij hoe je je dan zou hebben gevoeld. *Daarna* mag je er pas een einde aan maken.'
'Het zou niet veel erger kunnen zijn, omdat hij... met...' – ik kon mezelf er niet toe brengen te zeggen 'een ander slaapt' – 'een ander is. Ik zou hem nooit meer kunnen vertrouwen. Of het hem vergeven.'
'Dat snap ik,' begon ze. 'Maar is het vanwege de...'
'Alsjeblieft, Emily!' Ik begon gepikeerd, maar dat veranderde snel in wanhoop. 'Het is voorbij en jij moet me geloven, anders kom ik er niet doorheen.'
'Goed. Sorry.' Ze leek opgelucht dat ze erover kon ophouden. Ze zag er uitgeput uit. 'Wat zou je vandaag willen doen?'
'Weet ik niet.'

'Ik moet vanochtend naar mijn boekhouder over een teruggave van mijn inkomstenbelasting,' zei ze. 'Je mag met plezier met me mee, maar ik kan je ook op het strand afzetten.'

Ik wilde niet alleen zijn. Maar zou het niet stom zijn om in het kantoor van een boekhouder te zitten terwijl Emily bezig was haar belastingzaken te regelen? De zon scheen stralend en ik was nu een grote meid.

'Ik kies voor het strand,' zei ik.

'Hoe zit jij in je geld?' vroeg Emily. 'Niet dat ik iets nodig heb,' voegde ze er snel aan toe.

'Nou, Garv zei dat hij een maand de hypotheek zou betalen en ik heb mijn creditcard. Die kan ik alleen niet aanvullen tot ik een nieuwe baan heb.' Om de een of andere reden baarde me dat niet zoveel zorgen als gewoonlijk. 'En ik heb een beetje op mijn lopende rekening.'

In feite was mijn rekening voor leuke dingen redelijk gezond. Hoewel ik de laatste tijd te veel had uitgegeven, had ik dat van onze gezamenlijke rekening gedaan, en het drong tot me door dat ik misschien op mijn eigen rekening had gespaard omdat ik ergens de breuk met Garv had zien aankomen. Het was geen troostende gedachte.

'Waarom vraag je naar mijn geld?'

'Ik dacht dat je misschien gedurende je verblijf hier een auto zou willen huren.'

'Kan ik niet met de bus?'

Een vreemd geluid deed me opkijken. Emily lachte.

'Zei ik iets raars?'

'"Kan ik niet met de bus." Straks stel je nog voor ergens naartoe te lopen. Wat een veerkracht!'

'Kan ik niet met de bus?'

'Niet echt, niemand neemt de bus. De dienstregeling is een drama. Althans, dat heb ik gehoord, ik heb het niet zelf ervaren. In deze stad heb je een auto nodig. Er zijn geweldige pick-ups te huur,' zei Emil dromerig.

'Pick-ups? Je bedoelt jeeps?'

'Nee, ik bedoel een pick-up.'

'Je bedoelt... zo'n boerenvehikel?'

'Nou, ja, maar dan nieuw en glanzend en zonder varkens die op de motorkap zitten.'

Maar ik wilde geen pick-up. Ik had een plezierig beeld voor ogen gehad van rondzoeven in een snelle, zilverkleurige convertible, mijn haar wapperend achter me aan, terwijl ik mijn hartvormige brillenglazen liet zakken bij verkeerslichten om oogcontact te maken met mannen. (Niet dat ik het natuurlijk ooit zou doen.)

'Alleen toeristen en mensen van buiten de stad rijden in convertibles,' zei Emily honend. 'Angeleno's doen dat nooit. Vanwege de smog.'

Ik herinnerde me dat Emily me met een groot jeepachtig voertuig van het vliegveld had gehaald. Ze had eruitgezien alsof ze een flatgebouw bestuurde, en ik had bijna een touw en haken nodig gehad om op mijn plaats te blijven. 'Pick-ups zijn erg in,' adviseerde ze. 'En als het geen pick-up wordt, neem dan een jeep zoals de mijne.'

'Maar ik heb alleen iets nodig om van A naar B te komen.' En voor haar was het prima, wonend in een land waar de zon het hele jaar scheen, maar wanneer zou ik de kans krijgen het dak van mijn auto te verwijderen zonder tot op het bot nat te regenen?

'Weet je, je wordt in deze stad beoordeeld naar je auto. Je auto is je lichaam. Het doet er niet toe of je in een kartonnen doos woont, zolang je auto maar oké is en je je in de terminale fase van anorexia bevindt.'

'Nou, ik vind convertibles oké. Dat is de auto die mij bevalt.'

'Maar...'

'Mijn huwelijk ligt op de klippen,' zei ik, misbruik makend van mijn omstandigheden. 'Ik wil een convertible.'

'Goed.' Emily wist wanneer ze verslagen was. 'We gaan een convertible voor je huren.'

Vlak voordat we de deur uit gingen, belde mijn moeder. 'Die hele kustlijn kan elk moment in zee storten.'

'Is het zo?'

'Ik zeg het alleen maar voor je eigen bestwil.'

'Dank je.'

'Is het daar zonnig?'

'Erg. Ik moet nu gaan.'

Het strand was vlakbij, ik had dus makkelijk kunnen lopen. Als het me was toegestaan. Ik gleed nu uit de auto en Emily reed weg, hoog en droog en klein, gezeten in haar rijdende flatgebouw.

Het tafereel voor me zag eruit als een ansichtkaart. Badend in citroengeel licht staken de palmbomen hoog af tegen de strakblauwe lucht. Uitgestrekt in beide richtingen lag een breed, poederachtig wit strand en daarachter was het glinsterende water van de zee.

We hebben allemaal gehoord dat de Californiërs fantastisch zijn. Dat ze door een combinatie van goed, gezond leven, zonneschijn, plastische chirurgie en eetproblemen, slank zijn, gespierd en stralend. Terwijl ik mijn handdoek op het zand uitspreidde, sloeg ik heimelijk andere mensen op het strand gade. Er waren er niet zoveel – misschien omdat het een doordeweekse dag was – maar er waren er genoeg om mijn ergste angsten te bevestigen. Ik was de dikste, uitgezaktste persoon op dat stukje strand. Mogelijk van de hele staat Californië. God, wat waren ze slank. En ik nam een besluit – geboren uit wanhoop – dat ik weer zou gaan sporten.

Twee Scandinavisch uitziende meisjes kozen een plekje veel te dicht bij mij. Onmiddellijk vroeg ik me af of een van hen gescheiden was; ik maakte mezelf volslagen gek met speculeren over de huwelijkse staat van iedereen die ik tegenkwam...

Ze rukten hun shorts en topjes uit en onthulden kleine bikini's, platte buiken en gouden dijen, goedgevormd door stevige spieren. Ik had nog nooit twee mensen gezien die zich zo lekker in hun vel voelden; ik wilde ze het liefst wegjagen.

Hun komst betekende dat ik mijn sarong niet kon afdoen. Tijd ging voorbij, en toen het me was gelukt mezelf ervan te overtuigen dat niemand belangstelling voor me had, deed ik hem pas af. Ik hield mijn adem in, en vroeg me af of de strandwacht verschrikt zou opkijken en in slowmotion, met de rode reddingsboei onder zijn arm, naar me toe zou rennen en bevelen: 'Het spijt me, mevrouw, we moeten u vragen te vertrekken. Dit is een familiestrand en u maakt mensen van streek.'

Maar dat gebeurde niet en ik smeerde me rijkelijk in met factor acht en bereidde me voor te gaan bakken; huidkanker was wel de minste van mijn zorgen. God, wat was ik wit! Ik had voordat ik hierheen kwam wat nepbruin op mijn lichaam moeten smeren. Dit deed me onmiddellijk aan Garv denken – ik deed altijd operatiehandschoenen aan voordat ik nepbruin opbracht en dan zei hij: 'Ooo, mevrouw, een operatiehandschoen-moment!'

O, god. Ik deed mijn ogen dicht, liet me in slaap wiegen door het ritmische geluid van de golven die op het strand sloegen, de gele hitte van de zon, de korte windvlaagjes.

Het was eigenlijk heel plezierig tot ik me op mijn buik draaide en besefte dat er niemand was om mijn rug in te smeren. Garv zou dat hebben gedaan. Ik voelde me plotseling erg eenzaam, en het gevoel sloeg weer toe: *mijn leven is voorbij.*

Tijdens het inpakken, de vorige avond in Ierland, had ik tegen Anna en Helen hetzelfde gezegd: 'Mijn leven is voorbij.'
'Niet waar.' Anna was zichtbaar gespannen geweest.
'Betuttel haar niet,' had Helen aangedrongen.
'Je zult iemand anders ontmoeten – je bent jong,' zei Anna weifelend.
'Nee, dat is ze niet,' onderbrak Helen haar. 'Met drieëndertig ben je niet jong.'
'En je ziet er goed uit,' ging Anna onverstoorbaar verder.
'Nee, niet slecht,' gaf Helen onwillig toe. 'Je hebt mooi haar. En je huid is niet slecht. Voor je leeftijd.'
'Komt door al dat gezonde leven,' zei Anna.
'Al dat gezonde leven,' herhaalde Helen ernstig.
Ik zuchtte. Mijn leven was helemaal niet zo gezond geweest, het was net zo *on*gezond als dat van hen, en mijn mooie-huid-voor-mijn-leeftijd was het resultaat van dure nachtcrème die ik altijd aan mijn kussen afveegde, maar ik zei niets.
'En...' zei Helen peinzend. Ik boog voorover op het bed, om de complimentjes in ontvangst te nemen. '...je hebt een prachtige handtas.'
Ik ging weer recht zitten, teleurgesteld.
'Grappig eigenlijk,' peinsde ze hardop verder. 'Ik heb jou nooit zo gezien als een type voor een dure handtas.'
Ik probeerde te protesteren; dat ben ik *wel*, ik weet het bijna zeker. Maar ik wilde niet weer ruzie met Helen krijgen wanneer ik zou proberen haar ervan te overtuigen dat ik onverantwoordelijk met geld was.
Trouwens, toevallig was het Garv geweest die me de mooie handtas in kwestie had gegeven.
'Dat geloof ik niet!' had Helen gegiecheld. 'Je verwacht toch niet dat ik geloof dat Meneer-schil-een-sinaasappel-in-zijn-zak een ton neer zou tellen voor een *sac à main*. Dat is Frans, weet je. Hoe dan ook, weet je op welke manier je leven voorbij is? Je zult je handtas niet meer nodig hebben, toch?'
Maar ik wilde er geen afstand van doen, wat haar ertoe bracht achterdochtig op te merken: 'Je leven kan toch niet zo *volledig* voorbij zijn?'
'Hou je kop, je krijgt mijn auto,' zei ik.
'Maar alleen gedurende een maand. En ik moet hem met *haar* delen.' Ze maakte een hoofdbeweging naar Anna.
Toen hoorde ik iets dat me met een ruk naar het heden bracht. 'Icecream sandwich!'

Ik ging rechtop op mijn handdoek zitten. Een jonge man liep voorbij, wankelend onder het gewicht van ijsjes waar hij geen hoop op had ze te kunnen verkopen; niet aan deze menigte anorexia's.

'Popsicles?' riep hij wanhopig. 'Blue Gelato's, Cherry Ice?'

Ik had met hem te doen. En ik had honger. 'Ja,' zei ik. 'Geef mij maar zo'n ice-cream sandwich.'

We handelden onze zaak snel af, toen was hij weer onderweg met zijn verlieslijdende handeltje. Ik vroeg me af of iemand hem ooit uitschold of stenen naar hem gooide als hij zijn goederen met hoog vetgehalte en hoog suikergehalte langs het strand probeerde te verkopen. 'Wegwezen! Rot op.' Zoals mensen doen tegen drugsdealers in andere gemeenschappen.

En toen was ik weer alleen. Plotseling was ik erg blij dat ik in Californië was, omdat ik mijn verschrikkelijke gevoel van niet bij de rest van de wereld horen aan mijn jetlag kon wijten. Het maakte dat het niet mijn verantwoordelijkheid was, en ik kon altijd proberen mezelf voor de gek te houden dat ik me over een paar dagen volkomen normaal zou voelen.

Gadegeslagen door de twee Scandinavisch uitziende meisjes at ik mijn ijsje. De uitdrukking op hun gezicht drukte zo'n begerigheid uit dat ik me behoorlijk ongemakkelijk voelde. In feite bood ik ze bijna een hapje aan. Ik kon me niet aan de indruk onttrekken dat als dit een boek was, *iemand* me zou hebben uitgenodigd mee te doen met volleybal of op zijn minst een gesprek met me was begonnen – de strandwacht of een andere zonnebader. Maar de enige persoon die gedurende de hele dag tegen me sprak was de ijsverkoper. En ik vermoedde dat ik de enige persoon was die tegen hem sprak.

8

Aan het eind van de middag pikte Emily me op bij het strand. Toen we thuiskwamen was er nog steeds geen telefoontje van David Crowe. Haar wanhoop vulde het huis.
'Geen nieuws is goed nieuws,' probeerde ik.
'Nee,' zei Emily. 'Geen nieuws is slecht nieuws. Ze onthouden je het slechte nieuws en baden zich in glorie wanneer ze goed nieuws hebben.'
'Nou, bel jij hem dan.'
Een bitter lachje van Emily. 'Het is makkelijker Tom Cruise op de set aan de lijn te krijgen dan een agent die niet met jou wil praten.'
Maar ze belde hem toch. En hij was 'nu niet achter zijn bureau'.
'Ik wed dat hij "achter zijn bureau zou zijn" als Ron Bass aan de lijn was geweest.' zei ze somber.
Ik nam aan dat Ron Bass een of andere zeer gewilde scenarioschrijver was.
'Ik heb een vreemd, maar niet te stuiten verlangen om stomdronken te worden,' zei ze. 'Kun jij met je jetlag vanavond met me uit?'
'Wat heb je in gedachten?' Zou ik gedwongen worden om uit te gaan met een groep meiden en dansen op 'I will survive', zoals altijd schijnt te gebeuren met vrouwen die net bij hun man weg zijn?
'Wat denk je van een etentje in een leuk restaurant?'
'Geweldig!' Opluchting dat er geen Gloria Gaynor zou zijn, maakte me enthousiaster dan ik me voelde,
'Zo ken ik je weer. Weet je wat?' zei ze nadenkend. 'Wat jij nodig hebt is je haar een beetje laten doen.' Ook al was Emily erg op Garv gesteld, ze had altijd gedacht dat ik er verkeerd aan had gedaan door zo jong te trouwen. 'Doe iets geks met jezelf nu je toch hier bent.'

'Ik zie wel,' ze ik neutraal. Jezus, wist ik veel...

'We zullen Lara bellen. Lara houdt wel van een slokje. En Connie. En Troy. En Justin.'

Een snel rondje telefoontjes en toen kreeg ze die alles-in-de-hand blik. Gewoon bam-bam-bam, alsof het makkelijk is of zoiets. De jurk, de hoge hakken, de tas, het haar, allemaal nieuw, glanzend nieuw.

Toen opende ze haar wonderlijke make-uptasje en deelde iets van haar kennis met mij. Lotion werd op mijn lippen gesmeerd, 'om dat bijensteek-aanzien te krijgen'. Mijn wimpers werden gekruld met een ding (ik geloof dat het wimperkruller wordt genoemd). Daarna haalde ze een tube te voorschijn, en zei: 'Dit verlost je van je jetlagwallen.'

'Niet nodig,' zei ik zelfgenoegzaam. 'Ik heb mijn stralende-ogen-kit bij me.'

'Wacht maar tot je dit heb geprobeerd.' Ze klopte wat crème onder mijn ogen en – dramatisch – ik voelde mijn huid samentrekken.

'Wat is dat? Van wie is het?' Ik stond op het punt naar een drogist te rennen en een klein fortuin neer te leggen voor wat dit magische spul ongetwijfeld zou kosten.

'Het is Anusol.'

'Eh?'

'Aambeienzalf. Vijf dollar per tube, werkt als een droom, alle modellen gebruiken het.

Zie je nou wat ik bedoel? Zij is me áltijd een stapje voor.

Vervolgens ging ze een paar seconden aan de gang met een tang om de krul uit mijn haar te halen en wat aloe vera op mijn ringvinger te doen – de tere huid was verbrand waar eens mijn trouwring had gezeten (wat klinkt als de titel van een bijzonder sentimenteel country-and-westernliedje).

Emily liep met klikkende hakken naar de deur. Het *klik-klik* van haar hakken, de *krak* van de sluiting van haar handtas, het *klik* van haar aansteker, het *klak-klak* van haar nagels, ik vond het allemaal prachtig.

We gingen naar een tent die Sunset heette, zei ze. De Troy-persoon kon niet komen en Connie ook niet, aangezien ze tot aan haar nek in de voorbereidingen voor een bruiloft zat, maar Lara en Justin konden wel.

'Is een van hen getrouwd?' vroeg ik langs mijn neus weg.

Emily lachte. 'God, nee. Beiden alleen.'

'Gewoon alleen?'

'Is er een ander soort?'

'Gescheiden alleen.'
Met een meelevende blik zei ze: 'Nee, ze zijn gewoon alleen.'
We reden langs palmbomen die tegen de skyline stonden afgetekend. De zon ging onder en de lucht vertoonde allerlei kleuren: lichtblauw, dat naar boven ons hoofd donkerder werd, waarin de sterren twinkelden als speldengaatjes in een stof.

We passeerden de neonverlichting van tankstations, motels met waterbedden, reclamezuilen in het Spaans, garages met tweedehands auto's, uithangborden voor Mexicaans eten, chiropractors en huizen met werkelijk heel hoge huisnummers. Er konden toch onmogelijk 22.000 huizen aan deze weg staan?

'Misschien wel,' zei Emily. 'Sunset is ongeveer dertig kilometer lang.'

Sunset. Ze bedoelt Sunset Boulevard. *Ik rij over Sunset Boulevard*, dacht ik, en voelde me alsof ik in een film speelde.

Ergens op een kruising stond een man die een rafelig stuk karton vasthield, waarop met slordige letters stond: VROUW GEZOCHT. Er stond zelfs een telefoonnummer bij. Hij zag er aantrekkelijk genoeg uit, dat was juist het rare.

'Daar heb je hem, Maggie.' Emily wees naar hem. 'Mag de beste vrouw winnen.'

'Ik ben al getrouwd,' zei ik automatisch.

Gek, hoe makkelijk je iets vergeet.

We parkeerden voor een groot, wit hotel, en meteen dromden er enkele jonge mannen om ons heen. Even dacht ik dat dat vanwege mijn bijensteek-lippen en gekrulde wimpers was, maar ze bleken parkeerbedienden te zijn.

'Je geeft ze je dus je autosleutel en zij parkeren de auto en brengen hem terug wanneer je dat wilt!' Ik had ervan gehoord, maar het nooit in werkelijkheid gezien. Ik vind parkeren buitengewoon lastig, dus kon ik alleen maar waardering hebben voor deze vorm van dienstverlening.

'Maar je betaalt ervoor, ze doen het niet uit goedheid,' zei Emily haastig. '*En* je moet de chauffeur een fooi geven. We gaan naar binnen.'

Het was een bomvol, levendig restaurant. Iedereen zag er gebruind en fantastisch uit. En ik werd niet verzocht te vertrekken. Waar ik ze dankbaar voor was.

Zodra we zaten, zei Emily: 'Daar is Lara.'

Ze was een lange, blonde vrouw die zichzelf langs tafels heupwiegde, en het enige waaraan ik kon denken toen ik naar haar keek, was: golvende korenvelden. Ze zag er verguld uit, alsof ze in gouden stroop was gedoopt. Er waren veel mooie mensen in dat restaurant en zij was waarschijnlijkste de mooiste van allemaal.

'Hallooo,' riep ze naar me, nadat Emily ons aan elkaar had voorgesteld.

'Hallo,' antwoordde ik. Normaalgesproken zeg ik 'leuk je te ontmoeten', maar ik wilde er graag bij horen.

De ober verscheen. Of moet ik zeggen: het doek ging op. Ik had gehoord dat al het bedienende personeel in Los Angeles in feite acteurs waren, en deze Adonis was zo mooi dat hij wel een acteur moest zijn.

'Hallo dames,' zei hij stralend. 'Mijn naam is Deyan, en ik bedien jullie vanavond en dat zal ik doen tot ik erbij neerval.'

'Wie *is* dat?' Lara's gezicht stond verbaasd toen ze naar hem opkeek. 'Kevin Kline in *In and Out*? Of die knul uit *Will and Grace*?'

Niet jij ook, zei Deyans geschrokken blik. 'Het is mijn interpretatie van Jack uit *Will and Grace*,' gaf hij schoorvoetend toe.

'Ik wist het!' Lara straalde. 'Weet je wat, Deyan? Ik ben vanavond niet echt in de stemming voor Jack. Bedien ons in de stijl van...' Ze keek ons hulpzoekend aan. 'Wie willen we? Kies een acteur. Arnie? Ralph Fiennes?'

'Ik wil Nicolas Cage,' bekende ik.

'Lukt dat?' vroeg Lara aan Deyan.

'Uit welke film?' vroeg hij somber.

'*Wild at Heart*?' opperde ik. '*City of Angels*?'

Hij werd stil en afstandelijk, en ik dacht dat hij walgde van mijn voorstel. Toen nam zijn lichaam een soepele, beenderloze houding aan. 'Verdraaid goed nieuws,' zei hij traag. Hij had Nics zwaarmoedige charme helemaal te pakken!

Pas toen ik mezelf hoorde lachen, besefte ik dat het lang geleden was dat ik voor het laatst iets grappig had gevonden.

'Kan ik de dames iets te drinken brengen?' vroeg Deyan hees en zacht.

'Wodkatini met Gray Goose, zonder ijs en met vier olijven,' zei Lara.

'Appel-martini met Tanqueray en ijsschilfers,' bestelde Emily.

'Voor mij ook,' mompelde ik. 'Die appeldrank.'

'Komt er aan, kleintje!'

Ik moet bekennen dat ik volkomen verbaasd was over deze Lara. Toen ik haar heupwiegende gestalte, met honinggouden haar, haar strakke vergulde lichaam voor het eerst in het oog kreeg, had ik onmiddellijk geconcludeerd dat als je 'leeghoofd' in een woordenboek zou opzoeken, je een plaatje van haar zou zien. Maar ze was zowel intelligent als mooi. Ik was er niet zeker van of dit wel eerlijk was.

Deyan stopte abrupt bij de bar, bukte alsof hij op een knie ging neerknielen, maar stopte vlak boven grond, draaide zijn lichaam naar ons om, wees met een vinger en knipoogde. Zijn mond vormde woorden, een ervan was absoluut 'kleintje'. Ik moest het hem nageven, hij deed flink zijn best.

Toen was hij terug met de drankjes. Nog steeds in zijn rol, begon hij: 'En de specialiteiten van de dag zijn…'

Meteen sprong mijn brein in de screensaver-stand. Ik kon er niets aan doen. Ik wilde weten wat de specialiteiten waren, maar iets, dat te maken had met zo lang oogcontact onderhouden, scheen mijn gehoor aan te tasten. Het gebeurde altijd.

'…bla la bla in bessensaus bla bla…'

'O,' mompelde ik waarderend, knikkend, nog steeds gevangen in dat afschuwelijke oogcontact.

'…bla bla bla opgediend met bla bla en bla.'

'Heeft iemand ernaar geluisterd?' vroeg Lara toen hij weg was. 'Ik krijg altijd gehooruitval wanneer ze beginnen.'

Dolblij dat ik niet de enige was, riep ik uit: 'Dat heb ik ook wanneer iemand me de weg wijst. Al mijn energie gaat zitten in met mijn hoofd knikken en er aandachtig uitzien.'

'Jij ook?' vroeg Lara. 'Ik hoor het begin: "Daar rechtsaf." Daarna is het alsof ze de woorden door elkaar gooien, en het laatste wat ik meekrijg is zoiets als "nog maar twintig…"'

'…seconden vanaf het stoplicht,' vulde ik voor haar in.

'Jeetje, waar heb je haar gevonden?' Ze keek naar Emily en wees naar mij. 'Ze is geweldig!'

Haar enthousiaste vriendelijkheid was een beetje overdreven, maar het verdreef toch iets van mijn eigen onvolkomenheid. Wie was deze Lara? Ze werkte klaarblijkelijk bij een productiemaatschappij.

'Een filmproductiemaatschappij?'

Ze wierp me een verbaasde blik toe, die zei: *Zijn er nog andere?* voordat ze knikte. 'Natuurlijk filmproductie. Een onafhankelijke.'

'Dat betekent,' zei Emily, 'dat ze intelligente films maken.'

'Maar niet zoveel geld hebben,' zei Lara lachend.

'Drukke week?' informeerde Emily.
'Nee. De komende paar weken moet ik een premièreparty voor *Doves* organiseren, maar nu neem ik nog even wat rusttijd.'
'Ik heb veel te veel rusttijd gehad,' verzuchtte Emily.
Ik luisterde aandachtig. 'Rusttijd' – het leek iets met 'rustig aandoen' te maken te hebben. Een van de dingen die ik leuk vond aan de States was dat ik nieuwe uitdrukkingen kon oppikken voordat ze in Ierland bekend werden. Voorzover ik weet was ik de eerste in het Blackrockachterland die de frase 'hersenloze' gebruikte na een reisje naar New York waar ik Rachel had bezocht. Het is een beetje als alle belangrijke films zes maanden eerder zien voor ze officieel worden uitgebracht.
'Ik zal waarschijnlijk voor de rest van mijn leven alleen maar rusttijd hebben.' Emily werd sentimenteel. 'Die zak van een agent.'
'Je wacht pas drie dagen!' troostte Lara. 'Geef die jongen een kans.'
'Vijf dagen. Hij heeft het al sinds afgelopen vrijdag.'
'Drie werkdagen. Dat is niets. En hoe gaat het met het nieuwe script?'
'Slecht. Heel slecht.'
'Omdat je zelfvertrouwen zo gedaald is. Ha, daar is Justin.'
Justin was niet wat je misschien een blikvanger zou noemen. Hij had een bril op, korte zwarte krullen, en hij was een beetje mollig. Hoewel hij, om eerlijk te zijn, misschien slechts een kilo te zwaar was, maar omdat iedereen in LA zo slank was, zag hij er in vergelijking met de rest kogelrond uit.
'Sorry dat ik wat aan de late kant ben, jongens.' Zijn stem was nogal hoog voor een man. 'Desiree is echt gedeprimeerd en ik wilde haar niet alleen laten.'
Ik dacht dat Desiree zijn vriendin was, maar het bleek zijn hond te zijn.
Emily vertelde me dat Justin een acteur was.
'Heb ik je misschien in iets gezien?' vroeg ik hem.
'Misschien wel.' Maar hij scheen de vraag niet al te serieus te nemen. 'Ik speel vervangbare dikke jongens. Je weet wel, wanneer ze naar een planeet worden gestraald en een van de bemanningsleden door een onvriendelijke bewoner wordt weggezapt? Dat ben ik. Of een politieagent die bij een schietpartij wordt gedood.'
'Kam het nou niet af,' zei Emily. 'Je hebt meer werk dan je aankunt.'
'Ja hoor! Bij Planet Movie hebben ze dikke jongens nodig om veelvuldig te worden vervangen. En?' vervolgde hij tegen Emily. 'Hoe is jouw blind date-etentje op zaterdag afgelopen?'

'O, god.' Emily kreunde. 'Nou, ik kom daar, en Al, die jongen die ze voor me hadden geregeld, zag er goed uit.'

'Altijd een slecht teken,' zei Lara droog.

'Hij vertelt me dat hij in de orgaandonor-business werkt, en ik besloot dat ik verliefd op hem *moest* worden. Deze man redt levens, dacht ik. Dus zei ik: "Vertel eens wat over je werk."'

'Grote vergissing in deze stad,' zei Lara tegen mij. 'Je vraagt iemand de waterkan door te geven en je krijgt een monoloog van tien minuten over hoe geweldig ze zijn.'

Emily knikte. 'Hij moet naar autowrakken om de organen van dode mensen te controleren, dus hij begint over een plek des onheils. De man was – zo *verschrikkelijk* – onthoofd. "Zijn hoofd lag vijftig meter verderop," zegt Al. "Ze vonden het pas de volgende dag. Het was weggerold, in iemands voortuin. De hond vond het."'

'Getver.' Lara en Justin huiverden.

'Hij vond het gewoon leuk me dat te vertellen,' zei Emily. 'Ik moest naar het toilet. En toen ik terugkwam, hoorde ik het hem aan iedereen vertellen: "DE HOND VOND HET IN DE VOORTUIN." Maar ik kon echt goed overweg met die andere knul, Lou. Hij heeft mijn telefoonnummer opgeschreven. Maar hij heeft me nog niet gebeld.' Plotseling ontnuchterd, merkte ze gespannen op: 'Ik kan geen relatie krijgen. Niemand wil mijn werk. Ik ben de grootste mislukking die ik ooit heb ontmoet.'

'Nee, dat ben je niet,' troostte ik haar heftig. Ik haalde diep adem voordat ik het over mijn lippen kreeg. 'Ik sta op het punt te scheiden. Ik kan geen ergere mislukking bedenken.'

'Jij bent tenminste getrouwd geweest,' zei Emily somber. 'Hoewel ik nu voor de seks zou gaan. Dankzij Bretts verpeste penisvergroting heb ik in bijna vier maanden niet met een man geslapen. En jij, Maggie?'

'Niet zo lang.' Ik was te zeer in verlegenheid gebracht om dit onderwerp met Lara en Justin te bespreken. Het was al moeilijk genoeg geweest om toe te geven dat ik ging scheiden.

'Nou,' zei Lara stralend, 'ik heb in geen *acht jaar* met een man geslapen.'

Ze moest een geintje maken. Iedereen zweeg terwijl ik op de clou wachtte. Ik bedoel, deze vrouw was prachtig. En als zij geen kerel kon krijgen, was er dan nog hoop voor iemand anders, waar dan ook?

'Meen je dat?'

'Ja.'

Ik had over vrouwen zoals zij gehoord. Emily had gezegd dat Los Angeles er vol van was – oogverblindend mooi, intelligent, niets om neurotisch over te zijn, maar zo vaak gekwetst door mannen, die in deze stad konden nemen wie ze wilden, dat ze hadden besloten de handdoek in de ring te gooien en zich emotioneel af te sluiten.

'Maar waarom?'

'Ik ben lesbisch.'

Lesbisch. Lara was *lesbisch*. Ik had nog nooit eerder een lesbische vrouw ontmoet. Niet bij mijn weten in ieder geval. Genoeg homo's, natuurlijk, maar dit was nieuw voor me en ik wist absoluut niet wat ik moest zeggen. Felicitaties? Kom nou, je bent veel te mooi?

'Het spijt me.' Lara barstte in lachen uit. 'Dat had ik niet moeten zeggen.'

'Dus je bent niet lesbisch?' Plotseling voelde ik me weer op mijn gemak.

'Ja, ik ben het wel.'

9

De volgende dag brak helder en zonnig aan. Ik begon er al aan te wennen.

'Hoe is het vandaag met je?' vroeg Emily, terwijl ze me mijn ontbijt aangaf.

Hoe was het met me? Verdoofd, gebroken, angstig, gedesoriënteerd... Ik koos voor: 'Nog wat last van jetlag.'

'Over een paar dagen ben je weer helemaal de oude.'

Ik hoopte het.

Na het ontbijt nam Emily me mee om een auto te huren, maar tot mijn teleurstelling was het niet zoiets flitsends als in mijn fantasie, want de flitsende auto bleek tien keer duurder dan het niet-flitsende model.

'Neem hem dan toch maar,' drong Emily aan.

'Dat zou ik niet moeten doen,' zei ik. 'Ik verdien niets.'

'Vertel mij wat.'

Daarna gingen we naar het strand en verlummelden enkele uren, bespraken allerlei onbenullige onderwerpen, zoals wat een flapdrol Donna's Robbie was – wat ons grote voldoening schonk – en dat Sinead er veel beter uitzag sinds ze vorig jaar haar haar had laten blonderen.

'Ik had nooit gedacht dat het haar zou staan.'

'Nee, ik ook niet. Niet met haar teint.'

'Nee, niet met haar teint.'

'Maar ze ziet er geweldig uit.'

'Echt geweldig.'

'En als ze mij had verteld wat ze van plan was te doen, had ik het haar afgeraden.'

'Ik ook. Ik had nooit gedacht dat het haar zou staan.'

'Ik ook niet. Ik moet zeggen dat ik dat echt nooit had gedacht.'

'Maar het is fantastisch. Ziet er echt natuurlijk uit.'
'*Heel* natuurlijk...' En zo verder. Heerlijk, hersenloos gewauwel, waarbij ik niet intelligent of zelfs verstandig hoefde over te komen. Buitengewoon kalmerend.

Maar toen we terugkwamen van het strand veranderde onze slaperige, luie stemming en werden we plotseling verschrompeld tot een bal van bezorgdheid. Het eerste wat Emily deed nadat ze de voordeur had geopend, was naar het antwoordapparaat rennen, hopend op een bericht van David Crowe.

'En?' vroeg ik.
'Nada.'
'O, arme Emily.'

'Het is te laat,' zei ze de volgende ochtend terwijl ze ons ontbijt klaarmaakte. 'Als het zou gaan gebeuren, was het nu al gebeurd.'
'Maar je script is briljant.'
'Maakt kennelijk niet uit.'
Hoewel ik zelf genoeg problemen had, werd ik toch aangestoken door Emily's wanhoop.
'Is het leven niet oneerlijk?'
'Absoluut. Het spijt me dat dit gedoe nu aan de gang is,' zei Emily. 'Ik weet zeker dat jij er niet op zit te wachten.'
'Ach, het geeft niet,' zei ik nonchalant.
Het punt was – hoewel ik het nooit zou toegeven – dat het bijna een opluchting was om bij een groot drama betrokken te zijn dat het mijne niet was. Af en toe deed Emily nog een halfslachtige poging om me over Garv en mij te ondervragen, maar ik ging er niet op in en zij had er de energie niet voor om aan te dringen.
'En wat zou je vandaag willen doen?' vroeg Emily.
'Kijk dan!' Ik wees naar het raam en de duizelingwekkende dag erachter. 'Naar het strand natuurlijk.'
'Ik zal mijn bikini halen,' bood ze galant aan.
Ik schudde mijn hoofd. 'Hoeft niet. Blijf thuis en werk een beetje, als je je daardoor beter voelt.'
Emily was altijd een harde werker geweest, en hoewel ze beweerde dat ze niet verder kwam met haar nieuwe script, wist ik dat ze zich schuldig voelde als ze er niet een paar uurtjes mee aan de slag ging. Ze had zelfs de avond ervoor nog zitten werken.

Behalve schrijven spendeerde Emily haar halve leven aan de telefoon, huppelend van het ene telefoontje naar het andere, als een goochelaar die verscheidene ballen tegelijk in de lucht probeert te houden. Er bestond niet zoiets als een kort gesprek.

Connie – die ik nog steeds niet had ontmoet – scheen veel van haar tijd in beslag te nemen, omdat ze het ene drama na het andere doormaakte met bloemen, cateraars, kappers, overspannen bruidsmeisjes... Ik werd al misselijk door het allemaal aan te horen. Ik wilde niet dat er ooit nog iemand trouwde, ik wilde dat de hele wereld ging scheiden – zelfs alleenstaande mensen – zodat mijn leven niet als zo'n volslagen ramp en fiasco zou aanvoelen.

Connies recentste ramp had met haar huwelijksreis te maken. Door een vreemde samenloop van omstandigheden was het oord van haar keuze overvallen door plaatselijke landweermannen die zeven van de gasten hadden gegijzeld. Connies reisagent weigerde haar voorschot terug te betalen, en hoewel Emily geen greintje verstand had van rechtskundige zaken, raadde ze Connie aan een aanklacht tegen hen in te dienen. 'Je hebt rechten. Het maakt niet uit of het in het contract stond. O, wacht even, ik krijg een telefoontje op mijn andere lijn...'

'Ik kom straks weer terug,' zei ik, een boek in mijn strandtas proppend.

'Weet je zeker dat het goed met je gaat?' vroeg Emily.

'Ja.'

Nou, ik voelde me niet al te beroerd – ik was drie dagen in Los Angeles en ik had Garv niet een keer gebeld. Ik had twee keer de sterke neiging gehad, maar gelukkig was het beide keren midden in de nacht in Ierland geweest, dus had ik mezelf ervan overtuigd er geen gehoor aan te geven.

'Je wordt al aardig bruin,' zei Emily, die in kleermakerszit op de bank ging zitten en haar laptop aanzette. 'Rij voorzichtig.'

Onderweg naar mijn auto zag ik de new-agerige buren, kennelijk op weg naar hun werk. Een paar apart: zij was Afro-Amerikaans, hooghartig en elegant, met een zwanenhalsachtige nek en haarextenties tot aan haar ellebogen, terwijl hij eruitzag als Bill Bryson – bebaard, kalend, bebrild en een beetje jolig. Ik knikte naar hen. Glimlachend kwamen ze naderbij en stelden zich voor: Charmaine en Mike. Ze leken erg aardig en begonnen niet over mijn aura.

Toen ik afscheid nam en me omdraaide, zag ik een van de buren van de andere kant. Hij kwam terug met koffie voor zichzelf en zijn huisgenoten, als het Starbucks-dienblad dat hij droeg tenminste een aanwijzing was.

'Hoi,' riep hij naar me terwijl hij langsliep in een afknipte knielange broek en een gerafeld hesje. Zelfs als Emily me niet al had verteld dat ze studenten waren, denk ik dat ik wel had begrepen dat dit bepaald geen verzekeringsagent was, te oordelen naar zijn geschoren hoofd, vele gezichtspiercings en veel gezichtshaar. In mijn paar korte dagen in Los Angeles had ik geconcludeerd dat het buurhuis heel goed een huis voor geitachtige anoniemen zou kunnen zijn. Er leken tientallen knullen te wonen – hoewel Emily had gezegd dat er slechts twee waren – en ze schenen er allemaal mee behept te zijn. Sommigen hadden slechts een dun baardje; anderen, kennelijk de harde-kerngevallen zoals deze knaap, droegen gecultiveerde Fu manchu-minibaardjes.

Voor hun huis stond een lange, lage, oranje auto. Hij zag er zo verwaarloosd uit dat ik dacht dat iemand hem daar had achtergelaten, maar Emily had me verteld dat hij van de jongens was. Hij had hen slechts tweehonderd dollar gekost omdat geen van de portieren openging, dus moesten ze door de raampjes naar binnen klimmen. Ze noemden hem hun risicomobiel.

'Hallo,' antwoordde ik, terwijl ik in mijn auto stapte.

Ik reed de beschamend korte afstand naar het strand en parkeerde. Het uitzicht voor me was zo perfect als altijd. Het zand, de zon, de golven, het heldere gouden licht. Jammer dat ik zo verdomd eenzaam was. Nog erger – en ik schaamde me het toe te geven – was dat ik me ongemakkelijk voelde zonder de routine en structuur van een baan en, echt, ik kan je niet vertellen hoe ergerlijk het was, omdat ik het gevoel had dat ik het grootste deel van mijn werkende leven had gefantaseerd over de lotto winnen, mijn baan eraan geven en eindeloos veel vrije tijd hebben en in de zon lummelen. Nu ik het had, was ik er bang voor. Natuurlijk had ik in de afgelopen jaren vakanties gehad, maar dit vreemde, ongeplande nietsdoen was geen vakantie. Ik wist niet zeker wat het *was*, maar ik wist wat het niet was.

Ik merkte dat mijn linker ringvinger er niet meer zo vreemd uitzag – de ongebakken-donutkleur werd normaler, de zon had zijn werk gedaan, en de indeuking was omhooggekomen en de huid paste nu beter bij de rest van de vinger. Het was alsof woorden in het zand door de golven waren weggespoeld.

Ik spreidde mijn handdoek uit en ging zitten in de onzichtbare plastic koepel die me van de rest van de wereld buitensloot – behalve van Rudy, de ijsverkoper. Hij was de vorige dag niet verschenen. Zijn vrije dag? vroeg ik.

Nee, zei hij. Hij was naar een auditie geweest.

'En wat zal het vandaag zijn?' vroeg hij.

'Wat beveel je me aan?' Ik wilde het contact verlengen.

'Wat denk je van een Klondike-reep?'

Het werd een Klondike-reep, en hij ging weg.

Ik sloeg hem gade terwijl hij wegliep, en steeds kleiner werd naarmate hij verder liep. Waar bewaarde hij de ijsjes 's nachts, vroeg ik me af. Was er een grote plaats waar ze allemaal verbleven? Zoals een busremise, maar dan voor ijsjes? Of moest hij ze mee naar zijn eigen huis nemen? En als dat zo was, was hij dan bang dat leden van zijn familie ze zouden opeten? Het zou er niet zoveel toe doen als ze ervoor zouden betalen, als het hem bespaarde dat hij langs het strand moest lopen terwijl mensen stenen naar hem gooiden. Maar ze zouden er waarschijnlijk niet voor betalen... Ik dommelde in slaap.

Wat mij betrof bestond er niet zoiets als te veel slaap. Ik sliep nog steeds als een dode, zoals het thuis was geweest – althans als de televisie niet zo hard aanstond. In slaap zijn was een gezegende toestand, en wakker worden was alsof ik in de hel kwam. Iedere ochtend, wanneer de afgrijselijke werkelijkheid tot me doordrong, was het weer even afschuwelijk. 'Ik kan niet geloven dat dit is gebeurd. Ik kan niet eens geloven dat ik hier ben.' Maar niet lang na het ontwaken, verdween het afgrijzen gewoonlijk, met achterlating van slechts een klein restje vrees voor de toekomst.

Toen ik tegen halfzeven terugkwam, was Emily op de bank in slaap gevallen met haar laptop op haar buik. Het lichtje op haar antwoordapparaat flakkerde. Een bericht. Niet voor mij.

Een mannenstem, sprekend op die lome, Californische zangerige manier, alsof dit telefoontje niet een kwestie van leven of dood was. 'Ja, hallo, Emily. Dit is David Crowe. Je hardwerkende agent.' Vooral dat laatste klonk erg zangerig. 'Ik kreeg net een telefoontje van Mort Russell, van Hothouse. Hij heeft je script gelezen en is hééél enthousiast.' Een bliebje. 'Bel me terug.'

'Emily! Wakker worden!' Ik rukte aan haar arm en probeerde haar

overeind te trekken. 'Wakker worden, je moet dit afluisteren!'
Haar gezicht was bleek en verdwaasd. Ik speelde het bericht nog eens af. Toen kwam ze als een speer van die bank overeind en rende naar de telefoon alsof...
'Wie is Hothouse?' vroeg ik. 'Zijn ze goed?'
'Ik geloof dat ze onderdeel van Tower zijn,' mompelde ze, de cijfers intikkend. 'Ik hoop dat je niet weg bent, dat je nog aanwezig bent, *alsjeblieft*. Emily O'Keeffe hier voor David Crowe.'
Ze werd meteen doorverbonden.
'Ja,' zei ze en knikte. 'Ja... Goed.' Weer een knik. 'Goed... Wanneer?... Goed. Dag.'
Langzaam legde ze de telefoon neer. Nog langzamer liet ze haar lichaam langs de muur naar beneden glijden tot ze op de vloer zat. Alles in haar daden schreeuwde catastrofe. Ze wendde haar gespannen gezicht naar mij toe. 'Weet je wat?'
'Wat?'
'Ze willen dat ik met hen kom praten.'
Het duurde even voor het tot me doordrong. 'Maar dat is goed!'
'Ik weet het. *Ik weet het*. IK WEET HET.'
Toen begon ze te huilen zoals ik nog nooit iemand had zien huilen. Stromen. Emmers. Onbedaarlijk. 'Goddank,' snikte ze in haar handen. 'Goddankgoddankgoddank...'
'Jullie artistieke types,' zei ik toegeeflijk.
'Ik moet met Troy praten.' Ze had plotseling haast.
Een kort telefoontje – althans kort volgens haar maatstaven, hooguit twintig minuten of zo – toen werd het aanpakken geblazen. Haar, make-up, en jurken en hoge hakken; we zouden Troy om halfnegen in Bar Marmont ontmoeten. Troy was kennelijk een producer en hij zou Emily advies geven over Mort Russell, Hothouse, onderhandelen en eigenwaarde, en andere dingen.
'Is hij getrouwd?' vroeg ik, zoals ik het over iedereen vroeg.
Dit deed Emily in lachen uitbarsten. 'Troy? Ja, Troy is inderdaad getrouwd. Met zijn werk. Maar verder is hij alleen. Helemaal alleen. Zo alleen als iemand maar kan zijn.'
'Welke films heeft hij gemaakt?' vroeg ik, terwijl we langs de 405 zoefden.
'Niet een waar jij van hebt gehoord.'
'Is hij dan niet goed?'

'Hij is briljant. Maar hij werkt in de onafhankelijke sector. Hij is te eigengereid om in een studiosysteem te functioneren – althans op het moment. Hij wacht tot zijn reputatie goed genoeg is, zodat hij de totale artistieke zeggenschap krijgt over een grootbudget kassucces.'

'God, kijk eens naar hen!' We passeerden een sportschool met ramen van de vloer tot het plafond, zodat iedereen op de tredmolens zichtbaar was voor de wereld. Niet alleen zou ik het afschuwelijk vinden als voorbijgangers mijn rode, zweterige schande zouden kunnen zien, maar het was halfnegen op een vrijdagavond! Hadden ze geen bars waar ze naartoe konden gaan?

'Talloze sportscholen hebben dit soort ramen,' zei Emily. 'Er is altijd een kans dat Steven Spielburg langsloopt.'

Bar Marmont was donker en gotisch en erg on-LA. Gipsen slangen kronkelden omhoog langs de muren en zelfs de spiegels weerkaatsen een duister licht.

'Daar is hij.' Emily liep naar een man die alleen zat. Nadat ze elkaar erg enthousiast hadden begroet, stelde ze hem aan me voor.

'Hallo,' zei hij verlegen.

'Hoi.' Ik staarde hem aan. Ik wist dat ik dat deed, en het enige wat ik kon denken was: *wat maakt een man mooi?*

Ik wist dat er bepaalde kenmerken waren. Brede kaaklijn, uitstekende jukbeenderen, lange, dikke wimpers. Iedereen houdt van een fraai stel tanden, terwijl gloedvolle puppyogen het voor sommige mensen doen (hoewel ik daar niet bij hoor). En neuzen? Nee. Neuzen tellen niet mee. Iedereen vindt het beter als ze uit het zicht blijven.

Echter, soms breekt iemand alle regels en dan zijn ze desondanks verwoestend. Troy's lange gezicht werd gedomineerd door zijn neus. Zijn mond was een rechte, ononderbroken lijn die niets verried. Maar het licht kaatste van zijn olijfkleurige huid en zijn donkere haar was kortgeschoren. Zijn ogen waren misschien hazelnootkleurig. Een zijdelingse blik door de ruimte, waarna hij over de bar keek, en een groenachtige schittering glansde op.

'Willen de meisjes een drankje?' vroeg hij zacht.

'Jazeker,' zei Emily. 'Een witte wijn.'

'Maggie?' En de ogen waren op mij gericht. Eerder kaki dan hazelnoot.

'Iets.'

'Wil je dat wat nader voor me omschrijven?' Een licht opkrullen van een mondhoek.

'O. Iets kouds. Met alcohol.'

'Iets kouds met alcohol. Komt eraan.' Hij glimlachte. O, en daar zijn we. Glanzend witte tanden, allemaal present en fraai.

Ik sloeg hem gade terwijl hij door de ruimte liep. Hij was niet erg groot, maar er was een zorgeloze gratie in zijn bewegingen, alsof hij niet echt geïnteresseerd was in zichzelf.

'Gaat het?' vroeg Emily.

'Eh, ja.'

Ze rommelde in haar handtas, glimlachte voor zich heen.

Toen kwam hij terug. 'IJskoude margarita, Maggie. De beste van de stad. En wat brengt jou naar LA?'

'Ik...' Ik verafschuwde de vraag, verafschuwde het gewoon. Toen wist ik wat ik moest zeggen! 'Ik heb wat rusttijd genomen.'

Niemand keek me raar aan. Niemand barstte in lachen uit. Het zag ernaar uit dat ik het nieuwe taalgebruik met succes had gebezigd.

Toen was het tijd om informatie uit te wisselen. Volgens Troy was Mort Russell: 'Krankzinnig, maar niet op een slechte manier... Niet *altijd* op een slechte manier,' zei hij stralend.

'En hij is echt *enthousiast* over mijn script' kwebbelde Emily.

'Ik ben dol op je werk,' kweelde Troy. 'Ik ben héééél dol op je werk. Ik wil seks hebben met je werk omdat ik er zo dol op ben.'

'En ik hou van *jouw* werk,' zei Emily. 'Ik word al helemaal heet als ik eraan denk... Zo gaat dat hier, weet je,' verklaarde ze aan mij. 'Mort Russell heeft mijn script waarschijnlijk niet eens gelezen.'

'Ze hebben gewoon een liefdesbom op je gegooid,' zei Troy. 'Twee dagen later, en ze zouden je telefoontjes niet eens aannemen.' Niet dat dat Emily zou overkomen, verzekerde hij haar.

'En wat weet jij van Hothouse?' vroeg Emily.

'Ze hebben goede mensen en veel uithoudingsvermogen. Je weet dat ze *The American Way* hebben gemaakt?'

'Was dat van hen?' Emily keek geschrokken. 'Dat was niet zo geweldig.'

'Ja, maar dat kwam doordat ze steeds de producers ontsloegen.'

'Ken je *Glass Flowers*?' ging Emily verder. 'Ik heb gehoord dat ze daar *zestien* schrijvers op hadden gezet.'

'Klopt. Wat vond je van *Sand in Your Eyes*?'

'Niet zo slechts als *Obeying Orders*. Ik ben tenminste niet weggelopen!'

Terwijl ik van mijn ijskoude margarita nipte, babbelden Emily en Troy in sneltreinvaart over films die ze onlangs hadden gezien. Meestal keurden ze ze af, maar af en toe spraken ze hun waardering uit.

'*Schitterende* cinematografie.'

'Heel goed script.'

Na een tijdje had ik het door. Als ik van de film had gehoord, vonden zij er niets aan, maar als de titel me niet bekend voorkwam, werd de film geprezen.

'Vertel eens wat over jouw film, Maggie,' zei Troy.

'Goed. Ik denk aan een soort *Thelma and Louise*, of *Steel Magnolia's*, of *The Thomas Crown Affair*, of *Lock, Stock and Two Smoking Barrels*,' zei ze snel achter elkaar. 'Ik maak maar een geintje. Ik heb nog geen tijd gehad het uit te werken.'

'We hebben tot woensdag,' zei Troy. 'Maar weet je? Je zult het geweldig doen. Jij,' hij wees naar haar, 'doet het altijd goed bij zo'n gelegenheid.'

'Goed bij zo'n gelegenheid?' vroeg ik.

'Zo zeggen ze dat,' zei Troy, 'over iemand die de kunst van onderhandelen verstaat. Emily weet een goed verhaal te vertellen, dus doet ze het goed bij zo'n gelegenheid. Nog iets kouds met alcohol?'

'Het is mijn beurt.'

Drie drankjes later keek Troy op zijn horloge. 'Ik moet ervandoor. Vroeg op.'

'Ontbijt-sport-afspraak?' vroeg Emily.

'Zeven uur, stipt,' antwoordde hij, en ze lachten allebei.

'Dat doen ze allemaal,' zei Troy tegen mij. 'Het is een soort machogebeuren, een afspraak met je persoonlijke trainer voor zonsopkomst.'

We gingen naar buiten en overhandigden onze kaartjes aan de parkeerbedienden. Ik moet een beetje aangeschoten zijn geweest, want ik hield maar niet op over het gemak van parkeerbedienden. Ik zei het tegen iedereen – Emily, Troy, de parkeerbediende, het paar dat naast ons stond te wachten – en ze schenen allemaal licht geamuseerd. Ik zag er niets amusants in om een beroerd parkeerder te zijn die met auto's in parkeergarages langs paaltjes schraapte. Ik deed het natuurlijk niet met elke auto, alleen met die van...

'Hier is de mijne.' Troy's ogen waren gericht op een parkeerbediende die een jeep in onze richting reed. Hij sloeg een arm om Emily heen. 'Kleine meid, we spreken elkaar nog.'

Toen een arm om mij heen en een zoentje op mijn wang met die streepvormige mond. 'En jij, Maggie, geniet van je tijd hier.'

Hij gaf de chauffeur een dollar, slingerde zich in zijn jeep en was weg.

Het was middernacht. Terwijl we over Sunset reden, passeerden we een van de sportscholen met die hoge ramen. Er renden nog steeds mensen in de tredmolen nergens naartoe.

10

De volgende dag was het zaterdag en de strakke banden van mijn werkzame leven ontspanden zich en gaven me een beetje verlichting. Vandaag *kon* ik echt naar het strand gaan zonder me een spijbelaar te voelen.

Het telefoontje van David Crowe had Emily volkomen veranderd. Haar hopeloze lusteloosheid was helemaal verdwenen en nu was ze een en al activiteit. Na het ontbijt klommen we in haar auto en reden twee huizenblokken naar de gigantische, hangarachtige supermarkt. Van mijn jaren in Chicago wist ik hoe fantastisch de Amerikaanse supermarkten waren, maar desondanks wist ik dat ze niet zo'n ruime keus aan vetvrije producten hadden als hier. Overal schreeuwden de verpakkingen met 'o procent vet' me toe en spraken me aan. Ik vond het onmogelijk er geen gehoor aan te geven gezien de indringende lichaamsethiek, en liet de stapels donuts en ijsjes links liggen, en kocht in plaats daarvan blauwe bessen en salade en sushi. En wijn, natuurlijk. Emily stond erop. 'Ik moet op dit belangrijke punt in mijn leven goed voor mezelf zorgen,' zei ze, en gooide nog een paar flessen in ons wagentje.

Terwijl we onze aankopen terugreden naar de auto, schrok ik toen iemand riep: 'Hallo, daar!' Ik draaide me om en zag een smerige, bebaarde man, gekleed in lompen. 'Zeg, meisjes, luisteren jullie eens,' riep hij boos. 'Een lichaam ligt onder een brandtrap. Mannelijk, Kaukasisch, midden dertig.'

'Wat wil hij?' vroeg ik nerveus.

'Hij is hier altijd.' Emily toonde geen interesse. 'Staat allerlei rare dingen uit te kramen. Hij is knettergek. God houdt van hem, maar hij doet geen kwaad.'

We waren amper thuis en bezig de boodschappen uit te pakken toen Lara door de voordeur naar binnen stoof en zichzelf zo hard op Emily stortte dat ze beiden tot halverwege de kamer zeilden. 'Je hebt het gemaaaaakt!' krijste ze. 'Ik ben zo blij dat ze met je willen praten!'

Kennelijk was ze in de buurt geweest want ze was naar haar yogilates geweest (wat dat ook was). Ze was beladen onder de bloemen en een felicitatiekaart om Emily's goede nieuws te vieren.

Toen draaide ze zich om, zag mij, en riep: 'Kind! Wat zie je *bruin*. Naar het strand geweest?'

'Ja,' zei ik verlegen, gevleid door haar bewondering. Dat was goed, omdat het van haar kwam, een wandelende lichtstraal.

Lara stapte dichterbij en zei peinzend: 'Weet je wat? Je haar is *zo* geweldig.'

Ik had me het LA-spraakgebruik al eigen gemaakt. Iemand vertellen dat iets *zo* geweldig is, is eigenlijk kritiek leveren. 'Je script is *zo* geweldig,' – maar we kopen het niet. 'Je vriendin met wie ik naar een blind date ging is *zo* geweldig,' – maar zo saai dat ik me dood verveelde en ik hoop haar nooit meer te zien.

Dus toen Lara me zei dat mijn haar *zo* geweldig was, was ik een ogenblik blij, daarna niet meer. '*Zo* geweldig,' herhaalde ze. 'Maar je pony is te lang. Hallo,' zei ze zacht lachend, mijn pony opzij duwend met haar lange nagels, 'ben je daar. Ja, ze is er!'

'Hoi.' Ik was zo dicht bij haar dat ik haar contactlenzen zag.

'Weet je wat?' Peinzend woog ze de uiteinden van mijn haar, krulde het om met haar handpalm. 'We moeten je naar mijn kapper brengen. Dino, heet hij, en hij is de *beste*. Ik zal hem meteen bellen.'

Ze was al halverwege de kamer, grabbelend in haar handtas, toen ik uitademde. Ze had zo dicht bij me gestaan dat ik bang was geweest me te bewegen, omdat ze lesbisch was. Als het iemand anders was geweest, had ik gewoon een stapje achteruit kunnen doen, geen probleem, maar ik wilde haar niet de indruk geven dat ik me bij haar, omdat ze een lesbienne was, ongemakkelijk voelde. Politieke correctheid is een *mijnenveld*. Ze tikte een nummer in op haar mobieltje, praatte vervolgens. Zonder omhaal. Alles gaat hier *snel*.

'Dino? Kusje, kusje, schat. Ik wil een afspraak voor mijn vriendin met jou. Ze heeft een *prima* gezicht en heeft een goede knipbeurt nodig. Dinsdag?' Ze keek me aan met haar aquamarijnblauwe ogen. 'Maggie, dinsdag halfzeven?'

Ik voelde me overrompeld, het heft uit handen geslagen. Het beviel me wel. 'Oké.' Waarom ook niet? 'Dinsdag is prima.'

'Ik heb ook iets te vieren,' zei Lara, met een gebalde vuist in de lucht stompend. '*Two dead man* is eindelijk uit de top tien verdwenen!'

'Goed zo!' riep Emily uit, en een algehele feestelijke sfeer daalde neer.

Two dead man was een parodie op een gangsterfilm. Wat had Lara ermee te maken?

'Vertel Maggie het verhaal,' drong Emily aan.

'Wil je het horen?'

'Natuurlijk!'

'Goed! Zoals je weet, werk ik bij een productiemaatschappij, en een van mijn vele, *vele* werkzaamheden is scripts beoordelen. Zoals ze lezen, zeggen wat de kansen zijn om er een film van te maken. Hoe dan ook, twee jaar geleden kreeg ik een script op mijn bureau, het was waardeloos en ik kraakte het volkomen af. En de naam van dit waardeloze stuk? *Two dead man*. Een van de grootste lachfilms van het jaar!' Haar enthousiasme was aanstekelijk. 'De dag dat ik in *Variety* las dat Fox het in productie zou gaan nemen, was een van de ergste dagen van mijn leven. Ik heb zo HARD gebeden dat het zou floppen. Ik heb GEZWEET toen ik de weekendopbrengsten zag. En het scheelde slechts een haartje of ik was mijn baan kwijtgeraakt.'

'Maar je hebt toch recht op je mening,' zei ik.

'Neu-neu.' Ze schudde haar hoofd. 'Niet in dit wereldje. Een verkeerde zet en je ligt eruit.'

'Ik heb het originele script ook gezien,' zei Emily. 'En Lara had gelijk, het was waardeloos. Ik denk niet dat de schrijver van plan was geweest een comedy te schrijven, maar omdat het zo slecht was, dacht iedereen dat hij het als *grap* had bedoeld.'

'Maar nu is het allemaal goed,' zei Lara stralend.

Plotseling was er een lage, rommelende vibratie merkbaar. Ik voelde het voordat ik het hoorde en de hevigheid nam met alarmerende snelheid toe. Even dacht ik dat het een aardbeving was en dat mijn moeder gelijk had gehad. Wat ergerlijk nou.

'Gggrrr,' kreunde Emily. 'Ze zijn weer bezig. Trommelen op het ritme van het leven. De gekken!'

'Wie?'

'De buren. Mike en Charmaine en een groep volwassenen die beter zouden moeten weten. Slaan op trommels en hopen geluk te vinden. Ze doen het met opzet om mij te ergeren.'

'Je had nooit hun "Gewapend Verzet"-bord moet stelen,' zei Lara.

'Of ik dat niet weet! Nou, er zit niets anders op dan te gaan winkelen en iets te kopen om naar Het Gesprek te dragen. Gaat er iemand mee?'

Winkelen! Afgezien van zonneproducten had ik in geen eeuwen iets gekocht – niet sinds mijn luie leventje was begonnen. Ik ervoer iets van opwinding, voelde me alert en bijna normaal, wat verhevigde toen duidelijk werd dat ze naar Rodeo Drive wilden. Naar Rodeo Drive gaan was iets dat ik *moest* doen, wat iedereen moest doen die naar LA kwam, in plaats van in je eentje op een verlaten strand zitten verpieteren. Goed, het lag misschien een beetje boven mijn budget, maar een meisje kon altijd dromen. En haar creditcard gebruiken.

Toen wij het huis verlieten kwamen de geitenbaardjongens ook net naar buiten.

'Hoi, Lara!' riep degene met het geschoren hoofd enthousiast. 'Wat ben je weer mooi, man, wat ben je mooi!'

'Dank je, Curtis.'

'Nee, ik ben Ethan. Dat is Curtis.'

'Hallo.' Curits hief verlegen een mollige hand.

'En ik ben Luis.' Een knappe latino jongen, met Bambi-wimpers en een keurig baardje, zwaaide ook. 'En jij *bent* mooi.'

'Ik hoopte eigenlijk,' zei Emily, 'dat ze na dit trimester zouden verkassen en dat we echte buren zouden krijgen. Maar het ziet ernaar uit dat we voor de rest van de zomer met hen zitten opgescheept.'

De geitenbaardjongens begaven zich naar hun oranje autowrak. Luis legde een hand op het dak en kroop behendig door het raam naar binnen, waarna hij zich achter het stuur liet zakken. Vervolgens legde Ethan zijn vlezige hand op het dak en slingerde zich naar binnen, zijn voeten eerst. Maar voor de mollige Curtis was het niet zo gemakkelijk, hij kwam halverwege het raam klem te zitten.

Nadat we hadden geholpen hem naar binnen te persen, stapten we in Lara's auto (een glanzende, zilveren pick-up van een kilometer lengte). De lucht was blauw, de palmbomen zwaaiden zachtjes op de bries heen en weer en ik had een lekker kleurtje – alles bij elkaar was het leven zo slecht nog niet.

Ik had me min of meer voorgesteld dat Rodeo Drive een soort gemeenschap voor beroemdheden was. Bijna een themapark waarvoor je een kaartje moest kopen om erin te komen. In plaats daarvan, net als Sloane Street of Fifth Avenue, was het gewoon een lange weg met beroemde, dure winkels, met van die magere trutten als verkoopsters die zo bij de film konden. Ik paste er absoluut niet bij – ik had mijn allerbeste 'stadskleren' aangetrokken en droeg mijn dure handtas goed zichtbaar, als een soort geloofsbrief die me overal toegang moest verschaffen, maar ik hield niemand voor de gek. Na de eerste paar winkels, bekende ik somber tegen Lara: 'Ik verafschuw de mensen die in deze winkels werken, ze geven me altijd het gevoel dat ik waardeloos ben.'

'Daar is een trucje voor,' zei ze meelevend. 'Je moet de winkel binnenlopen alsof het je eigen huis is, kwaad en verveeld kijken, en nooit, *nooit* naar de prijs van iets vragen.'

Dus in de volgende zaak pakte ik een handtas – omdat handtassen de nieuwe schoenen zijn – en probeerde kwaad en verveeld te kijken, zoals me was geadviseerd. Maar ik was kennelijk niet zo overtuigend, want de charmante verkoopster keek me alleen maar een ogenblik minachtend aan. Toen ving haar radar Emily op, de merken-gek, en alles veranderde. 'Hallo daar! Hoe is het vandaag met *jou*?'

'Goed!' zei Emily. 'Hoe is het met jóu?'

Weet je, heel even dacht ik dat ze elkaar echt kenden, tot de vrouw vervolgde: 'Ik ben Bryony. Waarmee kan ik je vandaag van dienst zijn?'

Bij de zeldzame geledenheden dat deze meisjes tegen me praten, ben ik te zeer onder de indruk om te antwoorden. In feite stap ik onmiddellijk op. (En wat was dat 'vandaag'-gedoe? Wanneer was ze van plan haar van dienst te zijn? Aanstaande dinsdag?)

Ik zette de fraaie handtas terug op zijn plankje. Maar ik had het kennelijk niet goed gedaan, want Bryony schoot toe en schoof het kwiek en boos een paar centimeter terug in zijn oorspronkelijke positie. Vervolgens nam ze een doekje en veegde mijn vingerafdrukken weg. Ik voelde me zo vernederd dat ik dacht elk moment in huilen uit te barsten.

'Onthoud,' mompelde Lara in mijn haar, 'dat haar kleren geleend zijn. Ze zou de trui die ze draagt niet kunnen kopen, al zou ze hier een jaar werken.'

Ondertussen had Bryony zich op Emily gestort, die met getrainde ogen de hangertjes een voor een opzij schoof. Vervolgens werd ze naar de kleedkamer geleid, waar ze alles begon aan te passen, en de kleren die ze uittrok in verkreukelde proppen naar de verkooptrut wierp.

'Je ziet er *geweldig* uit' zei Bryony telkens weer, maar Lara mompelde constant: 'Mmm. Laten we een andere kleur proberen. Wat denk je van die langere rok? Is die er ook in een overslagmodel?'

Bryony kreeg een beetje genoeg van haar suggesties.

Uiteindelijke stelde ze voor: 'Wat denk je van een kleinere maat?'

'Ja,' zei Lara instemmend, waarna Bryony weer wegrende naar de kledingrekken. 'Nu begin je het idee te pakken te krijgen.'

We lieten Bryony andere stijlen en andere maten aanrukken – zelfs schoenen en handtassen – tot het leek alsof Emily elk ding in de winkel verscheidene keren had aangepast. Ze beperkte haar keus zorgvuldig tot een overhemdjurk en een jasje, gebaarde toen naar ons haar in de enorme kleedkamer te volgen en sloot de zware houten deur. 'Ik ben blut,' siste ze. 'Is het heel erg verkeerd om een maandsalaris aan een pak te besteden?'

Ik stond op het punt haar te zeggen dat het natuurlijk verkeerd was en dat ze ergens anders iets voor een tiende van de prijs zou kunnen kopen – en niet alleen omdat ik Bryony haar commissie wilde onthouden, zo gemeen ben ik niet, maar uit bezorgdheid over Emily's budget – toen Lara ernstig zei: 'Je moet geld uitgeven om geld te verdienen. Je moet er op en top uitzien tijdens dat gesprek.'

'Sorry, Maggie,' zei ze tegen mij. 'Ik wil dolgraag zoiets zijn als in *Pretty Woman*...'

'"Grote vergissing,"' citeerde ik heftig.

'"Enorm grote vergissing." Ja.'

Toen begreep Emily het. 'O, god, deed Bryony krengerig?'

'Ja,' zei Lara. Toen tegen mij: 'Maar Emily's gesprek is enorm belangrijk en ze ziet er in deze kleren geweldig uit...'

'O, zeker.'

'Dus wat gaat het worden?' vroeg Lara aan Emily.

'Ik neem het pak, maar de schoenen niet.'

'Mmm.'

'Nou, misschien de schoenen, maar de handtas niet.'

'Het heeft geen zin als je niet alles neemt, geloof ik.'

'Hoe gaat het hier?' Verkooptrut was teruggekomen.

'Ik neem alles.'

Vlak voordat we weggingen, pakte Lara 'mijn' handtas, nam hem ruw in haar handen en zette hem helemaal scheef en vol vingerafdrukken terug op zijn plankje. 'Bedankt, hoor,' zei ze stralend over haar schouder tegen Bryony.

'*Jij* bedankt,' zei ik tegen Lara.

Terwijl we langs de straat liepen, Emily beladen onder de draagtassen, wees ik naar een man die langs ons heen slenterde. 'Is hij niet het evenbeeld van Pierce Brosnan? Hij zou zo een baan als dubbelganger kunnen krijgen.'

Lara en Emily keken naar hem. 'Het *is* Pierce Brosnan,' merkte Lara op, en ze liepen verder, absoluut niet onder de indruk.

'Wat nu?'

'Chanel?'

Maar de Chanel-winkel was gesloten omdat er een beroemdheid binnen was die de zaak leeg kocht. Madonna, volgens een groepje Japanse toeristen die voor de ingang dromden. Magic Johnson, riep een rivaliserende groep. Nee, nee, riep iemand uit een derde groep, het was Michael Douglas.

Misschien was het maar goed dat de winkel gesloten was, zei Emily. Ze had al genoeg schade aangericht.

'Het is vijf uur, laten we iets gaan drinken,' stelde Lara voor.

'De Four Seasons?' zei Emily. 'Dat is dichtbij.'

'O, natuurlijk.'

'Niet doen!' riep ik uit.

'Wat?'

'Stel niet voor iets bij de Four Seasons in Beverly Hills te drinken alsof het *niets voorstelt*.'

'Sorry,' zei Emily kleintjes.

'Ja, sorry,' ze Lara.

De Four Seasons had klassieke kunst en grote vazen, wapperende gordijnen en veel, veel verguldsel. Het leek allemaal erg *opgesmukt*. Mijn moeder zou het geweldig hebben gevonden. Terwijl we de bar binnen liepen, riep een man die hof hield rond een tafel: 'Billy Christel is de beste vervloekte producer in de hele wereld!'

'Voor het geval we niet wisten dat je in de filmindustrie werkt,' mompelde Emily.

We vonden een zachte bank en bestelden ingewikkelde martini's en ze brachten ons een schaaltje met Japanse knabbeltjes. Toen de drank toesloeg lieten we ons een beetje gaan.

'Het gaat nu allemaal voor je beginnen,' zei Lara tegen Emily. 'Kijk naar Candy Devereaux. Het ene moment is ze serveerster en denkt eraan de bus terug naar Wisconsin te nemen. Dan schrijft ze een droomscenario, en nu verdient ze honderdduizenden dollars per week met scriptbewerking.'

'Prada zal me een vrachtwagen met spullen toesturen, en wat ik wil hebben mag ik *houden*,' zei Emily blij, en strekte zich uit op de bank.

Fantasie, natuurlijk, maar toch... In andere banen word je verondersteld geduldig te zwoegen en geleidelijk je lot te verbeteren. Maar ik kreeg het gevoel dat de dingen in deze stad anders werkten: je kansen konden van het ene op het andere moment keren en je kon heel, heel snel vanuit de goot in de stratosfeer worden geschoten. Ik werd afgeleid door een langslopend meisje met een decolleté zo diep als de Grand Canyon. Een ware siliconenvallei – die borsten konden *onmogelijk* echt zijn...

'Kan ik een rol in de film krijgen?' vroeg Lara.

'Natuurlijk!'

'Toen Lara naar LA kwam was ze actrice,' zei Emily tegen mij.

'En hoe komt het dat je dat nu niet bent?'

'Ik heb niet wat ervoor nodig is.' Ze hief haar hoofd naar achteren en propte knabbeltjes in haar mond. 'Ik was niet slank genoeg. Of mooi genoeg.'

'Maar je bent *echt* mooi.'

'Ik vind haar geweldig,' zei ik traag.

Emily keek haar streng aan, en op dat moment ging Lara's mobieltje. Er volgde een geanimeerd gesprek, toen borg Lara haar telefoon op. 'Het is Kirsty, ze is in de buurt, ze komt even iets met ons drinken.'

Emily trok een lang gezicht. 'Een snel alcoholvrij, vetvrij, sodiumvrij glas water, geserveerd met een schijfje biologische citroen in een loodvrij glas.'

'Ze is oké,' zei Lara.

'Ja. Ze is alleen zo virtuoos en humorloos. En ze denkt dat ze oogverblindend is.'

'Maar dat is ze.'

'Dat is geen reden om er te koop mee te lopen.' Dit zei Emily tegen mij. 'We hadden het er allemaal over wie ons zou spelen in het verhaal van ons leven – ja, ik weet het, maar dat is typisch iets voor LA – en Lara daar, *mooie* Lara daar, zegt Kathy Bates. Ik zeg ET, bij wijze van grap, Justin zegt John Goodman, en zelfs Troy zegt Sam uit *The Muppet Show*, en wie zegt Kirsty die haar moet spelen? Nicole Kidman, dat zegt ze. Zegt dat mensen haar altijd voor Nicole aanzien. Zou ze wel willen. Nou, kan ik voordat ze hierheen komt iets laten zien?'

Ze opende haar handtas en haalde langzaam een sleutelring te voorschijn. Ik herkende hem. Het was uit de winkel waar ze de kleren had gekocht; het had zelfs het logo, ingelegd met rijnstenen.

'Ik ben een stout meisje geweest,' zei Emily, maar ze kon een grijns niet verbergen.

'O, mijn god,' kreunde Lara. 'Je *moet* ermee ophouden!'

'Heb je hem gestolen?'

'Bevrijd, zou ik liever zeggen. Hallo zeg, ik ben op dit moment echt gestrest, hoor.'

'Ik weet het, maar kun je niet een bandje met ontspanningsoefeningen gebruiken, of zoiets?' zei ik.

'Je bent gewoon jaloers,' zei Emily beschuldigend.

'Dat klopt,' zei ik kleintjes.

Ik had slechts een keer in mijn leven iets gepikt – een chocolade-ijsje bij een kiosk. Ik had het niet eens gewild, ik hield veel meer van Cornetto's, maar die hadden ze niet en Adrienne Quigley had me uitgedaagd het te doen. Hoe dan ook – wat had je dan gedacht? – ik werd betrapt. De man was erg aardig en zei dat hij me zou laten gaan als ik het nooit meer zou doen. Wat betekende dat ik de rest van mijn tienertijd iedereen benijdde die van uitjes naar de stad terugkeerde met zakken vol gestolen goederen: oorbellen, lippenstiften, nagellak, een stuk elektriciteitsdraad en een handvol schroeven uit de ijzerzaak. Het was Emily die de schroeven en het draad achterover had gedrukt, omdat ze gewoon voor de lol dingen pikte, terwijl Adrienne Quigley op bestelling stal. Ik was ziek van afgunst op hun lef (en de gratis spullen, afgezien van de schroeven en het draad), maar ik wist zeker dat ik weer zou worden betrapt als ik het nog eens probeerde – en dat ik iedereen daarin mee zou slepen. Er is gewoon iets met me. Mijn zussen kwamen overal mee weg, want Claire was vrolijk, Rachel was grappig, Anna was weggetoverd door de fee en Helen was nooit bang. Maar ik – het enige wat ik had was gehoorzaamheid, dat was mijn enige overlevingsgereedschap.

De komst van Kirsty maakte een eind aan mijn overpeinzingen, en eigenlijk leek ze heel veel op Nicole Kidman, allemaal stroblonde krulletjes en een albasten huid. (Ze was ook zo mager als een lat, maar dat had je vast al geraden. *Hoe* doen ze dat toch? Deze vrouwen zijn midden dertig, traditioneel niet de leeftijd om zo mager als een zestienjarige te zijn. Het blijft een raadsel voor me.) Kirsty was sprankelend en levendig en ik begreep Emily's afkeer niet – tot de ober kwam en ze hem alle soorten mineraalwater liet opsommen die ze in huis hadden.

Ik bood haar wat van de Japanse knabbeltjes aan en ze rilde over haar hele lichaam.

'Slechts vier calorieën per stuk,' zei Emily. 'Dat zei de ober.'

Kirsty keek met een alwetende blik rond de tafel. 'Ze staan hier al eeuwen, terwijl iedereen er met zijn handen aan heeft gezeten. Wil jij andermans bacillen opeten? Ga je gang!'

De stemming daalde meteen. Niemand durfde er daarna nog een te nemen, en toen de ober ze uiteindelijk weghaalde, slaakten we een zucht van verlichting.

Een meisje in een strak roze T-shirt dat haar boezem nauwelijks bedekte slenterde naar de bar. Vooruitstekend en trots leek het of haar borsten *haar* mee uit wandelen namen. Iedereen in LA kent het Plastic Surgery Central, maar wanneer je deze menselijke barbiepoppen met eigen ogen ziet, gaat het je voorstellingsvermogen te boven...

Emily grinnikte naar Lara, die spijtig met haar hoofd schudde. 'Te onecht. De neptieten voelen ook niet zo goed.' Ze keek naar haar eigen gouden decolleté. 'En ik kan het weten.'

'Te veel informatie!' tjilpte Kirsten. 'Dat willen we *niet* weten.'

Dat zag ze eigenlijk verkeerd. Zei Lara nou dat ze haar borsten had laten doen? Ik was gefascineerd, maar te zeer in verlegenheid gebracht om erop door te gaan. Was het waar dat ze soms in vliegtuigen ontploften? Dat ze groen werden als je er een licht onder hield? Dat ze in een zwembad dreven, als zwembandjes, en dat je ze met geen mogelijkheid onder water kon houden?

'Vertel Kirsty je nieuws,' zei Lara tegen Emily.

Emily vertelde sappig het hele verhaal en, dat moet ik haar nageven, Kirsty leek verrukt.

'Eindelijk!' riep ze. 'Dat werd tijd. We hebben ons zorgen over je gemaakt, opgesloten in je huisje werd je een volkomen loser.'

'*Wat zeg je?*'

'Wat een leuke sandalen. Waar heb je die gekocht?' vroeg Lara haastig aan Kirsty.

'Weet je, die heb ik vorige zomer gekocht en ze opzettelijk nooit gedragen,' zei Kirsty vrolijk. 'Nu wil iedereen zo'n paar hebben en ze kunnen ze nergens krijgen! Hoe dan ook, jongens, ik moet ervandoor. Troy komt vanavond langs.'

Emily zag eruit alsof ze een klap op haar hoofd had gekregen.

'Werkelijk?' zei Lara. 'Zijn jij en Troy...?'

'Alsof ik jou dat zou vertellen!' antwoordde Kirsty opgewekt.

Lara liep met Kirsty naar de balie en Emily brieste tegen mij: 'Troy is *mijn* vriend. Ze heeft hem via Lara ontmoet. Wat ziet Lara verdomme toch in haar? En wat ziet Troy in haar? Kreng dat ze is, ze heeft niet eens haar drankje betaald. En dat gedoe over die sandalen. Ze een jaar in een la verbergen – wat was dat nou allemaal?'

'Lara komt terug,' waarschuwde ik.

Maar in plaats van haar mond te houden, zei Emily: 'Goed!' en ging vervolgens tegen Lara tekeer, die het erg volwassen opvatte. Troy was niet Emily's bezit, zei ze. Troy kon omgaan met wie hij wilde. Ja, dat gedoe met die sandalen was een beetje vreemd, maar Kirsty's baan als receptioniste bij een sportschool betaalde niet veel...

'Laten we nog wat drinken,' stelde ik voor.

Na nog een ingewikkelde martini waren Kirsty's sporen weggespoeld.

'Ga je maandagavond naar het feest bij Dan Gonzalez?' vroeg Emily aan Lara.

'Ik dacht dat jij niet ging!'

'Ja, nou ja, nu is het allemaal anders. Ik kan mijn hoofd rechtop houden. Ik doe weer mee. Kom je ook?'

Lara schudde haar hoofd. 'Nee, nee. Ik heb een afspraak.'

Op dit punt werd Emily echt gillerig. 'Vertel het ons!' beval ze. 'Met wie? Waar heb je haar ontmoet?'

'In een club.'

Om eerlijk te zijn voelde ik me nogal in verlegenheid gebracht. Ik wist gewoon niet wat ik moest zeggen. Als een meisje met een man uitging hoefde ze niet in details te treden, maar...

'Ze is echt leuk,' zei Lara. 'Ze was vroeger danseres.'

'Een danseres, wauw! Goed lichaam?' vroeg Emily.

'Heel goed.'

Lara beschreef het meisje, zoals mannen vrouwen beschrijven. Hoe knap ze was, hoe lief, en dat ze Lara echt aardig leek te vinden...

Ik zette mijn verlegenheid opzij en reageerde net zo gillerig als Emily. Ik ben tenslotte een vrouw van de wereld, dacht ik.

11

Langzaam lichtte ik mijn voetzool op van de pluizige badmat. De wollige bolletjes waren balsem voor mijn pijnlijke voeten. Ik verplaatste mijn gewicht en voelde de aanraking van elke vezel tegen mijn overgevoelige huid... *zo zacht, zo troostend*... Toen weer terug naar de eerste voet. Hoe lang stond ik daar al? Te lang. Misschien moest ik me eerst verder afdrogen. Iemand anders wilde de badkamer waarschijnlijk ook gebruiken.

Terwijl ik naar mijn slaapkamer strompelde om me aan te kleden, wist ik één ding zeker: *ik drink nooit meer ingewikkelde martini's*. Emily had duidelijk een slechte invloed. Ik was niet wat je noemt een feestbeest, maar ik was in twee dagen tijd twee keer dronken geweest. En ik had nog nooit een douche genomen met mijn zonnebril op – wat vertelde me dat over degene die ik gezelschap hield?

Ik vond het niet erg, maar ik was de enige die aan flarden lag. Ik was om acht uur wakker geworden, met het gevoel alsof ik uit een coma ontwaakte, mijn gebruikelijke angst voor ontwaken nog heviger, en ik had Lara en Emily zittend aan de keukentafel aangetroffen, waar ze iets fris zaten te drinken en als normale mensen met elkaar praatten.

'Gaat het?' Emily had bezorgd geklonken.

'Prima,' zei ik. 'Het is alleen... ik kan mijn ogen werkelijk niet opendoen. De pijn is te hevig.'

Emily gaf me een zonnebril en wat pijnstillers, en stelde voor een douche te nemen. Wat niet echt had geholpen, maar de badmat wel, althans zolang ik erop stond.

Terwijl ik me aankleedde viel de zonnebril op de vloer, maar toen ik me bukte om hem op te rapen kreeg ik plotseling zwarte vlekken voor mijn ogen, dus moest ik hem laten liggen. Vervolgens ging ik naar de woonkamer waar het geluid van mijn kletsende voeten op de houten vloer te veel voor me was. Ik zocht oppervlakkig naar een kussen of een deken op de bank, tekenen dat Lara hier had geslapen, maar toen ik in Emily's kamer gluurde, lagen Lara's kleren daar over de vloer verspreid. Ze moest bij Emily hebben geslapen.

Nee, niet zo geslapen. Gewoon geslapen. O, je weet wel wat ik bedoel...

Ik kreeg de schrik van mijn leven toen ik ontdekte dat Troy ondertussen binnen was gekomen. Ik tuurde naar hem door mijn samengetrokken pijnlijke ogen. Nog steeds eigenaardig mooi, op een brok-granietachtige manier.

'Hallo, Maggie,' knikte hij.

'Goeie,' zei ik, te geknakt om er meer van te maken. Ik moest gaan liggen. Behoedzaam liet ik me op de bank zakken, mijn rug plat tegen de kussens, maar zelfs toen ik ophield met bewegen, had ik het gevoel te zinken, zinken...

Emily en Lara en Troy bespraken Het Gesprek. Van verre hoorde ik hun mompelende stemmen. Ik merkte dat als ik haarstrengen zacht over mijn wang bewoog, de pijn in mijn jukbeenderen enigszins verminderde. Telkens opnieuw streek ik de vederlichte strengen van mijn neus naar mijn oog en weer terug.

'Gaat het een beetje, Ierse?' Troy stond over me heen gebogen. 'Wat is dat voor gedoe met je haar?'

Te beroerd om me ergens voor te schamen, vertelde ik het hem. Daarna vertelde ik hem over het kleedje in de badkamer.

'Wat jij nodig hebt, is een massage,' concludeerde hij. 'Drukpuntmassage.'

'Van jou?'

'Nee.' Hij lachte zacht. 'Van de meester. Wacht maar.'

Enkele minuten later ging de voordeur open, waarna een duizelingwekkend heldere ochtend de kamer binnen kwam.

'Doe dicht,' smeekte ik.

Het was Justin, stralend in een Hawaïaans overhemd. Ik dacht werkelijk dat ik moest kotsen.

Een tikkend geluid op de vloerplanken maakte me attent op een tweede aanwezige. Een wit hondje danste heel snoezig achter stofdeeltjes aan. Desiree, veronderstelde ik.

'Net op tijd, maatje,' zei Troy tegen Justin. 'De dame hier heeft hulp nodig.'

'O ja?' vroeg Justin met zijn hoge stem. 'Wat is het probleem?' Hij knielde bij de bank en nam theatraal mijn pols op.

'Kater,' zei ik tegen zijn flitsende overhemd.

'Mijn schuld,' verontschuldigde Emily zich.

Justin legde zijn vingers tegen elkaar en boog zijn handen heen en weer, alsof hij iets ging doen.

'Goed, waar doet het pijn?'

'Overal.'

'Overal. Goed, dan werken we overal.'

Ik was bang dat ik enkele kledingstukken moest uittrekken, maar het bleek dat hij alleen belangstelling had voor mijn voeten: reflexologie. Ik ben niet trots op mijn voeten. Toen ik eerder eens bij een reflexoloog was geweest, had schaamte over mijn eelt en het feit dat mijn tweede teen langer was dan mijn grote teen mijn vreugde vergald. Maar doordat ik nu het gevoel had te willen sterven was de staat van mijn voeten volkomen onbelangrijk geworden.

En Troy had gelijk. Justin was echt een meester.

Terwijl hij met plezierige stevigheid duwde en kneedde, verdween mijn pijn geleidelijk, en herstelde ik tot mijn verbazing zodanig dat ik me weer mezelf voelde.

Ik ging rechtop zitten. De vogels zongen, de wereld was zonnig en helder en draaglijk. De zon was niet langer een vijandige gele bol, maar een zeer geliefde vriend. Ik kon zelfs naar Justins overhemd kijken.

'Jij,' zei ik vol ontzag, 'bent een wonderdoener. Je zou er je beroep van kunnen maken. Heb je dit gedaan voordat je acteur werd?'

'Nee, het is alleen een hobby. Ik heb het me aangeleerd toen ik probeerde een vriendin te krijgen.'

'Werkte het?'

'Nee.'

'Nog niet, bedoel je.'

'Nee, ik heb het opgegeven. Ik ben niet alleen de inwisselbare dikke jongen op mijn werk, maar gewoon de inwisselbare dikke jongen, punt uit. Ik leef nu alleen voor Desiree. Hoewel,' voegde hij er opgewekt aan toe, 'ik haar alleen maar heb genomen om in contact te komen met vrouwen. Ik dacht dat ik bij een hondentraining wel iemand zou leren kennen, maar ook dat werkte niet.'

'Het is *onmogelijk* om in deze stad liefde te vinden,' onderbrak Emily hem. 'Iedereen is zo met zijn werk bezig. En er is geen plek om iemand te ontmoeten.'

'Ook niet in een bar? Of een club?' Ik had toch honderden verhalen van mijn zussen en vriendinnen gehoord over naar een club gaan en de volgende ochtend naast een vreemde in bed wakker worden. Het leek volgens hen vaker wel dan *niet* voor te komen, wat mij juist naar een leven alleen had doen verlangen.

'Via via is gewoonlijk de manier om in LA mensen te ontmoeten.' Emily keek Troy veelbetekenend aan. Maar als zij hoopte dat hij de details over de avond bij Kirsty zou vertellen, werd ze teleurgesteld.

Hij liep naar mij. 'Goed, voel je je nu beter?'

Weer plat op mijn rug knikte ik naar hem. 'Geweldig. Klaar voor de tienkilometerloop.'

'Daar zou ik hier geen grapjes over maken,' zei Emily, die ik vanuit deze positie niet kon zien. 'Vooruit, aan de slag, of hoe zit het?'

Ze gingen rond de keukentafel zitten als een krijgsraad. Zelfs Desiree zat op een stoel, een en al aandacht. Later hoorde ik dat ze in een paar films had meegedaan.

De deuren en ramen stonden allemaal open, zodat de zonnige dag in huis kwam. Halverwege de middag belde Emily om een brunch van een buurtrestaurant te laten bezorgen en een halfuur later was er genoeg voedsel gebracht om een heel leger te voeden.

'Wil je iets?' riep ze naar mij. 'Of sla je over?'

'Ik geloof dat ik wel een paar hapjes lust.' Mijn hoofdpijn was weg, maar ik had nog last van misselijkheid.

Troy bracht me een bord en toen ik probeerde te gaan zitten, zei hij: 'Niet nodig,' en probeerde het voorzichtig op mijn borst te plaatsen. Maar vanwege mijn borsten, en vanwege het feit dat ze wiebelden, wilde het bord niet in balans komen.

'Misschien moet je het maar vasthouden,' concludeerde hij, met een verlegen lachje. 'Heb je het?' Daarna keek hij me recht aan met die groenige ogen, en ineens was niet hij, maar ik in verlegenheid.

Toen hij weg was, probeerde ik voorzichtig een paar hapjes te nemen en was blij toen ik ze binnenhield.

Enige tijd later kwam Troy terug.

'Ben je klaar?'

Ik weet niet waarom, maar ik wachtte een seconde, en keek naar zijn gezicht voordat ik 'ja' zei.

Toen hij het bord van mijn borst pakte, slaagde hij erin de rand ervan over mijn tepels te schuiven. Ogenblikkelijk trokken ze samen en werden hard en wezen driedimensionaal onder mijn T-shirt naar hem.

Hij keek ernaar, en vervolgens naar mij. Ik wist dat ik zou moeten lachen, maar ik kon het niet. Vervolgens keek ik hem na toen hij terugliep naar de anderen.

Ik bleef op de bank liggen, en bladerde afwezig door een tijdschrift waarvan ik dacht dat het de *Daily Variety* was, maar dat de *LA Times* bleek te zijn. Al het nieuws leek over de filmwereld te gaan. Niets over oorlogen of slachtpartijen of natuurrampen – alleen onschadelijke artikelen over openingsweekenden en weekopbrengsten... Mijn ogen vielen dicht.

Emily oefende Het Gesprek, en nu en dan drong er een opmerking tot me door.

'... Emily,' hoorde ik Troy's zachte zangerige stem zeggen, 'je overtuigt me niet...'

'... Vergelijk het niet met *Drop dead gorgeous*...'

Op een gegeven moment ging de telefoon, en toen boog Emily zich over mij heen.

'Ben je wakker?' vroeg ze. 'Telefoontje van thuis.'

Iets in de manier waarop ze het zei alarmeerde me en ik ging, te snel, overeind zitten. Was het Garv misschien?

Hij was het niet, maar mijn vader wel. Ik stond op het punt op te staan en naar een andere kamer te lopen om iets meer privacy te hebben, maar besloot mezelf te sparen. Het was pap maar. Maar ik had moeten beseffen dat er iets mis was. Pap verafschuwde de telefoon, hij gedroeg zich altijd of er giftige gassen uit kwamen, dus waarom belde hij me?

Hij had me iets te vertellen, zei hij, haperend en verschrikt. 'Hoewel het voor jou misschien helemaal geen nieuws is.'

'Ga door.' Mijn hart bonkte nog van de verwachting dat ik Garv aan de lijn zou krijgen.

'Vanavond kwamen we thuis met de auto...

Vanavond? O ja, in Ierland was het acht uur later. 'Ga door.'

'...en ik zag Paul... eh... Garv. Hij was met een jonge vrouw en ze zagen eruit...' Pap stopte. Ik hield mijn adem in en wenste dat ik met de telefoon naar de slaapkamer was gegaan. Nu was het te laat – angst verlamde me.

'Ze zagen eruit alsof ze, eh, nogal dol op elkaar waren,' ging pap verder. 'Je moeder zei dat het geen zin had het je te vertellen, maar ik dacht dat je het zou willen weten.'

Hij had gelijk. Op een bepaalde manier. Het idee voor gek te zijn gezet stond me echter niet aan. Maar ik had het toch al geweten? Een sterk vermoeden was echter niet hetzelfde als het zeker weten.

'Gaat het?' vroeg hij, slecht op zijn gemak.

Ik zei van wel, maar had eigenlijk geen idee hoe ik me voelde.

'Heb je het meisje herkend?' Mijn hartslag versnelde dramatisch.

'Nee, nee, dat niet.'

Ik blies een stroom lucht uit. Het was dus tenminste niet een van mijn vriendinnen.

'Het spijt me heel erg, liefje,' zei hij terneergeslagen.

Jij zakkenwasser, Garv, dacht ik. Hij deed het niet alleen mij aan, maar ook mijn arme vader.

'Maak je niet druk, pap, het was waarschijnlijk zijn nichtje.'

'Denk je?' vroeg hij opgelucht.

'Nee,' verzuchtte ik. 'Maar het doet er niets meer toe, echt niet.'

Duizelig hing ik op. Wat had dat 'dol op elkaar' te betekenen? Wat hadden ze gedaan? Vrijen op straat?

Ik draaide me om en zag een bevroren groep die me aanstaarde. Zelfs Desirees kopje keek me schuin en meelevend aan.

'Wat is er gebeurd?' vroeg Emily.

Ik was te geschokt om te huichelen, en de reactie van allemaal was dat ze me onmiddellijk met vriendelijkheid overlaadden. Lara schonk iets te drinken voor me in, Emily stak een sigaret voor me aan, Justin wreef over de drukpunten op mijn slapen, Troy adviseerde me diep adem te halen en Desiree likte troostend mijn hand.

'Jullie waren toch al uit elkaar?' vroeg Lara.

'Ja, maar...'

'Ik weet het. Ja, maar...' herhaalde ze, begripvol. 'We hebben het allemaal meegemaakt.'

Te midden van alle drukte ging de telefoon weer, en Emily nam op. Haar gezicht drukte onwil uit. 'Het is je moeder.'

Ik pakte de telefoon en ging naar mijn slaapkamer.

'Margaret?'

'Hallo, mam.' Ik deed de deur achter me dicht.

'Met mam.'

'Ik weet het.' En ik weet waarom je belt.

'Hoe gaat het me je? Is het daar nog steeds zo zonnig?'

'Ja. En ik ben nog steeds niet in de Sint-Andreasbreuk gevallen.'

'Ik moet je iets vertellen en ik ga er geen doekjes om winden. Het heeft geen zin om om de hete brij heen te draaien. Als iemand iets te zeggen heeft, kunnen ze dat net zo goed meteen doen...'

'Mam...'

'Het gaat over die Paul, met wie je getrouwd was,' flapte ze eruit. 'We passeerden hem vanavond in de stad. Hij liep in Dame Street en hij was met een... een... meisje. Ze leken erg verliefd op elkaar.'

Dus nu is het *verliefd*. *Dol op elkaar* was al erg genoeg. Ik haalde diep adem. De zak, dacht ik. De zakkerige zak.

'Je vader wilde het voor je verzwijgen, maar jij bent net als ik, je hebt je trots, je wilt het vast liever weten.'

Misschien wel waar, maar het maakte me nog steeds boos.

'Het spijt me heel erg.' Plotseling klonk ze huilerig. 'En het spijt me dat ik het niet begreep toen je zei dat je hem had verlaten. Als er iets is dat ik kan doen...'

Ineens herinnerde ik me hoe ik een paar keer de neiging had gehad hem te bellen; nu was ik blij dat ik dat niet had gedaan. Stel je voor dat zij er was geweest. Dat zij had *opgenomen*? Ik zou me zo vernederd hebben gevoeld...

'Heb je haar herkend?'

'Nee, nee, ik heb haar niet herkend.'

Toen ik te voorschijn kwam, zei Troy: 'Je moeder? Goed nieuws verspreidt zich snel.'

Emily kneep in mijn trillende handen, probeerde de trillingen te stoppen, terwijl ze me overlaadde met een regen van gemeenplaatsen. Ik zou eroverheen komen. Het verdriet zou voorbijgaan. Het was nu verschrikkelijk, maar het zou beter worden...

De telefoon ging weer. We keken elkaar allemaal aan. Wat nu?

'Helen,' zei Emily, en gaf me de telefoon. 'Haar zus,' verklaarde ze aan de anderen.

Weer bevond ik me in mijn slaapkamer. 'Helen?'

Ze klonk voor haar doen vreemd hakkelend. 'Je vraagt je misschien af waarom ik je bel, en dat vraag ik me ook af. Er is iets gebeurd en mam en pap zeiden dat ik het je onder geen beding mocht vertellen, maar ik vind dat je het moet weten. Het gaat over die lul met wie je getrouwd was. Ik weet dat ik wel eens dingen over hem heb verzonnen, maar deze keer vertel ik de waarheid.'

'Ga door.'

'We zagen hem vanavond in de stad. Hij was met een meisje en hij kon niet van haar af blijven.'

'Wat deden ze?' Ik was nieuwsgierig en wilde weten wat ze hadden gedaan.

'Hij had zijn hand rond haar middel.'

'Is dat alles?'

'Nou, wat lager, eigenlijk,' gaf ze toe. 'Een beetje op haar kont. Hij kneep erin en zij giechelde.'

Ik deed mijn ogen dicht. Te veel informatie. Toch wilde ik meer.

'Hoe was ze?'

'Misvormd.'

'Werkelijk?'

'Nou nee, maar dat kan ik regelen.'

'In godsnaam, Helen, het is niet haar schuld.'

'Goed, hij dan. Ik kan iemand krijgen die hem ernstige schade toebrengt. Het zou mijn verjaardagscadeau voor jou kunnen zijn. Of ik doe het in ruil voor je handtas.'

'Nee. Alsjeblieft.'

'We zouden zijn huis kunnen platbranden.'

'Doe dat maar niet. De helft is van mij.'

'O, ja.'

'Beloof me dat je niets doet. Ik kan ermee leven, ik zweer het.'

'Het spijt me heel erg,' zei ze, en zo klonk ze. Ik was geroerd. 'Je zou me kunnen toestaan op zijn minst zijn benen te laten breken,' voegde ze eraan toe.

Ik had amper de telefoon neergelegd of hij ging weer. Anna.

'Weer een zus,' hoorde ik Emily voor de derde keer in tien minuten tegen de anderen zeggen voordat ik de slaapkamerdeur weer achter me dichtdeed.

'Hallo, Anna,' zei ik opgewekt, in een poging haar medelijden de kop in te drukken. Ik had er genoeg van. 'Bedankt voor je belletje, maar ik weet alles over Garv en zijn nieuwe vriendin.'

'Wat?'

'Ik weet alles over Garv en zijn nieuwe vriendin. Mam, pap en Helen hebben allemaal gebeld om het me te vertellen. Waarom duurde het bij jou zo lang?'

'Heeft Garv een nieuwe *vriendin*?' Ze klonk verbijsterd.

'Wist je dat niet?'

'Nee.'

'O.' Ik geloof dat ze nooit de slimste is geweest. 'Dus waarom bel je me?'

Lange pauze, toen hoorbaar ademhalen. 'Ik heb je auto in de prak gereden.'

Weer een lange pauze, toen een hoorbare zucht van mij. 'Erg?'

'Wat noem jij erg?'

'Heb je iemand gedood?'

'Nee. Ik reed tegen een muur, er was niemand bij betrokken. De voorkant zit een beetje in elkaar, maar de achterkant heeft zelfs geen schrammetje.'

Ik nam er de tijd voor om het te verwerken. Ik zou het erg moeten vinden, maar ik vond het niet erg, het was maar een auto.

'Maar Anna, wat *deed* je?'

'Eh,' ze klonk verward, 'ik reed.'

Na een paar seconde dure intercontinentale stilte, vroeg ik: 'Ben je gewond?'

'Ja.'

Bezorgdheid laaide in me op. 'Is er iets gebroken?'

'Ja.'

'Wat?'

'Mijn hart.'

Natuurlijk. Shane. Maar hoeveel ik ook van Anna hield, ik kon haar geen troost bieden, ik had het zelf te moeilijk. Tijd voor een gemeenplaats. Gelukkig had ik er verscheidene bij de hand, als resultaat van de omstandigheden. 'Hou gewoon nog even vol, het zal beter worden,' loog ik. 'En wat de auto betreft, ik ben verzekerd. Kun jij dat uitzoeken?'

'Ja, ja, dat zal ik doen. Dank je, sorry, ik zal het niet nog eens doen. Het spijt me zo.'

'Het is al goed.'

Een dergelijke ernstige situatie vroeg om meer reactie dan dat, maar het beste wat ik kon bedenken was: 'Anna, je bent pas achtentwintig.'

'Ik weet het,' zei ze gebroken. 'Ik weet het.'

12

Het nieuws over Garv had me verpletterd, ik kon er niet meer omheen. En de anderen stonden me niet toe hem te bellen.
'Niet wanneer je zo beroerd bent,' zei Emily vastberaden.
Maar eigenzinnig als ik was, wilde ik antwoorden. Waarom was dit gebeurd? Waar was het misgegaan?'
'Had je enig idee van die andere meid?' vroeg Lara.
'Ja.'
'Maar je hoopte dat het als een nachtkaars uit zou gaan en dat jullie weer bij elkaar zouden komen?' opperde Troy.
'Nee.' In alle eerlijkheid was ik daar niet op uit geweest – maar er was een groot verschil tussen vermoeden dat er iets aan de hand was en het *zeker* weten. En het zeker weten betekende dat ik verpletterd, verbijsterd en volkomen verloren was. Ik begon mijn laatste bezoek aan het huis te reconstrueren – toen ik kleren en spullen had opgehaald voor ik naar LA ging. Ik had geen enkel bewijs gezien dat er iets zinderends aan de hand was. Maar ik had Garv verteld dat ik zou komen, dus had hij de tijd gehad om de Häagen-Dazs vlekken uit de lakens te wassen. '*Ik* heb *hem* verlaten, weet je.' Mijn poging om dapper te zijn was niet echt overtuigend. Vooral niet toen ik doorging: 'Nou ja, het was eigenlijk een kwestie van indirect ontslag nemen.'
'Laten we uitgaan!' stelde Emily voor, toen ze me weer verlangend naar de telefoon zag kijken. Dus gingen we naar een film. Wij allemaal, behalve Desiree, die thuisbleef, met een lijdende uitdrukking in haar oogjes, die zei: ik zie hem wel wanneer hij op video uitkomt.
Er schenen een paar honderd bioscopen in Santa Monica te zijn, een beetje zoals de pubs in Ierland. Ik zat tussen Justin en Troy, die me van etenswaren probeerden te voorzien. Ik schudde mijn hoofd toen Justin

een bak ter grootte van een afvalemmer met popcorn voor me ophield, en ik sloeg Troy's gigapak twizzlers af.

'Nee?' fluisterde hij verrast.

'Nee.'

'Geef me je pols.'

Ik stak mijn arm uit en hij bond er zorgvuldig een rood bandje omheen. 'In geval van nood,' en zijn tanden flitsten op in het donker van bioscoop.

Er bestond geen enkele kans dat ik mezelf en mijn problemen gedurende de film zou vergeten. Vooral niet toen het een gewelddadige, zeer ingewikkelde thriller bleek te zijn, met slechte agenten en goede slechteriken die dubbelspel speelden, en zelfs driedubbelspel met elkaar. Ik was te zeer in verwarring om al die toestanden uit elkaar te houden. In tegenstelling tot Troy, die er helemaal in op leek te gaan: toen een slechterik een goedzak bleek te zijn, lachte hij verrukt: 'Aha!' en liet me schrikken. Aan mijn andere kant bewoog Justins hand zich van de bak popcorn naar zijn mond en weer terug, in een regelmatig ritme dat ik intens kalmerend vond. Hij onderbrak deze handeling alleen even om iets te fluisteren, toen een onschuldige – ik moet toegeven een tamelijk dikke – 'goedzak' in een kruisvuur terechtkwam: 'Dat had ik moeten zijn!' En toen het oor van de hond van een goede-slechterik door een andere goede-slechterik werd afgesneden: 'O! Man, ben ik blij dat Desiree *dit* niet ziet.'

Terwijl we na afloop allemaal naar buiten dromden, vroeg Troy: 'Hebben we hiervan genoten?'

'Ik kon het niet helemaal volgen,' bekende ik.

'Ja,' hij zuchtte meelevend. 'Concentratie naar de maan?'

'Ik weet niet zeker of dat de enige reden was,' zei ik. 'Om eerlijk te zijn kan ik al die misverstanden en verdraaiingen in dat soort films nooit goed uit elkaar houden.' En ik had Garv altijd bij me gehad om me aan het eind alles uit te leggen, dacht ik, maar zei het niet.

Het is vreemd wat je te binnen kan schieten, maar wat me verschrikkelijk leek en definitief en hartverscheurend, was niet dat ik mijn levensgezel was kwijtgeraakt, niet dat Garv en ik nooit een kind zouden krijgen, maar dat ik de rest van mijn leven nooit iets van thrillers zou begrijpen. Dat, en dat ik nooit de slag te pakken zou krijgen van wisselkoersen: Garv was net een menselijke rekenmachine. 'Er gaan er drie in een pond,' verklaarde hij bijvoorbeeld, en gaf me een lading buitenlands geld aan het begin van een vakantie.

'Dus om erachter te komen wat iets werkelijk kost, moet ik het met drie vermenigvuldigen.'

'Nee, je moet het door drie delen,' zei hij dan geduldig.

Dus behalve dat ik nooit meer iets van thrillers zou begrijpen, zag het er ook naar uit dat ik in de toekomst beduveld zou worden door buitenlandse kooplieden.

'Je moet erover praten,' drong Emily aan toen we weer thuis waren en iedereen weg was. 'Ik weet dat je dat niet wilt, maar het zal helpen, ik zweer het.'

Weet je, nu de dingen er voor Emily beter uitzagen, had ze nieuwe energie gekregen om zich op mij en mijn drama te richten.

'Jullie Californiërs,' zei ik honend, 'praten over alles. Alsof dat helpt.'

'Het is beter dan dingen in de doofpot te stoppen en proberen ze te verbranden.' Emily kende me maar al te goed.

'Wat voor goed zal praten doen?' vroeg ik hulpeloos. 'Misschien had ik nooit met hem moeten trouwen.'

'Nee, misschien niet,' antwoordde ze neutraal.

Ze had dat indertijd tegen me gezegd. Toen ik me had verloofd, had ze ernstig gezegd: 'Ik ben bang dat je op veilig speelt door met Garv te trouwen,' in plaats van dolenthousiast te zijn toen ze mijn ring zag en vulgaire grappen te maken.

'Ik dacht dat je hem aardig vond!' had ik gekwetst gezegd.

'Ik vind hem aardig. Luister, ik wil alleen dat jij zeker bent van je zaak. Denk er nog eens over na.'

Maar ik dacht er niet over na omdat ik dacht dat ik wist wat ik wilde. Als ik erop terug kijk, moet ik bekennen dat ik me wel eens heb afgevraagd of ze misschien gelijk had gehad. Misschien had ik op veilig gespeeld door me met Garv te willen settelen. Maar het was niet alleen maar slecht geweest...

'We hebben het jarenlang heerlijk gehad.' Ik hoorde mijn stem trillen.

'Wat ging er dan mis?'

Ik zweeg te lang.

'Ga terug naar het begin en praat het dan helemaal door. Toe nou, het zal je helpen het allemaal te begrijpen. Begin met de konijnen,' drong ze aan. 'Vooruit, je hebt het me nooit helemaal verteld.'

Maar ik wilde nergens over praten. Vooral niet over de konijnen. Want je kunt het konijnenverhaal niet vertellen zonder dat mensen gaan lachen, en ik was er niet aan toe om grappen te maken over de redenen waarom mijn huwelijk op de klippen was gelopen.

Het was, onschuldig genoeg, begonnen met een paar slippers. Iemand had me voor Kerstmis een paar slippers gegeven die eruitzagen als zwarte konijntjes. Ik vond ze helemaal het einde. Niet alleen hielden ze mijn voeten warm, ze waren bovendien leuk en knuffelig zonder dat het eigenlijk knuffeldieren waren. In het geval dat ze verwarring zaaiden, kon ik erop wijzen dat ze een functie hadden en dat ik niet een van die vrouwen was die het raamkozijn in haar slaapkamer vol had staan met pluizige dolfijnen, apen en kuikens, die met hun knoopoogjes naar mensen keken die op bezoek kwamen en ze de schrik van hun leven bezorgden. O nee. Ik had een paar slippers, dat was alles. Ze waren van nep-astrakan gemaakt, en toen Garv ze namen gaf, was hij duidelijk beïnvloed door hun Russische afkomst. Valya en Vladimir. Ik kon ze nooit uit elkaar houden, maar Garv zei dat Vladimir een raar oor had en Valya's neus had de vorm van een Toblerone. (Waarom hij niet gewoon driehoekig zei, zal me altijd een raadsel blijven.) Valya was een beetje femme fatale, en zei vaak dingen als: 'Ik heb vele, vele minnaars gehad.' Soms gaf ze me kledingadviezen. Vladimir – die bijna net zo klonk als Valya – was een partij-apparatsjik, die van zijn onschendbaarheid was ontdaan. Hij was erg droefgeestig, maar dat was Valya ook.

Garv begon soms een gesprek door middel van de astrakanslippers. Hij stak zijn hand erin en bewoog hem een beetje, en zei: 'Ik ga naar de westerse-stijl supermarkt. Ik ga voor vele, vele dagen inslaan. Wat zal ik voor jou meenemen?'

'Tegen wie praat ik? Valya of Vladimir?'

'Valya. Vladimir is degene met het rare oor en…'

'…Valya heeft een neus die op een Toblerone lijkt, ik weet het. We hebben pizza's nodig, tandpasta, kaas…'

'Wodka?' opperde Valya hoopvol. Valya had duidelijk een probleem. En Vladimir toevallig ook.

'Geen wodka, maar je kunt net zo goed een paar flessen wijn meenemen.'

'Zwarte-zeekaviaar?'

'Donker brood?'

'Ja, we hebben ook een brood nodig.'

'Ik help je.' Valya was tevreden over zichzelf.

Het kon mij niet schelen. Om eerlijk te zijn vond ik het wel leuk. Tot op zekere hoogte. Maar misschien had ik hem dit spelletje nooit moeten toestaan, want daarna was het nog maar een kleine stap naar echte konijnen.

Zo kort mogelijk vertelde ik Emily het verhaal over de slippers. Toen, haar klachten negerend dat het verhaal nu juist spannend werd, smeekte ik haar of ik naar bed mocht gaan, op basis van het feit dat ik mijn arm zo hard had gekrabd dat hij bloedde.

13

De telefoon wekte me. Voor ik het wist was ik uit bed en in de woonkamer. Door de telefoontjes van de vorige dag waren mijn zenuwen zo gespannen als strak elastiek. Ik verwachtte iemand als mijn eerste onderwijzer van de basisschool, of de president van Ierland die me zou bellen om me alles over Garv en Die Meid te vertellen.

'Hallo,' zei ik argwanend.

Een lief, hoog stemmetje ratelde: 'Het kantoor van Mort Russell, is Emily O'Keeffe aanwezig?'

'Een ogenblikje, alstublieft.' Ik deed de stem van het meisje na.

Maar Emily was in de badkamer. En toen ik op de deur klopte, jammerde ze: 'O nee. Ik zal ze terug moeten bellen. Ik ben bezig mijn benen te ontharen en ik ben bij een kritiek punt.'

Toen ik terugkeerde bij de telefoon, hield een of ander instinct me tegen dit nieuws met Mort Russells kantoor te delen. 'Ik ben bang dat ze op dit moment niet achter haar bureau zit. Kan ik u helpen?'

'Kan Emily terugbellen en vragen naar Mort?' vroeg het meisje.

Ik schreef het nummer op, en zei: 'Dank u.'

'*U* bedankt,' antwoordde ze, zo zonnig en blij.

In tegenstelling tot mij. Ik was om tien voor halfvier wakker geworden, met wild kloppend hart en een onweerstaanbare behoefte Garv te bellen. Ik was op mijn tenen naar de woonkamer geslopen, in het donker, en had ons nummer thuis gedraaid. Ik wilde gewoon even met hem *praten*. Ik wist zelf niet precies waarover. Maar er was een tijd geweest dat hij zich gedroeg alsof hij meer van mij hield dan van wie ook op de wereld. Ik denk dat ik moest weten of, zelfs als hij van deze nieuwe vrouw hield, het niet zoveel was als hij eens van mij had gehouden.

Met een klik en een stroom statische storingen begon de telefoon in een ander continent te rinkelen, en ik kauwde geagiteerd op het bandje rond mijn pols. Maar er was niemand thuis: ik had me verrekend. Ierland was acht uur vooruit, dus Garv was op zijn werk. Mijn wanhoop was al wat afgekoeld tegen de tijd dat ik naar zijn bureau werd doorverbonden, dus toen bleek dat hij er niet was en dat ik alleen een bericht op zijn voicemail kon achterlaten, voelde ik me alleen nog verslagen. *Laat na de toon een boodschap achter.*

Ik besloot het niet te doen. Ik kroop terug in bed, ik had het polsbandje doorgeknaagd en wou dat ik er nog een paar honderd had. Ik had in mijn verleden slechte tijden meegemaakt, maar ik wist niet zeker of ik me ooit zo kapot had gevoeld. Zou het ooit overgaan, zou ik me ooit weer normaal voelen?

Ik betwijfelde het ten zeerste, ook al had ik andere mensen na verschrikkelijke dingen zien herstellen. Kijk naar Claire: haar man verliet haar op dezelfde dag, *dezelfde dag*, dat ze hun kind had gebaard. En ze was hersteld. Andere mensen gingen trouwen en scheiden en kwamen eroverheen en trouwden opnieuw, en praatten vervolgens over 'mijn eerste echtgenoot' op een kalme, ontspannen manier, alsof er niet een steekje pijn was gevoeld van toen – in de tijd dat hij de enige was die belangrijk was – tot dit moment, nu hij zomaar iemand uit hun verleden was. Mensen pasten zich aan en gingen door. Maar terwijl ik me in het donker tot een bal oprolde, was ik erg bang dat het mij niet zou lukken. Dat ik erin vast zou blijven zitten, en alleen maar ouder en vreemder werd. Ik zou ermee ophouden mijn haar te verven, en ik zou weer thuis gaan wonen om voor mijn bejaarde ouders te zorgen tot ik zelf oud was. Niemand uit de straat zou op bezoek komen, en wanneer er met Halloween kinderen aan de deur kwamen, zouden we net doen of we niet thuis waren. Of anders emmers koud water vanaf een bovenverdieping uit een raam op hun gemaskerde, in lakens gehulde gestaltes gooien. Onze auto zou twintig jaar oud zijn en in perfecte staat en we zouden alledrie een hoed dragen wanneer we een ritje gingen maken – waarbij pap erop zou staan achter het stuur te zitten, ook al was hij zo gekrompen dat zijn hoofd er amper bovenuit kwam. Mensen zouden over me praten: 'Ze is eens getrouwd geweest. Was vroeger heel normaal. Maar ja, dat is nu natuurlijk moeilijk te geloven.'

De telefoon ging weer, rukte me terug naar het heden. Deze keer was het Emily's agent. Nou, natuurlijk niet David Crowe in eigen persoon, maar een of andere ondergeschikte die voor hem werkte, die een lunchafspraak wilde maken.

Uiteindelijk kwam Emily uit de badkamer. 'Geen haartje meer te bekennen. Waar is zijn nummer?'

Ik gaf haar het stukje papier, waar ze een kus op drukte. 'Hoeveel mensen zouden een *moord* doen om Mort Russells directe nummer te krijgen?'

Ze belde, kreeg hem meteen aan de lijn, lachte, en zei: 'Dank je, en ik ben ook *heel* enthousiast over jouw werk,' blablabla.

Toen hing ze op, en verklaarde: 'Raad eens?'

'Hij is werkelijk, maar dan ook helemaal gek op je script?'

'Ja.' Toen scheen ze me pas te zien. 'O, liefje,' zei ze, bedroefd.

'Er was nog een telefoontje,' zei ik. 'Iemand van David Crowes kantoor. Wil je om een uur in het Club House met hem lunchen?'

'Het Club House?' Ze greep me vast alsof er iets verschrikkelijks was gebeurd. 'Zei hij het Club House?'

'Het was eigenlijk een "zij", maar ja. Wat is het probleem?'

'Ik zal je vertellen wat het probleem is,' riep ze, en verdween om meteen weer terug te komen met een boek. Ze bladerde erdoorheen, en las toen: '"Het Club House. Het belangrijkste restaurant waar de machtigste mannen van Hollywood lunchen en onderhandelen. Goede steaks en salades..." Vergeet dat laatste – maar je hoorde wat er staat. *"Belangrijkste restaurant."* En ik ga erheen!'

Daarna barstte ze in tranen uit, zoals ze had gedaan toen ze hoorde dat Hothouse met haar wilde praten. Toen de tranenstroom voorbij was, verbaasde ze me door te vragen: 'Wil je mee?'

'Maar dat kan toch niet. Het is een zakelijke lunch.'

'Nou en? Zou je mee willen?'

Ik zou best mee kunnen gaan, wat had ik anders te doen? In mijn eentje op het strand zitten, proberen niet aan mijn gestrande huwelijk te denken? 'Ja, goed. Maar zal hij dat wel goedvinden?'

'Natuurlijk! Dit zijn de wittebroodsweken, waarbij ze me niets kunnen weigeren. Ik kan er net zo goed uithalen wat erin zit. Ik was ze te zeer buiten zinnen bij de vorige keer. We zullen net doen of je mijn assistente bent.'

'Zal hij het niet vreemd vinden dat ik amper iets over Hollywood weet?'

'Stel geen vragen. Gewoon lachen en veel knikken. Ga alsjeblieft mee.'

'Goed dan.'

Een snel telefoontje later, en het was geregeld.

Het weer was veranderd. In plaats van blauwe luchten, scheen de zon door een dik wolkendek, zette de wereld in een vuil mosterdkleurig schijnsel. Mijn eerste vijf dagen in LA stonden daarbij in schril contrast. Niet alleen het weer was somber, maar ook mijn gemoedstoestand. In het begin had ik gedacht dat ik alleen maar ongelukkig was, nu was het veel ingewikkelder. En om het allemaal nog erger te maken, kon ik het nu niet meer aan mijn jetlag wijten. Het lag aan *mij*.

Emily en ik reden over Santa Monica Boulevard richting Beverly Hills, en de smerige lucht werd erger toen we verder landinwaarts kwamen. Smog, begreep ik, met een plotselinge steek van bijna-opwinding. *Zo LA. Zo beeldend als palmbomen en plastische chirurgie.*

'Is hij getrouwd?' vroeg ik. 'David Crowe?'

Emily viel stil, en zei toen: 'Hou hier alsjeblieft mee op. Veel mensen gaan scheiden, je bent geen uitzondering.'

Het Club House was lawaaierig en vol. Bijna allemaal kwartetten van mannen die allemaal een salade aten en Evian dronken. Emily en ik werden door de drommen mannen naar een tafeltje geleid. David Crowe was er nog niet.

Ik wilde ineens dringend een glas wijn, maar toen ik Emily vroeg of dat goed was, schudde ze spijtig haar hoofd. 'Sorry, Maggie, maar je wordt verondersteld mijn assistente te zijn. Hoewel God weet dat ik zelf een paar glazen zou kunnen gebruiken. En het liefst met iets krachtigs.' Nerveus tikte ze met haar nagels op de tafel tot ik, zelf tot het uiterste gespannen, haar handen greep. Ze keek me verbaasd aan.

'Het zal goed gaan,' zei ik, en deed net of ik haar handen ter geruststelling had gepakt.

'Bedankt,' zei ze, trok zich los en begon weer driftig op het tafelblad te trommelen. 'O, goddank, daar is David.'

Inderdaad, goddank.

Ze wees naar een keurige jonge man, die er minzaam en zelfverzekerd uitzag. Dit betekende dat hij waarschijnlijk een neurotisch warhoofd was die nooit een bevredigende relatie had gehad en die vijf uur per week in therapie was. Zo gaat dat in Hollywood, was me verteld. Hij zwaaide naar ons, en glimlachte breed, *breed*. Hij was niet zo ver bij ons vandaan, toch kostte het hem tien minuten om naar ons toe te lopen, omdat hij bij elk tafeltje een praatje praatte, handen schudde en iedereen enthousiast begroette.

Eindelijk bereikte hij ons tafeltje, pakte mijn hand tussen zijn beide handen en staarde me diep in de ogen. 'Wat leuk je te ontmoeten, Maggie.'

Hij wendde zich tot Emily. 'En hoe is het met mijn hoofdmeisje?'

Een en al glimlach ging hij zitten, en liet duidelijk merken een vaste bezoeker van het Club House te zijn, want hij keek niet naar het menu. 'Cobb-salade zonder de avocado, dressing apart,' zei hij tegen de serveerster. Daarna ging hij over tot een roddelachtig en onderhoudend gesprek over onze medelunchers. Hij leek bijna een reisleider.

'Zoals je weet, schudt de hiërarchische macht hier iedere maandagochtend op zijn grondvesten,' zei hij tegen mij.

'Afhankelijk van de weekendopbrengsten,' zei Emily.

'Precies! Kijk nou naar die jongen daar, met die sokophouders. Elmore Shinto. Vanaf deze ochtend is zijn carrière voorbij. Uitvoerend producent van *Moonstone*, een project van negentig miljoen. Er werd gefluisterd dat het waardeloos was. Ze hebben het eind vier keer opnieuw opgenomen. Ging dit weekend van start en FLOPTE. De studio zal er een gevoelige klap van krijgen.'

Ik wilde de man graag zien, hoofdzakelijk omdat hij in het openbaar sokophouders droeg. Alsof het Club House de Rocky Horror Show was. Maar te oordelen naar de manier waarop Elmore lachte en praatte, zag hij er niet uit als een man wiens carrière voorbij was.

'Zo doen ze de dingen hier,' merkte Emily op. 'Ze nemen het altijd dapper op... tot ze in de goot eindigen, volgepompt met cocaïne, op het randje van een psychose en daarna worden ze afgevoerd naar een kuuroord,' voegde ze er met een lachje aan toe. '*Dan* valt er niets meer te verbergen.'

'Eh, ja,' zei David, een beetje onzeker, en ging vervolgens over op filmroddeltjes. '...redde de studio van overname... haalden de oorspronkelijke producer erbij... vette overeenkomst... namen een scenario van een tranentrekker... tien jaar groen licht...'

Het verslag ging door tijdens de ongelooflijk snelle maaltijd: geen voorafje, en *zeker* geen dessert. Sinds ik in LA was aangekomen, was me na de maaltijd nooit iets anders dan koffie aangeboden. Ik vermoedde dat als ik een bananasplit zou willen bestellen, ze de dessert-kok uit zijn bed moesten bellen.

Tijdens de lunch hadden David en Emily de tactieken voor Het Gesprek een beetje doorgesproken, maar toen we het restaurant verlieten, begon het echte werk: David stopte bij verscheidene tafeltjes en stelde Emily aan diverse hoge omes voor.

'Emily O'Keeffe. Zeer getalenteerde schrijfster. Gaat woensdag met Hothouse over haar nieuwste film, *Plastic Money*, praten. Als je wilt meedoen moet je snel zijn!'

Ik hield me nerveus glimlachend op de achtergrond. De reactie van Emily varieerde. Sommige mannen waren knorrig omdat hun cobb-salade en Evian-water werden verstoord, maar anderen leken oprecht geïnteresseerd. Maar zelfs met degenen die onbeleefd deden, hield David – en zeker ook Emily – glimlachend stand, alsof ze de grootste sterren van de stad waren. Er was iets erg opwindends aan het nieuwtje dat David voor onze ogen stond op te kloppen. Toen we de deur eindelijk naderden, zei David kalmpjes: 'Die laatste kerel, Larry Savage, heeft het script al afgewezen, maar ik wed dat hij belt.'

'Ze verafschuwen het als ze het gevoel hebben ergens de boot te missen.' Ik probeerde professioneel te klinken.

'Ze zijn ook als de dood te worden ontslagen wanneer Hothouse de film tot een grote hit maakt en hun studio erachter komt dat ze hun kans hebben gemist.'

Vervolgens hoorde ik mezelf uitroepen: 'O, Jezus!'

'Wat is er?' vroeg Emily.

'Dat is Shay Delaney.'

'Waar?'

'Daar.' Ik wees naar de man met het donkerblonde haar aan een tafeltje met drie andere mannen.

'Dat is Shay Delaney niet.'

'Dat is 'm wel. O nee, je hebt gelijk, hij is het niet.' De man had zich net iets omgedraaid en ik kreeg zijn profiel te zien. 'Maar hij leek erg op hem,' zei ik verdedigend. 'De achterkant van zijn hoofd was hetzelfde als van Shay.'

14

Die middag kwamen er nog twee telefoontjes van het lieve, gillerige meisje van Mort Russells kantoor. Eerst om te weten of Emily speciale wensen voor het gesprek op woensdag had.
'Zoals?' vroeg ik nieuwsgierig.
'Audiovisuele apparatuur. Kruidenthee. Een speciale stoel.'
'Tja, ik ben bang dat Emily momenteel in een vergadering zit.' Ze was naar haar gyrotonische – wat het ook was – trainer gegaan. Iedereen in LA scheen een voortdurende stroom afspraken te hebben met accountants, voedingsdeskundigen, kappers, trainers van eigenaardige takken van zelfkastijding en, boven aan de lijst, therapeuten. 'Ik zal haar laten terugbellen.'
Daarna belde het meisje weer met zeer ingewikkelde instructies voor het parkeren op woensdagmiddag. Ze had onder andere het chassisnummer en bouwjaar van Emily's auto nodig.
'Ze maakt er wel een hoop drukte over,' zei ik tegen Emily.
'Dat komt omdat parkeerplaatsen bij filmstudio's een soort beloning zijn.'
'Wat?'
'Heel, heel moeilijk te krijgen. Heeft er nog iemand anders gebeld?'
'Alleen mijn ouders. Ze zeggen dat ze zich zorgen over me maken.'
'Ze zijn niet de enigen.'
'Met mij gaat het prima,' verzuchtte ik. Mijn middernachtelijke paniekaanvallen waren tenminste afgenomen. 'En ik heb Donna en Sinead gebeld.' Toen ik eenmaal zeker wist dat geen van hen Garvs nieuwe vriendin was, wilde ik graag even met ze praten. Beiden hadden verheugd geklonken iets van me te horen, en geen van hen wist iets over Garvs nieuwe affaire. Dat was een opluchting – de kwestie werd dus niet in heel Dublin besproken.

'Wat doe je vanavond aan naar het feest van Dan Gonzalez?' vroeg Emily.

'Weet ik niet.' Ik was blij dat we uitgingen. Ik wilde constante activiteit, zodat ik mezelf en mijn gedachten kon vergeten. Maar er was iets dat ik moest vragen. 'Zou Shay Delaney daar zijn?'

Een stilte. 'Misschien wel. Als hij in de stad is.' Weer een stilte. 'Zou je het erg vinden als hij er was?'

'Eh, nee.'

'Goed.'

'Heb je zijn vrouw ooit ontmoet?'

'Nee, ze komt nooit met hem mee. Maar ja, dat lijkt me ook onmogelijk als je drie kinderen hebt.'

'Heeft hij... je weet wel... affaires? Of is hij haar trouw?'

'Ik weet het niet,' zei Emily ernstig. 'Ik zie hem niet zo vaak, en zo goed ken ik hem ook niet. Wat zou je willen? Dat hij trouw of ontrouw is?'

'Weet ik niet. Geen van beide.'

Emily knikte peinzend bij dit stukje onlogische onzin. 'Luister,' zei ze traag, 'je hebt hem al die tijd gratis in je hoofd laten wonen.' Toen stopte ze. 'Sorry, vergeet dat ik mijn mond heb opengedaan. Ik weet niet... ik *kan* ook niet weten wat jij hebt doorgemaakt. Sorry,' herhaalde ze.

'Het is al goed.'

Daarna ging ze zich verkleden en dat was het einde van dat.

Een halfuur later kwam ze te voorschijn in een roze met zwarte luipaardspijkerbroek, naaldhakken en een of ander topje. Maar het waren niet alleen de kleren: er waren armbanden en haarstukjes en glanzende make-up...

'Hoe doe je dat?' Ik fronste mijn wenkbrauwen terwijl ik haar bestudeerde. 'Je bent een Wondervrouw, zoals jij jezelf kunt transformeren.'

'Jij ziet er ook goed uit.'

Ik had mijn best gedaan, maar ik had niet zoveel flitsende kleren meegenomen naar LA (hoofdzakelijk omdat ik ze niet had), en in mijn zwarte 'feestjurkje' voelde ik me naast Emily's exotische pluimage meer een begrafenisondernemer.

'O, nou,' hekelde ik mezelf, 'ik ben natuurlijk een intense sukkel, want ik had best iets van jou kunnen lenen. Krul je alsjeblieft mijn wimpers met je magische krultangetje?'

Emily deed niet alleen dat: ze maakte me op zodat ik er bijna net zo stralend uitzag als zij, en daarna gaf ze me een paar haarstukjes en armbanden.

En toen gingen we weg.

Het feest, in een Spaansachtig huis in Bel Air, was zo'n tot in de puntjes geregelde chique party. Elektronische hekken met stoere types die je identiteit controleerden, tien Mexicaanse mannen om je auto te parkeren en feestelijke lampjes die door de bomen twinkelden. In het huis circuleerden aantrekkelijke mensen door de hoge, ruime kamers, en overal stonden enorme boeketten lelies in grote vazen. Het licht glansde op dienbladen met champagne *en* – nogal teleurstellend, vond ik – bladen met mineraalwater. Aangezien het een Hollywoodparty was, had ik drugs, hoertjes en over het algemeen dolle pret verwacht, en ik was niet bereid afstand te doen van dat beeld. Die ebbenhouten prinses die voor het damestoilet stond te wachten, die wilde toch in *werkelijkheid* zeker een grammetje cocaïne snuiven? Dat alarmerend jong uitziende Spaanse meisje *moest* toch zeker een prostituee zijn.

Emily ging op zoek naar Dan Gonzalez, de gastheer, en ik stond champagne te nippen en zocht met haviksogen naar tekenen van losbandigheid.

'Hoi!' Een stoere, jongensachtige man met een opstaande kraag liep op me toe. 'Gary Fresher, uitvoerend producent.'

'Maggie Gar – Walsh.' Ze waren hier echt vriendelijk!

'En wat doe jij, Maggie?'

'Op het moment neem ik wat rusttijd.'

Toen, zo snel dat ik het nauwelijks bevatte, zei hij kortaf: 'Leuk je te ontmoeten,' draaide zich om en liep weg.

Waaat?

Ik had een baan moeten hebben. Hij had er geen belang bij om met mij te praten, want ik kon hem niet helpen. Het besef was een schok en het deprimeerde me. Feest, me hoela. Eerder een saaie netwerkbijeenkomst. Dadelijk gingen ze ook nog visitekaartjes uitwisselen. O, wacht even, dat gebeurde al, en Emily O'Keeffe was een van hen. Daar was ze, midden in de menigte, stralend, zelfverzekerd, praatte zoals werd verwacht, liep zoals werd verwacht...

Nergens een teken van Shay Delaney. Hij was zeker niet in de stad.

'Hoi! Ik ben Leon Franchetti.'

Een ongelooflijk knappe man dook ineens voor me op, zijn hand uitgestoken.
'Maggie Walsh.'
'En wat doe *jij*, Maggie?'
'Ik ben hondentrimster.' Ik kon gewoon het risico niet lopen om weer abrupt in de steek te worden gelaten, en dit was de eerste baan die in me opkwam. 'En jij?'
'Ik ben acteur.'
Ik geef het toe, ik was behoorlijk onder de indruk. Niet zo hevig als ik eens zou zijn geweest toen mijn gevoelens nog normaal waren, maar...
'Gaaf.'
'Ja, de dingen gaan redelijk goed.' Ik was betoverd door zijn gemaakte glimlach. Ik stond op het punt te vragen waarin hij had meegedaan, maar hij was me voor. 'Ik ben net klaar met een eerste aflevering voor ABC, wordt in de herfst uitgebracht – ik heb een geweldige rol gekregen, met veel ruimte om te groeien, ik zal er echt beter van...'
'Gewel...'
'Daarvoor was ik te zien in *Kaleidoscope*.' Weer die hypnotiserende glimlach.
'O ja?' Ik had het gezien, maar ik kon me hem niet herinneren.
'Geen grote rol, maar ik werd opgemerkt. O ja, ik werd zeker opgemerkt.' Hij schonk me weer een flitsende glimlach. Vreemd, deze deed me niet zoveel als de andere. 'Ik heb ook Benjamin gespeeld in die commercial van House of Pies. *"Waar koop ik mijn taart?"'* Hij stak zijn onderlip naar voren, zag er plotseling bedroefd uit, en vervolgde toen stralend: *'"Bij het House of Pies, domkop!"'* Het bleek de trefzin van een zeer slechte commercial te zijn. 'Hij werd niet in Californië vertoond, maar in het middenwesten werd hij *groots* gebracht. Zelfs politici zeiden het. "Waar zie je jezelf over tien jaar?" "In het House of Pies, domkop!"'

Het was ongeveer op dat moment dat ik besefte hoe flitsend ik bijdroeg aan de conversatie. Emily kwam me redden, maar binnen enkele minuten werd ik weer aangesproken door iemand die me stap voor stap op de hoogte bracht van zijn acteercarrière. Hij stelde me slechts een enkele vraag: zat ik ook in 'the business'?

Toen hij klaar met me was, stond ik alleen en sloeg de menigte gade. Alle glitter was eraf geveegd en de mensen bewogen en glimlachten en praatten als haaien in een haaienbassin. Het was waar wat Emily had gezegd: het was onmogelijk om in deze stad liefde te vinden. Ze waren allemaal te zeer met hun werk bezig. Binnen in me ging een ruimte open; er was niets om me af te leiden van mijn gedachten over Garv. Depressie begon rond te draaien en neer te dalen...

Toen lichtte mijn hart op bij het zien van een oude vriend aan de andere kant van de kamer: Troy, met zijn lange gezicht en onverzoenlijke mond. Goed, ik kende hem pas sinds vrijdag, maar vergeleken met deze verschrikkelijke menigte van humorloze egotrippers, was hij een van de intiemste vrienden die ik ooit had gehad. Ik wurmde me door de menigte.

'Hallo,' riep hij uit, en leek net zo blij mij te zien als ik was omdat ik hem zag. 'Amuseer je je?'

'Nee.'

Hij trok mijn pols naar zich toe. 'O nee. Het noodgeval heeft zich voorgedaan?'

Ik knikte. 'Ik heb hem gebeld. Hij was er niet. Bedankt voor de dropveter om mijn pols.'

'Twizzler,' verbeterde hij. 'Heeft het geholpen?'

'Absoluut. Ik had er nog wel twintig kunnen gebruiken.'

'Boeddhisten zeggen dat niets blijvend is – dat is een troost. Maar niets werkt zo goed als snoepgoed. Dus je amuseert je niet?'

'Nee,' zei ik verhit. 'Ik heb ontelbare monologen aangehoord. Wat een egotrippers!'

'Acteren is een zwaar beroep,' verklaarde Troy zacht. 'Iedere dag krijg je te horen dat je stem niet goed is, dat je uitstraling er niet meer is. Je krijgt zoveel deuken in je ego dat er maar één manier is om te overleven en dat is het overdrijven.'

'Ik snap het.' Ik was een ogenblik tot zwijgen gebracht, toen herinnerde ik me een andere wond. 'Wacht maar tot je hoort wat er gebeurde toen ik hier net was!' Ik vertelde het verhaal van de man die wegliep toen hij hoorde dat ik geen baan had. 'Waar ik vandaan kom,' zei ik nors, 'zijn mensen niet in je geïnteresseerd om wat je doet.'

'Nee, ze zijn gefascineerd door hoe je eruitziet,' zei hij droog.

Ik zweeg. 'Je hebt gelijk,' gaf ik toe. 'En ik heb niemand gezien die cocaïne snoof. En dit is nog wel een Hollywoodparty. Hoewel, denk je dat zij misschien een hoertje is?' Ik wees naar het zeer jonge Spaanse meisje.

'Dat is de dochter van Dan Gonzales.'

Ik voelde de teleurstelling van mijn gezicht druipen, en Troy lachte zacht en vriendelijk. 'Je zult op dit soort feesten geen drugs en andere vluchtige stoffen aantreffen. Ze zijn hier om te werken. Maar,' zei hij, 'als je wilt zal ik je eens een avond meenemen en je een andere kant van LA laten zien.'

'Dank je,' zei ik, koeltjes. Geërgerd door de vloedgolf van hitte die in mijn hals opkwam en zich knalrood over mijn gezicht verspreidde.

Terwijl Emily en ik naar huis reden, was ik vreemd betoverd door het verkeer op de weg. Auto's stroomden vijf rijen dik vooruit, allemaal met dezelfde snelheid, met dezelfde afstand tussen elke wagen.

Via zijwegen voegden andere auto's zich in de hoofdstroom. Ze gleden moeiteloos en elegant tussen de andere. Tegelijkertijd verlieten auto's de hoofdstroom, sloegen af en verdwenen uit het zicht. Constante beweging, constante elegantie – ik vond het prachtig.

Wat was er mis met me? Verkeer prachtig vinden. Mannen met grote neuzen, uit graniet gehouwen, prachtig vinden.

Ik dompelde onder in verwarring. Het was heel lang geleden dat ik iemand anders dan Garv aantrekkelijk had gevonden, en onwillekeurig maakte ik me zorgen over mijn onconventionele keuze.

15

Een kleine crisis had zich voorgedaan. David Crowe kon niet mee naar Het Gesprek van Emily.
'Er is iets tussengekomen,' zei Emily verbitterd. 'Hij bedoelt natuurlijk dat er *iemand* tussen is gekomen die belangrijker is dan ik.'
Maar de mensen van Mort Russell wilden desondanks dat de bijeenkomst zoals afgesproken zou plaatsvinden.
'David heeft gezegd dat ik mijn assistente zou meebrengen.'
'Welke assistente?'
'Jij!'
'Ik?'
'Je krijgt in deze stad niets voor niets,' klaagde Emily. 'Voor de rest van je leven zul je boeten voor die salade bij het Club House.'
'Maar Emily, ik zal je niet kunnen helpen. Ik weet niets van dat soort dingen af.'
'Dat hoeft ook niet. Je staat me gewoon terzijde en lacht om hun grappen. Misschien moet je een klembord meenemen.'
'Maar... maar wat moet ik aantrekken? Ik heb geen pakjes meegenomen, dus zal ik iets moeten kopen.'
'Third Street Boulevard is slechts vijf minuten met de auto hiervandaan– ga nu!'
Ik gehoorzaamde verheugd – alsof winkelen werken is – en bracht enkele uren in normale winkels door, waar de verkoopsters blij waren me te zien, in tegenstelling tot die verkooptrutten op Rodeo Drive. Maar we weten allemaal dat je, als je op iets speciaals uit bent, het niet zult vinden. De paar pakjes die ze hadden gaven me het aanzien van een cipier. Ik struinde lamlendig de rekken af en ging van de ene zaak naar de andere.

Toen belandde ik bij Bloomingdales. Ik weet dat het stom klinkt, maar ik ben dol op warenhuizen – zoveel beter dan die hippe boetiekjes waar je moet aanbellen om binnen te komen en waar ze slechts tien of elf kledingstukken in voorraad hebben, die je binnen een onderdeel van een seconde hebt bekeken en afgekeurd, maar waar je minstens een kwartier moet besteden aan 'mmm, heel leuk', om niet bot over te komen op de verkoopster die geen centimeter van je zijde wijkt, en je uitlegt dat de zijde uit Nepal komt, handgeweven is en met natuurlijke kleurstoffen is geverfd, enzovoort. Het is martelend, en vaak koop ik maar iets om er vanaf te zijn.

Wat ik nou zo heerlijk vind aan warenhuizen is dat je je gang kunt gaan. Afgezien van een enkele vrouw die te voorschijn springt en probeert je met haar parfum te besproeien, valt niemand je lastig. En er moet ergens een moraal in zitten, want binnen enkele seconden trok ik mijn portemonnee en kocht een gezichtsgel die beloofde me een stralend aanzien te bezorgen. Daarna volgde een kort moment van gekte toen ik bijna iets van Clinique for Men voor Garv kocht – ik kwam in de verleiding door het gratis artikel dat bij de aanbieding hoorde – en herinnerde me vervolgens gelukkig dat ik hem haatte.

Op de kledingafdeling had ik echter minder geluk. Mijn andere aankopen gaven me ongeveer veertig seconden een goed gevoel, en tegen de tijd dat ik thuiskwam werd ik geplaagd door schuldgevoel – ik mocht geen dingen kopen terwijl ik geen baan had – en door angst – Emily was op dat moment een beetje onvoorspelbaar. Heel voorzichtig bracht ik haar het nieuws dat ik geen pakje had kunnen kopen, en ze reageerde door heftig te snuiven alsof ze zich voorbereidde op een aanval van hyperventilatie. 'Kan ik niet iets lenen?' vroeg ik haastig.

'Van wie? Charles Manson? De paashaas?' Ze bekeek me taxerend, kalmeerde zichtbaar. 'Eens even kijken, je hebt ongeveer dezelfde maat als Lara. Behalve misschien in borstomvang.'

'Heeft ze echt haar boezem laten doen?'

'Zij was actrice.' Emily klonk alsof dat alles verklaarde. 'Hoe dan ook, kun je haar bellen en een pakje lenen?'

'Nou ik zie haar straks toch. Ze neemt me mee naar de kapper, weet je nog?'

'O ja?' Emily keek een beetje verward. 'Wanneer werd dat besluit genomen?'

Ik dacht terug. Het was op een ochtend geweest. Een zonnige och-

tend. Maar dat hielp niet, ze waren allemaal zonnig. Maar wacht even, Lara was vrij van haar werk geweest...
'Zaterdag, weet je nog?'
'O ja, natuurlijk, sorry.'

Om zes uur haalde Lara me op in haar zilverkleurige pick-up om naar Dino's kapsalon te gaan. 'Goed, schat, laten we je nog mooier maken dan je al bent!'
Zoevend over Santa Monica Boulevard, vroeg ik – heel gewaagd – aan Lara: 'En, hoe was je afspraak gisteravond?'
'Goed,' zei ze opgewekt. 'Het is nog veel te vroeg om het iets te noemen, maar ze is een grappige meid en we hebben het leuk gehad. Ze zei dat ze me zou bellen. Nou, dat is haar geraden ook!'
Lara parkeerde de pick-up op een plaats waar drie gewone auto's hadden kunnen staan en leidde me een salon in Griekse stijl binnen. Veel urnen en ivoor en zuilen.
'Dino!' riep ze.
Dino was groot, met enorme bakkebaarden en strakke, flamboyante kleren. Koorden van spieren rimpelden onder zijn huid. Homo? Niet noodzakelijkerwijs.
'De mooie miss Lara!'
Lara duwde me naar hem toe, en zei: 'Dit is Maggie. Heeft ze niet een geweldig gezicht?'
'Jaaa,' zei Dino traag belangstellend, en hield een hand evenwijdig aan mijn gezicht. Hij maakte duidelijk dat hij grote mogelijkheden in me zag. 'Zeg, ik moet je mijn nieuws vertellen,' zei hij met zoveel drama tegen Lara dat ik dacht dat hij op zijn minst de staatsloterij had gewonnen. Het bleek dat hij een tongschraper had gekocht. 'Ik weet niet hoe ik het tot nu zonder dat heb kunnen stellen. Mijn adem is *tintelfris*.' Hij ademde 'haaa!' in Lara's gezicht om het te demonstreren.
'Fris,' zei ze ernstig.
'Je moet er een kopen, het zal je leven veranderen,' voorspelde hij.
Nu hij erover was begonnen, herinnerde ik me dat ik er advertenties van had gezien. Maar ik had ze afgedaan als klinkklare onzin, in dezelfde categorie als vaginale deodorants. Had ik me misschien vergist?
'Ga hier zitten, in mijn speciale stoel. Het licht is hier beter,' zei Dino. Vervolgens bekeek hij met gefronste wenkbrauwen mijn haar, tilde de uiteinden naar kinhoogte, verplaatste mijn scheiding naar het midden, trok mijn pony uit mijn gezicht...

Naast me bekeek Lara de veranderingen in de spiegel.
'Ze heeft een fantastische kaaklijn,' merkte Dino met professioneel klinkende onverschilligheid op. 'Heel mooi!'
Maar dat heb ik niet. Ik heb een heel middelmatige kaaklijn, en dat weet ik.
'Kijk eens naar die ogen,' beval Dino.
Ik keek. Het waren gewoon mijn ogen, niets om over naar huis te schrijven. Maar ze hadden een ontzagwekkende kleur. Althans volgens Lara. Door de manier waarop ze me ophemelden zou je op z'n minst denken dat ik oogverblindend was.
'Ik denk dat we het hier heel kort maken,' zei Dino. 'De vorm van je hoofd is goed genoeg om te laten zien.'
Ik opende mijn mond om te protesteren, maar besefte toen dat ik dat niet hoefde te doen.
Het was Garv, begrijp je.
Ondanks de algemene mening, was hij eigenlijk erg soepel geweest. Althans over de meeste dingen. Maar er waren een paar dingen waar hij niet over wilde onderhandelen.

1. Hij wilde geen elektrische dekens – sterven van de kou had zijn voorkeur. Hij beweerde dat als je te lang in een elektrisch verwarmd bed lag – en ik citeer – je er 'als geroosterd brood uit vloog'.

2. Hij verafschuwde het als ik mijn haar liet knippen. Bezoekjes aan de kapper waren uit den boze, want zelfs als ik mijn haar alleen maar liet droogföhnen, beweerde Garv dat het een paar centimeter korter was geworden. En knippen was een regelrechte nachtmerrie – ongeacht hoe vaak ik hem uitlegde wat dode punten afknippen inhield. Hoewel zijn voorkeur voor lang haar me vroeger irriteerde, weerstond ik hem niet, omdat hij niet een keer klaagde toen ik nooit meer tijd had om naar de sportschool te gaan en aldus mijn spierspanning verloor.

Maar toen Dino's handen modellen rond mijn gezicht schetsten, begreep ik plotseling dat ik vrij was om met mijn haar te doen wat ik wilde. Ik kon mijn hoofd zelfs kaal laten scheren als ik dat wilde.
'Ik wil het niet te kort.'
'Je gezicht kan het hebben.'
'Maar mijn haar niet. Het gaat afschuwelijk krullen als het korter dan vijf centimeter is. Dan zie ik eruit als een bloemkool.'

Er zijn in de loop der jaren verscheidene kapsels geweest: de Shingle; de Bob; de Purdey; de Rachel. Nou, ik leefde in angst voor de walgelijke krans van krullen die ze de Ierse Mammie noemden.

'Ik hoor je,' ze Dino, in de lucht knippend met een schaar, waarbij hij om me heen sloop.

'Je moet het eerst wassen,' mompelde Lara.

'Dat *weet* ik.'

Terwijl de donkere, natte haarlokken naar de witte tegels dwarrelden, werd het gewicht op mijn hoofd merkbaar lichter. Het voelde vreemd: ik had het in geen tien jaar laten kortwieken. Af en toe stak ongerustheid de kop op, wanneer ik vergat hoezeer mijn leven was veranderd. Garv zou me *vermoorden*. Toen herinnerde ik me dat hij dat niet zou doen. Hij kon het niet doen.

'Hoe was je afspraak met de danseres?' vroeg Dino aan Lara. 'Alle details graag.'

Terwijl de oude ik wegviel, babbelden ze rustig verder. Toen werd ik, met mijn hoofd ondersteboven, drooggeföhnd en ten slotte werd ik naar een spiegel gedraaid, van aangezicht tot aangezicht met een glanzende, sprankelender versie van mezelf. In vergelijking daarmee was de vroegere ik ziekelijk bot en lomp – en heel lang geleden.

Eindelijk schoten me woorden te binnen. 'Ik zie er anders uit. Jonger.'

'Het juiste kapsel werkt net als een facelift,' zei Dino.

En het was bijna net zo duur. Honderdtwintig dollar, wel te verstaan! Met twintig dollar fooi! Daar had ik thuis vier keer voor naar de kapper kunnen gaan en genoeg overgehouden voor een zak Maltesers voor de rit naar huis. Maar als dat is hoe ze het hier doen...

Toen we weggingen zei Dino: 'Weet je wat? Je hebt mooie wenkbrauwen, maar ze kunnen een nieuw model gebruiken... Weet je wat ik denk?' vroeg hij aan Lara.

'Anoushka!' riepen ze tegelijkertijd.

'Wie?'

'Wenkbrauwstyliste voor de sterren,' legde Dino uit.

Lara had haar elektronische adressenboekje en mobieltje al te voorschijn gehaald. 'Madame Anoushka? Mijn vriendin heeft een wenkbrauwcrisis.' Ze keek naar mijn wenkbrauwen. 'Het *is* een noodgeval, Madame Anoushka.'

Om de een of andere reden verzette ik me niet eens meer.

Lara ijsbeerde driftig heen en weer toen: 'Zaterdag, halfzes?' Ze keek mij aan. 'Goed?'
Ik knikte. Waarom niet?

De volgende stop was Lara's Venetiaanse appartement om wat kleren voor Het Gesprek op te halen. Ik hield van Venetië. Er was iets woests en charmants aan de duighouten huizen met hun afbladderende verf, de geheime, verborgen zijstraatjes, de laaghangende bomen in de voortuinen, die een mysterieus, gedimd licht verspreidden.

Lara's appartement nam de hele bovenste verdieping van een groot, houten huis in beslag. Vanuit haar ramen kon je het ruisen en bulderen van de zee horen.

'Mijn kast is daar.' Ze liep haar slaapkamer binnen, ik achter haar aan. Toen kreeg ik haar bed in het oog, en ik kon alleen nog maar aan titels van pornofilms denken. *Hot lesbian love action. Ladies who munch. City lickers.*

Ik kon er niets aan doen. Dit was de eerste lesbische slaapkamer waar ik ooit binnen was geweest – ik tart iedereen die niet dezelfde reactie heeft.

Zich nergens van bewust rukte Lara kleren uit de kast – geen werkbroek te zien.

'Hier is een broekpak. Of wat vind je van deze rok met jasje? Laat me je even het shirt laten zien dat erbij hoort... Pas dit aan,' drong ze telkens aan. 'En dit ook.' En toen ik uiteindelijk zo ver was om dat doen, ging ze de kamer uit terwijl ik me verkleedde.

Daarna, met armen vol zakelijke kleren, gaf Lara me een lift naar huis in Santa Monica. Het schemerde al, het licht vervaagde. Terwijl we over een avenue reden, omzoomd met palmbomen, hun silhouetten afgetekend tegen de lucht, merkte ik hoe iel en sprieterig ze waren. Ze zeggen dat mensen op hun hond gaan lijken, nou Angelino's lijken op hun bomen.

Toen ik het huis binnen rende, keek ik door het raam in de voorkamer van Mike en Charmaine. Tot mijn grote verbazing waren er tientallen mensen die rond flakkerende kaarsen zaten. Ze hadden allen hun ogen dicht. Ze zaten zo stil dat ik niet zeker wist of ze nog wel ademden. Met een eigenaardig gevoel vroeg ik me af of ik hier te maken had met een massale zelfmoordbijeenkomst, zoiets als de sekte van Jim Jones.

Terwijl ik weg was geweest, had Emily ter voorbereiding op Het Gesprek ook al haar kleren aangepast en verworpen. Ze lagen verspreid op het bed, de vloer, de stoelen, de televisie, en ze graaide er op handen en knieën hysterisch doorheen.

'Ik heb niets om morgen aan te trekken!' Ze zag er verhit uit en keek niet eens op.

'Maar je hebt zaterdag toch al die mooie dingen gekocht?'

Ze schudde haar hoofd. 'Ik verafschuw ze. Ze zijn allemaal verkeerd.'

Toen zag ze pas mijn haar. 'Allemachtig, ik herken je nauwelijks! Je bent *prachtig*.'

'Luister naar me. Er is hiernaast iets raars aan de hand...'

'Politie-inval?'

'Nee, aan de andere kant. Allemaal mensen, bewegingloos. Ze lijken wel dood! Moet ik 911 bellen?'

'Ze mediteren,' zei ze. 'Dat doen ze elke dinsdagavond. Luister, mammie Walsh heeft gebeld.'

'Ze maakt zich zorgen over me en ik moet naar huis komen?'

'Ze is bezorgd over je en als het binnenkort niet ophoudt met regenen zal ze in een psychiatrische kliniek belanden.'

'Niets over mij dat ik naar huis moet komen?'

'Niets.'

'Mooi.'

'En heeft Lara je iets voor morgen geleend?'

'Ja.' Ik pakte een shirt van de vloer. 'Vooruit, ik zal je helpen alles weer in de kast te hangen.'

'Goed,' verzuchtte ze, en greep een bundel hangertjes. 'Lara heeft een schitterend appartement, vind je niet?'

'Ja.' Toen dacht ik weer aan die titels van pornofilms. 'Weet je, Lara is de eerste lesbienne die ik ooit heb ontmoet,' bekende ik. 'Althans bewust.'

'Ik ook.'

'Ik vraag me af...' Mijn stem stierf weg.

'Wat ze in bed doen?'

'Nee! Nou, ja.'

'Dildo's, denk ik. Orale seks. Christus, ik zou er niets van moeten hebben,' zei Emily vol walging. 'Het zou net zoiets zijn als een makreel likken.'

Ik hing nog een paar dingen op, en zei toen: 'Maar iedereen is toch een beetje bi, is het niet? Dat zeggen wetenschappers.'

Emily pauzeerde even en schonk me een berispende blik. 'Nee,' zei ze heftig. 'Vergeet het maar.'

16

Toen de echte konijnen er uiteindelijk waren gekomen, had Garv tenminste niet net gedaan of ze een cadeautje voor mij waren. Ik had verhalen gehoord over mannen die dat deden – een kitten of een puppy kopen die ze eigenlijk zelf graag wilden hebben en het aan hun vriendin gaven. Wat natuurlijk des te beledigend is omdat het meisje niet alleen haar huis met een ongewenst dier moet delen, maar het ook nog moet voeden en de troep van de kleine rakker opruimen.

Garv kwam op een avond thuis van zijn werk met een kartonnen doos gevuld met stro, die hij op de tafel zette.

'Maggie, kijk,' fluisterde hij, kennelijk dol van enthousiasme.

Verscheurd tussen afschuw en nieuwsgierigheid keek ik erin, en zag twee paar roze oogjes naar me op kijken, twee neuzelende neusjes.

'Grappige pizza's,' zei ik. Hij zou namelijk ons avondmaal mee naar huis nemen.

'Sorry,' zei hij, een en al meegaandheid. 'Vergeten. Ik ga zo terug.'

'Het zijn konijnen,' zei ik beschuldigend.

'Kleintjes,' zei hij grinnikend. Een meisje van zijn werk had er een paar over, zei hij. 'We hoeven ze niet houden als je ze niet wilt, maar ik zal ze helemaal verzorgen,' beloofde hij.

'Maar wat moeten we met ze als we...'

'...op vakantie gaan? Dermot zal voor ze zorgen.'

Dermot was zijn jongere broer. Zoals de meeste jongere broers zou hij alles doen voor een paar centen.

'Je hebt het allemaal doordacht.'

Onmiddellijk betrok zijn gezicht. 'Sorry, liefje. Ik had ze niet zomaar mee mogen nemen. Ik zal ze morgen terugbrengen.'

Toen voelde ik me *verschrikkelijk*. Garv was dol op dieren. Hij was lief-

devol en tolerant en hij zei niet zomaar dat hij ze zou terugbrengen zodat ik zou terugkrabbelen. Hij meende het echt.
'Wacht,' zei ik. 'Laten we niet zo overhaast doen.'
En zo begon het Jaar van het Konijn.
De zwart met witte was een jongen en de witte een meisje.
'Hoe zullen we ze noemen?' vroeg Garv, met beide diertjes op schoot.
'Ik weet het niet.' *Stelletje lastpakken*? 'Huppeltje. Wat doen konijnen nog meer?'
'Wortels eten? Om elkaar heen rennen?'
Uiteindelijk besloten we dat het meisje Huppeltje zou heten en de jongen Renner.

Ik had er liever geen twee gehad (nou, ik had er liever helemaal geen een gehad), maar Garv zei dat het wreed zou zijn om er slechts een te houden, dat hij eenzaam zou zijn. En omdat ik niet wilde dat ze zich voortplantten als... nou, konijnen, stond ik erop dat ze werden geholpen. Het eerste van vele bezoekjes aan de dierenarts.

Voor we echter iets anders deden moesten we een hok voor ze kopen.
'Kunnen we ze niet gewoon in de tuin houden?' vroeg ik. Maar dat kon kennelijk niet. Ze zouden de schutting ondergraven en bij de buren terechtkomen en vandaar de grote wijde wereld in. Dus kochten we een hok, het grootste in de dierenwinkel.

De meeste dagen liet Garv ze na zijn werk vrij door de tuin huppelen, om ze een beetje vrijheid te laten proeven. Maar proberen ze te vangen om ze weer in hun hok te doen, was hetzelfde als proberen tandpasta weer in de tube terug te duwen. Ze waren *onmogelijk*. Ik herinner me dat ik door het keukenraam naar Garv stond te kijken, die in zijn keurige antracietgrijze pak door de tuin kroop. Iedere keer dat hij er bijna een te pakken had, sprong het dier uit zijn uitgespreide armen en begon de jacht opnieuw. Het enige wat eraan ontbrak was de Benny Hill-muziek en iemand die hem achternazat. Het was lachwekkend. Ongeveer.

Begrijp me niet verkeerd, ze waren op hun manier erg lief. En als ze naar me toe hupten wanneer ik thuiskwam van mijn werk, was het echt leuk. En de manier waarop Garv ze droeg, met hun kopje over zijn schouder, zoals je een baby een boertje laat doen, bezorgde me een lachstuip. Vooral, om de een of andere reden, als het Huppeltje was: ze zette grote oogjes op van verbazing, wat erg grappig was. We hadden ze dus namen gegeven, zoals we dat met de slippers hadden gedaan. Huppeltje was een ondeugende flirt, Renner was een echte vrouwenversierder met een hele voorraad sappige opmerkingen.

Maar tijdens een van hun uitjes in de tuin vraten de kleine rakkers aan mijn lupinen, de lupinen die ik zelf had geplant, met mijn blote handen (bijna), en ik ben bang dat ik toen een lichte afkeer van ze kreeg. Ik vond het ook vervelend dat ik inkopen voor ze moest doen – als het ons niet lukte om voor onszelf boodschappen te doen, lieten we gewoon een maaltijd bezorgen. Maar voor de konijnen lag dat anders. We moesten dus regelmatig zakken voer voor ze inslaan, wortels, bossen peterselie en grappige gekleurde brokjes.

Toen kwam de dag dat Garv binnenkwam, met iets naar me zwaaide, en verklaarde: 'Cadeautje!'

Ik rukte het uit zijn hand, scheurde het papier eraf... en staarde ernaar. 'Het is een stukje hout,' zei ik.

'Om op te knagen,' zei hij, alsof hij het de normaalste zaak van de wereld vond.

'Om op te knagen,' herhaalde ik.

Hij begreep het eerder dan ik en kon niet meer ophouden met lachen. 'Niet voor jou. Voor Huppeltje!'

Er volgden meer cadeautjes: een bal, een spiegel voor in het hok, een lichtblauwe handtas (voor mij, zodat ik me niet buitengesloten voelde). En op een dag kwam ik thuis van mijn werk en ontdekte dat de hele tuin was omgespit.

'Wat is er aan de hand? Heb je iemand vermoord?'

Maar de waarheid was nog verbijsterender – Garv maakte iets dat een ren heette, omdat hij het gevoel had dat het wreed was de rakkers in een hok te houden.

Op een bepaalde manier was ik opgelucht dat Garv de tuin had omgespit om een ren te maken: dan hoefden we tenminste nooit meer gras te maaien. Maar op een andere manier was het helemaal geen opluchting. Ik vond dat hij te veel gesteld raakte op Huppeltje en Renner. Maar toen ik het tegen Donna zei, vertelde ze me dat ik niet zo raar moest doen. Wie had er ooit gehoord dat iemand jaloers was op een stel konijnen?

Niet lang daarna werd Huppeltje ziek en Garv maakte zich duidelijk zorgen. Hij nam een ochtend vrij en bracht haar naar de dierenarts, die een infectie constateerde die te wijten was – je houdt het niet voor mogelijk – aan scheefstaande tanden. Het was te verhelpen: de dierenarts knipte haar tanden bij en schreef een antibioticakuur voor. Maar een paar dagen later aten we bij Donna en Robbie, en Garv begon ze over

Huppeltjes ziekte te vertellen. Over hoe we ontdekten dat er iets mis was, omdat ze normaal alert en actief was, maar dat ze nu niet op haar stukje hout wilde knagen. Donna en Robbie maakten meelevende geluiden, en Garv ging door over Huppeltjes hoge temperatuur en hoe Renner had geprobeerd haar te verleiden met een hapje uien-bhaji. (Tijdens een erg drukke week, toen we geen tijd hadden om naar de supermarkt te gaan, hadden we ontdekt dat ze die eigenlijk heel lekker vonden.)

Terwijl Garv doorging, vervaagde de toegeeflijke uitdrukking op het gezicht van Donna en Robbie, en werd harder, en ik had een samengebalde knoop in mijn maag die door geen enkele hoeveelheid wijn was op te lossen.

'Hoe is het op het werk?' vroeg Donna uiteindelijk om Garvs te mond te snoeren.

'Werk?' Hij klonk verward. '*Mijn* werk? Maar je vraagt nooit naar mijn werk omdat het zo saai is.' Toen het kwartje viel, begon hij te lachen. 'Goed, ik snap het. Ik zal erover ophouden.'

Donna belde me de volgende ochtend vroeg, en zei: 'Maggie, ik geloof dat je gelijk hebt, hij is een beetje te dol op die beesten. Geef hem aan de lijn, dan zal ik het hem zelf vertellen.'

De moeilijkheden kwamen niet lang daarna, toen mijn zuster Claire op bezoek kwam en opmerkte dat er wel erg veel konijnenspullen in het rond lagen. Garv deed de diertjes in hun reismand om ze naar de dierenarts te brengen waar ze hun injectie zouden krijgen.

'Injectie?' riep Claire uit. 'Het is bijna zo erg als een kind krijgen!'

17

Scène: Zonnige dag. Wit duighouten huis met kleine voortuin. Voordeur gaat open. Twee vrouwen komen naar buiten. De een, lang, draagt een lege map, heeft een jasje aan dat rond de borstpartij enigszins lubbert. De ander, klein, mager, goedgekleed, rookt als een bezetene.

KLEIN MEISJE. Ik moet weer naar het toilet.
GROOT MEISJE. Nee, Emily, onzin.

Ze lopen over het grasveld, op dat moment gaan de sproeiers op de grond aan, treffen het kleine meisje en doven haar sigaret. Ze krijst. Als een reactietest in een wetenschappelijk experiment begint haar glanzende haar onmiddellijk te pluizen en te klitten.

Ingeblikte lach.

O, hou op!
    Ik kon niet ophouden met in scenariotaal te denken. Emily had de hele nacht fanatiek op me geoefend, en gedurende de ochtend ook nog tussen de afspraken bij de kapper en de reiki-therapeut door.
    We waren beiden aan flarden.
    Ik had *letterlijk* een slechte-haardag. Zoals gewoonlijk was ik wakker geworden met het gevoel dat dit het einde van de wereld was. En dat was nog voordat ik naar de badkamer ging en mijn haar zag – wat ervan over was. Toen ik eraan dacht hoeveel haar ik kwijt was geraakt, al die

lange lokken die op de vloer waren gevallen en weggeveegd, begon ik te huilen. Interessant genoeg huilde ik niet omdat mijn kapsel een symbolisch einde van mijn huwelijk betekende. Ik weet vrij zeker dat ik huilde omdat ik naar Dino was gegaan in de veronderstelling dat mijn haar grondig zou worden bijgeknipt, en nu was het te laat.

Klotekappers. Het ziet er altijd geweldig uit als je de salon verlaat. (Nou, nee dus, maar laten we het nu niet hebben over de keren dat we onze tranen terugdrongen, ook al waren er alleen maar dode punten afgeknipt. Ik heb het over de zeldzame gelegenheden dat we eigenlijk blij zijn met wat we hebben laten doen.) Alles is prima tot we het de eerste keer gaan wassen, waarna we het met geen mogelijkheid weer in het model krijgen zoals het er in de salon uitzag. Ondanks alle inspanningen is er maar één manier om dat net-uit-de-salon model terug te krijgen en dat is teruggaan naar de salon. Het enige wat ik nu had gedaan was slapen op mijn haar en het zag er niet uit. Er was water, stylingwax en een föhn voor nodig om het weer enigszins toonbaar te maken.

Emily had de voorzorgsmaatregel genomen door haar eigen haar naar de kapper te brengen. Kort daarna kwam ze terug, liep om het huis heen, en zei: '...camera zwenkt over borsten in een T-shirt...' Toen ging ze weer weg.

Terwijl ze weg was belde het lieve meisje van Mort Russells kantoor weer voor haar.

'Ik ben bang dat ze even niet achter haar bureau zit.' Ze was naar haar reiki – nu wist ik wat *dat* was – beoefenaar gegaan. 'Kan ik u helpen?'

Deze keer wilde ze weten, voor identificatiedoeleinden, wat onze DNA-aanleg was. Nou, bijna. Ze wilde dat ik onze rijbewijzen doorfaxte omdat ze onze foto's moest zien.

'Het spijt me u hiermee lastig te vallen,' zei ze. 'Maar we moeten rekening houden met de veiligheid.'

Ik kon me daar wel iets bij voorstellen. Er was altijd een kans dat doorgedraaide scenarioschrijvers, wanhopig om een afspraak te krijgen, zouden proberen in te breken, studiobazen te gijzelen en hen te dwingen naar hen te luisteren.

'Ik zie jullie om halfvier,' zei ze.

Ze was iedere keer dat we elkaar spraken zo aardig geweest dat ik in een opwelling naar haar naam vroeg.

'Flea,' antwoordde ze.

Ik begreep mijn vergissing meteen. Ik was veel te vriendelijk geweest. Had professionele grenzen overschreden. Geschrokken mompelde ik een afscheid en hing op. Flea, ja hoor! Neem een arm Iers meisje, dat net uit het vliegtuig is gestapt, maar in de maling. En wat is je achternaam, schat? Pit? Bite? Bag?

'...camera zwenkt over borsten,' hoorde ik. Emily was terug.

'Mijn chakra's waren in een verschrikkelijke toestand,' verkondigde ze. 'Goed dat ik ben gegaan.'

Toen begon ze in de spiegel tegen zichzelf te mompelen. 'Het universum is me goedgezind, ze nemen een optie op mijn script, het universum is me goedgezind, ze nemen een optie op mijn script...' Ze varieerde deze mantra met: 'Het perfecte gesprek duurt vijfentwintig woorden of minder, het perfecte...'

'Ik dacht dat je niet in chakra's geloofde, zei ik. 'En je hebt toch een hekel aan dat new-agegedoe?'

Haar antwoord snoerde me de mond. 'Als je wanhopig bent, probeer je alles.'

Uiteindelijk praatte ik Emily in haar nieuwe outfit. Ze borstelde haar haar voor de zoveelste keer, bracht alweer een nieuwe laag lipgloss op, toen rechtten we onze schouders en gingen naar buiten. Precies op dat moment werden de sproeiers geactiveerd en richtten hun stralen pal op Emily. Toen haar haren eruitzagen alsof ze net uit een bubbelbad kwam, begon ze hysterisch te krijsen.

'Het is een ramp,' gilde ze. 'Ik moet de afspraak afzeggen!'

'Snel, terug naar de föhn,' opperde ik.

'We hebben geen tijd meer,' jammerde ze. 'Ik kan het alleen nog maar kammen. Maar ik moet rijden!'

'We kunnen mijn auto nemen.'

'We kunnen niet met die goedkope huurauto aan komen zetten – wat moeten ze wel niet van ons denken?'

'We kunnen absoluut niet met mijn goedkope huurauto aankomen, want onze parkeerplaats is toegewezen aan jouw chassisnummer,' herinnerde ik me.

'Ik zal rijden, jij kamt.'

We reden door LA, Emily praatte in zichzelf, haar gezicht verwrongen, ik kamde energiek en deed mijn best de verbaasde blikken te negeren die we bij stoplichten kregen.

De studio, zoals de meeste studio's, bevond zich in een plaats die

'The Valley' heette. Te oordelen naar wat ik erover te horen kreeg, zouden de meeste mensen liever in een kartonnen doos in Santa Monica wonen dan in een huis met vijf badkamers in The Valley. Het was volgens Emily nog maffer dan alle Liebfraumilch, Andrew Lloyd Webber en verpeste kapsels bij elkaar, en een van de ergste beledigingen die je iemand kon geven was 'Valley-meisje'.

Nadat we ongeveer drie kwartier hadden gereden, onderbrak Emily haar litanie over het plaatsje. 'Dit is The Valley.'

Ondanks al haar opmerkingen zag het er om eerlijk te zijn niet zo vreemd uit. Mensen liepen niet in de straten Blue Nun te zuipen, dansend op weg naar *Phantom of the Opera* zoals ik bijna had verwacht.

'We zijn er nu bijna,' zei Emily, ademhalend vanuit haar middenrif.

Op dat moment belandden we in een file.

'Kom nou, kom nou, kom nou! O, Jezus!' Emily beukte geagiteerd op haar stuur, en gaf me toen haar mobieltje. 'Bel Flea, en zeg haar dat we vijf minuten te laat zijn.'

'Flea? Bedoel je dat dat haar echte naam is?'

'Ja, Flea.' Emily klonk ongeduldig.

'Zoals het insect? Vlieg?' Ik kon het niet laten.

'Nee. F-L-I. Een afkorting van iets. Felicity, misschien.'

'Natuurlijk!' Een afkorting. Felicity, misschien. Een arm Iers meisje dat net uit het vliegtuig is gestapt werd *niet* in de maling genomen!

Toen reden we door de hekken, toen controleerde de man onze naam op de lijst, toen parkeerden we op de speciale plek die ons was toegewezen. Het was als een buitenlichamelijke ervaring en, ondanks mijn bezorgdheid ervoer ik een lang vergeten gevoel – opwinding. Al maanden – hoewel het eeuwig leek – leken mijn positieve gevoelens op halve kracht te hebben gelopen; ik was niet in staat geweest enige oprechte vreugde of opwinding op te brengen.

Maar ik kon me niet laten gaan, want ik wist hoe belangrijk dit voor Emily's leven was. Ze was bijna door haar geld en goede kansen heen, en dan zou ze terug moeten naar Ierland en als kassameisje moeten werken als ze dit niet tot een goed einde bracht.

Toen liepen we door de glazen deuren – even dacht ik dat Emily ging flauwvallen. Vervolgens bekeken we posters aan de muur van kaskrakers die de studio had geproduceerd – waarop *ik* bijna flauwviel. Daarna stelden we onszelf voor aan een misselijkmakend magere, mooie, onvriendelijke receptioniste die verborgen zat achter een gigantisch boeket op het houten bureau. Zodra ze Emily's naam hoorde, klaarde haar norse gezicht enigszins op.

'Haaai. Ik ben Tiffany. Ik heb genoten van je script,' zei ze hartelijk.

'Heb je het gelezen?' Ik was onder de indruk. Zelfs de receptioniste had het gelezen.

Een verbaasde blik vloog over Tiffany's prachtige gezicht, en toen ze sprak klonk ze alsof ze helium had ingeademd. 'Natuurlijk,' piepte ze nerveus. 'Natuurlijk. Ik zal mr. Russell zeggen dat jullie er zijn.'

Terwijl Tiffany over de marmeren vloer van de hal wegliep, zei Emily boos: 'Ze heeft het niet gelezen.'

'Maar ze...'

'*Niemand* heeft het gelezen. Behalve de persoon wiens werk het is om honderdnegentig pagina's script in drie regels samen te vatten.'

'Stil, ze komt terug.'

'Mr. Russell zal jullie nu ontvangen,' zei Tiffany.

Emily en ik kwamen langzaam overeind en volgden haar door de hal, en passeerden nog meer posters. Mijn oren bonkten en er was iets mis met de gewrichten in mijn knieën. Ik kon me absoluut niet voorstellen hoe Emily zich moest voelen. Hier hing zoveel van af.

Tiffany opende een deur naar een smaakvol ingericht vertrek waar drie mannen en een snoeperig blond meisje –Fli? – rond een tafel zaten. Ze stonden op en een van hen, witte tanden en bruin, stak zijn hand uit en stelde zich voor als Mort Russell. Hij was veel jonger dan ik had verwacht, maar hij had die angstaanjagende uitstraling die erg machtige mannen hebben.

'Emily O'Keeffe,' riep hij uit, en liet het klinken als een omhelzing.

'Helemaal.' Emily stapte naar voren met een zelfverzekerde glimlach, en ik ontspande een heel klein beetje. Ze scheen de dingen in de hand te hebben.

Nadat Mort haar een beetje had opgevrijd, stelde hij haar aan de anderen voor. Het meisje was inderdaad Fli en de twee andere mannen waren ieder adjunct-directeur van het een of ander. Wat niet noodzakelijkerwijs zo indrukwekkend was als het klonk. In de States kon je koffiejuffrouw zijn en Adjunct van de Voedselvoorziening worden genoemd. (Ja, dat was ik zelf eens geweest.)

Vervolgens duwde Emily mij met mijn lege map naar hen toe en ze zeiden 'zo, *zo* blij' te zijn mij te ontmoeten. Je zou zweren dat het een van de leukste dingen was die ze ooit hadden meegemaakt.

'Leuk u te ontmoeten,' antwoordde ik. Ik had strikte instructies gekregen niets anders te zeggen.

Koffie werd aangeboden en geaccepteerd – geen vertrouwelijkheden of oppervlakkige opmerkingen, jammer genoeg, maar verder was de stemming rond de tafel vriendelijk en informeel, en ze hadden alle vier niet aardiger kunnen zijn. Luid en enthousiast zeiden ze allemaal dat ze erg van *Plastic Money* hadden genoten.

'Het is, eh...' Mort schetste een vorm in de lucht. 'Zeg eens wat,' beval hij een van zijn jongens.

'Scherp.'

'Ja, scherp.'

'Maar commercieel,' opperde de ander.

'O ja, erg commercieel.'

'En geestig,' voegde de eerste eraan toe.

'Geestig is goed. We zijn *dol* op geestig. Ga er eens wat dieper op in,' beval hij Emily plotseling.

'Natuurlijk.' Ze glimlachte de tafel rond, schudde haar haar naar achteren en stak van wal. 'Ik denk aan zoiets als *Thelma and Louise*, en *Snatch* en...'

Tot mijn afschuw kon je letterlijk *horen* hoe droog haar mond was. Elk woord ging gepaard met een slissend geluidje alsof ze haar tong van haar gortdroge verhemelte rukte.

Fli schoof een glas water naar haar toe.

'Water,' verklaarde Emily, met een sullige glimlach, voordat ze haastig een slok nam. Toen stopten tot mijn opluchting de slissende geluidjes en plotseling was ze als een haas die uit een strik was bevrijd.

Alle oefening was de moeite waard geweest. Ze deed haar 'vijfentwintig woorden of minder' samenvatting. Daarna gaf ze een langere beschrijving van alles wat er gebeurt, en ook al had ik het allemaal eerder gehoord, ze was zo goed dat ik enkele ogenblikken vergat waar ik was en mezelf bijna amuseerde.

Ze eindigde door te zeggen: 'Het wordt een geweldige film!'

'Absoluut!'

Ze applaudisseerden allemaal en ik vroeg me af of ik mee moest doen, of dat het zou lijken of ik voor mezelf klapte, maar ze waren klaar voordat ik een besluit had kunnen nemen.

Toen sprak Mort, en ik kon nauwelijks geloven dat de woorden uit zijn mond kwamen. 'Ik zie dit als een grote, GROTE film.'

Een steek van vreugde ging door mijn hele lichaam heen en ik keek naar Emily. Haar glimlach was ingehouden.

Boven zijn hoofd maakte Mort met zijn handen de vorm van een bioscoopdoek en we keken allemaal gehoorzaam omhoog. 'Groot budget, grote sterren. Zeventig miljoen dollar, minimaal. Ik zie Julia Roberts en Cameron Diaz. Heb ik gelijk?'

De anderen knikten allemaal enthousiast, dus deed ik het ook.

'Wie kunnen we als regisseur nemen?' vroeg Mort aan de jongens.

Ze noemde een paar Oscar-winnaars. Toen werd over snel opnemen gepraat, het groene licht geven, uitbrengen in drieduizend bioscopen door het hele land. Het was het opwindendste wat me ooit was overkomen. Toen kregen we een hand en Mort zei dat hij zich erop verheugde met me samen te werken.

Terwijl Emily en ik weer terugliepen door de hal kon ik mijn voeten letterlijk niet voelen.

Een rondje afscheidswoorden bij de receptie, toen liepen we weg. Ons bewust van hun ogen in onze rug, zeiden we geen van beiden iets. Ik beefde van onderdrukte spanning. Nog steeds in stilte stapten we in de auto, waar Emily een sigaret opstak en inhaleerde alsof ze een beker milkshake door een te smal rietje leegzoog.

'Nou?' zei ik uiteindelijk, en wachtte op de KREET en omhelzing van vreugde.

'Nou...' zei ze, peinzend.

'Maar dat was fantastisch! Heb je hem gehoord? Julia Roberts! Cameron Diza! Drieduizend bioscopen!'

'Vergeet niet, Maggie, dat ik dit al eerder heb meegemaakt.'

Ik vond dat ze erg negatief was en zei haar dat. 'Wat gebeurt er nu?'

'We wachten af.'

'Ja hoor, we wachten af,' zei ik, en voelde me bedrogen en beledigd.

'Maar,' vervolgde ze, 'we kunnen wel dronken worden terwijl we wachten.'

18

Een feestje was wel op zijn plaats, besloot Emily. Ze reed naar huis met haar mobieltje tussen haar oor en schouder geklemd, en nodigde mensen uit. 'Ik weet niet of we iets te vieren hebben, maar we gaan absoluut feesten.'

Lara kreeg instructies rond zes uur te komen, om Emily te vergezellen naar de slijterij en die leeg te kopen. Iedere keer dat ik Emily geld zag uitgeven, kreeg ik een steek van bezorgdheid, maar deze keer niet. De goede tijden waren in aantocht.

We waren tegen halfzes thuis. Terwijl ik Lara's pakje ophing, vroeg ik Emily of het vanavond een jurk-en-hoge-hakken toestand zou worden.

'Christus, nee. Een shortje en blote voeten.'

Het werden een shortje en blote voeten. Terwijl ze op Lara wachtte, zat Emily nerveus te friemelen en met haar voet te tikken. Toen kreeg ze een inval.

'Luister,' zei ze. 'Er is iets dat ik wil doen. Niet lachen, maar wil je naar Mike rennen en hem vragen met zijn reinigingsstok te komen?'

'Ik zal niet lachen,' verzekerde ik haar ernstig, 'want ik heb er geen idee van waar je het over hebt.'

'Mike, van hiernaast – de baardige new ager?'

'O, Bill Bryson? Ga door.'

'Hij biedt altijd aan de negatieve energie hier uit te bannen. Het heet reinigen. Ik heb het gevoel dat ik een betere kans op goed nieuws heb als het huis vol goede vibraties is.'

Ik lachte niet. In plaats daarvan voelde ik de volle hevigheid van haar angst. Ze moest wel gek van angst zijn om iets te doen waar ze zo'n verachting voor voelde.

'Wil je gaan?'

Maar al te graag. Met constante activiteit bleef ik mezelf een stapje voor. Vroeg of laat zou de zeepbel barsten en ik zou hard op de vloer terechtkomen. Maar nu nog niet. Ik ging dus naar buiten en belde bij het buurhuis aan, maar er kwam niemand naar de deur. Ik belde nog een keer, en nog steeds werd er niet opengedaan. Toen gaf ik een dreun tegen de windgong op de stoep, waarmee ik een vreemd tingelend geluid in gang zette, maar ook dat lokte geen reactie uit. Op dit punt zou elk weldenkend mens het opgeven, maar ik wist dat hij thuis was. Ik wist het omdat ik hem *zag*. Er was een groot raam in de voordeur, waardoor ik hem duidelijk zichtbaar op een vloerkussen zag zitten, zijn duimen en wijsvingers vormden een 'O'. Ik had net besloten weg te gaan en Emily te zeggen dat ik het later nog wel eens zou proberen toen ik hem zag opstaan en naar de deur lopen.

'Hoi,' zei hij glimlachend. 'Ik sloot een meditatie af. Kom binnen.'

Tot mijn verbazing deed hij geen moeite zich te verontschuldigen omdat hij me had laten wachten. Misschien boden spirituele mensen nooit hun excuses aan.

Ik stapte de kamer binnen en werd getroffen door een zoete geur. Rozenolie? Of lavendel? Ik wist het niet. Op de achtergrond hoorde ik nog meer gepingel van windgongen. Van ergens anders kwam het geluid van stromend water, dat ik in elk ander huis aan een gesprongen leiding zou toeschrijven – maar hier niet.

Droomvangers bungelden voor de ramen, geborduurde doeken decoreerden de stoelen, en houten beeldhouwwerken – voornamelijk van mannen met uitpuilende ogen en gigantische penissen – hingen aan de muren. Ieder object zag eruit alsof het iets betekende, en door de vreemde plaatsing van de meubels durfde ik te wedden dat het huis volgens de Feng Shui-methode was ingericht.

'Hoi, Bill,' zei ik.

'Mike,' verbeterde hij met een minzaam lachje.

Shit! 'O, sorry, Mike. Emily heeft me gestuurd.'

'Ze wil worden gereinigd?' Het klonk alsof hij dit had verwacht. 'Even mijn stok pakken.'

Het effect van het huis – de geuren, de geluiden, zelfs de mannen met hun grote pikken – was enorm troostrijk, en toen we naar buiten gingen zei ik dat tegen hem.

'Het is een veilige plek,' beaamde Mike, waarna hij de voordeur zo hard achter zich dichtsmeet dat de windgong op de stoep wild omhoog zwaaide. Toen hij terug zwaaide, raakte hij me pal in het gezicht. Voordat ik wist wat er gebeurde had ik een dreun op mijn rechteroog te pakken: pijn flitste door mijn oogkas, een rood waas explodeerde achter mijn oogleden en het enige wat ik hoorde was een serie valse tonen – als van een kapotte piano.

'Oeps. Ik had die deur niet zo hard dicht moeten gooien.' Mike lachte zacht. 'Gaat het?'

'Prima!' riep ik uit, en vroeg me ondertussen af of ik blind was geworden, en gedroeg me zoals je doet wanneer je gewond raakt in het bijzijn van iemand die je niet goed kent. Zelfs als je hoofd van je romp rolt zeg je dingen als: 'Alleen een schrammetje! Trouwens, ik gebruikte hem toch niet vaak!'

Maar het ging inderdaad wel. Mijn oog traande een beetje, maar dat hield op. Toch voelde ik me op de rand van tranen en misschien was Mike zich daarvan bewust, want hij hield mijn arm vast toen we de korte afstand tussen de twee huizen overbrugden.

Emily liet ons binnen, en zichtbaar verscheurd tussen verwarring en kwetsbaarheid legde ze hem haar situatie uit.

'Geen probleem,' zei Mike opgewekt. 'Is het nu een goed moment?'

'Hoe lang zal het duren?'

Hij zoog lucht tussen zijn tanden naar binnen en schudde spijtig zijn hoofd, zoals een zwendelende aannemer zou doen. Het enige wat eraan ontbrak was een sigaret achter zijn oor.

'Laat me raden, je hebt je spullen niet bij je,' hoorde ik Emily mopperen.

'Die heb ik wel bij me!' Hij zwaaide met zijn stok en Emily had het fatsoen te blozen. 'Maar de energie hier is zo slecht dat één sessie het niet zal opheffen. Maar wacht! Twintig minuten moet al een aardige stap in de goede richting zijn, denk je niet?'

Geïntrigeerd sloeg ik hem gade bij het uitvoeren van zijn bezweringen. Reinigen betekende de toorts aansteken, ermee rondzwaaien in de hoeken van de kamers, toverformules mompelen en een soort indianenkrijgsdans uitvoeren.

'Weet je, je hebt mij niet nodig, je kunt dit zelf doen,' zei Mike hijgend tegen Emily. Zijn buik deinde op en neer bij iedere sprong.

'Welnee, ik zou dat dansen nooit goed doen.'

'Maar het dansen is naar eigen keuze.'

Toen Mike klaar was, verzekerde hij Emily uiterst vriendelijk: 'Dit zal

je een goede kans geven, maar als ze je film niet kopen, is het niet het einde van de wereld.'
'Het is *wel* het einde van de wereld.' Emily klonk heel vastberaden.
Mike lachte zacht, bijna zoals hij had gelachen nadat ik een dreun van zijn windgong had gekregen. 'Wees voorzichtig met wat je wenst – je zou het kunnen krijgen,' zei hij, waarna hij wegging en beloofde later met Charmaine terug te komen.
Niet lang daarna kwam Lara, en Emily ging met haar op pad om drank in te slaan.
'Kan ik niet mee?' vroeg ik, omdat ik ertegenop zag in mijn eentje achter te blijven.
'Maar jij hebt geen verstand van alcohol, niet zoals Lara en ik,' zei Emily. 'En we hebben iemand nodig om de mensen binnen te laten.'
'Vrouw zit alleen in kamer,' zei ik beledigd. 'Ongelukkig. Duidelijk in de steek gelaten door vrienden.'
Lara lachte, maar Emily antwoordde: 'Camera volgt haar als ze opstaat, een paar zakken pinda's opent en ze in kommen doet teneinde behulpzaam te zijn.'

Ik was ervan overtuigd dat er niemand zou komen terwijl ze weg waren, maar vijf minuten later liep Troy het huis binnen.
'Zo, Ierse!'
'Jongeman, informeel gekleed,' zei ik.
Troy bleef bij de deur staan, zijn pokerface verward.
'Staat bij deur, ziet er verward uit,' zei ik.
'Loopt door kamer,' antwoordde Troy ogenblikkelijk. 'Ziet dat meisje haar haar heeft laten doen. "Leuk," zegt hij.'
Ik lachte, verrukt dat hij het zo snel had begrepen.
Zijn strakke mondlijn vertrok iets omhoog. 'Ik kom er zo op terug!' Hij plofte op een stoel en zwaaide een been met soepele gratie over de leuning. 'Hoe is het vandaag gegaan?'
Ik ging op de slaapbank zitten, mijn benen recht vooruit gestrekt en vertelde alles wat er in Mort Russells kantoor was gebeurd. De hele tijd sloeg Troy me gade, en knikte wanneer ik iets goeds vertelde.
'Logen ze nou allemaal toen ze zeiden dat ze het script hadden gelezen?' vroeg ik.
'Nee. Als ze een samenvatting van twaalf regels hebben gelezen, denken ze werkelijk dat ze het hebben gelezen. Echt hoor.'

'En wat denk jij?' vroeg ik, omdat ik zo graag iets anders wilde horen dan Emily's negatieve mening.

'Zou goed kunnen zijn.' Maar hij klonk eerder attent dan hoopvol.

'Zou goed kunnen zijn.'

Hij verviel in een afstandelijke stilte, en in die stilte vroeg ik: 'Waar woon je?'

'Hollywood.' Hij sprak het uit als 'Ho-hollywoood', en spreidde zijn vingers om de naam in de lucht uit te beelden. 'Alleen de naam is betoverend. Slechte buurt, wat betekent dat de huur laag is.'

'En is het ver van hier? Ik kan in LA de afstanden zo moeilijk inschatten.'

'Ik zal het je laten zien.' Hij hees zich uit de stoel en hurkte bij het eind van de slaapbank.

'Goed, dit is de zee.' Hij wees naar een kussen. 'Dit is Third Three Promenade, en jij woont hier.' Hij prikte naar een punt op de slaapbank. 'Sla linksaf naar Lincoln en rij, eh, ongeveer anderhalve kilometer.' Hij trok met zijn vinger een streep over de bekleding. 'Neem me niet kwalijk,' zei hij, toen zijn vinger per ongeluk mijn blote scheenbeen raakte. 'Tot je bij een afslag komt. Neem de 10, naar het oosten.' Zijn vinger maakte een korte bocht, nu niet meer over mijn scheenbeen, maar omhoog naar mijn knie. Ik was een beetje verrast, maar hij scheen er niets mee te bedoelen, dus zei ik niets.

Hij wachtte, met zijn vinger op mijn knie. 'Dan, wanneer je naar het centrum rijdt, neem je de 101, naar het noorden.' Nu ging zijn vinger snel over de blote huid van mijn dij. 'Naar Cahuenga Pass, dat ongeveer hier is.' Hij wachtte, zijn vinger kwam verontrustend dicht bij de bovenkant van mijn dij tot stilstand. 'Daarna,' hij haalde diep adem, zijn gezicht stond volkomen onschuldig, 'ga je rechtsaf.' Zijn vinger schoof nu naar de zachte binnenkant van mijn dij. We keken beiden naar zijn hand, toen weer snel naar elkaar. 'Langs een paar huizenblokken.' Zijn nonchalante toon was verwarrend. Hij gaf me richtingaanwijzingen, toch? Maar zijn hand lag tussen mijn benen.

'En ik woon precies hier.' Hij wees zijn huis aan door met zijn vingertop een kringetje op mijn zachte huid te beschrijven. 'Precies hier,' herhaalde hij, terwijl hij doorging met mijn dij te strelen.

'Dank je.' Ik wist zeker dat hij de hitte kon voelen die vandaar naar hem uitstraalde.

'Weet je?' Hij glimlachte plotseling ondeugend. 'Ik woon vrij dicht bij

de Hollywood Bowl, maar als ik dat zou aanwijzen, zou je me een klap in mijn gezicht geven.'
Het duurde even voor ik begreep waar hij het over had.
'Waarschijnlijk,' mompelde ik, terwijl ik een licht, heerlijk krampje in mijn Hollywood Bowl voelde ontstaan.
Nog een laatste aanraking van zijn vederlichte vingertop, een spijtige blik naar mijn denim kruis, toen ging hij rechtop staan. 'Wil je een biertje?' vroeg hij, onderweg naar de keuken.

Er kwamen tientallen mensen. Er was niet eens tijd voor het obligate in het lege huis staan en naar de kilometers drank kijken, je angstig en alleen voelen, zoals mensen zich gewoonlijk voelen wanneer ze een feestje hebben.

Een van de eersten die kwam was Nadia, Lara's nieuwe vriendin. Ze was een volwassen meisje, met een grote bos donkere krullen die rond haar hoofd dansten, haar ledematen verschrompelde stokjes. Ik was niet verbaasd door haar sexy uitstraling – uiteindelijk was mijn idee dat alle lesbiennes eruitzagen als Elton John volkomen bijgesteld nadat ik Lara had ontmoet – maar ik was verrast door het feit dat ik meteen een hekel aan haar had. Twee seconden nadat we aan elkaar waren voorgesteld, spuwde ze kauwgom in mijn gezicht en bekende hardop: 'Vanmiddag heb ik me een Playboy-wax laten geven. Er is geen schaamhaartje meer over!'

'Enig!' zei ik, enigszins geschokt. 'Wil je een pinda?'

Ze schudde haar enorme hoofd, haalde nauwelijks adem voordat ze aan een verhaal begon over hoe ze op handen en knieën met haar billen in de lucht had gestaan zodat de schoonheidsspecialiste overal goed bij kon. Daarna was ze op haar rug gaan liggen met haar enkels achter haar hoofd. Ze laten je *alles* doen, die Angelino's. Dwangmatige ontblotingsafwijking, dat hadden ze.

Toen kwamen Justin en Desiree, die twee pummelige mannen en drie honden meebrachten. Ze waren allemaal bevriend geraakt in het hondenpark, waar ze altijd proberen meisjes te ontmoeten. De volgende die binnenkwam was Emily's vriendin Connie, een klein, luidruchtig meisje van Koreaans-Amerikaanse afkomst: sexy, op de manier zoals zeer zelfverzekerde mensen sexy zijn. Ze werd vergezeld door haar zus Debbie, haar vrienden Philip en Tremain, en haar verloofde Lewis, die amper een woord zei – ik vermoed dat zij zo'n kletskous was dat zijn vermogen om te praten gewoon was weggekwijnd. Dit was de eerste keer dat ik Connie ontmoette, en dat had ik liever niet gewild; het had iets te maken met haar aanstaande huwelijk. Emily was mijn bruidsmeisje geweest en ze zou ook Connies bruidsmeisje zijn, en ik voelde me aan de verkeerde kant van getrouwd-zijn staan. Connie had een gelukkige toekomst voor zich, terwijl mijn gelukkige toekomst ver achter me lag.

Krullerige Kirsty kwam binnen en maakte me van streek door regelrecht op Troy af te stappen. Mike en Charmaine kwamen ook, evenals een groot aantal andere mensen. Zelfs David Crowe, haar agent, kwam even langs, liep charmant langs iedereen heen en vertrok weer.

'Hij bleef niet lang,' merkte ik op.

'Wat dacht je dan?' Emily rukte Troy bij Kirsty vandaan, en beval hem: 'Vertel haar de grap. Die van de agent.'

Troy stak meteen van wal. 'Man krijgt bezoek van de politie. "We hebben slecht nieuws, meneer," zeggen ze. "Iemand heeft bij u ingebroken en uw vrouw en kind gedood." De man is verscheurd, en zegt: "Wie doet nou zoiets verschrikkelijks?" En de politieman zegt: "Het spijt me u te moeten vertellen, meneer, dat het uw agent was." En de man zegt: "Mijn agent? Mijn agent is in mijn huis geweest?! O, niet te geloven!"'

'Snap je?' zei Emily.

'Ja.'

Het huis was vol en het feest had zich naar de achtertuin uitgebreid. Op een of andere manier, gedurende de warme, twinkel-blauwe nacht, belandde ik in een gesprek met Troy en Kirsty. Kirsty was net naar een twee uur durende poweryogales geweest en vertelde over de voordelen van oefeningen, toen ik vaag zei dat ik werkelijk naar een sportschool wilde gaan terwijl ik in LA was. Tot mijn verbazing zei Kirsty: 'Dat is een goed idee.' Ze bekeek me van top tot teen en concludeerde: 'Je kunt wel vijf, zes pond missen.' Ze wierp een kritische blik op mijn bovenarmen. 'En je kunt iets aan spierontwikkeling doen. Het is de moeite waard,' zei ze uiterst serieus. 'Ik bedoel, kijk naar mij. Ik sport en ik...' ze wiegde even met haar heupen, 'ben uitstekend in vorm.'

Goed, het meeste was natuurlijk voor Troy bestemd en het was waarschijnlijk allemaal waar. Natuurlijk zou ik verrukt zijn wanneer ik op een ochtend wakker werd en ontdekte dat ik tijdens de nacht de helft van mijn gewicht was kwijtgeraakt – wie niet? Maar desondanks was ik sprakeloos. Ik was nog nooit een vrouw tegengekomen die over zichzelf beweerde goed in vorm te zijn – ik dacht dat je zoiets gewoon *niet deed*. Dat je het wel over een ander zegt, of het nou waar is of niet, terwijl je zelf alle mogelijke oefeningen doet en al een maand op het grapefruitdieet zit. Goed, misschien is het oneerlijk, maar het lijkt in ieder geval minder beledigend.

Op dat moment haatte ik Kirsty zo hevig dat ik haar wilde slaan, en voor het eerst sinds eeuwen kreeg ik weer een pijnscheut in mijn verstandskies. Ook al had ik alleen tegen haar gesproken om te voorkomen dat ze een onderonsje met Troy had, ik moest weg. Ik mompelde een excuus, en werd prompt staande gehouden door Charmaine.

Ze was aardig, maar een beetje opdringerig. Ja, ze stond een ietsjepietsje te dicht bij me, en als ik een eindje naar achteren ging, ging zij een beetje naar voren, tot mijn hoofd bijna in een seringenstruik verdween en alleen mijn neus eruit stak, maar niemand is perfect. Ze was niet wat je noemt een lachebek, maar ik kreeg het gevoel dat ze mij wel aardig vond, en ten slotte vertelde ik haar over Garv en mij.

'Hou je nog van hem?' vroeg ze vriendelijk.

'Ik weet het niet,' zei ik wanhopig. 'Hoe moet ik dat weten?'

'Hoe wist je het toen je er zeker van was?'

'Weet ik niet. Zoiets voel je, is het niet?'

'Niet door iets speciaals?'

'Nee.' Maar toen herinnerde ik me iets. 'De slak!' riep ik uit.

'Eh?'

Ik legde het uit. Garv was als man degene geweest die alle insecten moest weren: spinnen in het bad, motten rond de lampen, wespen op raamkozijnen waren allemaal zijn afdeling. Ik hoefde nooit een vinger uit te steken, alleen te gillen: 'Gaaarv, daar is een wesp!' en dan kwam hij met zijn opgerolde krant om de strijd aan te gaan. Maar hij had iets met slakken, iets stoms; hij was er zo bang voor dat het bijna een fobie was. En toen we ongeveer zes maanden met elkaar omgingen, kroop er een slak over de voorruit van zijn auto, die niet van plan leek daar snel weg te gaan. (Aan de bestuurderskant nog wel, op ooghoogte om het voor Garv nog erger te maken.) Een snelle rit over de tweebaansweg hielp niet hem kwijt te raken, dus deed ik daarna een paar rubber handschoenen aan, tilde hem van de ruit en gooide hem naar een passerende Nissan Micra, volgepropt met nonnen. Ik was ook niet dol op slakken, maar ik deed het omdat ik van Garv hield, en sindsdien was ik degene geweest die slakken uitroeide.

'En zou je nu een slak van zijn voorruit halen?'
'Waarschijnlijk niet.'
'Dat is je antwoord.'
'Klopt.' Dat maakte me ongelooflijk triest.
Toen – ingegeven door de drank – maakte ik een opmerking over het feit dat Charmaine aura's las.
'Ja,' zei ze.
'Doe je dat echt?'
'Ja,' herhaalde ze.
'Hoe ziet het mijne eruit?'
'Weet je echt zeker dat je dat wilt weten?'
Nou, toen wilde ik het *echt* graag weten.
'Het is een beetje verontreinigd,' zei ze.
Ineens was ik van streek, ondanks het feit dat ik eigenlijk niet geloofde dat ik zelfs een aura *had* – of wat dan ook op dat gebied.
'Verontreinigd – dat is zeker slecht?'
'Goed en slecht zijn slechts etiketten.'
Dat halfwas-gedoe.
'Je zou moeten leren niet zo snel te oordelen,' adviseerde ze, op een manier die erg veroordelend klonk.

Ik rukte mijn hoofd uit de seringenstruik en ging terug naar binnen, om te ontdekken dat de Geitenbaardjongens zin hadden om met de beentjes van de vloer te gaan. Ze hadden de stereo gevonden – Madonna vervangen door een of andere Death Metal-spektakel – en hadden zich in een kring in een hoek van de voorkamer opgesteld. Luis, de kleine, donkere, aardige toonde een grote aanleg voor dit soort kringdansen. Terwijl de anderen alleen maar recht op elkaar af renden en hevig met hun buik stonden te draaien, liet Luis zijn bewegingen gepaard gaan met kleine stapjes en plotselinge zwenkingen.

Tot mijn verbazing had Mike zich er ook middenin gestort en zo te zien genoot hij met volle teugen. Ik vermoed dat hij er de buik voor had. Iedere keer dat hij er een ander een dreun mee gaf vloog hij tot halverwege de kamer. Door een bijzonder enthousiaste stoot schoot Luis een eind weg en belandde in een stoel.

Nadat ze hem hadden opgetild en vastgesteld dat hij niet ernstig gewond was, deden ze bodysurfing, gaven een van hen boven de hoofden van de anderen door, maar stopten daar maar mee toen ze probeerden Mike omhoog te hijsen en ze ontdekten dat dat niet lukte.

Ze gingen uiteen en onthulden degene met het geschoren hoofd, Ethan, die in een hoek droefgeestig over de salontafel gebogen lag. Omdat hij de meest verstokte Geitenbaardjongen leek – met zijn puntige, satanische baardje en een lange Zapata-achtige snor die tot op zijn kin hing – had ik hem altijd als de leider van de andere jongens beschouwd. Nadere inspectie maakte duidelijk dat hij met een zakmes speelde. Hij had zijn hand met de rug omhoog op de tafel gespreid en gooide het zakmes op de tafel, tussen zijn vingers. Soms miste hij zijn hand maar, zoals de sneden tussen zijn vingers bewezen, soms niet.

'Hou op!' riep ik uit.

'Het is mijn hand, man.'

'Maar het is Emily's tafel!'

'Ik ben bezopen, man.' Treurig keek hij naar me op. 'Dit doe ik altijd wanneer ik bezopen ben.'

'Maar...' zei ik hulpeloos, bezorgd over de tafel. Toen kreeg ik een idee. 'Als je jezelf wilt beschadigen, kun je dan niet proberen jezelf met sigaretten te branden?'

'Roken, bah! Te smerig.' Hij klonk diep beledigd.

Het bleek dat hij zichzelf verwondde omdat hij had geprobeerd iets met Nadia te beginnen en zij had hem afgewezen. Maar zodra ik hem vertelde dat ze lesbisch was, klaarde hij op. 'Ja? Echt? Met Lara?' O, wauw, man. Wat doen ze?'

Dat had ik me eigenlijk ook afgevraagd.

'Ik weet het niet,' zei ik ernstig. 'En laat die tafel met rust!'

Terug naar de tuin om Troy en Kirsty te controleren. Ze stonden nog steeds samen te praten. Voordat ik kon concluderen hoe ik me voelde, kwamen Lara en Nadia gearmd in mijn richting.

'Amuseer je je?' vroeg Lara stralend.

'Ja...' Mijn stem stierf weg toen Nadia haar arm onder die van Lara stak en haar borst begon te strelen.

'Hé!' Lara lachte. 'Hou daarmee op.'

Nadia trok haar hand terug, maar alleen om haar vinger te likken en het strelen te hervatten. Lara's harde tepel priemde door het vochtige katoen heen en ik voelde me meteen ongemakkelijk. Als een man dat op een feestje deed zou iedereen hem als een versierder en viezerik veroordelen, maar omdat Nadia lesbisch was, moest ik me gedragen alsof ik het de normaalste zaak van de wereld vond.

De hele avond was ik me ervan bewust dat Kirsty met Troy praatte. Zelfs als ik hen niet kon zien, voelde ik hun intimiteit en dat maakte me niet blij. Mijn hoogtepunt van de avond was dan ook dat ze niet samen weggingen. Zij vertrok rond middernacht en ik had de sterke neiging midden op de weg te gaan staan en haar achterna te brullen: 'Zo goed is je vorm dus ook weer niet, is het wel?'

Troy bleef iets langer en toen hij uiteindelijk vertrok, verwachtte ik min of meer een bijzonder afscheid. Maar hij kuste Emily, en zei: 'Meisje, we praten nog wel,' daarna kuste hij mij op precies dezelfde vriendelijke manier, en zei: 'Welterusten, Ierse.'

Stuk voor stuk stapten de genodigden op tot Emily en ik alleen waren overgebleven. Terwijl we de flessen verzamelden om naar de glasbak te brengen, de splinters van de salontafel veegden, gebroken glazen in kranten wikkelden, flapte ik eruit – dronkemanspraat: 'Ik moet iets bekennen. Ik heb een oogje op iemand.' Ja, dat was het juiste woord. 'Troy. Ik vind hem aantrekkelijk.'

'Trek een nummertje en ga in de rij staan.'

'O. Is het zo?'

Ze stak haar vinger omhoog, knipoogde, en zei met een Elvis-achtige stem: 'Word niet verliefd op mij, schat, want ik zal alleen je hart maar breken.'

'Vertel me niet dat hij dat heeft gezegd!'

'Niet met zoveel woorden.' Ze scheen geamuseerd. 'Het is de manier waarop hij zich gedraagt. Je zou zweren dat iedereen gek op hem is... Hoewel,' gezegd met minder zekerheid, 'misschien is dat wel zo.'

'Maar hij heeft een grote neus,' protesteerde ik.

'Schijnt de dames niet te deren.'

'Welke dames?'

'Met Troy zijn er altijd dames.'

'Heb je het over Kirsty?'

'Onder andere.'

'Maar weet je zeker dat er iets tussen hen is?'

'Ik *voel* dat het zo is.'

Toen viel het kwartje. 'Hebben *jij* en Troy ooit iets gehad?'

'Troy en ik?' Ze begon te lachen. Het begon als een normaal giecheltje, en het eindigde ermee dat ze slap over het aanrecht hing. 'Sorry,' zei ze, haar gezicht vertrokken van hysterie. 'Het is alleen... het idee. Troy en ik!'

Weg was ze weer. Ik pakte een vuilniszak en begon er de blikjes in de gooien.

Later, in bed, dacht ik aan Troy. Ik was verbaasd geweest, bijna verbluft, toen hij mijn been had aangeraakt. Maar nu dacht ik er anders over. Ik herkauwde de herinnering, speelde het telkens weer af. De hitte van zijn hand die over mijn blote huid kroop, het steekje van verlangen op het moment dat zijn vinger de bovenkant van mijn dij bereikte en naar de binnenkant schoof. Nog eens. Zijn vinger bereikte de bovenkant van mijn dij en schoof naar de binnenkant, zijn vinger bereikte de bovenkant van mijn dij en schoof naar de binnenkant...

Een dromerige zachtheid begon door me heen te stromen. Ik zal mijn kansen pakken, dacht ik. Ik heb het te lang aan de veilige kant gehouden. Ik *zal* verliefd op hem worden en hij is *van harte* welkom om mijn hart te breken.

Halverwege de staat tussen waken en slapen, verslapte mijn verweer een ogenblik en werd ik overspoeld met gedachten over Garv en Truffelvrouw en hun openlijke vertoning van genegenheid.

Onmiddellijk dacht ik aan Troy.

'Ha!' zei ik tegen mezelf, ondanks mijn slaperige toestand.

19

Het moest door al dat gepraat over verliefd worden zijn gekomen, want die nacht kreeg ik De Droom. Sinds mijn achttiende had ik hem af en toe gehad: misschien een keer per jaar, misschien niet eens zo vaak, en het was bijna altijd hetzelfde. Ik zag Shay Delaney in een drukke straat en ik begon te rennen en mensen opzij te duwen in een poging hem in te halen. Boven de menigte van de januari-uitverkoop zag ik zijn achterhoofd, dat steeds verder van me verwijderd raakte, en ik probeerde harder te lopen, waarbij steeds meer mensen me voor de voeten liepen, over mijn benen struikelden, mijn weg blokkeerden, tot hij weg was.

Dan werd ik wakker, barstend van verlangen, dromerig door de voorbije liefde, geprikkeld en kortaf tegen Garv. Gedurende de hele dag die op de droom volgde, wikkelden deze gevoelens zich om me heen als een kater en pas als ze verdwenen waren, begon ik me er zorgen over te maken. Ik dacht gedurende het jaar tussen de dromen amper aan hem, maar betekenden deze dromen dat ik nog steeds van hem hield? Dat ik niet van Garv hield?

Troost kwam via een ongebruikelijke weg: een wetenschappelijk programma waar ik op een saaie zondagavond naar keek, misschien acht of negen jaar geleden. Het ging over de aardse relatie met de zon. De commentator zei dat zelfs midden in de winter, wanneer onze kant van de aarde van de zon af is gedraaid, de aantrekkingskracht nog zo sterk is dat wij er nog steeds naartoe worden getrokken. Af en toe krijgt de koude kant van de aarde zijn zin, wat de rede is waarom we soms in februari belachelijk warme en zonnige dagen hebben.

Misschien heb ik het verkeerd verstaan, want toen ik er goed over nadacht, begreep ik er niet veel van, maar het werkte desondanks als een soort troost: een gewicht werd van mijn schouders getild en ik begreep dat ik natuurlijk van Garv hield, maar dat er momenten waren dat ik me nog steeds tot Shay aangetrokken voelde. Het betekende niets.

Maar deze nacht was de droom anders, want toen hij begon was het Shay die ik achterna rende, maar op een gegeven moment veranderde hij in Garv. Ik rende zo hard achter Garv aan als ik eens achter Shay aan had gerend. Het was zo belangrijk hem in te halen, ik was zwak, *ziek* van liefde voor hem – dat rare, zwevende gevoel van toen we net verliefd waren. Ik *herinnerde* het me, ik voelde het zo helder. Maar hij verdween in de menigte en mijn benen wilden niet snel genoeg gaan. Toen was hij weg. En ik werd wakker met tranen aan mijn wimpers, gebukt onder een zwaar verlies.

In de zonnige keuken was Emily al helemaal bij de tijd. 'Ik ben al sinds zes uur wakker,' kondigde ze aan. 'Wachtend op dat telefoontje!'

O ja, nieuws over Het Gesprek. De droom was nog steeds bij me, ik vond het dus moeilijk om in het hier en nu te zijn. Ik was als een slecht afgestemde radio die de goede frequenties probeerde te vinden. Een op de voorgrond, een andere spookachtiger aanzwellend en afzwakkend op de achtergrond.

'Het is pas negen uur,' leek de juiste opmerking. 'Ze zijn vast nog niet op kantoor.'

'Luie, *luie* zakken! Hoe dan ook, Mort heeft Davids privé-nummer – hij had hem gisteravond kunnen bellen of vanochtend vroeg, als hij echt graag wilde. Iedere seconde die zonder nieuws voorbijgaat is een nagel aan mijn doodkist.'

'Je bent overdreven dramatisch. Is er al koffie?'

Twee mokken met loeisterke koffie slaagden erin enkele van de schimmen af te schudden die om mijn stemming waren gewikkeld, en het leven kwam iets duidelijker in beeld.

'Het huis ziet er niet eens zo beroerd uit, in aanmerking genomen dat we hier gisteravond dertig mensen hebben gehad, die zich lam hebben gedronken. Je ziet er nauwelijks iets van.'

'Ja,' zei Emily. 'Behalve het souvenir op onze bank.'

O help! Een brandvlek van een sigaret? Of had iemand gekotst? Was iemand zo dronken geweest? Het kon ook een aanval van boulimie zijn geweest, weet je.

'Erger,' zei Emily. 'Het is Ethan. Ik weet niet hoe we hem gisteravond over het hoofd hebben gezien. Ik heb al geprobeerd hem wakker te maken en hij gromde naar me als een hond. Stomme lul.'

En ja hoor, Ethan lag opgekruld op de bank, zijn zakmes tussen zijn klauwachtige handen geklemd, stoppelhaar op zijn schedel. Slapend had hij best een lief gezicht.

'Die jongen moet naar huis om zijn hoofd te scheren. Geef hem een trap,' drong Emily aan.

'Kunnen we hem niet gewoon wakker schudden?'

'Het is leuker om hem te trappen.'

'Goed.' Ik probeerde hem een trap tegen zijn scheenbeen te geven, maar hij veranderde van houding en mompelde iets over mijn klotehoofd op de tafel vastspijkeren.

Ik keek Emily vragend aan. 'Laat hem nog maar een poosje slapen,' besloten we maar al te graag. 'Een jonge man heeft zijn slaap nodig. Meer koffie.' We gingen terug naar de keuken.

Op de koelkast stond een open fles witte wijn die we gisteravond waren vergeten op te ruimen. Ik zag dat een kurk nog steeds rond de kurkentrekker zat. Die kon worden gebruikt om de fles voor later te verzegelen.

'Geef me de sesam aan,' zei ik tegen Emily.

Een lange blik van Emily, en de fles sesamolie werd naar me toe geschoven. Ik keek ernaar, besefte wat ik had gedaan en zag dat ze me aankeek alsof ik krankzinnig was geworden.

'Waar heb je de sesamolie voor nodig? Om rozijnenpap te roerbakken?'

'Eh, nee, ik bedoel of je me de kurkentrekker kunt aangeven.'

'Dat zei je niet. Je zei "sesam". Tenzij ik gek word, en daar ben ik echt niet voor in de stemming.'

Ik overwoog een leugentje – het zou makkelijk genoeg zijn om haar ervan te overtuigen dat ze al halverwege de bocht was – maar zag in hoe onvriendelijk dat zou zijn. 'Het is maar een woord. Dat Garv en ik vroeger zeiden,' verklaarde ik, onhandig. 'Wanneer we een fles wijn openden, zeiden we: "Sesam open u." Dus werd de kurkentrekker "sesam" genoemd. Het spijt me. Ik dacht er niet bij na.'

'Is dat de reden waarom je iedere avond tandpasta op mijn tandenborstel doet? Is het iets dat jij en Garv deden?'

'Wa-at?' hakkelde ik.

'Iedere avond sinds je hier bent,' zei ze geduldig, 'ga ik nadat jij naar bed bent gegaan, naar de badkamer en dan ligt mijn tandenborstel compleet met tandpasta op me te wachten. Als jij het niet doet, wie doet het dan?'

Ik moest het bekennen. 'Ik heb het gedaan. Ik was me er niet van bewust dat ik het deed. Ik kan het niet geloven.'

'En is het iets wat jij en Garv deden?'

'Ja. Degene van ons die het eerst naar bed ging legde de tandenborstel voor de ander klaar.'

'Dat is het liefste wat ik ooit heb gehoord,' zei Emily stralend, maar beheerste zich snel toen ze mijn gezicht zag.

Het verdriet dat ik had gevoeld toen ik wakker werd, was terug. Ik droeg het volle gewicht van een verloren taal en alle rituelen die voor een ander niets zouden betekenen, maar die onderdeel waren van wat Garv en mij ooit aan elkaar had verbonden. En er waren er nog veel meer: wanneer hij mijn eten klaarmaakte en het op de tafel zette, moest ik de kamer binnenrennen, en verklaren: 'Ik ben zo gauw mogelijk gekomen!' En als ik het vergat, hield hij me tegen, en drong aan: 'Zeg het. Toe dan – ik ben zo gauw mogelijk gekomen!'

Proberen uit te leggen waarom dat grappig was of prettig zou zoiets zijn als een kleur beschrijven aan een blinde persoon. Niet dat ik het ooit zou hoeven doen, want nu was het allemaal voorbij. Een heel leven.

Kennelijk straalde ik golven van spijt uit, want Emily drong aan: 'Het is goed om het te zeggen.'

'Wat zeggen?'

'Dat je hem mist. Zelfs *ik* mis hem.'

'Goed,' verzuchtte ik. 'Ik mis hem.'

Maar ik miste meer dan hem alleen. Ik miste mezelf. Ik miste wat er was geweest, toen ik niets anders dan mezelf hoefde te zijn. Nu waren er al die mensen om me heen, en ik had er genoeg van om toneel te spelen. Zelfs met Emily was ik niet volledig mezelf zoals ik eens met Garv was geweest. En het was zichtbaar in de kleinste dingen, zoals de tv die te hard aan stond. Met Garv hoefde ik maar een kik te geven en hij zou hem zachter zetten, maar met Emily moest ik mijn mond dichthouden en in plaats daarvan gaten in mijn maagwand branden.

'Ik heb een droom gehad,' kondigde ik aan. Ik klonk als Martin Luther King.

'Vertel,' zei Emily

'Ach, je kent het verhaal al.'

'De Shay Delaney-droom?'

'Ja, en hij begon ermee dat ik achter Shay aan rende, maar hij veranderde in Garv.' Ik beschreef het driftige rennen, de wanhopige noodzaak hem in te halen, de angst toen hij steeds verder weg raakte, het verdriet toen ik begreep dat hij weg was. 'Dus, toe maar,' eindigde ik. 'Maak dat ik me beter voel.'

Emily was erg goed in die dingen.

'We doen dingen in onze dromen waar we in ons wakende leven niet toe in staat zijn,' zei ze. 'Je bent negen jaar getrouwd geweest, natuurlijk voel je je ellendig. Het einde van een relatie is een ramp. Ik bedoel, zelfs als ik maar een relatie van drie maanden met iemand heb gehad, krijg ik al zelfmoordneigingen wanneer het voorbij is. Tenzij ik hem heb gedumpt. Dan heb ik nergens last van.'

Ik begon me een stuk normaler te voelen toen Emily het allemaal verpestte door te vragen: 'Is er misschien een kleine kans dat jij en Garv het nog eens gaan proberen?'

De kamer leek te verduisteren.

'Ik weet dat hij een affaire heeft gehad,' zei Emily.

'Heeft,' verbeterde ik. 'Hij *heeft* een affaire.'

'Het zou voorbij kunnen zijn, weet jij veel.'

'Het kan me niet schelen. De schade is aangericht. Ik zou hem nooit meer kunnen vertrouwen.'

'Maar het zou kunnen werken – andere mensen hebben het gedaan.'

'Ik wil het niet. Sinds februari... ik kan het niet beschrijven, Emily. Het was alsof... alsof ik met hem in een kofferbak was opgesloten.'

'Jezus!' zei ze, geschrokken door mijn beeldspraak. Ik was zelf nogal geschrokken, om eerlijk te zijn. Normaal gesproken ben ik niet zo goed in die dingen.

'Een kofferbak die verschrompelde,' voegde ik eraan toe, om mezelf te overtreffen.

Emily snakte naar adem, haar handen tegen haar keel. 'Ik krijg geen lucht!'

'Zo voelde het precies,' zei ik peinzend. 'Hoe dan ook, ik heb gewoon een slechte dag... weer een,' voegde ik eraan toe.

'Laat het los, man,' onderbrak een duffe stem. Het was Ethan, leunend tegen de deurpost, kennelijk geboeid. 'Als het niet terugkomt, is het nooit van jou geweest. Als het terugkomt, is het van jou en moet je het houden.'

'Wegwezen!' beval Emily, haar arm met uitgestoken wijsvinger recht

vooruit. 'We hebben hier genoeg leunstoel-filosofen in de buurt.'
Terwijl hij maakte dat hij weg kwam, keek Emily weer op haar horloge. 'David *moet* toch zo langzamerhand achter zijn bureau zitten!'
En daar zat hij – maar hij kon haar echt niets vertellen. Maar hij liet, zo was hij nou eenmaal, positieve geluiden horen. 'Ze vonden je echt geweldig!' Maar zij wilde feitelijk nieuws. Een ja of een nee. Doen ze het wel of doen ze het niet? Dat kon hij haar echter niet vertellen.

'Hij is bang,' concludeerde ze, nadat ze had opgehangen.

'Waarom zou hij bang zijn?' vroeg ik zo opgewekt mogelijk.

'Omdat deze stad op angst drijft. Als Hothouse ervan afziet, zal dat een negatief effect op hem en op zijn beoordelingsvermogen hebben. Het zal hem door onze samenwerking tot een loser maken.'

Voer tot nadenken. Ik had altijd gedacht dat agenten een soort onpartijdige katalysatoren waren. Tussenpersonen die mensen bij elkaar brachten, maar zelf door het proces onaangetast bleven. Ik had het mis gehad.

'En Mort Russell is waarschijnlijk bang dat als hij het koopt, het hoofd van de studio het misschien niets zal vinden,' vervolgde ze somber. 'En bang dat als hij het *niet* koopt iemand anders er een hit van maakt. Ondertussen ben ik doodsbang dat *niemand* het koopt. Wat zegt jouw gevoel erover, Maggie?'

Ik controleerde mijn angstniveaus. Zelfde als altijd. 'Stijf van angst.'

'Welkom in Hollywood.'

Op dat moment werd er aangebeld, en wij keken elkaar vragend aan. Emily brak haar nek bijna toen ze zich naar de voordeur haastte in de verwachting dat het Mort Russell was die met een je-zorgen-zijn-voorbij cheque zou staan wapperen.

Maar het was niet Mort Russell, het was Luis, een van de Geitenbaardjongens. Tot nu toe waren ze voor mij vanwege hun onveranderlijke gezichtshaar één pot nat geweest, maar sinds gisteravond was ik in staat ze uit elkaar te houden. Ze waren inderdaad slechts met z'n drieën. Ethan: groot, vlezig en kaalgeschoren hoofd. Curtis: blond, kalend, plomp, het minst geitenachtig van het stel. Zijn baard was dun en fladderig, alsof hij onder een bed was gekropen en een lading stofpluis op zijn kin had gekregen. Ik vond dat hij iets vreemds had, maar dat kwam misschien omdat Ethan me had verteld dat Curtis op highschool was verkozen tot leerling die zeer waarschijnlijk 'in een openbare gelegenheid met een automatisch wapen postaal zou gaan'.

En nu stond Luis voor me. Keurig, aardig – beleefd! Hij was gekomen om ons voor het feest te bedanken en ons uit te nodigen om eens te komen eten. Hij beweerde een uitstekende kok te zijn – een gevolg, klaarblijkelijk, van zijn Columbiaanse afkomst. 'Kom maar gewoon een keer langs,' zei hij uitnodigend.

'Natuurlijk.' Emily sloot bruusk de deur.

'Wil je niet?' vroeg ik.

Ze liet haar ogen rollen. 'O, kom op, zeg!'

Iets mompelend over drieëndertig zijn en geen vijftien, greep ze de telefoon en bleef enkele uren onafgebroken aan de lijn, van het ene telefoontje naar het andere, om Het Gesprek te bespreken, en telkens weer het hele verhaal eromheen te vertellen, erover te speculeren tot ze niets meer te zeggen had.

Ik had naar het strand kunnen gaan, of omgekeerd winkelen – ik had besloten de geborduurde spijkerrok terug te brengen omdat ik eenmaal thuis tot de ontdekking was gekomen dat mijn knieën er zo raar onderuit staken – maar in plaats daarvan keek ik lusteloos naar een televisiedominee, die eigenlijk veel beter bij mijn treurige stemming paste. Ik dacht aan Garv. Hij had een heleboel goede kanten. Maar ook genoeg slechte kanten. Ze schoten zo wild als pingpongballen door mijn hoofd, dat ik een van Emily's blocnotes pakte en ze allemaal opschreef.

Lijst van goede kanten van Garv.
1. Begrijpt wisselkoersen en de clou van thrillers.
2. Heeft een lekker kontje. (Echt een lekker kontje, vooral tijdens gevechten.)
3. Vindt mij de mooiste vrouw op de planeet. (Maar nu waarschijnlijk niet meer.)
4. Ziet het goede in iedereen. (Behalve in mijn familie.)
5. Strijkt zijn eigen kleren.
6. Neemt me mee naar jazzconcerten en dergelijke, voor mijn verdere culturele ontwikkeling.

Lijst van slechte kanten van Garv.
1. Neemt me mee naar jazzconcerten en dergelijke, voor mijn verdere culturele ontwikkeling.
2. Houdt van voetbal en is trots op me omdat hij denkt dat ik de buitenspelregel begrijp. (Begrijp ik niet.)
3. De kwestie van de elektrische deken, natuurlijk.
4. Hoe hij over mijn haar dacht.

5. Niet met mij over Dingen praten. (Ik weet dat alle mannen weigeren over Dingen te praten en onverschillig zeggen: 'Ah, natuurlijk, we maken het goed,' terwijl een huwelijk van negen jaar uiteenvalt, maar het maakt me toch van streek.)
6. Slaapt met andere vrouwen.

Maar mijn kinderlijke lijst van feiten verdreef mijn sombere stemming niet. Ik voelde me nog steeds paniekerig – gebukt onder verdriet en het gevoel dat ik een mislukking was. Dat ik waardeloos was en dat mijn leven waardeloos was. En dat mijn toekomst waardeloos was. En dat mijn verleden *absoluut* waardeloos was.

In het besef dat ik vandaag maar eens een beetje energie moest opdoen, nam ik een handdoek mee naar de achtertuin, ging in de zon liggen en viel binnen enkele seconden in een gezegende slaap.

Ik werd wakker door een straal water – de sproeiers waren aangegaan – en ging weer naar binnen, waar Emily nog steeds aan de telefoon zat. Ze kreeg richtingaanwijzingen van iemand. 'O, ik weet het. Het blok waar al die plastische chirurgen zitten? Goed.' Ze hing op. 'Zullen we vanavond ergens gaan eten?'

'Wie komen er nog meer?' Ik probeerde nonchalant te klinken.

'Lara, Nadia, Justin, Desiree, jij en ik.'

Troy niet?

'Troy moet werken,' zei ze vriendelijk, omdat ze mijn onuitgesproken vraag aanvoelde. 'Bespreking met een of andere producer. En je weet hoe hij over zijn werk denkt.'

Dat wist ik dus niet. Ik was teleurgesteld – en nog steeds geen woord van Mort Russell. Maar Helen had gebeld terwijl ik sliep. Ik was geroerd door haar bezorgdheid. Tot ik ontdekte dat die er niet was. Het enige wat ze had geprobeerd te doen was sexy surfers met Emily bespreken. 'En ze wilde me niet geloven toen ik zei dat ik er niet een kende!'

Terwijl we door de heerlijke avond naar Beverly Hills reden, kwamen we langs een opstootje voor een kleine winkelgalerij. Twee jongens werden gearresteerd. Ze hadden hun handen op het dak van de politiewagen en een brigadier fouilleerde hen, terwijl de ander met handboeien zwaaide, klaar voor gebruik. Ik had nog nooit eerder iemand gezien die werd gearresteerd. Het gaf me een licht gevoel van opwinding, waarover ik me meteen schaamde.

Het restaurant was voornamelijk buiten, de tafels stonden onder een leuk groen met wit gestreepte luifel, afgescheiden van de straat door een wit hekwerk. Nadia en Lara zaten al op ons te wachten. Toen Emily en ik tussen de tafeltjes door liepen om bij hen te komen, kreeg ik het gevoel dat er iets raars aan de plek was, maar ik kon er mijn vinger niet op leggen, tot Justin arriveerde, Desiree trippelend naast hem.

'Hartstikke bedankt, jongens.' Justin keek Lara en Nadia met opeen geperste lippen aan. 'Jullie hebben me uitgenodigd in een restaurant voor lesbiennes. Ik had gelyncht kunnen worden.'

En toen besefte ik wat er zo vreemd was: er zaten alleen maar vrouwen. Justin was letterlijk de enige man. Plotseling begreep ik de openlijke blikken, de twee knipoogjes en de ene brede glimlach die ik had gekregen. En ik was ziek van ongerustheid: had ik er verkeerd aan gedaan ze een knipoog terug te geven? Giechelig bekende Nadia dat het haar idee was geweest om hierheen te gaan. 'Ik ben dol op deze plek. Is het niet geweldig?'

'Geweldig,' mompelde Justin somber. 'Laten we gaan eten.' Terwijl hij het menu bestudeerde, keek hij af en toe rond met een blik van 'ik ben gewoon een inwisselbare dikke jongen, jullie hebben van mij niets te vrezen', maar hij kon zich niet ontspannen.

We bestelden, en iedereen behalve ik, vroeg om dingen die of niet op het menu stonden of dingen die naar hun persoonlijke wens moesten worden aangepast. Toen, net op het moment dat ik op mijn eten wilde aanvallen, bevroor de vork in mijn hand toen ik iets zag dat niet bij de rest van de wereld paste. Een vrouw, haar hele hoofd en gezicht in verband gewikkeld, werd door een jongere vrouw over de stoep geleid. Toen ze dichterbij kwamen, hoorden we het meisje mompelen: 'Goed, mam, er komt een tree aan. Nog twee stapjes, dan weer naar beneden. Goed, hier is de auto.'

Ze stopten bij een auto die een paar meter van onze tafel geparkeerd stond. Zwijgend sloegen we de vrouw gade die blind en passief bleef staan, wachtend tot het portier werd opengedaan.

'Wat is haar overkomen?' mompelde ik misselijk. 'Ze ziet eruit als een brandslachtoffer.'

Ik kreeg onmiddellijk toegeeflijke lachjes van de anderen. Zelfs Desirees oogjes keken vriendelijk en geamuseerd.

'Plastische chirurgie,' zei Lara, *sotto voce*. 'Ziet eruit alsof ze haar hele hoofd heeft laten liften.'

'Echt?'
'Natuurlijk.'
Maar waarom niet? LA was een tempel voor schoonheid, en elke krant die ik had opengeslagen dwong me om die zadeltassen onder mijn ogen te laten leegzuigen, elk haartje op mijn lichaam met laser te laten wegbranden, die slappe jukbeenderen met collageeninjecties te laten opvullen. (En wie zat ermee dat die collageenkussentjes na zes maanden naar je kin waren gezakt zodat je eruitzag als de 'Elephant Man' en dat je liposuctie op je collageen moest laten toepassen?)

'Rustig aan, mam.' De vrouw werd vriendelijk naar de passagiersstoel geleid, maar ze boog haar hoofd niet diep genoeg en stootte haar gezicht tegen de rand van de portieropening. Een zachte kreet ontsnapte aan haar mondspleet, en het hele restaurant zat spontaan van schrik met de ogen te knipperen. Iedereen was gestopt met eten.

Toen was de vrouw binnen. Terwijl haar dochter om de auto naar de bestuurderskant liep, zat zij in de auto en zag eruit als *Return of the Mummy*. Ik moest, gezien Lara's nepborsten, voorzichtig zijn met opmerkingen over plastische chirurgie, maar *hoe* moest dat gezicht er onder dat verband uitzien? Een rauwe wond? Ik kon me niet inhouden. 'Het ziet er barbaars uit.'

'Hé!' Lara schudde speels mijn arm. 'Doe niet zo mal. Ze is gelukkig. Ze zal een paar dagen in bed moeten liggen, en daarna zal ze een feest geven om haar nieuwe gezicht te vieren.'

'En haar dochter dan?' Ik weet eigenlijk niet wat ik daarmee bedoelde. Ik dacht alleen dat het verschrikkelijk voor haar moest zijn om haar moeder in die toestand te zien.

'Maak je over haar maar geen zorgen!' troostte Emily. 'Ze zal snel genoeg weer opgeknapt zijn. In Beverly Hills High krijgen ze voor hun zestiende verjaardag een neusverandering cadeau!'

'Ik heb mijn neus ook laten doen,' kondigde Nadia trots aan. 'Niet alleen voor mij, maar ook omdat mijn kind dan met een fantastische neus geboren zal worden.'

Een verlammende stilte daalde neer. Desiree sprong van haar stoel en trippelde weg. Lara glimlachte naar me, maar ze zag er een beetje misselijk uit.

'Wat? WAT?' Nadia had de stemming doorbroken en keek ons om beurten aan. 'Wat heb ik gezegd?'

Toen: 'O, ik snap het. Het komt doordat ik lesbisch ben. Jullie denken dat een lesbische vrouw geen kinderen kan krijgen. Nou, denk eens even na, zeg.'

'Spermadonors!' verklaarde Emily, en vervolgens praatte iedereen door elkaar, iets te enthousiast.

20

Er was iets dat ik was vergeten op mijn lijstje met slechte kanten van Garv te zetten. Wat was het nou toch? Lege sappakken in de koelkast zetten? 'Zeker' uitspreken als 'sjeker'?
Nee, dat was het niet, het was:

7. *Kinderen willen toen ik er bang voor was.*

Claire had het over geld gehad toen ze opmerkte dat konijnen bijna net zo erg waren als kinderen. *Natuurlijk* had Garvs liefde voor Huppeltje en Renner iets te maken met kinderen willen hebben. Zelfs een amateur psycholoog die voor zijn examens was gezakt had dat eruit op kunnen maken. En ik wist het zelf ergens ook wel, ook al deed ik mijn best het *niet* te weten.

Voordat Garv en ik trouwden, hadden we het onderwerp besproken en besloten dat, hoewel we beiden kinderen wilden, we ook nog eerst een paar jaar samen wilden blijven. Dat vond ik prima, want met vierentwintig jaar voelde ik me nog te jong voor het moederschap. (Ook al kende ik genoeg vrouwen van die leeftijd die al meerdere kinderen hadden; de enige verklaring die ik kon bedenken was dat ik te onvolwassen was.)

Het punt was – en ik ben de eerste geweest om het toe te geven – dat ik doodsbang was om een baby te krijgen. En ik was niet de enige. De meesten van mijn vriendinnen dachten er hetzelfde over, en we hebben vele prettige uren doorgebracht met gesprekken over een natuurlijke bevalling. Af en toe hoorden we een horrorverhaal over een of ander meisje – een verre nicht, iemand met wie iemand van ons werkte, niet iemand zoals *wij*, als je begrijpt wat ik bedoel – die onlangs zonder verdoving een baby had gekregen. Of verhalen over aardige, normale vrouwen die al maanden weeën hadden gehad, maar toch te laat in het ziekenhuis kwamen en een baby van achteneenhalf pond hadden gekregen zonder zoiets als een sinasprilletje om de ergste pijn te onderdrukken. Dergelijke gesprekken kwamen abrupt tot een eind als iemand riep: 'Hou op! Ik val flauw!'

Maar de inkt op mijn trouwpapieren was nauwelijks goed en wel opgedroogd toen zowel Garv als mijn ouders de Zwangerschapsklok vierentwintig uur per etmaal in de gaten begonnen te houden. Franse kazen werden ver uit mijn buurt gehouden. Als ik ook maar een boertje liet (niet dat ik dat ooit in aanwezigheid van zijn ouders durfde te doen), veroorzaakte dat een Mexicaanse golf van verheugde, wetende wenkbrauwen die werden opgetrokken. Wanneer ik een verkeerd mosseltje at en twee dagen kotsmisselijk op de badkamervloer lag, begonnen ze zo ongeveer al sokjes te breien. Hun verwachtingen gaven me een gevoel van paniek – en verbolgenheid. Het feit dat ik nooit iets verkeerds had gedaan betekende niet dat ik mijn bedenkingen zou laten varen om hen een plezier te doen.

'Ze kunnen het niet helpen,' zei Garv. 'We zijn toevallig de eersten in beide families om kinderen te krijgen. Gun ze die lol.'

'Komt het wel allemaal goed?' vroeg ik bezorgd, gekweld door beelden van mijn schoonouders die me vasthielden en me impregneerden met behulp van een kalkoenbedruiper.

'Het komt allemaal goed,' verzekerde hij me.

'Alles?'

'Alles.'

'Echt helemaal *alles*?' (Je weet wel hoe je soms kunt zijn.)

'Helemaal alles.'

En ik geloofde hem. Broedsheid was een van die dingen, dat wist ik zeker, die ergens in Mijn Verre Toekomst thuishoorden. Een verandering die zich na verloop van tijd automatisch voordoet; zoals ineens in pubs willen zitten, terwijl staan, geduwd en gepord worden, jarenlang prima was geweest – zelfs *plezierig*. Ik had het bij andere mensen zien gebeuren – ik zag niet in waarom het mij niet zou overkomen.

We waren nog niet zo lang getrouwd toen we naar Chicago verhuisden, en plotseling studeerde ik 's avonds en we maakten allebei lange dagen, in een poging hoger op onze carrièreladder te komen. Kinderen krijgen was er niet meer bij geweest; we hadden amper de tijd of de energie om het arme kind te verwekken, laat staan ervoor te zorgen.

Toen kwam het verbazingwekkende nieuws uit Londen: Claire was zwanger. Aan de ene kant was het een zegen, omdat mijn moeder haar langverwachte kleinkind zou krijgen en de druk van mij af zou zijn. Maar aan de andere kant voelde ik me bijzonder overweldigd. Het was Claires taak mijn ouders tot handenwringende wanhoop terug te brengen; het was mijn taak hen te behagen. Ineens gaf ze dag en nacht over en zaagde ze mijn zeer-fatsoenlijk-gedragende-dochter benen onder me vandaan.

En Claire was een van de grootste feestbeesten van onze tijd geweest, dus wat had haar ertoe gedreven een kind te krijgen? Ik vroeg het haar in de hoop dat ze zou bekennen dat James, haar man, had gezegd dat het een goede belastingaftrekpost zou zijn. (James was zo'n soort man. Het was een godsgeschenk toen hij een affaire had en haar verliet.) Maar het hardste feit waarmee ze op de proppen kwam was dat het 'goed voelde'. Deze opmerking beviel me wel: het 'voelde goed' voor een wilde vrouw als Claire, dus zou de tijd dat het voor mij 'goed voelde' ook vast wel komen.

Een paar dagen voordat Claire was uitgerekend, was ik toevallig een dag in Londen voor mijn werk. Ik had haar maanden niet gezien omdat ik in Chicago woonde, en toen ze me van het metrostation afhaalde, herkende ik haar nauwelijks. Ze was gigantisch, en vast de zwangerste persoon die ik ooit had gezien – en ze was trots, enthousiast en wilde me dolgraag bij het hele proces betrekken. Zodra we in haar flat waren, beval ze vrolijk: 'Kijk naar me, ik ben *enorm*!' Toen rukte ze haar trui omhoog en gaf me de volledige frontale aanblik.

Ik was blij om haar geluk, maar toen ik naar haar omvangrijke, blauwgeaderde buik keek, voelde ik me een beetje misselijk worden bij de gedachte dat er een menselijk wezen in zat. Maar wat me nog misselijker maakte, was dat het eruit moest, door een uitgang waar het duidelijk veel en veel te groot voor was.

Ik vroeg me af wat Moeder Natuur daarbij had gedacht? Het proces van zwangerschap en geboorte was kennelijk een van haar mindere ideeën geweest – het biologische equivalent van in een hoek gedreven zijn.

Maar een van de voordelen van in de buurt zijn bij een hoogzwangere vrouw was dat haar flat vol voedsel was. Troostvoedsel – een oud koekblik was Aladdins grot van verschillende soorten chocoladerepen, en er was een vriezer volgestouwd met ijsjes.

We parkeerden ons voor het koekblik en aten ons stampvol (dit kostte geruime tijd), daarna konden we alleen nog maar op haar bed gaan liggen om tv te kijken. Maar voordat we dat deden, trok Claire haar trui uit. En waarom niet? Het was haar huis. En waarom zou ze het vervelend vinden om zich in mijn bijzijn uit te kleden? Ik bedoel, ik ben haar *zus*. Maar terwijl ik mijn nek uitrekte om over haar buik heen het scherm te kunnen zien (anders gezegd, als het een ondertiteld programma was geweest, had ik het absoluut niet kunnen volgen), probeerde ik de kolossale buik te negeren, die op en neer rees met haar ademhaling. Ik begon te wensen dat we in Victoriaanse tijden leefden. Er valt een hoop te zeggen voor ingetogenheid.

'Ik had die een na laatste Bounty niet moeten eten. De baby heeft de hik,' zei ze vertederd. En werkelijk, voor mijn verbaasde ogen zag ik haar buik met ritmische rukjes samentrekken. 'Wil je het voelen?' vroeg ze. Als ze me had gevraagd of ik mijn hand in een keukenmachine wilde steken, was ik net zo enthousiast geweest – *meer*, waarschijnlijk – maar ik kon geen enkele manier bedenken om het te weigeren zonder beledigend te zijn.

Ik stak mijn hand uit en liet hem leiden, en toen ze hem op haar buik legde, trok er een rilling door mijn arm naar mijn schedel. Ik kon er niets aan doen, maar ik had liever de ingewanden uit een kalkoen gehaald.

Ze verschoof mijn hand over een hobbeltje. 'Voel je dat? Dat is haar hoofd,' zei Claire, en ik kon nog net een snik onderdrukken.

En alsof dat allemaal nog niet erg genoeg was, zei Claire doodleuk: 'Ze kan nu elk moment geboren worden.'

Het zweet stond op mijn voorhoofd. *Niet vanavond, God*, bad ik. *Alstublieft, God, laat haar niet vanavond ter wereld komen.*

Claire had altijd gezworen dat als ze ooit 'de pech' (haar woorden) had een kind te moeten baren, ze meteen zou beginnen heroïne in te spuiten zodra haar water brak. Maar toen ik behoedzaam vroeg wat voor middelen ze in huis had om de barenspijn te verlichten – Pethidine? Heroïne? – schudde ze haar hoofd, en zei: 'Nada.' De afschuw moet op mijn gezicht te zien zijn geweest, want ze brulde van het lachen, en verklaarde: 'Deze baby krijgen is het opwindendste wat me ooit is overkomen! Ik wil het bij mijn volle bewustzijn ondergaan.'

Kennelijk was ze overgestapt naar de schaduwzijde der dingen – wat ik vreemd geruststellend vond. Als iemand als Claire erover dacht op een natuurlijke wijze te bevallen, dan was er hoop voor een angsthaas zoals ik.

Hoe dan ook, de volgende ochtend was ik voor dag en dauw wakker en al een uur aangekleed voordat ik moest vertrekken, en zelfs de verleidingen in het koekblik konden me niet overhalen nog wat langer te blijven. Claire liep geeuwend in de flat rond, en mompelde tegen zichzelf: 'Ik ben er klaar voor.' Uiteindelijk schommelde ze naar de auto om me naar de ondergrondse te brengen, en toen ik het station zag, maakte het gevoel van opluchting dat ik me licht in mijn hoofd voelde. Lang voordat de auto tot stilstand was gekomen, had ik het portier al open en mijn voet op de weg, de vonken sloegen uit mijn hak. Terwijl ik eruit sprong, riep ik: 'Bedankt voor alle chocola en veel sterkte met de folterende pijn van de bevalling.'

Ik had dat niet willen zeggen. Ik deed nog een poging: 'Eh, sterkte met de bevalling.'

Ze kreeg de baby twee dagen later, en hoe ik het ook probeerde, ze wilde niet toegeven dat het erg veel pijn had gedaan. Toen pas besefte ik dat er een soort samenzwering aan de gang was. Wanneer ik ook maar probeerde een vrouw uit te horen die een baby had kregen, om mij tot in de details over pijn, pijnstillers en dergelijke in te lichten, ging ze er niet op in. In plaats daarvan zei ze dromerig: 'Ach ja, ik geloof dat het wel een beetje pijnlijk was, maar daarna heb je een baby. Ik bedoel, een BABY. Je hebt nieuw leven geschapen, en dat is wonderbaarlijk!'

Ik verwachtte dat mijn angst op den duur wel zou verdwijnen, dat ik eroverheen zou komen. Dus zei ik tegen mezelf dat ik rond mijn dertigste een kind wilde krijgen. Gedeeltelijk, vermoed ik, omdat ik dertig nog zo ver weg vond dat het misschien nooit zover zou komen.

21

'Terwijl de crisis in Santa Monica zijn tweede dag ingaat...' ik werd wakker met mijn gebruikelijke schrikreactie op het geluid van Emily die tegen zichzelf praatte, '... zijn de omstandigheden in het huis slecht. Moreel is laag onder de gijzelaars...'

Ik begreep dus dat Mort Russell niet midden in de nacht met een contract onder zijn arm voor de deur had gestaan.

Maar vlak nadat ik was opgestaan, belde er iemand op. Iemand die Emily veel liet giechelen, en met haar vinger in de lucht prikken terwijl ze met hem praatte. Het was Lou, de jongen die ze had ontmoet tijdens het etentje waar de orgaan-verzamelende knaap haar begeleider was geweest.

'Ik ga vanavond met hem uit eten,' zei ze, nadat ze eindelijk had opgehangen. 'Het heeft bijna twee weken geduurd voordat hij belde. Hij heeft me er geen verklaring voor gegeven, maar het kan me niet schelen. Ik ga met hem uit, heb seks met hem en daarna hoor ik nooit meer wat van hem. Dat,' zei ze tevreden, 'zal mijn gedachten afleiden van Mort Russell.'

Ik staarde door het raam naar buiten.

'Waar kijk je naar?' vroeg ze.

'Curtis. Hij zit weer klem.' Ik bleef nog even staan kijken. 'Ze roepen onze hulp in.'

'O, godallemachtig!'

Nadat we hadden geholpen Curtis te bevrijden – deze keer had hij geprobeerd uit de auto te klimmen, niet erin – gingen we weer naar huis. Ik had een vaag plan om naar het winkelcentrum in Santa Monica te gaan – mijn knieën zagen er nog steeds raar uit onder de spijkerrok –

toen ik zag dat Emily een lading schoonmaakartikelen onder het aanrecht vandaan haalde en rubberhandschoenen aantrok. Huishoudelijk werk! Waaraan ik me, gezien mijn gratis onderdak, verplicht voelde te helpen. Of het althans aan te bieden – in de hoop dat ze nee zou zeggen. Maar tot mijn teleurstelling zei ze: 'Als je het niet erg vindt, de vloer kan wel een dweilbeurt gebruiken.'

Ach, nou ja, het was een goede oefening voor me. Terwijl ik een emmer met water en een schoonmaakmiddel vulde, verzuchtte Emily: 'Bedankt. Conchita komt maandag. Ik wil dat het er voor haar netjes uitziet.'

'Wie is Conchita?'

'Mijn werkster. Komt om de veertien dagen. Wordt gek als het huis niet schoon is.'

Het was niet nodig om dit stukje schijnbare onlogica tegen te spreken. Ik ken niemand die niet schoonmaakt voor de werkster komt. Ik begon de houten vloer met een mop te bewerken en zweette als een otter toen de voordeur opening en Troy binnenkwam.

'Pal over mijn mooie, schone vloer,' mopperde ik.

'Oeps! Sorry.' Hij lachte zacht, maar hij klonk een beetje opgejaagd. 'Raad eens?'

'Wat?' Emily was binnengekomen.

'Cameron Myers!'

Cameron Myers was een hoge piet van een bespreekbureau. Jong en knap.

'Wat is er met hem?'

'Je weet toch dat ik gisteravond Ricky de producer heb ontmoet? Nou, ik ben bij hem thuis en Cameron Myers komt op bezoek! Blijkt dat Ricky een oude vriend van Cameron is. Maar nu komt het beste deel. Ik vertel Cameron hoe ik heet en hij zegt: "Heb jij *Free-Falling* geregisseerd?"' Een snelle blik naar mij – 'Dat was mijn eerste film, Ierse. Daarna zegt hij dat het treffend was!'

Emily werd hysterisch en ik deed mijn best haar te evenaren, maar Troy legde ons het zwijgen op. 'Het wordt nog beter. Vandaag is hij jarig, en hij heeft het penthouse in de Freeman afgehuurd om zijn huisvrienden te ontvangen. En nu wordt het helemaal *steen*goed – hij zei dat ik langs moet komen. En iemand mee kan nemen!'

Hoop stak vanbinnen de kop op. Ik voelde mijn schouders spannen en mijn hele lichaam bewoog naar voren...

'Wat denk je ervan, Emily? Je zou daar best wat mensen kunnen ontmoeten. Sorry, Ierse,' hij hief hulpeloos zijn armen, 'ik mag maar één persoon meenemen.'

Het gevoel van verslagenheid was acuut, maar in een onverwachte omkering van geluk schudde Emily haar hoofd. 'Ik kan niet. Ik heb al een afspraak.'

'Een afspraak?' Troy staarde haar aan, onthulde vervolgens zijn perfecte tanden in een verbaasde lach. 'Wie *is* die knaap dat je een verjaardagsfeestje van Cameron Myers afslaat?'

'Niets bijzonders, maar ik heb schoon genoeg van al dat filmgedoe.'

Troy keek haar vragend aan en Emily trok een verontschuldigend gezicht. 'Misschien ben ik gewoon niet goed genoeg voor deze stad.'

Een paar seconden was het stil, toen concludeerde Troy: 'Of misschien ben je toe aan een dagje vrij.'

'Bedankt,' zei ze, lichtelijk vermoeid. 'Waarom neem je Maggie vanavond niet mee?'

'Zou je mee willen?' Hij klonk verrast, zelfs nederig – wat mij juist verraste en vervolgens ontroerde.

'Ja.'

'Je bedoelt dat je met mij alleen uit wilt?'

Als je dat gedoe op mijn been weer doet. Maar dat zei ik natuurlijk niet.

'Heeft Emily je niet voor mij gewaarschuwd?' Nu maakte hij een grapje. En flirtte. 'Ik ben puuuuur slecht.'

'Ik neem het risico,' zei ik, en wou dat ik niet zo preuts klonk.

'Geweldig.'

'Hoe is Cameron Myers?' vroeg ik.

'Mmm,' zei Troy bedachtzaam. Zijn ogen dwaalden naar het plafond terwijl hij nadacht. 'Eens kijken. Hoe is Cameron Myers?' De aftastende stilte duurde nog een poosje voort, vervolgens kwam Troy tot een conclusie. 'Klein! Ik haal je om acht uur af.'

Zodra de deur achter hem dicht was, vatte ik al mijn hoop en angst in een zin samen: 'Ik moet mijn haar laten föhnen.'

Maar ik wist Dino's adres niet. Trouwens, ik kon me hem niet permitteren.

'Ga naar de hoek, naar Reza,' zei Emily. 'Ze is zo gek als een deur, maar ze voldoet in een noodgeval.'

Ik haastte me naar het eind van de straat, waar een kleine kapsalon

tussen twee andere zaken zat geperst. De salon was leeg, op een fantastische, exotisch uitziende vrouw van onbestemde leeftijd na. Knotsgekke Reza? Pikzwart geverfd haar golfde op haar schouderbladen en vele gouden kettingen nestelden zich in haar gerimpelde decolleté. Ze staarde me aan, alsof ik haar dodelijk had beledigd, toen ik haar vroeg of ze wat tijd voor me had, en verbaasde me door te zeggen: 'Nu!'
'Nee?' Had ik het verkeerd verstaan?
'Nee! Nu!'
'O... fijn.'
'Ik ben Reza,' verklaarde ze.
'Maggie.'
Ik legde uit dat ik mijn haar glad, vol en glanzend wilde hebben. Reza tuitte haar rode lippen, en zei, met een interessant accent: 'Je hebt beroerd haar. Vet...?' Met brede handgebaren zocht ze naar het juiste woord.
'Dik?' schoot ik te hulp.
'Grof!' concludeerde ze triomfantelijk. 'Het ergste soort. Het is erg moeilijk dit beroerde haar glanzend te krijgen. Maar ik ben sterk!'
Fantastisch.
De wasbeurt die ze me gaf was zo grondig dat het me verbaasde dat ze geen druppel bloed onder haar nagels had. 'Sterke handen,' grijnsde ze grimmig, en begon me vervolgens een whiplash te bezorgen terwijl ze mijn haar intensief met een handdoek droogwreef.
Toen ze de droger te voorschijn haalde – waardoor ze me om een of andere reden aan een houthakker deed denken die op het punt stond een boom met een kettingzaag om te zagen – vroeg ze uit welke godvergeten plaats ik hier was beland, en nog wel met zulk afgrijselijk haar.
'Ierland.'
'Iowa?'
'Nee, Ierland. Een land in Europa.'
'Europa,' zei ze verachtelijk. Ze had net zo goed 'Poeh!' kunnen zeggen.
'En waar kom jij vandaan?'
'Perzië, maar we zijn geen stomme Perzen. We zijn Bahai. We bemoeien ons niet met die stomme politieke toestanden, we houden van iedereen. *Nee!*' Ze bleek naar een meisje te schreeuwen dat bij de deur was verschenen. 'Vandaag geen afspraak! We zitten *helemaal vol!*'
Verpletterd verdween het meisje weer, en zonder adem te halen

wendde Reza zich weer tot mij. 'We respecteren alle mensen, rijk, arm, zwart, wit. Hou je stomme hoofd stil! Je hebt van dat *beroerde* haar!'

Tijdens het volgende halfuur lag mijn oor meer dan eens tegen mijn schouder gedrukt terwijl ze enig model in mijn beroerde haar probeerde de duwen en te trekken. Ten slotte, toen mijn nek aanvoelde alsof hij door een baseballslaghout was bewerkt, zette Reza de droger uit en draaide me naar de spiegel. 'Kijk maar.' Ze kon haar trots niet verhullen. 'Het is goed. Ik ben sterk!'

En mijn haar *was* aardig. Behalve mijn pony. Hoe het haar was gelukt weet ik niet, maar die stond bol, alsof het haar rond een sausijsje was gerold. Maar ik zag er niets in om erover te beginnen, ze zou beslist mijn beroerde haar de schuld geven.

Toen kwam het delicate punt van betalen, en ze bleek verrassend duur. Misschien moest je meer betalen als je haar zo beroerd was als het mijne.

'Goed,' verzuchtte ik, en pakte mijn Visa-kaart – die energiek van de hand werd gewezen. 'Stomme creditcards,' mopperde ze. 'Alleen handje contantje.'

Vervolgens nog meer gemopper over 'stomme belasting', en ik overhandigde haar enkele bankbiljetten en vertrok.

Onderweg naar huis drukte in mijn pony plat tegen mijn voorhoofd, en had de pech door Ethan te worden opgemerkt, die een raampje opendeed, en gilde: 'Hoi, Maggie! Je pony ziet er een beetje vreemd uit.'

Binnen enkele seconden stonden alle drie de jongens buiten en bekeken me.

'Je ziet eruit als Joan Crawford,' concludeerde Curtis.

'En jullie zien eruit als suikerspinnen, maar ik ben te beleefd om het te zeggen,' antwoordde ik. Voordat ik zelfs maar de tijd had om verbijsterd te zijn over mijn grofheid, BRULDEN ze allemaal van het lachen, en Luis had een plan om me te helpen.

'Je moet het haar plat maken en plat houden. Kom binnen.'

Een van de kenmerken van deze vreemde post-Garv-tijd was dat ik geen kracht leek te hebben om dingen te weigeren die ik niet wilde doen. Ik werd meegenomen naar hun duistere, stinkende huis en liet Luis een fietsbroek strak rond mijn hoofd binden. Het enige pluspuntje was dat het een nieuwe was, zo uit het pakje. Ethand vertelde me dat ze die dingen altijd in voorraad hadden, voor het geval een van hen geluk had met een meisje.

'Hou hem op je hoofd tot je vanavond uitgaat,' adviseerde Luis.
Ik bedankte ze – ik bedoel, wat had ik anders kunnen doen? – en ging naar huis, de pijpen van de broek bungelden op mijn rug. Toen ik binnenkwam keek Emily op van haar laptop, en zei: 'Jezus, Reza heeft ze nu echt niet meer bij elkaar.'

En nog steeds geen woord van Mort Russell. Emily liet haar schrijfwerk voor wat het was, neuriede zachtjes voor zich heen, rommelde rond in het huis, poetste spiegels op, lakte haar nagels. Af en toe stopte ze bij de telefoon, en krijste: 'Bel dan, klootzak! Bel, BEL, BEL!!!' Vervolgens neuriede ze rustig verder.

Ondertussen maakte ik me druk over wat ik naar het feest aan moest trekken, en vroeg me af of ik naar Santa Monica moest racen en proberen iets nieuws te kopen, maar ik was me maar al te bewust van de eerste wet van winkelen en wist dat ik geen hoop had.
'En dat geborduurde spijkerrokje dan?' opperde Emily.
'Kan niet, daaronder zien mijn knieën er raar uit.'
'Niet waar.'
'Wel waar.'
'Pas het aan en laat het me zien.'
'Kom mee naar mijn kamer.'
Negenentwintig seconden later was een verblufte Emily gedwongen toe te geven: 'Christus, het is waar. Ik weet niet hoe het komt. Normaal zien je knieën er goed uit.'
Ze begon in de tas op de vloer te rommelen, bekeek mijn kleren, en merkte op: 'Dat is een leuke rok... ik heb dat T-shirt in roze.' Ze wachtte even, en kreunde. 'God, deze zijn schitterend.' Ik keek. Ze had mijn turquoise sandalen gevonden en trok ze onder een stapel sokken vandaan. 'Schitterend. En ze zijn nieuw. Kijk nou, het prijsplakkertje zit er nog op. Waarom heb je ze nooit gedragen?'
'Ik heb op de juiste gelegenheid gewacht.'
'Wat neem ik aan vanavond is.'
'Eh, nee. Niet vanavond.' Bij het zien van haar scherpe blik, verklaarde ik: 'Ze zijn hoog en ongemakkelijk. Ik wil vanavond ontspannen zijn.'
Ik wist niet zeker of ze me geloofde, maar ze liet het erbij.

Op de een of andere manier leek de dag eindeloos te duren, maar hij ging ook snel voorbij. Elke afzonderlijke seconde duurde geruime tijd, toch was het opeens halfzes – te laat om nog iets nieuws te kopen. Emily had met David gesproken, die had gezegd dat Hothouse het script kennelijk serieus nam, dat de tijdsduur betekende dat Mort het met zijn superieuren besprak. Maar Emily was niet te overtuigen geweest.

'Hij heeft nog niet eens een gerucht verspreid,' zei ze triest. 'Ik heb gezien wat er gebeurt wanneer een dergelijke publiciteitsstunt wordt uitgehaald. De agent belt 's morgens naar de uitvoerend producent en legt hem het vuur zo na aan de schenen dat hij tegen lunchtijd twee miljoen dollar heeft gedokt. Vaak zonder zelfs het script te hebben gezien.'

'Ik geloof je niet.'

'Ik zweer het bij god. Ik kan je zo vier afzonderlijke gevallen noemen waarbij een studio heeft betaald zonder een woord te hebben gelezen. De agent bood hen een uur de tijd om een bod te doen. Ze kwamen allemaal over de brug – te bang dat iemand anders de kans zou krijgen.'

'Maar wat als het een slecht script is?'

'Dat is het vaak, maar tegen de tijd dat de studio dat ontdekt, hebben ze al twee miljoen dollar voor een mislukking betaald, en dan is het te laat. De schrijver ligt in de Cariben in de zon en is al bezig met zijn volgende project.'

'Dat is krankzinnig.'

'Het is een krankzinnige stad. Hoe dan ook, ik kan net zo goed proberen van mijn weekend te genieten,' zei ze verstandig. Daarna verborg ze haar gezicht in haar handen en krijste: 'Ik kan het verdomme niet langer verdragen.' Ze kwam met een beverige glimlach weer te voorschijn. 'Wacht even. Goed, waar is mijn make-uptasje? Kom hier, zodat ik je gezicht kan doen.'

'Maar je bent al laat voor je afspraak.'

'Ach, het net zo makkelijk om twee mensen op te maken als een. En jij gaat niet iedere avond naar het verjaardagsfeest van een filmster, en nog wel in het penthouse van het beroemdste hotel van LA.'

Toen ze het zo zei... 'Luister, weet je *zeker* dat je niet wilt gaan?'

'Heel zeker. Er is een goede kans dat ik vanavond door iemand word versierd. Beter één vogel in de hand, en zo. Weet je wel zeker dat *jij* wilt gaan? Je lijkt niet bepaald enthousiast.'

Ze had gelijk. Naar het verjaardagsfeestje van Cameron Myers gaan was zoiets als een droom die uitkwam, maar ik was niet zo verrukt als ik zou moeten zijn. Als ik eens zou zijn geweest. Ik voelde me beschaamd over mezelf. De enige keer dat ik onlangs in de buurt van enthousiasme was geweest, was tijdens Het Gesprek van Emily – en ik begon me af te vragen of ik me had vergist.

'Ik schijn me op het moment niet goed te kunnen amuseren. Alles, zelfs iets gigantisch, is een beetje afgevlakt.'

'Je bent gedeprimeerd. Dit hele gedoe heeft zijn tol van je geëist. Dat is ook logisch.'

'Het deel dat ik het leukste vind is dat ik met Troy uitga,' bekende ik.

'Het is geweldig dat hij je heeft meegevraagd,' beaamde ze. 'Anders had hij Kirsty misschien gevraagd met hem mee te gaan.'

'Dat kreng!' riep ik uit. 'Ik heb je nog niet eens verteld wat ze op het feest tegen me heeft gezegd...'

Ik vertelde het verhaal, terwijl Emily haar gebruikelijke stunt met de make-up en haarstukken en andere dingen uithaalde. Ik had uiteindelijk dezelfde zwarte jurk aan die ik naar het feest van Dan Gonzalez had gedragen – maar Emily deed iets met me met een chiffon sjaal en zei dat ik er fantastisch uitzag. Toen kwam het ogenblik van de waarheid: we haalden eindelijk de fietsbroek van mijn hoofd – en mijn pony was zo plat als Holland. Ik stond in het krijt bij die jongens.

Om halfacht klikklakte Emily naar de deur, een geurig, glinsterend visioen, ze wachtte, en kwam weer naar me terug. 'Alleen voor het geval je hoopt koestert... over Troy. Eén woord van advies: menselijk teflon.'

'Dat zijn twee woorden.'

'Fantastisch om in de buurt te hebben, maar... hij is geen blijvertje. Amuseer je, maar verwacht niets. Beloofd?'

Ik beloofde het, en vergat het prompt. Ik moest genieten zolang er iets te genieten viel.

22

Het Freeman was nieuw, het chicste hotel in een stad die vol was met chique hotels. We kwamen amper de lawaaierige lobby binnen, zo volgestouwd met mensen was het die daar iets dronken in afwachting van het diner. Iedereen zag er verbazingwekkend aantrekkelijk uit – en de meesten van hen waren personeelsleden. Het duurde geruime tijd om iemands aandacht te trekken – Troy mompelde dat ze niet waren ingehuurd vanwege hun bekwaamheid – maar uiteindelijk werden we naar een speciale lift verwezen, die werd beheerd door twee uitsmijters die ons op camera's en bandrecorders fouilleerden.

De lift schoot ons rechtstreeks naar de bovenste etage, wat mijn al opstandige maag geen goed deed. En toen de liftdeuren opengingen, direct in het penthouse, werd ik bijna sneeuwblind. Het was allemaal wit. Witte muren, wit vloerkleed, witte tafels en grote witleren banken. Ik kreeg een doodschrik toen ik een ontlichaamd blond hoofd halverwege de lucht boven een van de banken zag zweven – toen besefte ik dat het gewoon een meisje was wier witleren catsuit wegviel tegen de achtergrond van de witleren bank.

Troy en ik stapten zwijgend uit de lift en wisselden een nerveuze glimlach. 'Waar is Cameron?' mompelde hij.

Ik keek om me heen: er was slechts een tiental mensen, maar ik had nog nooit zo'n gecondenseerde distillatie van schoonheid gezien. Het was alsof ik midden in een aflevering van *Beverly Hills 90210* liep – meisjes die veel bruin bloot vlees lieten zien en jongens met rechte tanden en opmerkelijk goed geknipt haar, allemaal lachend met een glas martini in de hand. *Wat doe ik hier in godsnaam?*

Dit gevoel werd versterkt toen mijn blik door het vertrek schoot en op Cameron Myers bleef rusten. En ik moet zeggen, ondanks mijn onvermogen om ten volle gebruik te maken van mijn enthousiasme-faciliteit, dat ik een beetje duizelig en zweverig werd, alsof er net een vliegtuig rakelings langs mijn hoofd was gescheerd. Hij zat geknield voor een groot wit gat in de muur, een ultramoderne open haard.

'Hé!' Hij krabbelde overeind toen hij Troy en mij zag – en ik moet zeggen dat hij er veel kleiner en snoeperiger uitzag dan op het witte doek.

'Je bent gekomen!'

'Wel gefeliciteerd, man. Bedankt voor de uitnodiging. Dit is Maggie.'

'Hallo.'

Ik was bijna op ooghoogte met Cameron Myers' volmaakt symmetrische gezicht, met het witblonde haar, de blauwe ogen en de strakke, egaal bruine huid. Hij was bijna zo vertrouwd als een van mijn familieleden, en toch...

Wacht maar tot ik het ze thuis vertel. Ze zullen me nooit geloven.

Ik besefte dat ik hem aanstaarde, dus stak ik hem vier oranje orchideeën toe. 'Deze zijn voor jou.'

Hij leek oprecht geroerd. 'Je hebt bloemen voor me gekocht.'

'Het is toch je verjaardag.' Ik gebaarde naar het vertrek. 'Het spijt me dat ze niet wit zijn.'

Hij lachte een lief lachje, en ik kreeg de neiging hem onder mijn arm te nemen en hard weg te hollen en niet te stoppen tot ik hem veilig in een kooitje had opgesloten. Hij was zo lief, net een jong hondje.

'Er zijn ijskoude drankjes in de keuken. Bedien jezelf.'

'Ik zal ze halen,' zei Troy, waarna hij wegliep en mij met Cameron Myers alleen liet.

'Zeg, weet jij hoe je dat moet doen?' Hij wees hulpeloos naar het imitatie-vuurblok bij zijn voeten.

'Eh... ja, het is makkelijk.'

'Ik hou van een echt vuur. Het is zo huiselijk. Wil je me helpen?'

Wat moest ik zeggen? Het was juli. Het was Los Angeles. Het was buiten dertig graden. Maar hij was Cameron Myers en hij wilde een vuur.

'Goed.'

Zodra het vuur fel knetterde en Cameron naar beneden had gebeld om marshmallows, overhandigde Troy me een martini, mompelde: 'Wat vind je ervan,' en nam mee voor een rondwandeling. Het penthouse was groot. De 'receptieruimte' (zoals ze zeggen) was minstens twintig meter lang, en er waren drie enorme slaapkamers, allemaal zo stralend wit dat het pijn aan je ogen deed. Er was een keuken, een kantoor, ontelbare badkamers – en je gelooft het niet, zelfs een filmkamer. Overal waar je keek zag je zachte, witte kussens en witte porseleinen vazen. Misschien was het maar goed dat Emily niet was gekomen. Ze was wellicht in de verleiding gekomen ze omver te schoppen.

'Wie zijn al die mensen hier?' fluisterde ik. 'Is er een beroemdheid bij?'

'Ik geloof het niet. Wannabees, Maws.–'

'Maws?'

'Model-actrices-watalniet. Een ander woord is "matrassen" – model-actrices-maîtresses. Zo, en nu *dit*!' Hij opende een deur naar een daktuin. 'Wauw.'

We stapten naar buiten in de zoele nacht – veel warmer dan de kamers met airco – de lucht zwaar bezwangerd door de geurige bloemen. Er was een warmwaterbad, stoom kringelde omhoog. Maar het indrukwekkendst was het verbazingwekkende uitzicht.

'Vanavond geen smog,' merkte Troy op, terwijl we over het balkon leunden en stomverbaasd om ons heen keken. Ver beneden ons zagen we huizen in Spaanse stijl, keurig geparkeerde auto's, de sprieterige toppen van palmbomen en de onder water verlichte zwembaden, die als turquoise edelstenen glinsterden. De zwembaden leken wel sterren – eerst zag ik er een, toen nog een, en opeens zag ik ze overal, er waren er te veel om ze te tellen. Ze waren er zo ver het oog reikte, tot ze te klein waren om ze te zien. Het patroon van de straten van de reuzenstad Los Angeles was afgetekend door miljoenen lampjes, als een snoer kerstverlichting, een stad van de toekomst die zich mijlenver uitstrekte tot hij opging in de horizon.

Het vreemde was dat ik geen enkel menselijk wezen zag. Maar ze waren er wel – ontelbare hoopvolle mensen, gevangen op het snoer, zoals vele vliegen in een eindeloos spinnenweb. Ik voelde het collectieve gewicht van alle dromen op dat netwerk van licht: de mooie meisjes die tafels bedienden, terwijl ze wachtten op hun grote doorbraak; de aankomende acteurs, schrijvers en regisseurs die deze stad uit alle richtingen van de aardbol overstroomden; honderdduizenden mensen die hoopten dat zij een van de weinigen zouden zijn die het hadden gemaakt. Dat verlangen, die vastbeslotenheid: ik stelde me voor dat ik het bijna kon zien, als stoom omhoog rijzend in de avondlucht.

'Ontzagwekkend?' Troy vertrok zijn rechte mond.

'Angstwekkend.'

'Ja. Wil je zitten?'

Er was een ruime keus aan rieten stoelen en superdeluxe zonnebedden (met ongeveer twintig verschillende standen), maar: *'Deze* is voor ons,' zei Troy, die gecharmeerd leek van een schommelbank die met touwen aan een hoge balk was bevestigd.

Na een steek van angst dat de touwen ons gewicht (*mijn* gewicht, eigenlijk, want stel je de schande voor dat het hele geval, zodra ik ging zitten, de haken uit de balk zou rukken en op de grond zou belanden) niet zouden houden, ging ik er helemaal voor. We gingen ieder in een hoek zitten, en nestelden ons in de kussens, onze voeten raakten elkaar bijna aan.

Kijk mij nou, dacht ik verbaasd over mezelf – schommelend in de warme avondlucht, hoog boven de stad, martini nippend met een uiterst sexy man.

Ja, nu iets over de 'uiterst sexy man'. Ze zeggen dat je niet weet hoe bedroefd je je hebt gevoeld tot je je weer eens gelukkig voelt. Iets soortgelijks gaat op voor verliefdheid: je weet niet hoe je het hebt gemist tot het weer gebeurt. Troys soepele gratie, zijn groenige ogen, zijn nabijheid, wekte iets in me – wat ik alleen maar als bereidheid kon omschrijven.

'Ik zou het heel aangenaam kunnen gaan vinden,' zei hij zacht. Door zijn toon en de begeleidende zijdelingse blik, wist ik dat hij het niet alleen over de uitzicht/ijskoude drankjes/schommelbank-combinatie had. Ik mag dan een tamelijk beschermd leven hebben geleid, maar ik ben niet helemaal achterlijk.

'Ik ook.' Ik hield mijn stem neutraal.

'Weet je het zeker? Voel je je echt goed? Je weet wel, na die telefoontjes over je man.'

'Prima!' Althans, ik voelde me op dat moment prima.

Hij knikte. 'Fijn.'

'Vertel me over je afspraak van gisteravond.' Emily had me gezegd dat zijn werk belangrijk voor Troy was, dus wilde ik het weten.

Hij vertelde me het een ander over de drie projecten die hij probeerde van de grond te krijgen, de verscheidene teleurstellingen, hoe moeilijk het was om ze gefinancierd te krijgen, en ik knikte en bemoedigde op de juiste momenten, maar het was alsof hij in code sprak.

Als hij me nou maar eens zou aanraken. De huid van mijn been tintelde bijna van verlangen naar zijn hand...

'Is hier een Maggie aanwezig?' Iemand had zijn hoofd om de hoek gestoken. 'Cameron heeft je nodig. Het vuur is uitgegaan.'

De stemming was weg, Troy trok een spijtig gezicht, en zei: 'Je kunt maar beter naar binnen gaan.'

Eenmaal binnen zag ik dat er meer mensen waren gekomen, maar er waren er toch nog maar een stuk of dertig. Cameron wenkte me over de koele toendra, en riep schor: 'Kom schat, steek mijn vuurtje aan!'

'Heer,' mompelde ik, 'wat heb ik gemist?' Het leek alsof de dollepret-factor in een veel hogere versnelling was gegaan terwijl wij buiten waren geweest. Maar zodra ik het vuur had aangestoken, en Troy en ik op een van de witleren banken waren gezeten, ontdekte ik dat ik me had vergist. Camerons luidruchtigheid was zo'n beetje het enige lawaaierige: dit was een beschaafd feest. En als feest waar filmsterren waren, was het een bittere teleurstelling.

'Niemand heeft een klap in zijn gezicht gekregen, er is niet in het warmwaterbad gerommeld, er is geen enkele tv in het zwembad gegooid,' zei ik triest. En afgezien van een paar magere jointjes die de ronde deden, was er geen zichtbaar drugsgebruik.

'Ierse, je bent geobsedeerd!'

Ik haalde mijn schouders op. 'Ik probeer alleen verloren tijd samen te vatten.'

Rond de open haard stond de hele 90210-crew die elkaar allemaal leken te kennen, dicht opeen. En hoewel ze wel hartelijk tegen Troy en mij deden, waren ze niet echt vriendelijk. Voor een keer trok ik me er niets van aan, want Troy was de enige persoon met wie ik wilde praten. Hij hervatte zijn verhaal over zijn werk, terwijl ik mijn ogen opensperde en mijn lippen likte en hem vanonder mijn wimpers aankeek – en toen besefte dat ik uit een leeg glas zat te drinken. Wat waarschijnlijk al een hele tijd het geval was.

Troy zag het. 'Nog een glas?'

'Ik zal het halen.'

Ik stak de enorme uitgestrekte witheid over naar de keuken, maar toen ik daar was, werd de deur voor mijn neus dichtgeslagen. Achter de deur hijgde een meisje: 'Wil je dat *iedereen* het ziet? En waar heb je het gekregen?'

Ik wachtte, mijn hand bevroren op de deurknop, toen een mannelijke stem teemde: 'Wil je wat?'

'Kan ik niet doen! Moet ik niet doen!'

'Een beetje kan geen kwaad.'
'Jezus, luister naar jezelf!'
Ik was bang om naar binnen te gaan. Wat voor illegaal stemmingveranderend spul wilden ze innemen? Cocaïne? Angel dust? *Heroïne*? Maar mijn nieuwsgierigheid won het, dus opende ik de deur – en zag dat ze beiden over een bak Ben & Jerry's Chunky Monkey stonden gebogen. Ze keken op, geschrokken, en het meisje verklaarde: 'Dit is niet wat het lijkt.'

Vol leedvermaak, haastte ik me terug naar Troy en, met mijn mond intiem dicht bij zijn oor, vertelde ik wat er was gebeurd. 'Niet bepaald om over naar huis te schrijven, toch?' zei ik breed grijnzend.

'Nee,' zei hij lachend. 'Het is eigenlijk niet zo'n geweldig feest. Kom, drink je glas leeg, dan zal ik je naar huis brengen.'

De woorden waren uit mijn mond voordat ik wist dat ik ze zou zeggen. 'Wiens huis?'

Meteen sloeg ik mijn ogen neer, bang hem aan te kijken. Ik beefde van hoop, van mijn eigen onbeschaamdheid, van angst...

'Maaaggie,' fluisterde hij, en ik gluurde voorzichtig naar hem op. Zijn gezicht toonde verwarring. Hij vroeg zich af of hij het verkeerd had verstaan, toen zag ik dat dat niet het geval was. Hij lachte – een grappige, spijtige lach. 'O jee.' Hij klonk bijna vermoeid. Met een wild kloppend hart van de zenuwen zag ik dat hij opstond en een arm naar me uitstak.

'Laten we gaan.'

23

In zijn jeep keek ik van hem weg en staarde uit mijn raampje, want ik kon het niet verdragen naar hem te kijken en hem niet aan te raken. In stilte reed hij te hard. Maar toen we bij een rood verkeerslicht kwamen, maakte ik de vergissing me om te draaien en hem aan te kijken, en toen was zijn mond op de mijne. Ik had niet geweten wat voor soort kus ik moest verwachten, want zijn mond was hard, maar hij was zacht – en toen het gebeurde, was ik eigenlijk geschokt door de kwaliteit. Het was niet alleen omdat ik de laatste tijd geen oefening had gehad waardoor ik dacht dat hij een vakkundige kusser was. Hij was plagend en kwellend en meer dan een beetje smerig.

We kusten ons door het drie keer van kleur veranderde verkeerslicht heen. Op dat moment wist ik niet dat dat gebeurde, maar naderhand wist ik dat ik me vaag bewust was geweest van geluiden – het woeste toeteren toen het licht op groen sprong en wij niet doorreden. Het geluid drong gewoon niet tot ons door, daarna werd er opnieuw hard getoeterd toen het licht weer op rood sprong tot het licht weer groen werd.

Op de een of andere manier reden we weer, nog sneller, toen stonden we geparkeerd in een met afval bezaaide straat, hij opende een met graffiti bekladderde metalen deur en we liepen een betonnen trap op. Zijn appartement was klein en rommelig, vol boeken en stapels manuscripten. Daarna lagen we ineens op zijn bed, met de gezichten naar elkaar toe.

'Weet je zeker dat je dit wilt doen?' mompelde hij, terwijl hij met zijn duim langs mijn haargrens streelde, waardoor er kleine huiveringen door me heen schoten.

Mijn hele leven was ik voorzichtig geweest en had de boot afgehouden tot ik zeker wist dat het goed was. Maar dit kon me niet snel genoeg gebeuren.

'Ik weet het zeker.'

'Je bent net bij je man weg...'

Ik had geen zin om spelletjes te spelen, hem aan het lijntje te houden, in de hoop hem gek te maken. Ik wilde dit, en ik wilde het nu.

'Het is al zes weken geleden. En het is al veel langer dan dat voorbij.'

Ik was buiten adem. Niet alleen van verlangen, maar uit angst dat hij me zou afwijzen.

'Want ik deug niet,' zei hij vriendelijk.

'Dat heb je al verteld. Wil je dat ik een verwerpingsclausule onderteken?'

Hij lachte, en ik pakte zijn hand en legde hem op mijn huid. 'Toon me nog eens hoe ik van Santa Monica bij jouw appartement kom.'

'Ik weet wel wat beters.'

Hij trok zijn T-shirt uit, en zijn borst was glanzend zacht en onbehaard. Daarna volgde de rest van zijn kleren, om een lichaam te onthullen dat smalle heupen had en gezegend was met een volmaakte, olijfkleurige huid. Als ik je vertel dat hij de mooiste man was die ik ooit had gezien, zou je waarschijnlijk zeggen dat ik overdrijf, maar het was echt zo.

Vervolgens hielp hij mij uit mijn kleren en vertelde me hoe hevig hij naar me verlangde.

Claire had verteld over de eerste keer dat ze seks had gehad nadat ze met James had gebroken, hoe nerveus ze was geweest met die nieuwe man. En nadat ik Garv had verlaten, had het me onmogelijk geleken om ooit nog met een andere man naar bed te gaan – letterlijk onmogelijk. Maar dit was een stuk makkelijker dan ik ooit had verwacht.

'Je bent mooi,' fluisterde hij, terwijl hij mijn chiffon sjaal zacht van mijn nek haalde, en hem daarna net zo zacht om mijn pols begon te binden – en hem vervolgens aan het eind van zijn bedstijl vastknoopte. O, mijn god! 'Blijf daar,' beval hij, terwijl hij verdween en – O, Jezus! – terugkeerde met dunne touwen. 'Vind je het goed?' vroeg hij, terwijl hij mijn andere pols aan de andere kant van het bed vastbond.

'Ik weet het niet. Ik heb het nooit eerder gedaan.'

'Het wordt dus tijd om het te proberen,' zei hij lachend, en pakte mijn voet om een touw om mijn enkel te binden. Binnen de kortste keren waren alle vier mijn ledematen vastgebonden en lag ik uitgespreid op het bed.

En nu was ik bang. Wat als hij een seriemoordenaar was? Wat als hij me ging martelen en doden?

Toen likte hij met zijn tong omhoog langs mijn been, draalde bij mijn knieschijf en tegen de tijd dat hij bij mijn dij was, concludeerde ik dat, als hij een seriemoordenaar was, het me niets kon schelen. Omhoog, omhoog, nog niet hoog genoeg, nog een beetje verder, toen iets terug – ik stikte bijna – en eindelijk was hij waar ik hem wilde hebben.

Ik was vergeten hoe geweldig seks kon zijn. Ik bedoel, het was een hele tijd geleden sinds Garv en ik seks op de keukentafel hadden gehad. (Het feit dat we steeds hadden gewacht tot het gebeurde, telt natuurlijk niet mee.) Dit was puur, zelfzuchtig genot, alleen voor mij. De cirkels begonnen op te bouwen, genot stapelde zich op en verhevigde, reikend naar een onverdraaglijke zoetheid tot het de top bereikte. Ik huiverde, hulpeloos, tot de uitbarsting volgde, en ik naar mezelf terugkeerde, snakkend naar adem.

'Je bent hier erg goed in,' zei ik half lachend.

Hij grijnsde loom. 'Ik oefen veel.'

Toen knielde hij tussen mijn benen, met een indrukwekkende, enorme stijve en zwaaide de top tegen me aan, haalde hem weg, toen was hij een centimeter in me, er weer uit, er een beetje verder in, en er weer uit, en het enige wat ik wilde was dat hij in me door stootte en mijn verlangen bevredigde. Maar midden in dit alles dook de angst om conceptie op – het laatste wat ik wilde was zwanger worden van Troy.

Maar hij pakte een plastic vierkantje uit een la, rolde een condoom in één soepele beweging om, en toen stootte hij bij me binnen, en het was gigantisch. Hoewel mijn armen en benen waren vastgebonden, ging ik uit mijn dak van verlangen naar hem. Toen jammerde hij: 'O Jezus, o Jezus.' Hij deed zijn ogen dicht, zijn hoofd boog achterover. Op het moment van zijn climax krampte zijn hele lichaam samen, en niets bewoog, behalve zijn zaad dat in me werd gepompt.

Ledematen plotseling slap en zwak, plofte hij op me neer, we hijgden allebei. Daarna hees hij zich op zijn ellebogen overeind en keek me geamuseerd aan. 'Jezus,' zei hij zacht. 'Je vindt dit heerlijk, is het niet?'

Hij maakte me los, en de tweede keer deden we het langzamer – veel langzamer. Naast elkaar, nauwelijks bewegend, bij het kruis verbonden, drongen we dieper in elkaar door met de minste moeite, en ik staarde in zijn ogen en vergat wie ik was.

De zon begon al op te komen toen we in slaap vielen, maar plotseling was ik wakker en het gele licht van de ochtendzon scheen de kamer binnen. In paniek draaide ik mijn hoofd op het kussen, en daar was hij. Wakker, en hij keek naar me. Hij rolde dichterbij, fixeerde me met zijn slaperige groene ogen, en zei: 'Onze eerste ochtend samen.'
Zijn trage spraak maakte dat het als een grap klonk, en ik lachte, schoof mijn handen onder het laken tot ik vond wat ik wilde – fluweelachtige huid over staal – en schoof er over het bed naartoe. 'Jouw beurt.'
Naderhand stond hij erop me een wederdienst te bewijzen, waarna hij met een zucht van spijt zei: 'Ik zou het graag de hele dag blijven doen, maar er ligt werk op me te wachten. Kom op, ik zal je naar huis brengen.'
Toen we uit zijn appartement kwamen, struikelden we over een groep toeristen, beladen met stratenkaarten en Leica's, die met verwilderde blikken door de armoedige straten slenterden. Werd Hollywood niet verondersteld stralend mooi te zijn? Terwijl we in Troys jeep klommen, bestudeerden ze ons hoopvol, wilden wanhopig dat we beroemd waren, en we reden hard weg tot ze het nakijken hadden.
Op de weg naar Santa Monica zei geen van ons een woord. Ik had mijn ogen dicht en genoot van een groot gevoel van welbehagen. Toen zei Troys stem: 'Wakker worden, Ierse, we zijn thuis.'
Ik deed mijn ogen open. We stonden voor Emily's huis en alle Trommelaars van het Ritme van het Leven stroomden uit het huis van Mike en Charmaine en stapten in de wachtende Mercedessen en Lexussen.
Ik schudde mezelf wakker. 'Bedankt voor de lift, en het feest en, je weet wel... alles.'
'Graag gedaan.' Hij schoof een hand onder mijn nekhaar, en drukte een vluchtige kus op mijn mond.
'Bel me,' riep ik, en sprong uit de jeep.
'Ja hoor,' zei hij grinnikend. 'Ik zal je iedere dag schrijven.'

24

Het zonverlichte huis was onverwacht stil; Emily was nog niet thuis. Zij had kennelijk ook geluk gehad. Voor deze keer vond ik het niet erg om alleen te zijn, *helemaal* niet erg. Alles gloeide – mijn pijnlijke polsen en enkels en de binnenkanten van mijn dijen – ik had me nog nooit zo levend gevoeld. Na een douche, waarbij ik tot mijn verbazing een liefdesbeet op mijn buik had ontdekt, reed ik naar het strand om een paar zonnestralen te vangen. Dit plaatje van mezelf beviel me wel. Een convertible-rijdende onafhankelijke vrouw, tevreden met haar eigen gezelschap.

Ik lag nog maar enkele ogenblikken uitgestrekt toen Rudy langskwam, beladen onder de ijsjes.

'Waar ben jij geweest? Ik was bezorgd om je,' zei hij.

'Drukke week,' zei ik. 'Heb je driekleurige Klondikes?'

Terwijl ik me met mijn ijsje lekker onder de stralende zon nestelde, dook het beeld van een nieuwe start verleidelijk voor me op. Deze plek had het allemaal: prima weer; fantastische locatie; aardige mensen. Ik kon mijn rampzalige leven in Ierland achter me laten, opnieuw beginnen, en het deze keer goed doen. Na mijn tijd in Chicago zou er vast iemand zijn die me in dienst wilde nemen, en een greencard regelen – er moesten duizenden banen in de studio's zijn voor mensen met rechtskundige ervaring.

Toen zette ik de deur op een kier voor een heimelijke, opwindende hoop: misschien zou Troy een deel van mijn nieuwe leven zijn. Ik fantaseerde over een gelukkige idylle van hem en mij, samen vrolijk lachend. Slenterend over een fruit- en groentemarkt – in films slenteren mensen die elkaar pas kennen vaak langs verse producten, en het is altijd toegestaan om suggestief aubergines te strelen, zonder dat de kraamhouder schreeuwt: 'Zeg, afblijven!' Of dat de man een sappige rode aardbei van een stalletje pikt om aan de vrouw te voeren zonder dat hij wegens diefstal wordt gearresteerd.

Aldus amuseerde ik mezelf een groot deel van de middag, en er kwam alleen een eind aan toen ik gedwongen was naar te huis gaan omdat ik nodig naar de wc moest.

Eenmaal thuis rende ik naar de badkamer en werd verrast door een stekend gevoel. Toen herinnerde ik me wat dat had veroorzaakt en plotseling werd het plezierig. O ja, natuurlijk...

Nog steeds geen teken van Emily, maar er was een bericht van haar op haar antwoordapparaat. Ze bracht de dag bij Lou door, ze zouden vanavond weer uitgaan, en ik hoefde haar niet thuis te verwachten. 'Bel me op mijn mobiel als er iets is.' Alsof het toen pas tot haar doordrong, voegde ze eraan toe: 'Maar misschien ben je ook nog niet thuis. Ik zal je bij Troy proberen te bellen.'

Dat was het enige bericht. Althans, het was het enige bericht voor *mij*. Er waren er duizenden voor Emily. Justin en Connie, iemand die Lamorna heette, een ander die naar de naam Dirk luisterde.

Pas op dat moment drong het tot me door wat Emily's bericht betekende: ik zou de avond alleen doorbrengen. Dat was prima, ik kon Claire bellen – o nee, dat kon ik niet vanwege het tijdsverschil. Prima, dan zou ik Rachel in New York bellen, en daarna zou ik mijn onafhankelijke-vrouw-status vieren door in mijn eentje naar een film te gaan. Jaaa, dacht ik weifelend, dat zou ik kunnen doen. Daarna stond ik mezelf toe aan de gedachte te denken die erom had gesmeekt te worden gevormd – tenzij Troy belde. Er was een kans op herhaling van de fantastische seks van de afgelopen nacht en vanochtend... Plotseling was ik in uiterste staat van opwinding.

Er was een gerucht bij de deur en ik keek vol verwachting op. Was dat misschien Troy? Met een pistool in zijn zak?

Nee dus. Het was Lara. 'Klaar?' vroeg ze stralend. 'Voor Madame Anoushka?'

Ik bevroor. 'O Heer, dat was ik helemaal vergeten!' Madame Anoushka, die me van mijn afgrijselijke wenkbrauwen zou verlossen. Ik had een afspraak met haar om halfzes. 'Geef me tien minuten,' smeekte ik, en rende naar de douche om het zand van die dag af te spoelen.

Drie minuten later rukte ik een handdoek om me heen, en terwijl ik bezig was kleren bij elkaar te graaien, kwam Lara binnen om met me te praten. Toen ik een beha lokaliseerde, schoot ik in paniek bij de gedachte hoe ik die moest aantrekken zonder dat ze mijn borsten zag, en was vervolgens te gehaast om me er druk over te maken. Laat haar maar kijken. Alsof ze zoiets niet eerder had gezien! Was ik niet altijd kwaad geweest op homofobische mannen die deden alsof elke homo achter hen aan zou komen? En deed ik nou niet precies hetzelfde?

Hoe dan ook, ik dacht er geen seconde aan dat ze toenaderingspogingen zou doen. Ik vroeg me alleen af hoe ik zou reageren als ze mijn borsten mooi zou vinden.

Ik was binnen negen minuten aangekleed – 'Ik ben onder de indruk!' had Lara gezegd – stapte vervolgens in haar zilverkleurige pick-up, en reed weer naar Beverly Hills. Ik kwam er zo langzamerhand bijna dagelijks! Onder het rijden vroeg ze me naar het verjaardagsfeestje bij Cameron Myers en ik vertelde haar over het appartement, het uitzicht en Camerons vuurtje, maar ze vroeg niet of er iets met Troy was gebeurd, en ik wist niet precies hoe ik erover moest beginnen.

Madame Anoushka was een ijzige Russin die geschokt was door de armzalige, plukkerige staat van mijn wenkbrauwen. 'Lelijk,' verkondigde ze. 'Heel lelijk.'

Zo lelijk dat ze een ogenblik moest gaan zitten en diep zuchtte. Vervolgens stond ze op en ging de uitdaging aan. 'We zullen doen wat we kunnen,' zei ze, en smeerde een laagje gesmolten was rond mijn oogkas. Haar accent deed me aan iemand denken uit een ver verleden. Toen wist ik het: Valya en Vladimir. Garv en zijn boodschappenlijst. Het was alsof er diep vanbinnen een deur naar een tochtige ruimte was opengegaan. Vervolgens, goddank, rukte Anoushka het reepje was weg en verdreef de pijn de herinneringen.

Het proces was buitengewoon onaangenaam. Terwijl Anoushka plukte, was het alsof ik door duizend pijltjes werd getroffen, mijn ogen traanden en ik balanceerde op de rand van een niesbui. Ondertussen gaf ze voortdurend bevelen met haar Valya-accent.

'Pincet,' blafte ze, als een chirurg in *ER*. 'Meer was.'

Ik onderdrukte een neiging haar te vragen of ze vele, vele minnaars had. Maar die had ze volgens mij wel, want ze was een knappe vrouw.

Na wat een eeuwigheid leek, begon ze woest aan mijn andere oog, en het was zo mogelijk nog erger dan het eerste. Ik wou uit de grond van mijn hart dat het voorbij was.

Uiteindelijk viel alles stil – als de stilte nadat alle popcorn is gepoft – dus deed ik mijn ogen open en wilde overeind krabbelen. Ik werd echter tegengehouden door Anoushka: 'Nee!'
Gehoorzaam zakte ik weer terug en deed mijn ogen weer dicht. Maar er gebeurde niets, en ik opende heel voorzichtig een oog en zag dat Anoushka me geconcentreerd bestudeerde.
'Het moeilijkste deel is weten wanneer je klaar bent,' zei Lara bewonderend. 'Dat zeggen alle artiesten.'
Gedurende de volgende tien minuten werd er hier en daar nog een haartje uit mijn rechter wenkbrauw gerukt, maar niets van de linkerkant, en toen verklaarde Anoushka: 'Klaar!'
Rechtop zittend keek ik in de spiegel: mijn neus was rood en mijn ogen waren bloeddoorlopen, alsof ik een hele week had gehuild. Het deed me aan iemand denken. Wie? O, aan *mezelf*. Afgelopen februari. Maar mijn wenkbrauwen waren prachtig, absoluut.
'Beter dan een facelift,' zei Anoushka. Waar had ik dat ook alweer eerder gehoord? En weer was het bijna net zo duur.
Toen we terug waren in Lara's pick-up was er iets veranderd. Ineens voelde ze zich niet meer op haar gemak, en het gevoel vulde de kleine ruimte. 'Er is iets dat ik je moet zeggen,' zei ze, en pakte vervolgens mijn hand. Alert staarde ik in haar blauwe ogen. O, god, hier komt het. Lesbische vrijpartij! Met verhoogd reagerende zintuigen merkte ik dat ze naar aardbeien rook, dat haar benen zo lang waren dat haar zitplaats zo ver mogelijk naar achteren was geschoven... Ze hief mijn hand naar haar gezicht. Zou ze hem gaan kussen? En daarna mij?
'Ik vind het rot je dit te zeggen,' verzuchtte ze, 'maar je hebt vreselijke nagels. Je *moet* naar een nagelboetiek.'
Het kostte me een moment van perplexiteit om te beseffen dat ze me mijn hand had teruggegeven. Geen lesbische vrijpartij. Alleen een nieuwe poging van Lara om me naar LA-maatstaven op te kalefateren.
'Heb je ze, eh, *ooit* laten manicuren?'
'Natuurlijk wel.' Ik had het immers laten doen toen ik ging trouwen. En daarna ook nog een paar keer.
'Maar de laatste tijd niet meer, zeker? Goed, er is een zaakje in Santa Monica, op de hoek van Arizona en Third. Nagel Hemel, Taiwanese meisjes, die zijn het beste! Zeg ze maar dat ik je heb gestuurd.' Ik wachtte tot ze haar organizer zou pakken om een afspraak voor me te maken, maar dat deed ze niet.

'Je, eh...' ik probeerde normaal te klinken, 'maakt geen afspraak voor me?'

'Die heb je niet nodig, niet voor nagels. Dit is een beschaafd land! Zeg, je verafschuwt me toch niet?'

'Nee.'

'Goddank! Zo, en wat zullen we nu doen? Iets drinken, iets eten, of...' Voordat we konden beslissen ging haar mobieltje. 'Ja' – haar ogen dwaalden naar mij. 'Ze is bij mij.'

Het was Troy! Hij had me opgespoord! Hunkerde naar seks met me! Maar hij was het niet. Het was Justin maar. Emily had hem gebeld en hij had de opdracht gekregen me die avond bezig te houden.

'Mag ik ook mee?' vroeg Lara.

'Geen Nadia vanavond?'

'Nee.' Plotseling terneergeslagen startte ze de motor, en we reden naar Justins huis – een kleine hacienda met een rood dak, met veel Spaanse bogen en smeedijzeren luiken voor de ramen. Hij droeg een blauw met groen Hawaïaans hemd dat ik nog niet eerder had gezien. Hij moest er honderden hebben.

'Hoi, hoe gaat het?' vroeg ik.

'Behoorlijk rot,' antwoordde hij, zijn stem hoger dan anders.

'Hoezo, schat?' vroeg Lara bezorgd.

'Een andere kerel krijgt de rollen waar ik op uit ben. Kijk naar hem!' Hij sloeg met een exemplaar van *Daily Variety* op de rug van zijn hand, en liet ons vervolgens een footootje zien van die andere kerel. Het was griezelig – hij leek zoveel op Justin dat ze broers hadden kunnen zijn, maar deze kerel was nog iets dikker en knapper en zijn gezicht was zelfs meer open en ongecompliceerder dan dat van Justin.

'Het enige wat ik kan doen is dik en inwisselbaar zijn,' zei Justin, verzonken in depressie. 'Als ik dat niet kan doen, heb ik geen baan. Ik ben een volslagen loser.'

Lara en ik praatten op hem in, herinnerden hem eraan dat hij een fantastische voetmassage kon geven en dat hij een uitstekende kok was (volgens Lara), tot hij uiteindelijk opkikkerde. 'Ach, sorry, jongens. Nou, wat gaan we doen? Filmpje pakken?'

'Mij best.' Naar een film gaan was altijd een goede gelegenheid om onder dekking van het donker ladingen troep te nuttigen.

'Wat denk je van *Flying Pigs*?' vroeg Lara.

'Nou, zijn laatste vond ik vreselijk,' zei Justin.

'Welke? *Introspection?*'
'Nee, *Washday Blues.*'
'Heeft hij die gedaan?'
Ik haakte af toen er ontelbare recente films onder de loep werden genomen – dat is de enige klacht die ik over mensen heb die in de filmindustrie werken, ze weten te veel – en keerde weer terug toen ze uiteindelijk een keus hadden gemaakt. *Seven Feet Under*, of zoiets.
'Een zwarte comedy,' verklaarde Justin. 'Geregisseerd door de jongen die...'
'Laat maar zitten.' Ik had meer interesse voor de zak M & M's die ik onder het kijken op zou eten.
Terwijl we het huis verlieten, zag ik de naam op Justins postbus: Thyme.
'Justin Thyme? Dat is een mooie naam. Is het...?'
'Nee.' Hij onderbrak me. 'Het is niet mijn echte achternaam. Ik heb hem verzonnen om me te onderscheiden van al die andere duizenden inwisselbare dikke jongens.'

Op zondagochtend verlangde ik naar Emily's thuiskomst.
En naar een belletje van Troy.
Wanneer zou hij dat doen? Wat waren de regels? Misschien was het veel te snel – het was amper een dag geleden. Toen keek ik op mijn horloge – goed, het was iets meer dan een dag geleden. Stelde niets voor. Ik zou hem natuurlijk zelf kunnen bellen. Dat deden mensen, normale mensen, zoals ik me moest gaan gedragen. Maar ik had zijn nummer niet.
Doelloos opende ik een paar kasten, vond niets interessants, ging zitten en staarde naar de vloer, wilde dat Emily zou thuiskomen van haar seksmarathon met Lou. Zondagitis – overal hetzelfde, waar je ook bent.
Toen de telefoon ging, voelde de adrenaline als een hartaanval. Trillend van de zenuwen nam ik bij de tweede ring op. Maar het was Troy niet, het was mijn moeder.
'Alles goed?' vroeg ze.
Ik knikte, te teleurgesteld om iets te zeggen.
'Is het daar leuk?'
Ik herstelde me snel. 'Heerlijk, *heerlijk!*' Zo graag wilde ik dat ze thuis geen spanningen om mij zouden krijgen. 'Aardige mensen, fantastisch weer...'

'Is het zonnig?'
'Zonnig? De straatstenen barsten!'
'Ik zou wel een beetje zon willen hebben,' zei ze triest.
Ik kreeg een griezelige inval en begon terug te krabbelen. 'Nou, er kan ook veel smog zijn, hoor. Erg bewolkt. En er bestaat altijd gevaar voor een aardbeving.'
'Sinds je weg bent is het nog niet droog geweest. Ik heb liever een aardbeving.'
'Hahaha,' lachte ik nerveus, veranderde van onderwerp, nam afscheid en hervatte het staren naar de vloer.

Emily kwam tegen twee uur thuis. Lou had haar het hele weekend vertroeteld: haar mee uit genomen voor fantastische maaltijden, zijn shiatsu op haar uitgeoefend, en afgelopen nacht waren ze naar Mulholland Drive gereden om naar de lichtjes van de stad te kijken, en hij had gezegd dat dit iets was dat hij hun kleinkinderen wilde vertellen.
'Klassiek voorbeeld van bindingsangst,' zei ze vrolijk.
'Wat doen die?'
'Ze doen aan instant intimiteit – water toevoegen en roeren. Daarna hoor je nooit meer wat van ze.'
'Je klinkt er bijna opgewekt over.'
'Het is leuk te weten dat er sommige dingen zijn waarop je kunt vertrouwen... Tenzij hij dat gedoe over onze kleinkinderen echt *meende*,' voegde ze er verachtelijk aan toe. 'Dat zou zelfs nog erger zijn!'
Het was niet nodig haar te vertellen dat Mort Russell niet had gebeld: ze had haar berichten verscheidene keren afgeluisterd.
'En hoe is het met jou?' vroeg ze.
Hoe was het met me? Troy had nog steeds niet gebeld, wat een bal van bezorgdheid in mijn maag had veroorzaakt. Maar was ik niet altijd voor uitgestelde dankbaarheid geweest? Wanneer hij eindelijk zou bellen, was het wachten de moeite waard geweest.
'Je ziet er... anders uit.'
O, mijn god, was het zo duidelijk?
Ze bestudeerde me aandachtig. 'Je wenkbrauwen!'
'O ja, dat klopt. Lara heeft me meegenomen naar Madame Anoushka.'
'Vertel me over het feest bij Cameron Myers.'
'Nou,' zei ik niet in staat te voorkomen dat mijn vreugde zich over mijn gezicht verspreidde. 'Het was geweldig.'

'Hoezo? Vertel me alles.' Toen veranderde haar gezicht. 'O, shit.' Ze zag er verrassend geschokt uit. 'Je bent met Troy naar bed geweest.'

'Wat is daar mis mee?'

'Niets,' zei ze. 'Niets... nou ja,' bekende ze, 'het is gewoon een beetje raar voor me. Kijk, je bent negen jaar Garvs vrouw geweest, en je bent hier – hoe lang? – minder dan twee weken en je gaat met andere mannen naar bed. En je was nooit zo'n hardloper – niet echt – en, weet je, het is een beetje moeilijk daaraan te wennen, dat is het enige.'

'Ik ben eraan gewend.'

'Goed.' Ze deed haar uiterste best om zich te herstellen, en vroeg met een brede glimlach: 'Was het leuk?'

'Leuk is het woord niet.'

'Eerlijk vertellen.' Even leek het of ze iets anders wilde zeggen, toen stopte ze.

25

Ongeveer drie jaar geleden gebeurden er twee dingen waarvan ik niet had gedacht dat ze me ooit zouden overkomen. Mijn dertigste verjaardag kwam eraan en na vijf jaar Chicago werd Garv een promotie op het kantoor in Dublin aangeboden, waarna we besloten terug te gaan naar Ierland. Garv vestigde zich in zijn nieuwe positie, ik kreeg een zesmaandelijks contract bij McDonnell Swindel, en plotseling was het babytijd!

Maar helaas voelde ik me er nog steeds niet 'klaar' voor. Het was heerlijk weer in Ierland te zijn, maar ik miste Chicago. Bovendien viel het me zwaar om me aan mijn nieuwe baan aan te passen; ik vond het afschuwelijk dat ik slechts zo'n onveilig kortetermijncontract had, maar het was het enige wat me was aangeboden. *En* we hadden geen huis om te wonen. We hadden verwacht dat onze terugkeer naar het Smaragd Eiland de traditionele zou zijn, van een Ier die naar Amerika gaat, het daar maakt en dan met goedgevulde zakken terugkomt en zich alles kan permitteren. Dus was het een grote schok te ontdekken dat Ierland tijdens onze afwezigheid de vermetelheid had gehad een eigen economie op te bouwen. Dublin was helemaal in, en de huizenprijzen waren torenhoog gestegen. We waren net op het hoogtepunt teruggekomen, toen schoenendozen voor verscheidene miljoenen van de hand gingen en als iemand lang genoeg stilstond, vroeg een ander een bouwvergunning aan om op die plek zestien appartementen te bouwen. Het resultaat van dit alles was dat, in plaats van met de opbrengst van ons appartement in Chicago een aardig huis in de stadskern te kunnen kopen, het ons vijf maanden kostte voor we erin slaagden een huis in de voorstad Dean's Grange te kopen, enkele kilometers van het centrum.

Voor ons was het van een oude dame geweest – de keuken en badkamer waren museumstukken, en de kleine duistere kamers waren niet meer van deze tijd. We maakten dus plannen om te moderniseren: nieuwe keuken, nieuwe badkamer, muren doorbreken, lichtkoepels aanbrengen en al dat soort dingen. Lord Lucan Construction kwam plichtsgetrouw, brak het grootste deel van het huis af, en verdween met de noorderzon. En iedere dag dat de berg cement onbeheerd in de voortuin lag was weer een dag dat ik niet aan baby-maken hoefde te beginnen. Maar al die tijd werd de strop strakker aangetrokken. Vlak voordat we naar Chicago waren vertrokken, had bijna elk paar dat we kenden al kinderen, en we waren amper in Ierland geland toen ik merkte dat het hier hetzelfde liedje was. Slechts een week na onze terugkomst kreeg Garvs zuster Shelley een baby, Ronan. Garv en ik gingen haar in het ziekenhuis opzoeken, een zak fruit onder de arm, waar we ontdekten dat Shelley's partner Peter een fles Power had meegebracht om de geboorte van zijn eerste kind te vieren. 'GARV!' schreeuwde hij, toen hij ons in de gang zag aankomen. 'Garv, Garv! Kom hier om naar de vrucht van mijn lendenen te kijken!' Hij duwde zijn bekken zo wild in onze richting dat hij bijna omviel. Daarna, springend tussen de groene muren, greep hij Garv bij zijn lurven, sleepte hem naar het babybedje, en juichte: 'Het wonder van nieuw leven. Het is een WONDER!' Ik was doodsbang voor hem, vooral nadat hem was verzocht te vertrekken aangezien hij de andere jonge vaders van streek maakte. Maar Garv scheen nogal onder de indruk van alles.

Het was me niet ontgaan dat Garv dol was op peuters. Hij hield van hen en zij hielden van hem. Ze vonden het bijzonder leuk om zijn haar in de war te maken, zijn bril af te trekken en in zijn oog te steken. Als ze huilden hield hij ze vast, brabbelde lieve woordjes en ze hielden op met huilen en keken hem aan met een soort verwondering waarop iedereen (behalve mijn familie) zei dat hij een fantastische vader zou zijn.

Garv begon natuurlijk te sputteren over kinderen krijgen, en ik vervloekte mijn pech. In andere relaties waren het de vrouwen die kinderen wilden hebben, terwijl de mannen er alles voor over hadden om ze niet te krijgen. In feite, althans volgens de populaire folklore (en vrouwenbladen) was het land bezaaid met kind-onvriendelijke mannen. Iedere keer dat Garv over het onderwerp begon, wist ik een aanvaardbare reden aan te voeren waarom het nu niet het juiste tijdstip was. Maar het begon hem te dagen dat mijn onwil niet zomaar iets tijdelijks was toen we een weekend op Ronan pasten. (Nou, ik zeg weekend, maar het was alleen maar zaterdagnacht, langer durfden Peter en Shelley hem niet alleen te laten. En ze belden ons om de anderhalf uur gedurende die vierentwintig uur.)

Het was de eerste keer dat we voor langer dan een paar uur voor Ronan zorgden, en we waren helemaal niet slecht in voeden, boeren, luiers verschonen en met hem spelen. Het was heel leuk, want weet je, ik had niets tegen baby's *op zich*. Alleen tegen het idee ze zelf te krijgen. Wanneer Ronan tijdens de nacht een paar keer huilde, stond Garv zonder mopperen op. Tegen de ochtend nam hij hem mee bij ons in bed en zette hem op zijn schoot met zijn gezicht naar ons toe. Ronan kraaide het uit, en toen Garv zijn mollige vuistjes pakte en rare geluidjes naar hem blies, gierde Ronan bijna zijn hoofd eraf. Garv lachte net zo hard mee, en met zijn blote borst en vrijetijdshaar, zag hij eruit als de ideale knuffelman. Ik kreeg zo'n steek van verwarrend verlangen dat het bijna lichamelijk pijn deed.

Het werd een geweldige dag, en toen Peter en Shelley hem kwamen ophalen, zeiden ze: 'Is hij lief geweest?'

'Lief?' zei Garv. 'Hij was briljant! We willen hem niet teruggeven.'

'Jullie moeten gewoon aan de slag om een neefje voor hem te maken,' zei Shelley.

Bliksemsnel wees ik naar de kale muren, en zei: 'Hoe kunnen we nou een baby in deze bouwplaats op de wereld zetten?' Ze lachten en ik lachte en Garv lachte – maar zijn lach was niet zo hard als die van ons. Toen wist ik dat het een excuus te veel was geweest, en niet lang daarna kwamen de konijnen.

De tijd ging voorbij, en ik voelde me nog steeds niet 'bereid'. Enkele van mijn angsten waren afgenomen, vooral die over pijn bij de bevalling; ik kende genoeg vrouwen die kinderen hadden om zeker te weten dat ik het zou overleven. Maar wanneer ik verhalen hoorde over mensen die hun eerste baby op hun negenendertigste kregen, maakte het mijn dag weer goed. Toen stond er iets in de krant over een vrouw die door een of ander kunstmatig proces op haar zestigste een baby had gekregen, en ook dat was goed nieuws. Maar, veel eerder dan ik had verwacht, naderde mijn eenendertigste verjaardag en dat zorgde voor paniek: ik had gezegd dat ik een baby zou krijgen als ik dertig was, en nu was ik een jaar ouder. Wanneer zou mijn moederinstinct worden opgewekt? Mijn tijd raakte op. Als ik er geen vaart achter zette, zou het vlak voor mijn menopauze op de wereld komen.

Zoals ik al zei, Garv is niet gek. En uiteindelijk zette hij me zacht op een stoel – maar wel vastberaden. Hij kan vastberaden zijn als hij dat wil – en liet me erover praten. *Echt* erover praten, in plaats van hem afschepen, zoals ik de afgelopen twaalf maanden had gedaan.

'Ik ben er gewoon nog niet aan toe,' bekende ik. 'En het gaat nu niet meer over de pijn, daar ben ik een beetje overheen.'

'Goed, vrouw, we laten je de beste pijnstiller geven die voor geld te koop is. Dus wat is het dan?'

'Nou, mijn baan.'

Zodra ik het had gezegd, besefte ik wat een probleem dit was. Gedurende meer dan vijf jaar had ik, zowel in Chicago als Ierland, kei- en keihard gewerkt, vechtend tegen de stroom in, en ik wachtte nog steeds op het moment dat mijn baan een bepaald niveau zou bereiken, een stevige positie waar ik me 'veilig' voelde. Zodat ik genoeg gevestigd was om ouderschapsverlof op te nemen, er zeker van kon zijn dat ik mijn baan zou houden, en vrij van de angst of mijn collega's me tijdens mijn afwezigheid zouden ondermijnen en mijn werk inpikken. Maar ik zat in mijn derde tijdelijke contractperiode.

'Je krijgt zwangerschapsverlof en...'

'Maar hoe makkelijk zal het zijn om weer aan de slag te gaan? En wat zal het voor mijn promotiekansen betekenen? Als ik vier maanden vrij neem, hoe zal ik dan ooit Frances kunnen worden?'

'Zodat je onder een van de bureaus kunt slapen en je handen in de personeelstoiletten wassen, zoals een zwerfster? Bovendien kunnen ze je niet discrimineren, het is tegen de wet.'

Kon hij makkelijk zeggen. Hij had niet een partner van mijn firma (een man, natuurlijk) horen klagen over iemand met zwangerschapsverlof: 'Als ik vier maanden vrij zou nemen om de wereld over te zeilen, en verwachtte te worden doorbetaald, zouden ze me in mijn gezicht uitlachen!'

Dit was waar ik mee zat. In vergelijking met hem had ik niet zoiets als een carrière, maar het was belangrijk voor me. Ook al putte het me uit, ging ik gebukt onder stress, tot op zekere hoogte was ik door mijn werk wie ik was.

'Goed. Nog meer?'

'Ja. Stel dat hij op een van mijn zusters lijkt? Zoals Rachel en de drugs, bijvoorbeeld? Of Anna en de krankzinnigheid. Of Claire en de opstandigheid. Ik zou nooit in staat zijn hem in de hand te houden, het zou mijn hart verschroeien.' Ik stopte. 'Hoor mij nou, ik klink nu al als mijn moeder. Hoe dan ook, ik ben te onverantwoordelijk om een kind te krijgen.'

Dat maakte hem aan het lachen. 'Je bent niet onverantwoordelijk!'

'Wel waar! Jij en ik,' vervolgde ik, 'hebben samen een heerlijke tijd. We kunnen weekendjes weggaan en de boel de boel laten. Denk aan Hunter en Cindy!' Vrienden van ons in Chicago, die een baby hadden gekregen, en van de ene dag op de andere was er een eind aan hun leven gekomen. Af en toe hadden we met ons vieren uitstapjes gemaakt, maar na de komst van de baby waren ze voor eeuwig verstrikt met hun schreeuwende kind, terwijl Garv en ik in het weekend afreisden naar meren, en ons schuldig en opgelucht voelden. 'We zouden een baby niet bij Dermot kunnen achterlaten, zoals Huppeltje en Renner. En ouderschap houdt nooit op,' hielp ik hem herinneren. 'Niet tot de kinderen volwassen zijn. En misschien zelfs dan nog niet.'

'Goed, een baby zal je pijn bezorgen, je hart verschroeien, een einde aan je carrière maken en je sociale leven voor de komende twintig jaar verwoesten. Heb je behalve dat nog meer bezwaren?'

'Ja.'

'Vertel.'

'Het klinkt stom.'

'Vertel het me toch maar.'

Ik dwong mezelf het onder woorden te brengen. 'Stel dat... hem of haar... iets zou overkomen? Als hij op school wordt geplaagd? Of hij zou sterven? Wat als hij meningitis zou krijgen? Of zou worden neergeslagen? We zouden zoveel van hem houden, hoe zouden we dat kunnen verdragen? Sorry, dat ik zo gek ben,' voegde ik er snel aan toe. Ik had nooit iemand ontmoet die de dezelfde bedenkingen had. Vriendinnen die zwanger werden hadden lichte spijt toegegeven, maar ze hadden allemaal dingen gezegd als: 'Nou, dat was ons laatste romantische weekendje uit voor de komende dertig jaar,' of: 'Ik lees nu zoveel als ik kan, want je kunt je de eerste twee jaar niet op een boek concentreren. Je hoofd is er niet bij.' Niemand had het soort morbide voorgevoelens geuit als ik had gedaan. Ze hadden het het dichtst benaderd met de opmerking: 'Het kan me niet schelen of het een jongen of een meisje is, zolang het maar gezond is.'

Maar Garv zei: 'Ik begrijp hoe je je voelt.' En ik wist dat het zo was. 'Maar als we aldoor op die manier zouden denken, zouden we nooit van iemand durven houden.'

Even was ik bang dat hij zou voorstellen dat ik in therapie moest. Maar dat deed hij natuurlijk niet – hij was een Ier.

In tegenstelling tot de meesten van mijn vriendinnen was ik nooit in therapie geweest. Emily had gezegd dat dat kwam omdat ik te bang was voor wat ik zou ontdekken. Ik beaamde het – ik zei dat ik bang was erachter te komen dat ik iedere week gedurende twee jaar veertig pond aan een vreemde had betaald om mijn levensverhaal te vertellen.

'Kun je eigenlijk wel iets positiefs zien aan zwanger worden?' vroeg Garv.

Ik dacht lang en diep na. 'Ja.'

'Ja?' De hoop in zijn stem maakte me beschaamd.

'Chocola.'

'Chocola?'

'Voedsel in het algemeen. Je kunt zoveel eten als je wilt zonder je ooit schuldig te voelen.'

'Nou,' zei hij met een diepe zucht, 'dat is een begin, denk ik.'

Er ging weer een jaar voorbij, ik werd tweeëndertig, en voelde me nog steeds niet 'bereid'. Iets meer dan eerst, maar nog lang niet genoeg. Tot ik me op een dag, met het gevoel dat ik jaren op de vlucht was geweest, gewoon gewonnen gaf. De stille strijd was uitputtend en ik vond dat de dingen tussen Garv en mij een beetje vreemd waren gegaan sinds de dag dat Huppeltje en Renner waren gekomen. Ik hield van Garv en wilde niet dat de dingen nog erger werden.

Toen ik het Garv vertelde, barstte hij bijna van geluk. 'Wat heeft je van gedachten doen veranderen?!'

'Ik wil niet dat jij een van die vrouwen wordt die een baby uit de supermarkt stelen,' zei ik.

'Je zult er geen spijt van krijgen, dat beloof ik,' zei hij stralend.

En hoewel ik vermoedde dat ik dat waarschijnlijk wel zou krijgen, werd mijn wrok gedimd door de wetenschap dat hij niet begreep hoe groot mijn wroeging was. Dat hij oprecht dacht dat als hij me eenmaal zwanger had gemaakt, al mijn angsten zouden worden schoongewassen in een grote vloedgolf van oestrogeen.

'Zal ik een ding kopen dat me mijn temperatuur en al die dingen vertelt?' vroeg ik.

Garv keek verschrikt. 'Nee! Kunnen we niet gewoon...?'

Dus deden we gewoon...

De eerste keer dat we seks zonder voorbehoedmiddel hadden, voelde ik me alsof ik zonder parachute uit een vliegtuig was gesprongen, en ook al was ons verteld dat het tussen de zes maanden en een jaar kon duren, ik hield mijn lichaam scherp in de gaten.

Maar ondanks de risico's die we hadden genomen, werd ik ongesteld, en zelfs de ergste krampen konden mijn opluchting niet bekoelen. Ik ontspande een beetje – ik had weer een maand uitstel. Misschien was ik een van die vrouwen bij wie het een jaar duurde.

Had je gedacht. De tweede maand raakte ik zwanger; en ik wist het binnen enkele minuten. Ik begon niet meteen om chocopasta en zure bommen te vragen, maar ik voelde me er niet gerust op, en toen ik abrupt Tesco Metro BLT's begon te eten, *wist* ik het zeker.

Weet je, gedurende de voorafgaande maanden had ik ook zeker geweten dat ik *niet* zwanger was. Maar binnen enkele dagen was het duidelijk dat het geen neurotische verbeelding was. Ik was werkelijk zwanger. Hoe wist ik het zo zeker? Misschien had het iets te maken met het feit dat ik voor acht uur 's avonds zelfs geen water binnen kon houden. Of wanneer iemand op straat me binnen een meter van mijn borsten passeerde ik ze wilde vermoorden. Of omdat ik krijtwit zag. Of soms mintgroen. Het was helemaal mis. Toen Shelley vijf weken zwanger was, had ze een wandelvakantie in de Pyreneeën geboekt (waarom denk je; jouw vermoeden is net zo goed als het mijne), legde vervolgens tien martelende mijlen per dag af en voelde zich nooit licht in haar hoofd. Claire had de eerste maand niet eens geweten dat ze zwanger was, ze vierde dag en nacht feest, zonder de dekking van een enkel emmertje.

Maar ik was de ziekste persoon die ik ooit had ontmoet, wat me bijzonder zwaar viel, want normaalgesproken was ik niet vaak ziek. Zelfs mijn hersenen waren aangetast – ik kon niet logisch *nadenken*. Om het officieel te maken deden we een zwangerschapstest en toen het tweede blauwe lijntje verscheen, begon Garv te huilen, op de manier van ik heb een haartje in mijn oog, maar toch. Ik huilde ook, maar om andere redenen.

Ziek als ik was, slaagde ik erin te blijven werken – hoewel God weet hoe weinig ik van nut was, en het enige wat me op de been hield, was het beeld van mijn bed aan het eind van de dag. Tegen de tijd dat ik thuiskwam, bijna huilend van opluchting, ging ik regelrecht naar de slaapkamer. Als Garv eerder thuis was gekomen, had hij de dekens al teruggeslagen en dan hoefde ik alleen nog maar tussen de koele, troostrijke lakens te kruipen. Daarna ging Garv naast me liggen en ik pakte zijn hand en vertelde hem hoe hevig ik hem haatte.

'Ik weet het,' suste hij, 'ik neem het je niet kwalijk, maar ik beloof je dat je je over een paar weken beter zult voelen.'

'Ja,' fluisterde ik dankbaar. 'Dank je, ja. En dan zal ik je vermoorden.'

Vroeg of laat worstelde ik me dan overeind en Garv wist wat hij moest doen. 'Kotsbak?' vroeg hij dienstbaar, terwijl we ons voorbereidden op weer een rondje droog kokhalzen.

'Toe maar, toe maar,' mompelde Garv terwijl ik in de leuke fuchsiarode bak spuugde die hij speciaal voor dit doel had gekocht.

Het was na de eerste maand dat er iets in me begon te borrelen, een zo onbekend gevoel dat ik het niet kon omschrijven.

'Indigestie?' opperde Garv. 'Winderigheid?'

'Nee...' zei ik, verward. 'Ik geloof dat het... opwinding is.'

Garv begon weer te huilen.

Noem het hormonen, noem het Moeder Natuur, noem het wat je wilt, maar tot mijn grote verbazing wilde ik echt graag een baby. Toen, met zeven weken, nadat ik mijn eerste echo had laten maken, explodeerde mijn liefde gewoon. De korrelige, grijze foto toonde iets kleins, een bobbeltje dat iets donkerder was dan de andere bobbeltjes eromheen, en het was onze baby. Een ander menselijk wezen, nieuw en uniek. Wij hadden het gemaakt en ik droeg het.

'Het is een wonder,' fluisterde ik tegen Garv toen we het bestudeerden.

'Het wonder van nieuw leven,' beaamde hij ernstig.

In een woeste, feestelijke stemming namen we de rest van de dag vrij en gingen in een restaurant lunchen waar ik soms met klanten naartoe ging, maar waar ik nooit eerder had kunnen genieten. Ik slaagde er zelfs in een halve kip naar binnen te werken zonder te boeren. Daarna slenterden we door de stad en hij haalde me over een JP Tod-handtas te kopen (de tas die Helen nu wil hebben). Hij was zo duur dat ik hem nooit zelf had kunnen kopen, zelfs niet van mijn rekening voor leuke dingen.

'De laatste keer dat we geld voor dit soort dingen zullen hebben,' verklaarde hij vrolijk. Toen kocht ik een cd voor hem met een of andere saxofonist die hij zeer bewonderde. 'De laatste keer dat je de kans krijgt naar muziek te luisteren,' verklaarde ik, ook vrolijk. Het was een van de mooiste dagen van mijn hele leven.

Dat was toen we besloten Huppeltje en Renner aan Dermot te geven. Hij was erg op ze gesteld geraakt, en hoewel we het triest vonden ze kwijt te raken, hadden we besloten ze hoe dan ook weg te geven wanneer de baby kwam. We hadden genoeg horrorverhalen gehoord over jaloerse huisdieren die baby's aanvielen, en hoewel Huppeltje en Renner dergelijke neigingen niet vertoonden, vonden we dat we geen risico's konden nemen. Dus gaven we ze, onder tranen, aan Dermot, en beloofden ze regelmatig te komen bezoeken.

Rond die tijd begonnen er ook andere dingen te veranderen. Ik was nooit gek op mijn lichaam geweest. Ik bedoel, ik verafschuwde het niet genoeg om het uit te hongeren of erin te snijden, maar het was nooit iets geweest om blij mee te zijn. Maar met mijn zwangerschap kwam een complete verandering; ik voelde me rijp en prachtig en machtig en – ik weet dat het raar klinkt – *nuttig*. Tot dan had ik mijn schoot op dezelfde manier beschouwd als de sleutelring aan mijn handtas: het was noch decoratie, noch nuttig, maar het hoorde erbij, dus legde ik me erbij neer.

Nog een nevenproduct van mijn zwangerschap was dat ik me goddank normaal voelde; want wegens mijn gebrek aan moederlijke instincten had ik gedacht dat ik bijna een monster was. Voor het eerst sinds lange tijd voelde ik me in de pas met de rest van de wereld.

Je wordt verondersteld het pas na de twaalfde week tegen mensen te zeggen, en ik ben normaalgesproken vrij goed in iets geheimhouden, maar nu niet. Dus in week acht vertelden we het nieuws aan onze families, die verrukt waren – de meesten van hen, in ieder geval. 'Ik dacht al dat je een Jaffa was,' zei Helen kil tegen Garv.

'Wat is een Jaffa?'

'Een sinaasappel die geen zaad heeft.'

Hij zag er nog steeds verward uit. 'Ik dacht dat je met losse flodders schoot,' verduidelijkte ze, 'en ik dacht dat het nooit meer zou gebeuren.'

Vervolgens belde ik Emily, een van de weinige mensen die ik kende die alles van mijn onwil om zwanger te worden af wist – en alleen omdat ze er hetzelfde over dacht. Ze was een van die mensen die, als je vroeg of ze van kinderen hielden, antwoordde: 'Ik ben dol op ze! Maar ik kan niet een hele op!'

Ik vertelde haar het nieuws dat ik acht weken zwanger was, en toen ze me vroeg: 'Ben je gelukkig?' hoorde ik mezelf antwoorden: 'Ik ben nog nooit in mijn leven zo gelukkig geweest. Het was stom van me er zo lang mee te wachten.'

Er viel een stilte en toen klonk er gesnuif. 'Huil je?' vroeg ik achterdochtig.
'Ik ben zo blij voor je,' snikte ze. 'Dit is heerlijk nieuws.'

Het was tijdens een routinebezoek aan de badkamer op een zaterdagmiddag dat ik het zag. Het waren niet de druppeltjes waar ze het over hadden gehad. Dit was scharlakenrood en het was *overal*.
'Garv!' riep ik, verbaasd dat ik zo normaal klonk. 'Garv! ik geloof dat we naar het ziekenhuis moeten.'
Buiten, bij de auto, besloot ik dat ik zelf wilde rijden. Ik was erg stellig; het had iets te maken met controle, waarschijnlijk. En Garv, die zelden zijn geduld verliest, stond op straat, en schreeuwde: 'IK RIJ, VERDOMME.'
Ik herinner me elk deel van de rit naar het ziekenhuis als een bijna hyperwerkelijkheid. Alles was scherp en duidelijk. We moesten door de stad, die op zaterdagmiddag stampvol mensen was die boodschappen deden, en we konden amper door de straten rijden. Al die mensen gaven me het gevoel volkomen alleen op de wereld te zijn.
Bij het ziekenhuis parkeerden we in een ambulancevak, en tot op de dag van vandaag kan ik je nog precies vertellen hoe de receptioniste eruitzag. Ze beloofde me dat ik zo snel mogelijk zou worden onderzocht, daarna gingen Garv en ik op oranje plastic stoeltjes, die aan de vloer waren vastgespijkerd, zitten wachten. We spraken niet.
Toen ik door een zuster werd gehaald, beloofde Garv: 'Het komt allemaal goed.'
Maar het kwam niet goed.
Het was een foetus van negen weken, maar ik had het gevoel dat er iemand was gestorven. Het was te vroeg om het geslacht te kunnen vaststellen en dat maakte dat ik me nog beroerder voelde.
Een gedeeld verlies is moeilijker, denk ik. Ik kon mijn eigen verdriet verdragen, maar niet dat van Garv. En er was iets dat ik hem moest zeggen voordat de schuld me helemaal opvrat. 'Het is mijn schuld, omdat ik het niet wilde. Hij of zij wist dat het ongewenst was.'
'Maar je wilde het.'
'Niet in het begin.'
En hij had me niets te zeggen. Hij wist dat het waar was.

26

Op zondagavond kwam Lara langs.
'Niet uit met Nadia?' vroeg Emily.
'Nee, ze heeft haar edele delen laten bleken en kan niet zitten.'
'Wat?' Ik verslikte me bijna. 'Haar edele delen? Bleken?'
'Het is het nieuwste op het gebied van plastische chirurgie,' legde Lara uit. 'Veel meisjes laten het doen. Om het er mooier uit te laten zien.'
'Net zoiets als je tanden witter laten maken,' viel Emily in. 'Maar dan van onderen.'
'Jullie maken een geintje!'
'Niet waar!'
'Maar wie ziet... wanneer...?' Ik stopte. Ik wilde het niet weten.
'Ik heb iets voor mezelf gekocht.' Lara schoof ons een doos toe.
'Prachtig,' zei Emily. 'Wat is het?'
'Het is mijn nieuwe nummermelder. Zo geavanceerd dat ik bijna kan horen wat mijn beller denkt. Luister eens naar alle functies!'
Terwijl ze alle dingen opsomde die het apparaat kon doen, deed ze me aan Garv denken – jongens en hun speeltjes – en ik vroeg me af of er een overeenkomst was tussen van hebbedingetjes houden en seks willen met meisjes.
We namen een fles wijn mee naar buiten en installeerden ons op de zonnebedden in de geurige achtertuin, waar Lara probeerde Emily te ondervragen over haar zesendertig uur durende afspraak met Lou. Maar Emily wees hem nors van de hand: 'Ik heb me wel geamuseerd maar hij zal niet bellen.' Ze wilde veel liever uitweiden over haar werksituatie.
'Het nieuwe scenario komt maar niet van de grond, dus als Mort Russell *Plastic Money* afwijst, kan ik het schudden. Einde spel.' Ze blies in

haar handen en haar gezicht was bleek. 'Ik heb geen andere keus dan terug te gaan naar Ierland.'

Lara schudde haar hoofd. 'Ik heb erover nagedacht. Er moet toch ander werk zijn dat je kunt doen.'

'Welja, ik hoor dat ze nog een serveerster zoeken bij starbucks.'

'Nee, ik bedoel ander schrijfwerk, scripts opleuken.'

'Wat is dat?' vroeg ik aan Emily.

'Ik neem een beroerd script dat op het punt staat in productie te worden genomen, zorg dat het goed loopt, voeg grappen toe en maak de hoofdpersonen driedimensionaal en sympathiek. Daar krijg ik een karig loontje voor en een ander gaat met de eer strijken.' Emily zuchtte. 'Ik vind het leuk werk, maar er zijn zoveel schrijvers in deze stad en we jagen allemaal op dezelfde werkstukken. David zegt dat hij het voor me heeft geprobeerd.'

'Agent van niks. De tijd is gekomen om het heft in eigen handen te nemen,' moedigde Lara aan.

'Dat doe ik toch?!'

'Je moet meer doen dan er mooi uitzien en je visitekaartjes op feestjes rondstrooien. Je moet mensen *lastigvallen*. Althans, als je echt niet terug wilt naar Ierland.'

'Ik wil het echt niet.'

'Goed. Ik zal eens zien of ik iets aan kan zwengelen, en Troy ook. En hoe zit het met die Ierse jongen? Je weet wel, die van Dark Star Productions. Shay huppeldepup. Shay Mahoney?'

'Shay Delaney.' Naast me voelde ik Emily's plotselinge lamlendigheid.

'Ja, hij. Ik vraag me af of hij geen slechte Ierse films heeft die een opleukbeurt kunnen gebruiken.'

'Ik weet zeker dat hij genoeg beroerde Ierse films heeft die een opleukbeurt kunnen gebruiken,' zei Emily. 'Maar geen geld om ervoor te betalen.'

'Dat weet je niet,' peinsde Lara. 'Bel hem. Overtuig hem.'

Emily maakte afwijzende geluiden en ik was opgelucht. Ik wilde niet dat ze hem belde.

'O, ik heb genoeg van al dat sombere gedoe!' verklaarde Emily. 'We moeten worden opgevrolijkt. Lara, wil je ons je "Ik ben oké, jij bent oké"-verhaal vertellen?' Ze ging er eens lekker voor liggen, als een kind dat zich voorbereidt op een verhaaltje voor het slapengaan. 'Begin maar,' moedigde ze aan, op de toon van iemand die dit al vele, vele keren heeft gehoord. '"Ik was al zeven jaar negentien en dat begon zichtbaar te worden..."'

Lara haalde diep adem en stak van wal. 'Goed, ik was dus al zeven jaar negentien en dat begon zichtbaar te worden. Ik was het mooiste meisje op mijn school, en zeven jaar ervoor was ik naar LA gekomen in de hoop de volgende Julia Roberts te worden.'

Emily bewoog haar lippen geluidloos mee.

'Maar LA was vol jonge meiden die de mooiste meisjes van hun school waren en ik was niets bijzonders.'

Ik begon te protesteren dat Lara wel *erg* bijzonder was, maar ze onderbrak me.

'Absoluut niet. Kijk om je heen, deze stad is vol mooie meiden. Ze zijn overal en iedere week komen er duizenden nieuwe bij, zie je het voor je? Maar in die tijd wist ik dit niet. Dus ik begon werk te zoeken, liep tegen een stenen muur en het eindigde ermee dat ik betaald toneel ging doen.'

'Wat is dat?'

'Producties waarvoor je betaalt om erin mee te doen.'

'*Jij* betaalt *hun*?'

'Ja, maar er is altijd een kans dat een of andere beroemde regisseur je opmerkt en je hebt iets om op je cv te zetten. Hoe dan ook, daarna kreeg ik een paar figurantenrolletjes waarvoor *zij mij* betaalden, en ik dacht dat ik goed op weg was. Tussen mijn acteerbaantjes door werkte ik als serveerster en liet mijn borsten en lippen doen.'

'Vergroten,' verklaarde Emily. 'En een of andere directrice van een castingbureau zei haar dat ze vijf kilo moest afvallen.'

'Was haar naam soms Kirsty?' vroeg ik sarcastisch.

Op dat punt werd Lara's verhaal onderbroken omdat Emily haar een boekje opendeed over Kirsty, die mij had gezegd dat ik vijf kilo moest afvallen. (Ik had overdreven om het erger te laten lijken.) Lara sputterde verontwaardigd, en Emily voegde eraan toe: 'Dat werd haar echt aangeraden, hoewel ze al zo dun als een rietje was – dus verhoogde ze haar dagelijkse oefeningen met vier uur. Daarna begon ze zichzelf uit te hongeren en at alleen nog maar twaalf grapefruits en vijf rijstwafels per dag.'

Ik geloofde haar niet. Niemand zou dat kunnen overleven.

'Het is waar,' bevestigde Lara. 'Ik leed voortdurend honger.'

'Ondanks de pillen die je innam,' hielp Emily haar herinneren.

'Dat klopt. Ik kende elke dokter die neprecepten uitschreef. Ik gebruikte zoveel speed – dat zijn die dieetpillen in feite – dat mijn mond altijd droog was, mijn hart als een gek pompte...'

'...en ze voortdurend moordlustig was,' vulde Emily het laatste deel aan.

'Ik was zo arm en zo ongelukkig. Zes van de zeven dagen lukte het me om me aan mijn dieet te houden – en het was als Russische roulette, ik wist nooit welke kamer geladen was – en op die ene dag viel ik mijn dieet af. En hoe! Drie bekers ijs, een pond chocola, vier pakken koek... daarna zorgde ik ervoor dat ik het allemaal uitkotste.'

'Boulimie,' verduidelijkte Emily ernstig. 'En het werkte allemaal niet.'

'Nee. In plaats van sprekende rollen te krijgen, hielden zelfs de figurantenrolletjes op. Ze zeiden dat mijn "look" voorbij was. Grote, blonde Arische types waren uit, en meiden met grote ogen, die eruitzagen alsof ze als kind waren misbruikt, waren in.'

Ze wachtte en Emily nam het over: '"Ik ben naar drieëntwintig audities gegaan zonder dat ik één keer werd teruggebeld."'

'Ik ben naar drieëntwintig audities gegaan zonder dat ik één keer werd teruggebeld, en ik had al twee jaar geen betaalde acteerklus gehad. Ik was volkomen platzak en al die tijd werd ik ouder, mijn kont zakte af, mijn gezicht kreeg lijntjes, en iedere week stapten duizenden *echt* negentienjarigen uit de bus en liepen in de stad met hun frisse tienerlijfjes te koop. Ik kon het gewoon niet opbrengen om weer als serveerster aan de slag te gaan, dus ging ik met een regisseur naar bed – een *man* – die me een rol beloofde. Het is nooit gebeurd. Toen werd ik wanhopig en ging met een *schrijver* naar bed.'

'Waarom is het erger om met een schrijver naar bed te gaan dan met een regisseur?'

Emily en Lara grinnikten. 'Omdat schrijvers in Hollywood geen macht hebben,' legde Emily uit. 'Ze zijn de amoebes van de Hollywoodse voedselketen, en staan zelfs nog lager op de loonlijst dan de cateraars op een filmset.'

'Toen,' Lara beet op haar lip, 'net toen ik dacht dat het niet erger kon worden, gooide mijn vriendin me het huis uit. Ze was erachter gekomen dat ik met die regisseur naar bed was geweest. Ik had geen baan, geen geld, geen vriendin, geen zelfrespect – zelfs geen rijstwafels. Het lange, duistere cocktailuur van de ziel.' Ze lachte, maar voegde eraan toe: 'Het was verschrikkelijk – echt verschrikkelijk. De droom was voorbij, ik wist dat ik was verslagen en het brak gewoon mijn hart. Ik zag mezelf al weer met de bus naar huis gaan, naar Portland, en ik voelde me de grootste mislukkeling van de geschiedenis van de wereld. Nou, daar heb je het – mijn ellendige leven als actrice!'

'Je hebt tenminste geen pornofilm gedaan,' troostte ik haar.

'O, zeker wel.' Ze klonk verbaasd. 'Ik heb het zelfs op mijn cv gezet. Voor een tijdje.'

'Maar de moraal van het verhaal,' zei Emily. 'Laten we niet afdwalen.'

'De moraal van het verhaal is dat ik dacht dat ik nooit meer gelukkig zou zijn,' zei Lara. 'Ik was zesentwintig jaar en volkomen uitgewrongen. Ik had plastische chirurgie gehad, ik had vijf jaar van mijn leven gegeven, ik had geen greintje hoop meer over en ik had niets om trots op te zijn. Ik verafschuwde mezelf en wilde dat ik dood was.'

'Ze heeft geprobeerd haar polsen door te snijden,' zei Emily.

'Maar zelfs dat lukte me niet. Wist je dat je in de lengte moet snijden in plaats van overdwars?'

'Ja.'

'Slimmer dan ik. Maar nu komt het – mijn leven werd beter. Ik nam het besluit mijn dromen los te laten, omdat ze me vermoordden, en ik stopte ermee het onmogelijke van mezelf te eisen. Ik veranderde mijn houding en besloot me te richten op wat ik had in plaats van op wat ik niet had. En bovenal besloot ik niet verbitterd te zijn.'

'En je ging terug naar school,' zei Emily.

'Ja, ik ging terug naar school, en twee dagen – *twee dagen* – nadat ik die kleine lettertjes achter mijn naam had gekregen, werd ik ingehuurd door een productiemaatschappij. Dus ik kreeg toch werk in de filmindustrie, begrijp je? Ik had niet achter de schermen willen werken, ik had voor de camera willen staan, maar ik legde me erbij neer en deed wat er gedaan moest worden. En ja, er zijn momenten dat ik een meisje op het witte doek zie en wou dat ik het was,' zei ze. 'Maar meestal heb ik er vrede mee. Ik hou van mijn baan – behalve die keer dat ik op het nippertje een rol in *Two dead men* misliep. Ik hou van de films waar ik aan werk en ik ben over dat meisje van toen heen. Nou, dat was het.'

'Ik ben dol op dat verhaal,' verzuchtte Emily. 'Het maakt dat ik denk dat wat er ooit zal gebeuren, ik oké zal zijn. En dat geldt ook voor jou, Maggie.'

We vervielen in een hoopvolle stilte, en voor de eerste keer hoorden we een gesprek van de buren over de heg drijven. De Geitenbaardjongens zaten ook in hun achtertuin tegen de avondlucht te praten.

Een van hen zei: '...korsterig en een beetje groen...'

Dit wekte gekreun, en: 'O, man!'

'Alsof ik scheermessen pieste,' zei de eerste stem weer, gevolgd door meer gekreun.

'Geslachtsziekte,' fluisterde Emily, haar gezicht stralend van walging. 'Ssst, luister. Een van hen heeft een soa.'

Natuurlijk luisterden we en er werd meer gepraat over vuur piesen en een bezoek aan de dokter.

'Wie van hen is het?' vroeg Lara. 'Ethan? Curtis?'

'Ik wed dat het Ethan is.'

'Klinkt niet als Ethan.'

'En Curtis is te vreemd, wie zou er met hem naar bed gaan?'

'Het zou je verbazen.'

We spitsten onze oren nog wat meer. Wie het ook was, zijn pik was als een gevarenzone en de dokter had de ellende verergerd door een soort parapluutje in het ontsteken lid te schuiven – en open te klappen! Achter de heg rezen kreten van afschuw de avond in, en ik voelde me een beetje misselijk worden.

'Het is niet Luis,' hield ik vol. 'Hij is te lief.'

'Wie dan?'

'Ik moet het weten.' Emily trok haar ligbed naar de heg, ging erop staan en gluurde eroverheen. 'Wie van jullie is het? *Luis*? Dat verbaast me.'

Nog steeds staande op het bed, draaide ze zich om naar ons. 'Het is Luis, en ze vragen of we naar hen toe willen komen. Ze drinken tequila's. Man, dat is echt fantastisch!'

Ondanks haar sarcasme scheen ze maar al te graag naar de andere kant te willen gaan. Lara ook, en ik had er geen problemen mee: bijna alles wat ik in Los Angeles deed was vreemd en nieuw, dit was niet anders. Maar toen we naar hun donkere huis liepen, kreeg ik de schrik van mijn leven toen ik een boom van een kerel uit het donker zag opdoemen. Het bleek het kartonnen model van Darth Vader te zijn – Curtis' kostbaarste bezit. 'Ik heb ook een C-3PO en een Chewbacca-pak,' pochte hij. 'En drie van de originele posters.'

God, hij was echt eigenaardig. Om hem een lol te doen, zei ik opgewekt: 'Je bent dus een Trekkie.'

'*Star Wars.*' Hij klonk verbijsterd. 'Niet *Star Trek.*' Binnensmonds hoorde ik hem verachtelijk mompelen: '*Meiden.*'

Ja hoor.

Ze sleepten hun gebloemde oude bank naar buiten, waar Luis op werd gelegd, en hij had iets van een invalide over zich. Zijn handen dwaalden telkens beschermend naar zijn kruis. Of misschien was het alleen om nieuwsgierige blikken te weren: Emily, Lara en ik staarden langdurig en doordringend naar het aangetaste gebied.

'Jullie meiden zien eruit alsof jullie röntgenogen hebben,' zei hij nerveus.

'Hebben we ook.' Lara knipoogde dreigend.

Ethan kwam naar buiten met glazen tequila, en bleef voor me staan. 'Je ziet er anders uit,' zei hij nadenkend.

'Geen fietsbroek over haar hoofd.' Dit kwam van Luis.

'Nee-ee, dat is het niet.' Hij gaf Curtis een por, en siste als een mammie: 'Ga van die bank af en laat de dames zitten,' daarna keek hij weer onderzoekend naar mij. 'Je hebt toch niet... je snor af laten scheren?'

'Ze heeft haar wenkbrauwen laten doen,' zei Lara.

'Aha, dat moet het zijn!'

En zo begon een plezierige, ontspannen avond die pas eindigde toen er een discussie ontstond over wie de worm op de bodem van de fles moest krijgen. ('Stop!' zei ik tegen Lara en Emily, die beiden rood van opwinding zagen. 'Het is Ethans fles. Hij moet hem krijgen.')

Daarna gingen we allemaal naar huis en sliepen als een blok.

27

Ik werd wakker en zag een vrouwtje dat bezig was mijn kamer te stoffen. Conchita, was het enige wat ik kon bedenken.
'Sorry dat ik je heb gewekt,' zei ze stralend.
'Ik was al wakker,' loog ik, en greep wat kleren bij elkaar. In de keuken was Emily haastig bezig haar sandalen aan te trekken.
'Ik ben vergeten een muffin voor Conchita te kopen, dus ik ren even naar Starbucks. Ze weigert aan de badkamer te beginnen, tenzij we haar een zoete injectie geven.'
'Ik zal wel gaan,' bood ik aan, nog steeds in mijn blijf-bezig toestand.
'Weet je het zeker? Nou, bedankt. Maar luister, ze eet niets met vruchten erop,' gilde ze me achterna.
Buiten bleek de zoveelste prachtige dag te zijn aangebroken. Het was weliswaar een maandag, maar de wereld baadde in een triomfantelijk geel licht, en alles zag er perfect uit – de leuke huisjes, de gemaaide grasvelden, de fluwelen bloemblaadjes van helderroze bloemen.
In Starbucks kocht voor ons ieder een chocolademuffin, ook al zou Emily de hare alleen maar in stukjes verkruimelen en verkondigen dat ze vol zat. Daarna ging ik terug naar huis en kwam onderweg langs Reza's salon. Ze stond grimmig aan iemands haar te rukken. Ik zwaaide naar haar en ze keek me aan. Precies zoals het moest zijn! God was in zijn hemel en met de wereld was alles volmaakt in orde.
Maar zodra ik het huis binnen kwam, wist ik dat er iets vreselijks was gebeurd. Emily lag lag bevend op de bank en Conchita verzorgde haar.
'Afgewezen,' verklaarde Emily.
Heel even dacht ik dat ze het over een examen had of een rijtest. Waar ik vandaan kom, betekent 'afgewezen' dat je 'gezakt' bent.
'Wie heeft wat afgewezen?'

'Mort Russell. Hothouse heeft mijn script afgewezen. David heeft net gebeld.'

Schrik nagelde me aan de vloer. Dat konden ze niet hebben gedaan. Ze hadden het toch over Julia en Cameron gehad? En drieduizend bioscopen? Het duurde even voor mijn hoop vervloog, om vervolgens te begrijpen dat niets van dat alles zou gebeuren. Die leugenachtige schoften!

Emily lag te hyperventileren, haalde gierend adem, huilde en beefde, maar haar ogen waren droog. 'Wat moet ik doen? Ik ben belazerd, ik ben volkomen belazerd. Ik heb geen geld, geen rooie cent. O mijn god, o mijn god!'

Vanuit haar schortzak haalde Conchita een flesje te voorschijn. 'Xanax,' zei ze, 'om haar te kalmeren.' Ik maakte een handgebaar van: ga je gang, geen tijd te verliezen.

'Mag ik er twee?' vroeg Emily.

'Natuurlijk.'

Maar terwijl Conchita een paar pillen op haar handpalm schudde, gaf Emily haar een duwtje, en voor ik wist wat er gebeurde had ze er niet twee, maar vier gepakt en in haar mond gepropt.

'Sorry,' mompelde ze – maar ze slikte ze in een keer door.

Conchita en ik keken elkaar aan. Wie waren wij om het haar te ontzeggen?

Weer sloeg er een golf van ongeloof toe. 'Maar ze waren zo enthousiast' zei ik. 'Het klonk als een uitgemaakte zaak.'

'Zo doen ze allemaal.'

'Hebben ze gezegd waarom ze het hebben afgewezen?'

'Ze *zeiden* dat het op dit moment niet is wat ze zoeken,' hijgde Emily. 'Maar ik weet niet wat de waarheid is. Waarschijnlijk vonden ze het gewoon afschuwelijk.'

'Ssst,' troostte Conchita. Ze trok Emily tegen haar boezem en streelde haar haar.

'Maar...' begon ik weer, met een hoofd vol verontwaardigde vragen, maar Conchita voorkwam ze door vastberaden met haar hoofd te schudden.

We zaten in stilte bijeen terwijl de hopeloze dag voorbij tikte. Ik was er kapot van. Alles had om deze doorbraak gedraaid, en hoewel ik er mijn zorgen over had gehad, had ik er nooit rekening mee gehouden dat het niet door zou gaan. Wat zou Emily nu gaan doen? Met mij mee terug naar Ierland gaan? Maar ik wilde niet naar huis. Vooral nu niet. Nu Troy – op dat moment drong het pas tot me door dat hij nog steeds niet had gebeld. Tenzij hij had gebeld terwijl ik de muffins was gaan halen, maar het was nu niet het juiste moment om daar naar te vragen...

'Misschien wil je naar bed?' stelde Conchita voor, en Emily knikte gehoorzaam.

'Vier xanax, ze zal tot woensdag slapen,' zei Conchita tegen mij.

Ik stond op het punt een paar pillen voor mezelf te vragen toen de telefoon ging. Ik dacht meteen aan Troy, maar toen ik opnam, hoorde ik een vrouwenstem zeggen: 'David Crowe wil Emily O'Keeffe aan de lijn.'

'Ze heeft het druk op dit moment.' Met haar zenuwinstorting. 'Ik ben haar assistente. Kan ik u helpen?'

Maar de vrouw was al weg, en na een paar klikjes hoorde ik Davids stem. 'Hai, Emily!' zei hij grinnikend.

'Ik ben Maggie. Emily is een beetje van streek.'

'Allicht. Maar ik heb goed nieuws. Larry Savage van Empire heeft er een blik op geworpen. Hij wil haar ontmoeten.'

'Nou, dat is geweldig! Wanneer?'

'Nu.'

'O, dat is jammer,' zei ik spijtig. 'Ze kan nu niet komen. Ze heeft net vier xanax ingenomen.'

Een stilte. Geen meelevende.

'Luister even,' zei hij, en alle sporen van hartelijkheid waren verdwenen. 'Ze moet zich bij elkaar rapen en *nu* naar Empire gaan. We kunnen deze afspraak niet verschuiven. Ze moet er vandaag naartoe voordat Larry erachter komt dat Hothouse het heeft afgewezen, xanax of geen klotexanax. Koffie, cocaïne, het kan me niet schelen hoe, maar ze moet op de been worden geholpen. En als het haar niet lukt, doe *jij* het. Ik heb verdomme zo'n beetje mijn leven op het spel gezet.'

Alle vocht was uit mijn mond verdwenen. Hij was zo droog als een vloerkleed. Wat was er met David Crowe gebeurd, de charme in eigen persoon? Ik was bang voor hem, echt bang. Hij klonk zo gevaarlijk, zo dreigend.

En ik had wel door wat er was gebeurd. Op een of andere duivelse manier was David erin geslaagd contact te krijgen met Larry Savage en hem het idee te geven dat Mort Russell nog steeds belangstelling had. Er was een minuscuul kansje voordat Larry zou ontdekken dat Mort het had afgewezen. Als Larry erachter kwam, zat David in de shit. En Emily's laatste kans was vervlogen. Dus moest ze vandaag gaan praten.

Ik keek in Emily's slaapkamer. Ze lag languit, ogen gesloten, Conchita streelde haar voorhoofd. Het had geen zin te vragen wat we moesten doen. En *ik* had geen flauw benul. Ik dacht aan Lara – zij zou kunnen helpen, ook al zat ze tot aan haar oren in de voorbereidingen voor de premièreparty van een of andere film die *Doves* heette. En Troy dan?

'Zou je ons een paar uurtjes kunnen geven?' Ik keek op mijn horloge, het was tien voor halfelf. 'Tot halverwege de middag?' Dat zou Troy of Lara genoeg tijd geven om hierheen te komen, en dan konden zij het overnemen. Zij zouden weten wat ze moesten doen.

'Nee, ik kan jullie niet eens vijf kloteminuten geven,' beet hij me toe. 'De klok tikt door en nieuws verspreidt zich als een lopend vuurtje in deze stad. Het is nu of nooit. Tegen lunchtijd is het allemaal voorbij.'

Ik probeerde wanhopig iets te bedenken, intelligent na te denken. O, *Jezus Christus*! 'O, best... wat kun je mij over Larry Savage vertellen?'

'Larry, Larry, Larry... wat valt er te vertellen?' Er klonk een tikkend geluid, alsof David met zijn pen tegen zijn tanden tikte. 'Tjaaa, er gaat een gerucht dat hij seks met dieren heeft. Maar hoor eens, het is alleen een gerucht!'

Ik onderdrukte mijn frustratie, en vroeg: 'Enige informatie over zijn carrière?'

'Een paar jaar geleden heeft hij *Fred* gemaakt. Weet je nog? Een Engelse herdershond die voorkomt dat het circus wordt gesloten?'

Ik herinnerde het me.

'Heb je hem gezien?'

'Nee. Ik was in die tijd vijf jaar.'

'Schattig,' zei David onaangenaam. 'Nou, dan lieg je maar. Zeg hem dat je ervan hebt genoten.'

'Goed. En kun je me nu vertellen hoe ik naar Empire moet komen?'

Geïrriteerd gaf David me aanwijzingen, en net toen ik me iets kalmer voelde worden, eindigde hij het gesprek door te zeggen: 'Dit is Emily's laatste kans. Zorg ervoor dat ze het niet verziekt.'

'Goed.' Met kloppend hart legde ik de hoorn neer en haastte me naar Emily. Die, wegdrijvend op een roze xanaxwolk, praktisch van de wereld was. 'Ik zal morgen gaan,' zei ze slaperig.

'Morgen is te laat.' Mijn stem klonk hysterisch toen ik de situatie uitlegde.

Gelukkig begreep Conchita hoe de molens in Hollywood draaiden.
'Als de man ontdekt dat die ander het heeft afgewezen zal hij niet blij zijn!' Ze begon Emily van het bed te sleuren.
'Emily, je moet zorgen dat je gaat kotsen,' zei ik dringend.
'Wat?'
'Steek je vingers in je keel en zorg dat je overgeeft. Om die pillen kwijt te raken.'
Hoewel ze verdwaasd was, keek ze me walgend aan.
'Het spijt me. Maar wanhopige omstandigheden vragen om wanhopige maatregelen.'
Conchita en ik hielpen haar naar de badkamer, maar ondanks indrukwekkende, onmenselijke geluiden die vanuit haar tenen leken te komen, lukte het haar niet de pillen eruit te kotsen.
'Het gaat niet,' zei ze, en hing tegen de wasbak. Haar voorhoofd baadde in het zweet van haar inspanningen.
'Nog een keer,' moedigde ik aan. 'Probeer het nou nog één keer.'
'Goed.'
Maar hoewel ze zich inspande tot haar gezicht knalrood was en de tranen uit haar ogen liepen, had ze nog steeds geen succes. Wat moest ik met haar doen?
Conchita was echter onverbiddelijk. 'Emily, ga onder de douche staan! En jij...' ze wees naar mij, 'gaat koffie zetten. Sterke!'
Na haar douche kleedden we Emily aan en probeerden we een kam door haar haar te halen.
'Je ziet er goed uit,' bemoedigde Conchita haar.
'Mijn dure pakje is bij de stomerij, ik heb geen reiki gehad, en mijn haar ziet eruit alsof ik in windkracht tien heb gelopen.'
'Maakt niet uit,' zei Conchita, terwijl ze haar een kop stroperige koffie opdrong. 'Je gaat praten, dametje!'
Toen we klaar waren om te vertrekken, haalde Conchita een plastic flesje met gewijd water te voorschijn en besprenkelde ons met handen vol. Toen er een druppel op Emily's gezicht spatte, keek ze me verward aan.
'Maggie, gebeurt dit echt? Of droom ik?'
'Het gebeurt echt,' zei ik grimmig, waarna ik haar naar mijn auto voerde en me afvroeg hoe ik verdomme bij The Valley kwam.
De rit was verschrikkelijk. Mijn hart bonkte tegen mijn ribben en mijn adem wilde niet naar binnen – er is niets angstwekkenders dan de LA-

snelwegen wanneer je niet weet waar je naartoe gaat. Aan alle kanten word je omgeven door agressieve automobilisten. Mijn rechterarm smeekte om te worden gekrabd. Om de zaken nog erger te maken, probeerde ik Emily over te halen haar gesprek te oefenen.

'Camera zwenkt over een boezem...'

'Goed,' probeerde ik haar te bemoedigen. 'Goed.' Ik zag een sluipweggetje en tuurde rond, zoekend naar borden. 'Moeten we hier afslaan?' En hoe moest ik door drie rijen auto's komen om dat te doen?

Tegen de tijd dat ik dat voor elkaar had gekregen was Emily stilgevallen. Ik haalde mijn ogen net lang genoeg van de weg om te zien dat haar kin op haar borst stuiterde en dat er een dun straaltje kwijl op haar tweedekeus-pakje droop. Christus! Dat konden we net gebruiken. Dat ze halverwege het gesprek in slaap viel.

Ik schudde haar heen en weer, en smeekte: 'Wakker worden, en probeer wakker te blijven. Alsjeblieft!'

'O mijn god, Maggie,' mompelde ze. 'Dit is een nachtmerrie.'

Ik had met haar te doen, want ze begreep echt wel hoe ernstig de situatie was, maar ze kon zichzelf gewoon niet onder controle krijgen.

'Ik kan het niet,' zei ze.

'Je kunt het wel.'

'Niet waar.' Er viel een stilte en ik wist wat er nu zou komen. 'Wil jij het doen?'

'Wat? Met ze praten?'

'Ja.'

Wat kon ik zeggen? 'Dan moet je me uitleggen hoe het moet,' zei ik opgelaten.

Vanaf dat moment probeerde ik me zowel op het gesprek te concentreren als op de weg. Mijn handpalmen waren zo nat dat ze over het stuur gleden en ik kon nog steeds niet genoeg lucht naar binnen krijgen.

Op een gegeven moment is het achter de rug, hield ik mezelf voor. Ergens in de nabije toekomst zal er een eind aan deze verschrikkelijke dag zijn gekomen. Toen veranderde ik het in: op een dag zal ik dood zijn en rust hebben en niets van dit alles zal er nog toe doen.

Meer door geluk dan wijsheid kwamen we uiteindelijk bij Empire Studio's. Je kon het niet missen. Boven op de twee hekpalen stonden gigantische *Freds*.

Ik liet het raampje zakken en gaf onze namen door aan de man met het klembord, die bevestigde dat we op de lijst stonden. 'Welkom bij Empire Studio's.'

'Leuke honden.' Ik knikte naar de *Freds*.

'O ja?' De man lachte. 'Het punt is dat de man die ze heeft gemaakt een wrok koesterde tegen de studio. Als het regent lijkt het of de honden piesen.' Toen gebaarde hij opgewekt dat we erdoor mochten.

Empire Studio's zag er heel anders uit dan Hothouse. Hothouse was een en al glas en staal geweest, maar deze studio zag eruit alsof hij in de jaren dertig was gebouwd: rijen onaanzienlijke, witte, lage gebouwen. Het deed me denken aan een vakantiekamp.

Niet dat het betekende dat Empire minder succesvol of machtig was dan Hothouse, het betekende alleen dat het langer bestond. De receptieruimte hing vol met posters van mega-succesvolle films, net als bij Hothouse. Het enige verschil was dat het me ditmaal niet opwond. Het voelde allemaal als pure bedriegerij, en hoewel mijn knieën net zo slap waren als ze daar waren geweest, was het nu van angst, niet van opwinding.

'Neem even plaats,' zei de vanzelfsprekend mooie receptioniste.

'Gaat het?' fluisterde ik tegen Emily toen we waren gaan zitten.

'Ja, ik heb alleen het gevoel dat ik droom.'

'Probeer wakker te blijven,' moedigde ik haar wanhopig aan.

'Ik zal het proberen.'

Een paar minuten later werden we opgehaald door de assistente van Larry Savage, een leuke vrouw die Michelle heette.

'Ik heb van je script genoten,' zei ze hartelijk. 'Echt genoten.'

Ik kon me er nog net van weerhouden mijn bovenlip naar haar op te trekken.

'Deze kant op, alsjeblieft,' zei ze, en begeleidde ons door de hitte naar Larry Savages chalet.

Ik had Larry Savage een keer gezien – vluchtig – bij het Club House, en hij zag eruit zoals ik het me herinnerde: een montagefoto van een Hollywood-producer. Hij had de bruine kleur, mooie tanden, een goedgesneden lichtgewicht pak en – ongetwijfeld – overtuigende mooie praatjes. Ik was in zeer korte tijd erg cynisch geworden.

Hij zat te telefoneren toen we naar binnen werden geleid. 'Kan me verdomme niet schelen,' brulde hij. 'We hebben genoeg reclame gemaakt. Als niemand reageert, gaat het regelrecht naar video.' Een dreigende stilte, toen schreeuwde hij: 'Nee, je kunt de MIJNE kussen!'

Daarna smeet hij de hoorn op het toestel, en wendde zich tot Emily en mij. 'Acteurs,' zei hij, met een bedroefde glimlach.

'Ja.' Ik liet mijn ogen rollen alsof ik er alles van begreep, en begon ons voor te stellen.

'Goed. Ik heb je script gelezen,' begon hij.

Ik hief bijna beschermend mijn arm om de lawine van nepcomplimentjes af te weren. Geestige, scherpe, fantastische dialogen – hadden we dat al niet eerder gehoord?

'Ik vond het verschrikkelijk!' verklaarde Larry.

Kijk, dat had ik dus *niet* verwacht. Vervolgens vroeg ik me af of het zoiets zou worden als: 'Ik vond het zo verschrikkelijk dat ik je drie miljoen voor de rotzooi wil betalen.'

Jammer genoeg werd het dat niet.

'Ik vond het verschrikkelijk,' herhaalde Larry. 'Ik voor mij, ik hou van dieren!'

'Dat hebben we gehoord,' sliste Emily naast me.

Ik kneep haar in haar arm.

'Fred, Babe, Beethoven, nou *dat* was een film...' verzuchtte Larry peinzend. 'Maar de studio is op zoek naar iets geestigs.' Hij gaf een klap op het script dat voor hem lag. 'Dit is echt geestig.' Hij slaagde erin er nors over te klinken. 'Het is brutaal, pittig, snel. Maar ik heb een idee, luister naar me!'

We knikten. Niet dat het enig verschil maakte, hij was van plan zijn zegje te doen. 'Deze meisjes in je film slaan op de vlucht. Wat als hun hond meegaat, die zich in de kofferbak van de auto verstopt, ze ontdekken hem wanneer het te laat is om hem terug te brengen, maar ze zijn er echt blij om. Dan waarschuwt hij ze als de achtervolgers eraan komen. Je weet wel, hij wekt ze door met zijn tanden de dekens van het bed te trekken.' Plotseling begon Larry met een falsetstem te praten. '"Wat is er, Chip? Heb je naar gedroomd, jongen? Ga maar weer slapen, knul. O, je wilt niet? Je denkt dat de achtervolgers eraan komen. Wakker worden, Jessie, wakker worden!!!"' Hij ging verder met zijn normale stem. 'Het hondje redt hun dag. Heb je daar een probleem mee?' blafte hij (toepasselijk) tegen Emily.

Zwijgend schudde ze haar hoofd.

'Fantastisch.' Plotseling was hij een en al glimlach. 'Ik verheug me erop met jullie samen te werken. Mijn mensen nemen contact op met jullie mensen.'

Toen, een arm rond onze schouders, begeleidde hij ons terug naar de al te heldere zonneschijn.

Terwijl Emily zich naar de auto sleepte, mompelde ze: 'Heb ik dat stukje gedroomd?'

'Het stukje over de hond die hen van de achtervolgers redt?'

'Nee, dat stukje over zijn mensen die contact opnemen met mijn mensen.'

'Hij heeft het echt gezegd.'

'Maar niemand zegt dat *ooit* in het echte leven.'

'Dit is niet het echte leven.'

Pas toen we in de auto klommen, merkten we dat geen van ons met hem had hoeven praten.

'Na al ons oefenen,' zei ik lachend. 'Maar het is waarschijnlijk het beste geweest.'

'Hoe is het volgens jou gegaan?' vroeg Emily, verdwaasd. 'Bestaat er een kans dat hij het koopt en mijn leven redt?'

Ik dacht erover na – er was helemaal niet gesproken over snel opnemen, het groene licht, drieduizend bioscopen of megasterren. Maar Mort Russell had dat wel gedaan en het was op niets uit gelopen, dus wie weet? En zou Emily haar geestige, sexy script wel willen herschrijven tot *Chip, the Wonder Dog*? Maar voordat ik er iets over kon zeggen, was Emily naast me in slaap gevallen. Ze sliep gedurende de hele helse rit naar huis, dus wist ze helemaal niet dat ik op de 405 een verkeerde afslag nam, en tot halverwege Tijuana moest rijden om te kunnen keren.

Eenmaal terug in Santa Monica, was ze met geen mogelijkheid wakker te krijgen, dus moest ik de Geitenbaardjongens erbij roepen. Ik kreeg Ethan zover me een handje te helpen haar uit de auto te dragen. Wat bijna meer moeite was dan het waard was, omdat hij me haar armen liet pakken en erop stond haar benen te dragen, en ik wist, ik *wist* gewoon dat hij dat wilde zodat hij onder haar rok kon kijken. Daarna, toen we haar op het bed hadden gelegd, opperde hij hoopvol: 'We kunnen haar beter uitkleden voor het geval ze geen adem krijgt en zo.'

'Nee! Bedankt, Ethan! Tot ziens!'

Ik wilde hem snel weg hebben, want toen we het huis binnenstommelden had ik gezien dat er een bericht op het antwoordapparaat stond. Het moest van Troy zijn. En inderdaad, toen ik op 'play' drukte, klonk er een mannenstem: 'Hallo, schat...' Ik ademde opgelucht uit. Maar een seconde later werd ik bitter teleurgesteld. Het was Troy niet. Het was

Lou, Emily's bindingsangsttype. Maar waarom belde hij haar dan, verdomme? Volgens haar voorspelling zou ze nooit meer wat van hem horen. En hier was hij, noemde haar 'snoezepoes' en nodigde haar uit om vanavond naar een film te gaan.

Abrupt stroomde alle hoop uit me weg, als lucht uit een kapotte strandbal. Gedurende de afgelopen twee dagen was ik volgepompt met hoop geweest, had twijfels verbannen – en plotseling had ik geen verdediging meer. Waarom had Troy me niet gebeld? Het was maandagmiddag, bijna avond – ik had hem zaterdagochtend voor het laatst gezien, en hij had gezegd dat hij me zou bellen. Nou, ik had hem gevraagd mij te bellen en hij had geen nee gezegd. Maar ik had geen woord gehoord. Waarom niet?

Op dat punt begonnen mijn ergste vermoedens zich te vermeerderen als bacteriën in een petrischaaltje. Had ik een afschuwelijk lichaam? Was ik saai? Was ik niet goed in bed geweest? Uiteindelijk had ik zo lang geen oefening gehad dat ik gruwelijk saai had kunnen zijn zonder dat ik wist. Maar hij had ogenschijnlijk best genoten. Maar nogmaals, Mort Russell had zogenaamd ook van Emily's script genoten, wat dus niet zo was. Was deze stad alleen maar een grote spiegelhal, waar niets was wat het leek?

Verlamd door wanhoop zag ik alleen maar een lege, uitgebluste toekomst voor me. Toen herinnerde ik me de afschuwelijke dag die ik had gehad: iedereen zou zich daarna ontmoedigd voelen. Ik deed mijn uiterste best iets positiefs naar boven te halen. Troy had het waarschijnlijk gewoon druk. Emily had gezegd dat hij fanatiek over zijn werk was. En gedurende de nacht die we samen hadden doorgebracht, had hij me best aardig gevonden. We hadden lol gehad. Hij *zou* me bellen.

Enigszins overtuigd, richtte ik mijn aandacht op de televisie, en bleef er verscheidene lamlendige uren voor zitten hangen, te moe om zelfs maar te eten. Tegen elf uur hoorde ik geluiden uit Emily's kamer. Ze moest eindelijk zijn ontwaakt. Toen ik naar binnen ging, zat ze als een prinses rechtop in bed.

'Weet je wat, Maggie?' Haar glimlach was bezorgd. 'Ik heb zo vreemd gedroomd.'

28

Een nachtje slaap bewerkstelligde een verbazingwekkende verandering in me, en ik kreeg allerlei positieve gedachten. Troy zou me vandaag bellen, ik *wist* het gewoon.

Deze keer paste mijn stemming bij het weer. De meeste ochtenden sinds ik in LA was, was ik wakker geworden met een negatief gevoel, iedere ochtend was ik opnieuw geschokt over de veranderingen in mijn leven. Maar vandaag was mijn stemming zo zonnig als de elementen.

Emily was in de keuken in de weer met een knisperend, in cellofaan gehuld boeket. 'Kijk,' zei ze, 'Lou heeft ze gestuurd. Wat wil hij nou?' Ze was volkomen perplex. 'Dit moet een nieuwe mutatie van het bindingsangstsyndroom zijn. Ze wisten dat we resistent werden voor het één-fantastische-nacht gebeuren, ze *wisten* dat we verwachtten nooit meer iets van ze te horen, dus moesten ze hun tactiek veranderen. Hij wil vanavond weer met me uit. Nou,' zei ze lachend, 'hij denkt zeker dat ik nog dwazer ben dan ik eruitzie!'

'Denk je echt niet dat hij het wel eens serieus zou kunnen menen?'

Ze schudde heftig met haar hoofd. 'Nee, geen seconde. Want als hij al dat gedoe meende, over het aan onze kleinkinderen vertellen, zou dat het ergste zijn. Om kleinkinderen te hebben moet je eerst kinderen hebben en je kent mijn standpunten over... O, Maggie, sorry!'

'Het geeft niet.'

'Ik dacht er niet bij na...'

Op dat moment ging de telefoon en ik rende erheen om op te nemen, want ik wist immers dat het Troy moest zijn.

Het was David. Nou ja, ik had nooit grote helderziende gaven gehad, zoals Anna.

David was weer een al lievigheid. Geen woord over zijn woede van gisteren – en zeker geen verontschuldiging. 'Zeg, Larry vond jullie te gek!'

'Dat is vreemd,' zei ik stijfjes. 'We hebben amper onze mond opengedaan. Is hij erachter dat Mort Russell het heeft afgewezen?'

'Weet ik niet, maar wat maakt het uit? Jullie hebben hem in je zak.'

'Heeft hij je verteld dat hij er een dierenfilm van wil maken?'

'Dat zijn slechts details,' zei hij luchtig. 'Ik heb er een goed gevoel over. Bel me als jullie goed nieuws hebben.'

Toen de telefoon weer ging, liet ik Emily opnemen. Vervolgens kreeg ik spijt, want deze keer was het Troy!

Mijn hart bonkte als een bezetene en ik werd steeds nerveuzer omdat Emily maar door ratelde om Troy op de hoogte te brengen van de dramatische gebeurtenissen van de vorige dag. 'Het is van hetzelfde laken een pak,' riep ze uit. 'Ik zit nog *steeds* op een telefoontje te wachten. Zelfde shit, andere studio.'

Ik bleef in haar buurt rondrommelen, wachtend tot Troy klaar was met beleefd tegen haar doen en terzake zou komen over de echte reden van zijn telefoontje. Maar er kwam geen eind aan hun geklets, en ik hield op met rondrommelen, want ik werd moe. Ik plofte op een stoel tot ze *eindelijk* afscheidsgeluiden liet horen. Ik kwam al half overeind, mijn arm uitgestrekt naar de hoorn, toen Emily iets onvoorstelbaars deed. Ze hing op. Het leek in slowmotion te gebeuren, haar vinger zweefde boven de rode knop om de verbinding te verbreken, en daalde met dodelijke kracht neer. Ik staarde volkomen overrompeld van haar naar de telefoon, die nog steeds met hem verbonden zou moeten zijn, maar dat om een of andere onbegrijpelijke reden niet meer was.

'Wat?' Emily keek verward op.

'Vroeg hij niet... wilde hij niet met mij praten?'

'Nee.' Ze staarde me nog steeds aan. 'O, shit.'

Inderdaad, o, shit. Troys boodschap aan mij had niet duidelijker kunnen zijn.

'Maggie, ik wist niet...' Emily kromp ineen en haar zichtbare spijt maakte dat ik me klein voelde. Ze had medelijden met me, en hoewel ze me vanwege het einde van mijn huwelijk had beklaagd, stak dit me om een of andere reden veel meer.

'Maggie, ik wist niet dat je... iets van hem verwachtte.'

'Dat deed ik niet.' Mijn stem was nauwelijks verstaanbaar.

Ze worstelde met een dilemma. Met dodelijke vriendelijkheid zei ze:

'Er is iets dat je waarschijnlijk maar beter kunt weten. Toen ik hem zaterdag belde, nam Kirsty de telefoon op.'
'Je weet niet zeker dat ze iets hebben.' Mijn verdediging was ziekelijk. 'En zelfs als het zo is, zou hij kunnen concluderen dat zijn voorkeur naar mij uitgaat.'
'Je hebt gelijk.'
Dat deed de deur dicht. 'Ik geloof dat ik even wil gaan liggen.'
'Nee, Maggie, alsjeblieft...'
Maar ik sloot mijn slaapkamerdeur en trok de gordijnen weer dicht die ik nog geen uur geleden zo vol verwachting had opengetrokken, en kroop met kleren en al tussen de lakens. Zo is het dus, begreep ik. Zo is het dus om alleen te zijn. Ik bedoel, ik had niet echt gedacht dat Troy en ik samen zouden eindigen en dat ik in LA zou blijven en voorgoed gelukkig zou zijn. Niet langer dan vijf seconden, in ieder geval. Maar ik had ook niet verwacht dat het slechts voor een enkele extravagante nacht zou zijn.

Zo was het dus om gevaarlijk te leven; het was niet half zo leuk als mensen het deden voorkomen. Tenzij het aan mij lag. Misschien moest je eraan wennen, zoals aan de smaak van olijven. Ik moest het misschien blijven proberen om te leren ervan te genieten.

Enige tijd later kwam Emily op haar tenen binnen. 'Het spijt me echt,' fluisterde ze. 'Hoe voel je je?'
'Ik weet het niet.'
'Vernederd?'
'Ja.'
'Afgewezen?'
'Ja.'
'Bedrogen?'
'Ja.'
'Niet goed genoeg?'
'Ja.'
'Eenzaam?'
'Ja.'
'Beschaamd omdat je je zo makkelijk mee naar bed hebt laten nemen?'
Ik deed mijn ogen dicht. Jezus, moest ze nou zo gedetailleerd zijn.
'*Niet* beschaamd omdat je je zo makkelijk mee naar bed hebt laten nemen?' Ze klonk verward.

'Ja, beschaamd.'
'Dat dacht ik al. Dacht niet dat je zoveel veranderd was. Heb ik iets vergeten?'
Dat ik mijn man mis, bijvoorbeeld? Maar dat zei ik niet. Beide verliezen versmolten tot een en ik werd neergedrukt door hun gezamenlijke gewicht. Gedurende een poosje, toen ik met Troy was geweest, had ik me in de wolken gevoeld. Nu was ik met een harde bons uit de lucht gevallen, en alles was weer ellendig en grauw. Zolang ik in Troy was opgegaan, had ik met een ander leven geflirt, met iemand anders zijn.
Nu was ik weer mezelf en ik verlangde terug naar de veilige haven van een huwelijk, waar deze vernedering zou verdwijnen. Maar ik kon Garv niet eens bellen – totdat ik de affaire met Truffelvrouw had ontdekt, had ik het gevoel gehad dat die optie altijd tot mijn beschikking stond als ik hem te erg zou missen. Nu was die deur gesloten. Hoe dan ook, teruggaan naar Garv omdat een andere man me had vernederd was nauwelijks een gezonde reden.
'Heb je enig idee...?' vroeg ik aan Emily. 'Waarom... Troy... me dit heeft aangedaan?'
'Zo is hij nou eenmaal,' verklaarde ze ernstig. 'Hij houdt van vrouwen, maar hij is zo dol op zijn werk dat hij geen relatie wil.'
Ze zei niet dat ze me dat al had gezegd. Daar is ze te aardig voor. Hoe dan ook, hij had me zelf zo goed als gewaarschuwd toen hij had gezegd: 'Ik ben puuuuur slecht.' Maar hij had erbij gelachen, en ik, idioot, had gedacht dat die lach betekende dat hij een grapje maakte.
'Hij had je met rust moeten laten,' zei ze. 'Je bent te kwetsbaar.'
'Te stom, bedoel je,' mompelde ik, en verafschuwde mezelf omdat ik zo kortzichtig en onervaren was geweest. Ik was voor de oudste truc in het boek gevallen – een man was aardig tegen me geweest en ik had gedacht dat het iets betekende.
'Oordeel niet te hard over jezelf – dit is normaal, je hebt een emotionele terugslag. Voor het eerst in jaren ben je alleen, je voelt je meer dan een beetje verloren, wie kan het je kwalijk nemen dat je een beetje om je heen kijkt?'
Ineens was ik woedend op Troy. Op hem en zijn bezorgdheid en zijn polsbandjes en complimenten over mijn haar en omdat hij me 'Ierse' had genoemd. Ik dacht eraan dat ik hem in het begin lelijk had gevonden, met zijn lange gezicht en zijn samengeknepen mond. Iemand met zo'n grote neus had niet het recht om harten te breken!

En het was een klein wonder dat de seks zo soepeltjes en moeiteloos was geweest: maar de man was een expert, hij had een zwarte band op dat gebied. Christus, hij had zelfs speciale bondagetouwen! Wat vertelde me dat over zijn voorkeur?

Vervolgens kromp ik ineen toen ik me het meest beschamende van alles herinnerde – dat ik hem had gevraagd... me te *bellen*. Al die jaren had ik naar mijn alleenstaande vriendinnen geluisterd en ik had er *niets* van geleerd. Je laat nooit merken dat je gebeld wilt worden. Als *hij* zegt dat hij *jou* zal bellen, moet je mompelen: 'Zoals je wilt,' alsof het je geen moer kan schelen. Wat je niet doet, is je hoed in de lucht gooien en uit volle borst zingen: 'Happy days are here again'. Is het niet raar dat we allemaal de regels kennen, maar nooit denken dat ze op ons van toepassing zijn?

Ik reageerde helemaal verkeerd op deze breuk. De normale procedure is dat je je verschrikkelijk voelt, dan een beetje beter, daarna nog een beetje beter. En vervolgens stukken beter. Maar hoe meer tijd er voorbij was gegaan sinds Garv en ik uit elkaar waren, des te beroerder voelde ik me. Hoeveel langer moest ik nog door deze ellendige, donkere tunnel kruipen voordat ik er aan de andere kant uit kwam?

Hoe verging het Garv in zijn eentje? Bracht hij het er beter af dan ik? Of voelde hij zich ook ellendig? Waarschijnlijk niet: hij was een man, zij schenen dit soort dingen altijd makkelijker op te vatten. En wie was zijn vriendin precies? Hoe serieus was het? Die kwellende gedachten hadden een poosje gesluimerd, maar nu kwamen ze in alle hevigheid terug.

'Ik geef alle mannen op,' zei ik bitter. 'Weet je wat ik ga worden?'

'O nee,' kreunde Emily zacht. 'Zeg het niet, want iemand zou je eraan kunnen houden. Hoe dan ook, je hebt het helemaal mis. Lesbiennes zijn net zo slecht als mannen, voorzover ik weet. Ze zeggen dat ze zullen bellen en dan doen ze het niet. Ze gaan met je naar bed, dumpen je vervolgens en...'

'Ik wilde niet zeggen dat ik lesbisch ga worden,' onderbrak ik haar. 'Hoewel het een idee is.'

'Neeeee,' ze sloeg haar handen voor haar ogen.

'Wat ik wilde zeggen, was dat ik een van die fabuleuze alleenstaande vrouwen ga worden die zelf de touwtjes in handen houden.' Verbitterd, deed ik net of ik er luchtig over was, en zei: 'Het is *geweldig* om alleenstaand te zijn, want ik kan *kiezen* aan welke kant van het bed ik ga slapen. Ik kan *kiezen* met wie ik tijd wil doorbrengen, en met wie niet. Ik

hoef geen tijd te verspillen aan de *saaie* familie of collega's van mijn partner. Geen onderhandelingen, geen compromissen. Het zal fantastisch zijn. Ik zal tientallen vrienden hebben, een grote handtas van Coach, een linnen broek en een prachtig geknipt maar praktisch kapsel.' Op een of andere manier was ik veranderd in Sharon Stone.
'Of misschien ook niet,' eindigde ik zuchtend. Misschien zou ik gewoon weer bij mijn ouders thuis gaan wonen, zodat we de Addams Family van onze straat zouden worden. Ik zou een snor laten staan. Uiteindelijk zou ik buigen voor het onvermijdelijke en naar de kapper gaan en om een Iers Mammie-kapsel vragen.

Ik wilde naar huis. Ik was zo gekwetst en beschaamd door de manier waarop Troy mij had afgewezen dat ik zo veel mogelijk kilometers tussen hem en mij wilde hebben. Voor een poosje had de duizelingwekkende Californische zon de scherpe contouren van mijn verdriet verbleekt, maar mijn ogen hadden zich aangepast tot mijn ellende hier weer net zo erg was als in Ierland. Zoals een pijnstiller die steeds minder effect heeft naarmate je er meer van inneemt, was LA opgehouden voor mij te werken. Ik had altijd verwacht dat dit zou gebeuren, maar ik had niet verwacht dat het zo gauw zou zijn. Ik was hier nog maar twee weken, en ik was oorspronkelijke van plan geweest ongeveer een maand te blijven. Ach, nou ja...
Ik was me er ineens van bewust dat ik hier helemaal niet hoorde. Waar dan wel? 'Thuis' bestond niet langer. Maar er waren zoveel consequenties die ik in Ierland onder ogen moest zien dat ik vroeg of laat mijn kiezen op elkaar moest zetten en terugkeren – en gezien de vernederende manier waarop Troy me had behandeld wilde ik onmiddellijk naar het vliegveld. Ik keek naar mijn koffer; ik had hem nog steeds niet helemaal uitgepakt, hoofdzakelijk omdat ik geen kastruimte had – het zou me dus hooguit tien minuten kosten om mijn spullen bij elkaar te zoeken en hier uit te schepen. Het beeld van mij in een vliegtuig was net zo verzachtend als een pleister op een blaar.
Maar hoe zou Emily erover denken? Hoe zelfzuchtig zou het zijn om haar in deze zenuwslopende tijd alleen te laten? Met tegenzin concludeerde ik dat ik zou wachten tot we iets van Larry Savage hadden gehoord. Of hij zou haar script kopen en ze zou in de zevende hemel zijn, of hij zou het afwijzen en dan zouden haar avonturen in Luilekkerland ook tot een einde zijn gekomen. Wat er ook gebeurde, we zouden het snel genoeg weten.

Nadat ik dit besluit had genomen, belde ik mijn ouders om te vertellen dat ik op het punt stond thuis te komen: alleen al die handeling maakte dat ik het gevoel had onderweg te zijn.

Pap nam op, met zijn gebruikelijke schrikreactie. 'Wie van jullie is het? O, Margaret.' Ik gaf hem even de tijd om zich te herstellen van het schadelijke gas dat door de telefoon was afgegeven, maar tot mijn verbazing bleef hij praten. 'Ben je al in Disneyland geweest?'

Nee.

'Daar moet je heen, het is geweldig! En er zijn ook andere pretparken. Six Flags, of zoiets. Ze zeggen dat het 's werelds hoogste achtbaan heeft.'

'Denk aan je nek,' zei ik nadrukkelijk. 'Trouwens, hoe weet jij wat van dat Six Flags-gebeuren?'

'Heb ik op het net gelezen.'

'*Welk* net?'

'Het internet.'

'Wat doe jij op het internet?' Ik kon mijn verbazing nauwelijks verbergen. Verbazing die grensde aan verontwaardiging.

'Helen heeft het opgezet.'

'Hij is er niet meer weg te slaan,' zei mams stem via het tweede toestel. 'Surft op het net, op zoek naar pornografie.'

'Ik zoek niet naar pornografie!'

'Je hoeft niet te schreeuwen. En ik weet wat er allemaal op dat net is.'

'Ik schreeuw niet, ik klonk alleen zo luid omdat jij vlak boven me bent. En er zijn andere dingen behalve porno op het net.'

'Zoals?'

'Vakanties.'

Een stilte, toen achterdochtig: 'Vluchten?'

'Ja, vluchten.'

'Naar zonnige plaatsen?'

Ik had een duidelijk en onaangenaam voorgevoel van waartoe dit allemaal zou leiden, en ik besloot het in de kiem te smoren. 'Ik kom binnenkort thuis. Over een paar dagen.'

'Ja?' zeiden ze tegelijkertijd op hoge, schrille toon.

Precies zoals ik had verwacht. Nou, hopelijk had ik hun plannen de kop ingedrukt.

Maar later praatte ik er met Emily over. 'Ik heb het vervelende gevoel dat mam en pap hier op bezoek willen komen.'

'Doe niet zo gek,' zei Emily.

'Nee, ik meen het.'
'Ik ook. Ze kunnen hier niet naartoe komen omdat ze hun reis niet in november hebben geboekt. Ze zijn immers niet bepaald spontaan, toch? Ik bedoel, hun idee van in een opwelling iets geks doen zou een plan zijn voor een weekendje weg in het komende voorjaar.'
Aldus getroost zette ik mijn angsten uit mijn hoofd.

Maar ik had niet op Helen gerekend en haar surfgekte en drie uur later barstte de bom.
'...vluchten geboekt op het internet,' zei mam. 'Geen gedoe met reisbureaus, je tikt gewoon je wensen in en ze geven je alle keuzen. Dit net is een fantastische uitvinding!'
'Maar ik wil naar huis komen.'
'Nou, dat kan niet,' zei ze opgewekt. 'Je moet ons de leuke dingen laten zien. Trouwens, wat maken een paar dagen extra nou uit?'
Godallemachtig. Ik moest op mijn knokkels bijten om een kreet van frustratie te onderdrukken.
'Waar gaan jullie logeren?' Toen voegde ik er haastig aan toe: 'Hier is geen ruimte.'
'We zouden het niet durven voorstellen,' zei mam beleefd. 'Ik heb met Emily gepraat en ze heeft me de naam van het hotel gegeven waar zij logeerde toen ze daar aankwam. Aan het eind van Emily's straat, en ze zijn er erg vriendelijk, zei ze, en het ontbijt is lekker en je krijgt kleine kapjes...'
'Wat voor kapjes?' vroeg ik vermoeid.
'Douchekapjes, naaisetjes, en je kunt een paraplu huren. Niet dat ik een paraplu nodig zal hebben,' plotseling klonk ze angstig, 'want ik krijg natuurlijk geen regen te zien. Als het in Los Angeles gaat regenen, laat ik me in een psychiatrische inrichting opnemen, en dat is dan het einde van de reis.'
'Nou, je weet wat ze zeggen?'
Een wantrouwige stilte. 'Dat je nooit de goden moet verzoeken?'
'Ze zeggen dat het in Californië nooit regent.'
'Goed,' zei ze vastberaden.
'Het giet!'
Maar zelfs dat was niet genoeg om haar van haar plan af te houden.
'Ze komen dinsdag aan,' meldde ik aan een verbijsterde Emily.
'O, goeie god.'

29

Ik klemde me grimmig vast aan de slaap alsof het een rotsrichel was. Met tegenzin kwam ik tot bewustzijn tot ik nog slechts door een dunne sluier van slaap was bedekt, maar ik weigerde nog steeds naar het oppervlak te komen. Het was het geluid van de rinkelende telefoon die uiteindelijk maakte dat ik toegaf en de dag onder ogen kwam.

God, wat kreeg ik daar een spijt van. Mijn eerste gedachte was aan Troy en zijn afschuwelijke, vernederende afwijzing. De tweede was dat, nu mijn familie op bezoek kwam, ik in LA gevangen zat.

Tenzij... tenzij ze hun reserveringen via internet hadden verziekt. Hoe meer ik erover nadacht, hoe meer ik inzag dat de kans dat ze plaatsen hadden voor een vlucht naar LA eigenlijk heel klein was. Ze hadden vast een vlucht naar bijvoorbeeld Phnom Penh of Terierra Del Fuego geboekt.

Ik kikkerde wat op, en toen Emily zacht op mijn deur klopte was ik in staat tegen haar te glimlachen. Tot ze me de telefoon overhandigde, en fluisterde: 'Mammie Walsh.'

Binnen enkele seconden werd mijn grootste vrees bevestigd. Het was een rechtstreekse vlucht van Dublin naar LAX – en ze stonden daadwerkelijk geboekt. 'Ik heb vanochtend gebeld en kreeg bevestiging,' zei mam opgewekt. Ze had zelfs een vluchtnummer. Ze had zelfs hun plaatsen gereserveerd en een vegetarisch maal voor Anna! Wat de eerste keer was dat ik van Anna's komst hoorde.

'Hoe lang blijven jullie?'

'Helen moet terug in verband met Marie Fitzsimons huwelijk – zeven bruidsmeisjes, drie bloemenmeisjes, de moeder van de bruid en de moeder van de bruidegom – dus blijven we niet de twee volle weken...'

'*Twee* weken!' Ik zou hier moeten blijven en nog twee weken de kans lopen Troy te ontmoeten! Christus nog aan toe!

'...dus blijven we maar twaalf dagen. Hier komt je vader, hij wil weten of hij zijn korte broek moet meenemen.'
Zodra ik de telefoon had neergelegd, werden de dingen nog erger. Emily wilde even met me 'praten'. 'Zoals je weet,' begon ze ongemakkelijk, 'heb ik nog steeds niets van Larry Savage gehoord en ik heb eigenlijk niet veel hoop meer. Lara maakte laatst een opmerking...'
Ik wist al wat er ging komen.
'...over het feit dat ik op zoek ben naar scripts die opgeleukt moeten worden.'
Ik kon het niet langer verdragen. 'Bel hem,' zei ik.
'Ze noemde verscheidene namen, een van hen was... O! Meen je dat? Shay Delaney – vind je het niet erg als ik hem bel?'
'Waarom zou ik? Wat heb ik er trouwens over te zeggen?'
'Maggie, wees alsjeblieft eerlijk tegen me. Zeg het, en ik kom niet bij hem in de buurt.'
'Ga ervoor.'
'Weet je het zeker?' vroeg ze bezorgd.
'Absoluut.'
'O, dank je, bedankt. Ik ben zo wanhopig op zoek naar werk en ik weet dat het lang geleden is, jij en hij bedoel ik, maar de eerste klap is een daalder waard, zoals ze zeggen. Ik was zo bang dat je boos op me zou zijn, en...'
'Het is goed,' onderbrak ik haar, iets te bruusk. 'Echt goed.'
Snel zei ze: 'Ik zal hem niet bellen. Het spijt me dat ik het je heb gevraagd, dat was verkeerd van me.'
'Bel hem, het maakt me *niets* uit!' De kreet bleef in de lucht hangen, schokte ons beiden, daarna haalde ik diep adem en forceerde een normale toon. 'Het maakt me echt niet uit. Laat het me alleen niet steeds herhalen.'
'Ma...'
'Neeee!'
'Weet je het zeker?'
'Ja.'
'Goed dan.'
Ik hoopte dat het nog dagen zou duren voordat ze het aandurfde, maar ze belde hem meteen – ik ging naar mijn kamer, waar ik kon meeluisteren zonder te worden gezien. Ze kreeg hem niet aan de lijn, maar toen ze zei: 'Hij *is* nu dus in de stad?' zag ik dat mijn vingers begonnen

te trillen, maar niet zo erg als die dag dat ik hem tegenkwam en de rits van mijn vaders anorak niet open kreeg. Emily spelde haar naam voor degene met wie ze sprak: 'O'Keeffe. O-K-E-E-F-F-E, ja O'Keeffe. Het is Iers. Nee, Iers. Als u hem mij kunt laten bellen, zou dat fantastisch zijn. Dag.'
Vervolgens kwam ze naar mij toe. 'Maggie? Hij was er niet.'
'O nee?' zei ik neutraal, alsof ik niet achter de deur had gestaan, met ingehouden adem om haar te kunnen verstaan.
'Nee. Nee, hij was er niet. En, wat zou je vandaag willen gaan doen?' vroeg ze opgewekt. 'We zouden naar het strand kunnen gaan of een eindje rijden – of ergens lunchen misschien?'
'Je moet werken.'
'Ik kan een dagje overslaan.'
Ik moest lachen. 'Ik voel me PRIMA!'
'Ma...'
'Neeee!'
Ze wilde het er duidelijk niet bij laten, maar ze ging tenminste niet meer in discussie.
'Ga aan het werk,' drong ik aan.
'Goed.' Ze deed haar laptop aan en begon te schrijven. Ik deed de tv aan in de hoop op die manier te kunnen ontsnappen, en zo begon er weer een dag zonder dat iemand Emily's script kocht: ik kreeg plotseling een surrealistisch beeld of ik in een of ander Beckettiaans toneelstuk stond, waarbij ik de rest van mijn leven vastzat in dit huis met Emily, wachtend op goed nieuws dat nooit kwam.
Na een halfuur vruchteloos zappen konden mijn zenuwen het niet langer verdragen, dus concludeerde ik dat we voedsel nodig hadden en ging naar de supermarkt.
De schreeuwende zwerver was er, zoals altijd, en deze keer brulde hij iets over een schietpartij met de politie en helden die een kogel kregen. Ik moest een zeker teken hebben afgegeven, want zodra ik uit de auto stapte, klaarde hij op, rende over de parkeerplaats naar me toe, en gilde: 'Boem!' – pal in mijn gezicht.
Mijn hart klopte wild van schrik. Hoewel Emily had gezegd dat hij geen kwaad deed, leek hij volkomen over de rooie. Ik sprintte langs hem en zijn manische ogen en smerige stank heen, rende over de parkeerplaats en probeerde ondertussen mijn waardigheid te bewaren. Ik was bijna in tranen tegen de tijd dat ik de veilige haven van de supermarkt bereikte.

Daarna was er de zorg over hoe ik terug bij de auto moest komen zonder weer door hem te worden aangesproken, dus toen ik de boodschappen had afgerekend, vroeg ik licht beschaamd over mijn wellicht ongegronde angst aan een van de inpakjongens of hij me wilde begeleiden. Het was maar goed dat ik dat had gedaan, want zodra we door de schuifdeuren naar buiten kwamen, schreeuwde de zwerver: 'Je hoort alléén te zijn!'

'Hij doet echt niemand kwaad,' probeerde de jongen me gerust te stellen, terwijl we met gebogen hoofd en hoge snelheid achter het ratelende wagentje naar mijn auto holden.

'Mmm.' Maar ik was niet langer bezorgd over mijn lichamelijke veiligheid. Het was de opmerking 'je hoort alleen te zijn', waardoor ik onbeschrijfelijk gedeprimeerd raakte.

'We hebben bezoek,' zei Emily toen ik beladen onder de boodschappentassen het huis binnen wankelde. Ik nam aan dat het Ethan was. Sinds de nacht dat hij op de bank had geslapen, was hij een regelmatige gast, in de veronderstelling dat hij welkom was. Hij hing dan wat rond en zat tv te kijken.

Maar het was Ethan niet, het was Mike, die gewapend met zijn wierookstok ronddanste.

'Hallo, Maggie,' zei hij grijnzend. 'Ik ben bezig nog wat meer van de negatieve energie hier te verjagen.'

'Beste man,' zei Emily, 'zorg dat het allemaal verdwijnt, zodat ik goed nieuws van de studio krijg.'

'Zo werkt het niet.' Mike hijgde een beetje van zijn pogingen. 'Het maakt dat het juiste zal gebeuren.'

'En het juiste is dat ze het voor een miljoen dollar kopen.'

'Ik heb al vaker gezegd dat je moet uitkijken met wat je wenst,' zei Mike grinnikend.

Toen hij even op adem kwam van het dansen, richtte hij zijn aandacht op mij. 'En hoe is het met jou, Maggie?'

'Oh, prima,' zei ik lusteloos.

'Ja?'

'Mmm.'

Hij keek me stralend aan. 'Als je op een duistere plaats bent, weet je dan wat je moet doen?'

Ik haalde mijn schouders op. 'Wat dan?'

'Hou je gezicht naar het licht.'
Ik had geen flauw idee van wat hij bedoelde, ik snap dat wollige, mystieke gepraat gewoon niet, maar voor de tweede keer die dag werd ik een beetje huilerig.
'Wees aardig voor jezelf,' zei hij.
'Hoe?'
'Vertroetel jezelf. Neem de tijd om aan de bloemen te ruiken of naar de zee te luisteren.'
'Eh...'
'Je weet zelf wat goed voor je is. Misschien een beetje mediteren en naar je eigen stilte luisteren?'
'O. Goed.'
'Zeg, als jullie vanavond niets te doen hebben, willen jullie misschien wel naar ons huis komen? We hebben een van onze fabel-vertelavonden.'
Zowel Emily als ik bevroor terwijl we naarstig naar een excuus zochten.
'Eh, wat gebeurt er op dergelijke avonden?' vroeg ik. Het was het beste wat ik kon verzinnen.
'Er komen een paar prachtige mensen en we vertellen verhalen uit onze verschillende culturen.'
'Wanneer je prachtige mensen zegt,' zei Emily, 'heb je het zeker niet over Gucci-zonnebrillen en speedboat-mooie-mensen?'
Mike lachte. 'Ik bedoel prachtig vanbinnen.'
'Daar was ik al bang voor. Hoe dan ook, mij uitnodigen voor een fabel-vertelavond is hetzelfde als een tandarts te eten vragen en hem tussen de gangen door een paar wortelkanaalbehandelingen laten doen. Ik vertel de hele dag verhaaltjes, het is mijn werk.'
Mike haalde zijn schouders op. 'Ik snap het.'
Ik schoof mijn voeten in mijn sandalen. 'Goed, ik ben weg.'
'Waarheen?'
'Ik ga mijn gezicht in het licht houden en winkelen. Ik weet niet hoe het komt dat ik daar niet eerder aan heb gedacht.'
'Fantastisch!' zei Emily. 'Dat zal je goed doen.'
Ik ging naar Santa Monica, waar ik een onverwacht prettige middag doorbracht. Ik wandelde in de zon over Third Street Promenade en glipte hier en daar een van Aladdins grotten vol fabelachtige dingen binnen.
Er gebeurde zoveel dat ik weer blij was in LA te zijn: een man met een

klembord gaf me twee kaartjes voor een screentest voor een nieuwe film; ik zag iemand die Sean Penn had kunnen zijn en een pakje Lifesavers kocht; een man die van top tot teen zilverkleurig was geverfd en met zilveren ballen stond te jongleren terwijl hij door een kleine filmploeg werd gefilmd. Al die tijd scheen de zon, en de rare-knie-spijkerrokjeswinkel luisterde meelevend. 'Waarom brengt u dit rokje terug?' vroeg het meisje, haar pen zwevend boven het formulier (o ja, je moet een formulier invullen als je dingen terugbrengt).

'Mijn knieën komen er zo raar onderuit.'

'Knieën... komen... er raar... onderuit,' zei ze, terwijl ze het opschreef.

Daarna ging ze naar de bedrijfsleider om te horen of die reden voldoende was om mij mijn geld te retourneren of alleen een tegoedbon. Het was bijna gelukt, vertelde ze toen ze terugkwam, maar de bedrijfsleider kon niets verkeerds aan het rokje zelf ontdekken, dus had ik alleen recht op een tegoedbon.

Voor de rest van de middag haalde ik niet eens mijn gebruikelijke stunt uit van te veel van de verkeerde dingen kopen. Geld verwisselde slechts één keer van hand – toen ik twee T-shirtjes kocht met een tekst op de voorkant. Op die van Emily stond: 'Ik wil, ik wil, ik wil.' En op de mijne stond: 'Jongens zijn gemeen.'

Ik voelde me stukken beter toen ik thuiskwam, waar Emily meteen verrukt was van haar nieuwe T-shirt. 'Ik zal het vanavond aantrekken. Ga je straks mee wat drinken?'

'En het vijfde rad aan de wagen zijn, terwijl jij met Lou zit te flikflooien?'

'Lou?' zei ze verbolgen. 'Hij kan de boom in met zijn bloemen en zijn telefoontjes – denkt hij soms dat ik een volslagen idioot ben?'

'Met wie ga je dan uit?'

'Met Troy.'

Ik stootte een kort, bitter 'Ha!' uit.

'O, alsjeblieft, doe niet zo. Troy gaat met iedereen naar bed en hij blijft bevriend met ze.'

'Dan ben ik kennelijk erg ouderwets,' zei ik stijfjes.

'Ga alsjeblieft met ons mee.' Ze was één bonk bezorgdheid.

'Wie nodigt mij uit? Jij? Of hij? En wees eerlijk!'

'Beiden.'

'Heeft hij iets over mij gezegd?'

'Eh...'
'Lieg niet!'
'Nee, ik geloof het niet.'
Hoewel ik gekwetst was, zag ik er toch iets goeds in; als hij van plan was mij voor de rest van mijn verblijf te vermijden, zou het de gelegenheden voor mij verminderen om me vernederd te voelen.
'Ga jij maar uit,' drong ik aan. 'Amuseer je, je hebt de hele dag gewerkt. En voordat je het weer vraagt, ik voel me *prima*.'
Ze ging weg, en hoewel ik meerdere keuzen had – de fabel-vertelavond, of een digitaal bewerkte versie van *Rosemary's Baby* – parkeerde ik mezelf voor de televisie, en droeg mijn T-shirt met 'Jongens zijn gemeen' erop. Om de tijd door te brengen bedacht ik vernietigende opmerkingen voor Troy, niet in staat te kiezen tussen een waardige stilte bewaren of hem schril uitfoeteren om zijn zwerfkatmoraal. Het was buitengewoon amusant.
Op een gegeven moment kwam het nieuws, met een item over het Ierse vredesproces, en ik kreeg de schrik van mijn leven: even dacht ik dat de kleur op de televisie kapot was. Alles was grauw, en de Ierse politici waren zo bleek, alsof hun huid nog nooit zonlicht had gezien. En wat hun tanden betrof...
O jee. Ik was een onzichtbare lijn gepasseerd: nu dacht ik dat een stralende huid en dure tandheelkundige behandelingen normaal waren. Met een zucht hervatte ik mijn denkbeeldige gesprek met Troy.
Enige tijd later kwam er voor het huis een auto met gierende banden tot stilstand, een portier werd dichtgeslagen, daarna volgde het getik van hakken op het pad. Ik luisterde ernaar, vroeg me af waar ze naartoe gingen, en wist het toen ze de kamer binnendrongen, samen met een verwarde en gespannen Lara.
'Waar is Emily?'
'Uit met Troy. Wat is er mis?'
'O mijn god!'
'Glaasje wijn?' stelde ik voor.
Ze knikte en volgde me naar de keuken.
'Wat is er mis?' vroeg ik weer. Was ze beroofd? Of betrokken bij een auto-ongeluk?
'Het is Nadia. Ze belde me vanavond, en op mijn nieuwe nummermelder verscheen: "Mevrouw en meneer Hindel". Kun je het geloven? Mevrouw en meneer Hindel! Ze is getrouwd. Het kreng is getrouwd!'

Ik schonk de wijn sneller in, en zei: 'Het kan een vergissing zijn. Ze is misschien eens getrouwd geweest, maar nu gescheiden.'

'O nee, ze heeft het allemaal toegegeven.' Lara zag zichzelf in de spiegel en kreunde. 'God, ik zie eruit alsof ik onder een vrachtwagen heb gelegen.' Om eerlijk te zijn had ik haar wel eens mooier gezien: haar prachtige bruine kleur was asgrauw. 'Ze was er heel open over – ze was gewoon een seksuele toerist op avontuur.'

Na een pijnlijke stilte, perste Lara eruit: 'Ze heeft me gewoon gebruikt.' En toen begon ze te huilen, zo beheerst en waardig dat ik een prop in mijn keel kreeg. 'Ik was echt gek op haar,' huilde ze, op de manier zoals vrouwen gewoonlijk om mannen huilen. 'Het doet net zoveel pijn als het een meisje is.'

'Ik weet het. Ik weet het.' Nou ja, ik wist het nu, toch?

'Ik vond haar zo bijzonder.'

'Je zult iemand anders ontmoeten.' Ik streelde haar haar.

'Dat gebeurt niet!'

'Ja, natuurlijk wel. Je bent mooi.'

'Ik voel me zo rot.'

'Nu wel, maar je komt eroverheen. Ze was niet voor jou bestemd.'

'Ja, je hebt gelijk.' Met een waterig lachje zei ze: 'Ik geef mezelf een week om te treuren, en dan ben ik eroverheen.'

'Dat klinkt goed,' moedigde ik haar aan.

'Bedankt.'

Met ons voorhoofd bijna tegen elkaar, deelden we een triest 'kan niet met en niet zonder ze leven', en plotseling omvatte ze mijn gezicht met haar handen en kuste me zacht op mijn lippen. Ik was stomverbaasd, maar ik merkte ook dat het niet onplezierig was.

Dat was natuurlijk precies het moment dat Emily thuiskwam. Ik zag dat ze geschokt was toen ik naar haar gezicht keek; wit en verbijsterd staarde het door het raam naar binnen, waarna ze het huis binnenstormde en verward van Lara naar mij keek.

'Wat is hier aan de hand?' vroeg ze.

'Je zult het niet *geloven*.' Lara begon haar verhaal te vertellen.

Zowel Emily als ik luisterde aandachtig naar Lara, maar we vermeden het elkaar aan te kijken. We keken elkaar helemaal niet aan, feitelijk. We wisselden zelfs geen woord, tot ik ten slotte zei: 'Ik ga maar eens slapen. Ik heb mijn volledige veertien uur nodig.'

Toen riep Emily me na: 'Je krijgt de groeten van Troy.'

'O ja? Welterusten.'

Ik ging naar bed en deed mijn ogen dicht en voor een keer dacht ik niet aan Garv. Ik dacht niet eens aan Troy. Ik dacht aan Lara.

30

De volgende ochtend, in de tijd tussen de bananen in plakjes snijden en ze in de blender doen voor mijn gezonde ochtendshake, kregen we te horen dat Emily was gered – Larry Savage had haar script gekocht!
Logisch dat ze het hele huis bij elkaar gilde van opluchting. En niets, zelfs niet het feit dat ze het script moest herschrijven om Chip de hond erin mee te laten doen, kon haar vreugde temperen.
'Ik zal de hele cast in orang-oetangs veranderen als hij het wil!' verklaarde Emily. 'Als hij me het geld maar geeft.'
'Hoeveel krijg je ervoor?' vroeg ik, en ook ik voelde me behoorlijk opgekikkerd.
'Het minimum volgens de Schrijversvereniging, de smerige schoft,' zei ze luchtig. 'Het is bijna een belediging!'
Maar wel een belediging met bijna zes getallen. Met de belofte van een half miljoen dollar als ze er echt een film van zouden maken.
Het punt was echter – *zouden* ze hem maken? Ik wist uit mijn eigen weinige ervaring dat dit moeilijk te peilen was; ongeacht het enthousiasme van een producer moesten ze ook de studiobazen overtuigen, en de jongen die het groene licht gaf, dat het een film was die de moeite van het maken waard was. En dat was makkelijker gezegd dan gedaan. Maar daar zouden we ons vandaag natuurlijk geen zorgen over maken...
Emily verbond zichzelf chirurgisch aan de telefoon en begon aan een belmarathon: die avond zouden we weer een feest geven, een *echt* feest, en deze keer hadden we werkelijk iets te vieren. Ondertussen flitste het goede nieuws tussen haar vrienden heen en weer, en degenen die haar niet persoonlijk hadden gesproken, belden zelf, dus de wachtlijn draaide overuren. 'Ogenblik, ik heb een gesprek op de andere lijn,' hoorde ik haar telkens zeggen.

En een van de wachtenden was Shay Delaney. Ik wist het meteen: de luchtmoleculen rond Emily leken zich in een schuld-geladen configuratie te reorganiseren. Wat verschrikkelijk jammer dat hij niet de vorige avond had gebeld en een bericht had achtergelaten, want dat had ik kunnen wissen, en dan had Emily het nooit geweten. En het was nog veel spijtiger dat ik nooit het lef zou hebben zoiets te doen.

Toen de telefonade was afgelopen, kwam Emily naar me toe op het moment dat ik een schoon T-shirt in mijn koffer zocht.

'Ik heb Shay Delaney uitgenodigd om vanavond naar het feest te komen,' zei ze verontschuldigend. 'Door alle opwinding flapte ik het er zomaar uit. Vind je het erg?'

'Beetje laat als ik dat vind.'

'Ik kan hem afzeggen.'

Ja hoor.

'Ik zal het nu meteen doen.'

'Nee, het is goed.' Vanavond hield Emily haar langverwachte feest, en ik had niet het recht dat te bederven. En Shay Delaney was verleden tijd.

Emily besloot dat ze voor het feest een cateringbedrijf zou inhuren. Ik twijfelde – mijn enige ervaring met cateraars was tientallen menu's opvragen, zes weken de tijd nemen om erover te beraadslagen, om vervolgens te concluderen dat het goedkoper zou zijn mijn moeder te betalen om hamsandwiches en appeltaarten te maken. Maar in Los Angeles pak je gewoon de telefoon, en zegt: 'Ik wil Vietnamese hapjes, minipasteitjes en roze champagne voor veertig personen.' En vier uur later transformeren drie werkloze acteurs op vakkundige wijze je huis: witgedekte tafels, kristalglinsterend glaswerk, met daaromheen de Vietnamese hapjes, minipasteitjes en roze champagne. Ze waren zo soepel en snel in de weer als Formule-1-monteurs een band verwisselen, en zodra het laatste champagneglas was neergezet en het laatste takje koriander decoratief op de stapel flinterdunne broodjes was gelegd, vertrokken ze weer.

'Op weg om andermans feestje te redden?' vroeg Emily.

'Zo is het.'

'Nou, bedankt zeg, Super Cateraars, hoe kunnen we jullie ooit terugbetalen?'

'We doen gewoon ons werk, mevrouw.'

'En de rekening komt per post.'

'En we weten waar u woont.'

'Morgenochtend komen we de glazen en de rest ophalen. Veel plezier!'

Zodra ze weg waren, besloot Emily de roze champagne te proeven. 'Alleen om er zeker van te zijn dat het niet vergiftigd is.'

We klonken, en Emily zei: 'Zonder jou had ik het niet gered. Op mijn lieve assistente, Maggie.'

'Op een briljant script!' zei ik galant.

'Op Larry Savage!'

'Op Chip de hond!'

'Op een cast van orang-oetangs!'

In de dromerige, opgewekte stilte die volgde, vroeg ik: 'Weet hij dat ik bij jou logeer?'

'Wie?'

'Shay Delaney.'

'Nee. Ach, ik ben er niet over begonnen.'

Op hetzelfde moment barstte mijn blije zeepbel en was ik overgeleverd aan de stomme gevoelens die je krijgt wanneer iemand eens alles voor je betekende en je nu alleen in de kou staat, buitengesloten en buitenspel gezet.

En over buitengesloten en buitenspel gesproken: 'Komt Troy vanavond?'

'Ja.' Emily keek ongemakkelijk. 'Ik weet dat je hem niet wilt zien, maar hij is al zo lang een vriend van me en hij heeft me zoveel met het script geholpen. Ik moest hem wel uitnodigen.'

Ze had natuurlijk gelijk, maar nu hoefde ik er niet op te hopen dat Troy het fatsoen zou hebben bij mij uit de buurt te blijven en me voor verdere vernederingen te behoeden. Het stak me dat ik niet eens de moeite waard was om te ontlopen!

'Nou, als Troy komt,' zei ik, en rukte mijn 'Jongens zijn gemeen' T-shirt weer uit, 'dan moet ik maar wat anders aantrekken.'

'Waarom?'

'In de woorden van het liedje: *Hij is zo ijdel*, ik wed dat hij zal denken dat dit T-shirt op hem slaat.'

Even na zevenen begonnen de mensen binnen te druppelen. Justin en Desiree waren de eerste gasten die kwamen. Daarna, met een fles champagne, kwam Lou, de meneer met de bindingsangst, die gebruind was, sexy en buitengewoon aardig. Toen ik tegen Emily fluisterde hoe aardig hij leek, antwoordde ze: 'O, die kerels zijn zo slim.'

Daarna zag ik dat Troy zijn jeep aan de overkant parkeerde, en tot mijn schande begon ik meteen op het beste te hopen: dat hij me apart zou nemen en een verontschuldiging zou fluisteren over dat hij het te druk had gehad om me te bellen – hoewel ik zeker wist dat *hij dat niet zou doen*.

En ik kreeg natuurlijk gelijk! Terwijl hij uit zijn auto stapte, kreeg ik een steek in mijn maag toen ik zag dat hij vergezeld werd door Kirsty. Ze staken de weg over en kwamen door de deur. Voordat ik de tijd had me af te vragen hoe hij zich zou gedragen, liep hij recht op me af. Mijn hart balde samen van hoop... toen plantte hij een broederlijke kus op mijn wang, en zei, oprecht vriendelijk, zonder een van de hatelijke toespelingen die ik had verwacht: 'Zo, Ierse, jij hebt de vluchtwagen gereden!'

'Wat?' vroeg ik met schrille stem. Vreemd, want ik was van plan geweest *kalm en beheerst* te klinken.

'Jij hebt maandag toch de dag gered? Emily dwars door de stad naar Empire gereden? Zelfs aangeboden het gesprek te voeren, ja toch? Als jij er niet was geweest, nou, wie weet... O, dank je,' hij nam een glas van Justin aan. 'Zeg, jongens, zullen we het glas op de Ierse heffen?'

Justin en Lou hieven gehoorzaam hun glas met Troy, en riepen in koor: 'Op de Ierse!'

Interessant was het feit dat Kirsty haar glas water niet eens voor de vorm tegen haar lippen drukte.

'Hoi, we hebben elkaar nog niet ontmoet – ik ben Troy, een vriend van Emily.' Troy stak zijn hand uit naar Lou.

'Lou,' antwoordde Lou neutraal. 'Emily's vriendje.'

'O,' zei Troy. 'Ja, oké.' Hij keek naar Lou en Lou keek naar hem – wat ik als een alfamannetje-moment herkende. Als ze leeuwen waren geweest, zouden ze om elkaar heen hebben gedraaid, elkaars kracht hebben getaxeerd.

'Waar is ze eigenlijk?' Troy keek zoekend rond.

'Hier!' riep ze, terwijl ze uit haar slaapkamer kwam.

Zowel Lou als Troy stapte naar voren, maar Troy bereikte haar het eerst en spreidde zijn armen om haar te huldigen. 'Het succesverhaal! Heb je een regisseur nodig?'

'Had je gedacht,' zei Emily lachend.

'En wat is het addertje onder het gras?' vroeg Troy.
'Waarom zou er een addertje zijn?'
'Kom op, Emily, je kent die kerels, er is altijd een addertje. Hoe erg is het?'
'Chip de hond krijgt een rol.'
'Ben je daar gelukkig mee?'
'Als de man maar gelukkig is en mij betaalt.'
'Waar is de kunst gebleven?' plaagde Troy. 'Waar zijn de principes gebleven?'
'Je doet maar al te makkelijk water bij de wijn als je blut en bang bent,' zei ze grinnikend.
'Ja, ik weet het.' Troy glimlachte. 'Gefeliciteerd, meisje, ik ben ongelooflijk blij voor je.'
Op dat punt concludeerde Kristy dat er te veel gelach en vriendschappelijkheid tussen Emily en Troy aan de gang was. Ze stapte tussen hen in en begon tegen Troy te jammeren dat de bubbels in haar mineraalwater niet de juiste grootte hadden, of zoiets.

Ze kwamen bij bosjes: Lara, David Crowe, Mike en Charmaine, Connie en haar gevolg. Justins twee vrienden uit het hondenpark, een groep schrijvers van Emily's schrijfcursus, en nog een groep van haar yogales. Het leek zoveel op het voorbarige feestje van de week ervoor, en toen ik de Geitenbaardjongens dansend in de voorkamer aantrof, kreunde ik: 'Daar gaan we weer.'

Iedereen had een cadeautje meegebracht: de studio had eerder een bloementuin laten bezorgen; David Crowe was met een beduidend kleiner boeket komen aandragen. Het was een vrolijke avond, een feestavond. De meesten van de aanwezige mensen hadden op een of andere manier met de filmwereld te maken, dus gaf het feit dat Emily haar script had verkocht, iedereen een oppepper – een overwinning voor de een, was een overwinning voor allemaal.

Maar ik voelde me niet blij of feestelijk, niet eens in de buurt: ik ziedde vanwege de manier waarop Troy me had behandeld. Het was al erg genoeg dat hij me voor een enkele nacht had gebruikt, maar ik was voor hem niet eens belangrijk genoeg om zijn gedoe met Kirsty voor me te verbergen. Hij respecteerde *haar* tenminste genoeg om tegen haar te liegen. En ik was medeplichtig aan mijn eigen vernedering – door mijn mond dicht te houden, speelde ik het spelletje mee en maakte het voor Troy gemakkelijker.

Het was allemaal verkeerd, maar ik zag geen manier om er iets aan te doen. Wat zou ik ermee bereiken als ik Kirsty vertelde dat ik met Troy naar bed was geweest? Zou ik het kreng gaan slaan alsof we in de *Jerry Springer Show* waren? Afgezien van het feit dat ik ervan zou genieten? Ik verafschuwde dus niet alleen Troy – en Kirsty – maar ook mezelf. En, hoewel ik het niet prettig vond het toe te geven, ik was kwaad op Emily omdat ze Shay Delaney had uitgenodigd. In feite verafschuwde ik de hele wereld. Mijn enige troost was dat ik Kirsty niet alleen verafschuwde omdat Troy aandacht aan haar besteedde; gelukkig had ik haar daarvoor ook al verafschuwd.

Ik slenterde met dienbladen beladen met hapjes langs mensen die verontwaardigd leken door het idee dat ze af en toe aten. Als Justin er niet was geweest, had ik helemaal geen afnemers gehad.

'Ik moet hier voor zorgen,' zei hij, en liet zijn buik wiebelen terwijl hij een grote garnaal in zijn mond propte. 'Ik moet aan mijn baan denken. En, hoe staat het met jou, prinses?'

'Ach, nog drie of vier kunnen geen kwaad,' zei ik, reikend naar een garnaal.

Maar hij praatte tegen Desiree, verleidde haar met een broodje, warvoor ze verachtelijk haar neus optrok.

'Zie je dat?' zei hij bezorgd. 'Ze is er altijd dol op.'

'Misschien is ze ziek. Waarom breng je haar niet naar de dierenarts?'

'Ze is niet ziek. Het is iets ergers.'

'Wat bedoel je?'

'Ik ben bang dat ze anorexia heeft.'

'Anorexia? Maar... ze is een *hond*.'

'Honden kunnen anorexia krijgen,' zei hij triest. 'Er stond laatst iets over in de *LA Times*.'

'Zeg alsjeblieft dat je een grapje maakt.'

'Maggie,' zei hij bedroefd, 'ik wou dat het een grapje was.'

Ik pakte mijn dienblad en hervatte mijn ondankbare rondgang, terwijl ik me afvroeg wat dit voor soort stad was waar zelfs de honden eetstoornissen kregen.

'Ik zie je over vijf minuten bij de pasteitjes,' riep Justin me achterna.

Justin en ik kwamen elkaar in de tuin bij het blad met pasteitjes telkens weer tegen. Ze keken me zo vaak zo verleidelijk aan dat het me in verwarring begon te brengen, maar even later stonden Justin en ik er toch weer bij.

'We moeten ermee ophouden elkaar op deze manier te ontmoeten,' zei hij, en in de hoop dat als ik ze niet zag, ik niet in de verleiding zou komen ze te eten, draaide ik mijn rug ernaartoe – en kwam oog in oog met Troy en Kirsty te staan. *Shit.*
'Amuseer je je een beetje?' vroeg Troy.
'Eh, ja.' Ik draaide me om, ontdekte een chocoladeroomsoes en gooide hem in mijn mond. Ik kon er niets aan doen.
'Goed nieuws voor Emily, vind je niet?'
'Ja, eh...'
Toen, alsof ik bezeten was door een suikerdemon, pakte ik een minidonut. (Als je in LA om 'mini' vraagt, krijg je dat ook.) Kirsty sloeg het aandachtig gade, volgde de afstand van het dienblad naar mijn mond, en vroeg vervolgens zogenaamd meelevend: 'Dat is al minstens je *zevende*. Moet je ongesteld worden?'
De smaak van suiker loste op in mijn mond, om te worden vervangen door de smaak van haat.
'Weet je wat jij moet doen?' zei ze ernstig. 'Je moet zinktabletten nemen. Weg met dat verlangen naar suiker! Maar vergeet glucose, vergeet snoep! Ik heb iets veel beters!' Een dergelijke opmerking trekt in Los Angeles meteen de aandacht. Verscheidene hoofden draaiden naar haar toe, en toen ze zeker wist dat haar publiek aan haar lippen hing, vervolgde ze: 'Beter dan dat alles is – een bevroren druif! Koop ze op de markt, leg ze in het vriesvak, en iedere keer dat je oude suikerverlangens de kop opsteken, schrik je ze af door een bevroren druif te eten. Zalig zoet en nul, hoor wat ik zeg, *nul* calorieën.'
Het enige wat ik kon zeggen, was: 'Druiven hebben meer dan nul calorieën.' Een zwakke poging, maar beter dan niets.
'Ze heeft gelijk,' zei Justin, met een ondeugende blik naar mij. 'Druiven hebben een hoog fructosegehalte. Vijftien tot twintig calorieën per druif.'
'Meer,' loog ik. Ik had er geen idee van. 'Afhankelijk van de grootte van de druif. Als het een grote is, bevat hij een hoger suikergehalte. Dan heb je het over –' ik pauzeerde voor het effect '– *vijftig* calorieën'
'Lijkt mij dat je dan beter bij pasteitjes kunt blijven,' concludeerde Justin, en stak zijn hand uit naar de volgende. 'Is beter voor je!'
Daarna keken Justin en ik elkaar triomfantelijk aan, draaiden ons om en lieten Kirsty met haar reputatie als voedselgoeroe aan flarden achter.

Net toen ik dacht dat ik het allemaal in de hand had, kwam Shay Delaney. De hele avond was ik zo gespannen geweest als in een examenzaal, terwijl ik me had afgevraagd of hij wel zou komen, maar hoe meer tijd er voorbijging, des te minder aannemelijk leek het dat hij zou verschijnen. Maar op het moment dat ik concludeerde dat hij niet zou komen, zag ik natuurlijk een groot, donkerblond hoofd door de tuin lopen. Het kon toch niet...

Het kon.

Al mijn spieren spanden aan terwijl ik wachtte tot hij mij in de gaten zou krijgen. En wachtte...

Hij scheen bijna iedereen te kennen. Hoofden werden achterovergebogen, en gelach dreef naar me toe terwijl hij zich door de menigte werkte, en David Crowe, Connie en Emily's vriend Dirk begroette. Tja, ze zeggen dat de filmwereld erg klein is.

Ten slotte, niet langer in staat het uit te stellen, stapte ik op hem af.

Net als de vorige keer keek hij verrassend geschokt. 'Maggie Garvan.'

'Walsh,' verbeterde ik hem – de vorige keer had ik liever willen sterven dan hem vertellen dat mijn huwelijk voorbij was, nu wilde ik juist dat hij het wist.

'Walsh?'

'Ja, Walsh.'

'O. Wat doe je hier?'

'Een beetje rusttijd nemen.'

'Logeer je bij Emily?'

'Ja.'

En toen – net als de vorige keer – zei hij: 'Nou, *leuk* je te zien,' waarna hij me een hand gaf en wegliep, mij achterlatend met een gigantisch gevoel van anticlimax. Ik wilde hem achterna roepen: *Wil je weten wat er is gebeurd? Waarom ik nu Walsh heet in plaats van Garvan?*

Mijn stemming daalde nog meer. Het was niet grappig op een feestje te zijn waar ik door twee van de aanwezige mannen was afgewezen. Waarom vlogen ze Garv niet over om het beeld compleet te maken? Hoewel ik Kirsty voor gek had gezet, was zij degene die Troy bij zich had. En daar was Shay Delaney, die zich hallo-kerel-goed-je-te-zien zeggend door de menigte begaf, maar hij kwam op geen kilometer afstand bij mij in de buurt.

Nou, dacht ik met een zucht, misschien voelt hij zich schuldig. En misschien moet hij zich schuldig voelen.

Zonder waarschuwing botste Curtis tegen me op, stootte tegen mijn glas en stond met zijn volle gewicht op mijn tenen. Terwijl de kleverige champagne over mijn handen gutste, welde er een woede in me op, maar op dat moment had ik de kracht niet om hem met mijn blote handen te wurgen.

Misschien had Kirsty gelijk, misschien *moest* ik ongesteld worden.

Geprikkeld likte ik de drank van mijn vingers, en ineens kreeg ik dat tintelende, kippenvelachtige gevoel dat je krijgt wanneer er iemand naar je staart. Ik keek op en om me heen, en mijn blik bleef op Lara rusten. Ze sloeg me gade. Toen ze zag dat ik haar in de gaten had, veranderde haar gezicht, en ze rolde speels met haar ogen naar Curtis, waarna ze mij een stralende glimlach schonk, die stralender leek dan gewoonlijk. Ik glimlachte terug, voelde me een beetje duizelig, een beetje uit mijn evenwicht, en een raar gevoel van verwachting begon in mijn buik rond te vlinderen.

De meeste mensen gingen tegen twaalven weg. De meesten, behalve degenen die ik echt graag zou zien vertrekken: Troy, Kirsty en Shay dromden in de keuken rond Emily, praatten opgewonden en brulden van het lachen. Terwijl ik, ziedend van wrok, heen en weer naar de tuin liep, en glazen, flessen en overgebleven hapjes naar de keuken bracht. Lara en Ethan fladderden om me heen, Lara vulde de vaatwasser en Ethan dronk de halfvolle glazen leeg voor hij ze aan haar gaf. Beiden hielpen me op hun eigen manier.

'Neem me niet kwalijk,' zei ik, en duwde Troy opzij om iets in de afvalemmer te gooien, waarbij ik per ongeluk-expres een vork in de achterkant van zijn been stak.

'Au!'

'Sorry,' zei ik, alsof ik het meende.

Terwijl ik een kartonnen bordje in de emmer propte, werden er plannen gesmeed voor de volgende avond: Troy, Shay en Emily hadden het gevoel dat ze wat voor elkaars carrière konden doen, en ze zouden uit eten gaan om het te bespreken.

'Je gaat toch ook mee, Maggie?' vroeg Emily.

'Je zult het misschien doodsaai vinden, Ierse,' zei Troy, iets te snel naar mijn zin.

'Waarschijnlijk.' Ik kwam overeind uit mijn gebukte houding bij de afvalemmer en probeerde een onaangename opmerking te bedenken.

Maar voordat het zover kwam, onderbrak Lara me opgewekt: 'Zeg, Maggie, ga morgenavond met mij uit. De jongens gaan alleen maar over hun werk praten, maar jij en ik – we kunnen lol hebben!' Ze knipoogde flirterig naar me, en de verwarring verdoofde mijn reactievermogen. Ik verbeeldde me dit toch niet?

Nee, dat was niet zo, want het volgende moment sloeg ze haar arm rond mijn middel. 'Maken jullie je maar geen zorgen, jongens, ik zal voor Maggie zorgen. Echt goed voor haar zorgen. Toch, Maggie?' Ze kietelde met haar vingers in mijn middel en ik hief mijn hoofd om in haar aquamarijnblauwe ogen te kijken. En zoals zo vaak met haar gebeurde, voelde ik me overdonderd – en ik vond het prettig.

'Goed, Lara,' zei ik, met een brede, blije glimlach, en waagde het haar te kussen. Het was heel luchtig – geen tongzoen – maar het had iets liefs en looms, zodat we, toen we onze ogen weer opendeden met een klap in iets belandden dat alleen beschreven kon worden als een 'sfeer': Troy, Kirsty, Emily en Shay staarden ons vol ongeloof en verwarring aan.

'O man,' kreunde Ethan, en verschoof iets in zijn kruis.

Zodra ze allemaal naar huis waren gegaan, sloeg Emily toe. 'Wat is er met jou en Lara aan de hand?'

'Ik weet het niet. Niets.' Maar eerlijkheid gebood me eraan toe te voegen: 'Nog niet.'

'Nog niet? Maggie! Bedoel je dat je van plan bent...?'

Ik knikte. 'Ja, misschien. Waarschijnlijk.'

'Maar je bent hetero!'

Na een lange stilte, dwong ik mezelf het te zeggen. 'Dat weet ik eigenlijk nog niet zo zeker.'

'Waar heb je het in *godsnaam* over?'

'Nou...' Het was moeilijk dit hardop uit te spreken. Erg moeilijk. 'Weet je –' ik haalde diep adem. 'Weet je hoe het is als je naar een pornofilm kijkt?'

Emily's gezicht was een foto waard. Hoewel we bijna alles bespraken wat ons ooit was overkomen, was pornografie een verwaarloosd gebied.

'Kijk alsjeblief niet zo naar me!' barstte ik uit. 'Het is niet zoals het klinkt. Ik heb er geen een, maar als ik met Garv in een hotel ben en ze hebben het in de huisvideotheek, dan... soms...'

'Mmm.'

'Ik heb dit nooit eerder toegegeven, maar ik was niet geïnteresseerd in de mannen in die films.' Ik keek haar aan, hoopte op de een of andere aanmoediging, maar ze was sprakeloos. 'Ze zagen er zo gemaakt uit, overontwikkelde lichamen. Om eerlijk te zijn vond ik ze eigenlijk nogal afstotelijk.'

'Dat komt omdat ze afstotelijk *zijn*, met hun weelderige kapsel en ruige snorren.'

'Hoe weet jij dat ze er zo uitzien?'

'Zo zijn ze allemaal.'

'O ja? Goed. Nou, behalve aan Garv, heb ik dit nooit eerder aan iemand verteld, maar...' Ik stopte, niet zeker of ik verder kon gaan. Toen stikte ik bijna, terwijl ik uitbarstte: 'Emily, het waren de meisjes naar wie ik wilde kijken. Ik vond ze prachtig.'

'Je vond ze niet prachtig,' zei Emily wanhopig. 'Je wilt alleen een van hen zijn! Dat wil iedereen. Het is normaal.'

Ik schudde mijn hoofd. 'Ik geloof het niet. Misschien ben ik lesbisch. Ik ben op z'n minst bi.'

Emily's ergernis sijpelde weg en haar gezicht kreeg weer een bezorgde uitdrukking. 'Maggie, ik maak me zorgen over je. Ik meen het. Denk eens even aan alles wat je de laatste tijd hebt verloren. Het is geen wonder dat je naar liefde zoekt, of genegenheid, of wat dan ook. Vooral na de manier waarop Troy je heeft afgewezen.'

'Troy heeft me niet afgewezen.'

'Sorry, verkeerde woordkeus. Toen hij niet... Toen hij besloot je niet...'

'Hij heeft me niet afgewezen, omdat je alleen afgewezen kunt worden als je jezelf *laat* afwijzen.' Ik had onlangs zoiets gehoord, en het beviel me. Het probleem was dat ik niet dacht dat ik het helemaal goed had. Troy had me wel degelijk afgewezen.

'Goed, maar wat ik zeg, Maggie, is dat het geen wonder is dat je, na alles wat je hebt meegemaakt, niet weet wat je wilt. Vorige week was het Troy...'

'En dat was een vergissing.'

'...en nu denk je dat je Lara wilt. Maar dat wil je niet.'

'Nu vergis jij je.'

'Niet waar! Je bent alleen erg in de war.'

'Ik ben niet in de war. Luister naar me, Emily – Lara glimlachte vanavond naar me en er gebeurde iets in me, en voor het eerst sinds tijden voelde ik me...' ik zocht naar het juiste woord, '...oké. Het voelde goed. Het spijt me als je dit moeilijk vindt, maar ik begrijp wel waarom. Je hebt me altijd als heteroseksueel gekend en je hebt lichte homofobische neigingen...'

'Zeg, wacht eens even!'

'Maar het is zo! Je hebt gezegd dat je het afschuwelijk vindt om iemands makreel te likken.'

'Lara is een van mijn beste vriendinnen, ik hou zielsveel van haar. Maar het feit dat ik niet wil doen wat zij in bed doet, betekent niet dat ik het afkeur. Ik bedoel, ik ben ook niet zo dol op anale seks, maar het kan me niet schelen of iemand anders het doet.'

Emily drukte haar handen tegen haar gezicht. 'Dit is allemaal mijn schuld. Ik zei tegen je dat je je eens moet laten gaan.'

'En ik ben blij dat je dat hebt gezegd. Ik heb veel te lang op veilig gespeeld.'

'Doe dat dan weer,' drong ze aan. 'Voordat je jezelf nog meer schade berokkent, speel weer op veilig.'

'Nee.'

'Het is vandaag donderdag,' fluisterde Emily voor zich heen. 'Ze komen dinsdag.' Ze beet op haar knokkels, en jammerde: 'Ze zal me vermoorden. Mammie Walsh zal me vermoorden.'

31

Larry Savage wilde boter bij de vis – en wel onmiddellijk. Zodra haar kater na het feest in volle hevigheid had toegeslagen, werd Emily gesommeerd naar zijn chalet te komen om een beetje ' rond te stoeien' met de scriptveranderingen.

'Deze ochtend is niet zo geschikt,' hoorde ik haar zeggen, waarna ze haar hand over de hoorn legde en mij wanhopig toe siste: 'Alka Seltzer, alsjeblieft!' Na een korte stilte zei ze: 'Ja, sir, ik begrijp het, sir. Elf uur. Ik zal er zijn.'

Ze hing op en haastte zich naar mij toe. 'Maggie, hoe goed is je steno?'
Ik overhandigde haar een bruisend glas. 'Nooit geleerd.'
'O. Hoe goed ben je in snel schrijven?'
'Niet slecht.'
'Kleed je aan. We gaan naar The Valley. We moeten meneer Savage onder ogen komen.'

Maar eerst was het mijn onaangename taak om naar het nog donkere huis van de Geitenbaardjongens te gaan en een van hen te wekken om te vragen of hij de cateringjongens wilde opvangen die hun spullen kwamen ophalen. Ik was bang een van hen naakt te zien, vooral Curtis.

Gelukkig was de enige die te voorschijn kwam en enig teken van leven vertoonde, een half aangeklede Ethan. Hij trok een hemd aan en verkondigde dat hij een carrièreverandering overwoog.

'Maar dan moet je wel eerst een carrière hebben,' opperde ik vriendelijk, 'voordat je erover kunt denken hem te veranderen.'

Volkomen onbewogen vertelde hij me zijn geweldige idee: hij zou een nieuwe religie opstarten.

'Kom nou,' wenkte ik hem naar de deur. 'Schiet op.'
'Mijn moeder zegt dat het haar niets uitmaakt, zolang ik maar iets op-

pik en daar bij blijf. Ze zegt dat ik moet ophouden steeds een andere cursus te volgen, en ik denk dat een nieuwe religie opstarten een behoorlijk goede carrièrestap is.'

Ik was er niet zo zeker van. Eindig je dan aan een kruisbeeld of zoiets? Maar het was niet aan mij daar verder op in te gaan.

'En in wat voor soort dingen zou je dan geloven?' vroeg ik, terwijl ik onze voordeur opendeed en hem naar binnen duwde. 'Of ben je nog niet zo ver gekomen?'

'Natuurlijk wel!' Daarna gaf Ethan een omschrijving van de hoeksteen van zijn nieuwe geloof, wat erop neerkwam dat de discipelen veel seks met Ethan moesten hebben.

'O, Christus,' mompelde Emily, terwijl ze voor de spiegel haar lippen stiftte.

'"O, Ethan," is wat je binnenkort moet zeggen,' verbeterde Ethan haar opgewekt.

'Ik geloof het niet,' zei ze kil. 'De cateringjongens zullen binnen een uur hier zijn, daarna kun je terug naar huis. En het is maar dat je het weet, maar ik heb mijn la met ondergoed op een speciale manier gerangschikt. Ik zie het meteen als iemand erin heeft zitten graaien. Gesnopen?'

'Gesnopen. Zeg Maggie, ga je vanavond echt met Lara uit?'

'Ja.'

'Wauw! De lesbo's slaan toe!'

Emily zuchtte, maar ze zei niets.

Bij Empire werden we hartelijk begroet door Michelle, Larry's assistente.

'Gefeliciteerd,' zei ze, waarna ze eerst Emily omhelsde, daarna mij. 'Het is een geweldig script, we zijn er allemaal echt enthousiast over.'

De deur van Larry's kantoor was dicht, maar hij was te horen, helder als glas, toen hij tegen iemand schreeuwde: 'Klaag me maar aan! Doe verdomme wat je niet kunt laten!'

'Larry praat even met zijn moeder,' zei Michelle glimlachend. 'Het zal niet lang duren.'

Ze kreeg gelijk, na nog wat geschreeuw ging de deur open en Larry verscheen, een en al glimlach.

'Hebben we een deal of hebben we een deal,' riep hij stralend tegen Emily. 'Gefeliciteerd, kindje.'

'Bedankt dat je het hebt gekocht,' zei Emily, ook stralend. 'En bedankt voor de bloemen.'

Larry wuifde haar bedankjes weg. 'Hou op. Dat doet de studio altijd. Standaardprocedure.'

Hij sloeg een arm om ons heen. 'Goed,' zei hij, en leidde ons naar buiten het zonlicht in. 'We gaan twee studioknapen ontmoeten. Die moeten we aan onze kant hebben als we willen dat deze film wordt gemaakt. Snap je?'

We knikten energiek. O, we snapten het helemaal.

In de vergaderruimte van het chalet overlaadden de twee studiomedewerkers – een broodmagere blonde die Maxine heette en een gladgeschoren man met markante kaken die Chandler heette – Emily met opmerkingen over hoezeer ze van *Plastic Money* hadden genoten, en wat voor een geweldige film het zou worden. Gedurende een onderdeel van een seconde was ik verrukt, toen beheerste ik me.

Terwijl we plaats namen rond de tafel, haalde Larry een afschrift van het script te voorschijn, en toen enkele pagina's openvielen zag ik rode lijnen die door de ene paragraaf na de andere waren gekrast en hier en daar was er een hele pagina doorgehaald. Ik kan het gevoel niet beschrijven. Ik had het script niet geschreven, dus ik was er niet zo aan gehecht als Emily, maar ik voelde me ziek. Om de een of andere reden deed het me denken aan iemand in de gevangenis bezoeken en duidelijke tekenen zien dat hij in elkaar was geslagen.

Michelle deelde aan de rest van ons kopieën van het script uit, en Larry verklaarde de vergadering voor geopend. 'Goed. Laten we proberen hier een beetje vorm in aan te brengen. Om te beginnen moet al dat gedoe over plastische chirurgie eruit. Te vreemd, te riskant.'

'Maar daar draait het nu juist om,' verklaarde Emily kalm. 'Het is een onderzoek naar de obsessie die mensen voor lichamelijke schoonheid hebben, het behandelt belangrijke punten over ons waardesysteem...'

'Nou, dat bevalt me niet. Het moet eruit. Alles!'

Van schrik viel mijn mond open. Ik had over studio's gehoord die scripts kochten en ze dan helemaal veranderden tot er iets heel anders ontstond. Maar ik had altijd gedacht dat die verhalen erg overdreven waren om medeleven of gelach op te wekken: dat was kennelijk niet zo.

Emily haalde diep adem, toen vroeg ze: 'En wat is hun motivatie dan om een bank te beroven?'

Larry leunde over de tafel, en zei lijzig: 'Tja, dat weet ik ook niet. Ik ben geen schrijver!'

Emily verbleekte.

'Wat vinden jullie van een blind meisje dat een operatie nodig heeft om haar gezichtsvermogen te herstellen,' opperde Chandler.

Larry likte zijn vingers af. '*Dat* bevalt me!'

'Of een groep minderbedeelde kinderen heeft een speeltuin,' zei Maxine, 'maar een grote maatschappij wil er een nieuwbouwcomplex bouwen?'

'Ja,' zei Larry peinzend. 'Zou kunnen werken.'

'Als er geen plastische chirurgie is, zal de naam moeten worden veranderd,' zei Emily, een beetje schril. 'Dan slaat *Plastic Money* nergens meer op.'

'Ja, je hebt gelijk. 'We zullen de naam in *Chip* veranderen.'

Emily zag er inmiddels nog beduusder uit, en ik was boos; ik had gehoopt dat ze Chip slechts een klein rolletje zouden geven, niet de hoofdrol.

'Als de naam Chip is, denken jullie dan niet dat de mensen zullen denken dat het over *een* chip gaat?' vroeg Maxine zich af.

'Dan noemen we het *Chip the Dog*,' zei Larry.

'Dat is geweldig!' zei Chandler. 'Dat is echt geweldig. Maar hoe zit het met die dierenrechten-jongens? Zouden die de titel als een bevel opvatten? Op de manier van: Schop de hond.'

'Dat kunnen we vermijden als we de naam van de hond veranderen,' zei Michelle.

'Ik vind Chip een leuke naam.'

'Ja, ik ook.'

'En wat vinden jullie van Chuck?'

'*Chuck the Dog*? Net zoiets als *Chip the Dog*.'

'En als we hem nu eens Charlie noemen?'

Terwijl de discussie voortging, bewaarde Emily een ijzige stilte. Ik mocht niets zeggen, maar zelfs als dat wel zo was, zou ik het niet hebben gewild, aan banden gelegd door een mengeling van depressie en verveling.

Larry verkondigde dat we het tijdens de lunch 'zouden doorspreken', dus werd er om halfeen genoeg eten naar het chalet gebracht om een heel leger te voeden, dat fraai – en snel – op een tafel in de hoek werd uitgestald.

Ik stierf van de honger, maar ieder ander vulde zijn bord slechts met kleine hoeveelheden: een sliertje spaghetti; een halve kerstomaat; vier pastaschelpen; een blaadje sla. Dus namen we een kleinigheid van alles wat er stond – goed, dat kon ik ook...

We gingen allemaal met ons eten weer aan tafel zitten en Larry ging door met suggesties van ons te vragen en daardoor duurde het even voor ik in de gaten had dat ik de enige was die het bord had leeggegeten en dat er geen tekenen waren dat iemand nog eens een bezoekje aan het buffet zou brengen. Ik dwong mezelf geduldig te zijn, misschien waren het gewoon trage eters... maar toen werden de borden abrupt terzijde geschoven, terwijl voorstellen in de kantlijnen van onze scripts werden gekrabbeld. De lunch was voorbij. Voorbij voordat het was begonnen, en ik was nog steeds hongerig.

Ik vroeg me af of ik kon opstaan en mezelf nog eens bedienen. Maar we zaten allemaal verdiept in het werk. Zou ik gewoon kunnen opstaan en meer eten halen en dat naar mijn mond brengen? Wat zouden ze van me denken?

Smachtend keek ik naar de tafel. De poten bogen bijna door onder het gewicht van al het eten dat erop stond. Een hele quiche – *onaangeroerd*. Een gigantische pizza, nog in perfect ronde staat. Het was de pizza die ik niet kon weerstaan. Plotseling schoof ik mijn stoel achteruit en stond op.

Larry keek me verbaasd aan. 'Waar ga je naartoe?'

De moed zonk me meteen in de schoenen. 'Nergens,' loog ik, en ging haastig weer zitten, mijn ogen op het script gevestigd.

Ik had zo'n spijt. Als ik nou maar had geweten dat ik slechts één kans zou krijgen, dan had ik er alles uit gehaald.

Plotseling klonk dat erg diepzinnig.

We werkten tot halfdrie door, toen maakte Larry er een eind aan. 'Dit was het, jongens. Mijn acupuncturist is gearriveerd.'

Met gebogen hoofd verzamelde Emily de papieren die voor haar lagen. 'Ik zal gaan schrijven.'

'Doe dat. We hebben de herschrijvingen snel nodig.'

'Wanneer?'

'Laten we zeggen, vrijdag.'

'*Aanstaande* vrijdag? Of vrijdag over zes weken?'

'Haha. Aanstaande vrijdag.'

'Nee, vrijdag komt me niet zo goed uit.'

'Donderdag dan. Of woensdag?'

'O. Goed, goed, vrijdag is prima.'

Uitgeput stapten we in Emily's auto. Emily zag grauw.

'Gaat het wel?' fluisterde ik.

Haar gezicht was vertrokken. 'Waarom heeft hij het gekocht als hij het alleen maar wil afslachten?'

'Ik weet het niet.'

'Wat zei die gek van de buren ook alweer?'

'Ethan?'

'Nee, die gek van de andere kant, Mike. "Wees voorzichtig met wat je wenst," zei hij. Nou, hij had gelijk – ik wenste dat iemand mijn script zou kopen en nu wens ik dat ze het niet hadden gedaan.'

'Het wordt misschien een geweldige film. Je weet maar nooit.'

'Nee, het wordt een stuk shit,' zei ze, en tranen dropen langs haar wangen. 'Mijn mooie script waar ik zo hard aan heb gewerkt tot het perfect was, gewoon perfect. Ik was er zo trots op, en nu zal het nooit het daglicht zien. Niemand zal het ooit zien. Zeven maanden heb ik me rotgewerkt om er iets moois van te maken, en nu wil hij dat ik het in een week herschrijf. Dat kan niet! En hij heeft al mijn spitsvondigheden eruit gehaald, alle grappen zijn verdwenen, en alle ontroerende momenten betreffen nu een kloterige *hond*!'

Ik zocht naarstig naar een tissue terwijl ze als een kind zat te huilen. 'Ik zal me schamen, Maggie, ik zal me doodschamen als mijn naam in verband wordt gebracht met een goedkope, sentimentele, moraliserende film over een hond.' Ze probeerde op adem te komen. 'Over een hond met de naam *Chip*.'

'Kun je je niet terugtrekken?' opperde ik. 'Zeg hem dat hij zijn geld kan houden en dat je wel iemand anders zult vinden om je film te maken, hartstikke bedankt!'

'Nee. Want niemand anders zal het script willen kopen. Dat weet ik zeker, en ik heb het geld nodig om van te leven. Maar er hangt bepaald een prijskaartje aan.'

'Je weigert gewoon de veranderingen aan te brengen,' drong ik aan. 'Zeg hem dat dit de film is die hij heeft gekocht en dat dit de film is die hij moet maken!'

'Dan zal hij me ontslaan en ik zal bijna niets betaald krijgen, maar ze houden wel mijn script. Vervolgens zoeken ze een andere schrijver die de veranderingen aanbrengt.'

'Dat kunnen ze toch niet maken!' Maar ik wist dat ze dat wel konden doen; in mijn tijd had ik aan genoeg contracten gewerkt om te weten hoeveel macht de grote studio's hadden. Ik had het alleen nog nooit zelf ervaren.

'Ze kopen niet alleen je script, ze kopen je ziel erbij. Troy heeft gelijk door te proberen al zijn werk onafhankelijk te produceren.' Emily's gesnik begon af te nemen, en ze glimlachte spijtig. 'Als je een deal met de duivel sluit, moet je niet klagen wanneer je een hooivork in je kont krijgt.' Daarna stroomden de tranen weer over haar wangen. 'Maar dat script was mijn kind. Ik hield ervan, ik wilde er het beste voor, en het is moordend voor me om te zien hoe het aan stukken wordt gescheurd, mijn arme kind.' Ze stopte ontzet. 'O, Maggie, ik heb het weer gedaan. Het spijt me zo.'

32

Als je een miskraam hebt gehad, krijg je heel veel informatie, maar dan weet je in feite nog maar weinig. Mensen bombardeerden me met goedbedoeld advies, dat niet veel troost bood: sommigen zeiden dat we het onmiddellijk weer moesten proberen; anderen zeiden dat het belangrijk was om eerst te rouwen om het verlies voordat we verdergingen.

Maar niemand kon me vertellen wat ik wilde weten, en dat was: waarom was het gebeurd? Het beste wat dokter Collins, mijn gynaecoloog, me kon vertellen was dat vijftien tot twintig procent van de zwangerschappen in een miskraam eindigt.

'Maar waarom?' drong ik aan.

'Het is de natuur,' zei hij. 'Er moet iets mis zijn geweest met de foetus zodat hij geen overlevingskansen had.'

Ik weet zeker dat dit als troost was bedoeld, maar in plaats daarvan maakte het me woedend. In mijn ogen was mijn kind, waar het ook was, perfect.

'Maar zal het niet nog eens gebeuren?' vroeg Garv.

'Het zou kunnen. Waarschijnlijk niet, maar ik zou liegen als ik zei dat het niet nog eens zou *kunnen* gebeuren.'

'Maar het is ons al overkomen.' Hij bedoelde dat we die tegenslag al hadden gehad.

'Het feit dat het een keer is gebeurd, is geen garantie dat het niet nog eens kan gebeuren.'

'Hartstikke bedankt,' zei ik bitter.

'Nog iets,' zei hij bezorgd.

'Wat?' snerpte ik.

'Ja, wat?' echode Garv.

'Stemmingswisselingen.'

'Wat is daarmee?'
'Wees erop voorbereid.'

In gedachten ging ik met een vlooienkam door de afgelopen negen weken, op zoek naar iets dat ik verkeerd had gedaan. Had ik zware dingen getild? Had ik in een achtbaan gezeten? Had ik in het ziekenhuis mazelen opgelopen? Of lag het gewoon allemaal aan mij – nu ondenkbaar – omdat ik het aanvankelijk niet had gewild en had hij of zij dat geweten?

Ze stuurden me naar een soort maatschappelijk werkster die me vertelde dat er absoluut geen sprake van was dat de baby op een of andere manier had kunnen weten dat hij niet geheel welkom was geweest. 'Het zijn dikhuidige wezentjes,' zei ze. 'Maar het is heel natuurlijk om jezelf de schuld te geven. Schuld is een van de emoties die iedereen ervaart wanneer dit gebeurt.'

'En wat nog meer?'

'O, woede, verdriet, verlies, frustratie, angst, opluchting...'

'Opluchting?' Ik staarde haar aan.

'Niet voor iedereen. Heb ik irrationele woede al genoemd?'

Omdat we zo weinig mensen hadden verteld dat ik zwanger was, waren er niet veel die wisten dat ik een miskraam had gehad. Dus bijna niemand maakte aanmerkingen als wij probeerden de leegte in ons leven op te vullen.

En het was een leegte. We hadden al namen bedacht – Patrick als het een jongen was, Aoife, als het een meisje was.

Ik was op negenentwintig april uitgerekend en we waren al begonnen naar babykleertjes te kijken en met plannen maken om de slaapkamer op te knappen. Van de ene dag op de andere hadden we geen teddybeerbehang meer nodig, of draaiende lampen die sterrenpatronen op de muren strooiden, en dat was moeilijk om aan te wennen.

Nog pijnlijker was dat ik er zo naar had verlangd om mijn kind te leren kennen. Ik had me op een heel leven met deze nieuwe persoon verheugd, die een deel van mij en Garv was – en dat was allemaal abrupt voorbij.

Je weet hoe het is wanneer je vriendje je dumpt – dan lijkt de wereld ineens alleen maar uit verliefde paren te bestaan, die hand in hand lopen, zoenen, champagneglazen klinken, elkaar oesters voeren. Op dezelfde manier zag ik, nadat ik mijn baby had verloren, alleen maar busladingen met zwangere vrouwen, die trots met hun bolle buik vooruit liepen. En nog erger was dat ik overal om me heen baby's zag: in de supermarkt, op straat, op het strand en bij de opticien. Perfecte wezentjes met glimlachende mondjes en een perzikhuidje, die met hun mollige armpjes zwaaiden en in hun kleverige handjes klapten, schoentjes uittrapten en schrille, gillerige, zangerige geluiden voortbrachten.

Soms was het te pijnlijk om naar ze te kijken, maar andere keren was het te pijnlijk om niet te kijken, en dan namen Garv en ik ze gretig in ons op, en dachten *we hadden bijna een van hen gehad*. Dan fluisterde Garv: 'We moeten ophouden, we gedragen ons vreemd, dadelijk krijgen we de politie achter ons aan.'

Mijn bedoeling was meteen weer zwanger te worden, zodat we bijna konden doen alsof dit verlies ons nooit was overkomen, en Garv zei dat hij alles wilde doen wat mij gelukkig zou maken. Dus begon ik meteen weer met temperaturen, omdat ik geen kans voorbij wilde laten gaan. Mijn leven werd beheerst door een alles vertederend verlangen, en ik werd door een verschrikkelijke angst gekweld. Stel dat het deze keer een jaar duurde? Stel dat het – ondenkbaar – nooit gebeurde? Maar we hadden geluk: begin oktober had ik een miskraam en half november was ik weer zwanger. Het is moeilijk te beschrijven hoe ik me voelde toen het blauwe streepje op het staafje verscheen: een duizelingwekkende mengeling van opluchting en blijdschap; we hadden een tweede kans gekregen. Ademloos knepen we elkaar bijna fijn, en we huilden allebei, zowel om het verlies van de andere baby als de vreugde over de nieuwe.

Maar bijna onmiddellijk werd de vreugde overgenomen door bezorgdheid. Pure angst, eigenlijk. Wat als ik deze ook zou verliezen?

'De bliksem slaat niet twee keer in,' zei Garv, hoewel dat kan, en het was trouwens geen bliksem.

Ik werd zo ongelooflijk voorzichtig; ik ging niet meer naar pubs, omdat ik bang was sigarettenrook binnen te krijgen; ik reed nog maar dertig kilometer per uur (tamelijk snel voor Dublin, eigenlijk), zodat ik niet plotseling hoefde te remmen; ik at geen Franse kaas en stond me nooit de luxe toe van een boertje laten – heel begrijpelijk als je weet dat ik zelfs niet diep adem durfde te halen, voor het geval dat het de baby zou verdrijven.

Verschrikkelijke dromen achtervolgden me: op een nacht droomde ik dat ik de baby had gedood en dat hij nog steeds in me zat, een andere nacht droomde ik dat ik een kuiken ter wereld bracht. En deze keer was er geen spijbelen van ons werk en dure handtassen kopen; we waren zo zwaar gestraft voor de laatste keer dat we gelukkig waren dat we het niet durfden te vieren. Deze tweede keer was ik trouwens niet zo misselijk – behalve wanneer ik iets erg grappig vond (bijna nooit), en mijn lachen overging in droog kokhalzen. (Ik was een perfecte gast als ik ergens te eten was.)

We beschouwden het feit dat ik niet misselijk was als een goed teken. Hoewel er geen medische basis voor was, zei ik tegen Garv dat de vreselijke misselijkheid van de eerste keer waarschijnlijk een teken was geweest dat er iets mis was. En dan herhaalde hij dat weer tegen mij, en zo probeerden we elkaar en onszelf gerust te stellen.

Maar elk pijntje dat ik voelde kon het ontstaan van een ramp betekenen. Op een nacht kreeg ik heftige pijn in mijn oksel en ik was er absoluut van overtuigd dat dit zo'n ramp was. Garv probeerde de kalmte te herstellen door me erop te wijzen dat mijn oksel mijlenver weg was van mijn baarmoeder, maar ik verdedigde me met: 'Ja, maar wanneer iemand een hartaanval krijgt, ontstaat er pijn in de linkerarm,' en daarna zag ik dat de angst hem ook in de greep kreeg.

Maar we overleefden die nacht, en in de zevende week gingen naar onze eerste echo, waarbij bezorgdheid de vreugdevolle gebeurtenis overschaduwde die we bij de eerste baby hadden gehad. Ik bleef maar vragen of alles goed was en de verpleegster zei telkens weer dat alles in orde was.

Maar hoe kon ze dat weten? Als ik volkomen eerlijk was, zag de foto die ze ons hadden gegeven er meer uit als een zwart-witfoto van 'Starry, Starry Night' dan van een baby.

Toen we de negende week naderden bouwde de spanning zich steeds meer op. Tijdens de negende week zelf ging de tijd zo traag dat elke seconde een eeuw leek te duren. We durfden amper adem te halen. Toen – ongelooflijk – was de negende week zonder incidenten voorbij en bevonden we ons in de kalme blauwe wateren van de tiende week. De wolk was weg en plotseling haalden we weer adem alsof de lucht uit chocoladegeuren bestond – je *zag* gewoon de verandering in ons. Ik herinner me dat ik naar Garv glimlachte en zag dat hij naar mij glimlachte, en met een schok besefte hoe ongewoon dat was.

Week tien ging voorbij. Week elf kwam in zicht en we gingen voor onze tweede echo, waar we een stuk giecheliger en opgewekter naartoe gingen dan naar de vorige. Toen gebeurde er iets waarvan ik me geen voorstelling had kunnen maken – terwijl ik op de tafel lag, gaf de verpleegster aan dat we stil moesten zijn, ze drukte op een knop en het geluid van het hartje van onze baby vulde de kamer. Een zacht rikketikken, zo snel als het ademhaalde. Het is onmogelijk voor me om de diepte van mijn verbazing en vreugde weer te geven. Ik dacht dat ik zweefde. Zoals je kunt verwachten, huilden we beiden emmers vol, daarna lachten we een beetje, en plengden nog wat tranen. We waren ondersteboven van ontzag. En de opluchting kende geen grenzen: het had een hartslag. De dingen moesten in orde zijn.

En zodra we in week twaalf waren, konden we ons geluk helemaal niet meer op. 'Nog twee dagen,' zei ik die avond, terwijl we in elkaars handen knepen voor we in slaap vielen.

De pijn maakte me wakker. De vorige keer was er geen pijn geweest, dus ik was niet meteen alert. Toen ik besefte wat er gebeurde, kreeg ik een gevoel van onwerkelijkheid: *ik kan niet geloven dat dit ons overkomt*.

Wanneer er vervelende dingen gebeuren, overkomt het me altijd onverwacht. Ik weet dat sommige mensen reageren door hun vuisten in de lucht te steken, en te schreeuwen: 'Ik wist het, ik *wist* verdomme dat dit zou gebeuren!' Maar daar hoor ik niet bij. 'Andere mensen' ervaren nare dingen, en het is een regelrechte schok wanneer ik ontdek dat ik een van die 'andere mensen' ben.

Terwijl we naar de auto renden, keek ik omhoog naar de nachtlucht, smeekte God stilletjes dit niet te laten gebeuren. Maar ik zag iets dat een voorteken leek. 'Er zijn vannacht geen sterren,' zei ik. 'Het is een teken.'

'Nee, liefje, dat is het niet.' Garv sloeg zijn armen om me heen. 'De sterren zijn er altijd, zelfs overdag. Soms kunnen we ze alleen niet zien.'

Het gevoel van déjà vu toen we naar het ziekenhuis reden veranderde de werkelijkheid in een nachtmerrie. Weer zaten we op de oranje stoelen te wachten, weer zei iemand tegen me dat alles goed zou komen, en weer was dat niet het geval.

Het was te vroeg om het geslacht te kunnen bepalen, niet dat het me iets kon schelen. Het enige wat telde was dat dit de tweede keer was dat ik een kind had verloren: een toekomstig gezinnetje, weg voordat het zo ver was gekomen.

Deze keer was het veel en veel erger. Met één keer had ik kunnen leven, maar niet met twee – omdat we na de eerste keer hoop hadden gehad, en na de tweede keer niet meer. Ik haatte mezelf en mijn gebrekkige lichaam dat ons zo jammerlijk in de steek had gelaten.

Mensen vertelden verhalen die werden verondersteld te troosten. Mijn moeder kende een vrouw die vijf miskramen had gehad voor ze haar eerste kind kreeg en nu had ze vier gezonde kinderen, twee jongens en twee meisjes. Garvs moeder deed er nog een schepje bovenop: 'Ik ken een vrouw die *acht* miskramen had gehad, en toen kreeg ze een tweeling, twee prachtige jongetjes. Hoewel,' voegde ze er aarzelend aan toe, 'een ervan in de gevangenis terechtkwam. Verduistering. Had iets te maken met een pensioenfonds en een villa in Spanje...'

Iedereen probeerde Garv en mij weer op te beuren, moed in te praten. Maar er was geen hoop meer en ik was ervan overtuigd dat het allemaal mijn schuld was. Ik geloof niet in halfzachte onzindingen, praten over heksen en dingen die ongeluk brengen en al die flauwekul (dat is meer iets voor Anna), maar het lukte me niet de overtuiging te verjagen dat ik het allemaal over mezelf had afgeroepen.

33

Ik opende de voordeur. Emily zat op de slaapbank over haar laptop gebogen, hard aan het werk.
'Hallo,' zei ik behoedzaam.
'Hallo,' antwoordde ze, net zo behoedzaam. 'Leuke nacht gehad?'
'Ja. Jij?'
'Ja.'
'Hoe waren Troy en Shay?'
'Aardig. Behulpzaam. Je krijgt van beiden de groeten.'
Ik knikte naar de computer. 'Dus, eh, hoe gaat het met *Chip the Dog*?'
'Nachtmerrie. Ik krijg kramp in mijn maag van het schrijven van dit stuk. Ben je met haar uit geweest?'
Een stilte. 'Ja. Sorry.'
'Helemaal niet, je moet doen wat je leuk vindt. Hoe was het?'
'Het was... anders.'
'Het makreel likken?'
'Het was nog maar de eerste afspraak,' zei ik verontwaardigd. 'Wat voor soort meisje denk je dat ik ben?'
'Jezus Christus,' zei ze slapjes. 'En wat hebben jullie dan gedaan?' Toen gaf ze een klap op haar voorhoofd. 'Nee! Ik hoef het niet te weten!'
'We zijn naar een film geweest. Luister, ik ga een douche nemen en wat rusten.'
'Natuurlijk, je zult wel uitgeput zijn. Ik bedoel, ik zeg niet... O, Christus... ik zie je straks wel.'
Ik ging naar mijn slaapkamer, deed de deur dicht en ging achter Emily's bureau zitten, bladerde door enkele onverkochte scripts, wilde afleiding zoeken.
Ik was niet uitgeput; ik was doodsbang. Ik wist me absoluut geen

raad meer. Dit gedoe met Lara – wat had ik me daarbij *voorgesteld*?

Ik was geen lesbienne. Ik vermoedde dat ik niet eens biseksueel was.

De hele avond was een ramp geweest, die begon toen Lara stralend voor de deur verscheen; haar glanzende haar hing los en ze droeg een strakke jersey jurk. Niets mis mee – tot ik plotseling begreep dat ze zich *extra mooi had gemaakt*. Dat ze zich voor mij *extra mooi had gemaakt*. Even was ik gevleid, enkele seconden later knapte ik helemaal af.

We gingen naar Santa Monica, naar een film waarvan we geen van beiden begrepen waar hij over ging. Toen we weer buiten stonden bleek dat ieder van ons hoopte dat de ander het zou kunnen uitleggen. Dat konden we dus niet, en ik kreeg de sterke neiging Lara te vragen wat zij van wisselkoersen wist, maar ik was bang te ontdekken dat zij er net zomin iets van begreep als ik.

'Wat nu?' vroeg ik. 'Gaan we ergens wat drinken?' Er waren honderden erg leuke bars en restaurantjes om ons heen. Maar Lara schudde vastberaden haar hoofd en zei, met een zwaarbeladen glimlach: 'Nee, mijn huis.'

Het was alsof er een vol krat met vlinders in mijn buik was vrijgelaten. *Zenuwen*, hield ik mezelf voor. *Geen angst. Zenuwen*. Omdat ik zo verlegen en onervaren was, natuurlijk. Maar Lara zou handig genoeg zijn om het heft in handen te nemen en het me makkelijker te maken.

We gingen dus naar haar huis, waar ze een fles wijn opende, zachte, jazzachtige muziek opzette en geurkaarsen aanstak. Het waren de geurkaarsen die me de volle omvang van mijn vergissing deden inzien. Het was zo *romantisch*. Ze was echt van plan terzake te komen. Een loden bal verving de vlinders en er bestond geen twijfel meer over hoe ik me voelde. Ik wilde naar huis, ik wilde zo snel mogelijk wegrennen – maar in plaats daarvan moest ik me op de bank nestelen, witte wijn nippen en ondeugende blikken in het flakkerende kaarslicht wisselen.

Ik deed mijn best. Het lukte me een vette glimlach te forceren wanneer Lara met haar ogen naar me zat te lonken, maar zodra ze op de bank iets dichter naar me toe schoof, werd mijn paniek groter.

Wanhopig probeerde ik een gesprek gaande te houden, maar ik was zo gespannen, dat ik klonk alsof ik naar een baan kwam solliciteren. 'In hoeveel bioscopen zal *Doves* verschijnen? Is het leuk om er een premièreparty voor te organiseren? O, een nachtmerrie, werkelijk? O jee.'

Ik wilde weg, maar ik wist niet hoe ik me hier uit moest praten; de woorden die me naar de vrijheid zouden voeren, bleven in mijn keel steken. Wat me tegenhield was het feit dat ik hier met open ogen in was gelopen. Zodra ze het had voorgesteld, had ik Lara moeten vertellen dat ze het kon vergeten, maar in plaats daarvan had ik haar alle reden gegeven te geloven dat ik wat ik in haar zag – omdat dat op dat moment ook zo was. Nu was het echter een ander verhaal, maar ik vond dat ik het niet kon maken haar te vertellen dat ik van gedachten was veranderd.

Na ongeveer anderhalf glas wijn boog Lara zich plotseling over me heen, bijna boven op me. *Nu komt het.* Automatisch schoof ik iets bij haar vandaan, en de opluchting was enorm toen ik besefte dat ze alleen mijn glas bijvulde. Met een trillerige hand pakte ik het glas en dronk in één teug het grootste deel ervan op.

'Zeg, niet te dronken worden, hoor,' tjilpte Lara liefjes.

'Eh, nee.' En mijn bezorgdheid groeide weer.

Ik deed echt een schietgebedje, ging in onderhandeling met God: als hij me hier uit haalde, zou ik nooit meer iets riskants doen. Maar God was zeker in gesprek op de andere lijn, want het volgende moment schoof Lara dichter naar me toe en streek mijn haar uit mijn gezicht. Vervolgens kuste ze me, wat niet eens zo vervelend was, en stak haar handen onder mijn topje om mijn borsten te strelen, wat ook niet eens zo vervelend was. Op dat punt had ik het gevoel dat ik iets moest doen, dus frunnikte ik een beetje aan haar schouderbandje om mijn goede wil te tonen. Maar ik was er niet op verdacht dat ze haar jurk zou afschudden, tot aan haar middel, en vervolgens haar beha afdeed en haar borsten in haar handen woog. Zodra ze zichzelf aanraakte, sprongen haar tepels overeind, en in andere omstandigheden zou het sexy zijn geweest, maar ik was verlamd door de hele situatie. 'Wees niet bang,' zei ze, en ik haalde maar eens diep adem en begon haar borsten te strelen, gedeeltelijk om haar een wederdienst te bewijzen en gedeeltelijk omdat ik nieuwsgierig was over hoe implantaten aanvoelden – maar aangezien ik nooit andermans borsten had aangeraakt, had ik niets om ze mee te vergelijken.

Er volgde nog wat gestreel, en kleren die werden verwijderd; Lara was mooi, daarover bestond geen twijfel, en ze was zacht en donzig en geurig. En toch voelde het – toen we kruis tegen kruis drukten – helemaal verkeerd, we waren beiden te plat. Ik besefte hoeveel ik van mannenlichamen hield.

Wat voor soort nieuwsgierigheid of behoeften er ook de oorzaak van waren geweest dat ik aanvankelijk op Lara's toenaderingspogingen was ingegaan, het was allemaal verdwenen, en ik was me er scherp van bewust dat ik een grotere hap had genomen dan ik kon doorslikken. Niet dat ik ergens op zat te kauwen – god, nee! Niets ter wereld had me kunnen overhalen haar 'makreel te likken', zoals Emily het noemde.

Ze zeggen dat alleen een vrouw echt kan weten wat een andere vrouw wil, en Lara deed absoluut haar best. Maar ik kon mijn lichaam niet van mijn geest scheiden en me gewoon laten gaan en mezelf overgeven aan het genot dat de ervaring me misschien zou schenken. Ik voelde me een bedriegster, en erger, ik voelde me dwaas.

Gelukkig had Lara er schijnbaar van genoten, en ze wuifde mijn remmingen weg met een luchtig: 'Joh, het is je eerste keer.'

'Bedankt,' zei ik kleintjes.

'Binnenkort,' zei ze, 'zullen we je eens een dildo van achttien centimeter ombinden!'

Jezus Christus!

Ik deed de hele nacht amper een oog dicht. Daarna bracht ze me op weg naar haar yogalites-les thuis. De Trommelaars van het Levensritme kwamen net aanzetten – een paar zeiden gedag, raakten er kennelijk aan gewend me op een zaterdagochtend te zien thuiskomen, nog in de kleren van de avond ervoor.

'Ik bel je morgen,' zei Lara, en reed weg. 'We gaan uit. Doe Emily de groeten.'

En nu was ik hier, bladerend door Emily's oude scripts en niet in staat me op iets anders te concentreren. Wat moest ik nu doen? Ik kon het niet afkappen met Lara – niet alleen omdat ze me blijkbaar echt aardig vond, maar ik zou moeten bekennen dat ik alleen maar een seksuele toerist was geweest. En nadat Nadia haar zo afschuwelijk had laten zitten, kon ik dat gewoon niet doen.

Trouwens, ik had er geen idee van hoe ik het met iemand moest afkappen, het was zo lang geleden dat ik dat had gedaan. Wat moet je zeggen? 'Het werkt niet?' 'Ik heb wat ruimte nodig?' 'Kunnen we vrienden blijven?'

Maar als ik het niet afkapte...?

Ik zag mijn toekomst zich voor me ontvouwen. Ik zou voorgoed in LA moeten blijven en een lesbienne zijn. Daar zag ik helemaal niets in. Ik zou allerlei lesbische dingen moeten doen die in iemands verbeelding misschien wel prikkelend waren, maar niet in het echte leven. En ik zou doodmoe worden van het regime van persoonlijke verzorging dat Lara van me zou verwachten: mijn haar en wenkbrauwen zouden twee maal per week moeten worden onderhouden, en ze zou weer over mijn afgebroken nagels beginnen. Ze zou willen dat ik me overal liet waxen en god weet wat nog meer.

Hoe was ik in deze chaos terechtgekomen? Seks hebben met een *meisje*? Dit was ik niet, dit was niet de manier waarop ik me gedroeg – iemand moest me op het verkeerde been hebben gezet. Maar hoe graag ik het ook wilde, ik kon niemand behalve mezelf de schuld geven. Ik dwong mezelf een van de redenen onder ogen te zien waarom ik zo schaamteloos met haar had geflirt – ja, echt geflirt: ik had *komedie gespeeld* voor Troy en Shay. Ik had gehoopt ze te shockeren, of ze te kwetsen of zoiets, want ze hadden mij, ieder op hun eigen manier, ook gekwetst.

Wat was ik geworden? Voor Lara was Troy er geweest, en hoewel de seks op zich fantastisch was, had de hele ervaring me een rotgevoel over mezelf bezorgd.

Eén ding was tenminste heel duidelijk, dacht ik wrang: elke gedachte die ik ooit had gehad: dat ik een slecht meisje was dat zich als het goede meisje voordeed, was weggevaagd. Ik had mezelf vaak voorgehouden dat het jammer was dat ik op mijn vierentwintigste was getrouwd, dat ik mezelf geen dienst had bewezen door me anonieme seks met mysterieuze vreemden te onthouden. Diep in mijn hart had ik het gevoel gehad dat, als ik de kans had gekregen mijn sluimerende wildemeisjeskant te tonen, ik in staat zou zijn me op allerlei manieren te misdragen.

Maar ik had het mis gehad. Ik was niet geschikt voor eenmalige seks. In tegenstelling tot vrouwen als Emily of Donna wond vluchtige seks me niet op; het deprimeerde me. God, wat teleurstellend was de manier waarop ik me altijd had gedragen: een door en door monogame vrouw. Nou, wie weet? Emily maakte zich met recht zorgen om me: ik zag het niet meer zitten.

In wanhoop zat ik geruime tijd besluiteloos achter het bureau. Toen begon ik aan Emily te denken, die wanhopig probeerde zeven maanden werk in een week te doen. Ik stond op en ging naar haar toe. Ze zat nog steeds achter haar laptop, driftig te tikken.

'Emily kan ik je ergens mee helpen?'

Ze stopte, haar schouders opgetrokken. Haar paars omcirkelde ogen gaven haar het aanzien van een wasbeertje.

'Ik zou iets te eten kunnen maken. Of ik kan je nek masseren. Maar niet op een lesbische manier,' voegde ik eraan toe, voor het geval er twijfel over bestond.
Langzaam liet ze haar schouders zakken. 'Weet je wat, er is iets dat je zou kunnen doen. Ik moet er vanavond een paar uurtjes uit. Het kan me niet schelen wat we doen, als we maar iets doen. Jij mag kiezen.'
'Goed.' Ik dacht erover na. En ik wist precies wat ik wilde doen. 'Ik wil graag uit met een groep meiden en dronken worden en rond onze handtassen dansen op "I Will Survive".'
'Fantastisch,' verzuchtte Emily. 'Wie wil je allemaal mee hebben? Lara, natuurlijk...'
'Nee, ze heeft het druk! Eh, Connie?'
'Connie? Ik wist niet dat je haar aardig vond.'
'Ach,' ik haalde mijn schouders op.
'Heeft het te maken met alle huwelijksvoorbereidingen?'
'Het doet er niet meer zoveel toe.'
'*En* je bent opgehouden te vragen of iedereen getrouwd is. Maggie, ik geloof dat je aan de beterende hand bent. Als je nu ook nog ophoudt met het met iedereen aan te leggen...'
'Niet meer,' beloofde ik. 'Ik zal het niet meer doen.'

Connie was ervoor te porren, evenals haar zuster Debbie. We tutten ons helemaal op, met korte rokjes hoge hakken en glanzende make-up en gingen naar de Bilderberg Room – zo stom dat het plotseling erg in was – waar de mannen agressief opdringerig waren en modieus gekleed in Starsky en Hutsh-retro. We waren amper binnen toen iemand tegen me zei: 'Hier ben ik! Wat waren je twee andere wensen?' Ik rukte me van hem los, en slechts enkele ogenblikken later kamde ik met mijn hand door mijn haar, waar ik een andere hand ontmoette. Van een kerel die Dexter heette, en meteen vroeg of ik met hem naar zijn huis wilde gaan.
Maar we waren daar om te dansen, niet om mannen te ontmoeten, en we wezen alle klootzakken resoluut van de hand – wat ons alleen maar nog populairder maakte. Er werden ons martini's aangeboden, die we opdronken maar waar we niet voor bedankten. En hoewel onze handtassen klein genoeg waren om aan onze schouders te hangen zonder omstanders te verwonden, zetten we ze vanwege de traditie op de grond onder een glitterbal – Emily's Dior-zadeltas, Connies Fendi-tas Debbies LV-buideltas en mijn JP Tod's-specialiteit – en dansten eromheen.

Toen Connie haar lippen wilde bijwerken, verlieten we alle vier hooghartig de dansvloer, weigerden aanbiedingen van drankjes en/of geweldige seks, en gingen naar het damestoilet, dat een grot van bruine kurktegels was – zelfs op de muren. De rieten stoelen waren iets uit 'Readers' Wives' en de rookglazen spiegels waren erg 'laatste dagen van de disco'. Heel stijlvol, natuurlijk, maar niet zo handig als je wilde zien of je lippenstift op je tanden had.

Er was maar één andere vrouw, turend in het rookglas terwijl ze probeerde mascara op te brengen. Op de wastafel, naast haar handtas, lag iets merkwaardigs – een paar handvatten zoals je ze gewoonlijk aan dure boodschappentassen ziet zitten, het soort handvatten die van hard plastic gemaakt zijn en in de lengte in elkaar kunnen worden geklikt. Ze waren vreemd op zich, en het was vreemd dat er geen tas aan vast zat. Maar ik bemerkte dit alles slechts aan de rand van mijn bewustzijn, totdat de vrouw haar mascara weer in haar handtas deed, hem onder haar arm stak en toen – ik dacht dat ik het me verbeeldde – de handvatten oppakte en ze rondzwaaide alsof er een onzichtbare boodschappentas aan vast zat. De nieuwe tas van de keizer.

Zwijgend keken we haar na, en zodra de deur achter haar dicht was gevallen, begonnen Emily, Connie en Debbie druk door elkaar te praten.

'Dat was het, nietwaar?'

'Moet wel!'

'Wie? Wat?' vroeg ik, in het besef dat de vrouw niet, zoals ik had gedacht, haar verstand had verloren en zo gek als een deur was.

'Dokter Hawks-handvatten!' Te oordelen naar hun stralende ogen was het duidelijk dat ik behoorde te weten waar ze het over hadden. Ik schudde langzaam mijn hoofd, en Emily legde het uit.

'Je weet toch dat we allemaal bagage uit ons verleden meedragen?'

Ik moest toegeven dat ik dat wist – in feite begon ik me juist te realiseren hoeveel ik met me meedroeg.

'Dokter Lydia Hawk is een psychiater die dit op een baanbrekende manier benadert. Ze vertaalt emotionele bagage in lichamelijke bagage. Gedurende de eerste maand dat je haar bezoekt, moet je een echte weekendtas dragen.'

'En niet een op wieltjes,' onderbrak Debbie haar. '*En* hij moet vol met spullen zitten – dokter Hawk pakt hem zo in dat hij zwaar is en je moet hem echt sjouwen. Overal naartoe. Naar de drogist, je werk, als je een afspraakje hebt...'

'En als je je beter voelt, wordt de tas kleiner, tot je alleen nog maar dokter Hawks-handvatten hoeft te dragen. Je moet ze ter herinnering een jaar lang met je meedragen.'
'En ze kosten duizend dollar.'
'Tienduizend,' verbeterde Connie.
'Dat is krankzinnig!' zei ik. 'Het zijn plastic handvatten. 'Je kunt ze van zo'n gratis boodschappentas afscheuren.'
Ze waren het niet met me eens, drie hoofden werden energiek heen en weer geschud. 'Nee, nee. Het moeten speciale dokter Hawks-handvatten zijn, anders werken ze niet.'
'Er zijn slechts twintig paar op de hele wereld,' zei Connie dromerig. 'Het zijn werkelijk de gaafste dingen.'
Soms dacht ik dat ik doorhad hoe de dingen hier toegingen. Andere keren, zoals toen, voelde ik me zo onwetend als de dag dat ik was aangekomen.
Maar goed – we gingen weer dansen! De muziek was regelrecht jaren zeventig-disco – 'Mighty Real' en 'Disco Inferno' en andere heerlijke stukken die ik me uit mijn jeugd herinnerde – en het hoogtepunt was toen Emily een praatje met de dj maakte en 'I Will Survive' tegen de spiegelwanden weergalmde. Een van de dapperste mannen probeerde zich in onze cirkel te dringen, net toen het lied bij het 'Go on now, Go!' deel was, dus dat schreeuwden we naar hem tot hij zich weer terugtrok, en daarna dansten we of er geen morgen was.

34

De volgende dag kwam ik tot de conclusie dat er voor mij geen volgende dag had hoeven komen, toen Emily aankondigde: 'Lara is onderweg hierheen.'
'Voor jou?' vroeg ik hoopvol.
Ze keek me vreemd aan. 'Nee, voor jou.' Ze zei het traag en nadrukkelijk, alsof ik de een of andere idioot was. 'Voor. Haar. Vriendinnetje.'
O, help.
De dag was vrij aardig begonnen, met Lou die ons allebei meenam voor een ontbijt. Lou was afgelopen nacht gekomen nadat Emily hem – een beetje erg ontspannen na verscheidene gratis martini's – om twee uur had gebeld en had uitgenodigd. Hij was er binnen twintig minuten, en beweerde dat hij de hele avond naar een balspel op de tv had gekeken en had gebeden dat ze zou bellen.
'Jezus,' had Emily uitgeroepen, walgend over zijn onoprechtheid.
Daarna had hij ons 's morgens meegenomen naar Swingers, een cool, druk restaurant, waar de sfeer om tien uur al levendig en flirterig was – lange, verzengende blikken werden over bessenpannenkoeken uitgewisseld, maar alleen door de serveersters – waar hij geestig was en onderhoudend en net zo aardig tegen mij als tegen Emily, zonder dat het slijmerig overkwam. Hij stond erop voor ons beiden te betalen, en op de terugweg naar huis stopte hij bij een drogist en kocht sigaretten en snoepjes voor Emily, gaf haar drie goede adviezen voor *Chip the Dog*, en zei haar dat ze hem moest bellen als ze iets nodig had. 'En ik bedoel *wat dan ook*,' benadrukte hij veelbetekenend.
Toen hij wegreed kon ik niet anders dan tegen Emily zeggen: 'Ik vind hem echt aardig.'
'Alleen omdat je het spel te lang niet hebt meegespeeld,' zei ze, terwijl

ze haar laptop startte en zich met een asbak, koffie en een pakje Minto's aan de keukentafel installeerde. 'Maar eigenlijk is hij heel gemeen.'
'Gemeen! Dat is een afschuwelijke opmerking.'
'En is het niet afschuwelijk om een vrouw koelbloedig verliefd op je te laten worden en dan de grote verdwijntruc toe te passen?'
'Maar weet je *zeker* dat hij dat doet?'
'Natuurlijk weet ik dat.' Ze scrolde het scherm langs en mompelde: 'Waar was ik nou gebleven? O, hier. Chip de hond heeft net de projectontwikkelaar gebeten.' Ze verborg haar gezicht achter haar handen. 'Ik kan niet geloven dat ik deze troep schrijf! Ik heb een hekel aan mezelf!'
'Denk aan het geld,' antwoordde ik, precies wat ze tegen mij had gezegd. 'Denk aan alle leuke dingen, zoals te eten hebben, de huur kunnen betalen, en benzine voor je auto tanken.'
Ze begon te tikken en alles was prima tot Lara belde om te zeggen dat ze eraan kwam.

Een halfuur later stormde Lara de kamer binnen, zo stralend en mooi als altijd, maar in plaats van mij met bewondering te vervullen, beangstigde het me nu. Ze bleef bij Emily staan en keek over haar schouder naar het scherm. 'Hoi, liefje, hoe gaat-ie?'
'Ik ben te erg voor woorden, Lara. Ik ben nu een Hollywood-hoer.'
'Hallo, wie niet? Emily, heb je er bezwaar tegen als ik even een onderonsje met Maggie heb?'
Emily knipperde met haar ogen, maar zei: 'Ga je gang.'
'Ik weet dat het een beetje raar is,' zei Lara zacht.
Emily haalde alleen haar schouders op, en ik nam Lara met lood in mijn schoenen mee naar mijn slaapkamer, deed de deur dicht en vermande me voor een hartstochtelijke vrijpartij.
'Wat hebben jullie gisteravond gedaan?' vroeg ze, en liep langs het bed om achter Emily's bureau plaats te nemen.
'Naar de Bilderberg Room geweest met Connie en Debbie.'
'Klinkt goed!'
'Eh, ja, dat was het ook. Geweldige muziek.'
'Zoals?'
Ik somde wat titels op, en ondertussen vroeg ik me aldoor af: *wanneer begint de vrijpartij?*
'Ik ben bij Shakers gaan eten,' zei Lara. 'In Clearwater Canyon. Prima eten. Moet je ook eens naartoe.'

'Goed.' Het wachten was me te veel geworden, dus ik stond op – ik moest wel want ze zat een eindje bij me vandaan – trok haar overeind en tegen me aan. Maar voordat ik mijn lippen op de hare kon drukken, plaatste ze haar handpalm tegen mijn borst en strekte haar arm.
'Nee.'
'Nee?'
'Het spijt me heel erg, Maggie, maar ik geloof niet dat we dit moeten doen.'
'Omdat Emily thuis is?'
'Nee. Ik geloof niet dat we dit moeten doen, punt.'
Ik nam haar woorden in me op, herhaalde ze in mezelf tot het tot me doordrong. 'Wil je het uitmaken?'
'Eh, ja, inderdaad.'
'Maar *waarom*?' Wat was er mis met me? Waarom werd ik steeds afgewezen?
Ze fixeerde me met haar blauwe laserogen en zei onomwonden: 'Ik was erg gekwetst na Nadia, en ik was nieuwsgierig naar jou. Het leek op dat moment een goed idee, weet je wel... Het spijt me heel erg.'
'Dus je was helemaal niet verliefd op me?'
'Jawel!'
'Sinds wanneer?'
'Sinds...ach, sinds de avond dat ik het van Nadia had ontdekt, en jij was zo aardig tegen me.'
'Niet sinds ik in Los Angeles was, dus?' Ik wist niet waarom dit belangrijk voor me was, maar dat was het.
'Niet meteen, nee. Kijk, jij bent nu een beetje de weg kwijt, vanwege je huwelijk en Troy, en het spijt me oprecht, maar ik geloof dat ik misbruik van je heb gemaakt.'
'Eh...'
'Maar je bent geweldig, hoor, echt geweldig.'
'Maar niet geweldig genoeg.'
'Dat is het niet, het is... ik weet niet hoe ik het moet zeggen...'
'Ik ben je type niet?'
'Doe nou niet boos tegen me,' zei ze bedroefd.
Intens gekwetst haalde ik diep adem. 'Wat is je type dan wel? Meisjes als Nadia, veronderstel ik.'
'Ja, ik geloof van wel.'
'En waarom? Had ze een geweldig lichaam?'

Ongemakkelijk beaamde Lara dat.
Nou, dat had ik niet verwacht. Ik dacht dat mannen hun keuzes op pure lichamelijke aantrekkingskracht baseerden, maar van meisjes had ik verwacht dat ze minder oppervlakkig waren. Is een prettige persoonlijkheid dan niet veel belangrijker, vroeg ik me bitter af.
'Jij hebt ook een geweldig lichaam,' zei Lara, zo aardig dat het iets van mijn vernedering wegnam. 'Maar weet je, omdat zij vroeger een danseres was... En tja, ze verzorgde zichzelf heel goed.'
'Het waren mijn nagels, nietwaar?'
'Het was geen pluspunt,' gaf ze toe.
'En...' ik dwong mezelf het te zeggen, 'had mijn... je weet wel... mijn kont... eh, de verkeerde kleur?'
Ze haalde haar schouders op. 'Heb ik niet echt gezien. Maar Maggie, daar gaat het niet om. Ik ben er vrij zeker van dat het jouw natuurlijke neiging niet is om met meisjes te zijn...'
Zo, ze had het gezegd.
'...en ik zweer je dat, als ik het niet had uitgemaakt, jij het binnenkort zou hebben uitgemaakt.'
Ik zweeg, vroeg me af of ik de medelijdenkaart moest uitspelen of mijn trots moest bewaren. Trots won het. 'Eigenlijk wilde ik dat vandaag doen, maar ik wist niet hoe.'
'Wat?' vroeg ze scherp. 'En ik ben hierheen gekomen en voelde me de slechtste persoon ter wereld!'
'Ja.' Ineens drong de dwaasheid van de situatie tot me door en ik begon te lachen. 'Vertel eens, Lara, wees eerlijk, was ik verschrikkelijk?'
Ze staarde me aan en een vrolijke glimlach verscheen om haar mond. 'Nee, maar ik moet zeggen dat ik wel eens betere heb gehad.'
'Ik ook.'
En plotseling barstten we allebei in lachen uit, van opluchting en bevrijding en de totale krankzinnigheid van het geheel.
Toen we uiteindelijk kalmeerden, zei ik: 'Maar we zijn toch nog wel vriendinnen?' En dat was genoeg om weer in lachen uit te barsten.
'Hou woensdagavond vrij,' zei ze voordat ze vertrok. 'Voor de première van *Doves*.'
Toen de deur achter haar was dichtgevallen, ging ik naar Emily. 'Ik heb goed nieuws voor je. Het is over tussen Lara en mij.'
Ze hield op met haar driftige getik. 'Wat is er gebeurd?'
'Ze heeft het uitgemaakt. Ik ben haar type niet.'

'En nu? Verafschuw je haar zoals je Troy verafschuwt, en steek je iedere keer dat ze komt een vork in haar been?'
Mijn hart bonkte van verbijstering. 'Nee, we blijven vriendinnen.'
'Dat is een hele opluchting.'
'Emily, het spijt me.'
'Waar heb je spijt van?'
'Dat ik met al je vrienden naar bed ga. Ik zal het niet meer doen.'
'Je kunt naar bed gaan met wie je wilt. Het is de rotsfeer wanneer het niets wordt die me niet bevalt.'
'Ik zal met niemand meer naar bed gaan. Ik was het spoor bijster en had mezelf niet meer in de hand, maar nu ben ik weer oké. Het spijt me. Ik ga weer de fatsoenlijke Maggie worden – ik ben kennelijk voor niets anders geschikt. Ik ga me misschien wel aansluiten bij een gesloten orde.'
Emily schudde haar hoofd. 'Een soort gulden middenweg zou fijn zijn.' Toen voegde ze eraan toe: 'Maar goddank dat je die lesbische dwaling hebt afgebroken voor de komst van mammie Walsh. Anders hadden we allemaal in de penarie gezeten.'
Ik was het volkomen met haar eens.

35

Na de tweede miskraam heb ik vier dagen achter elkaar gehuild. Ik weet dat mensen vaak dingen zeggen als 'ik heb de hele week gehuild', terwijl ze een paar dagen bedoelen, maar ik heb echt vier hele dagen gehuild. Ik huilde zelfs in mijn slaap. Ik was me er vaag van bewust dat er mensen kwamen en gingen, op hun tenen rond mijn bed slopen en tegen Garv fluisterden: 'Hoe gaat het nu met haar?'

Tegen de tijd dat ik ophield met huilen waren mijn ogen zo gezwollen dat ik eruitzag alsof ik in elkaar was geslagen, en de huid van mijn gezicht was wit en korsterig zoals die opgedroogde zoutmeren die je in de woestijn ziet.

Wanneer ik in het verleden over vrouwen hoorde vertellen dat ze een miskraam hadden gehad, kon ik me hun verdriet niet voorstellen, omdat ik me afvroeg hoe je iets kon missen dat je nooit had gehad. Andere verliezen kon ik me wel voorstellen – als een van mijn vriendinnen door haar vriend was gedumpt, voelde ik de eenzaamheid, de afwijzing en de vernedering met haar mee. Of als iemands vriend overleed, kon ik de schok heel goed begrijpen, het verdriet en de afschuw om de dood, ook al waren mijn grootouders de enige geliefde mensen die ik door dood was verloren.

Maar ik was niet in staat geweest me het verdriet over een miskraam voor te stellen. Niet tot het me zelf was overkomen. Niet tot het me tweemaal was overkomen.

En het rare is dat het op een bepaalde manier hetzelfde is als de andere verliezen. Ik voelde me net zo eenzaam, afgewezen en vernederd alsof ik gedumpt was – eenzaam omdat ik de personen nooit zou leren kennen, afgewezen omdat ze niet in mijn lichaam hadden willen blijven en vernederd door mijn eigen gebrekkige lichaam. En ik voelde ook de schok, het verdriet en de afschuw alsof er iemand was gestorven. Maar er was een extra dimensie aan mijn verdriet, iets dat te maken had met de essentie van mijn menselijkheid. Ik had een kind gewild, en het verlangen was net zo diepgaand en onverklaarbaar als honger. Door dat alles heen was het alsof ik door een ruit van de rest van het menselijk ras gescheiden was geweest, zo eenzaam voelde ik me. Ik dacht dat bijna niemand de precieze aard van mijn verdriet zou begrijpen. Misschien degenen die een miskraam hadden gehad – hoewel ik niemand kende – en degenen die zonder succes een baby 'probeerden' te krijgen, en misschien enkele mensen die al kinderen hadden. Maar de grote meerderheid zou er niets van begrijpen. Ik voelde dat intuïtief zo aan, omdat ik lange tijd net zo had gedacht als zij.

De enige persoon die mijn verlies echt deelde, was de enige persoon die ik amper recht kon aankijken – Garv. Dit alles met hem moeten doormaken, maakte het erger, en ik kwam er niet achter waarom dat zo was. Tot ik besefte dat ik steeds aan iets moest denken dat gebeurde toen ik ongeveer twintig was: een kind uit de buurt was tussen twee auto's de weg op gerend en werd omver gereden en gedood door een motorrijder die niet meer op tijd had kunnen stoppen. De ouders van het dode jongetje waren natuurlijk verpletterd, maar er was ook veel sympathie voor de man die op de motor had gereden. Ik hoorde verscheidene mensen zeggen: 'Mijn hart gaat uit naar de motorrijder – de arme man, wat moet hij wel niet doormaken.'

Nou, ik was hetzelfde als de motorrijder. Ik was verantwoordelijk voor Garvs verdriet – het was mijn schuld, en het was verschrikkelijk om mee te leven.

Maar Garv onderging het beter dan ik. In de veertien dagen na de miskraam hield hij het huishouden draaiende, hield mijn bezoekers kritisch in de gaten, verving mijn *Mother and Baby*-tijdschriften voor *Vanity Fair*, en zorgde ervoor dat ik at. Ik lummelde rond, het lukte me niet om het normale leven weer op te pakken, en weigerde te praten over wat er was gebeurd. Ik kon het woord 'miskraam' niet eens uit mijn mond krijgen – wanneer iemand erover begon, onderbrak ik het gesprek en noemde het een 'tegenslag'. En als ze zeiden: 'Goed, tegenslag,' en doorgingen met me uit te horen, zei ik: 'Ik wil er niet over praten.' Ik was zo weerbarstig dat zelfs de meest toegewijde vrienden het opgaven.

Toen kwam iemand met het idee dat Garv en ik op vakantie moesten gaan. Plotseling was iedereen het met elkaar eens dat een vakantie een goed idee was, en het voelde alsof overal, waar we ook waren, weer een gezicht aandrong: 'Het zal zó goed voor jullie zijn.' Of: 'Een paar dagen bij een zwembad liggen en een flutboek lezen zal jullie zó goed doen.' Het was net een horrorfilm. 'Jullie zijn zelf tijdens een vakantie verwekt, Margaret,' zei mam, en liet deze informatie vergezeld gaan van een olijke knipoog. 'Vertel het ons niet, in godsnaam, vertel het ons niet,' smeekte Helen.

Op een gegeven moment hadden Garv en ik het gevoel dat we geen keus hadden. Ik had geen energie om me er nog langer tegen te verzetten, en het idee van een week lang een gewoon leven leiden was te verleidelijk om te weerstaan.

Dus gingen we naar een oord in St. Lucia, aangespoord door beelden van zilveren palmbomen, poederwitte stranden en een hete gouden zon en gigantische, viskomgrote glazen cocktails. Om te ontdekken dat er drie dagen voor onze komst een orkaan had gewoed – hoewel het daar het seizoen niet voor was – waardoor het strand in de zee was gestort, net als de meeste palmbomen. En dat niet alleen, maar mijn tas, volgepropt met nieuw gekochte strandkleren, verscheen op het vliegveld niet op de lopende band. Zout werd drastisch in de wonden gewreven door de werklui die elke ochtend om zeven uur voor ons raam aan hun herstelwerkzaamheden aan het strand begonnen. En het glazuur op de taart was het feit dat het goot van de regen, en nee, daar was het ook het seizoen niet voor.

Maar de kers boven op het glazuur van de taart was de houding die het hotelpersoneel aannam ten opzichte van mijn vermiste bagage. Het leek een vergeefse moeite ze ervan proberen te overtuigen dat ik mijn spullen graag terug wilde hebben. Iedere ochtend en avond informeerden Garv en ik of er al nieuws was, maar niemand kon ons ooit iets vertellen.

'Ze zijn hier zo sloom,' klaagde ik.

'Sloom?' zei Garv grimmig. 'Ze maken dat de Ieren net zo hardwerkend en efficiënt lijken als de Japanners.'

Op de vijfde dag kwam het allemaal tot een uitbarsting toen we voor de zoveelste keer bij de balie verschenen. Hoewel we het hele geval over de vermiste tas de voorafgaande vier dagen iedere ochtend met Floyd hadden besproken, moest Garv het hem allemaal opnieuw uitleggen.

Zonder veel overtuiging drukte Floyd op een paar toetsen van zijn toetsenbord en bekeek zijn beeldscherm. Ik boog mijn hoofd om er ook een blik op te kunnen werpen, want ik had het vermoeden dat de computer niet eens aanstond.

'Zal morgen wel komen,' zei hij traag.

'Maar dat zei u gisteren ook,' mijn kaak klemde opeen, 'en eergisteren.' Ik dacht aan Garv die vanavond weer mijn T-shirt en shortje in de wasbak moest wassen, en dat ik ze de volgende ochtend nog vochtig moest aantrekken en zou worden uitgelachen door de andere goedgeklede meisjes die hier waren. Toen dacht ik aan mijn tas, vol met vrolijk gekleurde bikini's, gebloemde zonnejurkjes en, het ergste van alles, mijn nieuwe, ongedragen sandalen, en ik werd een beetje hysterisch. Zelfs nu, wanneer ik aan die sandalen denk, krijg ik een steek in mijn maag. Niet omdat ik een schoenenfreak ben – mijn voorkeur gaat uit naar handtassen – maar omdat Garv zoveel moeite had gedaan om ze voor me te kopen. Ik had ze een week voordat we zouden vertrekken in een winkel in de stad gezien. Ik had ze zelfs aangepast, en was net van plan ze te gaan afrekenen toen er een vrouw met een baby de winkel binnenkwam. Het was een kleintje, kennelijk pasgeboren, zijn tere oogleden bewogen in zijn slaap, zijn snoeperige handjes waren tot vuistjes gebald.

Ik moest weg. Ik overdrijf niet, ik moest gewoon *weg*, anders zou ik weer in huilen zijn uitgebarsten – en als ik eenmaal was begonnen kon ik nauwelijks meer ophouden.

Thuis bij Garv stortte ik in. 'Het was niet alleen om de vrouw met de baby,' zei ik. 'Ik weet dat het stom klinkt, maar het was ook om de sandalen. Ze waren perfect, ze zouden bij alles hebben gestaan. En ik heb ze niet gekocht...' Ik balanceerde op de rand van een gigantische huilbui.

'Ik zal ze voor je halen,' bood Garv aan, en een spier in zijn kaak bewoog ritmisch op en neer. 'Waar heb je ze gezien?'

'Nee, laat maar.' Ik kon me niet meer herinneren welke winkel het was – ik wist alleen dat het in Grafton Street was geweest. Het volgende moment legde Garv een blocnote op mijn schoot. 'Teken ze,' zei hij. 'Schrijf de kleur erbij, de maat, alles wat je erover weet.'

Ik probeerde het hem uit zijn hoofd te praten, maar hij bleef aandringen. Waardoor ik me nog ellendiger voelde. Het was een teken van hoe slecht de dingen ervoor stonden, van hoe dicht we het punt van over de rand tuimelen waren genaderd, als hij dergelijke maatregelen moest nemen in een poging mij blij te maken.

Als een ware detective struinde hij het centrum van Dublin af, gewapend met mijn tekening. Hij ging van de ene schoenenwinkel naar de andere, ontvouwde het stuk papier, vroeg mensen of ze die schoenen hadden gezien.

Hij probeerde het bij Zerep, die ze niet had, maar dacht dat Fitzpatrick ze had. Die hadden ze ook niet en ze probeerden hem naar Clarks te sturen, maar Garv zei dat ik daar niet was geweest omdat hun schoenen zo ongemakkelijk zaten, en toen adviseerden ze hem het bij Jezzie te proberen. Die probeerde hem een paar aan te smeren dat te laag was en geen ribbelzool had. Op eigen initiatief ging Garv naar Korkys, en hoewel het personeel hem niet kon helpen, hoorde een andere klant waar het over ging, en die beweerde dat de sandalen bij Carl Scarpa te koop waren. En daar waren ze inderdaad.

'Ik hoop alleen dat ze passen,' zei Garv toen hij thuiskwam en de zak opende.

'Vast wel.' Ik was volkomen bereid om zo nodig mijn tenen eraf te hakken. Ik was zo verbijsterd door de moeite die hij had genomen, vooral in het zicht van mijn onwaardigheid, dat ik niets zou hebben gezegd als het de verkeerde waren.

Hij hield ze voor me op. 'Zijn dit ze?'

Ik knikte.

'Je rode slippers,' zei hij, en gaf ze aan mij. En hoewel ze niet rood waren – meer turquoise, eigenlijk – en het geen slippers maar sandalen waren, deed ik ze aan, klakte de hakken drie keer tegen elkaar, en zei: 'Zoals het klokje thuis tikt, tikt het nergens.'

We omarmden elkaar stevig en een poosje dacht ik dat we het misschien toch zouden redden. Is het niet vreemd dat soms de herinnering aan een vriendelijke daad meer verdriet kan veroorzaken dan de wrede dingen?

Ondertussen kon het Floyd geen moer schelen of mijn sandalen in die tas zaten en of alles ooit zou opduiken.

'Waar zijn mijn spullen?' smeekte ik. 'Ze zijn nu al bijna een week weg.'

Floyd staarde me breed grijnzend aan. 'Ontspan u nou maar.'

En misschien had ik dat onder andere omstandigheden gedaan. Misschien wel, als ik de voorgaande maand goed had geslapen, als mijn zenuwen niet zo strak gespannen waren dat je erdoorheen kon kijken, als ik niet zoveel hoop op deze vakantie had gevestigd. In plaats daarvan hoorde ik mezelf schreeuwen: 'Nee, ik wil me verdomme niet ontspannen.'

Garv legde zijn handen op mijn schouders en duwde me vastberaden naar een mooie, witte bank. 'Ga hier zitten,' beval hij. Wrokkig ging ik zitten terwijl Garv zich over de balie naar Floyd boog. 'Luister naar me,' dreigde hij. 'Dat is mijn vrouw. Ze is ziek geweest. Ze is hierheen gekomen om zich beter te voelen. Er is geen strand, het weer is shit, het minste wat je voor haar kunt doen is die tas vinden.'

Maar ondanks zijn macho optreden kwam de tas tot de laatste dag niet terug, en ons goede humeur al helemaal niet. Bij aankomst op het vliegveld kon de sluier van depressie die boven ons hoofd hing bijna worden gefotografeerd. We hadden gedacht dat de vakantie ons zou genezen, maar het had onze verdeeldheid extra duidelijk gemaakt. Niet alleen dat ik niet zwanger was, maar we waren verder uit elkaar dan we ooit waren geweest.

Toen ik nadacht over alle verschrikkelijke dingen, zoals het weer en de tas en de voedselvergiftiging (o ja, twee opstandige magen, een drukbezette badkamer, laat maar zitten), vroeg ik me af of Garv en ik behekst waren. Vervolgens werd ik overvallen door een onverwachte angst toen ik begreep dat de rampen eigenlijk het beste van de vakantie waren geweest – want ze betekenden dat Garv en ik dingen hadden gehad om over te praten. De enige keren dat we geanimeerd waren geweest of op dezelfde lijn zaten, waren wanneer we de ellendige toestand bespraken, of wanneer we plannen voor de verscheidene martelingen beraamden die we de werklui of Floyd of de kok die ons de bedrieglijke zwaardvis had gegeven, zouden toedienen.

Voor het eerst, voor zolang als ik me kon herinneren, hadden Garv en ik eigenlijk niets meer om tegen elkaar te zeggen.

36

De aankomsthal van het vliegveld van LAX waar de passagiers zouden arriveren, stond vol wachtenden mensen. Behalve een vliegtuig uit Dublin, was er net een vlucht uit Manila geland, en een uit Bogota, en het leek of duizenden familieleden waren gekomen om de passagiers te begroeten. Ik had al bijna veertig minuten met een uitgerekte nek gestaan, terwijl ik door de menigte heen en weer werd geduwd. Iedere keer dat de glazen deuren weer een groep mensen doorlieten, klonk er ergens een juichkreet, en werd ik weer bijna omver gelopen door de mensen die naast me stonden en zo snel mogelijk bij hun bezoekers wilden komen.

Hoe langer het duurde voordat mijn groepje opdaagde, des te luchthartiger ik werd – ze moesten hun vliegtuig hebben gemist. Geweldig, ik kon dus terug naar Ierland. Wat jammer nou dat ik er niet aan had gedacht mijn spullen mee te nemen, anders had ik meteen kunnen vertrekken. Maar precies op het moment dat ik concludeerde dat ze echt niet kwamen, vingen mijn zintuigen iets op en mijn hoop vervloog. Ik zag ze nog steeds niet, maar ik wist dat ze elk moment zouden opduiken – niet dankzij mijn zesde zintuig, maar omdat ik ze kon *horen*, hun stemmen gerezen in onenigheid.

En toen verschenen ze. Mam met een mysterieus oranje gezicht – het mysterie werd later verklaard toen ik de kleur op haar handpalmen zag, ook bruinachtig oranje. Ze had weer aan het nepbruin gezeten. Hoe vaak we haar ook zeiden dat ze er niet mee overweg kon, ze wilde er niet van horen.

Ik ving een korte glimp op van pap, bijna onzichtbaar achter een volgeladen trolley. Hij droeg een kaki short. Met daaronder blauwgeaderde benen, geruite sokken en zwarte rijglaarzen. Achter hem kwam

Anna, en het was een verrassing – eigenlijk een schok – toen ik haar zag. Ze had haar haar laten knippen – *stijlvol*. Ze zag er fantastisch uit. En daarna kwam Helen, haar lange donkere haar glanzend, haar groene ogen sprankelend, haar mond in een minachtende glimlach terwijl ze de wachtende menigte overzag. Zelfs van die afstand zag ik wat ze zei: 'Waar is ze, verdomme?' Met een zucht duwde ik mijn ellebogen opzij, alsof ik op het punt stond de vogeltjesdans te gaan doen, en maakte aanstalten te gaan duwen.

De reden voor het oponthoud? Een van Anna's tassen was zoek geweest, en pas na het invullen van formulieren werd hij op de lopende band van Bogota ontdekt. De trolley was ook niet echt een hulp. Willekeurig en onvoorspelbaar kronkelde hij alle kanten op, ontvelde enkels en blauwe schenen veroorzakend. Anders gezegd, als het een hond was geweest, zou je hem hebben gemuilkorfd.

Maar ik was blij ze te zien, blijer dan ik had verwacht, en ik voelde me een ogenblik beschermd – mam en pap waren hier, zij zouden voor me zorgen. Maar iets aan paps magere, wit-blauwe benen vertelde me dat het niet eerlijk was te verwachten dat ze voor me zouden zorgen. In plaats daarvan zou ik, omdat ik al drie weken in LA was, verantwoordelijk zijn voor hun welzijn – ook al was ik amper in staat voor mezelf te zorgen, laat staan voor hun vieren.

Met veel vertoon van spierkracht kreeg ik hun bergen bagage in Emily's auto geperst, en onder een blauwer dan blauwe lucht reden we over de snelweg naar Santa Monica, terwijl ze mijn nieuwe uiterlijk bespraken.

'Je haar is nog nooit zo kort geweest.'

'Het moet kort zijn geweest toen ze net was geboren,' zei Helen.

'Nee, dat was het niet.'

'Hoe kun jij dat weten? Jij was er niet bij. Ik moet zeggen, Maggie,' zei Helen, 'dat je er geweldig uitziet. Dat korte haar past bij je en je hebt een prachtige bruine kleur.'

Ik wachtte op de val, die was echter niet voor mij, maar voor mam.

'Een prachtige bruine kleur,' herhaalde Helen. 'Bijna net zo mooi als die van mam. Heeft ze niet een schitterende kleur?' vroeg ze onaardig.

'Ja, schitterend.'

'Ik heb thuis in de tuin gezeten,' zei mam.

'Tussen de buien door,' draaide Helen het mes er dieper in.

'De Ierse zon kan erg sterk zijn,' hield mam vol.

'Dat moet wel als je die kleur krijgt terwijl het giet van de regen.'

Het gehakketak ging door totdat – een paar blokken voorbij Emily's huis – het Ocean View hotel in zicht kwam. Tot mijn verbazing klopte die naam: je kon de zee *werkelijk* zien. Het enige wat de glinsterende zee van het hotel scheidde, was een weg, een rij palmbomen en een fietspad.

'Kijk,' zei Anna, helemaal enthousiast, toen twee grote, toffeekleurige blonde jongens met paardenstaart op rollerblades voorbij zoefden. 'Welkom in Califonië.'

Binnen was het hotel aardig en licht en het had een zwembad en de beloofde paraplu's, maar mam leek prikkelbaar en gespannen, liep door haar kamer, opende laden, raakte dingen aan. Ze ontspande zich pas toen ze ontdekte dat ze niet onder het bed hadden gezogen. Ze is zelf een slechte huisvrouw en ze verafschuwt het als alles perfect schoon is.

'Het is hier heel leuk,' zei ze ten slotte tevreden.

Helen was minder onder de indruk. 'We waren op een haar na naar het Chateau Marmont gegaan,' zei ze.

'Ze vertelde me dat het een klooster was,' zei mam. 'Als Nuala Freeman me niet had verteld wat voor soort plaats het werkelijk was, dan...'

'Schitterend,' onderbrak Helen haar. 'Vol sterren van het witte doek en het podium. Het zou fantastisch zijn geweest.'

Een van de redenen waarom ze – althans mam en pap – naar LA waren gekomen was uit bezorgdheid om mij, en ze hadden nog niet eens uitgepakt of er werd al naar mijn emotionele gezondheid gevraagd. Op een of andere manier had mam me in een hoek gedreven, een bezorgd (en oranje) gezicht naar me toe gebogen en zacht gevraagd: 'Hoe is het de afgelopen weken met je gegaan, sinds... je weet wel?' Van dichtbij was haar hals geaderd, maar haar ogen waren vriendelijk en ik vroeg me af waar ik moest beginnen – 'Ik kwam erachter dat mijn man een ander heeft, daarna had ik milde sm-seks met een grootneuzige man die me niet belde, daarna kwam ik Shay mijn-eerste-liefde-is-de-hevigste Delaney weer tegen, die zijn best deed me te negeren hoewel we altijd verbonden zullen blijven, althans in mijn hoofd, en vervolgens had ik seks met een vrouw met borstimplantaten, en zij heeft me ook afgewezen. Ik ben op erg duistere plaatsen geweest en heb me daar zo anders gedragen dat ik bang werd van mezelf, en ik weet nog steeds niet wat er van mij en mijn leven en mijn toekomst en mijn verleden moet worden.'

Met welk deel zou ik beginnen, vroeg ik me af. De lesbische seks? Dat ik werd vastgebonden aan Troy's bed?

'Het gaat wel, mam,' zei ik zwakjes.

Haar liefdevolle ogen bleven op mij gericht en ik zag dat ze een plekje onder haar oor had overgeslagen. Om de een of andere reden vervulde me dat met een gevoel van tederheid.

'Weet je het zeker?'

'Ja.'

'Goddank,' verzuchtte ze. 'Ik was bang dat je misschien... een beetje gek zou worden.'

'Wat voor nieuws is er van thuis?' Ik wilde maar al te graag van onderwerp veranderen.

'Je hebt toch gehoord dat er bij ons is ingebroken?'

'Nee! Wat is er gebeurd?'

Mam boog haar oranje gezicht nog dichter naar het mijne en vertelde het verhaal. Op een ochtend dat pap naar beneden ging om een kopje thee voor mam te halen ontmoette hij een onbekende jongen op de trap.

'Goedemorgen,' zei pap, omdat hij eraan gewend is dat onbekende jongens de trap beklimmen, op zich was dat niets vreemds. Met vijf dochters waren de kansen op dit soort ontmoetingen in de ochtend groot. Maar toen zag pap dat de jongen twee van zijn golftrofeeën onder zijn arm had. En dat de magnetron bij de voordeur stond. Evenals de televisie. 'Wat doe je met mijn golftrofeeën?' had pap onzeker gevraagd.

'O, shit!' had de jongen chagrijnig geantwoord, waarna hij de trofeeën op de grond gooide, de trap af holde en vervolgens naar buiten. Toen zag pap dat de sleutel nog steeds in de voordeur zat – vergeten toen Helen de avond ervoor was thuisgekomen. De jongen was geen liefje van een van zijn dochters, maar een opportunistische, vroeg-uit-de-veren inbreker.

'Goddank dat je vader op was,' zei mam. 'Anders zou het bed onder ons vandaan zijn gestolen. Een andere avond kwam Anna laat thuis, zette wat bonen op het gas en viel in slaap.'

'Ik was er nog toen dat gebeurde.'

'O, is dat zo? We hadden allemaal in ons bed kunnen verbranden. Maar weet je, we moeten onszelf gelukkig prijzen dat we nog bedden hebben om in te verbranden, zoals de dingen er tegenwoordig voor staan... Nou, zeg eens,' veranderde ze abrupt van onderwerp. 'Is mijn gezicht een beetje té?'

'Nee, mam, je bent prachtig.'
'Maar het is nep, zie je. Ik deed het op en er gebeurde niets, en toen deed ik wat meer op, een flinke dot, en toen ik vanochtend in de spiegel keek, zag ik dit.'
'Maar je weet toch dat de kleur niet meteen opkomt, mam, dat zeggen we aldoor, je moet wachten.'
'Ik weet het, maar ik ben altijd bang dat ik niet genoeg spul op heb gedaan. Hoe dan ook, ik vind het heerlijk om een beetje kleur te hebben, maar Helen maakt me belachelijk.' Ze wachtte, haalde diep adem en vervolgde: 'Ze noemt me Vakantiehoofd. Zei het ook steeds tegen de stewardess: "Vakantiehoofd kan niet overweg met haar koptelefoon, Vakantiehoofd wil nog een deken." Ze zei zelfs tegen de douanebeambte dat dat mijn echte naam was, niet de naam op mijn paspoort, en dat was niet leuk, die mannen kunnen gewoon niet tegen een grapje.'
'Misschien is Helen jaloers.'
'Jaloers!' Plotseling kreeg mam het allemaal door. 'Natuurlijk is ze jaloers! Dat is er met haar aan de hand. Maar met jou gaat het verder goed? En je komt gauw weer naar huis?'
Daarna informeerde pap naar mijn algehele welzijn, hoewel hij dat natuurlijk, als man en helemaal als Ierse man, meer zijdelings deed en zonder oogcontact. 'Je ziet er... gezond uit.'
'Ik voel me prima, pap.'
'Heb je goed gegeten... en zo?'
'Ja, pap, ik voel me prima en je hoeft je geen zorgen te maken over wat je mij hebt verteld over dat je Garv hebt gezien.'
'En *was* het zijn nicht?'
'Eh, nee, dat was ze niet. Maar het geeft niet, het is goed. Ik zal jullie nu alleen laten. Ik weet zeker dat jullie gevloerd zijn. Morgen zie ik jullie weer.'
Te oordelen naar de protesten die hierop volgden, was dit duidelijk de verkeerde opmerking.
'Maar het is nu in Ierland middernacht,' wierp ik tegen. 'Hoe zit het met de jetlag?'
'De beste manier om met jetlag om te gaan is proberen wakker te blijven en op de normale tijd naar bed te gaan,' zei mam betweterig. Ik keek haar verwonderd aan. Sinds wanneer was zij zo'n reisexpert geworden?
'Dat heeft Nuala Freeman gezegd.'
'O, nou, als Nuala het heeft gezegd, moet het zo zijn,' zei Helen bitter.

En ik moest met haar instemmen; Nuala Freeman klonk als een regelrechte ramp.

'En we moeten nog eten,' zei mam. 'Hoe kunnen we naar bed gaan voordat we hebben gegeten?' Ze hangen erg aan hun vaste gewoonten, mijn ouders.

'Is het te laat om vandaag nog naar Disneyland te gaan?' vroeg pap.

'Het is halfvier, ouwe gek,' zei Helen.

'Maar het blijft open tot middernacht,' merkte mam op. 'Dat zei Nuala Freeman.'

Voordat Helen de vloer met Nuala zou gaan aanvegen, vertelde ik pap dat Disneyland twee uur rijden was en dat we het beter een andere dag konden doen. Ik stelde ze voor uit te pakken en wat tijd bij het zwembad door te brengen, om daarna vroeg te gaan eten.

'En jullie?' vroeg ik aan Helen en Anna. Zij wilden natuurlijk uitgaan, dronken worden en op surfgoden jagen. Maar ze besloten te blijven – ze moesten eten en pap betaalde.

'En hoe is het met Emily? Ik heb haar gezegd dat ik langskom om me ervan te overtuigen dat ze goed eet en voor zichzelf zorgt.'

'Emily heeft het heel druk,' zei ik, maar mam had die blik in haar ogen.

'Goed,' gaf ik me gewonnen. 'Maar ik moet eerst haar auto naar huis brengen voor het geval ze hem nodig heeft. Ik zal haar zeggen dat ze ons later allemaal kan verwachten.'

'Je komt dus meteen terug?'

'Ja.'

Ik haastte me naar huis, waarschuwde een uitgeputte Emily dat ze voor een snel drankje voor het diner zouden langskomen en keerde weer terug naar Ocean View, waar we een paar niet onplezierige uurtjes doorbrachten met uitpakken en hakketakken.

Tegen zes uur liepen we de zes blokken van het hotel naar Emily's huis. Hoewel dit Santa Monica was, waar mensen zich af en toe zonder voertuig van A naar B begaven, veroorzaakte de aanblik van vijf mensen die op hun achterbenen liepen bijna net zoveel opzien als toen de prehistorische boombewoners op de grond terechtkwamen en besloten daar te blijven en het te proberen. Auto's minderden vaart om naar ons te kijken, alsof we ieder twee hoofden hadden. 'Wat is er met hen?' siste mam, toen er weer een automobilist naar ons toeterde. 'Helen, wat heb je gedaan?'

'Niets!' Ze klonk niet onschuldig, dus ontspande ik me. Pas als ze wel onschuldig doet, moet je uitkijken.

Toen we in Emily's straat kwamen, zag Helen de winkel met beveiligingsapparatuur en ze dwong ons allemaal naar binnen te gaan, waar ze de verkoper uithoorde over alle spullen en waar ze voor dienden.

'Hoofdzakelijk voor huishoudelijk gebruik,' zei hij. 'We hebben verborgen camera's en kleine microfoontjes als je vermoedt dat je man een affaire heeft en je zijn eh... activiteiten wilt opnemen.'

De schertsende manier waarop de man het vertelde, betekende dat hij dacht dat het ondenkbaar was dat een man van Helen ooit een affaire zou hebben die moest worden vastgelegd, maar plotseling viel er een stilte over ons groepje en iedereen vermeed het mij aan te kijken.

'En ik verkoop apparatuur aan een paar privé-detectives.'

'Privé-detectives!' Helens toch al stralende gezicht lichtte nog meer op. 'Dat zou ik graag willen zijn.'

'Goed, we gaan!' zei pap, met angst in zijn stem. Ik denk dat hij nog een carrièreverandering van Helen niet aankon.

Weer terug op straat passeerden we het huis van Mike en Charmaine, Mike stond op en gaapte ons van achter het raam aan. Vervolgens, toen Helen en Anna het pad van Emily op liepen, werd het smerige, gescheurde gordijn van de Geitenbaardjongens opzij geschoven.

Emily zat goddank nog steeds aan *Chip the Dog* te werken, en ze was uitgeput.

'Hallo, mevrouw Walsh, goh, wat heeft u een mooie kleur.'

Mam aarzelde, vermande zich vervolgens. 'Ik kan goed tegen de zon.'

We dromden allemaal de voorkamer binnen, waar Justin en Desiree zaten; ze waren gekomen om Emily met een paar hondendingen in haar scenario te helpen.

'Hoe is het met de anorexia van Desiree?' vroeg ik, en zoog mijn wangen naar binnen om uitmergeling aan te geven.

'Veel beter,' zei Justin blij, en voegde eraan toe: 'sinds ze met Prozac is begonnen.'

Goed. Even had ik gedacht dat dit bezoek normaal zou kunnen verlopen. Ik had het kennelijk mis.

Wijn werd ontkurkt en iedereen werd aan elkaar voorgesteld.

'Wat doe jij?' vroeg pap aan Justin. Pap kon zich alleen ontspannen als hij wist wat voor baan mensen hadden. Hij was vooral gelukkig in het gezelschap van een of andere bestuursfunctionaris.

'Ik ben een acteur, maar...'
'Dat klopt!' zei mam bewonderend. 'Ik heb je gezien.'
'Echt waar?' Kennelijk was dit Justin nog nooit overkomen.
'Ja, echt. In *Space Hogs*, toch? Ze zonden je naar beneden naar die planeet en de schubbenplant at je op.'
'Eh, ja. Ja!' Justins vollemaansgezicht klaarde op. 'Dat was ik.'
'Je deed het geweldig, maar om eerlijk te zijn vond ik het idioot dat je door die ruimteschip-korporaal op die manier naar beneden werd gestraald. Zou iemand met een greintje verstand niet hebben geweten dat je het geen vijf minuten tegen die schubbenplant had kunnen volhouden?'
'Ja! Absoluut gelijk! Maar de manier waarop...'
Terwijl Justin het hele uitwisselbare-dikke-jongen gedoe aan mam uitlegde, zag ik tot mijn verbazing dat Mike en Charmaine waren binnengekomen. Ze *beweerden* dat ze waren gekomen om te zien hoe Emily het maakte in haar uitgerookte huis, maar als ik niet beter wist zou ik hebben gedacht dat ze uit nieuwsgierigheid waren gekomen.

Pap was erg verheugd over het feit dat Mike in ziektekostenverzekeringen deed – wat ik niet had geweten. Ik had altijd gedacht dat hij iets zweverigs, ongrijpbaars deed. Toen trok Emily Mike mee naar mam.

'Dit,' zei Emily dramatisch, 'is mammie Walsh. En dit is...'
Ze wendde zich tot Mike, maar mam onderbrak haar met haar charmantste glimlach, en zei tegen hem: 'O, ik weet wie jij bent.'
'O?'
'Je hebt zoveel beroemde vrienden,' complimenteerde mam Emily, en wendde zich toen weer tot Mike. 'Jij schrijft die reisboeken, is het niet? En had je niet een tijdje je eigen tv-serie? Hoe heet je ook alweer?'
'Mike Harte,' zei Mike beleefd.
'Nee, nee, dat klopt niet. Het begint met een "W". O, het ligt op het puntje van mijn tong – wat is het?'
'Mike Harte,' herhaalde Mike, net zo beleefd.
'Nee! Ik heb het – het is Bryson, Bill Bryson, is het niet?'
'Nee, mammie Wals, dat is het niet.'
'Weet je... weet je het zeker?'
'Heel zeker.'
Er volgde een onzekere stilte, en mam kreeg een vreemde, paarsachtige kleur. Ik kon alleen maar aannemen dat ze onder het oranje bloosde. 'Sorry, je lijkt op hem.'

'Ach, dat geeft niet,' zei Mike, buitengewoon aardig.
'Ik heb nieuws!' Emily probeerde de onhandige situatie te redden.
'Lara heeft gebeld!' Ik knipperde automatisch met mijn ogen, ervan overtuigd dat alleen haar naam al mam de overtuiging zou geven dat ik met haar naar bed was geweest. *'Doves*, de film waar Lara aan werkt, wordt morgenavond voor het eerst vertoond en jullie zijn allemaal uitgenodigd!'

Natuurlijk veroorzaakte dit een hoop opwinding, die de foute opmerking over Bill Bryson gelukkig overschaduwde.

'Komen er beroemde mensen?' wilde Helen weten.

'Misschien, maar weet u wie daar zal zijn?' gilde Emily, nog steeds in haar rol van gastvrouw met de meeste veerkracht. 'Shay Delaney! U herinnert zich Shay Delaney toch nog wel, mammie Walsh?'

'Inderdaad.' Mam herstelde zich snel. 'En hij was ook nog een aardige jongen. Het verheugt me hem weer te ontmoeten.'

Ik slikte het door, weg ermee. Ik wilde het niet voelen, wat het ook was dat gevoeld wilde worden. Ik had al genoeg andere dingen aan mijn hoofd.

Binnen de kortste keren was mam weer in vorm, en hoewel het Emily's huis was, schonk zij de glazen vol, controleerde of iedereen het naar zijn zin had, en gedroeg zich als de typische Ierse matriarch. De Matriarch. Maar toen ze Charmaines glas probeerde bij te schenken, protesteerde Charmaine: 'Ik heb er al een gehad.'

'Neem er nog een' drong mam aan, zoals Ierse mammies doen. 'Met één vleugel kan een vogel niet vliegen.'

Charmaine boog haar hoofd opzij en herhaalde langzaam: 'Met één vleugel kan een vogel niet vliegen. Dat is mooi. Wat een wijsheid.'

Deed ze sarcastisch, vroeg ik me af. Maar er stak geen greintje kwaad in haar.

'Neem me niet kwalijk,' zei ze. 'Dat moet ik Mike vertellen.'

'Die is een en al lievigheid en licht,' zei mam, terwijl ze Charmaines slanke rug en zwaaiende vlechten nakeek.

'Ze is een heel spiritueel persoon,' zei ik.

'O, is ze katholiek?' Mam keek op.

'Nee, ze zei dat ze een *spiritueel* persoon was,' verbeterde Helen, die het hele gedoe had gevolgd.

Daarna was mam kennelijk erg interessant voor Mike en Charmaine geworden, want ze bleven haar in de gaten houden. Toen Anna begon te zeuren over jetlag en mam haar berispte: 'Hou je mond, je bent als een boom naast een gezegende bron,' gaf Mike Charmaine een por, en met een blik van verwondering fluisterden ze elkaar toe: 'Een boom naast een gezegende bron.'

Er volgde een kort, diepgaand gesprek, toen gaf Charmaine Mike een duwtje, en zei: 'Vraag jij het haar.'

'Nee, vraag jij het haar,' zei Mike.

Ze bogen hun hoofd naar elkaar toe en hadden een onderonsje, toen tikte Mike mam op haar schouder. 'We moeten gaan, vanavond is onze meditatieavond.' Hij klonk teleurgesteld. 'Maar wat een groot genoegen u te hebben ontmoet, mammie Walsh, en we vroegen ons af of u, terwijl u in LA bent, naar een van onze fabel-vertelavonden wilt komen.'

Natuurlijk was ze enthousiast. Gewoon *verrukt*. Maar ze moest doen of ze dat niet was – zo werd dat in haar wereld gedaan. 'Ik zal het erg druk hebben terwijl ik hier ben, ik ga morgenavond naar een filmpremière en mijn man wil dat ik hem donderdag vergezel.' Ze deed het goed, ze klonk echt belangrijk en charmant, tot ze eraan toevoegde: 'Naar Disneyland.'

'We kunnen rekening houden met uw bezigheden.'

'Zou het donderdagavond lukken, wanneer u terug bent van Disneyland?' opperde Charmaine.

'Ik kan het niet beloven,' zei mam ernstig, 'maar ik zal mijn best doen.'

'We verheugen ons erop.'

37

'Wat ga je vandaag doen?' Emily was nog in pyjama, dronk een glaasje yoghurtdrank en rookte haar eerste van de zestig sigaretten van die dag.

'Ze rondrijden in Beverly Hills met de "plattegrond" van huizen van sterren, dan door naar het Chinese Theater om de handafdrukken van sterren in het beton te zien.'

Emily fronste haar voorhoofd over zoveel dufheid. 'Voor het eerst lijkt het idee van *Chip the Dog* niet meer zo slecht. Zoals maar weer blijkt, is er altijd iemand die het nog slechter heeft dan jijzelf.' Ze glimlachte vaag, maar ze was zo uitgeput dat de huid onder haar ogen er gekneusd uitzag.

'Ik wou dat ik je kon helpen,' zei ik welgemeend.

Ze schudde haar hoofd. 'Het doet me denken aan blokken voor een examen – niemand anders kan dat doen, behalve ik. Maar ik mag niet klagen, ik krijg er goed voor betaald.' Maar ze zag er uitgewrongen uit, ik had met haar te doen. 'Het is de schande die ik niet kan verdragen. Ik krimp ineen bij elk sentimenteel woord dat ik moet schrijven. Dat is wat me werkelijk deprimeert. En die telefonische vergaderingen helpen ook niet.' Ze keek dreigend naar de telefoon – Larry Savage bleef bellen, wilde horen hoe het ging en liet haar telefonisch overleggen met hem en Chandler, waarbij ze nog meer veranderingen en toevoegingen voorstelden. 'Als ze me nou gewoon door lieten gaan, zou het niet zo erg zijn. Maar iedere keer dat ze het ergens over eens zijn, laten ze me weer iets veranderen, dus heb ik het gevoel dat ik nergens kom.'

'Denk je dat je vanavond kunt komen?'

'Eh, ja. Ik moet er even uit.' Plotseling herinnerde ze zich iets. 'Luister, sorry dat ik zo over Shay Delaney begon. Ik raakte een beetje in paniek toen ze over Bill Bryson begon en ik kon niet meer ophouden met praten.'

'Het is goed, stelt niets voor, joh,' zei ik snel. Ik wilde er niet bij blijven stilstaan. 'Wie komt er nog meer?'
'Je bedoelt Troy?'
Ik knipperde met mijn ogen. 'Ik geloof van wel.'
'Hij zal er zijn. Wat voel je nu voor hem?'
'O, je weet wel,' zei ik luchtig, 'doodsbang, beschaamd.'
'Wil je nog met hem naar bed?'
'Ben je gek? Al was hij de laatste man op aarde.'
'Dat is goed. Je bent niet zo van streek dat je een afwijzingsverslaafde wordt.'
'En wat is dat, als ik vragen mag?'
'Je weet wel – hoe meer hij jou afstoot, hoe meer jij hem wilt.'
'God, dat zou verschrikkelijk zijn, zeg. Maar nu voel ik me alleen maar stom.'
'Je bent niet de eerste vrouw die door een man is genomen en je zult de laatste niet zijn. Wees lief voor jezelf. Het enige wat jou mankeert is dat je te lang geen oefening hebt gehad,' voegde ze er glimlachend aan toe. 'Binnen de kortste keren zul je door tientallen mannen zijn gedumpt, en dan zal Troy in het niets verdwijnen!'
'Sprekend over dumpen, hoe is het met Lou?'
'Slim, dat moet ik hem nageven. Speelt Meneer Perfect. Maar ik ben hem een paar stappen voor.' Beheerst blies ze een rookpluim uit.

In de Ocean View waren ze allemaal al sinds vier uur wakker en verheugden zich op de dingen die komen gingen. De verwachtingen waren hooggespannen toen we onder een wolkloze blauwe lucht naar Beverly Hills reden, en een 'plattegrond' van de huizen van sterren kochten. Iedereen wist dat de kaarten niet klopten of verouderd waren, maar wie was ik om hun plezier te bederven?
De eerste stop was voor het huis van Julia Roberts, waar we ruim twintig minuten op een goed onderhouden, verlaten weg stonden en probeerden iets door de stevige metalen hekken te zien.
'Ze zal toch eens naar buiten moeten komen,' redeneerde pap. 'Om een krant te kopen, of melk of zoiets.'
'Jij weet ook helemaal niets,' bromde Helen. 'Ze heeft mensen die dat voor haar doen. Waarschijnlijk heeft ze ook mensen die de krant voor haar lezen en haar melk voor haar opdrinken.'

We hervatten onze zwijgende wake.
'Dit is wel heel erg saai,' zei Helen. 'Hoewel het een goede oefening is voor wanneer ik mijn privé-detectivebureau opzet. Er zal veel surveillancewerk bij komen kijken.'
'Jij wordt geen privé-detective,' zei mam gespannen. 'Je hebt maandag over een week het huwelijk van Marie Fitzsimon, en je stuurt haar als een prinses over het middenpad of je krijgt met mij te doen.'
'Heb je daar trouwens geen kwalificaties voor nodig?' vroeg Anna.
Helen dacht na. 'Ja. Om te beginnen moet ik een drankverslaving ontwikkelen. Moet geen probleem zijn gezien de genenpoel waar ik vandaan kom. Ten tweede heb ik een eigenaardige familie nodig.' Ze wierp een goedkeurende blik over ons groepje, over mams oranje gevlekte gezicht, paps geruite sokken en Anna's duister-chique kleren. 'Maar, dames en heren, we lijken geluk te hebben!'
'Ze komt naar buiten! Daar komt ze!'
'Rustig nou, pap.'
Het was slechts de Mexicaanse tuinman met een bladblazer.
Pap draaide zijn raampje naar beneden, en schreeuwde hem toe: 'Is Julia thuis?'
'Joeleya?'
'Julia Roberts.'
'Dis ies niet mies Roberts huus.'
'O,' zei pap geagiteerd. 'Nou, weet u misschien welk huis het is?'
'Ja, maar als ik u vertelde, ik zou u moeten vermoorden.'
'Mooie hulp bent u,' mopperde pap, en draaide het raampje weer omhoog. 'Kom op, wie is de volgende?'
Na bezoekjes aan de 'huizen' van Tom Cruise, Sandra Bullock, Tim Allen en Madonna, die niets opleverden, behalve blikken door elektronische hekken en borden met gewapende beveiliging, gaven we het op en gingen naar het Chinese Theater, dat overspoeld was met toeristen die de handafdrukken van hun favoriete acteur zochten, hun eigen handen erin zetten en een foto lieten nemen. Pap deed de handen van John Wayne eer aan, mam raakte niet uitgesproken over de kleine schoenmaat van Doris Day en Anna scheen erg onder de indruk van de pootafdruk van Lassie. Helen was echter niet zo onder de indruk.
'Dit is saai, zeg,' zei ze hardop, en hield een passerende opzichter aan. 'Neem me niet kwalijk, sir, waar kan ik de kont van Brad Pitt vinden?'
'De kont van Brad Pitt?'

'Ja, ik heb gehoord dat die hier was.'
'O ja? Goed. Zeg, Ricky, waar kan deze dame de kont van Brad Pitt vinden?'
'Z'n kont?'
'Achterwerk,' schoot Helen te hulp.
'Hebben we de kont van Brad Pitt? Hé, LaWanda, waar is de kont van Brad Pitt?'
Maar LaWanda was niet zo stom als de anderen. 'Die hebben we niet,' bitste ze.
'Heeft iemand hem gestolen?' vroeg Helen meelevend.
LaWanda keek Helen kwaad aan. 'Jij bent knettergek.'
'Omdat ik een betonnen kopie van Brad Pitts kont wil zien? Het zou pas gek zijn om die *niet* te willen zien.'
'Brad Pitt komt hier echt niet naartoe om zijn broek te laten zakken en met zijn billen in het natte beton te gaan zitten. Hij is een ster!' Inmiddels maakte LaWanda dat bekende gebaar met haar hoofd, zoals de gasten bij Jerry Springer doen. Ik wist wat er zou volgen. Voordat Helen in elkaar werd geslagen, trok ik haar met me mee.

Later zette ik ze weer af bij Ocean View, met instructies zich klaar te maken voor de filmvertoning en vervolgens naar het huis van Emily te komen.
'Moeten we ons netjes aankleden?' vroeg pap, in de hoop dat het antwoord nee zou zijn.
'Het is een filmpremière, natuurlijk moeten we dat,' berispte mam hem.
'Echt?' vroeg hij nu aan mij.
'Het lijkt me beter van wel.'
Hoewel *Doves* een onafhankelijke film was – wat betekende dat er geen bekende sterren in meededen en niemand in Ierland onder de indruk zou zijn omdat ze er nooit iets over zouden horen – was het toch de moeite waard om er op ons best uit te zien.
En toen, ik weet niet wat er in me kwam, besloot ik een ritje naar Arizona and Third te maken en mijn nagels te laten doen.
Ik vond Nail Heaven moeiteloos. Niet alleen was het op de hoek van Arizona and Third, zoals Lara had gezegd, maar het had een roze neonhand in de etalage en een blauw neonbord met 'nagels, nagels, nagels' (maar de 'n' was niet goed verlicht, dus stond er eigenlijk 'agels, agels,

agels', maar wat maakte het uit?). Ik liep een paar treden af en ging naar binnen.

Het werd gerund door Taiwanese meisjes, had Lara gezegd. De beste. Achter een balie zat een mooie, popachtige receptioniste, wier naambordje zei dat ze Lianne heette. Terwijl ik haar mijn aanwezigheid verklaarde en me verontschuldigde omdat ik geen afspraak had, werd ik afgeleid door haar nagels – ze waren ongeveer zes centimeter lang, en elk ervan was gelakt in de kleuren van de Amerikaanse vlag. Ineens opende zich een deur naar alle keuzemogelijkheden – misschien zou ik de mijne ook zo laten doen!

'We werken alleen op afspraak,' zei Lianna – zoals Lara had voorspeld – toen greep ze mijn hand en boog zich voorover om hem te onderzoeken. 'Ooo,' hijgde ze, het klonk behoorlijk geschrokken – en plotseling zag ik wat zij zag; de ongelijke, gebroken nagels, de rafelige nagelriemen, de algehele verwaarloosde staat. Ik had nooit gedacht dat het er iets toe deed. Wat had ik het verkeerd gezien!

Voor het geval ik me nog niet beschaamd voelde, begon Lianne te lachen – kinderlijke hikjes – voordat ze haar glanzende hoofdje hief en opgewonden haar collega's beval een kijkje te komen nemen. Binnen enkele seconden was ik omringd door slanke, witgejaste meisjes, die schel met elkaar kwetterden en nog veel meer lachten toen ze mijn hand bekeken, alsof hij niet aan mij vast zat, maar een vreemd voorwerp was dat op straat was gevonden.

'Met vakantie?' vroeg een van hen.

'Ja. Uit Ierland.'

'Ah,' knikte ze, alsof het nu allemaal duidelijk was. 'Iowa.'

Een snelvuur van vragen in het Taiwanees ketste heen en weer, en het woord 'Mona' dook telkens op. Uiteindelijk, toen er een besluit was genomen, zei Lianne: 'Mona zal u helpen.'

'Wie van jullie is Mona?' vroeg ik, kijkend van het ene bloemengezichtje naar het andere, en om een reden die ik niet begreep, was dat genoeg om ze weer allemaal aan het lachen te maken. Ik kon het enigszins begrijpen toen Mona uit een achterkamer te voorschijn kwam, een gezette vrouw, een stuk ouder dan de andere schoonheidsspecialistes.

'Zij is heel goed,' fluisterde een van de meisjes me respectvol toe.

'Zij houdt van een uitdaging,' fluisterde een ander.

Mona onderzocht mijn nagels. 'De voeten ook?' Ze boog zich voorover om naar mijn tenen te kijken die uit mijn sandalen staken, en knipperde bijna met haar ogen.

'Ik weet niet zeker of ik de tijd heb.'
'We doen ze tegelijkertijd met de handen. Eén meisje de handen, een ander de voeten,' zei ze geprikkeld.
'Goed dan.'
Ze riep een van de jongere meisjes, en binnen enkele ogenblikken hadden ze mijn handen en voeten in zeepwater gestoken. 'U heeft de hete was nodig. Is goed voor uw huid,' zei Mona.
'Prima.' Als je het laat doen, moet je het goed laten doen, toch?
Op dat moment kwam er een grote, goedverzorgde vrouw binnen, in een prachtig gesneden broekpak en in lichte paniek. Ze praatte even met Lianne, die een paar dringend klinkende bevelen riep, en onmiddellijk verlieten mensen hun werkplek en dromden naar voren. Er was een sfeer van gewichtigheid, van professionals die in goed gerepeteerde rollen vielen, en om de een of andere reden deed het me aan een gebeurtenis denken, jaren geleden, toen ik met een verstuikte enkel naar de eerstehulp moest. Ik had veel pijn, mijn voet was opgezwollen tot de grootte van een voetbal, en ik jammerde het uit, toen er ineens brancards langs me heen ratelden, waarop lichamen met bloedende handen lagen. Ambulancebroeders renden naast hen mee, hielden infuuszakken omhoog en schreeuwden dingen als: 'Hij ademt nog steeds.' Kennelijk was er ergens een ernstig auto-ongeluk gebeurd, en mijn verstuikte enkel, hoe pijnlijk die ook was, stond plotseling (en terecht) onder aan de lijst van prioriteiten.

Vanaf het moment dat de goedgeklede vrouw Nail Heaven was binnengerend, was er dezelfde houding van: dit is een *echt* noodgeval. Terwijl ze het verschrikkelijke verhaal vertelde over haar 'prijsnagel' en hoe hij vast was komen te zitten in een inktpatroon van een printer, kwam Mona overeind, gevolgd door haar assistente, en een pad week voor hen uiteen.

'O, Mona, goddank!' De vrouw stak haar de gehavende nagel toe.
'Kan hij worden gered?'
Toen Mona de toestand had bekeken en uiteindelijk concludeerde: 'Het is ernstig. Ik zal zien wat ik kan doen,' verwachtte ik bijna dat ze allemaal hun handen gingen wassen en groene operatiepakken en -maskers zouden aantrekken.

Terwijl de belangrijker vrouw snel werd afgevoerd om haar nagel te redden, zat ik daar alleen, mijn handen en voeten in bakken zeepwater. Een vriendelijke ziel legde een tijdschrift op mijn dijbenen, maar omdat mijn handen moesten weken, kon ik de bladzijden niet omslaan. Vervolgens bewoog ik mijn voet een fractie en het tijdschrift gleed van mijn knie in de bak met water waar mijn voeten in staken.

'Sorry,' mompelde ik, toen dezelfde vriendelijke ziel hem eruit viste en de drijfnatte, gezwollen bladzijden uitschudde. Ik vroeg me af of ze me een ander tijdschrift zou brengen.

Dat deed ze niet. Ik keek naar de twee andere vrouwen die hun handen en voeten lieten doen. Geen van hen had haar tijdschrift in het zeepwater laten vallen. Wat was er toch met mij dat ik soms het gevoel had zonder levenslesboek te zijn geboren?

Uiteindelijk, nadat ze de prijsnagel hadden gered, kwamen Mona en haar helpster bij me terug en ze gingen aan het werk, vijlen, polijsten, nagelriemen terugduwen, eelt weg vijlen, en toen was het tijd voor de hete-wasbehandeling. Een bak met gesmolten was werd voor me op de grond geplaatst en er werd me gezegd dat ik er mijn voet in moest zetten. Maar op het moment dat hij in contact kwam met de was, rukte ik mijn voet meteen terug, en gilde: 'Het is veel te heet!'

'Maar het is goed voor uw huid,' riep Mona, waarbij ze een hand om mijn knie klemde en probeerde mijn voet weer in de bak te duwen.

'Maar miss... Mona, het is te heet.' We worstelden enkele seconden, waarbij ik mijn knie optrok en zij hem naar beneden duwde, en toen speelde Mona vals door op te staan en met haar hele gewicht op mijn knie te drukken. Het volgende moment plonsde mijn voet in de kokendhete was.

'Het doet pijn,' jammerde ik.

'Het is goed voor uw huid,' herhaalde Mona, haar hand stevig op mijn trillende knie.

Alle andere meisjes gierden van het lachen achter hun fraai gemanicuurde handjes.

Na een korte maar pijnlijke wachttijd, mocht ik mijn voet eruit halen. Maar zodra een waslaagje genoeg was afgekoeld en wit geworden, doopte ze hem er weer in. Het lachen begon opnieuw. In en uit, ging mijn voet. Het patroon werd vijf keer herhaald, iedere keer even pijnlijk als de eerste keer.

Enkele jaren geleden was er een programma op de televisie dat *Shogun* heette. Er deed een man in mee die herhaaldelijk in kokend water werd gedompeld, tot hij stierf. Om de een of andere reden moest ik daaraan denken. En vreemd genoeg dacht ik er weer aan toen ze de tweede voet deden.

Daarna wikkelden ze mijn 'bewaste' voeten in plastic zakken die rond de enkels met roze linten werden dichtgebonden, en als ik het niet eerder had zien doen, zou ik om me heen hebben gekeken of er verborgen camera's waren.

Tien minuten later, toen ze de witte was eraf pelden, hadden mijn voeten tot mijn verbazing geen huidtransplantatie nodig, maar waren ze zo zacht als bloemblaadjes. Vervolgens lakten ze al mijn twintig nagels in een mooie lichtroze tint – ze hadden toegeeflijk gelachen maar hun hun hoofd geschud toen ik om de Amerikaanse vlaggen had gevraagd – en stuurden me weg. Ik was inmiddels al een bekeerling, en nam me stellig voor dit voortaan elke week te laten doen. Zoals je je dat voorneemt, op zo'n moment.

Weer thuis was Emily bezig haar lijkbleke kleur onder een laag make-up te verbergen. Ik weet niet hoe ze het deed, maar toen ze klaar was zag ze er fantastisch uit – stralend en glanzend en helemaal niet als een gestrest wrak met slaaptekort dat zich kapot had gewerkt en op sigaretten en Lucky Charms had geleefd.

Mijn familie zou om zeven uur naar Emily's huis komen, en toen ze er vijfentwintig minuten later nog niet waren, was ik een en al bezorgdheid.

'Ze zijn verdwaald!'

'Hoe kan dat nou? Het is zes blokken verderop, in een rechte lijn!'

'Je weet hoe ze zijn. Ze zijn waarschijnlijk in South Central beland en al opgenomen in een straatbende. Met gouden kettingen en uzi's en bandana's.'

'Zie jij je vader al met een bandana?' fantaseerde Emily.

'Zie jij mam al met zo'n hoofdband?' We barstten plotseling in lachen uit. 'Een oranje.'

'Ze zou eruitzien als een ruimtebeest.' En daar gingen we weer, schuddend van de lach. Het was heerlijk.

'O god,' verzuchtte Emily vrolijk, terwijl ze behendig een vlekje mascara onder haar oog verwijderde, 'dat was geweldig. Wacht even,' ze spitste haar oren. 'Ik hoor ze.'

Gevieren kwamen ze het huis binnen, en brachten hun slechte humeur met zich mee.

'Het is haar schuld dat we te laat zijn.' Mam staarde Helen aan.

'We zijn er nu toch, dat is het voornaamste,' probeerde pap.

'En jullie zien er allemaal mooi uit,' complimenteerde Emily.

En dat was zo. We vormden een schitterend, geparfumeerd groepje (behalve pap), en het kwam niet als een verrassing toen, bijna onmiddellijk, de Geitenbaardjongens bij de deur verschenen.

'We gaan net weg,' zei Emily kortaf, waarbij ze probeerde te voorkomen dat ze binnenkwamen.

'Hallo, ik ben Ethan.' Ethan hupte op en neer, probeerde om Emily heen te kijken en oogcontact met Helen en Anna te krijgen.

'O, laat ze heel even binnen,' zei ik.

'Vooruit dan maar.' Emily stapte narrig opzij waarna ze alledrie binnenkwamen en verlegen voor de meisjes bleven staan. Ik stelde iedereen aan elkaar voor en liet ze een paar minuten aan elkaar snuffelen, zoals honden doen, maar daarna moesten we echt weg.

'Wat doen die knapen?' vroeg pap, toen hij zich in Emily's jeep hees.

'Achtervangers,' mompelde Emily.

'Het zijn studenten,' zei ik.

'Ja,' zei Anna, 'maar Ethan, die met het geschoren hoofd, wordt de nieuwe Messias.'

Mams lippen verstrakten. 'O, werkelijk?'

38

De première van *Doves* werd in Doheny gehouden, in een schitterend ouderwets filmtheater met roodfluwelen stoelen en art-decospiegelwanden, een terugblik naar een glansrijker eeuw. Ik was blij dat we de moeite hadden genomen er zo mooi mogelijk uit te zien, want iedereen zag er sprookjesachtig uit. Er waren zelfs een paar fotografen in de weer. 'Waarschijnlijk eerder van *Variety* dan *People*,' zei Emily, maar toch.

Emily ging wat 'netwerken' – 'Eventjes maar, voor de film begint,' en ik begeleidde mijn groepje naar de ons toegewezen plaatsen. Ik zat net lekker toen ik, een paar rijen voor ons, Troy en Kirsty in het oog kreeg en meteen ineenkromp. Hem zien – en nog erger hem met Kirsty zien – herinnerde me aan mijn stommiteit, en mijn naïviteit. Maar toen herinnerde ik me wat Emily had gezegd: ik was niet de eerste vrouw die zich voor gek had laten zetten en ik zou niet de laatste zijn, en ineens voelde ik me beter, vrijer. Misschien zou ik altijd een verlangen koesteren een vork in zijn been te steken, maar dat was niet het ergste wat je voor iemand kon voelen.

Troy draaide zich om en keek rond, en ik sloeg mijn ogen neer, maar te laat. Hij knikte koeltjes naar me, ik knikte nog koeler terug – ik hoopte dat mijn hoofd helemaal niet bewoog, alleen wat strengen van mijn haar – en toen gleed zijn blik van mij naar Helen, waar hij speculatief bleef rusten. Helen knipoogde brutaal naar hem en hij grinnikte terug. Kirsty, gewaarschuwd door een soort zesde zintuig, draaide zich ook om en toen ze zag naar wie Troy keek, begon ze klaaglijk te praten in een of andere poging hem af te leiden. Ik was tenminste niet meer zoals zij, dacht ik – ik wilde hem tenminste niet meer hebben.

Toen Emily op haar plaats zat gingen de lichten uit, waarna de film begon.

'Wat is het voor soort film?' fluisterde pap hoopvol. 'Een cowboyfilm?'

'Doet Harrison Ford erin mee?' vroeg mam in mijn andere oor.

Harrison Ford werd in mijn familie door generaties heen gewaardeerd; mam is net zo dol op hem als de rest van ons. Mijn nichtje Kate houdt zelfs op met huilen wanneer Claire het stuk uit *Working Girl* voor haar speelt waarin hij zijn shirt uittrekt – onbetwist zijn beste uurtje.

Nou, ik kan je vertellen dat *Doves* geen ster als Harrison Ford had en het was ook geen cowboyfilm. Ik weet niet zeker wat het wel was. Het had een liefdesverhaal kunnen zijn, maar de hoofdrolspeler vermoordde telkens zijn vriendinnetjes. Het had een komedie kunnen zijn, maar het was niet geestig. Het had een pornofilm kunnen zijn, maar het was hoofdzakelijk in zwart-wit opgenomen, zodat we wisten dat de seks niet de hoofdzaak was, maar wel essentieel voor het geheel. (Het is werkelijk ongelooflijk ongemakkelijk om naar levendige seksscènes te kijken terwijl je tussen je ouders in geklemd zit.)

Het was het soort film dat me het gevoel geeft ongelooflijk dik te zijn, dat me eraan herinnert dat ik niet heb gestudeerd, dat ik niets van Simone de Beauvoir heb gelezen, dat ik *Three Colours: Red* van Kieslowski volslagen onzin vond (waar ik alleen heen was gegaan omdat *When a man loves a woman* was uitverkocht). Ik bracht het grootste deel van de tijd door met wensen dat a) de seksscènes voorbij waren en b) proberen te bedenken wat ik er Lara na afloop over moest vertellen, iets anders dus dan 'wat een hoop shit'. Het kostte me de volle 120 minuten speeltijd om te concluderen dat 'interessant' een mooie en neutrale opmerking was. Na twee verschrikkelijke uren – en schijnbaar halverwege een scène – begon de aftiteling, de lichten gingen aan en het enthousiaste applaus barstte los. Mam draaide zich naar me toe, en verklaarde: 'Fantastisch!' Daarna mompelde ze zacht: 'Het achterlijkste wat ik ooit heb gezien. Ik vond *The English Patient* slecht, maar dat was nog niets vergeleken met deze aanfluiting.'

Terwijl iedereen opstond om voor de regisseur te applaudisseren, bleef pap zitten, recht voor zich uit starend.

'Het is niet echt af, hè? Dit is toch niet de uiteindelijke versie waar mensen geld voor betalen om hem in de bioscoop te kunnen zien?' Hij smeekte bijna. 'Misschien hebben ze ons onderdelen laten zien, de grappigste delen of zo?'

'Waar is de drank?' vroeg Helen.

'Ik moet even naar het toilet, en ik zal het uitzoeken.' Terwijl ik me door de menigte in de lobby excuseerde, hoorde ik iemand de film als 'erg Europees' omschrijven.
'Dapper,' zei een ander. 'Uitdagend,' merkte iemand anders op. Ik sloeg de woorden op, ze zouden me goed te pas kunnen komen wanneer ik iets eufemistischer wilde zeggen dan 'wat een hoop shit'.
'Maggie! Maggie!' Lara, stralend in een koperkleurige, met kraaltjes bestikte, vloerlange jurk en een hoog Barbarella-kapsel, wenkte me naderbij. 'Bedankt dat je bent gekomen. Wat vond je ervan?'
'Ja, goed. Interessant, echt interessant. Erg Europees.'
'Echt? Je vond het afschuwelijk!' Ze lachte verrukt.
'Nee, ik... o goed, het was niet echt iets voor mij.'
'Dat geeft niet.' Toen zag ze het. 'O, *geweldige* nagels. Ben je naar Nail Heaven geweest? Wie heeft je geholpen?'
'Mona.'
'Mona? Wauw.'
'Waarom "wauw"?'
'Ze is een van de besten, maar toe aan haar pensioen. Ze doet alleen nog speciale gevallen. Ik moest maar eens met een paar journalisten gaan babbelen, maar ik zie je straks nog.'
Ze zweefde weg en ik voelde me gerustgesteld – tussen Lara en mij zat het tenminste nog goed. Toch wilde ik haar uit de buurt van mijn ouders houden, maar onze korte 'verliefdheid' had tenminste geen spoortje narigheid achtergelaten.
Toen ik uit het toilet kwam, vond ik de fraaie ruimte waar de party werd gehouden, vol glinsterende bladen champagne en tafels met hapjes. Ik nam een glas champagne en zocht mijn weg tussen de gebruinde menigte naar Emily, die in een groepje stond met Anna, Kirsty, Troy en – niet verwonderlijk – Helen.
'Waren die oude, fluwelen stoelen niet volkomen afgrijselijk?' zei Kirsty.
'Ik vond ze prachtig, het is een fantastisch theater,' zei Emily en we maakten allemaal instemmende geluiden.
'Jakkes!' riep Kirsty oprecht walgend uit. 'Dat meen je niet! Denk je niet aan al die billen die er voor jou op hebben gezeten...'
Ik zweeg, en niet omdat ik haar verafschuwde; er was iets raars met de hapjes aan de hand. De hoeveelheden verdwenen snel – iedere keer dat ik me omdraaide, en vervolgens weer keek, was er nog meer ver-

dwenen – maar hoe ik mijn best ook deed, ik zag niemand daadwerkelijk iets in zijn mond doen. *Niemand* at zichtbaar – behalve mijn vader, die tegen een van de tafels leunde, en ervoor ging – maar hij at het niet allemaal op. En me snel omdraaien gaf me ook geen aanwijzingen, het bezorgde me alleen een paar merkwaardige blikken. Ik kwam er niet achter waar al dat eten bleef.

'En, wat vond je van de film, kleintje?' vroeg Troy aan Helen, waarbij hij haar van onder geloken oogleden veelbetekenend aankeek.

Christus, hij had al een bijnaam voor haar! Ik kreeg bijna medelijden met Kirsty.

Maar was ik jaloers, vroeg ik me bezorgd af. Dat wilde ik bepaald niet zijn, ik had het er emotioneel gezien goed afgebracht en ik wilde geen terugval. Ik onderzocht naarstig mijn gevoelens, en het enige wat ik vond was een matige interesse in wat er zou kunnen gebeuren. Misschien zou ik Helen in bescherming moeten nemen, maar ik was ervan overtuigd dat ze wel voor zichzelf kon zorgen. Ik vermoedde eerder dat Troy degene was die op zijn tellen moest passen.

Mijn trots over hoe goed ik dit beheerste kreeg echter een kleine deuk toen ik zag met wie mijn moeder in een diep gesprek verwikkeld was – niemand minder dan Shay Delaney. Daar had ze niet lang voor nodig gehad. Hij boog zijn donkerblonde hoofd naar haar hoogte en zijn bruine ogen waren zo aandachtig op de hare gericht dat ik een vreemde neiging tot lachen kreeg.

Alsof hij voelde dat ik hem gadesloeg, keek hij plotseling op en gaf me een blik die regelrecht naar mijn buik ging. Mam rekte haar nek om te zien naar wie hij keek, en toen ze mij zag, wenkte ze me naderbij – en ik ging natuurlijk. Uit gehoorzaamheid? Beleefdheid? Nieuwsgierigheid? Wie zal het zeggen. Maar het volgende moment stond ik naast hem, en hij was groot en vriendelijk, en hij glimlachte charmant, en was *erg* Shay Delaney.

'Kijk eens wie ik heb gevonden!' riep mam schalks en overdreven verheugd. 'We haalden net herinneringen op aan vroeger. Het lijkt nog pas gisteren dat Shay Delaney aan mijn keukentafel zat te eten... Wat at je ook alweer, Shay?'

'Zelfgebakken koekjes!' riepen ze tegelijkertijd.

'Jij was de enige die ze at. Niemand anders wilde ze aanraken.'

'Ik weet niet waarom,' zei Shay met twinkelende ogen. 'Ze waren verrukkelijk.'

Maar dat zou hij ook hebben gezegd als hij thuis was gekomen en meteen aan voedselvergiftiging was gestorven. Zo was hij altijd geweest: vol complimentjes, en hij zorgde ervoor dat iedereen een goed gevoel over zichzelf had. Behalve ik. Mijn blik bleef rusten op de gouden stoppeltjes op zijn kaaklijn en ik onderdrukte een zucht.

'En je bent getrouwd, heb ik gehoord,' zei mam.

'Ja, zes jaar geleden, met een meisje dat Donna Higgins heet.'

'De Higgins-familie van Rockwell Park?'

'Nee de Higgins-familie van York Road.'

'Malachy Higgins of Bernard Higgins?'

'Geen van beiden, hoewel ze een oom Bernard heeft...'

Een korte omweg om erachter te komen van welke tak zijn vrouw afstamde, en toen was mam weer aan het woord. 'Margarets huwelijk is gestrand, maar ja, die dingen gebeuren. Je telt tegenwoordig niet meer mee als je niet meer dan een keer bent getrouwd. We moeten meegaan met de tijd, is het niet? Wat is het nut van scheiden als we het niet gebruiken? Maak er gebruik van als het je uitkomt, toch?'

Met elke zin werd mijn verbazing groter, tot het een regelrechte schok werd. Mijn moeder is de vrouw die huilde toen scheiden in Ierland mogelijk werd, en zei dat het het einde van de beschaving was zoals wij die kenden. En wat tactvol was het van haar om er in het bijzijn van Shay over te beginnen, gezien zijn achtergrond.

'En je vrouw?' vroeg ze aan Shay. 'Is ze nu bij je of in... O, in Ierland. Jaja. En ben je hier veel voor je werk? Het moet zwaar zijn wanneer je elkaar niet zoveel ziet. Nou, wie weet, misschien ben jij een van die moderne types die meer dan één huwelijk hebben, als je niet uitkijkt!'

Ik dacht dat ik te oud was om door mijn moeder in verlegenheid te worden gebracht. Niet dus.

'Het lijkt nog niet zo lang geleden sinds jullie tieners waren,' zei mam peinzend. 'Waar blijft de tijd toch?'

Zwijgend keken Shay en ik elkaar aan, en plotseling was ik terug in de tijd, en herinnerde me een bepaalde middag. Toen hij me op een plek zonlicht op het vloerkleed in zijn slaapkamer op de grond drukte. De hitte, het licht, de verrukkelijke aanraking van zijn naakte huid tegen de mijne. Het genot was bijna ondraaglijk geweest.

Hij herinnerde het zich ook, of iets soortgelijks, want de sfeer verdikte zich bijna zichtbaar.

Ik had geprobeerd mijn tienerliefdes geheim te houden voor mijn ouders. Natuurlijk waren ze achterdochtig toen ik op mijn zeventiende voor het eerst met Garv uitging. Maar op dat moment bevestigde ik het niet – of dat we uit elkaar waren. Ze hebben trouwens ook nooit zeker geweten dat ik met Shay uitging. Niet dat ik ooit met Shay *uit*ging – het enige wat we deden was seks hebben. Wat ik me uit die tijd herinner was het voortdurende wachten en verlangen naar het moment dat zijn moeder weg zou gaan, zodat ik zijn huis binnen kon glippen en mijn kleren uitdoen. Ik was in een voortdurende staat van opwinding en zelfs als zijn moeder en jongere zusjes thuis waren, hadden we seks, hoewel een beetje heimelijk – we deden of we tv keken terwijl ik een hand in zijn spijkerbroek had, een oog op de deurknop en mijn broekje onder een kussen. Soms knapte zijn nerveuze, veelgeplaagde moeder onder onze voortdurende smeekbeden en liet ons naar zijn kamer gaan om naar 'muziek te luisteren', waar we seks hadden met de meeste van onze kleren aan: mijn rok opgetrokken, zijn spijkerbroek naar beneden, vrezend voor de voetstap op de trap die ons overeind deed schieten en onze verhitte huid haastig bedekken. Zelfs als we naar feestjes gingen, was het alleen maar een excuus voor hem om me in een slaapkamer op te sluiten en me wezenloos te neuken op een stapel jassen.

'Ik laat jullie alleen om even bij te praten,' zei mam met een hartelijke glimlach, waarna ze zich abrupt omdraaide en zich een weg door de menigte baande. Ik had nooit gedacht dat er een dag zou komen dat mijn moeder me zou proberen te koppelen.

'Wanneer is zij zo liberaal over scheiden geworden?' vroeg Shay.

'In de afgelopen tien minuten.'

Ik verafschuwde de stilte die volgde. Ik kon niets bedenken om te zeggen. Ik was alle conversatievaardigheden kwijt, wat jammer was, want er was zoveel waarover ik met hem wilde praten.

'Goed,' zei hij, en ik wist wat er zou komen.

'Tijd is om, nietwaar?'

'Wat?'

'Je hebt langer dan vijf seconden met me gepraat, dus is het tijd om je hand uit te steken en te zeggen: "Nou, leuk je weer te hebben gezien." Is het niet?'

Dat beviel hem niet. Hij leek verbaasd – omdat hij erop was betrapt dat hij niet perfect was? Ik was zelf ook nogal verbaasd; normaalgesproken ben ik niet zo direct. Maar we waren eens zo intiem geweest dat ik misschien het gevoel had dat ik nog steeds het recht had alles tegen hem te zeggen wat ik wilde.

'Zo is het niet.' Hij struikelde over de woorden. 'Het is... ik bedoel...'
Hij keek angstig, alsof hij smeekte te worden begrepen.

Maar voordat we verder kwamen, had pap Shay in het oog gekregen en rende verheugd naar ons toe. 'Shay Delaney, niet te geloven! Het is geweldig iemand van thuis te zien!'

Ik onderdrukte weer een zucht. Pap was nog geen twee dagen weg uit Ierland. Wat is dat toch met Ieren? Rachel, mijn zus, zegt dat we nog geen dagtripje naar Holyhead kunnen maken zonder melancholieke liedjes te zingen over hoe we gedwongen waren het Smaragden Eiland te verlaten en hoe we ernaar verlangen weer terug te zijn. Delen we een soort collectieve herinnering, zodat het land verlaten herinneringen wekt aan deportatie naar Van Diemen's Land wegens het stelen van een schaap?

'We gaan nu als gevolg van de jetlag allemaal terug naar het hotel, maar vrijdagavond neem ik iedereen mee uit eten,' zei pap tegen Shay, 'en ik vat het als een persoonlijke belediging op als je niet met ons meegaat.'

39

Op donderdagavond kwamen mam, pap, Helen en Anna onverwacht naar Emily's huis. Ze waren naar Disneyland geweest en ik had niet verwacht dat ze voor middernacht terug zouden zijn. Ik wist meteen dat het niet zomaar een bezoekje was, want mam had haar beste vest aan en haar 'uitgaanslippenstift' op, te weten een kring lippenstift die buiten de normale contouren van haar lippen was aangebracht. Ze zag eruit als een clown.

'Kom binnen, kom binnen,' zei ik. 'Hoe was Disneyland?'
Mam stapte zwijgend opzij om pap te onthullen. Met een neksteun.
'O.'
'Zo was Disneyland,' zei mam. 'Hij stond weer ineens op. Hij wou niet luisteren. Hij luistert nooit. Hij weet het allemaal beter.'
'Het was de moeite waard,' zei pap, en hij moest zijn hele lichaam draaien om haar aan te kijken.
'Pap, toen je hier was met de andere boekhouders, hadden jullie toen kostuums aan?'
'Kostuums?' Hij klonk geschokt. 'We waren ambassadeurs voor ons land. Natuurlijk droegen we een kostuum.'
'Hebben jullie het wel leuk gehad in Disneyland?' vroeg ik aan Helen.
'Ja, want wij zijn niet geweest. We zijn naar Malibu gegaan, op zoek naar surfgoden.'
'Jullie hebben geen auto,' zei Emily tegen Anna. 'Hoe zijn jij en Helen dan in Malibu gekomen? Jezus... toch niet met de *bus*?'
Maar Anna schudde haar hoofd. 'Nee. Ethan en de andere jongens van hiernaast hebben ons gebracht.'
'Maar jullie hebben ze pas gisteravond ontmoet.'

'*Tempus fugit*,' zei Anna. 'Geen andere tijd dan het heden.'
De hele kamer viel stil en staarde haar aan, want Anna was het meisje wier motto altijd was geweest: 'Doe niet vandaag wat je tot morgen kunt uitstellen. Of liever nog tot volgend jaar.'
'Anna is verliefd op Ethan,' zei Helen.
'Niet waar.'
'Wel waar.'
'Niet waar.'
'Wel waar.'
'Is het zo?' vroeg Emily opgewonden.
'Nee!'
'Wel waar,' hield Helen vol. 'We zullen haar alleen moeten martelen voordat ze het toegeeft. Emily, heb je iets waarmee we haar een elektrische schok kunnen geven?'
'Kijk maar in de keuken. En als je daar toch bent, neem dan meteen wijn en glazen mee, wil je?'
'Kun je het ons niet gewoon vertellen, liefje?' vroeg mam. 'Elektrische schokken zijn echt geen pretje.'
'Ik ben niet verliefd op hem!'
Vanuit de keuken kwam het geluid van gerammel en gerommel in laden. 'Emily, het enige wat ik kan vinden is een elektrisch vleesmes,' riep Helen. 'We zouden stukken van haar af kunnen snijden.'
'Als jullie me martelen, ga ik naar huis,' zei Anna.
'Laat nou maar. Breng alleen de wijn mee.'
'En wat heb jij vandaag gedaan?' vroeg mam aan mij.
Ik had een beetje rare dag gehad, afgeleid door alle nostalgische herinneringen, terug in de tijd, naar toen ik zeventien was en net iets met Shay was begonnen. Er was zoveel teruggekomen, bitterzoete herinneringen...
Mams stem sneed door mijn gedachten en bracht me met een ruk terug naar het heden in Los Angeles.
'Praat ik tegen de muur?' vroeg ze scherp. 'Wat heb je vandaag gedaan?'
'O, sorry. Ik heb kleren gewassen. Ben naar de supermarkt geweest.'
Werd weer toegeschreeuwd door die zwerver, nu iets over een achtervolging in een auto waarbij ene 'Lala' een kogel in het dijbeen kreeg. Deze keer vatte ik het niet persoonlijk op. Kocht ladingen verrukkelijk voedsel, en vroeg me af waarom ik, of het nou in Ierland was of duizen-

den kilometers verderop in LA, in de rij voor de kassa altijd achter 'de persoon sta die een grote verrassing krijgt wanneer ze beseffen dat er moet worden betaald'. Hun spullen zijn allemaal in tassen gepakt, die op hun wagentje staan om naar de auto te worden gereden, en daarna, wanneer ze het eindbedrag te horen krijgen, reageren ze verbaasd en beginnen dan pas op zakken te kloppen of hun handtas te openen om hun portemonnee te zoeken. Uiteindelijk betalen ze of met een creditcard waarvan de strip niet goed werkt, of ze tellen het juiste bedrag in kleingeld uit.

Daarna ging ik naar de drogist ernaast, kocht een tongschraper en verwachtte hoopvol dat mijn leven zou veranderen.

'En toen ik thuiskwam heb ik Emily geholpen.' Nou ja, ik had een bessenshake voor haar gemaakt, had haar een ander woord voor 'grommen' gegeven en een telefoontje van Larry aangenomen en hem verteld dat Emily naar haar colon-irrigatie persoon was, terwijl ze hier op de bank lag te roken en te huilen.

'Gisteravond was geweldig,' zei mam. 'Afgezien van de film. Shay Delaney is niets veranderd, het deed me zo goed hem te zien. En pap zegt dat hij morgenavond met ons mee uit eten gaat.'

'Hij zal niet komen,' zei ik. 'Hij was alleen beleefd.'

'Hij zal komen,' hield mam vol. 'Hij heeft het gezegd.'

Pap had hem praktisch een mes op zijn keel gezet, natuurlijk had hij gezegd dat hij zou komen.

'Ik vind hem een beetje griezelig,' zei Helen. 'Hij keek naar jou, Maggie.'

'Hij keek naar ons allemaal,' zei mam.

'Nee, ik bedoel dat hij naar haar *keek*. *Keek*. Met zijn *ogen*.'

'Waar had hij anders mee moeten kijken,' bitste mam. 'Zijn voeten?'

Voor ik me kon losmaken en deze klont van gevoelens ontwarren, zei Anna iets verrassends. 'Hij wil dat iedereen hem aardig vindt.'

'Wat is daar mis mee?' vroeg mam. 'Bovendien vindt iedereen hem aardig.'

'Ik niet,' zei Helen.

'Je bent gewoon tegendraads.'

'Ga naar huis, oude vrouw, ik ben moe en je ergert me.'

'Ik ga, maar alleen omdat ik dat wil. Kom mee, jij!' Mam commandeerde pap alsof hij een gehoorzame hond was. 'Laten we hier een eind aan maken.'

'Waar ga je heen?'
'Naar de fabel-vertelavond hiernaast.'
Toen we allemaal uitgelachen waren, vroeg ik: 'Waarom ga je erheen als je niet wilt?'
'Tja, wat had ik moeten zeggen? Die Mike zette me laatst voor het blok,' zei mam verontwaardigd.
'Ga gewoon niet,' opperde Helen. 'Laat 'm oprotten.'
'Nee.' Plotseling was mam een en al rechtschapenheid. 'Als ik zeg dat ik iets zal doen, dan doe ik het ook. Ik ben niet het soort vrouw dat terugkomt op haar woord. We gaan er uit beleefdheid een uurtje naartoe en daarna zeggen we dat we nog een andere afspraak hebben.'
'Zeg dat jullie naar de Viper Room gaan,' stelde Helen voor. 'Het is vanavond voor de ouderen.'
'De Viper Room,' herhaalde mam. 'Je hebt gelijk. En als we over anderhalf uur niet terug zijn, kom ons dan halen.'

Zodra ze weg waren, zei Helen op zakelijke toon: 'Zeg, die kerel met die grote neus? Troy? Ik vind hem behoorlijk aantrekkelijk.'
'Trek een nummertje en ga in de rij staan,' zei Emily, zoals ze dat eens tegen mij had gezegd. 'Word niet verliefd op me schatje, want ik zal je hart breken.'
'Verliefd worden,' spotte Helen lacherig. 'Dat is een goeie. En, wie is met hem naar bed geweest?' Ze keek gretig naar Emily. 'Jij zeker?'
'Vraag het Maggie.'
'Goed. Wie is met hem naar bed geweest?' Ik haalde mijn schouders op en Helen keek me met grote ogen aan. '*Jij*?'
'Ja, ik.'
'Maar... jij bent zo'n braaf meisje.'
'Is dat zo?'
Ze keek me achterdochtig aan. 'Maar jij en die Troy hebben niets samen?'
'Nee.'
'Vind je het vervelend als ik een kansje bij hem waag?'
'Daar heb ik niets op tegen.'
'Je krijgt misschien met zijn vriendin te maken.' Emily klonk onverwacht scherp.
'Wie? Die krullenbos?' Helen lachte zacht. 'Ik verwacht geen problemen met haar. Vertel me nu alles over Lara. De knullen zeiden dat ze een

lesbo is. Ik vraag me af hoe het is om seks met een meisje te hebben,' zei ze dromerig – alleen omdat ze een beetje furore wilde maken. 'Ik vraag me af wat ze in bed doen.'
'Vraag het Maggie,' zei Emily.
'HAHAHAHA!' gierde Helen. En toen stopte ze alsof ze tegen granieten muur was gereden. De kleur trok uit haar gezicht. 'Ik geloof je niet.'
Ik haalde weer mijn schouders op. 'Dat is aan jou.' Ik genoot hiervan.
'Wanneer?'
'Vorige week.'
'Ik geloof je niet. Ik ga het Lara vragen.'
'Vraag maar een eind weg,' zei ik nonchalant.

Gedurende het volgende uur staarde Helen me aan alsof ze me nog nooit eerder had gezien. Daarna schudde ze haar hoofd, en mompelde vaag: 'Jezus Christus. Jezus *Christus...*' Ze hield pas op toen Emily op haar horloge keek, en uitriep: 'Je moeder en vader! Er is bijna anderhalf uur voorbij. Moeten we ze gaan redden?'
'Ja, kom op.'
We dromden naar buiten en keken door het raam in Mike en Charmaines voorkamer. Mam zat majesteitelijk op een stoel, terwijl alle anderen rond haar voeten zaten geschaard. Ze praatte en glimlachte. Pap zat op de bank genesteld, zijn hoofd in zijn neksteun onnatuurlijk stil. Hij glimlachte ook.
Ik tikte tegen het raam van de voordeur, en een baardig type kwam op zijn tenen en met een vinger tegen zijn lippen naar ons toe. 'Het is het verhaal van de beroemde Seamus. Hoe hij de liefde won van de dochter van de dokter.'
Emily, Helen, Anna en ik wisselden verbijsterde blikken, volgden hem naar binnen en namen plaats op de vloer. Ik maakte me meteen zorgen. Mams accent was Ierser dan ik ooit eerder had gehoord en het 'wauwelgehalte' per zin was alarmerend hoog.
'...Weet je, die Seamus kon alles. Tractoren achteruitrijden, harken repareren, en dan zijn manier van dansen! Weet je, hij was de knapste danser die je ooit hebt gezien, hij kon op een bord dansen...'
Ik wilde wel door de grond zakken, ze maakte zo'n vertoning van zichzelf. Maar een blik naar de gezichten om haar heen gaf me een ogenblik rust voor een gedachte: ze hingen aan haar lippen. Iedereen was

naar haar toe gebogen alsof ze een magneet was en zij het ijzervijlsel. Je had een speld kunnen horen vallen.

'Hij kon jiven, line-dansen, hij kon een radslag maken. Maar hij had ook een goed verstand! Hij was gewoon geweldig, bij de boeklezing...'

'Boeklezing?' fluisterde Emily. 'Waar *heeft* ze het over?'

'Ssst,' siste een artistiekerig meisje.

'...hij kon het hart van iedere vrouw in Ierland breken. Iedere moeder had een oogje op hem.' Een professioneel ingelaste stilte. 'En niet alleen voor hun dochters!'

Veel gelach volgde, en ik maakte van de onderbreking gebruik om opgewonden gebaren naar haar te maken. Ze zag me en begreep me. Maar ze keek wel teleurgesteld.

'Dames en heren,' riep ze boven het gelach uit, 'dames en heren. Zoals jullie zien zijn mijn dochters gekomen en ze willen me meenemen naar de Viper Room.'

Meteen werden verscheidene hoofd omgedraaid en we werden aangestaard.

'Zo jammer dat ik jullie moet verlaten.'

'Jullie?' vroeg Helen. '*Jullie?*'

'Hadden jullie niet vijf minuten kunnen wachten?' vroeg een grote man met een paardenstaart agressief. 'We willen het eind van het verhaal horen.'

'Ja,' riep een ander. 'Laat Johnny Depp maar wachten.'

Hoe kwam het dat wij de schuld kregen? 'Goed,' zei ik. 'Maakt ons niet uit.'

'Jeetje,' zei mam bescheiden. 'Ik had er geen idee van dat jullie er zo van genoten. Maar als jullie erop staan...'

'JAAA!' barstte iedereen los, waarna iemand op de voorste rij haar zachtjes aantikte, en zei: 'Ga door, mammie Walsh.'

Mammie Walsh ging nog geruime tijd door, en tegen de tijd dat ze haar eindelijk lieten gaan, zweefde ze door de lucht, en pap ook. Jammer genoeg werden de dingen op straat een beetje vervelend toen ze begreep dat ze niet echt naar de Viper Room ging, dat het een smoesje was geweest – waarin ze zelf had toegestemd, hielpen we haar herinneren – om haar daar weg te halen.

'Ik wil naar de Viper Room.' Ze klonk als een verwend kind.

'Dat kan niet, je bent te oud!' zei Helen.

'Je zei dat het vanavond voor ouderen was.'

'Het was een grapje. En we zijn gevloerd, onze jetlag heeft ons ingehaald, we gaan naar huis en naar bed.'

Mam wierp Emily en mij een 'En gij Brutus'-blik toe. 'Ik moet aan mijn scenario werken,' zei Emily nerveus. 'Ik heb mijn slaap nodig.'

'En ik help haar. Dus welterusten allemaal, tot morgen.'

Emily en ik haastten ons haar huis binnen en deden de deur achter ons dicht, maar op straat hoorden we haar nog klaaglijk protesteren: 'Maar ik ben op vakantie. Jullie zijn helemaal niet leuk.'

40

De vakantie die Garv en mij zoveel goed had moeten doen, deed precies het tegenovergestelde. We kwamen uitgeput terug met de vreselijke gedachte dat alles wat we samen deden verkeerd zou gaan, dat we nonstop, enkele reis onderweg waren naar Rampenstad, en dat we, hoe we ons best ook deden, steeds dieper in de ellende zakten.

De sfeer bleef tijdens onze terugreis gespannen, en ik zag Garv een paar keer mijn kant op kijken, met een blik die duidelijk maakte dat hij mij de schuld van alles gaf.

Ongeveer tien dagen na onze terugkomst hadden we een afspraak met dr. Collins, mijn gynaecoloog, waar we weer probeerden een reden te vinden waarom ik twee maal een miskraam had gehad. Het was in die kamer dat de laatste stut onder Garv en mij werd weggehaald. Ik kan bijna op de seconde nauwkeurig het moment noemen dat mijn huwelijksbootje kapseisde en zonk.

Maar vaak wanneer er fatale dingen gebeuren, weet je niet op het moment zelf dat ze fataal zijn. Je krijgt een vaag idee dat ze niet goed zijn, dat ze niet hebben geholpen, maar alleen de tijd zal onthullen hoe fataal ze waren.

Ik geef sleur de schuld. Sleur maskeert een ramp. Wanneer je 's morgens opstaat, schone kleren aantrekt naar je werk gaat, af en toe iets eet en naar *East-Enders* kijkt, denk je dat alles onder controle is. En wij deden dat allemaal, maar sleepten het gewicht van onze zieltogende relatie met ons mee.

Na mijn eerste miskraam wilden we het beiden maar al te graag meteen weer proberen. We hadden goede hoop dat een nieuwe zwangerschap ons verdriet zou uitwissen. Deze keer was het anders. Ik denk dat ik bang was weer zwanger te worden, voor het geval dat het weer een

miskraam zou worden. Maar desondanks nam ik weer dagelijks mijn temperatuur op en hadden Garv en ik plichtsgetrouw seks op de gunstigste momenten. Tot er op een dag iets gebeurde dat nog nooit eerder was gebeurd. We lagen in bed en Garv stond op het punt bij me binnen te dringen toen ik merkte dat het hem moeite kostte. Zijn erectie was een beetje verslapt.
'Wat is er?' vroeg ik.
'Het is gewoon een beetje...' zei hij, en probeerde nogmaals het doel te raken.
Maar het lukte niet, en voor mijn ogen werd hij slapper en slapper; binnen enkele seconden verschrompelde hij van een harde staaf tot een bescheiden marshmallow.
'Sorry,' zei hij, rolde van me af en staarde in het niets. 'Het zal wel door de drank komen.'
'Je hebt maar twee biertjes gehad. Het ligt aan mij, je wilt me niet meer.'
'Natuurlijk ligt het niet aan jou en natuurlijk wil ik je wel.'
Hij rolde weer boven op me en we lagen met de armen om elkaar heen geslagen, verstijfd in onze afzonderlijke ellende.
De volgende keer dat we het probeerden, gebeurde het weer, en Garv was verpletterd. Ik wist, uit de *Cosmopolitan* en van gesprekken met mijn vriendinnen, dat dit het ergste was wat een man kon overkomen, dat hij het gevoel had dat zijn mannelijkheid hem in de steek liet. Maar ik kon hem geen troost bieden. Ik was zelf te zeer gewond; gekwetst dat hij me had afgewezen en boos om zijn nutteloosheid – hoe moesten we ooit een baby krijgen als dit zo doorging?
We deden nog een rampzalige poging, voor we stilzwijgend tot een gezamenlijk besluit kwamen het niet nog eens te proberen. Vanaf dat moment raakten we elkaar nog nauwelijks aan.

Op een zondagavond keken we naar een video – ik geloof dat het *Men in Black* was – over de wereld die op het punt staat te vergaan tenzij iemand heel snel iets heldhaftigs onderneemt. Het was tegen het einde van de film, de tijd drong, indringende muziek speelde, het was allemaal zeer spannend... en plotseling zegt Garv: 'Wat maakt het uit?'
'Wat zeg je?'
'Wat maakt het uit? Laat de wereld maar vergaan. Dat zal beter zijn voor ons allemaal.'

Het was zo onkarakteristiek voor hem dat ik goed moest kijken of hij niet een grapje maakte. Maar dat was natuurlijk niet zo. Ik keek naar zijn uitgestrekte lichaam op de bank, zijn haar dat over zijn duistere, rebelse gezicht viel, en vroeg me af wie hij was.

De volgende ochtend stond ik op, nam een douche, dronk mijn koffie en kleedde me aan, en hij lag nog steeds in bed.

'Sta nou op, je komt nog te laat,' zei ik.

'Ik sta niet op. Ik blijf in bed.'

Dat had hij nog nooit eerder gedaan.

'Waarom?'

Hij gaf geen antwoord, en ik vroeg nogmaals: 'Waarom?'

'Om belastingtechnische redenen,' mompelde hij, en draaide zijn gezicht naar de muur.

Even bleef ik naar hem staan kijken, naar de bewegingloze berg onder het dekbed, toen verliet ik de kamer en ging naar mijn werk. Hij wilde niet met me praten en ik was nauwelijks gefrustreerd. Dit soort dingen deden me niet meer instorten van wanhoop, ze stapelden zich kalmpjes op. Waarschijnlijk omdat er geen plaats meer was om in te storten – ik was al op het dieptepunt beland.

Afgezien van een enkele baaldag – maar nooit samen – hield onze sleur ons op de been als muizen in een looprad. We dachten dat we vooruitgingen, maar het enige wat er gebeurde was dat we tijd doorbrachten, nergens kwamen. Het was rond die tijd dat ik mijn contactlenzen begon op te drinken.

Tik, tik, tik, de dagen gingen voorbij. We betaalden onze hypotheek, we verbaasden ons over de hoge telefoonrekening, we bespraken Donna's leven – alle bekende dingen, allemaal even normaal. We gingen naar ons werk, hadden af en toe een avondje uit met vrienden waarbij we de schijn ophielden, gingen vervolgens naar bed zonder elkaar aan te raken, en sliepen een paar uur voor we om vier uur wakker werden om ons zorgen te maken. En ja, ik vroeg me af wanneer de dingen weer beter zouden gaan. Ik was er nog steeds van overtuigd dat deze afschuwelijke periode tijdelijk was. Tot de avond, kort voordat het kwartje viel, toen ik plotseling alles zeer scherp in beeld kreeg. Ik kon dwars door de capitonnering van de dagelijkse sleur heen kijken, de privé-taal en het gedeelde verleden, recht in het hart van Garv en mij, in alles wat er was gebeurd. Alles was weggevallen en ik kreeg een afgrijselijk, al te heldere gedachte: *we hebben grote problemen.*

Op de een of andere manier waren er sinds de vakantie in St. Lucia drie maanden voorbijgegaan.

De dag dat we met Liam en Elaine zouden uitgaan, brak niet anders aan dan een van de voorgaande. Niemand had kunnen voorspellen dat vandaag de dag was dat de hele gammele constructie in elkaar zou storten. Toen, onverbiddelijk, begon de serie van gebeurtenissen – de flatscreen-televisie viel op Liams voet, het telefoontje waarin ik zei dat ik wat boodschappen mee zou nemen, de doos met truffels in het koelvak – eindigend met het afschuwelijke moment dat Garv de doos chocola uit de boodschappentas pakte, en uitriep: 'Kijk nou eens! Weer die snoepjes. Achtervolgen ze ons?'

Vervolgens keek ik naar hem, naar de doos, terug naar hem. Verbijsterd.

'Je *weet* wel,' zei hij vrolijk. 'Dezelfde die we hadden toen...'

En toen werd alles doorzichtig en ik *wist* het. Hij had het over een ander, een andere vrouw.

Ik had het gevoel dat ik viel, dat ik eeuwig zou blijven vallen. Abrupt riep ik mezelf een halt toe. Het spel was voorbij, het eind was gekomen en ik kon het gewoon niet. Ik kon het niet verdragen naar de neerwaartse spiraal van mijn huwelijk te kijken en te zien dat andere mensen erin mee werden getrokken en in de maalstroom werden meegezogen.

41

Op vrijdag ging pap naar de chiropractor, en mam, Helen en Anna gingen naar Rodeo Drive. Mam had erop gestaan erheen te gaan, hoewel we haar hadden verteld dat het erg duur was. Ongetwijfeld zou ze er genieten of op z'n minst hoofdschuddend over de extreem hoge prijzen vertellen wanneer ze thuiskwam.

Ik kon niet met hen mee, want ik moest Emily, zoals ze het noemde, helpen de laatste spijkers in de doodskist van het herschreven script te slaan. Larry Savage wilde het tegen lunchtijd hebben en dus was het aanpoten geblazen. We werkten de hele ochtend, lazen hardop, zochten naar tegenstrijdigheden en controleerden de continuïteit. Tegen twaalven – High Noon, zei Emily – printten we het uit, de koerier kwam, en Emily nam afscheid van de stapel papieren: 'Succes, triest geval.'

Emily ging volkomen uitgeput meteen naar bed. Onverwacht had ik de tijd aan mezelf. Het was te heet om te zonnebaden, er was niets op de tv en ik was bang om te gaan winkelen, want dan zou ik dingen gaan kopen.

Ik dacht aan het etentje van vanavond. Ik was er vrij zeker van dat Shay niet zou komen; je had zijn gezicht moeten zien toen pap hem met zijn uitnodiging overviel. Natuurlijk had hij alleen maar uit beleefdheid ja gezegd, en het zou me niets verbazen als er een boodschap kwam dat hij onverwacht naar een vergadering moest of zoiets.

Maar stel dat hij wel kwam? Wat dan?

De volgende seconde concludeerde ik dat ik mijn haar moest laten doen. Mijn enige optie was Reza; ze was eigenaardig en nurks, maar ze was de enige op twee minuten afstand, en hoewel ze mijn pony de vorige keer enigszins had verpest, was ik verder wel tevreden over haar werk geweest. Ik zou gewoon weer een paar uur zo'n fietsbroek om mijn hoofd dragen en dan kwam alles goed.

Ik belde om een afspraak te maken, en toen ik in de salon kwam was het geen verrassing dat Reza niet vriendelijk was – maar ze was ook niet zo bruusk als de vorige keer. Eigenlijk leek ze een beetje ingehouden. Terwijl ze mijn haar inzeepte, zuchtte ze een paar keer vermoeid over mijn schedel, en toen ze met de föhnborstel mijn hoofd eraf begon te trekken, slaakte ze een diepe, wanhopige zucht.

Even later volgde er nog een diepe zucht, die vanuit haar tenen leek te komen en als een orkaan over me heen golfde. Toen nog een keer. Uiteindelijk moest ik vragen: 'Gaat het wel met je?'

'Nee,' zei ze.

'Eh, wat is er dan?'

Er kwam weer een zucht aan. Ik voelde het, de inademing van lucht die in haar lichaam omhoogklom, haar borst uitzette en vervolgens de uitademing. Het duurde zo lang dat ik dacht dat ze geen antwoord zou geven. Toen vond ze de woorden. 'Mijn man bedriegt me.'

God, ik had spijt dat ik haar iets had gevraagd. 'Hij bedriegt je? Met geld?' vroeg ik hoopvol.

'Nee!'

O jee, dat had ik al gedacht en ik kon een gesprek over ontrouwe echtgenoten gewoon niet verdragen.

'Hij heeft een andere liefde gevonden.'

Tot mijn afschuw droop er een traan over haar wang, gevolgd door een volgende.

'Wat vervelend voor je.'

'Maar hij slaapt nog in mijn huis en eet mijn maaltijden en belt die *hoer* op mijn rekening!'

'Dat is echt verschrikkelijk.'

'Ja, mijn verdriet is groot. Maar ik ben sterk!'

'Gelukkig maar.'

Toen scheen ze voor het eerst sinds uren mijn haar te zien. 'Je pony is te lang,' zei ze.

'Eh, nee, die is prima zo!'

Maar het was al te laat. Ze pakte een schaar en knipte er blindelings op los, want haar ogen waren gevuld met tranen. *Waardoor ze niets kon zien.*

Het kostte haar slechts twee of drie seconden om de afgrijselijke schade aan te richten. Het ene moment had ik normaal haar, het volgende viel mijn pony dwars over mijn voorhoofd. Op het kortste punt was het

haar amper twee centimeter lang. Ik staarde verbijsterd in de spiegel. Reza had me beter een bloempot op kunnen zetten en langs de rand knippen, dan was het tenminste overal even lang geweest. Maar wat kon ik zeggen? Ik kon toch niet tegen haar tekeergaan, een vrouw in haar conditie. (Niet dat ik het anders wel had gedaan. We weten toch allemaal dat het moeilijker is om eerlijk tegen kappers te zijn dan een kameel door een orkaan te leiden, of zoiets.)
Met een ellendig gevoel betaalde ik, en daarna haastte ik me met mijn hand voor mijn voorhoofd naar huis. Maar toen ik het huis van de Geitenbaardjongens passeerde, opende Ethan een raam, en riep: 'Hé Maggie, je pony ziet er wat eigenaardig uit.'
Zonder tijd te verliezen, in een herhaling van mijn laatste bezoek aan Reza, stonden de jongens me op straat te bestuderen.
'Ik vind het wel gaaf,' zei Luis.
'Ik niet. Ik ben te oud voor nieuwerwetse kapsels. Hebben jullie enige suggesties om er wat aan te doen?'
Luis bestudeerde me peinzend. 'Ja.'
'Fijn. Zeg op.'
'Laat het groeien.'

Eindelijk waren de hoestgeluiden uit Emily's kamer gestopt. Ze moest in slaap zijn gevallen. Buiten was het bewolkt en het was drukkend heet, dus zette ik de airco aan, keek tv en dwong mijn haar te groeien. Het was als een voorteken: ik zou nooit indruk maken op Shay Delaney. Het zou gewoon niet gebeuren.
Tegen vijf uur kwam Emily in haar badjas te voorschijn, slenterde geeuwend en rokend rond, zag mij en bleef geschrokken staan. 'Wat is met je *haar* gebeurd?'
'Reza.'
'Waarom ben je na de vorige keer teruggegaan?'
'Omdat ik zo'n stomme sukkel ben,' zei ik hardvochtig. 'Zou jij er iets aan kunnen doen?'
Ze probeerde het kortste plukje pony op de tillen. 'Hmm,' zei ze peinzend. 'Even zien. Ik zal wat spul halen.'
Even later kwam ze met een vracht aan haarproducten voor onwillig haar uit de badkamer – gel, wax en spray – en rommelde erdoorheen. 'Ik denk dat we verstevigingsfactor tien nodig hebben. Klasse A. Het laatste redmiddel.' Ze toonde me een pot wax. 'Ze gebruiken dit ook voor paarden, weet je.'

Terwijl ze bezig was een hoeveelheid wax in mijn afgehakte pony te werken ging de telefoon, en ze zei dringend: 'Niet opnemen. Laat het antwoordapparaat maar reageren. Het zal Larry Savage zijn die me nog meer aan dat klotescript wil laten veranderen en dan zal ik echt mijn verstand verliezen.'

We luisterden, maar er werd opgehangen. 'Weer een.' Emily fronste haar wenkbrauwen. 'Dat is de laatste paar dagen al een paar keer gebeurd. Zeg me niet dat ik naast al mijn andere problemen nu ook nog een stalker heb. Klaar, hoe vind je dit?'

Ik keek in de spiegel. Ze had goed werk geleverd door de pony naar één kant te kammen, zodat het er bijna normaal uitzag.

'Geweldig. Bedankt.'

'Je hebt heel veel wax en hairspray nodig om het op zijn plaats te houden, maar dan moet het blijven zitten. En ga *nooit* meer naar die vrouw toe.'

'Nee, zal ik niet doen. Sorry. Bedankt.'

Het etentje vond plaats in Topanga Canyon, en de medespelers waren Emily, Helen, Anna, mam, pap en ik. Pap was trots op zijn gloednieuwe weer op zijn plaats geklikte nek. ('Ik dacht dat het een pistoolschot was, maar het was mijn eigen nek!')

We hadden ons allemaal in Emily's jeep gepropt, en het restaurant, toen we eraan kwamen, was mooi. Lantaarns hingen in de bomen, een ruisend geluid gaf aan dat er dichtbij een stroompje was, en het was er aanmerkelijk koeler dan op lager grondgebied.

Geen teken van Shay. We werden naar de bar geleid om op hem te wachten, en ik ging nerveus naar het toilet om mijn pony te controleren, maar dat had ik niet moeten doen, want toen ik terugkwam waren Emily en pap het oneens over iets en was de sfeer gespannen.

'Meneer Walsh,' zei Emily, 'ik wil echt niet dat we hierover tekeergaan.'

Mijn hart zonk in mijn schoenen. Wat was er aan de hand?'

'Ik heb mijn trots,' zei pap.

'Laat me dit even heel duidelijk maken,' zei Emily. 'Ik betaal het eerste rondje. Ik woon hier, jullie zijn de gasten, het is niet meer dan logisch dat ik het eerste rondje betaal.'

'En het tweede rondje?' vroeg pap mokkend.

'Dat kan een van jullie betalen.'

'Wie?'
'Ik weet het niet. Dat kunnen jullie onder elkaar uitvechten.'
Maar het kwam erop neer dat Shay het eerste rondje betaalde. Hij slenterde binnen, blond en aantrekkelijk, wapperde zwierig met een creditcard naar de barkeeper, en begroette ons vervolgens glimlachend.
'Hallo, Maggie, je ziet er mooi uit. En jij ook, Emily. En daar is Claire. O, sorry, mevrouw Walsh, ik dacht even dat u Claire was.' Daarna begaf hij zich naar Helen, die mooier was dan wij allemaal bij elkaar, maar ze ontblootte haar tanden in een stille sneer, en al zijn woorden verdwenen. Hij kwam niet aan Anna toe. In plaats daarvan betrok pap hem in een gesprek, pochte trots over hoe hard zijn nek had geknakt toen hij op zijn plaats werd gewrongen. ('Ik dacht dat er een pistool afging.')
Na onze drankjes werden we naar een tafel geleid, buiten onder de sterren en omringd door ritselende, geurige bomen. Onze ober was de in alle opzichten gebruikelijke ervaring.
'Waar komen jullie vandaan?' riep hij.
'Ierland.'
'Iowa? Leuk.'
Daarna kregen de voorstelling over de dagspecialiteiten. Veganistische dit, lactose-vriendelijke dat en nul procent van het ander. De ober richtte zich hoofdzakelijk tot Shay, die goedkeurende geluiden mompelde tot de jongen wegging, en vervolgens zei: 'God, het zal jullie dodelijk vermoeien. Waarom moet het altijd zo gecompliceerd zijn? Maar ja, dat is nou eenmaal LA.'
'Bevalt het je hier?' vroeg mam hem.
'Ja,' zei hij peinzend. 'Zolang je beseft dat deze stad alleen om films draait, en dat niets anders belangrijk is. Herinneren jullie je nog dat die Amerikaanse gijzelaars uit Irak werden vrijgelaten?'
Iedereen knikte, hoewel ik niet zeker weet of ik dat ook deed.
'Ik was die dag in de Grill Room met twee agenten, en een van hen zei: "Heb je gehoord dat ze de gijzelaars hebben vrijgelaten?" En de andere zei: "Vrijgelaten? Ik wist niet eens dat er gijzelaars waren." Zo'n stad is dit nou. Hé, meneer Walsh,' drong hij aan, 'vertel het snookerverhaal.'
'Zal ik dat doen?' vroeg pap verlegen, alsof hij verliefd op Shay was.
'Ja, doen,' drongen we allemaal aan, dus pap vertelde het verhaal van de enige dag in mijn hele leven dat hij me overhaalde iets verkeerds te doen – me ziek melden op school omdat hij twee kaartjes voor de

snookerfinale had en niemand anders met hem mee wilde – en dat het op het avondnieuws kwam. Echt waar; toen de kampioen de winnende stoot gaf, kwam ik pal achter hem in beeld, kristalhelder, klappend als een geflipte zeehond. Ik was langer in beeld dan de kampioen, en het werd bij het nieuws van zes uur getoond, nog eens tijdens de sportuitslagen, toen een langer stuk bij het nieuws van negen uur, en hoewel ik het zelf niet zag, heb ik gehoord dat het ook nog op het late nieuws kwam. Het werd de volgende dag tijdens het lunchuur herhaald, en toen in het weekend tijdens het weekoverzicht. Zelfs aan het eind van jaar, wanneer ze de hoogtepunten van het jaar herhalen, was ik weer te zien. En ten slotte, ongeveer een jaar geleden, toen de speler zijn pensionering aankondigde, lieten ze dat stukje weer zien, en daar was ik, vijftien jaar, met mijn verschrikkelijke vijftienjarige-kapsel, grijnzend en vrolijk klappend. Iedereen in het land had me minstens twee keer gezien, en onder hen bevonden zich ook mijn leraren. Sommigen waren sarcastisch: 'Alweer beter, Maggie?' Maar de meesten waren verward. 'Het verbaast me,' zeiden sommigen. 'Normaalgesproken ben je zo voorbeeldig.'

Pap vertelde het verhaal zo goed dat we ons allemaal tranen lachten.

'Ik ben vreselijk in iets slechts doen,' bekende ik, mijn gezicht afvegend. 'Iedere keer dat ik iets gevaarlijks doe word ik betrapt.'

Ik kon er niets aan doen. Ik keek naar Shay en hij keek naar mij en onze glimlach vervaagde enigszins. Ik keek weg, en het volgende dat gebeurde was een opstootje toen een paar mensen een ander omringden en die als een goedgeoliede machine tussen de tafeltjes door manoeuvreerden.

'Bescherming van een beroemdheid,' zei Emily.

Het hele restaurant probeerde te doen alsof er niets aan de hand was, toen begon zich een woord te vormen, bijna alsof het op de wind werd meegevoerd. Aanvankelijk vaag en gefluisterd: '... hurll... hurll... hurll... Liz Hurley.'

'Het is Liz Hurley,' siste Emily, en dat was het sein om onze nek te strekken. Het was moeilijk te zien door de muur van bodyguards, toen bewoog een van hen zich een beetje, het licht van een lantaarn ving haar gezicht, en ze was het! Het was Liz Hurley.

'Durft iemand me uit te dagen om erheen te gaan en haar handtekening te vragen?' vroeg Helen.

'Durft iemand mij uit te dagen om erheen te gaan en haar te zeggen

dat ze meer kleren moet aantrekken?' vroeg mam schalks.
Shay schudde bewonderend zijn hoofd. 'Ik daag u niet uit, mevrouw Walsh, want ik weet dat u het zou doen. U bent een wilde vrouw.'
'Hoe durf je. Ik ben een respectabele, getrouwde katholiek.'
'U bent een wilde vrouw.'
Terwijl Shay en mam elkaar met twinkelende ogen opnamen, sloeg ik hen geamuseerd gade. Mam en pap waren dol op Shay. Hoe zou mijn leven zijn geweest als ik met hem in plaats van Garv was getrouwd? Een stuk gemakkelijker met mijn familie, dat was zeker. Maar Helen vond hem niet aardiger dan Garv.
'Goed, jongens.' De ober was terug, deed zijn interpretatie van de dessertlijst. 'Vetvrij ijs, voor iemand?'
'IJsje?' vroeg Shay zacht aan me.
Ik schudde zwijgend mijn hoofd.
'Een andere keer,' zei hij. Het klonk als een belofte.
Het was een gezellige avond, afgezien van de ruzie over de rekening. Shay probeerde hem te betalen en pap kreeg bijna een flauwte, toen wierp Emily zich in de strijd, en stond erop dat de avond voor haar rekening kwam. Uiteindelijk werd er een soort compromis bereikt, en we gingen op weg naar de parkeerknechten.

Ze reden eerst Shay's auto voor, en toen merkte mam op: 'We zaten erg opgepropt in Emily's jeep. Kun jij iemand van ons naar huis brengen?'
'Ja zeker.' Shay bood haar zijn arm. 'Zullen we?'
Maar daar was geen denken aan.
'Ik kan beter met hem meegaan.' Mam knikte naar pap. 'Waarom breng jij Margaret niet thuis.'
'Nee, ik...' begon ik.
'Ach, toe nou maar.'
Ik was acuut in verlegenheid gebracht. En nog erger toen Helen zei: 'Ik las laatst iets in de krant over een land waar moeders hun dochters verkopen. Waar was het ook weer? Het begon met een "I".'
'India?' zei Anna.
'Ja! Of was het Ierland?'
Ik zweette uit elke porie. Ik wou dat de grond zich opende en me helemaal zou verzwelgen, toen glimlachte Shay naar me, een glimlach vol medeleven, begrip, zelfs geamuseerd. Hij wist precies wat er aan de hand was en het scheen hem niet te deren.

'Goed,' zei ik. 'Ik zal gaan.'
Onder het rijden zei ik: 'Het spijt me van mam.'
'Geen probleem.'
Maar hij zei verder niets, dus vroeg ik uiteindelijk: 'Hoe lang ben je nog in LA?'
'Tot dinsdag.'
'Lang nog. Je zult je vrouw wel missen.'
'Ach,' hij haalde zijn schouders op, 'je went eraan.'
Ik wist niet meer wat ik moest zeggen, en we zwegen beiden – niet helemaal op ons gemak – tot hij, na een verrassend korte tijd, zijn auto voor Emily's huis tot stilstand bracht. De motor bleef lopen.
'Bedankt voor de lift.' Ik reikte naar de portierhendel.
'Graag gedaan.'
Ik had het portier al open, toen Shay ineens vroeg: 'Heb je een hekel aan me?'
Ik was zo geschokt dat ik een raar lachje blafte. 'Eh, nee.' Ik probeerde me te herstellen. 'Ik heb geen hekel aan je.' Ik zou niet weten wat ik wel voelde, maar ik had zeker geen hekel aan hem.
Maar nu we toch vragen stelden, had ik er een die ik hem al jaren had willen stellen.
'Denk je ooit aan hem?'
Shay zweeg zo lang dat ik dacht dat hij niet zou antwoorden. 'Soms.'
'Hij zou nu veertien zijn.'
'Ja.'
'Bijna zo oud als toen wij elkaar voor het eerst ontmoetten.'
'Ja. Luister, Maggie,' hij glimlachte snel. 'Ik moet gaan. Morgen vroeg op.'
'Ook op zaterdag? Hard werken.'
Hij gaf me een visitekaartje. 'Ik ben in het Mondrian. Buiten kantooruren,' hij krabbelde haastig iets op het kaartje, 'kun je me op dit nummer bereiken. 'Welterusten.'
'Welterusten.'
Toen was ik uit de auto en stond in de vochtige, naar bloemen geurende avondlucht, luisterend naar het gieren van zijn banden toen hij wegreed.

42

Ik belde hem de volgende ochtend zodra het kon. Ik was sinds zes uur wakker geweest, mijn arm jeukte als de hel, maar ik wachtte met bellen tot vijf over negen. Shay nam op, klonk slaperig.
'Met Maggie.'
'Stilte.
'Garv... Walsh,' voegde ik eraan toe.
'O, hallo,' zei hij lachend. 'Sorry, ik heb nog geen koffie gehad, mijn brein is nog niet ingeschakeld. Zo, ha, het was leuk gisteravond.'
'Ja, zeker. Luister, Shay...' zei ik, op hetzelfde moment dat hij zei: 'Luister, Maggie...'
We lachten, en hij zei: 'Jij eerst.'
'Goed.' Mijn bloed klopte in mijn oren en ik dwong mezelf te zeggen wat gezegd moest worden. 'Ik vroeg me af... kan ik je ontmoeten? Alleen maar voor een uurtje of zo.'
'Vandaag komt niet zo goed uit. Vanavond ook niet.'
'Morgen? Morgenavond?'
'Goed, morgenavond. Kom maar tegen zeven uur.'
'Tot dan. Bedankt. En wat wilde jij tegen mij zeggen?'
'O, niets, het doet er niet toe.'
Mijn opgewondenheid nam af. Morgenavond zou ik hem zien.

Toen Emily op was, gingen we naar de supermarkt om de voorraden aan te vullen (hoofdzakelijk wijn). Zoals gewoonlijk was de zwerver op de parkeerplaats, en hij schreeuwde ons toe: 'Binnenopname. Avond. Jill pakt een doos vanonder haar bed en opent hem. Camera zwenkt naar het geweer buiten...'
'O, mijn god, Maggie.' Emily greep mijn schouder. 'Luister naar hem.

'Wat?'
'Hoor je het niet?'
'Wat?'
'Hij beschrijft een filmscène.' Ze liep naar hem toe en ik haastte me achter haar aan.
'Emily O'Keeffe,' zei ze, en stak haar hand uit.
'Raymond Jansson.' Hij stak zijn smerige hand met lange, zwarte nagels uit en gaf haar een stevige handdruk. Ik rook hem vanaf een meter afstand.
'Is dat jouw film die je daar beschrijft?'
'Ja. *Starry, Starry Night.*' Zijn ogen glinsterden in zijn besmeurde gezicht.
'Heeft iemand hem bekeken?'
'Ja, Paramount, maar de producer werd ontslagen, toen nam Universal hem over, maar die afdeling werd gesloten, toen kreeg Working Title belangstelling, maar zij kregen de financiering niet rond.' Plotseling leek hij helemaal niet meer zo gek, totdat hij zei: 'Maar ik heb een paar bijeenkomsten geregeld en ik denk dat ik het binnenkort rond krijg.'
'Succes ermee,' zei Emily, mijn arm pakkend en weglopend.
'Jezus,' mompelde ze. Tranen welden in haar ogen, die over haar wangen drupten. 'Dit is een afschuwelijke stad. Is dat wat er van mij zal worden? Gek worden van teleurstelling en in de openlucht lopen declameren. Die arme, arme man.' Ze huilde de hele tijd, langs het fruit en vlees, de melkafdeling, gebakken goederen en gedroogde pasta, en hield pas op toen we de hartige hapjes bereikten.
Thuis pakten we de boodschappen uit (hoofdzakelijk wijn), toen de telefoon ging.
Ik liep er automatisch heen om op te nemen, en wat er vervolgens gebeurde, was als een deel in een film waar een kind op het punt staat door een auto te worden overreden, en de held zich in slowmotion naar voren gooit, de weg op, terwijl er een langgerekt 'Neeeee!' klinkt. Emily gooide zich letterlijk door de kamer en krijste: 'Neeeee! Niet opnemen! Ik denk dat het Larry is die nog wat veranderingen wil doorgeven, en ik heb een weekend vrij nodig.'
Maar er werd opgehangen. 'Vast een stalker. Nu ben ik een echte LA-vrouw.' Emily klonk opgewekt.

'We smelten in deze hitte,' zei mam naar adem happend toen ze op Emi-

ly's bank plofte en zich met haar hand koelte begon toe te wuiven.
Anna, Helen en pap kwamen achter haar binnen, hun gezichten rood van de korte wandeling vanaf het hotel.
'Het is erg drukkend,' beaamde Emily. 'Ik denk dat het gaat onweren.'
'Regen?' Mam klonk gealarmeerd. 'O god, nee.'
'Soms onweert het in LA zonder een druppeltje regen,' zei Helen.
'Is het zo?' vroeg mam.
'Nee.'
Voor die middag stond er winkelen in het Beverly Centre op het programma.
'Laten we gaan.' Emily rammelde met haar autosleutels.
'Ik heb mijn handtekening geoefend.' Helen strekte haar handen. 'Voor alle kassabonnen die ik moet ondertekenen.'
'Een beetje kalm aan,' blafte pap, 'je zit nu al tot aan je nek in de schulden.'
'Ik weet niet waarom je mee gaat winkelen,' zei mam tegen hem. 'Je zult het afschuwelijk vinden.'
'Niet waar.'
'O, vast wel,' beloofde Helen. 'Weet je wat ik denk?' vroeg ze dromerig. 'Ik denk aan ondergoed. Heel veel onthullend kanten ondergoed. Beha's met halve cup en tanga's...'
'Hij weet niet wat een tanga is,' zei mam. 'Om eerlijk te zijn,' bekende ze, 'ik ook niet.'
'Laat het me *uitleggen*,' zei Helen, en stak gretig van wal. '...iedereen zegt dus dat ze het beste te vergelijken zijn met billenfloss... zoiets als tandfloss...'
'O, die dingen,' zei mam zuur. 'Ik heb er genoeg gewassen. Eerst heetten ze toch G-strings?'

Het bleek dat er in het Beverly Centre geen ondergoedwinkel te vinden was, maar wel het op een na beste – een badpakkenwinkel. We dromden allemaal naar binnen, pap als onwillige laatste.
Het was een klassezaak: niet alleen zwemgoed, maar bijpassende omslagdoeken, sarongs, wijde jakken, hoeden, tassen, sandalen, zonnebrillen... maar niet goedkoop, natuurlijk. De bikini's kostten meer dan de week zon waarvoor ze gekocht werden, de kleedkamers waren groter dan mijn slaapkamer en de verkoopsters waren van die vastberaden,

terriërachtige hulpvaardige bedienden, die je niet weg kon krijgen met een gemompeld: 'Alleen even kijken.' Het soort dat riposteert: 'Naar wat? Een eendelig? We hebben prachtige Lisa Bruce-stukken die perfect voor uw figuur zouden zijn.' En voor je het weet frommelen ze je in een kleedkamer, met zestien hangertjes waaraan zestien verschillende badpakken in hun armen. Deze vrouwen waren van het type dat zich bij je in de kleedkamer wurmt om naar je te kunnen kijken. Het soort dat eerlijk zegt dat die ene je niet past, maar dat die andere (de veel duurdere natuurlijk) je enorm flatteert. En als ze zien dat je nog niet overtuigd bent, roepen ze er vijf andere verkoopsters bij om de boodschap over te brengen.

Ik wist dit uit eigen ervaring. Er was een boetiek in Dublin met dezelfde tactiek, waar ik een dure chiffon rok kocht – die ik niet één keer heb gedragen – om met goed fatsoen de zaak te kunnen verlaten. En ik had het niet erg gevonden, maar ik was alleen naar binnen gegaan omdat het was gaan regenen en ik geen paraplu bij me had, en mijn haar niet van dien aard was dat het er leuker uitzag als het doorweekt was. Ik had beter naar de kleine drogisterij ernaast kunnen gaan en een middeltje tegen spruw kopen (of iets anders waar geen tijdverspillende vraag-en-antwoordsessie bij te pas kwam).

Desondanks voelde ik een scheut adrenaline door me heen stromen toen we de badpakkenwinkel binnen gingen; alles was zo mooi. Helen, Anna, Emily, mam en ik verspreidden ons meteen, op zoek naar onze lievelingskleuren als bijen op bloemen. Pap draalde bij de deur, starend naar zijn voeten.

Binnen enkele seconden was ik bezig mezelf een zwempak-omslagrok-ensemble aan te praten, toen mijn aandacht werd getrokken door een opmerking bij de cabana-hut-stijl-kleedkamer. Te oordelen naar de afgekeurde bikini's en opgewonden verkoopsters was er een kieskeurige klant binnen.

'Marla,' riep een beladen verkoopster over de rieten deur, 'staat die laatste je niet geweldig?'

'Absoluut,' klonk Marla's stem. 'Maar mijn borsten zijn nog steeds te hoog.'

Te hoog? Wij stadsbewoners draaiden ons als één man om en wisselden een blik van 'wat gebeurt hier?' Wat bedoelde ze met 'te hoog'? Te groot?

We kwamen midden in de winkel bijeen – zelfs pap – en Helen begaf zich naar de cabana om te gluren. 'Te hoog,' bevestigde ze bij terugkomst. 'Zo opgeheven dat haar tepels praktisch op haar schouders zijn. Een halterhals is haar enige hoop.'

'Eh, zeg,' mompelde pap, opkijkend van zijn voeten, 'ik geloof dat ik even naar de pub ga, een biertje pak en de krant lees.'

'Er zijn hier niet veel pubs,' zei Emily. 'Alleen een paar striptenten.'

'Laat geen van de meisjes bij je komen zitten,' adviseerde Anna. 'Je zult ervoor moeten betalen.'

'Nee,' ze mam kordaat. 'Zoek een coffeeshop, dat is goed genoeg voor je.'

'Het is vanavond zaterdagavond. Ik zou wel wat leuks willen doen, meiden,' verzuchtte mam. 'Wat is een goede plaats om naartoe te gaan?'

'De Bilderberg Room, misschien,' zei Emily weifelend, maar ik schudde mijn hoofd. Ik wist waar we mam naartoe moesten brengen. Ik wist de eerste (en laatste) keer dat ik er was dat het haar soort plaats was: de Four Seasons, Beverly Hills.

Pap weigerde te gaan. 'Het is net als naar de kapper gaan, en zitten wachten. Ik heb er schoon genoeg van. Ik wil naar sport kijken en pinda's eten.'

'Prima. Blijf dan maar thuis, het kan ons niet schelen.'

Ik had de paardenmiddel-wax nodig om mijn haar te doen voor de Four Seasons, dus ging ik naar Emily's rommelige slaapkamer.

'Het staat op de toilettafel,' zei ze.

Maar de toilettafel was beladen onder de troep en toen ik de wax pakte, stootte ik een stapel foto's om die op de vloer gleden. 'Sorry.' Toen ik ze opraapte, zag ik dat ze achttien maanden geleden waren genomen, toen Emily in Ierland was geweest. Onmiddellijk gefascineerd – ik ben dol op foto's kijken – bekeek ik de beelden van Emily en haar vriendinnen in verschillende stadia van ontkleding. Een van hen knipoogde naar me en ze blies handkusjes naar de camera – 'Kijk hoe we eruitzien,' ik hield hem voor haar op. 'En wij dachten dat we oogverblindend waren' – Emily met Donna, Emily met Sinead. Een van mij, zwaaiend met een fles Smirnoff Ice, mijn rode, glimmende gezicht en rode satansogen vrolijk en zorgeloos; nog een van mij, iets ingetogener; toen een foto van Emily met een knappe man. Hij had prachtige jukbeenderen, en glanzend donker haar dat op zijn voorhoofd golfde en hij lachte ondeugend in de camera.

'Christus, wie is hij?' vroeg ik bewonderend. 'Lekker ding, zeg!'
'Hahaha,' zei Emily met een strak gezicht.
Voordat ze klaar was, had ik de man herkend – natuurlijk had ik hem herkend – en ik begon van de weeromstuit te beven. Emily staarde me behoedzaam aan. 'Wist je echt niet wie hij was? Of maakte je een grapje?'
'Grapje,' zei ik. 'Natuurlijk wist ik wie hij was.'
Het was Garv.
Ik was bijna bang om de volgende foto te bekijken, want ik dacht te weten welke dat was – en het was zo: van Garv en mij, hoofden bij elkaar, samen en gelukkig. En heel even herinnerde ik me hoe dat voelde.
'Nou, vooruit,' zei ik, en keerde terug naar de werkelijkheid. 'Doe mijn haar.'

Mam genoot van de Four Seasons. Ze betastte de gordijnen, en zei waarderend: 'Die zijn niet goedkoop.' Het volgende om te worden bewonderd was de bank. 'Mooie kleur, zeg.' Toen vroeg ze vol ontzag: 'Zijn die beelden antiek?'
'Behoorlijk oud,' zei Helen. 'Niet zo oud als jij, waarschijnlijk, maar toch behoorlijk oud.'
Toen de ober kwam, bestelden Emily, Helen, Anna en ik martini's en dwongen mam er ook een te nemen. 'Zal ik het doen?' Haar ogen lichtten op bij de uitdaging. 'Goed, ik doe het. Heer in de hemel!' Haar aandacht werd getrokken door een paar hoge, enorme borsten die bevestigd aan een kinderlijfje voorbij waren gelopen. 'Zij is erg goed ontwikkeld.'
Misschien was het omdat het zaterdagavond was, maar de borstimplantaatmeisjes waren alom aanwezig.
'Het is net zo leuk als een cabaretvoorstelling,' zei mam, nadat er weer een bijzonder geprononceerd paar voorbij was gekomen. 'Het is maar goed dat jullie vader niet mee is gekomen. Hij zou waarschijnlijk weer zijn nek verrekken.'
'Kijk eens naar haar,' zei Emily zacht, doelend op een vrouw met een *enorme* zonnebril.
'Wat was het? Een beroemdheid?
'Nee, die Jackie O-look is voorbij. Nee, ze heeft haar ogen laten doen. Iedere keer dat je iemand binnen zo'n bril ziet dragen, hebben ze hun ogen laten liften. Nemen we nog een drankje?'

We zaten net achter ons volgende rondje martini's toen ik iets verderop iemand herkende.
'O. Mijn god.'
'Wat? Wie?' vroeg Emily.
'Kijk,' ik stootte haar aan. Op een bank, op enkele meters afstand, zat Mort Russell. Hij was alleen, en zat opvallend een script te lezen, zodat iedereen zou weten dat hij in de filmindustrie werkzaam was. Hij had ons niet opgemerkt.
'Wie is hij?' Mam, Anna en Helen straalden.

Misschien hadden we het niet moeten zeggen maar, zoals ik als zei, we hadden al anderhalve martini achter onze kiezen, dus staken Emily en ik van wal: het verhaal van Het Gesprek over haar script; het woeste enthousiasme van Mort en zijn bondgenoten; het praten over Cameron Diaz en Julia Roberts; de mogelijke vertoning in drieduizend bioscopen door heel Amerika... en dat het allemaal niet doorging.
'Maar waarom?'
'Weet ik niet. Op het moment meende hij het misschien.'
'Misschien was hij alleen maar wreed. Je zo te misleiden,' zei Helen, met half toegeknepen ogen.
'Zo ga je niet met mensen om,' snauwde mam. 'En je moeder die dure jurk onder valse voorwendselen laten kopen. Hij was echt stevig geprijsd. Ook al was het met...'
'...veertig procent korting,' maakten wij de zin voor haar af.

Een poging om uit te leggen dat Mort Russell niets te maken had met die jurk, dat het de schuld was van een heel andere figuur, was vruchteloos. Het enige wat mam dwarszat was dat mevrouw O'Keeffe gedwongen was geweest een dure jurk te kopen om naar een film te gaan, een film die nooit werd gemaakt.

'Ze moest hem naar het kerstfeest dragen *en* naar de Lions' geldinzamelingsbarbecue, waar ze de worstjes roosterde, om te proberen de kosten eruit te halen.' Mam schudde afkeurend haar hoofd over zoveel onrecht, de regelrechte *onwaardigheid* ervan. 'Ze kreeg er honingmarinade overheen. Ik krijg de neiging naar die knul toe te stappen en hem eens een hartig woordje in te fluisteren.'
'Hebben we dat niet allemaal?'
We keken zo doordringend naar Mort Russell dat ik verbaasd was dat hij het niet voelde. Misschien was hij eraan gewend. Misschien dacht hij dat we hem bewonderende blikken toewierpen.

'Weten jullie wat? Ik ga naar hem toe!'
We probeerden het uit haar hoofd te praten. 'Nee, mam, niet doen. Het zal de dingen voor Emily alleen maar erger maken.'
'Hoe kan het de dingen voor Emily erger maken?' vroeg ze met onweerlegbare logica. 'Heeft hij haar tijd niet verspild, haar om de tuin geleid met valse beloften, haar toen laten zakken? En heeft hij nu niet een contract met een ander?'
Ze had gelijk.
'Luister naar me,' zei Emily rustig. 'Verneder hem alleen niet in het bijzijn van iedereen.'
Mijn hoofd ging met een ruk naar Emily. Ze gaf haar goedkeuring!
'Ze kunnen leven met vernedering zolang niemand op wie ze indruk willen maken het weet,' legde ze mam uit. 'Probeer erachter te komen waarom hij mijn script heeft afgewezen. En, mevrouw Walsh, als je hem aan het huilen kunt krijgen, zal ik je goed belonen.'
'Afgesproken!'
En zonder verdere omhaal stond ze op en liep op hem af! Verbijsterd en opgewonden keken we haar na.
'Het komt door de martini's,' mompelde Anna. 'Het was te veel voor haar tere gestel dat aan twee glaasjes per maand is gewend.'
Mijn moeder is geen kleine vrouw, en ik had bijna met Mort Russell te doen toen deze Ierse strijdbijl op hem neerdaalde, met verrassende precisie.
'Meneer Russell?' zagen we haar mond vormen.
Mort knikte bevestigend, zijn gezicht nog vriendelijk. Toen moest mam hebben uitgelegd wie ze was, want Mort draaide zijn hoofd om naar ons te kijken, en toen hij Emily in het oog kreeg, verbleekte zijn gezicht een aantal tinten. Emily wapperde met haar vingers naar hem ter begroeting en toen begon de uitkaffering: een priemende vinger, een hoge, verachtelijke stem.
'O, god,' fluisterde ik zwakjes.
We volgden de actie aandachtig en onze bezorgdheid werd getemperd door vrolijkheid. Morts gezicht stond nors en vijandig. Ik weet zeker dat ze nooit te maken krijgen met de gevolgen van hun wilde beloften, die Hollywood-types.
We konden het meeste van wat mam zei horen. 'Er is een naam voor mensen zoals u,' blafte ze – en haperde ineens. 'Hoewel hij gewoonlijk voor meisjes wordt gebruikt... maar dat maakt niet uit!' Weer terug op

het spoor werd de uitbrander hervat. 'Een kwelgeest, dat bent u. U zou zich moeten schamen, omdat u die arme meisjes valse hoop geeft.' Vervolgens vertelde ze hem over de dure jurk die Emily's moeder alvast had gekocht, zonder erbij te zeggen dat ze veertig procent korting had gekregen. Mort Russell mompelde iets en mam zei: 'Dat hoop ik,' en toen kwam ze terug.
'Wat zei hij?' vroegen we. 'Waarom deed hij al die beloften en kwam ze niet na?'
'Zo gaat dat nou eenmaal, zei hij. Maar hij zei dat het hem speet en dat hij niet meer zal doen.'
'Huilde hij?'
'Zijn ogen waren vochtig.'
Ik geloofde haar niet echt, maar wat gaf het?
'Ik denk dat we toe zijn aan nog een rondje martini's,' ze Emily vrolijk.

43

Ik was al wakker toen er op zondagochtend om halfnegen werd aangebeld. Ik liep naar de voordeur om open te doen, maar Emily was me voor; klagend over het vroege uur trok ze haar pyjamabroek wat omhoog.
'Waarom zijn we alle twee wakker?'
'Zorgen?' opperde ik.
'Schuldig geweten?'
Ik gaf geen antwoord.
Mam en pap stonden voor de deur. 'We gaan naar de mis,' kondigden ze opgewekt aan. 'We vroegen ons af of jullie mee wilden.'
Ik verwachtte dat Emily met een haastig excuus zou komen, maar in plaats daarvan hees ze haar pyjamabroek nog iets verder omhoog – zodat ze eruitzag als een vierenvijftigjarige psychiatrische patiënt die nog bij zijn moeder woont en zijn broekband rond zijn borst draagt – en zei: 'Mis? Waarom niet? Maggie, wat vind je?'
En toen dacht *ik*: waarom niet?
Ik was al zo lang niet naar de kerk geweest dat ik me de laatste keer niet kon herinneren – misschien toen Claire trouwde? Ik was een zwaarweer-christen, en ik bad alleen wanneer ik bang was of iets wanhopig graag wilde hebben. Hetzelfde gold voor Emily. Het leek er dus op dat we beiden bang waren – of iets wanhopig graag wilden hebben. We kleedden ons haastig aan en stapten de botergele dag in, waarna we de vier blokken naar de kerk liepen.
De mis was in LA niet zoals ik me hem van thuis herinnerde. De jonge, knappe priester stond buiten en iedereen die naar binnen ging gaf hem een hand, en de aangenaam koele kerk was bomvol aantrekkelijke – en hier komt het raarste – *jonge* parochianen. Terwijl we plaatsnamen

op een glanzende kerkbank riep iemand 'Testing, testing' in de microfoon op het altaar, en daarna snerpte een manische vrouwenstem: 'Goeie morregen! Welkom bij onze communieviering.'
 Een belletje rinkelde, waarop een meisje met zwiepende haren en op Miu Miu-schoenen langzaam over het middenpad liep, terwijl ze een enorme bijbel boven haar hoofd hield als iemand die op het punt stond een duiveluitbanning uit te voeren. Achter haar volgde de priester en een groepje van de knapste misdienaren die ik ooit had gezien. Ze beklommen de marmeren treden en plotseling was het SHOWTIME!
 Waren er bezoekers uit Santa Monica, vroeg de priester, of iemand die *weg* was geweest? Het *weg* werd nadrukkelijk gezegd, zodat het niet als 'weg' in de geografische betekenis kon worden opgevat. Iemand stond op, waarna iedereen begon te klappen, en er nog een paar opstonden. 'Acteurs zonder werk,' mompelde Emily. 'Hun enige kans op applaus.'
 Mam, die haar nek uitrekte als een cobra om naar de mensen te kijken die waren gaan staan, draaide zich naar mij – om te voorkomen dat ik wat zei, dacht ik – maar zij fluisterde: 'Die laatste jongen speelde in *Twenty-One Jump Street*. Werd opgepakt door de politie.'
 Er stonden nog een paar mensen op voor wie werd geapplaudisseerd. Naast me voelde ik mam ongedurig worden. 'Nee,' smeekte ik. 'Nee.'
 'Wij zijn bezoekers,' siste ze. 'Waarom zouden we niet opstaan?'
 'Nee,' herhaalde ik.
 Maar ze stond op, pap en mij met zich meetrekkend, en glimlachte liefjes. 'Wij komen uit Ierland,' vertelde ze de congregatie, hetgeen betekende: *wij zijn échte katholieken*. Iedereen klapte in zijn handen voor de superkatholieken uit Ierland, en toen ik weer mocht gaan zitten, gloeide mijn gezicht.
 Vervolgens moesten we ons tot de persoon rechts van ons wenden en die begroeten. Pap wendde zich naar mam, mam naar mij, ik wendde me naar Emily, die aan het eind van rij zat, en weigerde over het middenpad heen te kijken.
 Toen begon het. Mijn helderste herinnering aan de kerkdienst in Ierland was die van een rampzalige priester die naar de voor een kwart gevulde kerk dreunde: 'Blalala, zondaars, blablabla, ziel zwart van zonde, blablabla, brandt in de hel, blablabla...' maar dit leek meer op een musical. Veel zingen en melodramatisch acteerwerk tijdens het lezen –

want je weet natuurlijk nooit of er een gewilde producer in het publiek zit – sorry, ik bedoel congregatie.

Ik voelde me niet helemaal op mijn gemak met zoveel ongebreidelde vreugde, en Emily en ik schoven naar elkaar toe en giechelden alsof we negen jaar waren. Het hoogtepunt werd gevormd toen alle mensen elkaar de hand gaven en uit volle borst 'De Heer zij geprezen' zongen. Emily glimlachte zelfgenoegzaam, en liet haar middenpad-hand vrij bungelen. Maar haar glimlach werd een lelijke grijns toen de man aan de overkant van het middenpad zijn hand uitstak en de hare greep, en haar uit de bank trok, met mij erachteraan. In de rij voor me zong een slanke jongeman met een enorm achterwerk het hele gezang in de gretige ogen van zijn vriendin. Het was griezelig.

Bij een bepaalde zin ('En leid ons niet in bekoring,' als ik het me goed herinner), moesten we onze verenigde handen boven ons hoofd steken. Ik dacht onwillekeurig dat als je een camera had en een foto van boven de menigte nam, het een echt goede opname zou worden, zoals een Burby Berkeley-musical. Misschien.

Zodra het gezang was afgelopen, sprak de priester woorden die nieuwe angst in mijn hart opwekten. 'Laat ons elkaar de vrede wensen.' Ineens herinnerde ik me dat dit de voornaamste reden was waarom ik was gestopt naar de kerk te gaan. Het is iets verschrikkelijks om mensen aan te doen, maken dat ze liefdevol doen, vooral op een zondagochtend. In Ierland doen we het minimum – hand aanraken, 'Vrede zij met u' mompelen, en pertinent weigeren oogcontact te maken. Maar ik vermoedde dat we daar hier niet mee weg kwamen, en inderdaad, het kwam erop neer dat we praktisch seks met de mensen om ons heen hadden. Mensen stapten uit de kerkbanken, staken het middenpad over en gaven elkaar stevige omhelzingen. Het was afschuwelijk. Ik werd tegen een schouder gesmoord van de jongen met het grote achterwerk die zijn vriendin had toegezongen.

Maar toen nodigde de priester ons uit ons hoofd te buigen en te bidden voor onze 'speciale wensen', en de sfeer van 'we zijn hier om te lachen' verging Emily en mij abrupt. Emily verborg haar gezicht in haar handen; het was niet moeilijk te raden waarvoor zij bad. En ik? Ik wist wat ik wilde, maar ik was bang erom te bidden.

De troost die ik had gehoopt uit de mis te kunnen putten ging aan mijn neus voorbij, en gedurende de rest van de dag zoemde er een nerveuze opwinding door me heen. Toen de Geitenbaardjongens iedereen uitnodigden voor een avondje barbecuen, moest ik Emily apart nemen. 'Die barbecue vanavond,' zei ik, overspoeld door bezorgdheid dat het mijn plannen zou dwarsbomen, 'ik kan niet gaan, het spijt me.'

'Hoezo, wat ga je dan doen?' Emily was alert – en gealarmeerd.

'Ik ga naar Shay.'

'Alleen?'

Ik knikte.

'Maar Maggie, hij is getrouwd! Wat ben je van plan?'

'Ik wil alleen met hem praten. Ik wil het...' Ik koos een woord dat ik bij Oprah had gehoord, '... afsluiten.'

Geprikkeld zei ze: 'We hebben allemaal ex-vriendjes – het wordt het leven genoemd. We kunnen ze niet opsporen en het met ieder afzonderlijk afsluiten. We leven er gewoon mee. Als je in jouw tijd meer vrienden had gehad, zou je dat weten.'

'Hij is niet zomaar een ex-vriendje,' zei ik. 'En dat weet je.'

Ze knikte. Ik had haar de mond gesnoerd. 'Maar toch denk ik niet dat je naar hem toe moet gaan,' zei ze. 'Het zal je niet helpen.'

'Dat zien we dan wel weer,' zei ik, waarna ik naar mijn slaapkamer ging om alles wat ik aan kleren bij me had verscheidene keren aan te passen.

Het Mondrian is een van die hotels waar je sneeuwblindheid oploopt; alle kleuren als het maar wit is. De lobby was vol met gebruinde mannen in een Armani-pak, en zij vormden slechts het personeel. Keukenpersoneel, waarschijnlijk. Ik zigzagde door hen heen naar de balie en vroeg de receptionist naar Shay's kamer te bellen.

'Uw naam, alstublieft?'

'Maggie... eh... Walsh.'

'Ik heb een boodschap voor u.' Hij overhandigde me een envelop.

Ik scheurde hem open. Er zat een stukje papier in met een getypte boodschap. *Ik moest weg. Sorry, Shay.*

Hij was er niet. De klootzak. Mijn gespannen verwachting barstte als een zeepbel uit elkaar en ik was zo teleurgesteld dat ik ergens tegenaan wilde schoppen. Ik had me met zo veel zorg gekleed, ik had zo veel tijd aan mijn haar besteed, ik had me zo druk gemaakt, had hoop gehad. Allemaal voor niets.

Nou, wat had je dan verwacht, vroeg ik me bitter af. Wat had je na de laatste keer verwacht?

Ik ben slecht in slecht zijn. Verschrikkelijk, eigenlijk. De ene keer dat ik had geprobeerd een winkeldiefstal te plegen, werd ik betrapt. De ene keer dat ik Shay stiekem had binnengelaten was toen ik op Damien paste, en ik werd betrapt. De dag dat ik van school spijbelde om met pap naar de snookerwedstrijd te gaan, werd ik betrapt. De keer dat ik de slak naar de Nissan Micra vol nonnen gooide, reden ze naar de kant en scholden me de huid vol. Dus zou je denken dat ik mijn lesje met over de grens gaan wel had geleerd. Maar dat had ik niet, en de ene keer dat ik onbeschermde seks met Shay Delaney had, werd ik zwanger.

Misschien was het niet de enige onbeschermde keer geweest – de manier waarop wij seks hadden was vaak zo gretig en gehaast dat er gewoon een keer iets fout moest gaan. Maar er was een bepaalde gelegenheid dat we helemaal geen condoom gebruikten en we konden er niets aan doen. Shay had beloofd zich op tijd terug te trekken, maar hij deed het niet en ik verzekerde hem dat er niets gebeurd was, alsof mijn liefde voor hem zo machtig was dat ik mijn lichaam tot gehoorzaamheid kon dwingen.

Toen mijn volgende menstruatie niet kwam, hield ik mezelf voor dat het door stress om mijn studie wegbleef – ik zat vlak voor het eindexamen. Toen probeerde ik mezelf voor te houden dat het zou komen zodra ik ophield me zorgen te maken omdat het niet kwam. Maar ik kon niet ophouden met me druk te maken – om de twintig minuten rende ik naar de badkamer om te controleren of het al was gekomen, en ik analyseerde alles wat ik wilde eten om te zien of het als 'vreemd verlangen' kon worden gezien. Maar dat ik zwanger zou kunnen zijn, was gewoon ondenkbaar.

Ik kon de onwetendheid niet verdragen. Ik moest weten of ik zwanger was, dus ging ik drie weken later naar de stad en kocht – anoniem, naar ik hoopte – een zwangerschapstest, en toen Shay's moeder niet thuis was, deden we de test in de badkamer van de Delaney's.

We hielden elkaars zweterige hand vast en keken naar het staafje, dwongen het wit te blijven, maar toen het roze werd, kreeg ik de schok van mijn leven. Het soort schok waarvoor mensen in het ziekenhuis belanden en kalmerende middelen krijgen. Ik kon geen woord uitbrengen, ik kon nauwelijks ademhalen, en toen ik naar Shay keek, was hij er bijna net zo erg aan toe. We waren doodsbange kinderen, alle twee. Het zweet stond op mijn voorhoofd, en tranen vertroebelden mijn blik.

'Ik zal doen wat je maar wilt,' zei Shay tam, en ik wist dat hij deed alsof. Hij was ontzet toen hij de stralende ster van zijn toekomst zag imploderen. Een vader van achttien? 'Ik zal je bijstaan,' zei hij, alsof hij het voorlas uit een slecht script.

'Ik denk niet dat ik het kan houden,' hoorde ik mezelf zeggen.

'Wat bedoel je?' Hij probeerde zijn opluchting te verbergen, maar het had hem al getransformeerd.

'Ik bedoel... ik denk niet dat ik het kan houden.'

Het enige waaraan ik kon denken was dat het meisjes als ik niet overkwam. Ik weet dat een ongeplande zwangerschap veel vrouwen overkomt; zelfs toen wist ik dat al. En ik weet zeker dat de meeste mensen er kapot van zijn en wensen dat het niet was gebeurd. Maar ik had het gevoel – en misschien voelt iedereen dat wel – dat het op een of andere manier *voor mij erger was*.

Ik vermoedde dat als het iemand als Claire, wild en onstuimig, op haar zeventiende was overkomen, iedereen het bijna van haar had verwacht, en ze slechts zouden zuchten en hun hoofd schudden: 'O, o, die Claire...'

Maar ik was de brave, de troost van mijn ouders, de ene dochter naar wie ze konden kijken zonder te zeggen: 'Wat hebben we verkeerd gedaan?' Het idee dat ik mijn moeder dit nieuws moest vertellen, was ondenkbaar. Maar toen bedacht ik dat ik het ook tegen pap moest zeggen, en ik kromp ineen. Het zou zijn dood zijn, absoluut.

Ik werd door intense paniek overvallen. Zwanger zijn voelde als een van de meest angstaanjagende dingen die iemand ooit zou kunnen overkomen. Binnen de grenzen van mijn middenklasse-wereldje, was het het ergste wat had kunnen gebeuren. Ik liep in kringetjes rond als een muis in een looprad, vanbinnen verscheurd door het afschuwelijke besef dat welke keus ik ook zou maken het verschrikkelijke implicaties zou geven waarmee ik de rest van mijn leven zou moeten leven. Er was geen uitweg – al mijn mogelijkheden waren even afschuwelijk. Hoe kon ik een kind krijgen en het aan iemand anders geven? Het zou mijn hart breken wanneer ik me afvroeg hoe het met hem ging, of hij gelukkig was, of de nieuwe mensen goed voor hem zorgden en of mijn afwijzing hem bang maakte. Maar ik was ook doodsbang om de baby te krijgen en hem te houden. Hoe zou ik ervoor moeten zorgen? Ik was nog maar een schoolkind en voelde me te jong en ongeschikt, amper volwassen genoeg om voor mezelf te zorgen, laat staan voor een hulpeloos wezentje. Net als Shay had ik ook het gevoel dat mijn leven voorbij zou zijn. En iedereen zou me veroordelen: de buren, mijn klasgenootjes, mijn hele familie. Ze zouden over me praten en me verachten om mijn stommiteit, en ze zouden zeggen dat ik mijn verdiende loon had gekregen.

Nu, vijftien jaar later, denk ik dat het niet zo'n ramp zou zijn geweest. Het was allemaal overkomelijk – ik had de baby kunnen krijgen, voor hem zorgen, uiteindelijk een soort carrière voor mezelf kunnen kiezen. En natuurlijk zouden mijn ouders, hoewel ze er de vlag niet voor hadden uitgehangen, eroverheen zijn gekomen. Meer dan dat, ze zouden van hem hebben gehouden, hun eerste kleinkind. In de loop der jaren daarna zag ik mensen met in feite veel ergere dingen leven dan een buitenechtelijk kind van hun altijd zo brave dochter. Keiron Boylan, een jongen uit onze straat die wat jonger was dan ik, werd gedood bij een motorongeluk toen hij achttien was. Ik ging naar zijn begrafenis en zijn ouders waren onherkenbaar. Zijn vader was, heel letterlijk, buiten zinnen van verdriet.

Maar toen was ik zeventien en wist niets van dit alles. Ik was onervaren op het gebied van leven, in mensen overtuigen, in tegen hun verwachtingen ingaan. Ik kon niet rationeel zijn en ik was in de greep van buitengewone angst, die me elk uur van de nacht wekte en mijn dagen tot nachtmerries maakte.

Ik droomde over baby's. In een droom probeerde ik een baby te dragen, maar hij leek van lood gemaakt en was veel te zwaar om te dragen, maar ik bleef het proberen. In een andere droom had ik mijn baby gekregen, maar het kind had een volwassen hoofd en bleef tegen me praten, me uitdagen, putte me uit met de kracht van zijn persoonlijkheid. Ik was constant misselijk, maar ik zal nooit zeker weten of dat door de zwangerschap kwam of de daarmee samenhangende angst.

Shay bleef herhalen dat hij me zou bijstaan, wat ik ook zou besluiten, maar ik wist wat hij wilde dat ik deed. Het punt was dat hij het nooit rechtuit zei, en hoewel ik niet in staat was het onder woorden te brengen, verafschuwde ik het gevoel dat ik alleen verantwoordelijk was voor de afgrijselijke beslissing. Ik had liever gehad dat hij tegen me schreeuwde dat ik beter naar Engeland kon gaan om me te laten helpen, in plaats van dat hij zich zorgzaam en 'volwassen' gedroeg. Hoewel hij eruitzag als een man en het hoofd van de Delaney-huishouding was, begon het me te dagen dat hij misschien wel niet zo volwassen *was* als hij leek; dat hij meer een rol speelde. En ondanks onze onafscheidelijkheid, voelde ik me vreemd genoeg door hem in de steek gelaten.

Drie dagen nadat ik de test had gedaan, vertelde ik Emily en Sinead het nieuws. Ze waren verbijsterd. 'Ik wist dat er iets met je aan de hand was,' zei Emily, met een wit gezicht. 'Maar ik dacht dat het examenvrees was.' Ze bleven hun hoofd schudden, en verzuchtten: 'Jezus!' en 'Ik kan het niet geloven!' tot ik ze moest zeggen dat ze hun mond moesten houden en me raad geven over wat ik moest doen. Geen van hen probeerde me ervan te overtuigen dat ik de baby moest houden, ze vonden beiden dat niet houden de beste – of minst slechte – optie was. Hun ogen waren zo vol medelijden en opluchting dat zij het niet waren, dat ik voor de zoveelste keer wenste dat dit een nare droom was, dat ik wakker zou worden, bevend van opluchting dat ik het me allemaal maar had verbeeld.

Zij vonden dat ik het beste naar Claire kon gaan, die in haar laatste jaar op de universiteit zat en haar mening over vrouwenrechten en priesters niet onder stoelen of banken stak. In feite had ze het zo vaak over het recht op abortus, dat mam vaak verzuchtte: 'Laat iemand van jullie dan een abortus ondergaan om jullie standpunt te bewijzen.'

Dus vertelde ik Claire over mijn toestand en ze was verbijsterd. Onder andere omstandigheden zou het misschien grappig zijn geweest, maar in die tijd vond niemand iets amusant. Claire begon zelfs te huilen en ik was degene die haar troostte. 'Het is erg triest,' huilde ze ontroostbaar. 'Je bent nog zo jong.'

Via haar maatschappelijk werkster was Claire in staat informatie voor mij en Shay te krijgen, en met onverwacht gemak werden er regelingen getroffen. Er werd een lading van mijn schouders getild – ik zou de baby niet hoeven krijgen en de gevolgen onder ogen zien – en vervolgens kwamen er een heleboel verschrikkelijke nieuwe zorgen boven drijven. Ik was katholiek grootgebracht, maar op een of andere manier was ik erin geslaagd veel van de daarbij behorende angst en schuld te vermijden. Ik had altijd gedacht dat God een fatsoenlijke kerel was, en ik had maar heel weinig last van schuldgevoelens over seks met Shay, omdat ik ervan uitging dat Hij ons die verlangens niet zou geven als Hij niet wilde dat we er iets mee deden. Ik had lang in het bestaan van de hel geloofd, maar op een gegeven moment begon ik me dingen af te vragen, en reacties die ik niet als de mijne herkende, begonnen op te spelen.

'Doe ik iets verschrikkelijks?' vroeg ik aan Claire, vrezend voor het antwoord. 'Ben ik... een moordenaar?'

'Nee,' verzekerde ze me. 'Het is nog geen baby. Het is alleen een groepje cellen.'

Ik hield me ongemakkelijk vast aan die gedachte toen Shay en ik het geld bij elkaar kregen. Het was niet moeilijk voor me want ik was een spaarder, en het was voor hem niet moeilijk omdat hij een charmeur was. En op een vrijdagavond in april – mijn ouders waren in de veronderstelling dat ik op een studieweekend met Emily was – vertrokken Shay en ik naar Londen.
Vliegtickets waren boven onze begroting, dus gingen we met de boot. Het was een lange reis – vier uur aan boord, toen zes in de bus – en ik zat het grootste deel van de reis stijf rechtop, ervan overtuigd dat ik nooit meer zou slapen. Ergens buiten Birmingham doezelde ik weg tegen Shay's schouder, en ik herinner me dat ik wakker werd toen we in een Londense voorstad langs rode bakstenen huizenblokken reden. Het was voorjaar en de bomen waren schitterend groen en de tulpen waren uitgekomen. Tot op de dag van vandaag blijf ik uit de buurt van Londen. Wanneer ik erheen moet, herbeleef ik die gevoelens, mijn eerste indruk van de stad. Die rode bakstenen huizenblokken zijn alomtegenwoordig, en ik vraag me altijd af: *waren dit de huizen die ik toen zag?*

Ik ging weer op in bewusteloosheid, als naar de oppervlakte zwemmen, en ik hoorde mezelf huilen. Een geluid dat ik nog nooit eerder had gehoord leek vanuit mijn tenen te komen. Verbaasd en nog steeds half verdoofd, lag ik daar en luisterde naar mezelf. Ik zou dadelijk wel ophouden.
En pijn. Was er pijn? Ik checkte het, en ja, er was diep vanbinnen een krampachtige pijn. Wanneer ik klaar was met huilen zou ik iets aan die pijn doen. Of er zou misschien iemand komen. In dit ziekenhuis dat geen hospitaal was, zou toch zeker een verpleegster die geen verpleegster was me horen en komen.
Maar er kwam niemand. En bijna dromerig, alsof iemand anders die geluiden maakte, lag ik daar en luisterde. Ik moet weer in slaap zijn gevallen, en de volgende keer dat ik wakker werd, was ik stil. Bizar genoeg voelde ik me bijna goed.

Op zaterdagavond was Shay, toen hij me kwam ophalen en me naar de B&B bracht waar we zouden overnachten, ongelooflijk teder. Ik was opgelucht, toch huilde ik – pas toen het voorbij en veilig was, stond ik het mezelf toe sentimenteel over de baby te worden. Om de een of andere reden had ik geconcludeerd dat de baby een jongetje was, en toen ik me hardop afvroeg of hij op mij of hem zou hebben geleken, was Shay duidelijk slecht op zijn gemak.

Op zondagochtend vertrokken we naar Ierland en kwamen tegen de avond aan. Het was ongelooflijk; minder dan twee dagen geleden was ik vertrokken, maar toen ik terug was in mijn slaapkamer, leek alles bedrieglijk – bijna raadselachtig – normaal. Mijn bureautje lag bedolven onder de studieboeken die dringend mijn aandacht eisten. Dit was mijn toekomst, die was nooit weg geweest, het enige wat ik hoefde te doen was de draad weer oppakken. Onmiddellijk, feitelijk diezelfde avond, stortte ik me op mijn werk, het was nog maar zes weken voor het eindexamen. Maar gedurende de dagen die volgden, begonnen er vreemde dingen te gebeuren. Ik hoorde overal baby's huilen – onder de douche, in de bus – maar wanneer het water niet meer stroomde, of de bus tot stilstand kwam stopte het zachte huilen ook.

Ik probeerde het Shay te vertellen, maar hij wilde het niet weten. 'Vergeet het,' drong hij aan. 'Je voelt je schuldig, maar laat je er niet door uit het veld slaan. Denk in plaats daarvan aan het eindexamen. Nog maar een paar weken.'

Dus onderdrukte ik mijn behoefte erover te praten, om mezelf ervan te overtuigen dat ik het juiste had gedaan, en in plaats daarvan dwong ik mezelf een lijst te maken van het aantal uren dat ik nog over had om te studeren. Wanneer de noodzaak om over onze baby te praten erg sterk werd, vroeg ik Shay iets over *Hamlet* of de vroege gedichten van Yeats, en hij ging er serieus op in, met behulp van studiegidsen.

Ik kwam door de examenperiode heen, en toen was het allemaal voorbij. Ik was van school, ik was volwassen, mijn leven stond op het punt te beginnen. Toen we op onze uitslag wachtten, waren Shay en ik bijna nooit zonder elkaar. We keken samen veel tv – zelfs op warme, zonnige dagen wanneer de stralende zonneschijn de corduroy bank en het bruine vloerkleed er belachelijk deed uitzien, bleven we binnen en keken naar de buis.

We hadden nooit meer seks.

Halverwege de zomer kregen we de uitslag en ons diploma – Shay had het fantastisch gedaan en ik slecht. Niet rampzalig, maar ik had zo hard gewerkt dat ieders hoop hooggespannen was geweest. Mijn ouders waren verbijsterd, en brachten mijn fiasco terug tot iets onbelangrijks. Hoe moesten ze weten dat ik in de zes weken voor het examen in mijn kamer had gezeten, en tijdens het afgaan van het inbraakalarm denkbeeldige baby's had horen huilen?

De nawerking duurde een hele tijd. Bijna vanaf het moment dat ik niet langer zwanger was, kwamen schuld en spijt om de hoek kijken, en ik begon te denken dat de baby krijgen niet zo slecht zou zijn geweest. (Hoewel ik heel goed begreep dat als ik nog zwanger was, ik ernaar zou verlangen dat niet te zijn.)

Die tegenstrijdige gedachten kwelden me. Ik vond dat ik recht had gehad op een abortus – maar ik werd nog steeds geplaagd door een verschrikkelijke onvrede. Hoe fatsoenlijk ik de rest van mijn leven ook zou leiden, dit zou ik tot mijn dood toe met me meedragen. Ik kon de exacte omschrijving niet vinden: 'zonde' was het verkeerde woord, want dat ging over het breken van andersmans wetten. Maar een deel van me zou altijd gebroken zijn, en ik zou altijd een persoon zijn die een abortus had gehad.

Ik voelde me zo beklemd door het onherroepelijke van de situatie dat ik aan zelfmoord dacht. Slechts gedurende een paar seconden, maar in die korte tijd wilde ik dat echt. Het was alsof ik voorgoed aan iets beschamends en pijnlijks was geketend. Niet zoiets als aantekeningen hebben op je diploma of een strafblad dat na vijf of tien jaar vervalt. Het zou nooit kunnen worden hersteld.

En toch... was ik blij dat ik geen kind hoefde groot te brengen. Ik wilde alleen dat ik die keuze nooit had hoeven maken. En het was natuurlijk mijn schuld, ik had mijn benen bij elkaar moeten houden, maar zo gaat het niet in het leven – dat wist ik toen zelfs al – en het is makkelijk achteraf te praten.

Af en toe trokken er anti-abortusdemonstraties door de straten van Dublin, campagne voerend om abortus in Ierland nog illegaler te maken dan het al was, waarbij ze rozenkransen droegen en met borden zwaaiden met foto's van ongeboren foetussen. Ik moest mijn hoofd afwenden. Maar wanneer ik ze zo heftig tegen abortus hoorde strijden, had ik ze wel eens willen vragen of een van hen ooit in mijn situatie had gezeten. Ik had durven wedden van niet. En dat ze er, als dat wel zo was, waarschijnlijk minder verheven principes op na zouden houden.

Wat me het meest dwarszat, waren de mannen – mannen die tegen abortus protesteerden! Wat wisten zij, wat zouden ze *ooit* kunnen weten van de afschuw die ik had gevoeld. Ze konden niet zwanger worden. Maar thuis begon ik er nooit over, want ik wilde geen aandacht op het onderwerp vestigen. En Claire heeft – althans wanneer ik er was – ook nooit iets gezegd.

Eind september ging Shay naar Londen om een mediastudie te volgen. Dat was altijd zijn plan geweest, omdat Ierse universiteiten dergelijke 'vage' cursussen niet boden.

'Dit verandert niets,' beloofde hij me toen we afscheid namen bij de veerboot. 'Ik zal je veel schrijven en met Kerstmis zien we elkaar.' Maar hij schreef me nooit. Ik had er een voorgevoel van gehad dat dit zou gebeuren – voor zijn vertrek had ik al dromen over hoe ik hem zou proberen te vangen – maar toen het zo ging, weigerde ik het te geloven.

Ik hield de post iedere dag in de gaten en na zeven ellendige weken nam ik mijn trots in eigen handen, ging naar zijn moeder en gaf haar een brief voor hem. 'Misschien heb ik ze naar het verkeerde adres gestuurd,' zei ik. Maar ze controleerde het adres en het was het goede.

'Heeft u iets van hem gehoord?' vroeg ik, en knipperde met mijn ogen toen ze zei dat ze natuurlijk iets van hem had gehoord, dat hij het daar geweldig deed.

Ik stelde mijn hoop bij en verheugde me op zijn komst met Kerstmis. Vanaf twintig december was ik een grote bal adrenaline, wachtend tot de telefoon of de voordeurbel zou rinkelen. Maar toen dat niet gebeurde, begon ik wandelingen langs zijn huis te maken, de heuvel op, de heuvel af, bibberend van kou en zenuwen, wanhopig wachtend tot ik hem zou zien. Toen ik Fee, een van zijn zusters, naar buiten zag komen, sprak ik haar aan en vroeg met een stem die droop van zogenaamde onverschilligheid: 'Welke dag kom Shay thuis?'

Met een verwarde uitdrukking op haar gezicht vertelde ze het nieuws. Hij kwam niet thuis, hij had een vakantiebaantje. 'Ik dacht dat je het wist,' zei ze.

'O, ik dacht dat er toch nog een kansje was dat hij een paar dagen hierheen zou komen.' Mijn vernedering maakte dat ik hakkelde.

Pasen, dacht ik, met Pasen zal hij naar huis komen. Maar hij kwam niet. Of voor de zomer. Ik wachtte zo lang op hem dat andere mensen de hoop allang zouden hebben opgegeven.

Ondertussen kreeg ik een baan, waar ik een nieuwe vriendin kreeg, Donna. Net als mijn andere vriendinnen, Sinead en Emily, ging zij veel uit, op jacht naar mannen en plezier. Ik ging met hen mee, en maakte wel eens een afspraakje als een keurige jongen me mee uit vroeg, maar het werd nooit wat. Er was iemand die Colm heette, die me een aansteker voor mijn verjaardag gaf, hoewel ik niet rookte. Toen ging ik ongeveer zes weken om met een welzijnswerker die zijn verdoolde schaapjes bezocht die in de pubs werkten waar hij me mee naartoe nam; hij dumpte me toen ik niet met hem naar bed wilde. Na hem kwam een lieve jongen, Anton, hoewel hij niet buitenlands was. Ik was bijna tien centimeter langer dan hij en hij wilde steeds wandelingen maken. Met hem ben ik wel naar bed geweest – waarschijnlijk, zoals ik later vermoedde, omdat ik het zo gênant vond om heel preuts bij hem te zijn.

Maar hoe ik mijn best ook deed, ik voelde nooit genoeg voor een van hen.

De sleur van het leven dat ik probeerde te leiden, sleepte me voort, maar ik verzette me. Ik verkoos het verleden, er nog niet van overtuigd dat het dat was – het verleden. En toen ik bij de veerboot afscheid nam van Shay, zou ik nooit hebben geloofd dat het vijftien jaar zou duren voordat ik hem weer zou zien.

44

Van het Mondrian reed ik terug naar Emily's huis. Lachsalvo's en de geur van brand kwamen uit de achtertuin van de Geitenbaardjongens. Ik negeerde het allemaal en ging het barmhartige lege huis binnen, waar ik meteen op de bank plofte. Ik deed niet eens de lichten aan, ik lag daar gewoon in het donker, voelde me verpletterd, zielloos, verloren.

Terwijl de tijd voorbijging nadat Shay naar Londen was gegaan, bereikte me af en toe nieuws over hem: hij had een vakantiebaan in Cape Cod; hij was afgestudeerd; hij had een baan in Seattle. Op een gegeven moment begreep ik dat het voorbij was, dat hij niet bij me terugkwam. Ik deed mijn best met andere mannen, maar ik kwam de goede niet tegen. Toen kwam ik op een avond, rond mijn eenentwintigste, Garv tegen in een pub in de stad. Het was meer dan drie jaar geleden sinds ik hem voor het laatst had gezien. Net als Shay was hij weggegaan om te studeren – in Edinburgh in zijn geval. Nu was hij terug, hij werkte in Dublin, en terwijl we autobiografische details uitwisselden, voelde ik me zo schuldig over de manier waarop ik hem had behandeld dat ik hem amper aan durfde te kijken. Midden in een oppervlakkig verhaal flapte ik er met een beschaamd gezicht een verontschuldiging uit, en tot mijn opluchting begon hij te lachen. 'Het is goed, Maggie, maak je niet druk. Het is eeuwen geleden.' En hij zag er zo lief uit dat ik voor het eerst in een lange, lange tijd, iets *voelde*.

Het was een grote verrassing voor me dat ik toestemde nog eens met hem uit te gaan, het vriendje dat ik had gehad toen ik zeventien was, mijn eerste echte vriendje. Ik vond de nieuwigheid ervan reuze amusant, net als ieder ander. Maar toen hield het op grappig te zijn – dat was de dag dat ik een slak van zijn voorruit pakte en hem naar de passerende auto vol nonnen gooide – omdat ik besefte dat ik verliefd op hem was geworden.

Ik hield heel veel van hem – hij was zo'n goede man. Hoewel hij niet Shay's kwikzilverachtige charme had, bekoorde hij me toch. En ik vond hem geweldig. Nogmaals, hij had niet Shay's knuffelfactor, maar hij had subtielere dingen die onder mijn huid waren gekropen, zodat ik, wanneer ik naar hem keek, de kriebels kreeg. Zijn ogen, zijn zijdeachtige haar, zijn lengte, zijn grote handen, de manier waarop hij naar gestreken katoen rook – ik was gek op hem. Bovenal waren we maatjes – ik kon hem alles vertellen. Hij kreeg zelfs alles over Shay en mij te horen, en hij was alleen maar meelevend. Er kwam geen greintje veroordeling over zijn lippen.

'Ik ben toch geen moordenaar die in de hel zal branden, hè?' vroeg ik bezorgd

'Natuurlijk niet, maar niemand zal zeggen dat het een makkelijke beslissing was.'

En ik voelde me intens verheugd omdat ik zo'n welwillende man als Garv had ontmoet.

Maar sommige mensen reageerden een beetje raar toen we ons verloofden. Vooral Emily. 'Ik ben bang dat je op veilig speelt door met hem te trouwen,' zei ze.

'Ik dacht dat je hem aardig vond!' zei ik gekwetst.

'Ik hou van hem. Maar jij bent zo diep gewond door Delaney, en Garv is zo gek op je... Luister, ik wil alleen dat je het zeker weet. Denk er nog eens over na.'

Ik beloofde dat ik dat zou doen, maar ik deed het niet, want ik wist wat ik wilde.

We trouwden dus, verhuisden naar Chicago, kwamen weer terug naar Dublin, kochten de konijnen, probeerden een baby te krijgen, kregen een miskraam, kregen nog een miskraam, en zagen toen dat mijn verleden terugkwam en ons achtervolgde.

Gedurende een lange tijd was ik de enige die ik kende die een abortus had laten doen. Toen, rond haar vijfentwintigste, liet Donna het doen, en Sineads zuster toen ze eenendertig was. Beide keren werd er een beroep op me gedaan om te vertellen hoe het voor mij was geweest, en ik vertelde eerlijk wat ik ervan dacht: het was hun lichaam en zij hadden het recht te kiezen. Ze moesten zich niets aantrekken van die demonstranten die pro-leven waren. Maar ze moesten – althans als ze een beetje op mij leken – niet verwachten dat ze onbeschadigd uit de ervaring zouden komen, ze moesten zich voorbereiden op vertwijfeling.

Elke emotie van schuld tot nieuwsgierigheid, van schok tot spijt, zelfhaat tot armzalige opluchting.

Hoewel ik blij was dat ik niet langer de enige was, haalden die twee gebeurtenissen mijn herinneringen weer naar boven, zodat ik bijna het gevoel had dat ik het weer allemaal doormaakte. Maar het ging voorbij, en meestal kon ik ermee leven dat ik iemand was die een abortus had gehad. Behalve bij elke verjaardag, dan voelde ik me verschrikkelijk, soms zonder zelfs te weten waarom, althans niet onmiddellijk. Vervolgens herinnerde ik me de datum en begreep het, en vroeg me af hoe de baby nu zou zijn, op de leeftijd van drie, zes, acht, elf jaar...

Maar ik dacht dat het veilig in mijn verleden was opgeborgen – tot mijn laatste bezoek aan dr. Collins, de dag van erkenning, toen ik mijn angst uitsprak die aan me had geknaagd.

'Krijg ik miskramen omdat... omdat... ik mezelf heb beschadigd?'
'Op wat voor manier heeft u zich beschadigd?'
'Door een operatie?'
'Wat voor soort operatie? Een zwangerschapsbeëindiging?'

Ik knipperde met mijn ogen vanwege zijn directheid. 'Ja,' mompelde ik.

'Onwaarschijnlijk. Erg onwaarschijnlijk. We kunnen het controleren, maar het is erg onwaarschijnlijk.'

Maar ik geloofde hem niet, en ik wist dat Garv hem ook niet geloofde, en hoewel we het nooit bespraken, was dat het moment dat ons huwelijksbootje kapseisde en omsloeg.

Enige tijd later – ik weet niet hoe laat het was – rinkelde de telefoon in Emily's donkere voorkamer; ik was niet plan op te nemen. Ik liet hem rinkelen, wachtte tot het antwoordapparaat het overnam, maar iemand had het uitgeschakeld, dus sleepte ik mezelf vloekend naar de telefoon.

Op het moment dat ik de hoorn pakte, herinnerde ik me Emily's verbod, en deed een schietgebedje dat het niet Larry Savage zou zijn. Maar het was Shay.

'O, hallo.' Hij klonk verbaasd. 'Ik dacht dat ik het antwoordapparaat zou krijgen.'

'Nou, in plaats daarvan heb je mij.'

'Het spijt me echt van vanavond.' Hij klonk zo berouwvol dat mijn

verbittering begon te smelten. 'Het was iets met mijn werk, het kwam plotseling op.'
'Je had me kunnen bellen.'
'Te laat,' zei hij snel. 'Je zou al weg zijn geweest.'
'Je gaat dinsdag terug?'
'Ja, er is dus geen tijd meer.'
'Maar we hebben morgen nog. Of morgenavond?'
'Maar...'
'Alleen maar een uurtje of zo.'
Hij zweeg en ik hield mijn adem in. 'Goed dan,' zei hij ten slotte. 'Morgenavond. Zelfde tijd en plaats.'

Ik legde de hoorn neer en voelde me iets beter en besloot naar de buren te gaan om te zien hoe de barbecue ging. Tot mijn grote vreugde werd ik als een held binnengehaald, alsof het jaren geleden was dat ze me voor het laatst hadden gezien, in plaats van enkele uren. Toen drong het tot me door dat ze allemaal opgejaagd waren; rode gezichten en rumoerig, duidelijk het soort agressieve dronkenschap als gevolg van veel tequila op een lege maag. De smeulende grill was in de steek gelaten, en verscheidene verschrompelde, zwarte dingen, die misschien eens hamburgers waren geweest, lagen erop. Toen pap naar me toe wankelde en vroeg of ik misschien wat chocola in mijn tas had, begreep ik dat niemand iets had gegeten.

Troy en Helen zaten op de gebloemde bank genesteld, wat er erg knus uitzag; Kirsty was nergens te bekennen. Of Troy had haar niet meegenomen, of ze had geweigerd het huis binnen te gaan op grond van het feit dat het een aanslag op haar gezondheid was. Anna, Lara, Luis Curtis en Emily waren in een moeilijk te volgen discussie verwikkeld over de voordelen van brunchen voor de televisie. Ik had me er graag bij willen voegen, maar ik zat zo volkomen op een andere golflengte dan de anderen, te weten niet psychotisch dronken, dat het zinloos was.

'Je drinkt versgeperst sinaasappelsap bij de brunch,' zei Lara verhit.
'Wanneer heeft jouw tv dat ooit voor je gedaan?'
'Maar je kunt naar *The Simpsons* op tv kijken. Geef me dat maar elke dag bij geroosterd brood,' antwoordde Curtis.

Ik slenterde weg, naar mam en Ethan, maar ze hadden blijkbaar ruzie.
'Wie stierf er voor onze zonden?' vroeg mam schril.
'Maar...'
'Wie stierf er voor onze zonden?'

'Nou...'

'Zeg het me, vooruit, zeg het. Wie stierf er voor onze zonden? Geef me gewoon een naam.' Het leek een derdegraadsverhoor. 'Zijn naam, alsjeblieft!'

Ethan liet zijn hoofd hangen, en mompelde : 'Jezus.'

'Wie? Harder, ik kan je niet verstaan.'

'Jezus,' zei Ethan boos.

'Dat klopt, Jezus.' Mam perste bijna haar lippen op elkaar van tevredenheid. 'Ben jij voor iemands zonden gestorven? Nou, zeg het dan?'

'Nee, maar...'

'Dan kun je dus niet de nieuwe Messias zijn, toch?'

Na een stilte, gaf Ethan toe: 'Nee, ik vermoed van niet.'

'Dat zie je goed. Ga maar door met je computercursus, als een brave jongen, en minder van die blasfemie, als je het niet erg vindt.' Vervolgens wendde ze de kracht van haar persoonlijkheid naar mij, en sliste: 'Waar is Shay?'

'Aan het werk.'

'Ah, stom,' zei ze nors, en wendde zich tot Ethan.

Ik liep naar de anderen en ging bij hen zitten, en toen merkten we dat Troy en Helen waren verdwenen.

'Waar zijn ze?' Emily pakte me vast.

'Ik weet het niet. Weg, zo te zien.'

'Weg,' jammerde ze, en sloeg een hand voor haar mond. 'Weg! Hij zal verliefd op haar worden.' Haar gezicht vertrok door plotselinge, dronken tranen, en ze snufte en kuchte van het huilen. Toen ze vijf volle minuten later nog niet was gestopt, zei ik: 'Kom, ik zal je naar huis brengen,' en leidde haar, bijna krom van het wanhopige snikken, terug naar haar eigen huis.

'Ik ben gewoon erg moe,' zei ze telkens weer. 'Ik heb heel hard gewerkt en ik ben erg moe.'

Ik bracht haar naar bed, maar voordat ik het licht uitdeed, zei ze: 'Wacht Maggie, ik wil met je praten.'

'Wat?' vroeg ik verdedigend. Ze wilde me Shay Delaney weer uit mijn hoofd praten en ik was er niet voor in de stemming.

'Ik ga Lou vragen met me te trouwen en baby's te krijgen.'

'O. O. Waarom?'

'Omdat ik hem nooit meer wil zien.'

45

Op maandagochtend zou Conchita komen, dus zodra ik wakker was, stond ik op om de boel schoon te maken. Maar toen belde ze om te zeggen dat ze ziek was en niet kwam, en ik liet het huishoudelijke werk meteen voor wat het was. Om het vervolgens een uurtje later uit verveling weer op te pakken. Emily was nog steeds gevloerd en er waren geen bezoekjes of telefoontjes van iemand van mijn familie geweest. Dus toen er iemand om tien over twaalf op de deur klopte, rukte ik hem bijna uit de scharnieren, zo verheugd was ik om gezelschap te krijgen. Het was Anna.

'Kom binnen, kom binnen,' zei ik. 'Vertel op, is Helen thuisgekomen?'

'Ja, ongeveer een halfuur geleden.'

'O, mijn god, ze moet met Troy naar bed zijn geweest.'

'Dat klopt. Vind je het erg?'

'Nee, nee helemaal niet.' Hoewel Emily het duidelijk wel erg vond; hoezo eigenlijk? 'Ga zitten,' beval ik Anna. 'Wat heeft ze erover verteld?'

'Hij heeft haar vastgebonden, het was geweldig. Eh, luister, ik moet even met je praten.'

'O.' Ik kreeg een naar voorgevoel.

'Je moet me beloven dat je me niet vermoordt.'

'Ik beloof het.' Dat meende ik niet, ik zei het alleen omdat ze me anders niet zou zeggen wat ze me te vertellen had.

'Ik heb een baan.'

'En?'

'In Dublin.'

'Fijn voor je.'

'Bij Garvs bedrijf.'

Ah.

'Nou ja, Dublin is een kleine stad, toevalligheden komen voor.'

'Het was geen toeval,' zei ze met een klein stemmetje. 'Hij heeft me de baan gegeven.'

'Wat? Wanneer?'

'Toen ik je auto in elkaar had gereden – sorry, sorry, sorry! – kon ik in je kamer niets over verzekeringen vinden, dus heb ik Garv gébeld en hij vertelde me dat ik de spullen bij hem kon komen ophalen.' Ze keek me bijna vragend aan. 'Hij vroeg me hoe ik het zonder Shane redde, en ik vertelde hem hoe klote het was en hoe ik me door iedereen verlaten voelde, en hij was echt heel aardig.'

'O ja?' zei ik afgemeten. Dus Garv was lang genoeg opgehouden met Truffelvrouw berijden om aardig tegen Anna te zijn?

'Echt aardig. Hij zei dat als ik graag een fatsoenlijke baan wilde hebben, hij zou proberen me te helpen – hij was niet, eh, manipulatief of zo, echt niet. Je kent hem, zo is hij niet. Hij was gewoon aardig. Dus heb ik mijn haar laten knippen en hij regelde een sollicitatie.'

'Geweldig van hem,' mompelde ik. Plotseling was ik erg bitter.

'Ja, zeker,' zei ze zacht. 'Dat was het precies. Ze hebben me een baan in hun postkamer aangeboden.'

Dat Garv zo aardig voor iemand van mijn familie was, terwijl hij tegelijkertijd oneerlijk tegen mij was, vervulde me met withete woede. Ik moest wachten tot de ergste kwaadheid was gezakt voordat ik weer kon praten.

'Gefeliciteerd.'

'Dank je,' zei ze waardig. 'En het spijt me.'

'Ah, het is goed, joh,' zei ik, terwijl de giftige woede uit me weg sijpelde. 'En als je werkelijk zoveel spijt hebt, kun je iets voor me doen.'

'Wat dan?'

'Me vertellen of je verliefd bent op Ethan.'

Ze dacht erover na. 'Een beetje. Maar ik ga er niets mee doen. Hij is te jong en geschift. Er zou geen toekomst in zitten.'

'Dat heeft je eerder ook nooit tegengehouden.'

'Ik weet het. Maar... ik ben nu anders.'

'Jezus Christus.'

'Mensen kunnen veranderen,' zei ze, met de meest on-Anna-achtige verdediging.

'Hoorde ik dat goed?' Emily kwam uit haar slaapkamer, mascara verbrokkeld op haar wimpers en haar haar overeind als een pluizenbol. 'Is ze verliefd op Ethan? O, god, het is me allemaal te veel.' Ze stommelde door de kamer, zette koffie, mompelde iets dat klonk als: 'Ze komen hierheen'. Bam! 'Ze pikken onze *banen*.' Bam! 'Ze stelen onze *mannen*'. Bam! Toen werd ze door een hoestbui overvallen terwijl ze een haal van haar sigaret nam. 'Ik ben niet lang op deze wereld. Goddank.'

Voordat ik de oorzaak van haar slechte humeur kon analyseren – waarvan ik bijna zeker wist dat het iets met Troy te maken had – kwamen mam en Helen. Ik stierf van nieuwsgierigheid en wilde Helen alles over Troy vragen, maar dat kon niet met mam erbij. In plaats daarvan moest ik meelevende geluiden produceren terwijl iedereen de katersymptomen met elkaar vergeleek.

De sfeer was gespannen. Emily rookte als een bezetene en zei erg weinig, maar ze keek Helen af en toe met samengeknepen ogen aan. 'Goed.' Met een zucht hees ze zich overeind van de bank. 'Ik ga Lou bellen.'

'Ga je hem echt vertellen dat je met hem wilt trouwen en kinderen met hem wilt krijgen?'

'Ja,' zei ze kortaf. 'Als dat hem niet afschrikt, dan weet ik niets anders te verzinnen.'

Ze ging naar haar slaapkamer en deed de deur iets te nadrukkelijk hard dicht.

'Wat is er met haar aan de hand?' blafte Helen. 'Humeurige trut. O Jezus!' Plotseling herinnerde ze zich iets. 'Je raadt nooit wie er gisteravond voor jou heeft gebeld.'

'Wie dan?'

'Slijmjurk. Griezelkop. Klootzak van het jaar.' Bij het zien van mijn vragende gezicht, gilde ze: '*Garv*! Moet ik het voor je spellen?'

'Heeft Garv gebeld? Hierheen?' Ik wist dat ik stom klonk, maar ik kon er niets aan doen.

'Ja. Ik heb hem gezegd dat je uit was met geile Shay Delaney. Hoewel ik hem niet geil vind, maar dat hoeft Garv niet te weten. Hij klonk behoorlijk pissig,' zei ze vrolijk. 'Het was in Ierland drie uur 's nachts toen hij belde. Hij heeft kennelijk slaapproblemen. Net goed voor hem!'

'Hoe kwam je erbij de telefoon op te nemen? Had Emily niet gezegd dat we niet zouden opnemen?'

'Rode lap voor een stier, ben ik bang,' zei ze spijtig.

Emily kwam terug uit haar slaapkamer.

'En?'

'Hij zei ja,' zei ze flauwtjes. 'O mijn god, wat moet ik nu doen?'
'In mijn tijd,' zei mam, 'werd je als je een verloving verbrak aangeklaagd wegens het breken van een belofte.'
'Hartstikke bedankt, zeg.'
Verscheidene onuitgesproken vijandigheden vulden de kamer en toen mam besloot naar de badkamer te gaan, mondden ze uit in een echte ruzie. Ineens stonden Helen en Emily als kemphanen tegenover elkaar, wisselden venijnige opmerkingen uit – met betrekking tot Troy.
'Als je hem zo aardig vindt, waarom doe je er dan niets mee?' hoonde Helen. 'Maar als je je gevoelens voor hem niet uitspreekt, kun je het een ander niet kwalijk als die het wel doet.'
'Het is te laat,' mompelde Emily. 'Nu hij jou heeft ontmoet.'
'Doe niet zo stom. Ik ga over een week weer weg.'
'Ik durf te wedden dat je voor hem blijft.'
Helen barstte in lachen uit. 'Ben je gek? Ik ga terug naar Ierland om een detectivebureau op te zetten. Waarom zou ik in godsnaam hier blijven?'
'Vanwege Troy.'
'Zo bijzonder is hij nou ook weer niet.'
'Emily,' ik moest ertussen komen, 'waarom maak je je druk over Troy? Jullie zijn toch alleen bevriend?'
Ze haalde stuurs haar schouders op, en toen had ik mijn antwoord: ze was verliefd op hem. Ik had het de vorige avond vermoed, en nu wist ik het zeker.
Ik kromp van schaamte ineen; ik was zo verwikkeld geweest in mijn eigen problemen dat ik niet had gezien wat zich voor mijn ogen afspeelde. Ik was erg traag van begrip geweest. Erger, ik was heel zelfzuchtig geweest.
'Jezus, waarom heb je het niet eerder gezegd?' smeekte ik. 'Dan waren we waarschijnlijk niet allemaal met hem naar bed gegaan.'
'Ik niet,' zei Anna.
'Ik zou het maar snel doen,' zei Helen.
Mam was teruggekomen uit de badkamer, maar het onderwerp was iets te beladen om haar mee te belasten. Ze voelde echter dat er iets aan de hand was. 'Wat heb ik gemist?'
We vervielen allemaal in een hardnekkig stilzwijgen.
'Margaret?' vroeg ze. 'Wat is er aan de hand?'
'Ah, eh...'

'Het gaat over Troy,' zei Helen. 'Emily is gek op hem.'
'En hij is gek op haar,' zei mam. 'Dus wat is het probleem?'
'Nee, domme oude vrouw,' zei Helen. 'Hij is gek op *mij*.'
'Troy?' vroeg mam. 'Die met die neus? Bedoel je die? Ja, hij is gek op Emily.'
'Nee, dat is hij niet,' herhaalde Helen. 'Hoewel dat stelletje idioten van hiernaast je een of andere wijze-vrouw-goeroe vinden, wil dat niet zeggen dat je dat ook werkelijk bent.'
'Helen, je was voor die knaap niet meer dan een verzetje. En ik vermoed dat hij dacht dat het geen kwaad kon Emily jaloers te maken.'
'Maar...'
'Heb ik gelijk, Emily?' vroeg mam. 'Hij heeft toch een oogje op je?'
'Nou, eens wel,' bekende ze. 'Hij heeft zelfs gezegd dat hij verliefd op me was.'
'Wanneer was dat?'
'Ongeveer een jaar geleden.'
'En was je toen gek op hem?'
'Ja, waarschijnlijk wel.'
'Wat,' vroeg mam geërgerd, 'heeft jou in GODSNAAM tegengehouden?'
'Hij was te veel met zijn werk bezig,' mompelde Emily. 'Ik zou altijd op de tweede plaats komen. Ik dacht dat het niet zou werken, dat we niet eens vrienden konden zijn.'
'En nu?'
Met gebogen hoofd mompelde ze: 'Ik ben van gedachten veranderd.'
'Maar ondertussen "doet hij het" – is dat de uitdrukking? – met al je vriendinnen?'
'Ja, behalve Lara.'
'Waarom niet met Lara?'
'Dat zal ik u een andere keer vertellen.'
'En was je jaloers op die andere meisjes?'
'Natuurlijk.'
Ik deed mijn ogen dicht bij de herinnering aan Emily's besef dat ik met Troy naar bed was geweest, aan haar lachstuipen toen ik vroeg of er ooit iets tussen hen was gebeurd. God, het moest verschrikkelijk voor haar zijn geweest.
'Maar het kon me niet zoveel schelen omdat ik wist dat hij mij meer zag zitten dan al die anderen, en dat zijn werk nog steeds zijn belang-

rijkste liefde was. Maar... maar... ik maakte me zorgen over Helen.'
'Hoeft niet,' zei Helen. Niet echt vrolijk. 'Je mag hem hebben.'
'Hij wil me misschien niet meer.'
'Er is maar één manier om erachter te komen,' zei mam.
'U bedoelt hem bellen en het hem vragen?'
'Dat bedoel ik niet!' Mam was verbijsterd. 'Ik heb nooit iemand gebeld en verteld dat ik verliefd was, en ik had genoeg keus. Nee, flirt met hem, draag parfum, kook eventueel zijn lievelingsmaal...'
'Bel hem en vraag het hem,' zeiden Helen en Anna in koor.
'Goed,' zei Emily peinzend, en stak nog een sigaret op. 'Ik doe het.' Ze nam de telefoon en de asbak mee naar haar slaapkamer en deed de deur dicht, en tien minuten later kwam ze er weer uit. Ze was aangekleed, opgemaakt en zag er gelukkiger uit. 'Ik heb een afspraak met hem,' zei ze.
'Gedraag je bedeesd,' adviseerde mam.
'Wees eerlijk,' drong ik aan.
'Wees zelf eerlijk, Maggie,' zei Helen sluw.
Mam schonk me een achterdochtige blik.
'Zo, wat zullen wij doen?' vroeg mam, toen Emily's grote wagen wegscheurde. 'Vertel me een mop, of zoiets.'
We waren een beetje te breekbaar om iets anders te doen. Helen vertelde een mop, Anna vertelde er ook een, maar verhaspelde het eind, en ik kreeg de lachers op mijn hand door mijn pony rechtop te duwen toen er plotseling op de deur werd geklopt.
'De Geitenbaardjongens, denk ik,' zei ik. 'Ze komen zich verontschuldigen omdat ze jullie gisteravond niets te eten hebben gegeven.'
Ik opende de deur, en daar, buiten op de stoep, stond iemand die ik herkende, maar die daar niet hoorde. Garv.
Woorden lieten me in de steek.
'Hallo,' zei hij.
'Wat doe je hier in 's hemelsnaam?'
'Je hebt gezegd dat als je na een maand niet thuis zou zijn, ik je moest komen halen. De maand is voorbij.'
Het was eigenlijk nog slechts vier weken, niet een volle kalendermaand, en hij was hier omdat ik met Shay Delaney uit was geweest. Ik wist zeker dat dat de echte reden was. Wat een verdomde lef van hem, na zijn gedoe met Truffelvrouw.
Hij zag eruit zoals mensen eruitzien nadat ze een tijdje op een onbe-

woond eiland gevangen hebben gezeten. Zijn haar was langer dan ik het ooit had gezien en het stond in toefjes overeind, een baard van drie dagen bedekte zijn kin en kaaklijn en in het felle zonlicht lichtten zijn ogen blauw op – althans de delen die niet bloeddoorlopen waren. Zelfs zijn jeans en T-shirt zagen eruit alsof hij erin had geslapen, en als hij net was geland na een vlucht uit Ierland, had hij dat waarschijnlijk ook gedaan.

'Wie is het?' vroeg Helen.

'Het is de echtbreker,' hoorde ik mam zeggen.

'Voor ze me stenigen,' zei Garv, 'kunnen we ergens praten?'

'Kom mee,' zei ik lusteloos. 'We gaan een strandwandeling maken.'

46

Ik verheugde me net zo op dit samenzijn met Garv als op een herhaling van de tijd toen ik zestien was en er honderden glassplinters uit mijn knie moesten worden verwijderd. Desondanks slaagden we erin vriendelijk met elkaar te babbelen terwijl we de zes blokken naar het strand liepen.
 'Je hebt je haar laten knippen,' zei hij. 'Leuk.'
 'Ah, je vindt het vreselijk, geef nou maar toe.'
 'Nee, ik vind het leuk. Het is erg... hip. Vooral de pony.'
 'O, alsjeblieft, begin niet over de pony. Heb je een logeeradres?'
 'Ja, hier vlakbij...'
 Ik onderbrak hem. 'Het Ocean View zeker? Mijn familie logeert daar ook.'
 'O. Dan kan ik beter op mijn kamer ontbijten als ik niet in de eetzaal bekogeld wil worden met rotte eieren.'
 'Dat is misschien het beste. Vertel eens, waarom heb je niet gewoon gebeld in plaats van helemaal hierheen te komen?'
 'Ik heb gebeld, meerdere keren, maar ik kreeg aldoor het antwoordapparaat en ik vond het raar om een boodschap achter te laten...'
 'O, dus jij bent Emily's stalker.'
 'Ben ik dat? God, mijn geheime dubbelleven, waar ik niets van wist. Hoe dan ook, ik dacht dat bepaalde dingen beter persoonlijk gezegd kunnen worden.'
 Tot dat moment had ik aangenomen dat Garvs komst een reactie was op Helens mededeling dat ik uit was met Shay Delaney. Maar ineens vroeg ik me af wat Garv te zeggen had dat dit bezoek rechtvaardigde. Zou er nog meer slecht nieuws zijn? Ja, eigenlijk wel: zijn nieuwe vriendin zou zwanger kunnen zijn. De gedachte was zo'n schok dat ik struikelde toen ik op het strand stapte.

'Ga je nog steeds met dat meisje uit?' vroeg ik.
Ik moet hem nageven dat hij niet de vermoorde onschuld speelde. Hij wachtte alleen even, kennelijk overwegend wat hij zou zeggen, en ademde toen uit.
'Nee, niet.'
Opluchting was het eerste wat toesloeg, maar onmiddellijk daarna werd ik getroffen door een golf van jaloezie. Het was dus echt geweest. Heel echt. Ik vergat de twee uitspattingen die ik de afgelopen maand had beleefd, en voelde me hol en bedrogen. Een toenemend gevoel van onwerkelijkheid omringde me.
'Wie was ze?'
'Iemand van mijn werk.'
'Hoe heette ze?'
'Karen.'
'Karen hoe?'
'Parsons.'
Gedreven door een zelfvernietigend verlangen, wilde ik alles over haar weten. Hoe zag ze eruit? Was ze jonger dan ik? Waar hadden ze het gedaan? Hoe vaak? Wat voor soort ondergoed droeg ze? 'Was het serieus?'
'Absoluut niet. Het duurde niet lang.' Elk woord raakte me als een pijl.
'Ben je met haar naar bed geweest?' Ik wilde wanhopig dat hij nee zou zeggen, dat het alleen handje vasthouden en flirten was geweest. Maar, na een gespannen stilte waarin ik mijn adem inhield, zei hij: 'Ja, twee keer. Het spijt me, het spijt me. Ik wou dat het niet was gebeurd, maar ik had het met alles gehad.'
'Hoezo dan?' vroeg ik stijfjes, gal vanwege de jaloezie maakte mijn maag van streek.
'Ik was erg gedeprimeerd. Het waren ook mijn baby's. Maar het interesseerde niemand hoe ik me voelde. Ik weet dat het voor jou zwaarder was, maar het was voor mij ook moordend. Toen hielden jij en ik op met praten en de eenzaamheid was ondraaglijk, en toen,' zijn stem klonk zo zacht dat ik hem nauwelijks kon verstaan, 'toen ik hem met jou niet meer omhoog kreeg, voelde ik me zo'n mislukkeling.'
'Je had met haar zeker geen last. Je liefdesvrouwtje. En kijk eens wat je van mij hebt gemaakt,' schreeuwde ik. 'Iemand die dingen zegt als "liefdesvrouwtje".'

'Het spijt me,' fluisterde hij.
'Wanneer is het begonnen?'
'Pas nadat je weg was. Naar LA was gegaan.'
Ik snoof verontwaardigd. 'Lang voor die tijd was er al iets aan de hand.'
'Nee, we waren alleen... bevriend. Ik zweer het.'
'"Alleen bevriend." Vast wel. Flirten en klotetruffels vreten. 'Je hoeft niet met iemand naar bed te gaan om ontrouw te zijn, weet je! Je kunt ontrouw zijn met je emoties.'
Hij boog zijn hoofd.
'Was het de eerste keer dat je het me flikte?'
'Natuurlijk!' Hij klonk geschokt.
'Je enige liefdesvrouwtje?'
'Mijn enige liefdesvrouwtje.'
'Maar eentje te veel.'
'Ik weet het, ik weet het. Ik wou dat ik het niet had gedaan. Ik zou mijn linkerarm willen geven om terug te gaan in de tijd en de dingen te veranderen,' mompelde hij heftig.
'Je hebt mij de schuld ervan gegeven, nietwaar? Van de miskramen?'
'Natuurlijk niet. Het was toch jouw schuld niet.'
'Wel waar. Misschien als... als ik mezelf niet had beschadigd... door die abortus. Die dag in de spreekkamer van dr. Collins wist ik dat je het mij verweet. Maar het was goed, want ik heb het mezelf ook verweten.'
'Ik heb je niets verweten. Jij was boos op mij.'
'Niet waar.'
'Je voelde je door mij gedwongen om te proberen een kind te krijgen. En als we het nooit hadden geprobeerd, hadden we al die ellende met die miskramen niet gehad.'
Ik perste mijn lippen op elkaar, niet bereid iets toe te geven, maar de gevoelens waren te groot.
'Goed, ik was boos.' Dat was ik nog steeds. Woedend in feite, had ik net ontdekt. Ons leven samen was prima geweest totdat we over dit ingewikkelde onderwerp waren begonnen. 'Maar ik was niet degene die een affaire had,' zei ik, verteerd door bitterheid.
'Nee, je bent alleen maar vanwege Shay Delaney naar LA gegaan.'
'Wat...? Dat is verdomme niet waar,' hakkelde ik verontwaardigd.
'Ja, het is wel waar. Je had naar Londen naar Claire kunnen gaan, of naar New York naar Rachel, of je had in Dublin kunnen blijven, maar je bent hierheen gegaan.'

'Vanwege Emily.'
'*Niet* vanwege Emily. Of niet alleen vanwege Emily. Er stond een stuk in de krant over Dark Star Productions en het werk dat ze in Hollywood deden. Je had kunnen raden dat hij hier zou zijn. Ik ben eerlijk tegen je geweest, waarom ben je niet eerlijk tegen mij?'
We liepen zwijgend naast elkaar voort. Waar haalde hij verdomme het lef vandaan om te proberen *mij* de schuld te geven van *zijn* affaire? Ergens in mijn achterhoofd begon zich een gedachte te vormen, die probeerde naar buiten te komen. Voordat het zover was draaide ik me naar Garv. 'Waarom heb je nog steeds zo'n hekel aan Shay Delaney?'
Hij bleef staan, ging op een rots zitten, boog zijn hoofd in zijn handen, haalde een paar keer diep adem en keek toen op. 'Dat is toch zeker duidelijk?'
'Vertel.'
'Goed, hier komt het. Je bent voor mij de kostbaarste persoon op de wereld en Shay Delaney heeft je als oud vuil behandeld. Toen jij me over de abortus en de rest vertelde, wilde ik hem vermoorden. Daarna trouwden we, en het was prima toen we in Chicago waren, maar toen verhuisden we terug naar huis... Iedere keer dat Delaney's naam ter sprake kwam verbleekte je.'
Echt? Ik had niet beseft dat zijn effect op mij zo duidelijk was.
'Ja, echt.' Garv bevestigde mijn onuitgesproken vraag. 'En iedere keer dat we langs het huis van zijn moeder reden, draaide je je om en keek.'
Echt? Dat had ik ook niet geweten. Maar nu hij het zei... misschien had ik het een paar keer gedaan. Niet iedere keer, maar af en toe.
'Ik nam opzettelijk een omweg zodat we niet langs zijn oude huis zouden komen. Ik had het gevoel dat we nooit bevrijd zouden zijn van die klootzak. Probeer het alsjeblieft eens van de andere kant te bekijken – dat ik iedere keer raar zou doen wanneer er een oud vriendinnetje van mij, eentje dat ik voor jou had gedumpt, ter sprake kwam. Dat zou je niet leuk vinden, toch?'
'Hou op met mij de schuld te geven.'
'Toen stond er iets in de krant over Dark Star Productions, en vier dagen later was jij op weg naar Los Angeles.'
'Ik ging niet weg omdat ik iets over Dark Star Productions had gelezen,' zei ik woedend. 'Ik ging weg omdat jij een kloterige *affaire* had. En je hebt niet eens geprobeerd me tegen te houden...'

'Nou, dat doe ik nu,' zei hij grimmig.
'Het enige wat je zei was dat je de hypotheek zou betalen, daarna hielp je me met *inpakken*, verdomme.'
'Ik heb wel geprobeerd je tegen te houden. Ik heb dagenlang geprobeerd tegen je te praten, maar je negeerde me of je kwam te dronken thuis voor een zinnig gesprek. De dag dat je vertrok was ik volkomen verslagen, en ik veronderstelde dat je me sowieso zou verlaten.'
'Hoe was je tot die conclusie gekomen?'
'Ik denk doordat de situatie al zo lang zo wanhopig was geweest. En je wilde niet met me praten.'
'*Jij* wilde niet met *mij* praten! Het was jouw schuld.'
'Ik hoopte dat we het nog een keer zouden kunnen proberen, er een streep onder zetten. Kunnen we niet gewoon zeggen dat we geen van beiden perfect waren...'
'Spreek voor jezelf. Ik heb niets verkeerds gedaan.' Ik beefde van woede. 'Laat me eens op een rijtje zetten wat je me hebt verteld – je had een affaire, maar dat moest kunnen omdat het allemaal mijn schuld was.'
Toen deed Garv iets dat hij niet vaak deed – hij verloor zijn geduld. Hij leek er groter door te worden. Zijn spieren waren gespannen en zijn ogen waren felblauw toen hij zijn gezicht naar het mijne boog.
'Dat is niet wat ik heb gezegd.' Hij beet me de woorden toe. 'Je *weet* wat ik heb gezegd. Maar je wilt het niet horen, toch?'
Ik keek op mijn horloge, en zei koeltjes: 'Ik moet gaan.'
'Waarom?'
Stilte. 'Ik heb een afspraak met iemand.'
'Wie? Shay Delaney?'
'Ja.'
Garv werd krijtwit en mijn woede verdween, om plaats te maken voor de verdoving die ik me herinnerde van de eerste weken na de breuk.
'Garv, waarom ben je hierheen gekomen?'
'Om te proberen je over te halen naar huis te komen in de hoop de brokstukken te kunnen lijmen.' Hij glimlachte flauwtjes. 'Maar ik geloof dat het een verspilde reis was.'
'Jij bent mij ontrouw geweest. Hoe zou ik je dat ooit kunnen vergeven? Of je weer vertrouwen?'
'O, god.' Hij wreef met een hand over zijn ogen. Even dacht ik dat hij ging huilen.

'Zeg me één ding,' zei ik. 'Was ze mooi, die Karen?'
'Maggie, daar ging het niet om, het ging erom dat...' Hij had het zichtbaar moeilijk.
'Gewoon een simpel ja of nee,' onderbrak ik hem. 'Was ze mooi?'
'Ze was aantrekkelijk, geloof ik,' bekende hij moeizaam.
'O ja?' Ik grinnikte toen hij me behoedzaam aankeek. 'Nou, ik wed dat ze niet zo aantrekkelijk was als het meisje met wie ik ervandoor ging.'
Het duurde even. Ik zag bijna hoe de woorden werden verwerkt, tot begrip begon te dagen, en toen dat gebeurde, lachte hij hardop. 'Werkelijk?'
Garv was de enige persoon – behalve Emily – die wist welk effect de meisjes in de pornofilms op mij hadden gehad.
'Fijn voor je,' zei hij. Toen iets triester: 'Fijn voor je.'
In een gebaar dat bij een ander leven hoorde, raakte hij mijn hoofd aan en duwde mijn haar achter mijn oren, eerst achter het ene, daarna het andere. Toen bemerkte hij mijn rode, schilferige arm. 'Christus, je arme arm,' zei hij meelevend. Het leek natuurlijk om elkaar te omhelzen en toen ik mijn gezicht tegen zijn schouder legde rook hij naar iets dat ik niet herkende. Een grote droefheid welde in me op, vulde me zodat ik niet meer kon ademen.
'We hebben er werkelijk een puinhoop van gemaakt,' snikte ik tegen zijn T-shirt.
'Nee,' zei hij. 'Nee. We waren alleen ongelukkig.'

47

Deze keer wachtte Shay op me, hij glimlachte loom terwijl hij me door de lobby naar hem toe zag lopen. Toen ik hem in het oog kreeg, flakkerde er een gedachte vlak onder het oppervlak, maar ik duwde hem weg en glimlachte naar hem.

'Laten we bij de bar wat drinken,' zei hij.

Maar de bar in het Mondrian was geen gewone hotelbar, ontdaan van karakter en sfeer. Het was de Sky Bar, bomvol beroemdheden en mooie mensen. Het was in de openlucht, en er was een verlicht, turquoise zwembad, en een decadente sfeer die werd geschapen door de grote zijden kussens en lage sofa's. De enige verlichting werd gevormd door brandende toortsen, die een mysterieuze gloed verspreidden en iedereen sprookjesachtig mooi maakten.

FBI-types met walkietalkies bemanden de receptiebalie – Fort Knox heeft waarschijnlijk minder beveiliging – en pas toen Shay zijn kamersleutel toonde werden de hekken geopend.

We slenterden langs de gigantische zilveren potplanten en zochten naar een zitplaats, maar het enige wat vrij was, was een grote, witsatijnen matras. We namen er kwiek op plaats, en een van de mooiste meisjes die ik ooit had gezien kwam onze bestelling opnemen.

Toen waren Shay en ik alleen, zittend op een matras, kijkend naar elkaar.

'Ik was bang dat je vanavond weer zou afzeggen,' flapte ik eruit, omdat ik gewoon iets wilde zeggen.

'Luister, ik heb je verteld dat ik gisteravond ineens moest werken, ik kon er niets aan doen,' zei hij, zo verdedigend, dat ik me voor de eerste keer afvroeg of hij loog. En hij had geprobeerd deze ontmoeting van vanavond te vermijden. En toen hij gisteravond belde, had hij gehoopt het antwoordapparaat te krijgen...

'Ik bezorg je een ongemakkelijk gevoel,' zei ik bedroefd.
'Helemaal niet.' Vergezeld van een betoverende glimlach.
'O, wel waar,' plaagde ik. 'Al dat handjes geven met me, dan wegrennen.'
Hij lachte een beetje. 'Misschien voel ik me schuldig.'
'Waarom?'
'Nou, je weet wel, toen we tieners waren. Maar het is allemaal verleden tijd en je verafschuwt me niet, toch?'
'Nee.'
Hij glimlachte opgelucht.
'Maar toen je wegging en me nooit schreef,' hoorde ik mezelf tot mijn eigen verbazing zeggen, 'verloor ik bijna mijn verstand.'
Hij keek me aan of ik hem had geslagen. 'Het spijt me, ik dacht dat dat het beste was. Minder pijnlijk, het gewoon laten doodbloeden.'
'Nou, dat was het niet, niet voor mij. Ik heb jarenlang op je gewacht.'
'Het spijt me, Maggie. Ik was nog maar achttien, jong en stom. Ik had er geen idee van. Als er iets is dat ik kan doen om het goed te maken...'
Hij strekte zich uit, steunde op een elleboog en legde zijn hand over de mijne. We bleven zwijgend zitten.
'Shay, vertel eens, ben je gelukkig getrouwd? Hou je van je vrouw?'
'Ja en ja.'
'Ben je haar trouw?'
'Ja.' Toen een seconde later: 'Meestal.'
'Meestal? Wat betekent dat?'
'Wanneer ik in Ierland ben,' zei hij ongemakkelijk. 'Maar... wanneer ik hier aan het werk ben...'
'Mmm...' zei ik, liet het in de lucht hangen.
'Maggie, ik wil je iets vertellen.'
Er was iets in zijn toon dat me alert maakte.
Zijn bruine ogen waren op me gericht. 'Maggie, ik wil dat je weet...'
Dat hij altijd van me zou houden? Dat hij sinds de dag dat hij afscheid nam bij de veerboot altijd naar me had verlangd?
'Maggie... ik zal mijn vrouw nooit verlaten.'
'Eh...'
'Mijn eigen vader heeft ons verlaten en ik heb gezien wat dat voor ons gezin deed.'
'Eh...'
'Maar jij en ik... ik kom vaak in LA – als jij nog steeds hier bent, kunnen we misschien...'

Ik begreep wat er gebeurde: er werd me een soort deeltijdverhouding aangeboden. Een troostprijs: een zoenoffer voor het feit dat hij zich destijds zo abrupt had teruggetrokken. Onverwacht begon ik te lachen. 'Jij bent een van de goede kerels, is het niet, Shay?'
'Ik probeer het. Het is van belang.'
'Je vrouw mag van geluk spreken dat ze een echtgenoot heeft die haar nooit zal verlaten.'
Hij knikte.
'Ook al leeft hij zich lekker uit op zijn zakenreisjes.'
Hij bloosde, en hij ging rechtop zitten. 'Zeg, het is niet nodig zo te doen. Ik probeer alleen...'
'Wat? Iedereen tevreden te stellen?' Ik begon weer te lachen.
'Ik probeer eerlijk te zijn.'
'Eerlijk. Alsof je een prijs bent.'
Hij staarde me aan. Hij keek verbaasd, en ik besefte hoe blij ik was dat ik zijn vrouw niet was, die tienduizend kilometer verderop thuis op hem wachtte, voor drie kinderen zorgde en zich bezorgd afvroeg wat haar knappe, charmante man uitspookte. En ik wist nog iets – ik zou geen slak van zijn vooruit pakken.
'Je probeert alles voor iedereen te zijn; je kunt geen nee zeggen. Krijg je daar niet genoeg van?'
Hij was niet gelukkig. Voor geen meter.
'Ik dacht dat dit was wat je wilde.' Hij klonk verward. 'Weet je, al die telefoontjes, aandringen me te zien. Je wist dat ik getrouwd was...'
O Christus, nu hij het zo zei... Hij had gelijk: ik had hem de afgelopen paar dagen bijna gestalkt.
'Waarom ben je hierheen gekomen?' vroeg hij. 'Wat wilde je van me?'
Goede vraag. Heel goede vraag. Bij hem zijn was als te lang in de zon staren: het verblindde me tijdelijk. Ik had me tot hem aangetrokken gevoeld, als een mot naar het licht, maar met slechts een vaag idee van wat ik hoopte te krijgen.
'Ik wilde weten waarom je me nooit hebt geschreven.' Maar dat wist ik al, daar was geen genie voor nodig: hij was me ontgroeid en hij had het lef niet het me te vertellen. Niets bijzonders, het gebeurt constant, vooral op die leeftijd.
'En dat is alles?'
'Ja.'

'Vast,' zei hij, enigszins honend. 'Je wilde veel meer van me dan dat.'
Dat was niet waar. Ik wist niet wat ik had gewild, maar nu wist ik zeker wat ik niet wilde. Ik wilde geen relatie met hem, geen deeltijdrelatie of iets anders.
'Ik zweer het, ik wilde het alleen afsluiten.'
'Nou, dat heb je dan gedaan,' bitste hij.
'Ja, dat heb ik gedaan, is het niet?' Ik grinnikte.
'Je voelt je ineens fantastisch.'
'Klopt.' Ik voelde me licht en vrij. Shay Delaney was gewoon een jongen uit een ander leven, de bewaarplaats van dromen die al jaren voorbij hun houdbaarheidsdatum waren.

Plotseling dacht ik aan die mensen die piramiden openbreken om naar schatten te zoeken, maar wanneer ze daar komen is de tombe leeg omdat iemand anders hen al lang voor is geweest.

'Heb jij ooit *Raiders of the Lost Ark* gezien?' mompelde ik.

Hij keek me aan alsof ik volslagen knetter was geworden. 'Natuurlijk heb ik die gezien.'

En de gedachte die had geprobeerd naar buiten te komen, drong nu helemaal tot me door – Garv had gelijk gehad toen hij zei dat ik vanwege Shay naar LA was gekomen. Het was een onbewuste beslissing geweest, het was absoluut in een lager en geheimzinniger deel van mijn brein besloten. Maar mijn eerste avond in Los Angeles, toen Emily me had verteld dat Shay hier veel tijd doorbracht, had ik het al half geweten – en zelfs toen had ik me afgevraagd of dat de reden was waarom ik zo gretig op Emily's uitnodiging om naar haar toe te komen, was ingegaan.

Je hoeft niet met iemand naar bed te gaan om ontrouw te zijn, je kunt ontrouw zijn met je emoties – en ik was degene die het had gezegd.

Arme Garv. En hoe zat het met de dromen die ik af en toe over Shay had gehad? Garv wist er niets van – of wel? Hij leek me een paar stappen voor te zijn.

Arme Garv, dacht ik weer. Hoe was het voor hem geweest te weten dat zijn vrouw nog steeds een stille liefde voor iemand anders koesterde? Hoe eenzaam was hij geweest ten tijde van de miskramen, terwijl hij zijn verdriet zwijgend droeg en deelnam aan alle drukte om me heen. Hoe vernederd moest hij zijn geweest toen hij impotent werd. Hoe gefrustreerd toen ik niet met hem wilde praten – want hij had gelijk, ik was opgehouden tegen hem te praten.

Toen dacht ik aan hem en Truffelvrouw en een steek van boosheid welde in me op; ik was vastbesloten geweest dat ik het hem nooit zou vergeven. Maar wat was belangrijker – mijn zelfrechtvaardiging of de waarheid? En ik moest toegeven dat ik zelf ook niet perfect was geweest.

Daar draait het om in relaties, begreep ik. Het betekent niet dat we een ander niet kwetsen; hoe kunnen we dat voorkomen, we zijn immers alleen maar menselijk? Maar als je van iemand houdt, word je gekwetst en je slaagt erin het de ander te vergeven. En het wordt je vergeven. Garv was gekomen om het me te vergeven en ik had hem een koude douche gegeven.

Ik rolde op mijn rug en staarde naar de paarsachtige avondlucht. Toen besefte ik waar Garv naar had geroken toen ik eerder afscheid van hem had genomen. Hij had naar thuis geroken.

'Geen sterren vanavond,' zei ik.

Maar de sterren zijn er altijd, zelfs overdag. Soms kunnen we ze alleen niet zien.

Ik sprong overeind. 'Ik moet gaan.'

48

Ik reed snel, maar ik had alle stoplichten tegen en het duurde bijna een uur om bij het Ocean View te komen. Ik parkeerde schots en scheef langs de stoeprand en liep haastig de lobby binnen. En wie moest ik daar nou net ontmoeten? Mam, pap, Helen en Anna. Later hoorde ik dat ze naar de bioscoop waren geweest.
'Ik dacht dat je uit was met Shay Delaney,' zei mam verbaasd.
'Was ik ook.'
'Wat doe je dan hier?'
'Op zoek naar Garv.'
'Hoezo?' Haar gezicht stond ineens opstandig.
Ik antwoordde niet, en ze zei heftig: 'Als hij eens ontrouw is geweest, zal hij het weer doen.'
De baliemedewerker volgde dit gesprek met grote belangstelling. 'Hallo,' zei ik. 'Kunt u alstublieft de kamer van Paul Garvan voor me bellen?'
'Hij heeft uitgecheckt.'
Mijn hart klopte als een bezetene. 'Wanneer?'
'Ongeveer een uur geleden.'
'Waar ging hij naartoe?'
'Naar huis in Iowa.'
'O, bedankt, dan zie ik hem wel op het vliegveld.'
Maar toen ik me omdraaide, blokkeerde mam me de weg. Ze rekte zich in haar volle lengte uit. 'Je gaat niet achter hem aan!'
'Niet doen, liefje, niet doen,' smeekte pap.
'Margaret, je gaat niet!'
Ik staarde ze lang en in verwarring aan, toen zei ik: 'Mijn naam is Maggie, en let maar op.'

Ik rende terug naar de auto, met klepperende voetstappen achter me aan. Het was Anna. 'Ik ga met je mee,' zei ze buiten adem. Ze sprong naast me, sloeg het portier dicht en trok de veiligheidsgordel om zich heen. 'Rijden!'

De rit leek eindeloos te duren, er was veel verkeer op dat uur van de avond, en ondanks de bezweringen die Anna mompelde, had ik weer alle stoplichten tegen.

'Met welke maatschappij zou hij vliegen?' vroeg Anna, hopend op enige zesde-zintuig actie.

'American Airlines?'

'Misschien, tenzij hij via Londen is gekomen, zoals ik heb gedaan.'

'Maggie, hoe zit het met die andere meid?'

'Weg.'

'Maar kun je het hem vergeven?'

'Ja, ik denk het wel. Ik hoop het althans. Het punt is dat ik ook niet perfect was.'

'En dat maakt het makkelijker?'

'Ja, ik hou van hem, we komen er wel uit.' Toen voegde ik eraan toe: 'Maar als hij het ooit weer doet, betekent dat het einde.'

'Goed van je. Ik heb altijd gedacht dat jij en hij perfect bij elkaar pasten.'

'Echt?'

'Jij dan niet?'

'Ik moet zeggen,' bekende ik, 'dat er tijden waren dat ik mijn twijfels had. Soms vroeg ik me af of ik een wilde meid was die voor een veilig huwelijk ging.'

Anna giechelde en ik keek haar vragend aan. 'Sorry,' zei ze. 'Maar jij... een wilde meid? Sorry, hoor.'

Even later zei ik: 'Het is goed. Want gedurende mijn verblijf hier heb ik geprobeerd een beetje wild te zijn en ik bracht het gewoon niet op.'

'Heb je echt iets met Lara gehad of zat je Helen te stangen?'

'Ik heb echt iets met haar gehad.'

'Godallemachtig.'

'Maar het punt is dat ik niet op veilig speelde toen ik met Garv trouwde. Dit is zoals ik echt ben!'

'Gewone yoghurt op kamertemperatuur?'

'Eh...'

'Gewone yoghurt op kamertemperatuur en je bent er *trots op*?'

Ik dacht erover na. 'Wat denk je van gewone yoghurt met aardbeien onderin?'
'Interessanter dan je aanvankelijk lijkt?'
'Precies.'
'Heeft verborgen diepten.'
'Ja! Misschien koop ik een T-shirt met die tekst.'
'Twee. Ook een voor Garv.'
'Als we hem vinden,' zei ik, mijn maag samengebald van angst. 'En als hij me niet zegt dat ik kan oprotten.'
Eindelijk bereikten we het LAX, en na weer een gruwelijke parkeeractie, renden we naar de vertrekhal. Maar toen ik het meisje achter de balie van American Airlines vroeg of ze me kon vertellen of Garv in het vliegtuig zat, zei ze: 'Ik kan u die informatie niet geven.'
'Ik ben zijn vrouw,' smeekte ik.
'Al was u de Dalai Lama.'
'Het is dringend.'
'Ik moet dringend naar het toilet, maar daar kan ik ook niets aan doen.'
'Kom mee,' zei Anna, trekkend aan mijn arm. 'We gaan kijken of we hem bij de gate te pakken krijgen.'
Het vliegveld van LA is groot en altijd drukbevolkt, ongeacht de tijd van de dag of nacht. Hijgend renden Anna en ik door de menigte, duwden mensen opzij alsof ze flippers in flipperkasten waren. We beleefden een paar frustrerende ogenblikken toen we in een groep Hare Krishna's belandden en ons aan hun trage gehuppel en gezang moesten aanpassen. Een van hen probeerde me zelfs een tamboerijn in de handen te duwen voordat we erin slaagden ons uit de groep te bevrijden en weer verder te rennen.
'Wat heeft hij aan?' vroeg Anna naar adem snakkend.
'Spijkerbroek en een T-shirt. Althans dat had hij eerder aan – misschien heeft hij zich verkleed.'
'Is hij dat?' zei Anna, en mijn hart sprong bijna uit mijn mond. Maar de man die ze aanwees was een Afro-Amerikaan.
'Sorry,' zei ze. 'Ik zag een spijkerbroek en een T-shirt en trok een te snelle conclusie.'
In de vertrekhal renden we winkels en bars in en uit, maar Garv was nergens te bekennen. De enige plek die overbleef was zijn gate, maar zonder tickets konden we die barrière niet nemen, en de vrouwelijke controleur toonde geen interesse voor ons verhaal.

'Veiligheid. Jullie zouden terroristen kunnen zijn.'
'Zien we eruit als terroristen?' smeekte ik, in de hoop haar tot rede te brengen.
Ze kauwde een tijdje op haar kauwgum, en zei: 'Ja, eigenlijk wel.'
Ik staarde haar aan, probeerde haar geestelijk te dwingen toe te geven. Ze staarde terug, neutraal en onaangedaan, en met elke seconde nam mijn hoop af. Maar ik wilde het niet opgeven.
'Laten we de winkels en bars nog een keer proberen.' Maar hij was er niet. Zwetend, met wild kloppend hart, mijn bloed tot het kookpunt gebracht, rende ik rond als een kip zonder kop. Anna deed haar best me bij te houden, en ik stopte pas toen ik uitgeput was. Toch wilde ik niet weggaan. 'Laten we nog even blijven rondhangen en kijken of hij komt.'
'Goed,' zei Anna, zich uitrekkend en loerend als een roofdier naar zijn prooi.
Maar terwijl het later en later werd, sloeg mijn wanhoop toe.
'Kom mee,' zei ik uiteindelijk. 'We zullen hem niet vinden. We kunnen net zo goed weggaan.'

Terwijl ik reed voelde ik me als een wassen beeld van mezelf. De straten en huizen van Los Angeles verdwenen en ik reed door een niemandsland.
'Je kunt hem bellen,' bemoedigde Anna me. 'Zodra hij terug is in Ierland.'
'Ja,' mompelde ik, maar een brok kille angst zat klem in mijn maag. Ik wist dat ik het had verprutst. Hij was gekomen, ik had voor Shay gekozen, hij was vertrokken. Ik had mijn kans gehad en ik had het verknald. Dat besef was als het moment in een vliegtuig dat je oren openspringen en alles weer duidelijk verstaanbaar wordt.
'Het was stom om te denken dat ik hem op het vliegveld te pakken zou krijgen,' zei ik verslagen. 'Zoiets gebeurt alleen in films.'
'Met Meg Ryan in de hoofdrol,' knikte Anna somber.
'Hij zou over het hek zijn gesprongen.'
'En iedereen zou hebben geklapt en gejuicht.'
We slaakten beiden een zucht, en vervolgens reden we in stilte verder.
Gedurende een lange tijd had ik mijn huwelijk als een afschuwelijke, donkere plek beschouwd waar ik niet wilde zijn. Ik had me niets goeds kunnen herinneren – maar nu opeens wel. Zoals die keer dat we uit zou-

den gaan en Garv in zijn onderbroek en oude cowboylaarzen verscheen, en zei: 'Ik ben er klaar voor!' En ik zei: 'Zo kun je niet gaan. Het is koud, je hebt een jasje nodig.' Vervolgens depte ik foundation op mijn gezicht, maar smeerde het niet uit, en hij zei: 'Geraffineerd, liefje, je bent net een bloem. Maar ik mis nog een vleugje lippenstift.' Ik trok een streep lippenstift over mijn kin en voorhoofd, en hij verklaarde: 'Perfecto!' waarna hij me een dot watten aanreikte om het weg te vegen.

En de vrijdagavonden waren altijd heerlijk – met een video en een afhaalmaaltijd gingen we op de bank liggen en ontspanden ons na een week werken. En voor de tweede miskraam was vrijdagavond ook altijd de seksavond geweest – wat niet wil zeggen dat we het soms niet op andere avonden deden. Zondagochtenden konden ook fantastisch zijn – maar vrijdagavond was een vast gegeven. En ook al was het, zoals ik al zei, lang geleden dat we seks op de keukentafel hadden, ik had niets te klagen gehad. Het was heerlijk geweest om met iemand te zijn die mijn lichaam bijna net zo goed kende als ik.

Toen herinnerde ik me wat we met elkaars tandpasta deden. En hoe we, wanneer we in de plaatselijke Tex-Mex aten, ons mandje kippenvleugeltjes als voorafje deelden, een mandje kippenvleugeltjes als hoofdgerecht en een mandje kippenvleugeltjes als dessert. En de keer...

Herinneringen, de ene nog gelukkiger dan de andere, dwarrelden door mijn hoofd, verdrongen zich om te worden bekeken en ik moest mijn vuist in mijn mond stoppen om mijn gejammer om het verlies te smoren. Ik had het vaak horen zeggen, maar nooit gedacht dat het op mij van toepassing zou zijn – je weet niet wat je hebt tot je het kwijt bent.

Toen we terugkwamen in Santa Monica had ik er werkelijk geen idee van hoe ik daar was gekomen.

'Zal ik je afzetten bij het Ocean View?' vroeg ik Anna.

'Nee, ik ga met jou mee naar Emily.'

Ik stak mijn sleutel in het slot en struikelde half Emily's huiskamer binnen – waar zoveel mensen rustig bijeen zaten, dat mijn eerste gedachte was: wie is er dood? In één oogopslag herkende ik Emily, Troy, Mike, Charmaine, Luis, Curtis, Ethan...

'Je hebt een gast, man,' zei Ethan koeltjes, wijzend op een persoon naast hem. Die toevallig Garv was.

'Ik dacht dat je terug was naar Iowa.' De verbazing maakte dat ik stom klonk.

'Kreeg geen plaats in het vliegtuig. Hoe was je afspraakje?'
'Kort. Belachelijk. Ik ben naar het vliegveld gereden om te proberen je te pakken te krijgen.'
Mijn gezicht brandde van emotie en iedereen staarde, boorde gaten in me met hun ogen. En was het mijn verbeelding of waren ze allemaal beschermend om Garv heen geschaard – en stuurden ze mij vijandige vibraties?

Emily stond op. 'Zullen we ze wat tijd samen geven?' En na een korte, onwillige stilte liep iedereen gedwee achter haar aan naar de voordeur. Toen Curtis langsliep, wees hij naar Garv, en zei boos: 'Deze jongen is een veel betere man dan die zwierige losbol die je vrijdagavond naar huis heeft gebracht!'

'Hoe weet jij dat?' vroeg Emily.

'Hij heeft een telescoop,' zei Luis.

'Jakkes,' kreunde Emily.

'Dit liefdesgedoe is niet zoiets als een nieuw kapsel,' voegde Luis me toe voordat hij vertrok. 'Als je het verziekt, is er nog maar weinig aan te doen, nietwaar?'

'Eh, ja.'

'Als het niet terugkomt is het nooit van jou geweest,' was Ethans bijdrage. 'Als het terugkomt mag je het houden.'

'Wees voorzichtig met wat je wenst,' zei Mike betekenisvol. En hij had gelijk – ik had Shay gewenst.

'Denk aan de slak,' zei Charmaine.

'Wat?!' riepen een paar van hen uit.

'De *slak*?' hoorde ik Emily vragen. 'Waar gaat dit over?'

Toen was iedereen weg, en Garv en ik waren alleen.

'Wat is er aan de hand?' vroeg hij vermoeid.

'Je had gelijk. Het spijt me.'

'Wat spijt je?'

'Shay Delaney. Ik voelde nog steeds iets voor hem – maar ik wist het zelf niet, ik zweer het. Niet echt.'

Garv wreef over zijn ogen – hij zag er uitgeput uit. 'Dit is de enige keer dat ik blij was dat ik iets verkeerds deed.'

'Het spijt me. Het spijt me heel erg.'

'Mij ook.'

De manier waarop hij het zei deed alarmbelletjes rinkelen; het was het verkeerde soort 'sorry'. Het klonk als afgelopen en uit. 'Waar heb je spijt van?' vroeg ik, te snel.

'Van alles. Van Karen. Van de afschuwelijke maanden dat we niet echt hebben gepraat. Omdat ik mijn mond hield over Delaney en hoopte dat het voorbij zou gaan.'
'Het is voorbij.' Mijn adem stokte. 'Ik zweer het.'
'Waarom ben je naar het vliegveld gegaan?'
'Omdat...' Hoe moest ik het zeggen? Dat alles op zijn plaats was gevallen en dat Garv het middelpunt was? 'Ik dacht dat het tussen ons voorbij was, ik dacht echt dat het voorgoed voorbij was. Maar nadat ik je vandaag had ontmoet, laaide alles weer op en elk gevoel was er nog steeds en ik wist dat ik altijd de slak van je voorruit zou pakken. En niet van die van iemand anders.'
Ik hapte naar adem, en toen Garv niets zei, werden mijn zenuwen tot het uiterste gespannen. Ik voelde me als een gevangene die wachtte op de veroordeling van de rechter.
'Laat me het anders formuleren,' probeerde ik. 'Ik hou van je.'
'Ja?'
'Ja, echt. Ik bedoel *natuurlijk* – zou ik anders naar het vliegveld zijn gegaan en hebben geprobeerd Meg Ryan te zijn?'
En hij verbaasde me door te zeggen: 'De vlucht was niet echt volgeboekt – ik zei het alleen in een poging mijn laatste greintje zelfrespect te bewaren. Ik ging naar het vliegveld en bedacht dat het stom was om dat hele eind hierheen te komen en het zo gauw op te geven.' Hij haalde zijn schouders op. 'Ik ben teruggekomen om nog één poging bij je te wagen.'
'O. O. Nou, Fantastisch! Waarom?'
Hij keek van me weg alsof hij erover nadacht, toen lachte hij zacht en keek me aan. 'Omdat jij mijn favoriet bent.'
'Nou, jij ben *mijn* favoriet.'
'Verzin je eigen complimentjes.'
'Sorry. Goed. Ik hou van je.'
'Ik hou van jou.'
'Nu doe jij hetzelfde.'
'Dat komt omdat ik erg weinig fantasie heb.'
'Dan zijn we met ons tweeën. We hebben veel gemeen.'
'Ja.'
'Wat zou je hebben gedaan,' vroeg ik behoedzaam, 'als ik niet was thuisgekomen? Als ik... je weet wel... bij Shay was gebleven?'
'Weet ik niet. Gek geworden. Gloeilampen eten.'
'Nou, ik heb het niet gedaan, dus de gloeilampen zijn veilig.'

'Ja.'

'Ja.' Ik haalde diep adem. Plotseling maakte de manier waarop hij naar me keek me nerveus en verlegen. 'Dus... eh... wat gaat er nu gebeuren?'

'Nou, we zijn in Hollywood,' zei hij, en deed een stapje naar me toe, 'dus... eh... we zouden een auto van een rots kunnen rijden?'

'Of in slowmotion van een heuvel kunnen rennen?' Ik schoof dichter naar hem toe tot ik zijn verrukkelijke Garv-geur kon ruiken.

'Of ik zou je in mijn armen kunnen nemen en je kussen tot de kamer begint rond te draaien.'

'Ik voel wel wat voor dat laatste,' zei ik, nauwelijks harder dan een fluistering.

'Ik ook.'

En dus kusten we elkaar.

Epiloog

Een week later werd Larry Savage ontslagen bij Empire – hij kwam op een ochtend binnen en moest zonder verdere verklaring zijn bureau opruimen en werd hij naar de uitgang begeleid. Wat je kunt verwachten als je filmproducent bent, zeggen ze. Emily's script ligt op een plank bij Empire te wachten en het verhaal van Chip de wonderhond zal waarschijnlijk nooit worden verteld. Wat een zegen zou zijn geweest, zei Emily, als het niet ook betekende dat ze slechts de helft van haar honorarium kreeg uitbetaald. Ze was zo bang om net als de schreeuwende man voor de supermarkt te eindigen dat ze besloot uit het scenarioschrijfspel te stappen. Maar Troy voorkwam dat, want hij kreeg de financiering rond voor een onafhankelijke productie van haar nieuwste script. Blijkbaar is het briljant, intens somber – Emily zegt dat dat het gevolg is van het feit dat ze zo gedeprimeerd en bang was terwijl ze het schreef. Een of andere producer van een andere kleine studio is van plan *Hostage!* nieuw leven in te blazen. Hoe dan ook, er blijft brood op de plank, ook al heeft Emily's moeder nog steeds de kans niet gehad haar dure, blauwe avondjurk naar een première te dragen. Maar wellicht krijgt ze die kans in de nabije toekomst. Niet naar een filmpremière, maar naar een bruiloft – die van Emily en Troy. Ik moet toegeven dat ik mijn twijfels had over Troy's trouw, maar sinds Emily hem aan de haak heeft geslagen, is hij een rolmodel voor goed gedrag.

Lou heeft Emily nog een paar weken weifelend lastig gevallen, daarna heeft hij het opgegeven, maar toen Kirsty over Troy en Emily hoorde, heeft ze zich op voedsel geworpen. Ze schijnt in zeven dagen zeven kilo te zijn aangekomen. Ik zou erom kunnen lachen, maar dat zou gemeen zijn.

Lara is nog steeds een gouden bal van plezier. Ze heeft het juiste meisje nog niet ontmoet, maar ze heeft een fantastische tijd met zoeken. Justin leidt nog steeds een teruggetrokken leven met Desiree, maar de dingen zijn onlangs enigszins verbeterd toen een andere inwisselbare dikke jongen de ziekte van Pfeiffer kreeg en kilo's gewicht verloor.

Reza trapte haar man de deur uit en vertelde hem dat hij bij zijn 'hoertje' kon gaan wonen. Binnen een week was hij terug, door het stof kruipend van berouw.

De arme, gekke scenarioschrijver hangt nog steeds rond voor de supermarkt en schreeuwt naar de mensen die daar hun boodschappen komen doen.

Luis' probleempje verbeterde razendsnel met behulp van antibiotica. Hij, Ethan en Curtis studeerden af, schoren hun geitenbaarden af, lieten hun haar groeien (degenen die de gewoonte hadden hun hoofd kaal te scheren) en werden fatsoenlijk. Hun autowrak eindigde op het autokerkhof.

Charmaine en Mike zijn nog steeds Charmaine en Mike. Voor ik vertrok vertelde Charmaine me dat mijn aura niet meer zo giftig was als hij was geweest. Af en toe belt de fabel-vertelgroep naar mam en vraagt haar terug te komen. Ze heeft ze een exemplaar van *The Tales of Finn McCool* gestuurd en hoopt dat ze haar verder met rust laten.

Connie is getrouwd en werd tijdens haar huwelijksreis niet ontvoerd.

Helen heeft toen ze terug was in Ierland, tot ieders verbazing, echt een detectivebureau opgericht. Ze specialiseert zich in 'huiselijke' toestanden – te weten ontrouwe echtgenoten betrappen – en ze heeft het druk. Anna deed het zo goed in haar nieuwe baan dat ze haar bevorderden van de in de kelder gelegen postkamer naar de heldere lichten van de ontvangstbalie. Ze praat niet meer over Shane en ze krijgt blijkbaar af en toe een e-mail van Ethan. Soms, om mam te pesten, zegt ze dat hij op bezoek komt zodra hij daar tijd voor heeft.

Paps nek is nu beter. Net als mijn relatie met hem. Het heeft een tijdje geduurd voordat het zover was, zelfs nog langer dan met mijn moeder.

Dark Star Productions ging over de kop, maar Shay heeft alweer een andere baan bij een andere filmmaatschappij. En Claire zei – bijna bewonderend – toen ze het hoorde: 'Daar gaat hij weer. Valt in een hoop stront en komt eruit terwijl hij naar Paloma Picasso ruikt.'

Ik keek laatst televisie en het was een voorfilmpje van een nieuwe dramaserie uit Amerika, toen ik iemand zag die me bekend voorkwam. Het duurde even; hij was veel stralender en met meer kleren aan dan de laatste keer dat ik hem had gezien. 'Het is Rudy!' gilde ik. 'Het is de ijsverkoper van het strand in Santa Monica. Ik kocht altijd Klondike-repen van hem.' Niemand geloofde me, natuurlijk.

Heb ik iedereen gehad? O, mezelf. Ik lig in bed, niet in staat me te bewegen, omdat ik acht maanden zwanger ben en zeer omvangrijk. Ik heb al weken mijn tenen niet meer gezien, en als ik op mijn rug lig, kan ik me niet omdraaien zonder dat Garv een stok onder me schuift en me omrolt. Ik heb Helen beloofd dat ik haar zal vertellen hoe pijnlijk de bevalling is en dat ik haar niet zal afschepen met verhalen over wonderen.

Garv en ik zijn erg aan elkaar verknocht. Het is niet altijd makkelijk geweest; we hebben af en toe tegen elkaar geschreeuwd toen we alles gladstreken, maar in dit stadium zijn we ervan overtuigd dat onze band sterk genoeg is om de dieptepunten te overleven. Zelfs toen we gescheiden waren en boos op elkaar, waren we nog steeds verbonden.

Zoals hij zelf zegt, de sterren zijn er altijd, ook overdag. Soms kunnen we ze alleen niet zien.